王丽丽　著

多丽丝·莱辛研究

Studying on

Doris Lessing

社会科学文献出版社

SOCIAL SCIENCES ACADEMIC PRESS (CHINA)

目　　录

下篇　莱辛的创作

绪 论

"她的书，特别是《玛莎·奎斯特》系列、《金色笔记》以及《简述地狱之行》，探寻了灵魂的发展之路，这在某种程度上使阅读的读者发生了转变。我认为真实的情况是，我们伟大的作家们对我们的影响来得很迟，可能需要很多年我们才能明白他们对我们的影响。多丽丝·莱辛具有独特的感知力。她根据自己强烈的体验、自己的主体感知以及时代的精神来写作。这是一种不能分析，而必须只能敬仰的天才。"

——乔伊斯·卡洛·奥茨[①]

"我就是一个讲故事的人。"

——多丽丝·莱辛[②]

一 莱辛概述

2007 年诺贝尔文学奖得主多丽丝·莱辛（Doris Lessing，1919—2013）是英国文学史，乃至世界文学史上一个伟大而独特的作家。她的创作时间长达 60 多年，跨越两个世纪，到 2008 年各种著作创作数量已接近60 部。据统计，截至 1985 年，她的单个作品数量达到 150 部。到目前，她已经写作 27 部长篇小说、2 部自传、16 部短篇小说集、7 卷非虚构作

---

① Joyce Carol Oates. "One Keeps Going." in *Doris Lessing*: *Conversations*. ed. Earl G. Ingersoll. New York: Ontario Review Press, 1994, p. 40.

② Jennifer Byrne. "An Interview with Doris Lessing." Oct. 24, 2001. http: // www. abc. net. au/ foreign/ stories/ s39 0537. htm.

品、3 个剧本。① 她的作品题材涉猎宏大广阔，主要从中产阶级白人知识分子的视角，对 20 世纪饱受两次世界大战影响的英属非洲殖民地（津巴布韦）以及南非、20 世纪后半叶至今的英国乃至欧洲局势进行了全景式的扫描，描绘出一幅波澜壮阔的各个阶层人的生活图景。她的作品风格奇谲多变，文风洒脱，涵盖了所谓的现实主义小说、科幻小说、后现代小说，以及短篇小说、散文、诗歌、评论、戏剧等多种文类。她的作品幽默冷峻而内敛，讽刺犀利而醇厚；语言厚重踏实，内涵深邃辽远；结构前后呼应，玄机陷阱交织。她的作品中既有哲学家睿智的思考，政治家机敏的韬略，又有历史学家冷静务实的评判和文学大家洞悉人性的文采。读她的书犹如身处代达罗斯迷宫，道路纵横交错，眼前一片迷茫，然而一旦找到隐匿的线团，顿时神清气爽，一切便豁然开朗。待出得迷宫，便觉身添双翼，力量倍增，跨山水，越沟壑，具有了"一览众山小"的视野和纳百川、容四海的气度。她就像一位女皇，傲视群雄，指点江山，却又像一位朋友家长里短，娓娓而谈；她像一个巫师，洞微探幽，直视人的心底，又如一个孩童，直率天真，坦诚得令人汗颜。而她本人一生特立独行，性格直率，敢说敢为。对评论界于她作品的解读，她毫不留情地批评其"视野狭窄"；对出版界追逐名气，扼杀新人的潜规则她一针见血，大加鞭挞。她情路坎坷，经历复杂，跨越欧亚非三大陆；她阅读广泛，知识渊博，学贯东西欧亚，经典随手拈来，互文比比皆是。迄今为止，她几乎囊括了欧洲各大文学奖项，并在获得多次提名之后，在 2007 年，以 88 岁高龄荣获诺贝尔文学奖。其实早在 1988 年，就有学者评论说，"20 世纪最大的未解之谜就是为什么多丽丝·莱辛还没获得诺贝尔奖。这并不是说她想要这个奖项。她在多次访谈中已阐明她不想得这个奖……但如果我要是有权力，我就一定要授予她，这是为了我自己的荣誉"。② 她的信徒和敌人一样众多，对她的赞誉和诋毁一样极端。她被人称为妇女解放的圣女贞德，也被人诋毁为女性主义的叛徒。③她是预言家同时

① 弗吉尼亚·泰格 2006 年的统计是长篇 25 部。加上 2007 年的《裂缝》和 2008 年的《阿尔弗雷德和爱米丽》，莱辛的长篇小说应该是 27 部。参见 Virginia Tiger. "'Our Chroniclers Tell Us': Lessing's Sequel to Mara and Dann." *Doris Lessing Studies.* Vol. 25, No. 2 (Winter 2006), pp. 23 - 25。

② Lisa Alther. "Review: The Writer and Her Critics." *The Women's Review of Books.* Vol. 6, No. 1 (Oct. 1988), pp. 11 - 12. http://www.jstor.org/stable/4020312.

③ Margarete von Schwarzkopf. "Placing Their Fingers on the Wounds of Our Times." in *Doris Lessing: Conversations.* ed. Earl G. Ingersoll. New York: Ontario Review Press, 1994, p. 103.

也是诅咒者。① 她的作品，特别是《金色笔记》被称为文学的"圣经"或时代的圣本之一，② 但也有的被人称为"不具可读性"。③ 她是 20 世纪最不会讨好的伟大作家。④《伦敦周日时报》称她为"不仅是我们时代最好的女作家，还是整个战后一代最严肃、聪明和诚实的作家之一"。⑤

　　虽然她和她的作品饱受争议，但不可否认的事实是，她是一个具有极高世界声誉，拥有亿万读者的作家。她在《时代周刊》所评世界最具有影响力的百位作家中排名第五。今天，她的作品已经被翻译成几十个国家的文字。没有哪一位当代作家像她一样对女性读者和女性作家（也包括许多男性）产生了如此巨大的影响。难怪诺贝尔委员会在颁奖词中赞誉她的写作是"女性经验的史诗"。⑥哈珀·柯林斯（HarperCollins）出版社总裁简·弗莱德曼（Jane Friedman）说，"多丽丝·莱辛是我们妇女和文学的母亲"。⑦ 从她收到的无数读者来信或来电，以及得到的众多评论中可以看出，毫无疑问，她的作品改变了许多人的一生，"改变了我们观看世界的方法"。⑧ 仅就这一点，她也值得我们深入研究和评判。

---

① John Leonard. "The Adventures of Doris Lessing. " *New York Review of Books*. Vol. 53. No. 19. Nov. 30，2006. http：//www. nybooks. com/articles/664.

② 参见 Lessing, Doris and Jonah Raskin. "An Interview with Doris Lessing. " *Progressive*. Vol. 63，No. 6（June 1999）：pp. 36 – 39. Rpt. in *Contemporary Literary Criticism*. Ed. Janet Witalec. Vol. 170. Detroit：Gale，2003. pp. 36 – 39. Literature Resource Center. Gale. UC Berkeley. 21 Sept. 2009. http：//go. galegroup. com/ps/start. do? p = LitRC&u = ucberkeley；Claire Sprague and Virginia Tiger. "Introduction. " *Critical Essays on Doris Lessing*. ed. Claire Sprague and Virginia Tiger. Boston：G. K. Hall，1986. p. 11；Hilary Mantel. "The Old Black Magic. " *New York Review of Books*. Vol. 43，No. 7. April 18，1996. http：//www. nybooks. com/articles/664。

③ 美国著名评论家哈罗德·布鲁姆在听到莱辛获得诺贝尔文学奖时，在耶鲁对记者说，他认为莱辛的获奖是"纯粹的政治正确"，并且说："我觉得她过去十五年来的作品完全不具有可读性……四流的科幻小说。" http：//www. philosopedia. org/index. php/Doris_ Lessing。

④ John Leonard. "The Adventures of Doris Lessing. " *New York Review of Books*. Vol. 53. No. 19. Nov.，30，2006. http：//www. nybooks. com/articles/664.

⑤ Paul Schlueter. *The Novels of Doris Lessing*. Carbondale and Edwardsville：Southern Illinois University Press，1973，p. 2.

⑥ Lisa Alther. "Review：The Writer and Her Critics. " *The Women's Review of Books*. Vol. 6，No. 1（Oct. 1988），pp. 11 – 12. http：//www. jstor. org/stable/4020312.

⑦ Anonymous. "Doris Lessing. " *Philosopedia*. http：//www. philosopedia. org/index. php/Doris_ Lessing.

⑧ 德拉布尔说，莱辛的作品改变了人们的一生。参见 Margaret Drabble. "Doris Lessing：Cassandra in a World under Siege. " In *Critical Essays on Doris Lessing*. ed. Claire Sprague and Virginia Tiger. Boston：G. K. Hall，1986. p. 183；著名作家 A. S. 拜厄特 1996 年写的小说中认为莱辛、默多克等人的观点改变了 20 世纪 60 年代的她，而到现在也对她很 （转下页注）

　　莱辛是一位具有划时代意义的作家。她几乎每一部作品都在一定程度上具有突破性的创造意义：她的第一部小说《青草在歌唱》被誉为首次对种族隔离进行坦诚揭示的小说之一，① 对生活在夹缝中的白人穷人第一次从涉及种族关系的性心理角度进行了剖析。它描写了白人妇女和黑人家仆之间的暧昧关系，冲破了种族话题的禁忌。② 《暴力的孩子们》是第一部从女性角度叙述女性特有生理等经验的成长小说。③ 《金色笔记》是一部里程碑式的作品，被称为"女性主义的圣经"④，由此，她也被誉为"英国的波伏娃"。⑤ 它第一次从多个角度真实描写了女性在男女交往中隐秘的生理和心理经验。按照克莱尔·斯普拉格（Claire Sprague）等的话来说，莱辛第一次打破了传统的女人一定要满足男人要求的观念，而对男人的各种能力表示出质疑。并且莱辛是唯一把安娜的精神症状和当时公共的混乱结合起来的作家。《金色笔记》是"这个时代的圣书之一"。⑥ 她的系列小说《暴力的孩子们》中的最后一部《四门城》被称为"英国现

（接上页注⑧）重要。转引自 Pilar Hidalgo. "Doris Lessing and A. S. Byatt：Writing 'The Golden Notebook' in the 1990s." *Doris Lessing Studies*. Vol. 25，Issue 1（Spring 2005），pp. 22 - 25 和 Lisa Alther. "Review：The Writer and Her Critics." *The Women's Review of Books*. Vol. 6，No. 1（Oct. 1988），pp. 11 - 12. http：//www. jstor. org/stable/4020312. 莱辛还影响了很多的作家。参见 Claire Sprague and Virginia Tiger. "Introduction." *Critical Essays on Doris Lessing*. ed. Claire Sprague and Virginia Tiger. Boston：G. K. Hall，1986，p. 22。

①　Emily Parker. "Interview with Doris Lessing." *Wall Street Journal*（Eastern edition）. New York. Mar. 15，2008，p. A. 11. http：//proquest. umi. com/pqdweb? sid = 1&RQT = 511 &TS = 1258510410&clien tId = 1566& firstIndex = 120.

②　Lynne Hanley. "Writing across the Color Bar：Apartheid and Desire." *The Massachusetts Review*，Vol. 32，No. 4（Winter 1991），pp. 495 - 506，pp. 489 - 499. http：//www. jstor. org/stable/25090297.

③　Claire Sprague and Virginia Tiger. "Introduction." *Critical Essays on Doris Lessing*. ed. Claire Sprague and Virginia Tiger. Boston：G. K. Hall，1986，p. 5.

④　Susan Lardner. "Angle on the Ordinary." *New Yorker*，Sept. 19，1983，p. 144. 转引自 Galye Greene. *Doris Lessing：The Poetics of Change*. Ann Arbor：The University of Michigan Press，1994，p. 17. 德拉布尔也曾说，《金色笔记》被人称为"青年人的圣经"。见 Margaret Drabble. "Doris Lessing：Cassandra in a World under Siege." In *Critical Essays on Doris Lessing*. ed. Claire Sprague and Virginia Tiger. Boston：G. K. Hall，1986，p. 183。

⑤　Margaret Drabble 和 Elizabeth Wilson 都把莱辛和西蒙德·波伏娃相提并论。转引自 Galye Greene. *Doris Lessing：The Poetics of Change*. Ann Arbor：The University of Michigan Press，1994，p. 18. 也参见 Studs Terkel. "Learning to Put the Questions Differently." in *Doris Lessing：Conversations*. ed. Earl G. Ingersoll. New York：Ontario Review Press，1994，p. 30。

⑥　Claire Sprague and Virginia Tiger. "Introduction." *Critical Essays on Doris Lessing*. ed. Claire Sprague and Virginia Tiger. Boston：G. K. Hall，1986，p. 11.

状小说"，①是继《金色笔记》之后的又一个高峰和转折点。它详细而真实地记录了从 1945 年到 20 世纪 60 年代末英国人的生活，成为社会学家研究战后英国不可或缺的生活教材。《简述地狱之行》被誉为在艺术成就和形式上可以和《金色笔记》相媲美，甚至超越了《金色笔记》的小说。②此外，它颠覆了以往作品中把疯狂总是和女人相联系的传统，而描写了一个疯男人的形象③，从而解除了套在女人身上的紧箍咒。《黑夜之前的夏日》中的凯特被称为"二十世纪中叶的每个人"形象，④是"密集的女性主义文学版图中的灯塔"。⑤同样《幸存者回忆录》被认为和《鲁滨孙漂流记》有相似之处。《鲁滨孙漂流记》是帝国的开始，而《幸存者回忆录》完成了大英帝国在文学中的循环，它体现了帝国的结束。它是《鲁滨孙漂流记》的反面，是对它的改写和颠覆。⑥它独具特色的形式，连电影导演都不知如何体现。她的五部曲"外空间小说"《南船座中的老人星档案》的第一部《什卡斯塔》被称为世界简史，也是反对人类杀戮的宣传册，是对地球壮美大自然的赞歌，是对宇宙家园音乐的赞美诗。⑦《第三、四、五区间的联姻》《第八号行星代表的产生》两本小说采用了寓言形式，打破了传统的用现代主义颠覆传统小说的老路。⑧而《日记》独特的化名出版方式在出版界的尴尬和评论家的窘态中披露了出版界的潜规则。它被认为"冲破了描写老年妇女身体的禁忌"。⑨

---

① Claire Sprague and Virginia Tiger. "Introduction." *Critical Essays on Doris Lessing.* ed. Claire Sprague and Virginia Tiger. Boston: G. K. Hall, 1986, p. 11.

② Douglass Bolling. "Structure and Theme in *Briefing for a Descent into Hell.*" *Contemporary Literature.* Vol. 14, No. 4 (1973), p. 550.

③ Claire Sprague and Virginia Tiger. "Introduction." *Critical Essays on Doris Lessing.* ed. Claire Sprague and Virginia Tiger. Boston: G. K. Hall, 1986, p. 14.

④ Erica Jong. "Everywoman out of Love?" *Critical Essays on Doris Lessing.* ed. Claire Sprague and Virginia Tiger. Boston: G. K. Hall, 1986, p. 199.

⑤ 转引自 Barbara F. Lefcowitz. "Dream and Action in Lessing's *Summer Before the Dark.*" *Critique*, Vol. 17, No. 2 (1975), p. 107。

⑥ Martin Green. "The Doom of Empire: *Memoirs of a Survivor.*" in *Critical Essays on Doris Lessing.* ed. Claire Sprague and Virginia Tiger. Boston: G. K. Hall, 1986, pp. 35 – 36.

⑦ Claire Sprague and Virginia Tiger. "Introduction." *Critical Essays on Doris Lessing.* ed. Claire Sprague and Virginia Tiger. Boston: G. K. Hall, 1986, p. 15.

⑧ Claire Sprague and Virginia Tiger. "Introduction." *Critical Essays on Doris Lessing.* ed. Claire Sprague and Virginia Tiger. Boston: G. K. Hall, 1986, p. 16.

⑨ Diana Wallace. " 'Woman's Time': Wome, Age and Intergenerational Relations in Doris Lessing's *The Diaries of Jane Somers.* " *Studies in the Literary Imagination*, Vol. 39, Issue 2 (Fall 2006), p. 52.

这本小说还利用时间和空间的转换，实现了一个人青年、中年和老年三种生命形态在同一时空中的呈现。① 《第五个孩子》以及此后的续篇《本，在人间》是从文本上对人类后现代状况进行了寓言式的符码解读。② 莱辛近十几年的作品《又来了，爱情》《最甜的梦》《玛拉和丹恩历险记》《裂缝》《阿尔弗雷德和爱米莉》等仍然在评论家们激烈地争辩和探索中等待着最后的盖棺定论。但无论怎样，她的《青草在歌唱》《金色笔记》《四门城》等已经被公认为世界经典。她被称为"正在创作我们这个世纪的百科全书"。③

　　莱辛作品的成功来源于生活，来源于她丰富而坎坷的经历。莱辛说，在罗德西亚农场时，人们的谈话对自己的影响巨大，她总是在阳台聊天和闲谈中了解人们的思想情感，并把他们的语气和情感写入书中。④

　　多丽丝·莱辛原名多丽丝·梅·泰勒，于 1919 年 10 月 22 日出生在波斯（今伊朗）克尔曼沙赫一个英国人的家庭。父亲阿尔弗雷德·库克·泰勒（Alfred Cook Taylor），是第一次世界大战的退役士兵。战前曾是英国的银行职员，战后，来到波斯帝国银行任经理。母亲爱米莉·莫德·麦克维（Emily Maude McVeagh）"一战"时当过护士。据莱辛在自传中说，她的母亲非常喜欢伊朗的生活。出身中产阶级的她常常参加当时英国领馆夫人们的宴会，在当时的社交圈里如鱼得水。而她的父亲在战争中失去一条腿，战后性情大变，内向敏感，整日郁郁寡欢。他从不参加任何社交活动，对驻伊朗英国官员的腐败深恶痛绝，所以当在英国度假期间，从帝国展览中看到开发非洲的项目时，立刻作出了前往非洲的决定。⑤ 1925 年泰勒一家移居南罗德西亚（今津巴布韦），来到莫桑比克以西约 100 英里的农场。附近山区茂盛的林地和嬉戏的动物、缤纷的植物以及从英国寄来的书和杂志成了莱辛童年

①　王丽丽：《从〈简·萨默斯的日记〉看多丽丝·莱辛的生命哲学观》，《当代外国文学》2005 年第 3 期，第 35～39 页。

②　王丽丽：《寓言和符号：莱辛对人类后现代状况的诠释》，《当代外国文学》2008 年第 1 期，第 139～145 页。

③　Claire Sprague and Virginia Tiger. "Introduction." *Critical Essays on Doris Lessing*. ed. Claire Sprague and Virginia Tiger. Boston：G. K. Hall，1986，p. 24.

④　Michael Thorpe. "Running Through Stories in My Mind." in *Doris Lessing：Conversations*. ed. Earl G. Ingersoll. New York：Ontario Review Press，1994，pp. 98 - 99.

⑤　Thomas Frick. "Caged by the Experts." in *Doris Lessing：Conversations*. ed. Earl G. Ingersoll. New York：Ontario Review Press，1994，p. 155. 关于展览会的细节，参见 Victoria Rosner. "Home Fires：Doris Lessing, *colonial Architecture*, and the Reproduction of Mothering." *Tulsa Studies in Women's Literature*，Vol. 18，No. 1（Spring 1999），pp. 59 - 89.

最好的伙伴。莱辛 7 岁时就被送进了索尔兹伯里（今津巴布韦首都哈拉雷）由天主教女修道会创办的教会学校，开始了她正式的学习生活。虽然她的成绩名列前茅，但那里严酷的宗教环境和氛围使她感到窒息。14 岁时，由于眼疾，莱辛离开了学校，开始在家如饥似渴地读书自学。期间，她经常借住在她父母的朋友家，还做过一段"换工姑娘"（Au pair girl），类似于保姆。在 1937 年她曾经到过约翰内斯堡，和一家同矿务事务厅（Chamber of Mines）有关系的人家住在一起。由于这些朋友大都来自中上层阶级，是从事各种职业的英国人，他们的家里有黑人佣人，因而这些经历对她了解生活在非洲的英国人的家庭状况和心理诉求以及种族关系都具有重要作用。她曾经在自传中说过：她们在露台上的话题永远都是英国的时局、非洲的状况，以及种族问题。[①] 1938 年她来到了索尔兹伯里做电话接线员，并开始写作。次年同政府职员弗兰克·查尔斯·威兹德姆（Frank C. Wisdom）结婚，生育一子一女。1943 年离婚。期间，她参加了非洲左翼政治活动。1945 年出于政治原因，同具有犹太人血统的德国流亡马克思主义者戈特弗莱德·安顿·尼古拉斯·莱辛（Gottfried Anton Nicolai Lessing）结婚，生育一子。莱辛在"二战"早期和 1946 年曾经在开普敦待过几个月，为当时的共产党报纸《卫报》工作，做打字员，接触到了许多共产党人，也接触到了许多工厂和农场的工人。他们的收入之低令她震惊。1949 年她离开非洲前夕离婚。戈特弗莱德·莱辛后来成为民主德国驻乌干达大使，1979 年被暗杀。莱辛1949 年只身带着 20 美元和儿子彼得以及《青草在歌唱》的手稿从好望角坐船前往英国，[②] 并在伦敦一直定居到去世。

刚到伦敦，作为带着孩子的单身母亲，莱辛生活拮据。但 1950 年《青草在歌唱》的成功使她成为文学界一颗冉冉升起的新星，也为她打开了出版商的大门，使她得以靠写作维持生计。她又连续出版了短篇小说《这是老酋长的家乡》（1951），半自传体五部曲小说《暴力的孩子们》的前三部《玛莎·奎斯特》（1952）、《合适的婚姻》（1954）和《暴风雨掀起的涟漪》（1958）。与此同时，她还积极参加伦敦的进步政治活动，于 1951 年加入了英国共产党。《暴力的孩子们》真实地记录了她这一段的生活经历。后来她参加了英国社会主义作家组织。1952 年她作为"呼吁世界和平的作家代表

① Doris Lessing. *Under My Skin*. London：Harper Collins Publishers，1994，p. 19.
② Mona Knapp. *Doris Lessing*. New York：Frederick Ungar Publishing Co.，1984，p. 15.

团"成员访问了苏联。1956 年她重访南非和罗德西亚，却被当时的联邦政府以她出生于伊朗不是英国人为由拒绝入境。实际原因是因为她的共产党员身份和公开反种族歧视统治的言论。这段经历反映在她的纪实散文《回家》（1957）中。期间她还写了许多短篇小说和诗歌。1954 年她由于短篇小说集《五》获得了毛姆最佳作品奖，从此专事写作。由于不满斯大林的"清洗"政策等原因，1956 年退党。在 20 世纪 50 年代末，莱辛涉足戏剧，尝试写剧本。1962 年莱辛的小说《金色笔记》出版，引起巨大反响。它不仅奠定了莱辛在文学界的地位，也带给了她巨大的国际声誉和丰厚的物质条件，从此摆脱了生活的困窘。《暴力的孩子们》后两部《围地》和《四门城》在1966 年和 1969 年陆续出版。这两部同前三部在风格上的差异引起了评论界的注意。1969 年莱辛第一次到美国（美国曾几次由于她的共产党身份而拒绝她入境），正赶上学生运动及反对越战等活动。美国学生们对于政治等观点的尊重和热情感染了她。她在布法罗的纽约州立大学石溪分校，以及加州大学伯克利分校作了演讲。当有学院邀请她担任全职教学职位的时候，她拒绝了，因为她觉得自己 14 岁就辍学了，学术背景不够资格。她看上去"仿佛卡夫卡再生，羞涩、低调、谦逊，坚持自己的作品由别人、任何一个具有普通学术资格的普通学者来教，觉得自己有点配不上自己所代表的名称"。①1974 年莱辛再一次访问美国，获得美国文学艺术科学院、文化研究所和现代语言协会荣誉成员的称号。② 70 年代，莱辛又陆续出版了被称为"内空间小说"的《简述地狱之行》（1971）、《黑暗前的夏天》（1973）和《幸存者回忆录》（1974）。正当人们对她具有新风格的小说充满期待的时候，莱辛另辟蹊径在 1979 年到 1983 年的 4 年间，连续出版了她称为"外空间小说"的五部曲《南船座中的老人星档案》：包括《什卡斯塔》（1979）、《第三、四、五区间的联姻》（1980）、《天狼星试验》（1980）、《第八号行星代表的产生》（1982）和《沃伦帝国的情感代表》（1983）。人们还未从科幻的惊愕中喘过气来，紧接着莱辛笔锋一转，于 1983 年和 1984 年分别推出了描写当代都市情感的姐妹篇《一个好邻居的日记》和《如果老人能够……》，并于 1984 年以《简·萨默斯的日记》为题结集出版。至此，评论界已被莱辛

①　Joyce Carol Oates. "One Keeps Going." in *Doris Lessing*：*Conversations*. ed. Earl G. Ingersoll. New York：Ontario Review Press, 1994, p.38.

②　Mona Knapp. *Doris Lessing*. New York：Frederick Ungar Publishing Co., 1984, p.15.

风格的快速转换搞得不知所措。后来，莱辛又出版了社会主题小说《好恐怖分子》（1985）和《第五个孩子》（1988），好评如潮。1993 年莱辛到中国访问。1996 年发表长篇小说《又来了，爱情》，1999 年发表带有科幻色彩的小说《玛拉和丹恩历险记》，2000 年发表了《第五个孩子》的续集《本，在人间》。除了小说，莱辛还在 1994 年和 1997 年发表了《我的皮肤下》和《在阴影下行走》两本自传，分别回忆了她从出生到 1949 年，1949 年到 1962 年的经历。期间莱辛还出版了大量的短篇小说和散文，如《一个男人和两个女人》（1963）、《一个无婚姻的男人和其他故事》（1972）、《伦敦观察》等短篇小说集。其中《杰克·奥克尼的诱惑》等颇受评论界关注。在莱辛的随笔和散文集中，《个人微小的声音》（1975）、《我们选择居住的监牢》（1987）和《非洲笑声》（1992）等颇受关注。

　　进入 21 世纪，已经超过 80 岁高龄的莱辛仍然笔耕不缀。2001 年她又出版了《最甜的梦》。这本小说原本计划是她的第三本自传，后来却改成了小说。2003 年出版短篇小说集《祖母们》。2004 年出版的随笔集《时间辣味》，收集了她原来从未发表过的评论文章、散文等。2005 年出版《玛拉和丹恩历险记》的续集《丹恩将军和玛拉的女儿，格里奥以及雪狗的故事》。2007 年出版长篇小说《裂缝》。2008 年出版描写自己父母经历的半虚构小说《阿尔弗雷德和爱米莉》。至此，莱辛成为世界上罕见的近 90 高龄还在创作的作家。不过，在完成这部小说之后，莱辛在接受采访中说，她自己已经精力衰竭。一语成谶，这成为她人生最后一部作品。2013 年 11 月 17 日莱辛去世。

　　在莱辛跨越半个多世纪的创作中，她斩获了欧洲几乎所有的文学大奖，并在多次提名之后，于 2007 年获得文学界的最高奖——诺贝尔文学奖，成为历史上年龄最高的获奖者。她还曾陆续获得哈佛、普林斯顿等世界著名大学的荣誉博士学位，成为美国现代语言协会的荣誉会员，2000 年的 "对国家做出突出贡献" 的 "荣誉爵士" 勋章等。不过她却分别在 1977 年和 1992 年拒绝了 "大英帝国勋章" 和 "大英帝国女爵士" 称号，理由是帝国已不复存在。①

　　莱辛的巨大成就早就吸引了评论界的注意。除了每年数量不菲的评论文

---

①　Benedict Moore – Bridger. "Nobel Prize Winner Doris Lessing Refuses to become a Dame because of Britain's 'Non – existent Empire'." 22 Octorber 2008. Mail online. Retrieved from Yahoo Feb. 27, 2012. http://www.dailymail.co.uk/news/article – 1079647/Nobel – Prize – winner – Doris – Lessing – refuses – dame – Britains – non – existent – Empire.html.

章和持续不断的研究专著和论文外，1971 年著名的莱辛评论家保罗·施吕特（Paul Schlueter）召集组织了第一次美国现代语言协会莱辛专题研讨会。会议原本计划 35 人参加，结果到会的超出 40 位学者。在此后每年召开的莱辛专题研讨会的基础上，1976 年多丽丝·莱辛协会正式成立，克莱尔·斯普拉格成为协会的第一任主席。翌年，出版第一期《多丽丝·莱辛通讯》（Doris Lessing Newsletter），此后每年两期，成为莱辛研究学者们交流对莱辛看法的平台。正如迪·塞利格曼（Dee Seligman）在创刊号上所说，"《多丽丝·莱辛通讯》的目的就是为了在莱辛的严肃读者中促进观点和信息的分享"。协会的会员和《多丽丝·莱辛通讯》的编辑来自德国、英国、日本、南非和斯堪的纳维亚国家等。2002 年春天，《多丽丝·莱辛通讯》更名为《多丽丝·莱辛研究》（Doris Lessing Studies）。关于这本刊物，莱辛 1984 年接受采访时对此不以为然。她说自己觉得"特别尴尬"，她一点也不喜欢"偶像崇拜的气氛"。[①]

2004 年 4 月在新奥尔良，多丽丝·莱辛协会发起举办了第一次多丽丝·莱辛国际会议；2007 年 7 月在英国利兹都市大学召开了第二次多丽丝·莱辛国际会议；2010 年 5 月在北肯塔基召开了第三次多丽丝·莱辛国际会议。

目前，莱辛拥有独立的出版商，来打理有关莱辛作品出版的一切事宜。根据米歇尔·费尔德的采访记录，莱辛居住在非洲的时候，她送了 18 篇短篇小说给伦敦的柯蒂斯·布朗经纪公司（Curtis Brown Agency）。朱丽叶·欧赫（Juliet O'Hea，后成为莱辛的第一个经纪人）写回信问，"你有小说吗？"莱辛回答有，但是版权已经以不公平的条款卖给约翰内斯堡的出版商。欧赫立刻为她要回版权，送给了伦敦出版商迈克尔·约瑟夫（Michael Joseph）。后来，莱辛的出版商又转到了伦敦的乔纳森·凯普（Jonathan Cape）和美国的诺普夫（Knopf）。尔后，莱辛转到了哈珀·柯林斯（Harper Collins）。1984 年，欧赫从柯蒂斯·布朗经纪公司退休，莱辛的经纪人改为乔纳森·克洛维斯（Jonathan Clowes），其大本营在法国。这个小公司现在打理着莱辛在世界范围的所有出版物。对于一个有着 60 多年创作历史的作家来说，只有过两个经纪人，几个出版社，真是创纪录的。莱辛说，"我非

---

① Eve Bertelsen. "Acknowledging a New Frontier." in *Doris Lessing: Conversations*. ed. Earl G. Ingersoll. New York: Ontario Review Press, 1994, p. 121.

常幸运。"①

二　国内外研究现状述评

　　莱辛在评论界以多产和"难懂"著称。就前者而言，在半个多世纪的创作生涯中，莱辛的创作在数量和种类上达到了惊人的程度：到现在为止，她的各种著作已达近 60 部，其中长篇 27 部，自传 2 部，十几部短篇小说集，散文或杂文（集）近 10 部，此外还有戏剧和诗歌。就后者来说，莱辛从 1950 年发表第一部小说《青草在歌唱》以来，不断被冠以艺术风格上的"现实主义""现代主义""后现代""科幻"作家的头衔；或内容上的"政治小说家""马克思主义""女性主义""反种族歧视""心理分析""激进的人文主义"等标签；抑或是意指作家本人属地的"非洲""欧洲""移民""英国"作家等，不一而足。不过，令评论家越来越困惑的是，随着莱辛的作品增多，这种人为的从属划分不仅越来越困难，越来越没有说服力，而且到了 21 世纪，面对着莱辛更为独特的小说，评论界意识到根本没有办法再归类，因而开始冠以"跨越界限"等名称。而莱辛似乎打定主意要和评论界把猫捉老鼠的游戏玩到底，到最后一部小说，竟以父母为原型，为他们各设置了一个没有经过战争的想象生活和现实生活中的真实生活，完全打破了迄今为止的小说的叙事模式。除此之外，莱辛作品涉及的领域几乎无所不包，从人文地理到科学知识，从西方哲学到东方宗教。其类比、意象和象征的独特、新奇，常常别出心裁，其意义深奥多变，难以捉摸，再加上莱辛本人性格直率，不畏权威，常常对评论界出言不逊，甚至捉弄其并令其出丑，因此莱辛赢得了"难懂"的"美名"。也正是由于这些原因，莱辛在评论界的"星途"并不都是一帆风顺。

　　英美评论界对莱辛的学术研究始于 20 世纪 60 年代。半个多世纪以来，随着莱辛国际影响的日益扩大，各种评论层出不穷。80 年代，莱辛的影响已经遍及 20 多个国家。根据全球联合目录（World Cat）② 所做的不完全统计，截至 2012 年，各类语言有关莱辛的各种图书和文章数量已经达到 4000

---

①　Michele Field. "Doris Lessing: 'Why Do We Remember?' (Interview) . " *Publishers Weekly*. Vol. 241, No. 38（Sept. 1994），p. 47. Literature Resource Center. Gale. UC Berkeley. 21 Sept. 2009. http：//go. galegroup. c om/ps/start. do? p ＝ Lit RC&u ＝ ucberkeley.

②　全球联合目录（World Cat）是指世界上最大的图书馆馆藏图书目录数据库。

多篇（种），其中图书近 3000 种，硕士博士学位论文 500 多篇，各类文章 500 多篇。要对这么庞大的评论成果作一梳理不仅难度大，而且一本书的篇幅也明显不够。为了尽可能对莱辛批评有一个大致的了解，本书仅按照时间顺序对重要的研究专著、批评文集和一部分博士论文作一概述，而把主要的报刊文章分别放在每一部小说前面，从对该小说的评论角度进行简要归纳，详细列表放在全书后面的参考文献中。然后，就中国国内的研究状况进行概述。最后，就国内外研究进行总结，揭示目前所存在的问题。

国外研究专著

最早研究莱辛的专著是多萝西·布鲁斯特（Dorothy Brewster）1965 年写的《多丽丝·莱辛》，但由于它的介绍性质，现在已很少有人提起。1973 年，保罗·施吕特（Paul Schlueter）发表《多丽丝·莱辛的小说》。哈利·穆尔（Harry T. Moore）在前言中称，这是一部全面介绍莱辛并具有"开拓意义的著作"。[①] 在这部专著中，施吕特对莱辛当时发表的 10 部小说进行了全面评价。他认为莱辛最好地表达了当代"敏感个人的失落感和自我意识"，并在所有的小说中提倡一种"个人责任"，从而把自己和其他人，乃至世界都"有意义地"联系在了一起，最终获得最高意义的个人自由。[②] 他认为莱辛主要是一个现实主义作家，并且认为除了《金色笔记》和《简述地狱之行》以外，莱辛都是偏重于内容而不是形式。这本专著主要是从主题的角度来谈论莱辛的创作。他认为莱辛是一个关注个人和社会相互关系的"介入"（committed）型作家，最终要取得个人的自由。不过，这两本关于莱辛的专著基本还是介绍性质的。1977 年，玛丽·辛格尔顿（Mary Singleton）发表《城市和草原——莱辛的小说》。贝特西·德雷恩（Betsy Draine）在《压力下的本质》中对于这本书的精髓作了很好的总结，"玛丽·辛格尔顿运用象征的词汇寻求对莱辛作品的统一认识。她的著作，《城市和草原——莱辛的小说》追溯了莱辛作品中三个母题的相互关系：草原，代表了自然无意识；城市，代表了人类意识的成就；以及理想城市，'一种新的和更统一的意识形式……黄金时代终于要来了。'在辛格尔顿看来，莱辛每一本小说的风格是由这三个母题之一所决定的。草原要求的是象征手法，城市吁求现实主

---

① Harry T. Moore. "Introduction." *The Novels of Doris Lessing* by Paul Schlueter. Carbondale and Edwardsville: Southern Illinois University Press, 1973, p. III.

② Paul Schlueter. *The Novels of Doris Lessing*. Carbondale and Edwardsville: Southern Illinois University Press, 1973, pp. 1 – 2.

义，而理想城市用神话和原型来表达自己"。① 它的独特之处在于把作品中的意象和莱辛的主题与风格融为一体，但缺点是简化了莱辛丰富的主题。1978 年，迈克尔·索普（Michael Thorpe）发表《多丽丝·莱辛的非洲》，试图探讨莱辛的非洲"梦"和"现实"之间的关系。他认为莱辛是当今最多才多艺、成就最高的白人非洲英语作家。她描写非洲的作品远远超出了种族问题。其发生在白人占领区的种族、信仰、阶级之间的不信任和敌意是整个人类悲剧历史的一部分。1979 年，罗贝塔·鲁宾斯坦（Roberta Rubenstein）的《多丽丝·莱辛的新视野》是第一部系统研究莱辛作品的专著。她运用心理分析的理论，特别是荣格的心理分析理论，从研究作品人物意识入手，探讨作者的思想和作品形式的关系，极具启发性。1983 年，贝特西·德雷恩《压力下的实质》第一次把目光从莱辛小说的主题转向了她小说的叙述结构和风格。用她自己的话说，是想把批评界的注意力引向"形式本身作为一种命令，作为一种对于内容的压力的发展"。② 她认为莱辛的风格虽然在变化，但主题基本未变。她认为莱辛小说形式的变化一方面是由造成认知变化的历史因素所决定的，另一方面也是艺术作品感知装置的决定者。劳娜·塞奇（Lorna Sage）和莫娜·奈普（Mona Knapp）分别在 1983 年和 1984 年发表同名著作《多丽丝·莱辛》，对莱辛的作品进行了介绍。塞奇的专著从地理空间的转换切入莱辛的生活和作品，对莱辛的思想和创作主题进行了颇有见地的分析。"我们是谁？莱辛的作品在询问中直击当代文化妄想症的中心"③，提出了新时期我们所面临的挑战。莫娜·奈普的专著是当时第一部对莱辛的所有作品，包括诗歌、戏剧、小说、散文等进行研究的专著。这部专著不仅提供了翔实的背景资料，而且还提出了许多非常有价值的观点。如有关莱辛对于集体主义的批判，以及莱辛作品中个人、集体和整体三足鼎立的观点等。1985 年，凯瑟琳·费什伯恩（Katherine Fishburn）发表《多丽丝·莱辛出人意料的宇宙——叙事技巧研究》，从艺术特色的角度对莱辛的 7 部"空间"小说进行了详尽地分析，揭示出莱辛通过运用不同的叙事视角促使我们从新的角度对当代社会和政治结构进行批判的良苦用

---

① Betsy Draine. "Introduction." *Substance under Pressure*：*Artistic Coherence and Evolving Form in the Novels of Doris Lessing*. Madison：The University of Wisconsin Press, 1983, p. xii.

② Betsy Draine. "Introduction." *Substance under Pressure*：*Artistic Coherence and Evolving Form in the Novels of Doris Lessing*. Madison：The University of Wisconsin Press, 1983, p. xii.

③ Lorna Sage. *Doris Lessing*. London：Methuen, 1983, p. 11.

心。1984年，伊芙·伯特尔森（Eve Bertelsen）在非洲出版《多丽丝·莱辛的南罗德西亚：小说中的历史》，这是第一部在非洲出版研究莱辛的专著。吉恩·皮克林（Jean Pickering）1990年发表《理解莱辛》，从研究作者出发研究作品，试图寻找她的生平和作品之间的关联，从整体解读她的作品主题。1991年，阿妮塔·迈尔斯（Anita Myles）根据自己的博士学位论文发表专著《多丽丝·莱辛：一个具有有机思想的小说家》，试图以小见大地勾勒出莱辛统一的宇宙世界和精神和谐主题。1994年，沙迪亚·斯·法希姆（Shadia S. Fahim）发表的《多丽丝·莱辛：苏菲平衡和小说形式》以及1997年，木格·噶林（Müge Galin）发表的《东西方之间：多丽丝·莱辛小说中的苏菲主义》从不同的角度揭示了苏菲主义理念和莱辛小说的关系，对于了解苏菲主义对莱辛的影响具有极大的参考价值。1997年盖尔·格林（Gayle Greene）出版《多丽丝·莱辛：变化的诗学》。她通过对莱辛作品的分析，描绘出了莱辛思想变化的轨迹，从一个侧面解答了当时人是社会构成的，是否可以超越社会的理论争端。这本著作以"变化"为主线，全面而详尽地从主题、结构、风格等方面分析了从1950年的《青草在歌唱》一直到1985年的《好恐怖分子》等10多部小说，并回应了评论界对莱辛小说的质疑和批评，盛赞莱辛是一位想象力极为丰富、与时俱进，改变了我们思维方式的伟大小说家。这本书是到目前为止少有的几本研究莱辛著作中见解最为深刻、最富洞见性和独特性思想、最具启发性的著作之一。2006年，大卫·沃特曼（David Waterman）发表《多丽丝·莱辛空间小说中的身份》，展示了莱辛7部"空间"小说和1部中篇小说中不同身份之间的张力，揭示莱辛试图冲破传统观念的束缚，引导我们走向变化现实世界的乐观态度。

　　除了专著，还出现了一些很有分量的批评文集。1974年，阿尼斯·普拉特（Annis Pratt）和邓博（L. S. Dembo）编辑出版《多丽丝·莱辛：批评研究》。这是第一部研究莱辛的批评文集，收录了从1962年以来最重要的有关莱辛的批评文章。这部文集最大的特点是展示了莱辛研究初期学者们对莱辛作品中有关现实和艺术以及女性主义等的一些争论。1982年，珍妮·泰勒（Jenny Taylor）编辑《笔记/回忆录/档案：阅读并重读多丽丝·莱辛》，突出了莱辛作品的争议性以及在不同话语和历史背景下莱辛作品的文化意义。作者虽然都是女性，但并不一定持女性主义观点。收录的文章中有许多新的视角和新的见解，具有很高的参考价值。1986年，克莱尔·斯普拉格和弗吉尼亚·泰格（Virginia Tiger）编辑出版《莱辛批评文集》，对莱辛的著作了进行全面梳理。这本文集分为四个部分：政治和模式、女性空间、内在和外在空间以及接受与声望，收录了许多具有独特见解的优秀评论文章，包括许多知名作家和评论家，如斯诺（C. P. Snow）、奥茨（Joyce Carol Oates）、欧文·豪（Irving Howe）、金斯利·艾米斯（Kingsley Amis）等第一时间对莱辛作品作出响应和评价的文章，体现了莱辛对于年轻一代作家的影响。1988 年，凯里·卡普兰（Carey Kaplan）和艾伦·科罗娜·罗斯（Ellen Cronan Rose）收集了自 1971 年美国现代语言协会多丽丝·莱辛专题探讨会在此前 15 年的优秀论文，以《多丽丝·莱辛：生存点金术》为题结集出版。1999 年，菲丽丝·斯特恩伯里·帕拉吉斯（Phyllis Sternbery Perrakis）编辑出版《莱辛作品中的精神探索》。这是第一次就莱辛作品中的精神维度进行分析的批评文集，开辟了莱辛研究的新视角。2003 年，哈罗德·布鲁姆（Harold Bloom）编辑出版《多丽丝·莱辛》。这是布鲁姆就当代西方最受关注、最受读者欢迎的诗人、小说家、戏剧家和散文家所编纂的当代最优秀批评文集《现代批评观念》系列丛书之一。不过，颇具讽刺意味的是，尽管布鲁姆认为莱辛是当今时代的代表，但对莱辛的评价却并不高。他认为莱辛的语言平淡无味，而且思想局限很大，不仅不能和乔治·艾略特相比，即使和同时代的默多克相比，也不具优势。2009 年，爱丽丝·里德奥特（Alice Ridout）和苏珊·沃特金斯（Susan Watkins）编辑出版《多丽丝·莱辛：跨越界限》。这是莱辛获得诺贝尔文学奖之后的第一部批评文集。它选取了对莱辛不同类型文本的批评文章，其目的是为了用形式本身"无声地"展示莱辛作品的"跨界限"特点。2010 年，蒂布拉斯·拉斯科（Debrath Raschke）、菲丽丝·斯特恩伯里·帕拉吉斯和桑德拉·辛格（Sandra Singer）编辑出版《多丽丝·莱辛：诘问时代》。收录的批评文章从不同角度，分析了莱辛的作品，展示了莱辛对于当代困扰我们的迫切问题的深切关注，迫使我们重新思考对 21 世纪现实世界的看法。

　　除了专著文集以外，还有许多学位论文对莱辛进行了总体评价。根据保罗·施吕特记载，美国第一篇关于莱辛的博士学位论文是 1965 年约翰·阿尔弗雷德·凯瑞（John Alfred Carey）所写（国际上第一篇评论是 1963 年东德的戈特弗里德·格拉斯特恩 Gottfried Graustein 所写），第二篇是 1968 年保罗·施吕特自己的博士学位论文。[①] 凯瑞谈到在出版界对莱辛

---

① Anonymous. "Not 1st, Perhaps 24th." *Science Fiction Studies*, Vol. 19, No. 2（Jul. 1992），pp. 279 – 280. http：//www. jstor. org/stable/4240174.

的接受一开始并不很顺利。1965 年他的博士学位论文就被出版商拒绝了，理由居然是 "有一个读者觉得莱辛不是一个主要的当代人物，不值得为她写一本严肃的学术著作"。弗雷德里克·麦克道尔（Frederick P. W. McDowell）试图发表一篇有关莱辛直到 1965 年创作成就的文章，也遇到了同样的问题。 "有些编辑承认不知道她，另一些认为她不够重要。"① 在 1965 年的《多丽丝·莱辛：追寻现实——她小说中的主题研究》一文中，阿尔弗雷德·A. 凯瑞（Alfied A. Carey）通过分析莱辛小说中的主题，认为莱辛远离了意识形态系统，提倡一种和世界直觉和本能的关系。1971 年爱伦·W. 布鲁克斯（Ellen W. Brooks）的论文《片断和整体：多丽丝·莱辛小说研究》；1972 年路易斯·A. 马奇诺（Lois A. Marchino）的《多丽丝·莱辛小说中的追寻自我》；1973 年帕特里夏·哈利迪（Patricia Ann Young Hallidey）的《多丽丝·莱辛作品中的整体性追寻：图解中的双重性、多样性以及模式析图》；1974 年维尔玛·格朗特（Velma Fudge Grant）《多丽丝·莱辛小说中的追寻整体性》发表。所有这些论文都是把莱辛的作品看作一个整体，强调片段和整体的关系。1971 年努埃里内·奥尔康（Noeline Elizebeth Alcorn）的论文《多丽丝·莱辛小说研究》认为莱辛的小说阐释了一种对于人性的信念，这种信念取决于前景和梦魇之间的平衡。1976 年萨利·约翰逊（Sally Hickerson Johnson）写了《多丽丝·莱辛小说中的形式与哲学》，揭示了马克思主义理论和苏菲主义对莱辛的影响，认为莱辛同马克思主义的接触及对于苏菲主义的兴趣都源于一种 "宗教冲动"。1979 年塔玛拉·米切尔（Tamara Mitchell）的《多丽丝·莱辛小说中的非理性因素》 也涉及同样的主题，通过梦幻等揭示莱辛小说中对于理性和非理性的融合。1977 年玛丽·德雷恩（Mary Elizabeth Draine）的《多丽丝·莱辛小说中意识阶段》宣称宿命论和自由的冲突是贯穿莱辛小说的主线。1978 年苏丹·西姆斯（Sudan K. Suran Sims）在《多丽丝·莱辛小说中的重复》中认为莱辛把现实看作是一个循环过程，人类只有通过自省方能摆脱这种循环。1980 年艾琳·马尼姆（Eileen Carolyn Manim）的《穿过混乱的超越：多丽丝·莱辛小说研究》；1980 年英格丽·霍姆奎斯特（Ingrid Holmquist）发表论文《从社

---

① Carey Kaplan and Ellen Cronan Rose. ed. *Doris Lessing：The Alchemy of Survival*. Athens：Ohio University Press，1988，p. 8.

会到自然：多丽丝·莱辛〈暴力的孩子们〉研究》；1986 年露丝·萨克斯顿（Ruth Olsen Saxton）的《心灵的衣服：多丽丝·莱辛小说中的衣服和外表》；1996 年吉尔·K. 安德鲁斯（Jill K. Andrews）的《多丽丝·莱辛的主题》等也都从不同的角度对莱辛的小说进行了研究。

此外，还有许多论文对莱辛和其他作家进行了比较研究。其中值得一提的是 1992 年佩内洛普·勒菲（Penelope Anne Lefew）写的《乔治·艾略特、奥列佛·斯基纳、弗吉尼亚·伍尔夫和多丽丝·莱辛小说中的叔本华意志和审美》。这篇博士学位论文第一次对叔本华的意志理论和审美思想对这些女作家的影响进行了分析。1983 年，桑德拉·布朗（Sandra Gay Brown）写了《消失的心灵：〈荒原〉以及多丽丝·莱辛小说中的圣杯传奇比喻》。布朗探讨了《荒原》对莱辛创作的影响。1995 年兰德尔·斯沃博达（Randall Alan Svoboda）写了《私人和公共空间之间：莱辛、劳伦斯、乔伊斯和福斯特小说中的个人历史写作问题》，对这些作家在书写个人历史中的实验性和引发的对历史和个体的重新思考进行了分析。1993 年，玛莎·夏普（Martha Jayne Sharpe）写了《伍尔夫、莱辛和阿特伍德的自主性、自创性和女艺术家形象》，对《到灯塔去》《金色笔记》和《猫眼》中女艺术家形象的自我创造和自立进行了比较。

国内研究现状

根据对中国知网以及万方硕博士学位论文全文数据库文献的查阅，截至 2013 年 9 月，国内研究莱辛的文章总数达 1262 篇，其中硕士学位论文 338 篇，博士学位论文 8 篇，专著 5 部。国内对莱辛的研究可以分为两个大的时期，以莱辛获得诺贝尔奖的 2007 年 10 月为界。

在莱辛获奖之前，国内对莱辛的研究可以分为三个阶段。

第一个阶段是翻译阶段。由于莱辛的政治背景，我国对莱辛作品的引进始于 20 世纪 50 年代，但仅限于《青草在歌唱》和一些短篇小说的翻译，没有评论。

20 世纪 70～90 年代处于莱辛研究的初期，是第二阶段。根据中国知网、万方硕博学位论文全文数据库等的统计，论文共有 34 篇。1979 年黄门澄在《现代外语》第 2 期发表论文《当代英国有哪些比较著名的小说家》，成为"文革"后我国大陆学术刊物提到莱辛的第一篇文章。80 年代到 90 年代，随着对莱辛作品的译介逐渐增加（虽然仍然局限于短篇小说），陆续出现了一些对莱辛及其创作的介绍性文章。① 1988 年黄梅在《读书》第 1 期发表杂谈《女人的危机和小说的危机》，成为我国大陆专门介绍评析莱辛《金色笔记》的第一人。在这篇文章中，黄梅就已经对《金色笔记》中莱辛的一些重要观点，如有关女性自由、真实和虚幻的观点作了启发性的阐述。② 1993 年莱辛访问中国，莱辛的更多作品被国人认识。国内著名文学评论家侯维瑞、张中载、瞿世镜等都在不同刊物或专著中介绍了莱辛以及莱辛后期的《第五个孩子》和《又来了，爱情》等，并提到了莱辛对待差异和人道主义等的重要思想。③ 1994 年林树明发表论文《自由的限度——莱辛、张洁、王安忆比较》，开启了莱辛和中国作家比较的先河。④ 这一时期，李福祥是对莱辛关注较多的学者，分别在《外国文学评论》等刊物单独或合作发表《多丽丝·莱辛笔下的政治主题和女性》《试论多丽丝·莱辛的"太空小说"》《八九十年代多丽丝·莱辛的文学创作》等，对莱辛及其作品进行了较为广泛的介绍，并首次引入了对莱辛科幻小说的研究。⑤ 此外，钟清兰和张鄂民还就莱辛的创作特征和创作思想进行了初步的分析。⑥对于莱辛的作品分析主要集中于《金色笔记》，如陈才宇、刘雪岚、徐燕等都对

① 参见孙宗白《真诚的女作家多丽丝·莱辛》，《外国文学研究》1981 年第 3 期；惠辉：《多丽丝·莱辛》，《世界文学》1986 年第 3 期。此外，格格编译了《并非虚幻的历险记——多丽丝·莱辛网上谈新作〈玛拉和丹恩〉》，《外国文学动态》1999 年第 2 期。根据蒋花的综述（《多丽丝·莱辛研究在中国》，《比较文学》2008 年第 3 期），介绍性的文章还有 1982 年海西在《名作欣赏》第 5 期刊登了题为《陶丽斯·莱辛及其作品》的文章，1986 年《世界文化》第 6 期上发表了徐凡译自《现代英国文学简介》的伊丽莎白·B. 布兹的《多丽斯·莱辛——一位对非洲问题和西方文化中女权运动颇为敏感的作家》，王家湘在 1987 年《外国文学》第 5 期刊登了题为《多丽斯·莱辛》的文章。

② 黄梅：《女人的危机和小说的危机》，《读书》1988 年第 1 期。

③ 侯维瑞：《英国杰出女作家多丽丝·莱辛》，《译林》1998 年第 2 期，转引自胡勤《多丽丝·莱辛在中国的译介和研究》，《贵州大学学报》2007 年第 5 期，第 80 页；张中载：《多丽丝·莱辛与〈第五个孩子〉》，《外国文学》1993 年第 6 期，第 79~82 页；瞿世镜：《又来了，爱情》，《中华读书报》1999 年 2 月 10 日；瞿世镜等编著《当代英国小说》，外语教学与研究出版社，1998。

④ 林树明：《自由的限度——莱辛、张洁、王安忆比较》，《外国文学评论》1994 年第 4 期。

⑤ 李福祥：《多丽丝·莱辛笔下的政治与妇女主题》，《外国文学评论》1993 年第 4 期；《试论多丽丝·莱辛的"太空小说"》，《成都师专学报》1998 年第 2 期；李福祥、钟清兰：《八九十年代多丽丝·莱辛的文学创作》，《四川外语学院学报》2000 年第 1 期。

⑥ 钟清兰、李福祥：《从动情写实到理性陈述——论 D. 莱辛文学创作的发展阶段及其基本特征》，《成都师专学报》（文科版）1994 年第 1 期；张鄂民：《多丽丝·莱辛的创作倾向》，《暨南学报》1998 年第 4 期。

《金色笔记》的主题和形式进行了分析。① 1999 年出现了大陆第一篇关于莱辛的硕士学位论文。② 这一时期的研究主题主要围绕莱辛作品的政治和女性主义思想，以及引人注目的外部形式，且正面评价较多。进入 21 世纪，随着改革开放的深入，中西方文化交流增多，莱辛也越来越受到我国更多学者的关注。上海译文出版社 1999 年出版瞿世镜等译的《又买了，爱情》，2000 年译林出版社推出陈才宇等译《金色笔记》，外语教学与研究出版社引进了英文版《简·萨默斯的日记》，都极大地推动了国内对莱辛作品的研究热情。

第三个阶段是 2000 年到 2007 年 10 月，可以称为莱辛研究的发展阶段，论文数量达到 120 篇，其中硕士学位论文有 42 篇，博士学位论文 2 篇，并出现了我们大陆第一部莱辛研究专著。③ 这一时期的研究具有几个特点：一是硕士论文占到论文总数的 1/3 强，表明莱辛研究的影响逐渐扩大，并进入高校。二是莱辛作品的研究范围从之前的《金色笔记》，逐渐开始拓宽，向前后两个方向发展：其一是往前挖掘其早期作品的魅力，包括《青草在歌唱》《暴力的孩子们》；其二是向后延伸到莱辛后期的作品，如莱辛的 "外空间小说" 或或者说是科幻小说、《简·萨默斯的日记》《最甜的梦》《又来了，爱情》等。莱辛的短篇小说也进入学者的视野，研究视角在不断拓宽。如许多学者也注意到莱辛对苏菲主义的借鉴，包括后殖民、后现代的话题等。在论文的主题和形式研究方面也有了长足的发展。主题方面，除了对政治和女性主义的诸多讨论之外，还出现了一些新的视角，如司空草的苏菲主义论述、姜红的认识主题、王丽丽的生命哲学视角、田若飞的心理诊疗分析以及谷彦君对异化的理解，拓展了对莱辛作品的主题的认识。④ 2005 年国

---

① 陈才宇：《形式也是内容：〈金色笔记〉释读》，《外国文学评论》1999 年第 4 期；刘雪岚：《分裂与整合——试论〈金色笔记〉的主题与结构》，《当代外国文学》1998 年第 2 期；徐燕：《从 "间离效果" 看莱辛的〈金色笔记本〉》，《浙江大学学报》1999 年第 6 期。

② 徐燕：《走出迷宫——读多丽丝·莱辛的〈金色笔记本〉》，浙江大学硕士学位论文，1999。

③ Wang Lili. *A Study of Doris Lessing's Art and Philosophy.* Social Sciences Academic Press（China），2007.（王丽丽：《多丽丝·莱辛的艺术和哲学思想研究》，社会科学文献出版社，2007。）

④ 司空草：《莱辛小说中的苏菲主义》，《外国文学评论》2000 年第 1 期；姜红：《有意味的形式——莱辛的〈金色笔记〉中的认识主题与形式分析》，《外国文学》2003 年第 4 期；王丽丽：《从〈简·萨默斯的日记〉看多丽丝·莱辛的生命哲学观》，《当代外国文学》2005 年第 3 期；王丽丽、伊迎：《权力下的生存——解读〈青草在歌唱〉》，《山东大学学报》（社会科学版）2005 年第 2 期；田若飞：《论罗杰斯的 "反射" 理论在〈简·萨默斯的日记〉中的体现》，《沈阳教育学院学报》2005 年第 1 期；谷彦君：《〈四门城〉中的异化主题》，《黑龙江教育学院学报》2002 年第 1 期；赵志玲：《多丽丝·莱辛和 （转下页注）

内第一篇博士学位论文问世，2007 年国内第一部莱辛研究专著《多丽丝·莱辛的艺术和哲学思想研究》出版。①　王丽丽在其专著《多丽丝·莱辛的艺术和哲学思想研究》中，以莱辛早期的小说，包括《青草在歌唱》、五部曲《暴力的孩子们》《金色笔记》和两部合集《简·萨默斯的日记》在内的 9 部小说为例，对莱辛的艺术和哲学思想的关系进行了全面、深入的分析，认为莱辛的思想既根植于生命哲学又不拘泥于它，并指出：莱辛把历史和文化用线形和环形结构，通过历时和共时的角度结合在一起，构筑了一个独特的世界，并在这个世界中展开了自己对个人和社会关系的理解，从而最终形成了自己独特的世界观。作为一个身处 20 世纪中叶，各种思潮交替、"主义"泛滥的社会转型时期的作家，莱辛保持了异常清醒的头脑。她利用现代主义的宏大叙事去解构自己，运用后现代的技巧去构筑她自己统一的哲学思想。这个策略是她整个创作设计的基础。因此，才有了"大家人物"对集体意识的嘲讽；分裂的自我用来暗示双性同体的重要；时间的碎片来表示真正时间的流动；破碎的意象表现她对完整性的希望以及她小说貌似毫无关联的多变主题及形式却意指她对生命和人类的信念的始终如一。这也说明了她对拘泥于条条框框的传统的反叛与不屑。因此，说她是一个转型期作家是对她的简单化，但是，如果把她归类于现代或后现代作家又完全是一种误导。其实无论在艺术形式上还是在思想上，她的作品都是既有时代的烙印，又超越了她的时代。2007 年蒋花的博士学位论文《压抑的自我——异化的人生》对莱辛的非洲小说从个人和集体的关系的视角进行了分析，认为通过研究可以看出，地域政治在文学作品中的重要作用。②　不过，由于专著和博士学位论

(接上页注④)她的〈又来了，爱情〉》，《社科纵横》2004 年第 2 期；徐燕：《〈金色笔记本〉的超小说艺术》，《宁波大学学报》2003 年第 3 期；严志军：《〈玛拉和丹恩〉的解构之旅》，《外国文学研究》2002 年第 2 期；宋荣：《论〈到十九号房间〉的叙事角和叙事者》，《黔东南民族师范高等专科学校学报》2004 年第 4 期；黎会华：《解构菲勒斯中心：构建新型女性主义主体——〈金色笔记〉的女性主义阅读》，《浙江师范大学学报》(社会科学版) 2004 年第 3 期；刘颖：《建构女性的主体性话语——评多丽丝·莱辛的〈金色笔记〉》，《邵阳学院学报》(社会科学版) 2004 年第 1 期；夏琼：《论〈金色笔记本〉的女性主义》，《浙江教育学院学报》2003 年第 1 期、《评多丽丝·莱辛新作〈最甜的梦〉》，《浙江教育学院学报》2004 年第 3 期。

①　王丽丽：《生命的真谛——论多丽丝·莱辛的艺术和哲学思想》，山东大学博士学位论文，2005。Wang Lili. *A Study of Doris Lessing's Art and Philosophy.* Beijing: Social Sciences Academic Press (China)，2007 (王丽丽：《多丽丝·莱辛的艺术和哲学思想研究》，社会科学文献出版社，2007)。

②　蒋花：《压抑的自我——异化的人生》，上海外国语大学博士学位论文，2007。

文都是用英文撰写，因而其影响受到限制。

在 2007 年莱辛获得诺贝尔文学奖之后，随着更多莱辛的作品被翻译和介绍，莱辛研究在国内获得了井喷式发展。据统计，从 2007 年 10 月到 2013 年 9 月底，论文数量已经高达 1108 篇，其中硕士学位论文 295 篇，博士学位论文 10 篇。研究范围涵盖了莱辛多部重要小说，短篇小说和自传也都有涉及，视角也更加多样化。更可喜的是许多学者研究观点新颖、独特，如从莱辛作品的认知意义、空间结构、莱辛具体的解构策略、莱辛的殖民意识、对莱辛辩证思想的独特解读等。如肖锦龙在《拷问人性——再论〈金色笔记〉的主题》中，通过详细的文本分析，描绘了莱辛对马克思主义历史主义人性观和弗洛伊德本质主义人性观的事例图解，认为拷问和反思人性才是莱辛这部著作的核心题旨[①]；姜红的《〈什卡斯塔〉：在宇宙时空中反思认知》就莱辛在作品中对读者的认知引领作用进行了阐释[②]；朱振武等在《多丽丝·莱辛：否定中前行》中，就莱辛不断否定自我、传统和既定思想的创作理念进行了解读，把握住了莱辛创作思想的关键点[③]；岳国法的《“形式”的修辞性：〈金色笔记〉的文学修辞批评》从修辞的角度对《金色笔记》的结构进行了分析，证明了莱辛独特的结构“言说”功能，对理解莱辛的作品有很好的启发作用[④]；周思源的《浩然大钧，冰雪涅槃：多丽丝·莱辛〈八号行星的产生〉的科幻认知》对于莱辛回避科幻小说称谓的原因作了实证解答[⑤]；而胡勤在《多丽丝·莱辛与伊德里斯·沙赫的苏菲主义哲学——与苏忱商榷》[⑥] 一文中有针对性的争辩，不仅有助于纠正对莱辛的误读，也显示了我国年轻学者对学术研究的认真态度和严谨作风。除此之外，陈璟霞、岳峰、陶淑琴、肖锦龙等都在其博士学位论文或文章中对莱辛的反殖民主义身份进行了质疑，或认为莱辛秉承的完全是西方白人殖民主义

①　肖锦龙：《拷问人性——再论〈金色笔记〉的主题》，《外国文学研究》2012 年第 2 期。

②　姜红：《〈什卡斯塔〉：在宇宙时空中反思认知》，《外国文学》2010 年第 3 期。

③　朱振武、张秀丽：《多丽丝·莱辛：否定中前行》，《当代外国文学》2008 年第 2 期。

④　岳国法：《“形式”的修辞性：〈金色笔记〉的文学修辞批评》，《社会科学论坛》2009 年第 7 期（下）。

⑤　周思源：《浩然大钧，冰雪涅槃：多丽丝·莱辛〈八号行星的产生〉的科幻认知》，《世界文学评论》2009 年第 2 期。

⑥　参见胡勤《多丽丝·莱辛与伊德里斯·沙赫的苏菲主义哲学——与苏忱商榷》，《外国语文》2009 年第 1 期，以及苏忱：《多丽丝·莱辛与当代伊德里斯·沙赫的苏菲主义哲学》，《四川外语学院学报》2007 年第 4 期。

者的立场，或其作品折射出欧洲中心主义，等等。[①] 这一时期共有 10 篇博士学位论文和 4 部研究专著（大部分以博士学位论文为基础）问世，除上面提到的以外，还有肖庆华的《都市空间与文学空间——多丽丝·莱辛小说研究》、蒋花的《压抑的自我——异化的人生》、胡勤的《审视分裂的文明：多丽丝·莱辛小说艺术研究》、赵晶辉的《多丽丝·莱辛小说的空间研究》、卢靖的《〈金色笔记〉的艺术形式与作者莱辛的人生体验》、华建辉的《论多丽丝·莱辛在〈金色笔记〉中对二战后社会的诊断和医治》、周桂君的《现代性语境下跨文化作家的创伤书写》、朱海棠的《解构的世界——多丽丝·莱辛小说研究》以及邓琳娜的《生命的体验，自我的超越——多丽丝·莱辛小说的苏菲思想研究》。这些博士学位论文或专著都从不同的角度对莱辛的创作进行了详尽的分析，视角独特，对从不同的侧面理解莱辛及其作品具有较大意义。另外还出现了一些综述性文章，达 18 篇之多，如向丽华、胡安江、冀爱莲、蒋花、胡勤、卢靖、徐建刚、张琪等，对我们追踪莱辛在国内的研究现状和译介情况都具有一定的意义。不过，这一时期也出现了一些滥竽充数之作：有的论文仅凭只言片语就主观臆断，或者临时拼凑，甚至涉嫌抄袭，统计数据有的也不太准确或道听途说。

　　我国香港和台湾对莱辛的研究几乎和大陆同步或稍晚。从香港大学图书馆获取的资料表明，台湾最早的是 1984 年，程艳姜（Yuan – Jung Cheng）和郭秋雄的硕士学位论文，分别是《多丽丝·莱辛的〈金色笔记〉》和《〈金色笔记本〉中的并置叙述技巧》。此后，又陆续出现了一些硕士学位论文，如 1987 年张罃棻的《陶丽斯·拉辛作品之逃避主题》、1988 年 P. H. 倪（P. H. Ni 音译）的《莱辛的游戏：对于多丽丝·莱辛〈金色笔记〉的元小说解读》等。20 世纪 90 年代，出现了比较论文，如 1995 年程艳姜写了《康拉德、伍尔夫和莱辛的疯癫和小说》，对现代小说中疯癫诗学的可能性

---

① 参见陈璟霞《多丽丝·莱辛的殖民模糊性：对莱辛作品中的殖民比喻研究》（*Doris Lessing's Colonial Ambiguities: A Study of Colonial Tropes in Her Novels*），中国人民大学出版社，2007；岳峰：《二十世纪英国小说中的非洲形象研究——以康拉德、莱辛、奈保尔为中心》，苏州大学博士学位论文，2012；陶淑琴：《多丽丝·莱辛的种族歧视思想——〈野草在歌唱〉的叙事裂缝解析》，《重庆工商大学学报》（社会科学版）2011 年第 5 期；陶淑琴：《后殖民时代的殖民主义书写：多丽丝·莱辛"太空小说"研究》，北京师范大学博士学位论文，2012；肖锦龙：《从"黑色笔记"的文学话语看多丽丝·莱辛的种族身份》，《国外文学》2010 年第 3 期，第 122 页。

进行了探讨。香港也在世纪之交出现了博士学位论文，探讨莱辛的女性主义思想和莱辛作品中的食物意象等。

　　通过对国内外莱辛研究的梳理可以看出，在莱辛创作的半个多世纪中，莱辛批评界在竭力追赶莱辛的创作脚步。虽然不免气喘吁吁，但却不断有新的观点出现，并正在向纵深发展，前景广阔。但同时，值得注意的是，莱辛是一个文化背景极为复杂，生活经历非常丰富的作家。她的创作长达60多年，跨越两个世纪，其思想观点庞杂、作品涉及主题广博，而且其人其作以"复杂""难懂"著称。莱辛的作品是一个整体，只有对莱辛的作品有了整体的了解，才能把握莱辛理论思想的精髓。她的每一部作品就是这一整体的一个侧面，或者说每一部作品只是整体的一部分。此外，由于莱辛没有专门的理论著作，她的观点均散见于她的作品中，因此莱辛的作品成为她思想观点的另类表达。她的理论思想是了解她作品的钥匙。只有对莱辛的理论思想有了整体的认识，才能参透她作品的真谛。否则，只能是见木不见林，对莱辛的评析也难免失之偏颇，这也是目前国内莱辛研究虽然数量众多，但质量高的论文或专著并不多见的原因。

　　从国内外莱辛批评研究来看，对莱辛的研究主要有三种类型：第一，从研究作者出发研究作品：寻找她的生平和她的作品之间的相似之处，从而解读她的作品主题等。这方面以早期的研究居多，以1984年莫娜·奈普的《多丽丝·莱辛》和吉恩·皮克林1990年发表的《理解莱辛》最具学术价值，其见解颇具洞察力和影响力。第二，从研究具体作品出发，寻找莱辛所要表达的主题。这方面的专著和文章最多，对莱辛整体思想和作品的理解具有不可忽视的作用。其中最有影响的是盖尔·格林1997年出版的《多丽丝·莱辛：变化的诗学》。她通过对莱辛作品的主题和技巧颇具深度的分析，描绘出了莱辛思想变化的轨迹，对我们理解莱辛的整体思想具有重要意义。第三，运用流行的西方文艺理论，试图找出她作品的内在联系。这方面以罗贝塔·鲁宾斯坦1979年发表的《多丽丝·莱辛的新视野》最为引人关注。这是第一部系统研究莱辛作品的专著。她运用心理分析的理论，特别是荣格的心理分析理论，从研究作品人物意识入手，探讨作者的思想和作品形式的关系，极具启发性。除此之外，还有沙迪亚·斯·法希姆1994年发表的《多丽丝·莱辛：苏菲平衡和小说形式》值得一提。这部著作不仅成功运用了苏菲主义理论来解读莱辛的作品，而且试图在莱辛的作品中找出她超越各种"主义"的普世情怀。但令人遗憾的是她套用苏菲主义理论，限制了对莱辛的全面理解。21 世纪的研究放弃了对莱辛的归类，大都从跨越的角度来谈莱辛的作品。纵观国外对莱辛的研究，虽然专著和文章很多，也有一些有影响的系统研究莱辛的专著，但由于莱辛创作时间长达半个多世纪，作品数量巨大，目前还没有专门的对于莱辛理论思想梳理的著作。现有的国外莱辛长篇小说研究专著也没有包括她最新的作品。

国内 21 世纪之前的文章介绍居多，研究范围比较狭窄，但对于后来的研究起到了关键性的引领作用。进入 21 世纪，更多的学者和文学专业的博士生、硕士生把研究的目光投向了莱辛，但大多是围绕莱辛某部作品或她的某方面思想倾向进行的评论。莱辛在获得诺贝尔文学奖之前，莱辛研究在国内重视不够，研究专著还很少。因此，虽然已经出现一些颇具创新性的观点，但由于仅有的几篇博士学位论文和专著是用英语撰写，限制了其影响力。莱辛获得诺贝尔文学奖后，研究范围虽然有所扩大，但总体上研究仍然局限于对单一作品的研究，或某一类型作品的研究。目前还没有对莱辛所有小说的研究专著，更遑论莱辛的理论思想研究专论。

忽视对莱辛思想系统的梳理已经成为阻碍莱辛研究进展的瓶颈。目前国内外评论界均没有莱辛理论思想研究的专著，原因之一是莱辛没有专门的理论著作，其思想观点均散落在她的不同作品中，梳理难度较大，争议颇多。正因为如此，更需要从思想的高度来看莱辛及其作品。莱辛的独特性在于她的作品创作是一个系统工程，作品与作品之间存在连续性和互文性。没有对莱辛整体思想的把握，没有对莱辛作品的完整认识，就很难正确理解她的作品。正如有学者指出的那样，"如果对莱辛的观点没有彻底的了解，就很难把握住什么……人们必须把她的作品看作一个整体——单个的文本就是越来越复杂的网络中的节点"。① 莱辛的理论思想是了解她作品的钥匙。只有对莱辛的理论思想有了整体的认识，才能参透她作品的真谛。这也是为什么莱辛一再强调她作品的主题从来就没有改变过。

本书第一次对莱辛理论思想进行了梳理，并对莱辛迄今为止的 22 部长篇小说进行研究分析，从整体上俯瞰莱辛的思想和创作。希望借此可以填补

---

① Melanie Hunter and Darby McIntosh. "'A Qestion of Wholes': Spiritual Intersecting, Universal Re-Visioning in the Works of Doris Lessing." In *Spiritual Exploration in the Works of Doris Lessing.* ed. Phyllis Sternberg Perrakis. Westport: Greenwood Press, 1999, p. 109.

国内外莱辛研究的空白，并进行有效的补充。本书所采用的小说分析体例，既有情节介绍，也有评论概述，还有对创作缘由、文本结构和主题的分析，希望对全面了解莱辛的作品有所帮助。莱辛许多重要的著作尚没有中译本，因此本书对这些重要著作的详细介绍和分析，也希望对热爱莱辛的读者从整体上理解莱辛的思想观点起到一定的帮助作用。本书的研究全部是笔者自己10年莱辛研究的心得，许多观点都是第一次发表，具有原创性。

三　本书的主要内容

本书的内容除绪论和结语之外，主要分为上篇和下篇。绪论分为三个部分：一、莱辛概述；二、国内外研究现状述评；三、本书的主要内容。上篇是讨论莱辛的理论思想，共分九章。

第一章主要叙述莱辛理论思想之渊源。由于莱辛的出身背景复杂，经历丰富，她所受到的思想文化影响来自欧、亚、非三大洲，因此，本章就此进行了较为详尽的探讨。第一，是对众所周知的莱辛的共产党经历和受到的马克思主义思想影响情况的分析。从分析的情况看，莱辛的殖民地背景是莱辛涉足政治、接受马克思主义思想的主要原因。为此莱辛一生受马克思主义思想影响巨大，可以说马克思主义思想是莱辛整个思想的理论基础。第二，是对莱辛受到当时流行的精神分析学派影响的分析。但是由于当时共产党对于精神分析理论的拒斥，因而莱辛对于精神分析学派的关注是从质疑开始的，这也是莱辛此后参加反精神病运动的基础。荣格的思想，特别是荣格对于东方智慧的借鉴，促使莱辛开始对西方文化的霸主地位的怀疑，并对东方的思想产生兴趣。第三，莱辛在20世纪50年代末60年代初接触到了西方苏菲主义的创始人伊德里斯·沙赫的著作，并成为他的崇拜者和学生。沙赫苏菲主义思想的适应性和传播方式，以及他本人的博学多才深深影响了莱辛的世界观。莱辛在阅读东西方经典的基础上更加深了对宗教本质的认识，对人类意识领域认识的拓展和完善人性的信念，使莱辛在创作中开始了东西方思维融合的实验。第四，莱辛作为英国殖民者的后代，家中定期接收来自英国的有关欧洲大陆各种文学、历史、文化和政治的书籍，也由于很早辍学，长期待在家中，有时间博览群书。因此，虽然生活在封闭的非洲，但莱辛视野宽阔，知识渊博，这也为莱辛接触左派俱乐部的知识分子创造了机会，也为莱辛思想具有的国际视野打下了坚实的基础。

　　第二章阐述了莱辛理论思想形成的现实基础。第一，莱辛父母是英国人，但她出生在伊朗，生长在非洲，30 岁回到英国。动荡多变的生活，地域文化对文学的影响，使莱辛自小就处于东西方多元文化的熏陶中，使莱辛摆脱了一般西方作家根深蒂固的文化帝国意识和英国作家特有的文化傲慢。文化和地域的关系由来已久，较早成名的莱辛后来由于新书宣传的需要，以及旅游、讲学等，足迹遍及世界各地。所有这一切对于莱辛开放的思想的形成和对各种文化局限性的认知都产生了积极的影响。第二，莱辛父亲天生的浪漫性格和在现实不断打击下的沉默，使莱辛从小就对现实的残酷有着清醒的认识。出身于英国中产阶级家庭的母亲注重知识和教养，关心时事，务实、坚定和势利的思想观点及其培养孩子的方式使莱辛成为受益者，但也使莱辛对英国人的"英国性"（Englishness）体会深刻，对种族歧视和殖民意识深恶痛绝，对政治具有浓厚的兴趣。第三，莱辛父亲曾经参加了第一次世界大战，腿部受伤，一生深受战争精神创伤和身体伤病双重的困扰。他对战争残酷的描述对莱辛产生了巨大的影响。南罗德西亚在第二次世界大战中作为英国的大后方，特别是英国空军的训练基地，使莱辛直接接触到许多年轻英国空军士兵和大量欧洲难民，并亲历朋友与其家人的生离死别。这使莱辛对于战争有了进一步的了解和认识。第四，莱辛的恋爱、社交和婚姻经历在莱辛思想形成过程中具有重要的意义。莱辛 19 岁和非洲当地一个英国公务员有了第一次婚姻，生育了两个子女。第二次婚姻的对象是当时到非洲避难，后来担任东德驻乌干达大使的马克思主义者。他成为莱辛政治活动和加入共产党的引路人。她的家也成为众多南非激进分子、欧洲知识分子难民经常光顾的地方。到英国后，由于她的南非背景，莱辛的家也成为许多非洲和欧洲流亡激进分子聚集的地方。两次婚姻失败后，在 20 世纪 50 年代初的英国，莱辛经历了一次刻骨铭心的爱情。对方是一个精神病医生，这使她有机会近距离了解精神病人以及精神分析等学科。她的作家身份使她交友甚广，也结交了许多科学界、文化界的名人，包括美国的一些作家。此外，莱辛刚到伦敦时窘迫的经济状况也使莱辛对伦敦的底层社会有了亲身的体验和了解。这些经历对莱辛思想的形成都起到了很大的作用。

　　第三章从评论界有关莱辛思想的争论开始，通过梳理人文主义的定义、渊源和发展，对莱辛思想的人文主义本质进行界定，并通过分析莱辛的创作理念和创作实践，论证了莱辛人文主义思想的内涵。

第四章阐述了莱辛对于黑格尔和马克思主义总体性思想的继承和发展。通过对于黑格尔和马克思主义总体性观念的异同的梳理，从人与自然的关系、人与人之间的关系等方面，揭示出莱辛的宇宙总体性观念以及对人类社会的总体性观点。

第五章通过简要梳理黑格尔的辩证法思想和马克思主义辩证法思想的异同，论证了莱辛在创作中如何把辩证法作为一种放之四海而皆准的思维方式，表现其在现实相互冲突、相互对立的矛盾中寻找平衡点的努力。

第六章探讨了莱辛的历史观。莱辛在总体性思想的指导下，基于人文主义的思想理念，把历史看作线性、进化的历史，但又充满着变化与循环的可能性。莱辛的历史观在创作中从几个方面显现出来：历史的进化与循环；回忆、传统与现在。

第七章谈莱辛的解构和建构思想。莱辛是一个非常独特的作家。这种独特性不仅体现在她对传统观念在继承和发展基础上的创新，还体现在她敢于突破传统，并在人们顶礼膜拜的领域，打破人们惯有的思维，对于现有的哲学思潮或流行的各种主义进行分析和无情地解构，包括对宏大叙事的解构、对二元对立单一思维的解构以及对单一创作手法的解构。用故事的形式阐述其局限和不足，改变读者思考问题的传统思维方式，并力图在解构中建构读者的问题意识和反思意识，激发"个人良善"，并最终构建对整个社会的责任意识。

第八章对莱辛的文学创作观进行了较为详细的展示。由于莱辛的创作思想主要散见在她的一些重要文章、序言和访谈中，故以这些文章为节点进行概述，主要涉及《个人微小的声音》《金色笔记》序言、《我们选择居住的监牢》和《多丽丝·莱辛谈话集》。

第九章主要从叙事与结构，从讽刺、幽默、意象、对比等表现手法，从故事与寓言、审美与对话几方面对莱辛小说的风格进行了梳理。针对评论界通常对莱辛风格的责难，用比较详尽的事例说明莱辛的独特风格特征。

下篇主要论述莱辛的小说。由于莱辛的长篇小说很多，所以按时间顺序分为七章，涉及莱辛几乎所有长篇小说，共22部（总共27部，科幻五部曲中仅论及最重要的第一部。其余四部和从没有再版、莱辛认为很差的《回到天真》没有专列）。本书所采用的小说分析体例比较独特，分为评论概述、故事概述、创作缘由、小说结构和主题等分析。其中创作缘由综合了莱辛有关创作此部小说的初衷、原型等信息，是国内外莱辛研究专著中第一次加入此类信息，这对了解小说创作背景和分析其作品意义具有重要意义。对莱辛作品的探讨，主要从三个方面展开：创作背景及评论界对该作品的评论；作品故事梗概以及作者的创作由来等；作品的结构、人物、主题、象征等因素的分析。这一部分的目的是让读者对莱辛的作品有个整体的认识。对莱辛小说的具体分析和观点大部分是第一次呈现给读者，具有独创性和原创性，希望对喜欢莱辛的读者有所启发，并推动对莱辛作品的更进一步研究。

结语部分对正文没有涉及的莱辛短篇小说、自传、散文以及戏剧和诗歌等作了概述，并简述了自己的观点。本书在最后加了两个附录：莱辛生平大事记；莱辛作品英汉一览表，供读者参考。

上篇　莱辛的理论思想

对于莱辛的理论思想，目前还没有一本专著进行探讨，究其原因，主要一是莱辛的生长背景复杂，其理论观点复杂、分散；二是她并没有统一的阐述自己理论思想的著作，其观点分散在自己的文章、访谈和小说中。因此，对莱辛思想的争论，就目前收集到的材料来看，仅停留在莱辛所持有的观点上，还没有形成对于莱辛理论思想体系的系统认识。评论界争论最多的话题，集中在莱辛是否是政治作家或是马克思主义者、女性主义作家、苏菲主义者以及人文主义者等。

莱辛 20 世纪 50 年代的作品，包括《青草在歌唱》《暴力的孩子们》前三部、《回归天真》和一些短篇小说，大都是以她的亲身经历为蓝本的半自传体小说。她不仅在这些小说中主要运用现实主义手法进行创作，抨击种族歧视、殖民政策等社会问题，而且还积极参加政治活动，发表政治言论。因此早期的评论很快就把它们同欧洲现实主义传统联系了起来。[①] 1953 年《时代周刊》发表书评，认为《青草在歌唱》是 "接近于新闻式的对社会各种罪恶的有效报道"。[②]《新政治家》把莱辛归类为 "反殖民的殖民者"。[③] 戴安娜·约翰逊 （Diane Johnson） 在《纽约时报书评》中称她

---

① 转引自 Jeannette King. *Doris Lessing*. London：Edward Arnold，1989，p. 1。

② 转引自 Jeannette King. *Doris Lessing*. London：Edward Arnold，1989，p. 2。

③ Jenny Taylor. "Introduction：Situating Reading." in *Notebooks/Memoirs/Archives*：*Reading and Rereading Doris Lessing*. ed. Jenny Taylor. Boston：Routledge，1982，p. 2.

为"我们时代最伟大的现实主义作家"。① 但随着莱辛的退党和 1962 年
《金色笔记》的发表，评论界的观点有了分歧。莱辛 1956 年发表文章
《个人微小的声音》，对 19 世纪欧洲现实主义作家大加赞赏，歌颂共产党
人的优秀品质，坚持作家的社会责任。因此一些评论家认为莱辛的现实主
义是一种具有政治倾向的"政治现实主义"②，或是属于卢卡奇的现实主
义③，抑或是哈罗德·布鲁姆宣称的具有"社会现实关怀"的"后马克思主
义的唯物主义者"④。莫娜·奈普认为马克思主义是她小说的理论基础。她
认为，对于社会正义的使命感使莱辛把共产主义作为她小说中主人公实现
理想社会的手段，如《回归天真》体现了对于共产主义的热情的最高峰，
而《金色笔记》则记录了对于共产主义信念的失落情绪。⑤ 她是第一位对
于莱辛的政治倾向进行明确判断，并把她划归了政治作家行列的批评家。但
也有一部分评论家认为，莱辛后来放弃了马克思主义。珍妮特·金
（Jeannette King）认为，虽然莱辛的小说看上去是延续了卢卡奇所描述的马
克思主义反映论的批判现实主义传统，但实际上更接近雷蒙·威廉斯
（Raymond Williams）在《现实主义和当代小说》中所定义的现实主义——
体现在"个人和社会中具有深切特征的人类经验"。这不是对"现实镜子式
的反映"，而是关于"现实的知识"。"它通过展示人类主体和客观世界的关
系使历史过程有了意义，从而揭示了有关现实结构的知识"。⑥ 很多评论家
也注意到了莱辛思想的矛盾性和复杂性。盖尔·格林认为即使在完全模仿现
实主义的《暴力的孩子们》前几部中，她都看到了莱辛"类似巴尔斯的对
现实主义的批判"，⑦ 即凯瑟琳·贝尔西（Catherine Belsey）所说的现实主

① Diane Johnson. *The New York Times Book Review*（June 4 1978），p. 66. 转引自 Shadia S. Fahim. *Doris Lessing*：*Sufi Equilibrium and the Form of the Novel*，London：St. Martin's Press，1994，p. 4.

② Annis Pratt and L. S. Dembo. "Introduction. " *Doris Lessing*：*Critical Studies*. ed. Annis Pratt and L. S. Dembo. Madison：The University of Wisconsin Press，1974，p. viii.

③ 参见盖尔·格林对那个时候评论的分析：Gayle Greene. *Doris Lessing*：*The Poetics of Change*. Ann Arbor：The University of Michigan Press，1994，p. 36。

④ Harold Bloom. "Introduction. " *Doris Lessing*. ed. Harold Bloom. Philladelphia：Chelsea House，2003，p. 6.

⑤ Mona Knapp. *Doris Lessing*. New York：Frederick Ungar Publishing Co.，1984，p. 4.

⑥ Jeannette King. *Doris Lessing*. London：Edward Arnold，1989，p. 3.

⑦ Gayle Greene. *Doris Lessing*：*The Poetics of Change*. Ann Arbor：The University of Michigan Press，1994，p. 24.

义是"意识形态的合谋"。① 盖尔·格林认为进化发展和改变的观点贯穿莱辛的所有作品。她不断地超越自己，超越规范。在《多丽丝·莱辛：变化的诗学》中，她认为，在把一个能产生新的自我的本质，自我同普遍的意识联系起来的方面，莱辛是一个可以和早期的艾略特、叶芝、庞德、乔伊斯比肩的现代主义作家。②

《金色笔记》中对于女性独特生理和心理等经验的描写开始引发了评论界有关莱辛女性主义思想之争。更多的人把莱辛和女权主义者联系起来。有关探讨莱辛女性主义思想的文章层出不穷。尽管莱辛自己并不承认自己是女权主义作家，但这种思想仍然流传甚广。诺贝尔委员会在颁奖词中强调莱辛的贡献是"女性经验的史诗写作者"，更说明这一观点已经被广泛接受。在1982 年现代语言协会举行的"多丽丝·莱辛和女性传统"的专题研讨会上，莱辛被划归于从乔治·艾略特、伍尔夫以来的女性主义传统——"拒绝悲剧，那种'伟大的、受尊敬的西方男性形式'，宁愿前进到毁灭，'通过意识的改变而生存'"。③ 罗娜·萨迦认为莱辛属于艾伦·穆尔斯（Ellen Moers）在《文学妇女》中所说的根植于妇女写作的"史诗时代"，即"十九世纪妇女小说家勇敢而神圣地用笔向贫困、奴隶制、阶级斗争以及除了'妇女问题'之外的一切宣战"的传统。她的小说在"我们是谁"的诘问中，"直击当代文化妄想症的中心，挑战我们去想象一个分享的空间"。④伊丽莎白·威尔逊（Elizabeth Wilson）在《昨天的女主角：重读莱辛和德·波伏娃》中，认为莱辛和波伏娃在作品中都深刻地探讨了人类生存所面临的众多问题。她们都试图保留 19 世纪把小说作为工具探究道德和哲学问题的现实主义传统。不过，"传统小说的书橱……已经装不下满溢的这些妇女的'新意识'"。⑤ 因此，她们既没有局限在传统现实主义小说的窠臼里，因为"她们都用 20 世纪心理小说的方式探讨了妇女的主体性"，也没有像其他同

① Gayle Greene. *Doris Lessing*: *The Poetics of Change*, Ann Arbor: The University of Michigan Press, 1994, p. 235.

② Gayle Greene. *Doris Lessing*: *The Poetics of Change*, Ann Arbor: The University of Michigan Press, 1994, p. 71.

③ Carey Kaplan and Ellen Cronan Rose. "Introduction." *Doris Lessing*: *The Alchemy of Survival*. ed. Carey Kaplan and Ellen Cronan Rose. Athens: Ohio University Press, 1988, p. 32.

④ Lorna Sage. *Doris Lessing*. London: Methuen, 1983, pp. 10 – 11.

⑤ Elizabeth Wilson. "Yesterday's Heroine: On Reading Lessing and de Beauvoir." in *Notebooks/Memoirs/Archives*: *Reading and Rereading Doris Lessing*. ed. Jenny Taylor. Boston: Routledge, 1982, pp. 61 – 62.

时代的女性作家那样，囿于女性主义写作对"女性困境"的探索，而是采用了全新的"三重省略"形式，使读者成为分享人物体验，认同作者观点的双重感受者。①

　　莱辛 20 世纪 60 年代发表的"内空间小说"系列把评论家的视线引向了对人的心理和潜意识的探讨。许多评论家因此把莱辛和荣格、莱因等心理分析学派联系起来，认为莱辛开始探索人的意识和心理。②著名莱辛评论家罗贝塔·鲁宾斯坦把意识作为贯穿莱辛小说的母题，使莱辛的小说形式和主题共同组成别具一格的线性和圆形交叉、各种理论交织而展现的现实网络。而 70 年代的"外空间小说"系列又使评论家重新注意到了 60 年代莱辛发表的一系列有关苏菲主义的文章。萨利·约翰逊认为马克思主义对于莱辛的影响是在早期，而后期她则主要是受到了苏菲主义的影响。她在《多丽丝·莱辛小说中的形式和哲学》中说道："多丽丝·莱辛的小说反映了她对于把个人意识和历史环境结合起来的强烈的愿望。在阐释作家目的时，莱辛既强调要准确描述政治矛盾，也强调对于这些矛盾要怀着善能战胜恶的愿望进行艺术表现。这种对于美好愿景的社会重要性的强调来自于她早期和马克思主义的联系，也和她后期对于苏菲主义的兴趣一致。"③ 1977 年，南希·哈丁（Nancy Shields Hardin）在文章《苏菲教育故事和多丽丝·莱辛》中，注意到了莱辛小说形式的意义和苏菲故事的关联。沙迪亚·斯·法希姆 1994 年发表专著《多丽丝·莱辛：苏菲平衡和小说形式》。她认为莱辛的退党以及对于共产主义的批评并不能说成是她对马克思主义的背叛。莱辛对于政治和社会问题的关注并没有因此而减弱，因为"她小说中的'善的愿景'并不是像在社会主义写作中和预先确定的政治意识形态紧密结合在一起"④，而是从一开始，莱辛对于马克思主义的兴趣就是对于个人意识发展的关注，

---

①　Elizabeth Wilson. "Yesterday's Heroine：On Reading Lessing and de Beauvoir." in *Notebooks/Memoirs/Archives：Reading and Rereading Doris Lessing.* ed. Jenny Taylor. Boston：Routledge, 1982, p. 63.

②　如 Marion Vlastos. "Doris Lessing and R. D. Laing：Psychopolitics and Prophecy." *PMLA*, Vol. 91, No. 2 （March 1976）, p. 253. http：//www. jstor. org/stable/461511, and Douglas Bolling. "Structure and Theme in Briefing for a Descent into Hell." *Contemporary Literature*, 14 （1973）, pp. 550 – 63。

③　Sally Hickerson Johnson. *Form and Philosophy in the Novels of Doris Lessing.* The University of Connecticut, PhD., 1976. Xerox University Microfilms, Ann Arbor, Michgan 48106. p. 1.

④　Shadia S. Fahim. *Doris Lessing：Sufi Equilibrium and the Form of the Novel*, London：St. Martin's Press, 1994, p. 3.

这使她转向了探讨个人和社会关系中个人意识潜力的 R. D. 莱因的人文心理学和卡尔·荣格的心理学，进而走向了苏菲主义，而达到一种"内在认知水平的发展和理解的经验模式之间的平衡"。① 因此，法希姆认为莱辛对于马克思主义、弗洛伊德的精神分析理论和苏菲主义思想的运用是互补性质的，而非相互排斥。木格·噶林在《东西方之间：多丽丝·莱辛小说中的苏菲主义》中，认为莱辛的作品糅合了东西方的经典，成为中西文化沟通的桥梁。②

莱辛的作品无论采用何种形式，其预言式的结局都渗透着她对于人类生存状况的深切关注。许多评论家由此认为她是一个人文主义者。弗雷德里克·C. 斯特恩（Frederick C. Stern）认为莱辛虽然是"强烈的政治作家"③，但莱辛一直都不是马克思主义者，主要依据一是因为她没有对马克思整体思想有过分析及描述，二是莱辛及其主人公所发生的从信仰到退党的改变。他认为莱辛是激进的人文主义者。她的改变是反映人类经验的策略的改变，而不是对人类经验本质认识的改变。④ 2011 年，印度学者摩尔西·法米拉（Mercy Famila）通过对莱辛早期作品的分析，对莱辛的人文主义思想作了总结，认为莱辛是一个对于受压迫阶层，特别是妇女和黑人给予极大同情，并具有强烈责任感，希望改良社会的人文主义者。⑤ 另有一些评论家结合莱辛 20 世纪 70 年代科幻五部曲的发表，认为莱辛反人文主义，走向了神秘主义，是逃避者。⑥ 米歇尔·马吉（Michael Magie）则认为，她的早期小说"不仅给力，而且真实"，但后期小说却是"我们堕落小说的最好实例"。⑦

① Shadia S. Fahim. *Doris Lessing：Sufi Equilibrium and the Form of the Novel*，London：St. Martin's Press，1994，p. 17.

② Müge Galin. *Between East and West：Sufism in the Novels of Doris Lessing.* Albany：State University of New York Press，1997.

③ Frederick C. Stern. "Doris Lessing：The Plotics of Radical Humanism. " in *Doris Lessing：The Alchemy of Survival.* ed. Carey Kaplan and Ellen Cronan Rose. Athens：Ohio University Press，1988，p. 43.

④ Frederick C. Stern. "Doris Lessing：The Plotics of Radical Humanism. " in *Doris Lessing：The Alchemy of Survival.* ed. Carey Kaplan and Ellen Cronan Rose. Athens：Ohio University Press，1988，p. 57.

⑤ Mercy Famila. "Humanism in Doris Lessing's Novels：an Overview. " *IRWLE* Vol. 7，No. 1（January 2011），pp. 1 - 6. http：//worldlitonline. net/humanism - in. pdf. （Yahoo，April 23，2012）

⑥ 转引自 Gayle Greene. *Doris Lessing：The Poetics of Change*，Ann Arbor：The University of Michigan Press，1994，p. 23。

⑦ 转引自 Shadia S. Fahim. *Doris Lessing：Sufi Equilibrium and the Form of the Novel*，London：St. Martin's Press，1994，p. 1。

英格丽·霍姆奎斯特在《从社会到自然——多丽丝·莱辛〈暴力的孩子们〉研究》中，对此前的持人文主义观点的学者作了总结。而她自己认为，莱辛在小说创作后期完全背离了早期小说中的人文主义精神，"背离了妇女和社会主义观点"，是反人文主义的。个人消解在内在自我中，或者说集体中。一是逃避现实，二是追求一种理想的乌托邦——内心和自然的融合，这意味着莱辛对于人的潜力的怀疑而不是信心，但这又是莱辛的进化决定论的必然逻辑。① 而这种乌托邦又被神秘主义所解构，从而必然导向虚无。

　　20 世纪 80 年代以后到 21 世纪，随着莱辛创作风格的不断转换，从充满寓言性和象征性的"现实主义"小说到荒诞不经的"科幻小说"；从跨时代的后现代小说到无法归类的半虚构、半纪实的收山之作，评论家们已经不再坚持将莱辛归类，而称她为"拷问时代"、跨越界限、解构类别、重释历史叙事的伟大作家，对其思想的探讨亦还在进行之中。代表论著为由蒂布拉斯·拉斯科、菲丽丝·斯特恩伯里·帕拉吉斯和桑德拉·辛格主编的《多丽丝·莱辛：诘问时代》。② 实际上，不管如何变化，莱辛自己说她的作品主题从来就没有变过。这个主题，莱辛说，就是通过探讨人与集体的关系，改变人们看自己的方式。

　　莱辛曾经在 2008 年出版《阿尔弗雷德和爱米莉》时说过这是她的最后一本著作。在长达半个多世纪的创作生涯中，莱辛一共出版了 50 多部著作。但在莱辛动辄洋洋万言的著作中，却从来没有一本专门论述自己理论观点的著作。她的观点均散落在她的散文、杂文以及小说中，归纳起来难度颇大，而对于一位刚去世的作家进行思想总结，无疑更具难度。这也是迄今为止仍然没有一部介绍她理论思想的著作问世的原因之一。但莱辛的理论思想是贯穿她所有作品的精髓。不了解她的思想，就很难对莱辛做出客观的评价。这也是目前评论界对于莱辛为什么长久以来争议颇大的原因。她一次次地被冠以各种名号：马克思主义者、政治作家、现实主义作家、女性主义者、神秘主义者、苏菲主义者、科幻小说家、寓言小说家，等等。她的特立独行和不随声附和也使她在拥有大批追随者的同时，招致许多批评和诘问。在多年坚持不懈的写作，并获得欧洲各大文学奖，以及

① Ingrid Holmquist. *From Society to Nature*: *A Study of Doris Lessing's "Children of Violence"*. Gothenburg: University of Gothenburg, 1980, p. 211.

② Debrah Raschke, Phyllis Sternberg Perrakis, and Sandra Singer. ed. *Doris Lessing*: *Interrogating the Times*. Columbus: The Ohio State University Press, 2010.

多次获诺贝尔奖提名之后，莱辛终于在 2007 年摘得文学界最高奖——诺贝尔文学奖。然而即便如此，对于她的争论仍然没有停止。美国著名评论家哈罗德·布鲁姆曾经对记者抱怨，"尽管莱辛在早期的写作生涯中具有一些令人仰慕的品质，但我认为在过去 15 年中莱辛的作品完全不具有可读性"，诺贝尔文学奖评选委员会颁给莱辛奖纯粹出于"政治正确"的目的。① 而 2003 年他就认为，虽然《金色笔记》会保存下来，但莱辛却"逃脱不掉当前的文学和性别政治，终将消失得无影无踪"。② 而事实是莱辛并没有"消失"，反而跨越边界，被世界更多的人所认识，更多的人认为莱辛获奖实至名归。那么到底应该怎样评价莱辛？她的思想是怎样的？在莱辛 2008 年宣布封笔之后，笔者认为到了重新深入思考这些问题的时候了。虽然对于她思想的梳理存在诸多的困难，然而，这毕竟是一种新的尝试，笔者愿意抛砖引玉，做一个先吃螃蟹的人。笔者无意于对上述问题做出精准的回答，只愿能对莱辛批评有所启发足已。

朱迪斯·斯蒂资尔（Judith Stitzel）认为，莱辛的小说并不是告诉我们相信什么，而是启发我们对现有的思想进行重新思考，迫使我们思考那些被我们忽视的问题。③ 斯蒂资尔的话可谓一语中的。其实，莱辛写作的目的一方面就是带领读者学会质疑现存的思想观点，无论这些观点是当今正在流行的观点，还是已经成熟的观点。不过，她的方法不是直接地拆解，而是用讲故事等各种形式，把几种观点并置对比，在它们的互相交锋中让读者看到它们的不足或局限，并引领读者参与对作品意义的构建。莱辛不仅促使我们应该怎么思考，怎样对确定的观念、所谓的真理和行为进行重新检验，而且她在质疑的同时，把读者的视线引向被各种世俗的条条框框所遮蔽的和被人忽视的问题，促使人们转换看世界、看自己的视角。可以说，在此意义上，她发动了一场小说界的思想革命。另一方面莱辛作品基本的思想是运用辩证的方法，把人类看作宇宙的一分子，总体看人类在进化过程中的事件发展。充盈其中的是她对人类生生不息、不断向前的

---

① 布鲁姆在莱辛获得诺贝尔文学奖后接受美联社记者采访时如是说。请参见 http：//www. iht. com/articles/ap/2007/10/12/america/NA – GEN – US – Nobel – Literature. php。

② Harold Bloom. "Introduction." *Doris Lessing*. ed. Harold Bloom. Philladelphia：Chelsea House，2003，p. 4.

③ Judith Stitzel. "Reading Doris Lessing." *College English*. Vol. 40，No. 5（Jan.，1979），pp. 498 – 504. http：//www. jstor. org/stable/376317.

坚定信念，是她所具有的一种普世的人文主义情怀，是不同于以往偏向于任何极端人文主义的人间大爱。她作品中传递的思想直接作用于我们的内心，触摸那个最柔软的地方。

　　莱辛复杂的文化背景、特殊的家庭环境、独特的生活经历等都对莱辛思想的形成起到了重要的作用。下面主要从莱辛理论思想形成的原因出发对她具体的思想理念来进行一下梳理。

第一章
莱辛理论思想之渊源

第一节　莱辛的共产党经历和马克思主义

莱辛参加南罗德西亚共产党小组的经历：

莱辛 1999 年在接受采访时说，是三大影响塑造了自己：一是中部非洲，二是第一次世界大战，三是文学，特别是托尔斯泰和陀思妥耶夫斯基。[①] 从 5 岁开始，莱辛在非洲度过了 25 年，涵盖了她性格形成的少年和青年时期。其中非洲的政治活动经历对于莱辛思想的形成至关重要。莱辛把自己同左派政治的联系定于 1942 年，因为这一年她加入了当时南罗德西亚的时事团体。[②] 莱辛曾经说过："我参加政治活动，成为共产党员，纯粹是因为他们是我所遇到的生活中唯一同有色人种歧视做斗争的人。"[③] "我知道我之所以接受马克思的思想主要是由于我在南罗德西亚遇到的共产党人真正读过我所读过的书，喜爱文学，也因为他们是我认识的人中唯一认为白人统治理所当然必将灭亡的人"。[④] 莱辛在自传中曾经描述了自己早年的一些经历。其中留给她深刻印象的，有从伊朗回英国时，在苏联火车站看到的饥饿孩童在车

---

①　Doris Lessing and Jonah Raskin. "An Interview with Doris Lessing." *Progressive*. Vol. 63, No. 6 (June 1999), pp. 36 – 39. Rpt. in *Contemporary Literary Criticism*. Ed. Janet Witalec. Vol. 170. Detroit: Gale, 2003, pp. 36 – 39. *Literature Resource Center*. Gale. UC Berkeley. 21 Sept. 2009. http://go. galegroup. com/ps/start. do? p = LitRC&u = ucberkeley.

②　Doris Lessing. *Letter to Roberta Ruinstein*, 28 March 1977, in *Roberta Ruinstein. The Novelistic Vision of Doris Lessing*. Urbana: University of Illionis Press, 1979, p. 66.

③　Lesley Hazelton. "Doris Lessing on Feminism, Communism and 'Space Fiction'." July 25, 1982, Sunday, *Late City* Final Edition Section 6; p. 21, Column 1; Magazine Desk. http:// mural. uv. es/vemivein/feminismcommunism. htm.

④　Doris Lessing. *Walking in the Shade*. London: Flamingo, 1998, p. 318.

窗外争抢食物的景象；有早年父亲及和父亲一样的退伍老兵经常对战争经历的述说和他们残疾的身影；有充斥新闻的战争消息以及自己周围白人对黑人的熟视无睹，甚至虐待。而她自己 7 岁时亲身经历被人顶替，从而使自己一睹英国明星风采的梦想破灭的痛苦，都使她过早地体会到了社会的不公。"不公平……不公正……我那时只有 7 岁。这不仅是我们所描述为'天生的'来源于爱遭到背叛的小孩子的不公正感，而我所感到的是社会不公。"① 正是这种无处不在的社会不公正现象使得具有朴素而又单纯正义感的莱辛在南罗德西亚 1942 年到 1944 年加入了当时的时事团体。② 它是当时深受共产党影响的图书俱乐部运动的一个分支，在英国被称为"左派图书俱乐部"。据称它当时在全世界有 5 万会员。莱辛还参加了 1942 年建立的苏联罗德西亚友人小组。此后，由于友人团体没有什么影响，遂成立了仿照共产党模式建立的左派俱乐部。这个团体包括当时的议会成员 J. B. 李斯特（J. B. Lister）、唐纳德·麦金泰尔（Donald McIntyre）、政治活动家内森·策尔特（Nathan Zelter）、多萝西·策尔特（Dorothy Zelter），以及来自欧洲的，像她丈夫莱辛一样的政治流亡者，来自英国在南罗德西亚受训的空军士兵，一些真正关心种族歧视问题的当地进步文人团体以及其他一些工人大学或夜校或文人团体等的进步青年。③莱辛实际上成为这个组织的创建人之一。④ "我成了一个共产党员……因为这是我生命中第一次遇到了这样一群人（不是这里或那里的单个个人）：他们什么都读，并不认为读书有什么特别。我原来从来不敢说的有关土著人问题在他们中间是谈论的家常便饭。我成为共产党员是因为时代的精神，因为时代的大气候。"⑤ 在左派俱乐部，他们在一起交流读书心得。莱辛在 1977 年写给罗贝塔·鲁宾斯坦的信中说，"我读了那个时期所有的马克思主义的经典……斯大林的各种各样的书，恩格斯的书，有一些马克思的书——其中有《共产党宣言》以及各个不同时期的马克思文本……"⑥ 他们

---

① Doris Lessing. *Under My Skin*. London：Harper Collins Publishers，1994，p. 85.

② Doris Lessing. *Under My Skin*. London：Harper Collins Publishers，1994，p. 275.

③ Dee Seligman. "In Pursuit of Doris Lessing. " in *Approaches to Teaching Lessing's The Golden Notebook*. Ed. Carey Kaplan & Ellen Cronan Rose. New York：The Modern Language Association of America，1989，p. 22.

④ Cathleen Rountree. "A Thing of Temperament：An Interview with Doris Lessin. " London，May 16，1998. *Jung Journal*：*Culture & Psyche*. Vol. 2，No. 1（2008），pp. 62 – 77.

⑤ Doris Lessing. *Under My Skin*. London：Harper Collins Publishers，1994，p. 259.

⑥ Doris Lessing. Letter to Roberta Ruinstein，28 March 1977，in Roberta Ruinstein. *The Novelistic Vision of Doris Lessing*. Urbana：University of Illionis Press，1979，p. 66n.

所讨论的问题几乎涉及一切领域，包括："秘鲁局势""中国现状""现代音乐"等。此外，他们还经常举办各种讲座，题目有"斯大林格勒战役""大城市的排水系统""南非的农村状况""巴勒斯坦问题""毕加索"，等等。①在参加左派俱乐部小组活动期间，莱辛除了大量地读书，参加组织的各种活动之外，还执着于为报刊写稿，发放南非共产党的喉舌——《卫报》等。她把自己的全部热情都奉献给了当时的组织活动。对她自己的表现，她承认《暴力的孩子们》中第二部《暴风雨掀起的涟漪》就是关于这一时期的真实记录。"在所有的书中，它（《暴风雨掀起的涟漪》）是最直接带有自传性质的……《暴风雨掀起的涟漪》给出了当时时代的趣味、风韵、基质以及气息。"②"玛莎小说系列描述了我自己走近及脱离马克思主义的发展过程。"③尽管她这一时期充满了困惑，但她承认自己那时是个真正的共产党员。"在战争期间的南罗德西亚，我是个真正的共产党员……我经历了代表党员发展的不同阶段。第一个阶段，我眼界大开，看到了光明。和世界上其他人相比，我是对的，我们是拥有真理的人。第二阶段，完全投身到了组织活动中。然后就是排斥了。"④ 虽然后期莱辛对罗德西亚的组织没有取得任何有实质性的成果感到失望，并对其组织的混乱状态持排斥态度，但她并没有失掉对革命的热情。这个小组和南罗德西亚的工党没有任何关系。莱辛在1982 年 6 月 12 日写给莫娜·奈普的信中说："这是一个业余的、流动的、自创的组织，没有真正的共产党会接受或认真对待……我们的情况是：我们是一群由当地人、难民、空军士兵组成的团体。我们在这样一个小城镇，在所有眼皮底下组织这样的'秘密'组织活动，每个人都知道这个小组。无疑，大家都在等待它发展壮大。"⑤

也正是在这一时期的初期，莱辛认识了她的第二任丈夫，来自德国的流亡共产党人戈特弗莱德·安顿·尼古拉斯·莱辛。这次邂逅，加速了她第一次婚姻的解体，也使莱辛义无反顾地投身到了新的组织和新的爱情之中。莱辛在自传里毫不讳言她那时对她的第一任丈夫的厌恶和对她自己家

---

①　Doris Lessing. *Under My Skin*. London：Harper Collins Publishers，1994，p. 271.

②　Doris Lessing. *Under My Skin*. London：Harper Collins Publishers，1994，pp. 267 – 268.

③　Margarete Von Schwarzkopf. "Placing Their Fingers on the Wounds of Our Times." in *Doris Lessing：Conversations*. ed. Earl G. Ingersoll. New York：Ontario Review Press，1994，p. 105.

④　Francois – Olivier Rousseau. "The Habit of Observing." in *Doris Lessing：Conversations*. ed. Earl G. Ingersoll. New York：Ontario Review Press，1994，p. 151.

⑤　转引自 Mona Knapp. *Doris Lessing*. New York：Frederick Ungar Publishing Co.，1984，p. 8。

庭生活的失望。而戈特弗莱德·安顿·尼古拉斯·莱辛不仅给了她爱情，更重要的是他带领她进入了一个崭新的政治领域。她的丈夫是一个坚定的革命者，执着的马克思主义者。用莱辛的话说是"150%的共产党员"。[1]根据莱辛在自传中的介绍，戈特弗莱德·莱辛1917年出生在圣彼得堡。在十月革命爆发后和家人一起回到了柏林。他的父亲是一个富有的产业家和投机商，积累了大量的财富。他娶了一个在俄国经商的德国人的女儿，但却和她没有什么共同语言。他在读书之余，认为作为有1/4犹太人血统的德国人，他自己有责任反对希特勒，虽然自己的家庭已经被划入了非犹太人行列。后来他逃亡到了伦敦，靠父亲朋友的资助过着清贫的生活。随后又和许多流亡者一起来到了南罗德西亚。[2] 他英俊的外表、渊博的知识、过人的口才以及坚定的信仰使他迅速成为学习小组的中心人物，也使莱辛坠入了爱河。虽然莱辛一再声称这一段婚姻主要是出于政治目的，"是出于革命义务"[3]，因为唯有和英国女人结婚，他才不会存在由于其犹太人身份被送往集中营的危险，但不容置疑，他的革命热情和对马克思主义的深刻理解是吸引莱辛的重要原因。莱辛在接受采访，谈到自己如何成为马克思主义者时明确地说道，"在我第二任丈夫的影响下，我成为了狂热的马克思主义者。另一个原因是我对当时南部非洲状况的气愤……"[4] 离婚虽然有性格上的原因，但他不支持她写作恐怕也是一个重要因素。他认为她的写作"是布尔乔亚的自我放纵"。[5] 离婚后，莱辛去了英国，她的丈夫在伦敦做短暂逗留后回到了德意志民主共和国。此后长期担任德意志民主共和国负责非洲事务的部长以及后来驻乌干达的大使。在1979年推翻伊迪·阿敏·达达将军统治的战争中被暗杀。[6] 后来，莱辛把自己的丈夫写进了《暴力的孩子们》。莱辛此后没有再婚，并保留了第二任丈夫的名字。谈到理由，她自己说一方面是为了预示自己未来的作家职业，而另一方面也是表明从德国著名天才剧作家戈霍尔德·莱辛那里获得灵感，

---

[1]　Doris Lessing. *Walking in the Shade*. London：Flamingo，1998，p. 21.

[2]　Doris Lessing. *Under My Skin*. London：Harper Collins Publishers，1994，pp. 293 – 294.

[3]　Doris Lessing. *Under My Skin*. London：Harper Collins Publishers，1994，p. 293.

[4]　Margarete Von Schwarzkopf. "Placing Their Fingers on the Wounds of Our Times." in *Doris Lessing：Conversations*. ed. Earl G. Ingersoll. New York：Ontario Review Press，1994，p. 105.

[5]　Doris Lessing. *Walking in the Shade*. London：Flamingo，1998，p. 23.

[6]　J. M. Coetzee. "The Heart of Me." *New York Review of Books*. Vol. 41，No. 21. December 22，1994. http：//www. nybooks. com/articles/archives/1994/dec/22/the – heart – of – me.

以及预示和莱辛具有同等的才华。① 其实除了莱辛自己说的原因之外，不能排除莱辛是为了纪念自己的丈夫，更为了纪念年轻时那份对理想的执着和热情，以及对非洲那片热土的眷恋。

莱辛参加英国共产党的经历。

莱辛1949年来到伦敦，1951年在伦敦正式加入共产党。谈到自己的革命热情，莱辛在20世纪80年代接受采访时说："当我30多年前口袋里装着20英镑，怀里抱着幼小的儿子来到伦敦的时候，我坚定地相信当一个作家意味着什么——那就是改变世界。我觉得积极投入革命活动、反对不公正，无论在什么地方，站着还是坐着，讨论政治问题是我的责任。"② 那么为什么莱辛加入的是共产党，而非其他政治组织呢？根据詹姆士·易登（James Eaden）和大卫·兰顿（David Renton）在《1920年以来的英国共产党》中的说法，英国共产党在30年代是唯一支持工人罢工的组织。③ 到战后，它仍然具有巨大的影响力。由于其实行的是左派爱国主义路线，它赢得了普遍的尊重。据统计，当时的党员达到3万~5万人。而党的喉舌《工人日报》发行量达到10万份。在1944年党代表会议上，754个代表中超过一半来自工程、铁路、电力、运输、矿山等各大工人工会组织。其提出的"进步联合"的动议在1945年工党会议上得到了来自火车司机工会、画家工会、消防队员工会及其他工会组织的支持。④科恩（P. Cohen）说，英国共产党是唯一把马克思主义思想——无论是用多么歪曲的形式灌输到工人阶级层面的组织，是唯一给产业界的战士以国家概念的组织。它集合了产业界最优秀、最富有牺牲精神的人才。⑤ 莱辛也曾经说共产党员是她接触的人中"最优秀"、最聪明的人。他们热心，善良，无私帮助别人。他们相信理想，关心世界，"世界是他们的责任"。⑥ 他们都受过欧洲文学的熏陶和滋养，知识渊博，希

---

① Margarete von Schwarzkopf. "Placing Their Fingers on the Wounds of Our Times." in *Doris Lessing*: *Conversations*. ed. Earl G. Ingersoll. New York: Ontario Review Press, 1994, pp. 102 – 108.

② Margarete von Schwarzkopf. "Placing Their Fingers on the Wounds of Our Times." in *Doris Lessing*: *Conversations*. ed. Earl G. Ingersoll. New York: Ontario Review Press, 1994, p. 105.

③ James Eaden and David Renton. "Introduction." *The Communist Party of the Great Britain since 1920*. Gordonsville: Palgrave Macmillan, 2002, p. xix.

④ James Eaden and David Renton. "Introduction." *The Communist Party of the Great Britain since 1920*. Gordonsville: Palgrave Macmillan, 2002, pp. 98 – 100.

⑤ James Eaden and David Renton. "Introduction." *The Communist Party of the Great Britain since 1920*. Gordonsville: Palgrave Macmillan, 2002, p. xx.

⑥ Doris Lessing. *Walking in the Shade*. London: Flamingo, 1998, pp. 19 – 22.

望在现实世界中寻找到书中的理想。"他们坚信自己的正确，批判我写作中
的小资产阶级思想"。① 其实这和当时英国共产党 30 年代后大部分都是由中
产阶级和知识分子背景的人组成具有极大的关系。根据埃德温·罗伯兹
（Edwin A. Roberts）的研究，在 30 年代，由于越来越依赖苏联的意识形态
理论以及对于马克思主义理论解释的需要，英国共产党在 30 年代开始吸引
大批具有中产阶级和大学教育背景的人。他们持有对马克思主义的信仰，并
且他们都是像莱辛一样的书痴，许多是自然科学界的精英，还包括许多历史
学家、文学批评家、戏剧家、诗人、政治家和科学家等。② 实际上，到 50
年代，当时的自由知识分子加入共产党已经是一个潮流。罗素也曾经谈道：
"在英国和美国，大批知识分子受到了马克思很深的影响。"③ 不过，莱辛在
英国与在南罗德西亚不同，对党的热情已经转向了对党内个人的关注，如为
卢森堡事件请愿。④ 保罗·施昌特在《多丽丝·莱辛的小说》中认为莱辛加
入英国共产党并不令人吃惊，因为当时的共产党员大部分都是知识分子和作
家。他还举例说，在参加西班牙内战中牺牲的、为共和党而战的英国知识分
子中，有一半都是共产党员。另外，当时共产党内盛行的个人主义精神对于
莱辛也具有很大的吸引力，这主要体现在当时以刊登各种观点文章而流行一
时的共产党非官方刊物上。莱辛当时是主要的撰稿人之一。⑤ 莱辛后来还参
加了当时被称作的"殖民解放运动"。莱辛回忆说：这场运动在下议院设有
办公室，在促进议员们和未来的引导非洲走向独立的领袖们会面以及争取肯
尼亚独立和塞浦路斯争端的解决上都起了重要作用。"这毫无疑问是我所完
成的最有意义的事情"。⑥

　　"共产主义是莱辛的大学和社会课堂"。⑦ 马克思主义思想使莱辛对于社
会问题具有很强的敏感性。如果说在非洲，莱辛主要关注的是种族歧视的

---

① Doris Lessing. *Walking in the Shade.* London：Flamingo，1998，pp. 22 – 23.

② Edwin A. Roberts. *The Anglo – Marxists：A Study in Ideology and Culture.* London：Rowman & Littlefield Publishers，Inc.，1997，pp. 31 – 64.

③ 〔英〕罗素：《西方哲学史》下卷，马元德译，商务印书馆，2005，第 344 页。

④ Mona Knapp. *Doris Lessing.* New York：Frederick Ungar Publishing Co.，1984，p. 9.

⑤ Paul Schlueter. *The Novels of Doris Lessing.* Carbondale and Edwardsville：Southern Illinois University Press，1969，p. 4.

⑥ Francois – Olivier Rousseau. "The Habit of Observing." in *Doris Lessing：Conversations.* ed. Earl G. Ingersoll. New York：Ontario Review Press，1994，p. 151.

⑦ Rosemary Dinnage. "Doris Lessing's Double Life." *The New York Review of Books.* Vol. 45，No. 18. Nov. 19，1998. http：//www. nybooks. com/articles/664.

话，那么在英国，莱辛才真正意识到了阶级等级制的存在。莱辛在《追寻英国人》和《暴力的孩子们》中都对她刚踏上伦敦的土地时所看到的白人工人劳作情景对她内心的震撼有过深刻的描述。除此之外，在伦敦开始的几年，莱辛由于经济窘迫，和下层人民有过广泛接触，真正了解到了下层人民的疾苦，从而又加深了莱辛对马克思主义理论的认识。根据莱辛的自传，在刚到伦敦的头几年，莱辛参加政治活动并不多，就是发发传单等。但 1952 年她陪同"呼吁世界和平作家代表团"去了一趟苏联。回来后，1952 ~ 1953 年她帮助玛戈·海涅曼（Margot Heinemann）编了一本杂志《日光》（Daylight）鼓励工人作家。由于她经常需要去前夫那里去看孩子，陆续去了巴黎、西班牙、德国等，看到了战争对欧洲的破坏及其贫困的状况，对那里的人们充满了同情。[①] 马克思主义的总体性思想、有关阶级的论述、辩证法思想以及共产主义的愿景都深刻地影响着莱辛。"共产主义是一个伟大美妙的远景，比仅仅消除贫困和重新分配财富等要远大得多。在这个远景社会中人人都非常重要，没有对种族，阶级或信仰的强调，没有互相伤害。每个人都有机会和权力发展自己。这是一个梦想，这是人们成为社会主义者的原因，也是我自己成为社会主义者的原因。"[②] 在一次采访中，被问到《金色笔记》的前言中说这部小说的主旨是寻求一个世界道德体系时，莱辛说道："马克思主义就是试图寻找一个世界道德体系……马克思主义……是把世界看作一个整体，而其中每一部分都互相关联……我想这（个理论）对年轻人特别有吸引力。"[③] 关于辩证法，莱辛说："我 1942 年在南罗德西亚接触到了马克思主义的辩证思想。在我看来，它概括了我已经读过的所有各种思维方式。"[④]

不过这一时期也是斯大林主义盛行时期。它把共产主义变成了一种教条主义。[⑤] 理论和实践的严重脱节使得莱辛对于英国共产党的做法开始质疑。

①　Doris Lessing. *Walking in the Shade*. London：Flamingo，1998，pp. 46 – 52.

②　转引自 Joseph Haas. "Doris Lessing：Chronicler of the Cataclysm." *Chicago Daily News*. 14 June 1969，p. 5。

③　Michael Thorpe. "Running Through Stories in My Mind." in *Doris Lessing：Conversations*. ed. Earl G. Ingersoll. New York：Ontario Review Press，1994，p. 97.

④　Doris Lessing. Letter to Roberta Ruinstein，28 March 1977，in Roberta Ruinstein. *The Novelistic Vision of Doris Lessing*. Urbana：Universityof Illionis Press，1979，p. 66.

⑤　Edwin A. Roberts. *The Anglo – Marxists：A Study in Ideology and Culture*. London：Rowman & Littlefield Publishers，INC.，1997，p. 209.

因此，后来的苏共二十大以及匈牙利事件最终导致了莱辛对英国的党组织失去了信心。她开始相信"任何政治意识形态都不能拯救世界"。① 莱辛于1956 年退出了英国共产党。谈到退党的缘由，莱辛在采访中说，这并不是因为匈牙利事件。虽然她对苏联所发生的事情、布拉格审判以及随后的死刑判决感到震惊，但是她仍然相信这一切和真正的共产主义毫无关系。在她看来，马克思主义和英国共产党并不是画等号的，共产主义仍然最有前途。真正的拐点是 1956 年 2 月召开的苏共二十大。在这次会议上，赫鲁晓夫发布了《关于斯大林个人崇拜及其后果》的报告，揭露了斯大林的罪行。但随后又入侵匈牙利，这使得许多像莱辛一样的共产党人在震惊之余，产生了被欺骗的感觉，从而导致了一大批知识分子精神的崩溃和对党失去了信心，离开了共产党。② 莱辛在《金色笔记》中描述了这一情景。在小说最后，安娜去做社工，并参加了工党；莫莉结婚了；汤姆准备接父亲公司的班；等等。莱辛在 1969 年接受采访时说，这是当时时代的反映：当时的左派受到了一个又一个打击，垮掉了。许多多年热衷于社会主义运动的妇女为此都不知所措。她们认为自己被出卖了。她们怀着"让政治见鬼去吧"的决心，竭力摆脱了政治，去经商或结婚，去做原来这些她们鄙视的事情。许多优秀的共产党员都是如此。③ 其实正如《金色笔记》中的安娜一样，莱辛发现英国共产党的所作所为令她极为失望。但与其说莱辛对马克思主义失去了信心，不如说她对于共产党当时作为一种政治力量，它的理论和实际的脱节感到失望。

实际上，马克思主义早就在统一的名称下遭到了篡改。根据托尼·怀特（Tony Wright）在《新旧社会主义》中的说法，当时有各种各样的社会主义，也有各种各样的马克思主义。④ 虽然当时英国共产党党员大都来自产业工人，并一直都得到了产业工人的广泛支持，但英国共产党在战后已经不再是一个"革命的党"，而成为一个强调"通过议会道路走向社会主义"的党。⑤ 当时

---

① Margarete von Schwarzkopf. "Placing Their Fingers on the Wounds of Our Times." in *Doris Lessing*: *Conversations*. ed. Earl G. Ingersoll. New York: Ontario Review Press, 1994, p. 105.

② Francois – Olivier Rousseau. "The Habit of Observing." In *Doris Lessing Conversations*. ed. Earl G. Ingersoll. Prinston: Ontario Review Press, 1994, pp. 151 – 152.

③ Jonah Ruskin. "The Inadequecy of Imagination." In *Doris Lessing Conversations*. ed. Earl G. Ingersoll. Prinston: Ontario Review Press, 1994, p. 17.

④ 参见 Tony Wright. *Socialisms Old and New*. Florence: Routledge, 1996。

⑤ James Eaden and David Renton. *The Communist Party of the Great Britain since* 1920. Gordonsville: Palgrave Macmillan, 2002, pp. 96 – 97.

的观察家罗伯特·埃米特（Robert Emmett）说道，"当工厂和工作层面的共产党员们发现他们工会高层的共产党员们只不过是另一帮交通部官员，和原来没什么不一样时，失望情绪很快地蔓延开来，英国共产党开始失去了它曾经拥有的真正基石——工厂，特别是工会代表"。① "它已经完全脱离了马克思主义的基本原则"。《世界新闻和观察》上也刊登了一封澳大利亚共产党的来信，"指责英国共产党背叛了马克思主义的主要思想"。② 此外，英国共产党内部的不纯洁和不团结也是造成大批优秀人才流失的主要原因。莱辛在自传中曾谈到加入共产党被认为是一种时髦。她遇到的一个自称共产党员的人，对辩证唯物主义却一无所知。③ 而《金色笔记》也对英国共产党内部的矛盾斗争进行了辛辣的讽刺。马尔科姆·布拉德伯里（Malcolm Bradbury）也在《现代英国小说》中对当时的失望情绪有过涉及。④ 莱辛的退党和当时英国共产党内部的"去斯大林化"的政治危机紧密相关，但她是当时少数还一直相信革命会改变一切的人。这种信念又延续了 20 多年，直到曼德拉 1992 年和德·克勒克（de Klerk）握手言和。⑤ 这也是莱辛退党后，有一段时间和新左派一直保持联系的根本原因。

"新左派"出现在 20 世纪 50 年代末，主要以理查德·霍加特（Richard Hoggart）、雷蒙·威廉姆斯（Raymond Williams）和汤普森（E. P. Thompson）的著作以及他们的两个杂志《新理性者》（*New Reasoner*）以及《大学和左派评论》（*Universities and Left Review*）为代表。由于苏共二十大的影响和匈牙利事件，许多英国共产党人了解了斯大林主义的真相，从而退党，但许多英国知识分子开始转向托洛茨基主义。他们有的虽然退党，但仍然希望对英国共产党进行改革，仍然相信革命。⑥ 在英国，他们被称为托洛茨基

---

① James Eaden and David Renton. *The Communist Party of the Great Britain since* 1920. Gordonsville：Palgrave Macmillan，2002，p. 99.

② James Eaden and David Renton. *The Communist Party of the Great Britain since* 1920. Gordonsville：Palgrave Macmillan，2002，p. 109.

③ Doris Lessing. *Under My Skin*. London：Harper Collins Publishers，1994，p. 411.

④ 参见 Malcolm Bradbury. *The Modern British Novel*. London：Penguin Books，1994，pp. 271 - 273。

⑤ 参见 Doris Lessing. *Walking in the Shade*. London：Flamingo，1998，pp. 175 - 176。德·克勒克是南非共和国最后一任白人总统。1989 年任职以来，推行了一系列有助于废除南非种族隔离制度的政策，并释放了曼德拉。1993 年和曼德拉一起获得诺贝尔和平奖。1994 年大选，曼德拉获胜，德·克勒克任第二副总统，1997 年退出政坛。

⑥ 参见 Doris Lessing. *Walking in the Shade*. London：Flamingo，1998，p. 198。

派，也就是"新左派"。1960 年，两个杂志合并为《新左派评论》（*New Left Review*）。它的第一篇社论就宣称致力于"一种真正的普遍的社会主义运动"。① "新左派"的反斯大林主义思想把退党后的莱辛同他们结合在了一起。莱辛成了《新理性》的编委和撰稿人，她的短篇小说最初都发表在上面。她和新左派也时有联系，虽然她对他们的做法并不完全赞同。

英国"新左派"致力于在法西斯和共产主义之间寻找一条中间道路。当时"新左派"的领导人，也是后来英国文化研究的奠基人雷蒙·威廉姆斯试图在马克思主义理论中，在没有受到重视的文化研究中开辟出一条新路，所以，"新左派"和西方马克思主义理论家的观点有着千丝万缕的联系。实际上，"新左派"和西方马克思主义作家之间有着极为密切的关系。"二战"后，随着战事的平息，经济走上复苏的道路，"二战"后的欧洲各种思潮频现。由于斯大林的错误政策，导致苏联马克思主义受到了广泛质疑。而伴随着 1955 年法国哲学家梅洛·庞蒂发表《辩证法的历险》一书，"西方马克思主义"同"苏联或东方马克思主义"同样被认为是"正统马克思主义"的对立面，开始流行开来。② 西方马克思主义理论家所探讨的问题也成为"新左派"关注的问题。文化、文学、社会、语言之间的关系成为热门话题。实际上，该刊发表过几乎所有重要的当代西方马克思主义学者或左翼作家——如本雅明、拉康、马尔库塞、阿多诺、葛兰西、阿尔都塞、萨特、卢卡奇、杰姆逊、伊格尔顿、霍布斯鲍姆、巴迪乌、恩岑斯贝格尔和齐泽克等人的文章。盖尔·格林也曾在《多丽丝·莱辛：变化的诗学》中，对莱辛所受到的欧洲马克思主义思想家的影响进行了论证，揭示了莱辛的政治"神话"概念和葛兰西、阿尔都塞有关意识形态理论的相似之处，并以《金色笔记》为例进行了详细的探讨。③ 莱辛在自传中也描述了她和"新左派"的关系。莱辛的托派观点深受当时她的男朋友，一个美国托派作家克兰西·西格尔（Clancy Sigle）的影响，这也是《金色笔记》中"内金色笔记"里安娜的男朋友索尔的原型。他对美国左派的活动极为热情，和莱辛在观点上有很大分歧——主要是没有实际行动，只是空话连篇。他是美国的托洛茨基派。对此，莱辛感到疑惑和不安。她认为"新左派"和西格尔都

---

① 〔英〕兰德尔·史蒂文森：《英国的没落？》，外语教学与研究出版社，2007，第 17 页。
② 黄应全：《西方马克思主义艺术观研究》，北京大学出版社，2009，第 11 页。
③ Gayle Greene. *Doris Lessing：The Poetics of Change*. Ann Arbor：The University of Michigan Press，1994，pp. 104 – 105.

具有浪漫主义情怀，都推崇英雄主义的。莱辛记录了当时汤普森等许多左翼领导人在她家里或咖啡馆里讨论政治问题、开会的经历。但当时，莱辛已经表现出和"新左派"的分歧，和对英国"新左派"在权力性质问题上的浪漫主义或感伤主义的反感。① 她还在《四门城》中讽刺说，左派历来认定的"规则是必须把更多的时间花在攻击自己的盟友、同志而不是敌人上"。② 新一代"新左派"领导人霍尔在 2009 年的一次采访中说："莱辛并没有实际参与期刊的编务工作。她曾投过几篇稿子。她和汤普森那一代的人很接近，也是 40 年代共产党中独立知识分子中的一员。她虽然加入了《新左派评论》的编辑委员会，但是当时她已经和政治活动保持了某种距离。"③ 莱辛那时写给《新理性》编辑爱德华·汤普森（Edward Thompson）的信中，强调了个人责任、个人良心的重要性。在第二封信里，莱辛说道："马克思主义已经不再是一种哲学，而成为了一种政府制度，每个国家都不一样。"显然，莱辛认为马克思主义已经被歪曲。紧接着，莱辛又说："这是一件好事。任何哲学持续超过五十年必定会变质，因为一切都变化得太快了。"莱辛这里明确表达了理论要符合时代要求的愿望。面对汤普森关于要求莱辛表明道德和政治态度的诘问，莱辛说："三十年对于已经死亡的政治词汇的腐朽芳香使我感到恶心。"她表达了和一切政治划清界限的决心。不过，尽管如此，通过西格尔，莱辛仍然关注着"新左派"的活动。④ 20 世纪 50 年代末，莱辛投身戏剧界，并成为《观察家》（The Observer）的评委，后来还是反核运动的发起人之一，帮助组织了第一次奥尔德马斯顿（Aldermaston）反核游行。1960 年，莱辛成为《新左派评论》的第一批编委之一，并经常积极参与当时"新左派"有关文学、媒体、"文化干预"等问题的讨论，深谙布莱希特的戏剧、卢卡奇的著作，并加入到左派圈子对热衷话题的探讨，如葛兰西的《狱中笔记》等。⑤

---

① 参见 Doris Lessing. *Walking in the Shade*. London：Flamingo，1998，pp. 151 – 157；Roy Newquist. "Talking as a Person." in *Doris Lessing：Conversations*. ed. Earl G. Ingersoll. New York：Ontario Review Press，1994，p. 9。

② Doris Lessing. *The Four – Gated City*. London：Harper Collins Publishers，1993，p. 399.

③ 陈光兴：《霍尔访谈录》，《文化研究：霍尔访谈录》，May 12，2009。http：// www. zijin. net/news/evisiting/2009 – 5 – 12/n0951258FEB00H6B824C5HE. shtml. （Google. June. 6，2010）。

④ Doris Lessing. *Walking in the Shade*. London：Flamingo，1998，pp. 191 – 202.

⑤ Gayle Greene. *Doris Lessing：The Poetics of Change*. Ann Arbor：The University of Michigan Press，1994，p. 104.

　　关于"新左派"在法西斯和共产主义之间崇尚的中间道路问题，莱辛在 1964 年接受美国出版商罗伊·钮奎斯特（Roy Newquist）采访时说："历史并没有给过我们很多可以走中间道路的例子。"她分析了美国、英国、苏联的状况，认为如果说共产主义比较极端的话，那么美国和苏联在极端的做法上有许多共同之处。她对政治活动表现出明显的不信任，也不愿意多谈。她所关心的仍然是人本身。她说："那些暴力和敌意都体现不出真实，都和人没有什么关系……和艺术没有关系。"① 这里莱辛指的是政治所引起的暴力和敌意实际上体现不出人的真实本质，因为人在特定的宣传和特定集团的意识形态作用下，就会丧失自己独立的判断，从而遵从"集团思维"。莱辛还强调，从一个普通人的角度看，这和真正的艺术也没有关系，这是因为集团思维控制下的艺术并不是真正的艺术，它是经过意识形态或思想倾向歪曲的艺术。她在 1961 年对那些只会空喊而不作为的"时髦的社会主义者"进行了公开批评。② 此后，莱辛对政治一直保持着距离。"我从来不认为政治会解决什么事情，我也从来不维护任何确切的政治立场"。③ 不过，20 世纪80 年代末，她依然称自己是一个社会主义者。④ 莱辛 1992 年在西雅图和华盛顿接受采访时说，"我对政治着迷，但我不再相信那些宏大的玩弄辞藻的事业。我对较小的、实际的目标，就是可以做到的事情更感兴趣"。⑤

　　莱辛也在不同的场合对斯大林以及共产党组织等有过严厉的批判，如1992 年在罗格斯大学（Rutgers University）举行的"知识分子和中东欧的社会变革"大会的发言中，莱辛对共产主义及其在其影响下的语言毁损和思维定式进行了批判。⑥ 但莱辛也多次重申，自己认为共产党人是世界上最优秀、最慷慨、最善良、最富有人情味的人。⑦ 莱辛对于"政治正确"的危险

---

① Roy Newquist. "Talking as a Person." In *Doris Lessing Conversations*. ed. Earl G. Ingersoll. Prinston：Ontario Review Press，1994，p. 10.

② Doris Lessing. "Smart Set Socialists." *New Statesman*，Vol. 62（1 December 1961），pp. 822，824.

③ Nissa Torrents. "Testimony to Mysticism：Interview with Doris Lessing." *Doris Lessing Newsletter*，Vol. 4，No. 2（Winter 1980），p. 12.

④ Henry Kellermann and Hans-Peter Rodenberg. "*The Fifth Child*：An Interview with Doris Lessing." *Doris Lessing Newsletter*. Vol. 13，No. 1（Summer 1989），p. 4.

⑤ Michael Upchurch. "Voice of England，Voice of Africa." in *Doris Lessing Conversations*. ed. Earl G. Ingersoll. Prinston：Ontario Review Press，1994，p. 222.

⑥ Edith Kurzweil. "Unexamined Mental Attitudes Left Behind by Communism." In *Doris Lessing Conversations*. ed. Earl G. Ingersoll. Prinston：Ontario Review Press，1994，pp. 204 – 213.

⑦ Doris Lessing. *Walking in the Shade*. London：Flamingo，1998，p. 56.

也非常清醒。1992 年莱辛在西雅图和华盛顿接受采访时，她说，这仍然是"一种用意识形态来控制文学的需要。但有意思的是那些政治正确的人却似乎并没有认识到这一点"。① 莱辛认为"政治正确"很愚蠢，就像一场政治运动一样会过去。可以看出，莱辛反对的是任何一种意识形态的控制和集体思维的危害，而她对于共产党员的喜爱源自他们都是人文主义者。

　　如果说，是马克思主义理论把莱辛带入了政治、带入了对于人生和社会的深度思考的话，也是围绕对马克思主义的争论使莱辛意识到了意识形态对人的控制，以及集体思维定式对于个人自由的危害和人生的影响。莱辛在 1980 年接受采访时说，"马克思主义被看作一种从整体看人类的意识形态，但经历过许多以后才发现理论和实际完全没有关系"。② 1981 年，莱辛又说："我早就意识到拯救世界不能依靠任何政治意识形态。所有的意识形态都是骗人的，只是为小部分人服务，而不是普通的大众"。③ 据此，许多评论家认为莱辛开始是马克思主义者，后来又改变了。有的说她从来都不是真正的马克思主义者。然而无论结论如何，一个不容争辩的事实是马克思主义思想对她及其早期创作产生了巨大影响。换句话说，是马克思主义最早开启了她的心扉。加入共产党后，马克思主义的整体论观点，建立一个共同富裕社会的观点，为莱辛以后摆脱单一民族思维的总体思想，以及历史观和人生观的形成奠定了重要的理论基础。正如著名莱辛评论家莫娜·奈普教授曾经在《多丽丝·莱辛》中明确指出的：马克思主义理论是莱辛思想和作品形成的基础。④

第二节　心理分析学派及反精神病运动

　　关于弗洛伊德、荣格、拉康、莱因（R. D. Laing）等精神分析学家对莱辛的影响，已经有一些学者作过评述。著名莱辛评论家罗贝塔·鲁宾斯坦还把荣格列入了对莱辛影响最大的三个思想家之一（其他两个分别为黑格尔

---

① Michael Upchurch. "Voice of England, Voice of Africa." In *Doris Lessing Conversations*. ed. Earl G. Ingersoll. Prinston：Ontario Review Press, 1994, p. 227.

② Michael Thorpe. "Running Through Stories in My Mind." In *Doris Lessing Conversations*. ed. Earl G. Ingersoll. Prinston：Ontario Review Press, 1994, p. 97.

③ Margarete von Schwarzkopf. "Placing Their Fingers on the Wounds of Our Times." In *Doris Lessing Conversations*. ed. Earl G. Ingersoll. Prinston：Ontario Review Press, 1994, p. 105.

④ Mona Knapp. *Doris Lessing*. New York：Frederick Ungar Publishing Co., 1984, p. 9.

和马克思），并在《多丽丝·莱辛的小说视域》中对荣格的集体无意识和人格发展理论在莱辛小说中的具体应用进行了详细的分析。[①] 莱辛自己也在不同场合对此发表过意见或看法。虽然莱辛在自传中说第一部小说出版时自己还没有读过很多弗洛伊德的书，[②] 但显然弗洛伊德对她的影响仍然可以追溯到她在南罗德西亚期间。她在和第二任丈夫交往初期就因为对梦的不同看法而产生了分歧。对于她的丈夫来说，任何对于人的心理的看法都是弗洛伊德式的，都是反动的。那时，在朋友家中，他们经常就马克思列宁主义、弗洛伊德、荣格、赖克、A. 阿德勒、M. 克莱因等进行争论。[③] 在伦敦初期，莱辛连续三年去看心理医生。她把这看作生活当中极为重要的事情。这三年的经历"挽救了自己的生命"。[④] 由于被深爱的恋人抛弃，莱辛深陷痛苦之中。她不在乎心理医生是用弗洛伊德或荣格还是谁的理论对她进行心理辅导，但她感觉自己"在这些领域里宾至如归"。[⑤] 也许正是这段刻骨铭心的恋情以及由此而带来的精神打击和心理疗伤，使莱辛有机会深入研读并切身体会精神分析理论及其效能，但更为重要的是，莱辛通过自己的心理医生萨斯曼夫人本身集宗教（既信仰罗马天主教，但又是犹太人）和心理学家（相信荣格理论）于一体的矛盾性，看到了这一切融合的可能性。莱辛曾说自己对梦境中所表达的世界丰富性和象征性着迷。"……梦的研究是她除了园艺和猫之外的第三大爱好。"[⑥] 莱辛还在作品中对意识和无意识领域进行过深入探讨，但很显然，莱辛并不赞同弗洛伊德有关把无意识看作邪恶来源的观点。"无意识可以根据你的塑造是好或是坏，有没有帮助。我们的文化把潜意识当作了敌人……其他文化把潜意识当作一种助力来接受。我认为我们也应该学会这样看它。"[⑦] 她说弗洛伊德的无意识领域太黑暗了。[⑧] 而她认为

① Roberta Rubenstein. *The Novelistic Vision of Doris Lessing*: *Breaking the Forms of Consciousness.* Urbana: University of Illinois Press, 1979, p. 9.

② Doris Lessing. *Walking in the Shade.* London: Flamingo, 1998, p. 23.

③ Doris Lessing. *Under my Skin.* London: Harper Collins Publishers, 1994, pp. 293, 331, 336.

④ Doris Lessing. *Walking in the Shade.* London: Flamingo, 1998, p. 36.

⑤ Doris Lessing. *Walking in the Shade.* London: Flamingo, 1998, p. 133.

⑥ Margarete von Schwarzkopf. "Placing Their Fingers on the Wounds of Our Times." in *Doris Lessing*: *Conversations.* ed. Earl G. Ingersoll. New York: Ontario Review Press, 1994, p. 106.

⑦ Jonah Raskin. "The Inadequacy of the Imagination." in *Doris Lessing*: *Conversations.* ed. Earl G. Ingersoll. New York: Ontario Review Press, 1994, p. 14.

⑧ Jonah Raskin. "Doris Lessing at Stony Brook: An Interview." in *Doris Lessing*: *A Small Personal Voice.* ed. Paul Schlueter. New York: Vintage Books, 1975, p. 67.

"荣格的心理模式比弗洛伊德的更具有吸引力"。① 沙迪亚·斯·法希姆认为这主要是因为荣格在"展望人类重新成为一个完整的个体的可能性上更加乐观"。② 罗杰·普雷（Roger Pooley）也在《多丽丝·莱辛：神秘主义和性别政治》一文中对于莱辛更青睐荣格理论的原因对荣格和弗洛伊德作了比较，"弗洛伊德是无神论者，荣格是泛神论者；弗洛伊德的方法是解构性的，而荣格是建构性的；弗洛伊德揭示神话，荣格收集并传播神话；这并不是说莱辛完全放弃了弗洛伊德——她在《南船座中的老人星档案》系列小说中在寓意上使用了他的小孩发展模式。但是青睐荣格意味着更赞赏一种难以言说的同一感和正常感，这与其说是由她置身于其中的社会所赋予，不如说来自集体无意识，也许是一种你感到和一切融为一体的'广泛的经验'"。③ 其实，莱辛在自传中已经暗示出，她不喜欢弗洛伊德，是因为他比荣格更关注个人，而荣格的集体无意识把视野拓展到了全人类。④ 荣格曾在一篇对道家著作《太乙金华宗旨》（*The Secret of Golden Flower*）译本的评论文章中阐述自己的目的是"架构一座东西方心理理解的桥梁"。⑤ 也许正是荣格这种关于东西方在心理层面意义上融合的思想更契合了莱辛的思想。露丝·维特克（Ruth Whittaker）认为荣格理论对莱辛产生了巨大影响，主要体现在以下几方面：首先是荣格的个性化过程，也就是成为一个完整人的过程。她认为莱辛在 20 世纪 50～60 年代的小说中塑造的人物都经历了这样的过程。潜意识领域，也就是荣格的"阴影"，成为人物的"释放过程"，因为它允许人物有缺点，并重新获得维护外在形象的能量。其次是集体无意识，其中充满了荣格称之为"原型"的意象。她认为在莱辛作品中，如《四门城》《暴力的孩子们》《金色笔记》等都充满了这种意象或象征。⑥ 不过，尽管莱辛认为荣格的心理学理论令人鼓舞，但却具有很大的局限性。她说："我认为荣格的观点就本身来说还不错，但他的思想来自于那些眼光更

---

① Shadia S. Fahim. *Doris Lessing：Sufi Equilibrium and the Form of the Novel*. London：St. Martin's Press，1994，p. 6.

② Shadia S. Fahim. *Doris Lessing：Sufi Equilibrium and the Form of the Novel*. London：St. Martin's Press，1994，p. 6.

③ Roger Pooley. "Doris Lessing：Mysticism and Sexual Politics." April 1985. http：//www. clsg. org/html/m1. htm.

④ Doris Lessing. *Walking in the Shade*. London：Flamingo，1998，p. 36.

⑤ John J. Clarke. *Jung and Eastern Thought：A Dialogue with the Orient*. Florence：Routledge，1994，p. 82. http：//site. ebrary. com/lib/berkeley/Doc？id = 5001566&ppg = 2.

⑥ Ruth Whittaker. *Modern Novelists：Doris Lessing*. New York：St. Martin's Press，1988，p. 10.

深远的东方哲人。中世纪的伊本·阿拉比和噶扎里对集体无意识或什么，就比荣格等人具有更先进的观念。他很有局限性，但就他本身的观点来说还是很有益处的。"① 莱辛正是在自己经历精神危机时，在精神分析理论的局限中，开始广泛涉猎东方经典著作。约翰·莱奥纳多（John Leonard）在书评中就说到了荣格的理论和苏菲主义在很多方面类似，如民间智慧、集体无意识等。② 沙迪亚·斯·法希姆和罗杰·普雷都把荣格的理论局限看作是莱辛后来走向苏菲主义和进行形而上思考的必然原因。沙迪亚·斯·法希姆认为，心理学的宗旨是要维持心理平衡，所以它把进入无意识看作是终点。而苏菲主义把进入潜意识看作是发展的起点，是意识向更高领域发展的潜力。因此，莱辛才走向苏菲主义。③ 露丝·维特克也认为正是苏菲主义为莱辛提供了人类未来的前景。"苏菲在不同的国家和不同的文化中以各种不同的面目出现。它的核心观点之一就是人类的进化能力……对这种超验能力开发必要性的信念是莱辛《围地》之后作品的重要部分……通过各种方法达到超验的思想，以及在面对未来可能的灾难中它的必要性和迫切性，成为她作品的基调。"④

20 世纪 60 年代初，莱辛由于其小说中对疯癫的大量描写无意中卷入了一场反精神病学运动，被认为是心理分析学派的敌人。这场运动由美国精神病学家托马斯·萨斯（Thomas Szasz）发起。他于 1960 年在《美国心理学家》杂志撰文以"精神病神话"为题阐述当时的精神病学作为学科的无用性。1961 年又出版同名书，抨击精神病学科的合法性。⑤ 莱辛曾经以赞赏的口吻说过托马斯·萨斯"采取了非常革命的立场"。⑥ 而这场运动中最著名的当属英国精神病学家莱因（R. D. Laing）。这个在苏格兰受训，而后来到

---

① Doris Lessing. *Letter to Roberta Rubenstein*, dated 28 March 1977，转引自 Roberta Rubenstein, *The Novelistic Vision of Doris Lessing*：*Breaking the Forms of Consciousness*，1979，pp. 230 – 231。

② John Leonard. "The Adventures of Doris Lessing." *The New York Review of Books*, Vol. 53, No. 19. Nov. 30, 2006. http：//www. nybooks. com/articles/664.

③ Shadia S. Fahim. *Sufi Equilibrium and the Form of the Novel*. New York：St. Martin's Press, 1994, p. 12.

④ Ruth Whittaker. *Modern Novelists*：*Doris Lessing*. New York：St. Martin's Press, 1988, pp. 13 – 14.

⑤ Edward Shorter. *A Historical Dictionary of Psychiatry*. Cary：Oxford University Press, 2005, p. 22. http：//site. ebrary. com/lib/berkeley/Doc？ id = 10142395&ppg = 1。

⑥ Joyce Carol Oates. "A Visit with Doris Lessing." *Southern Review*, October 1973. http：// jco. usfca. edu/lessing. html.

伦敦的"新左派"偶像，在 1961 年发表的《分裂的自我》一书中，第一次在精神病学界提出，疯癫的发展是对自己生活环境不能容忍的反应。[①] 在 1967 年发表的《经验政治》中，莱因进一步指出，精神分裂是"在某种社会环境下一些人给另一些人贴的标签。'精神分裂的原因'应该到通过考察精神病仪式举行的社会环境中寻找"。[②] 莱因强调疯癫形成的原因在于社会，而不是单纯的心理问题也许正是引起莱辛注意的原因。1969 年莱辛接受采访时承认自己知道莱因，也读过他的著作。莱辛说："我很欣赏他，因为他同医学权威斗争并改变了整个规则，使得以前绝不可能这样问的问题成为可能。"但同时莱辛指出莱因"走的还不够远"，深度不够。[③]罗贝塔·鲁宾斯坦以及南希·哈丁等都曾经在文章或著作中就莱因对莱辛的影响做过细致的分析。而弗拉斯塔斯指出，莱辛的《简述地狱之行》就是在探索莱因的疯癫具有拯救和预言作用的观点。[④] 当他们指出莱辛小说和莱因著作不仅观点相似，而且其中还有人物经历相同时，莱辛反驳说莱因并不是自己写作疯癫的源头。人物的相同只是巧合，因为那是她从电话簿里随意选取的名字。[⑤]其实，莱辛对于莱因的兴趣更多的可能是因为莱因是当时文化气氛下那场运动的一部分。莱辛说，"我对莱因的看法是，在英国，在一个合适的时间，他用另类的观点挑战了精神病学界某种极端严苛的看法，使不同于官方的观点成为可能……莱因只是更广阔运动的一部分"。[⑥] 实际上，莱辛在自传中说过，她最早接触的是海米·卡普兰（Haimi Kaplan）。他的书《精神病的内心世界》（*The Inner World of Mental Illness*）给了她灵感。[⑦] 其实很难说莱

---

① 转引自 Edward Shorter. *A Historical Dictionary of Psychiatry*. Cary：Oxford University Press，2005，p. 27. http：//site. ebrary. com/lib/berkeley/Doc？ id = 10142395&ppg = 1。

② 转引自 Edward Shorter. *A Historical Dictionary of Psychiatry*. Cary：Oxford University Press，2005，p. 25。

③ Studs Terkel. "Learning to Put the Questions Differently." in *Doris Lessing：Conversations*. ed. Earl G. Ingersoll. New York：Ontario Review Press，1994，pp. 29 – 32.

④ 转引自 Claire Sprague and Virginia Tiger. "Introduction." *Critical Essays on Doris Lessing*. ed. Claire Sprague and Virginia Tiger. Boston：G. K. Hall，1986，p. 22。

⑤ 转引自 Roberta Rubenstein. *The Novelistic Vision of Doris Lessing：Breaking the Forms of Consciousness*. Urbana：University of Illinois Press，1979，p. 197。

⑥ 转引自 Fahim，Shadia S. *Doris Lessing：Sufi Equilibrium and the Form of the Novel*. London：St. Martin's Press，1994，p. 9。

⑦ 这里莱辛提到的名字 Haimi Kaplan 可能有误，因为写《精神病的内心世界》的应该是波特·卡普兰（Bert Kaplan）。他是加州大学圣克鲁兹分校的心理学教授，1964 年发表《精神病的内心世界》。参见 Doris Lessing. *Walking in the Shade*. London：Flamingo，1998，p. 313。

辛的影响来自于某一个人。法国哲学家和社会理论家米歇尔·福柯（Michel Foucault）对这场运动，对 60 ~ 70 年代的知识界以及莱因和他的同事们都产生过巨大而持久的影响。福柯于 1961 年发表《疯癫与文明》，对西方历史中有关疯癫的观点、实践、机构以及文学艺术进行了梳理，指出精神病学是社会控制机构。所谓疯癫或正常乃是社会权力博弈的结果，是精神正常者对精神失常者的权力控制。这些观点不仅影响了莱因，更成为当时反精神病学运动的一面旗帜。① 毕业于芝加哥的社会学家，加拿大人欧文·高夫曼（Erving M. Goffman）、意大利精神病学家弗朗哥·巴萨利亚（Franco Basaglia）有关精神病机构的调查以及取消这些机构的观点都对反精神病运动起到了推波助澜的作用。② 在谈到自己卷入这场运动时，莱辛说她并没有计划这么做，她只是描写了自己的经历而已。莱辛在 1969 年在芝加哥接受电台采访中说："过去二十年中，我无意中和有些人发生了联系，他们或是从事我们称为'疯癫'工作的精神病学家或社会工作者，或是在某种程度上是真疯或'被疯癫'的亲密朋友。"③ 莱辛到伦敦以后的恋人，也是她自称真正爱过的人就是一个心理医生（她在自传中称他为"杰克"），在当时英国最著名的精神病院莫兹利（Maudsley）医院工作。"许多我们习以为常的精神病的原则和实践就是当时建立起来的。"④ 杰克对病人采用了各种疗法，有音乐和文学等，包括催眠疗法。催眠疗法可以诱使病人讲出自己记忆中的事情，使杰克备感内疚，因为这触犯了病人的隐私权。莱辛对于恋人的纠结感同身受。她评价道："杰克过去可能是共产党员和斯大林的追随者，现在他说仍然是马克思主义者，但他更是一个老派的人文主义者。所有血管里流淌着文学传统的共产党员都是如此。"⑤ 莱辛过去 20 年一直和心理分析者以及社会工作者研究疯癫症状的成因。莱

---

①　参见 Edward Shorter. *A Historical Dictionary of Psychiatry*. Oxford：Oxford University Press，2005，p. 27. http：//site. ebrary. com/lib/berkeley/Doc? id = 10142395&ppg = 1 以及 Linda Gask. *A Short Introduction to Psychiatry*. London：Sage Publications Ltd.，2004，p. 27. http：// site. ebrary. com/lib/berkeley/Doc? id = 10076712&ppg = 1。

②　Edward Shorter. *A Historical Dictionary of Psychiatry*. Cary：Oxford University Press，2005，p. 24. http：//site. ebrary. com/lib/berkeley/Doc? id = 10142395&ppg = 1.

③　Studs Terkel. "Learning to Put the Questions Differently." in *Doris Lessing：Conversations*. ed. Earl G. Ingersoll. New York：Ontario Review Press，1994，p. 19.

④　Doris Lessing. *Walking in the Shade*. London：Flamingo，1998，p. 94.

⑤　Doris Lessing. *Walking in the Shade*. London：Flamingo，1998，p. 94.

辛对某些人疯癫的缘由，对他们所面临的压力进行深层次的思考。她说自己不喜欢那种什么都"心理学化"的流行潮流。① 虽然人类需要心理学，因为人类在表达情感上有缺陷，但她不能容忍心理分析学派的个案分析。而莱辛对弗洛伊德或荣格理论中人为设置类别、贴标签的行为都极为反感，她认为每个个体都是独特的人，不能对他们进行分类、贴标签式的研究。② 疯癫对莱辛来说就是一种象征。实际上莱辛在小说中非常明确地表明疯癫是社会机构控制个人的手段，是权威的压制，集体的压制使人走向了心理崩溃的边缘。莱辛否认自己在小说中对疯癫进行了美化，她认为现实主义要反映现实，那些异己的东西又必须表现出来，因而只能以疯癫的形式加以表现。③

　　莱因试图把心理分析和存在主义结合起来，把疯癫和人的生存环境结合起来，而这正是莱辛一直关注的领域。她在谈到《暴力的孩子们》时说过，它的主题就是探讨个人和集体的关系。不过莱因的研究主要局限于家庭，局限于心理领域，而莱辛却把关注的焦点扩展到社会的方方面面，扩展到整个人类的生存状况。正如莫娜·奈普所说："疯癫实际上是对于暴力社会的理性反映。"④ 实际上，关注人的内心使莱辛获得了一种新的理解人生、理解社会的视角。

第三节　苏菲主义和莱辛的宗教观

　　1971 年 BBC 播出了著名作家和评论人派特·威廉姆斯（Pat Williams）对西方苏菲主义的代表伊德里斯·沙赫（Idries Shah）的采访，这是沙赫首次接受电台的采访。在采访中，沙赫说："我感兴趣的是把苏菲主义中对西方有意义的那些部分传达给西方。"⑤ 这实际上说出了苏菲主义的精髓和本

---

①　Margarete von Schwarzkopf. "Placing Their Fingers on the Wounds of Our Times." in *Doris Lessing*: *Conversations*. ed. Earl G. Ingersoll. New York: Ontario Review Press, 1994, p. 104.

②　Margarete von Schwarzkopf. "Placing Their Fingers on the Wounds of Our Times." in *Doris Lessing*: *Conversations*. ed. Earl G. Ingersoll. New York: Ontario Review Press, 1994, p. 104.

③　Doris Lessing. *Walking in the Shade*. London: Flamingo, 1998, p. 307.

④　Mona Knapp. *Doris Lessing*. New York: Frederick Ungar Publishing Co., 1984, p. 14.

⑤　Pat Williams. "An Interview with Idries Shah." In *The Diffusion of Sufi Ideas in the West*: *An Anthology of New Writings by and about Idries Shah*. ed. L. Lewin. Boulder: Keysign Press, 1972, p. 17.

质。正如莱辛所说，"每个国家的苏菲主义形式都不一样，因为它是一种适合人们自己处境的学说"。① 实际上，苏菲主义这个词本身就是西方人创造的。

　　根据沙赫在《苏菲的道路》中的论述，苏菲主义这个词是 1821 年由一个叫托鲁克（Tholuck）的德国人创造的。② 卡尔·恩斯特（Carl W. Ernst）在《苏菲主义香巴拉指南》中也对此进行了详细的论述。根据卡尔·恩斯特所说，由于要了解东方的宗教文化以便更好地维持殖民统治，英国一些东方主义者注意到了当地一些流浪者，他们自称是先知我穆罕默德的追随者。他们被称为 fakir 和 dervish，意为"穷人"。现实生活中，他们过着禁欲、简朴的生活。这里主要指精神的贫穷，因而他们要依靠真主，其中既有穆斯林，也有非穆斯林。他们的一些怪异行为引起了欧洲人的兴趣。后来，这些东方主义者更吃惊地发现了一种宗教现象：一些被称为苏菲的神秘先知和穆罕默德的追随者都会出现在各个清真寺和光塔。这些苏菲都是诗人、舞蹈和音乐爱好者，与对阿拉伯先知的信仰没有什么关系，其言行甚至有时是对《古兰经》的公开冒犯。其思想接近于真正的基督教、希腊哲学以及印度的《梵经》中的神秘的沉思。这颠覆了以往欧洲人对于东方的理解。著名的东方主义学家威廉姆·琼斯爵士这样描述苏菲主义，"（苏菲）最基本的宗旨是，除了上帝，没有任何东西绝对存在：人的灵魂是他本质的析出。虽然会和天国的源泉分离一段时间，但最终会和它重聚；最大可能的幸福产生于这个重聚，因而人类在这个短暂的世界里最主要的福祉就在于尽量在这肉身沉重的负担所允许的情况下完美地与永恒的精神重聚；出于这个目的，人类应该破除和外界物品的一切联系（或他们称为 taalluk 土耳其语'委托'），没有任何牵挂地度过人生，就像海洋中的游泳者没有衣服的羁绊自由地划动……"③ 神学教授托鲁克在《苏菲主义或波斯人泛神论的神教体系》一书中，依据柏林皇家图书馆里的阿拉伯、波斯和土耳其的一些手稿，运用各种人类学、宇宙学、神秘体系的术语，追溯了苏菲主义的来源等。他肯定了英

---

① Doris Lessing. "An Ancient Way to New Freedom." In *The Diffusion of Sufi Ideas in the West*: *An Anthology of New Writings by and about Idries Shah*. ed. L. Lewin. Boulder: Keysign Press, 1972, p. 53.

② Idries Shah. *The Way of the Sufi*. New York. E. P. Dutton & Co., Inc., 1969, p. 13. F. A. G. 托鲁克（Tholuck, F. A. G., 1799—1877）曾任柏林大学和哈勒大学的神学教授。他用拉丁文撰写的《苏菲主义或波斯人泛神论的神教体系》是欧洲第一部关于苏菲主义的专著。

③ Carl W. Ernst. *The Shambhala Guide to Sufism*. Boston & London: Shambhala, 1997, pp. 9 – 10.

国东方主义研究者在发现苏菲主义中的重要作用。虽然竭力要把苏菲主义和伊斯兰教的信仰分离开来，但又不得不承认在穆罕默德早期的追随者中可以找到苏菲主义的萌芽和因素。不管怎么说，托鲁克的著作使苏菲主义成为一个学术研究的话题。① 一般来说，强调历史的学术研究成果倾向于把苏菲主义看作是伊斯兰教神秘的一部分。而非学术性来源，包括由苏菲会派发表的文章，却把苏菲主义看作是位于所有宗教核心的一种普遍的神秘精神。② 沙赫认为苏菲主义早于伊斯兰教。

　　苏菲主义的定义多样，但都可以追溯到苏菲的来源。根据恩斯特的考证，苏菲这个词带有强烈的精神和道德意味。它来源于阿拉伯语的"羊毛"，指的是近东一些苦行僧所穿的粗布衣服。后来有一些苏菲主义作家把这种衣服和大部分先知，特别是穆罕默德先知及其随从所喜欢穿的衣服联系起来，和阿拉伯语中的 suffa 或 bench 联系起来，进而引发和历史上先知穆罕默德的追随者被称作凳子人的联想。他们是一群无家可归，晚上睡在凳子上，但却互相分享自己有限的资源和食物的苦行僧。这奠定了作为苏菲神秘主义基础的社区分享的理想。另一种来源是哲学家阿-比鲁尼（al-Biruni）把苏菲和希腊文的智者（sophos），进而和希腊哲学联系了起来。最终，在公元 10 世纪，一名住在伊朗东部，用阿拉伯文写过许多著作，并收集到早期苏菲圣人大部分生平的人，确立了对苏菲的历史解释，认为苏菲是先知的后代和追随者，描绘了一幅延续了三个世纪的穆斯林精神和神秘主义的图画。此外，这个词还和阿拉伯语的 safa（纯洁）、safwa（选民）相连。据此，10 世纪的古沙瑞（Qushayri）总结道："真正苏菲的标志就是当他拥有财富时，他会觉得贫穷；当他拥有权力的时候，他会感到谦卑；当他拥有名声时，他会隐退。假苏菲的标志是当他贫穷时，他以富人的姿态行为于世；当他谦卑的时候，他却权倾朝野，在追随者中声名显赫。所有邪恶的事情之最既是贪婪的苏菲。"③ 实际上，一个真正的苏菲就是具有圣人品质的人，并且从不自称是苏菲。我们从阿拉伯语翻译为苏菲主义的这个词 tasawwuf 就是指"成为苏菲的过程"。④ 所以莱辛认为"苏菲主义可以

---

① Carl W. Ernst. *The Shambhala Guide to Sufism*. Boston & London：Shambhala, 1997, pp. 15 – 16.

② Carl W. Ernst. *The Shambhala Guide to Sufism*. Boston & London：Shambhala, 1997, p. XVⅡ.

③ Carl W. Ernst. *The Shambhala Guide to Sufism*. Boston & London：Shambhala, 1997, p. 24.

④ Carl W. Ernst. *The Shambhala Guide to Sufism*. Boston & London：Shambhala, 1997, p. 21.

和外表与外在的行为毫无关系……它必须被体验，并根据他或她的发展状态，采用不同的形式解释"。①

　　苏菲主义在对苏菲的解释中找到了其生存的土壤，因带有强烈的伦理道德意味，其精神影响日趋扩大。苏菲会社作为一种组织，在当代，特别是 20 世纪初，根据恩斯特的解释，是以抵抗殖民主义的统治开始的，因为它是许多伊斯兰教国家被征服后唯一强大的组织。这样，苏菲会社就和政治、追求自由的思想、摆脱束缚等联系在了一起。因此，无论是穆斯林国家还是西方，都把苏菲会社看作一支重要的社会力量。原教旨主义者把苏菲主义看作不亚于西方的对于正宗伊斯兰教的一支威胁力量，而西方则把苏菲主义看作一支重要的社会力量，试图纳入自己的政体。英国殖民政府就对许多苏菲领导人委以重任，拉拢其成为政府雇员。而苏菲会社本身有不同的分支，散布在许多不同的国家和地区。虽然强调的重点不同，但它们都尊奉先知穆罕默德，因而通常被认为是伊斯兰教的一支，不过现代西方的苏菲主义却宣称自己是超越任何宗教的一种知识体系。在这方面，沙赫的学说最有影响力。

　　根据刘易斯·考特兰德（Lewis F. Courtland）在《拜访伊德里斯·沙赫》中所述，伊德里斯·沙赫出生在印度一个显赫的阿富汗贵族后裔的家庭。沙赫的母亲是苏格兰人，父亲（Sirdar Ikbal Ali Shah）是波斯最后一个皇帝以及先知穆罕默德的后裔，在 19 世纪 30 年代的中东伊斯兰政界赫赫有名。他曾在印度和英国爱丁堡大学和牛津大学等接受教育，曾任印度文化部负责西亚事务的外交官，并常常被邀请给政府首脑提出施政建议。他的私人朋友有各种政见不同的人，包括已故的阿迦汗（Aga Khan）、土耳其的统治者卡迈勒（Kamal）、阿富汗的纳迪尔·沙赫等。他著有宗教哲学比较文集等。他的阿拉伯语著作《学者对印度独立斗争的贡献》至今仍是中东的畅销书。他的影响遍及尼泊尔、越南等国家和地区，深受其影响的还有印度的甘地和埃及前总统加麦尔·阿卜杜勒·纳赛尔（Gamal Abdel Nasser）。② 在

---

① Doris Lessing. "An Ancient Way to New Freedom." In *The Diffusion of Sufi Ideas in the West: An Anthology of New Writings by and about Idries Shah.* ed. L. Lewin. Boulder: Keysign Press, 1972, p. 46.

② Lewis F. Courtland. "A Visit to Idries Shah." *In The Diffusion of Sufi Ideas in the West: An Anthology of New Writings by and about Idries Shah.* ed. L. Lewin. Boulder: Keysign Press, 1972, p. 87.

这样的国际环境中长大的伊德里斯·沙赫和他父亲一样，多才多艺，朋友众多。莱辛在《迈向新自由的古老方式》中曾说过，"沙赫本人就是苏菲多才多艺的典范"。[①] 沙赫在英国生活了 15 年。他在伦敦创办了文化研究学院，在美国创办了人类知识研究学院以及一个出版公司，出版了大量有关苏菲主义的经典；他通晓阿拉伯语、波斯语、英语、法语、西班牙语等至少 7 种语言；他有多项科技产品专利；帮助解释和演奏了已失传三千多年的埃及音乐；他的研究领域涉及心理学和精神领域，涉及人类学、地质学、经济学和政治学，以及旅游及文化。他写过有关旅游、人类学、魔术的专著，以及电影文学脚本及苏菲主义的著作，并且这些书都成为该领域独一无二的经典。"沙赫在很大程度上影响了东西方文明。"[②]莫娜·奈普称他为"现代苏菲主义的主要倡议者"。[③]

沙赫写了大量有关苏菲思想的著作，其中最著名的有《苏菲们》《苏菲的道路》等。莱辛说："他（苏菲）回答了我一生都在仔细考虑的问题。"[④]他还善于利用故事来阐述苏菲的思想。他编辑的有关穆拉·纳斯拉丁（Mulla Nasrudin）的故事已经家喻户晓，广为流传。在这些著作中，沙赫阐述了他的苏菲主义思想。他说："苏菲主义，实际上并不是一个神秘的系统，也不是一种宗教，而是一种知识体系。"[⑤] 要想了解苏菲主义，就要从了解苏菲入手，因为"大多数人称之为'苏菲主义'的思想在东方以'成为苏菲'或'苏菲之路'闻名。'主义'这部分是典型的西方概念。我们用'苏菲主义'这个词主要是为了沟通方便"。[⑥] 传统上他特别强调苏菲主义与人类生活经验以及当代世界的关系。实际上，苏菲主义其中的一个定义就是

---

① Doris Lessing. "An Ancient Way to New Freedom." *In The Diffusion of Sufi Ideas in the West: An Anthology of New Writings by and about Idries Shah*. ed. L. Lewin. Boulder: Keysign Press, 1972, p. 52.

② Lewis F. Courtland. "A Visit to Idries Shah." In *The Diffusion of Sufi Ideas in the West: An Anthology of New Writings by and about Idries Shah*. ed. L. Lewin. Boulder: Keysign Press, 1972, p. 66.

③ Mona Knapp. *Doris Lessing*. New York: Frederick Ungar Publishing Co., 1984, p. 12.

④ Doris Lessing. "The Sufis and Idries Shah." 1997. http://www.serendipity.li/more/lessing_shah.htm.

⑤ Pat Williams. "An Interview with Idries Shah." In *The Diffusion of Sufi Ideas in the West: An Anthology of New Writings by and about Idries Shah*. ed. L. Lewin. Boulder: Keysign Press, 1972, p. 17.

⑥ 转引自 Müge Galin. *Between East and West: Sufism in the Novels of Doris Lessing*. Albany: State University of NewYork Press, 1997, p. xx。

指人类的生活。正如莱辛所说的，"苏菲们所给予的就是通过经验进行学习"。① 这和苏菲所宣扬的"不品尝就不知道"一致。除了通过经验学习，沙赫还认为："人可以通过自己的努力朝着具有进化性质的成长迈进，稳定自己的意识。他内心有一种本质，起初很小，但闪闪发光，很珍贵。能否发展取决于个人，但开始必须要有一个老师引导。当头脑得到正确和适当的开发后，意识就可以转化到一个崇高的层面。"② 这里的转化到一个崇高的层面就是指人类可以超越普通人的局限。"苏菲们声称某种心灵活动或其他活动在特定的条件下，经过特别的努力，可以产生被称为更高的心灵活动，导致潜藏于普通人中的特殊的感知力。因此，苏菲主义就是对普通局限的超越。难怪，苏菲这个词和希腊词'神智'（sophia）以及希伯来神秘的词'绝对无限'（Ain sof）相联系。"③ 沙赫援引了传统中波斯双韵体诗歌和14世纪著名的苏菲鲁米（Rumi）的话来支持自己的学说。波斯诗歌："在导师指引下，你会成为一个真正的人；没有导师指引，你仍是一个动物。"鲁米说："人从一个王国走向另一个王国，到达了现在的理性、可知而强大的状态——忘记了早期的智力形式。所以，他也要跨越目前的感知形式……有成千个其他的心灵形式……并且需要的程度决定着人的器官的发育，所以增加这种需求吧。"④ 正如木格·噶林所说："今天沙赫所传授的苏菲思想已经不是一个过去的传统，而是当代的一种知识系统，一种在 20 世纪的西方占有一席之地的鲜明的有生力量。"⑤ 苏菲对于西方历史的影响，对文明的基础：基督教、伊斯兰教、印度教、犹太教等的巨大影响已经被许多学者证明。

　　莱辛第一次接触到苏菲主义是在 20 世纪 60 年代初。根据莱辛的自述，她那时正在写《金色笔记》，"写自己是一个马克思主义者和理性主义者，但却经历了许多不能解释的事情"，⑥ 正处于迷惘和彷徨，在"寻求指导或

---

① Doris Lessing. "On Sufism and Idries Shah's The Commanding Self. " 1994. http：//www. sufis. org/lessing_commandingself. html.

② Doris Lessing. "An Ancient Way to New Freedom. " In *The Diffusion of Sufi Ideas in the West*：*An Anthology of New Writings by and about Idries Shah.* ed. L. Lewin. Boulder：Keysign Press, 1972, p. 47.

③ Idries Shah. *The Way of the Sufi.* New York：E. P. Dutton & Co., INC., 1969, pp. 14 – 15.

④ Idries Shah. *The Way of the Sufi.* New York：E. P. Dutton & Co., INC., 1969, p. 37.

⑤ Müge Galin. *Between East and West*：*Sufism in the Novels of Doris Lessing.* Albany：State University of New York Press, 1997, p. 7.

⑥ Nissa Torrents. "Testimony to Mysticism. " in *Doris Lessing*：*Conversations.* ed. Earl G. Ingersoll. New York：Ontario Review Press, 1994, p. 66.

道路"之中。① "书写的方式迫使我用各种形式审视自己。"② 在遍览了包括吠陀经、佛教经典、《易经》等东方的各种宗教著作后，莱辛发现了西方文化的两个致命缺陷："第一，我们的教育严重缺乏信息，我们西方的文化和教育使我们妄自尊大，对别的文化一无所知。另一个是我需要老师的引导。这时读到了《苏菲们》，发现了我的思想所在。"③ 她的探索终于得到了回报，她发现了沙赫，读到了《苏菲们》和其他的著作。莱辛在沙赫去世时的追悼词中说："这本书改变了我的一生。"④ 自此，莱辛开始了对沙赫的追随，并自称是沙赫的学生，开始探索非理性之路。1964 年莱辛在著名杂志《观察家》上发表了第一篇关于沙赫作品的评论《黑暗中的大象》。此后，又陆续发表了多篇有关苏菲的文章，包括《神秘的东方》（1970）、《迈向新自由的古老方式》（1971）、《入世，而不是出世》（1972）、《怎样不成为外来人》（1994）、《论苏菲主义及伊德里斯·沙赫的〈威严的自我〉》（1994）、《苏菲们和伊德里斯·沙赫》（1997）等。在这些文章中，莱辛从各个角度表达了她对于沙赫的敬仰和对沙赫所宣扬的苏菲主义的理解。莱辛说："沙赫是苏菲文学和教义的主要倡导者。他过去几年的（职业）生涯和一些古典的苏菲大师的经历非常相似。既有反对的迹象和症候，但也拥有支持者，有的来自最高层。"⑤ 在 1996 年沙赫去世时的悼词中，莱辛对沙赫的一生做了评价并对沙赫给自己的影响进行了总结。莱辛说："他是我的好朋友，我的老师。很难对于在苏菲老师的教导下学习的这 30 多年进行总结，因为这是一次一直充满惊奇的旅程，一个抛弃幻想和偏见的过程。"⑥ 苏菲主义特别强调它的内在性和适应性。所谓内在性就是可能和外在的表象和行为无关。苏菲主义注重人的内在意识层次的提高和完善，认为人可以在进化中达到一个更高的阶段，而苏菲们把自己看

① Doris Lessing. *Walking in the Shade*. London：Flamingo，1998，pp. 321 – 323.
② Christopher Bigsby. "The Need to Tell Stories." in *Doris Lessing：Conversations*. ed. Earl G. Ingersoll. New York：Ontario Review Press，1994，p. 79.
③ Christopher Bigsby. "The Need to Tell Stories." in *Doris Lessing：Conversations*. ed. Earl G. Ingersoll. New York：Ontario Review Press，1994，p. 79.
④ Doris Lessing. "On the Death of Idries Shah." November 23，1996. *London Daily Telegraph*. http：//www. dorislessing. org/londondaily. html.
⑤ Doris Lessing. "In the world，Not of It." in *Doris Lessing：A Small Personal Voice*. ed. Paul Schlueter. New York：Vintage Books，1975，p. 132.
⑥ Doris Lessing. "On the Death of Idries Shah." November 23，1996. *London Daily Telegraph*. http：//www. dorislessing. org/londondaily. html.

作引领人们进化到更高层次的导师。莱辛认为："这不是一种对世界的蔑视。'入世而不是出世'就是它的目标。"① 而适应性就是它必须适应当代的需求，适应当地人的需求。"苏菲主义不是对过去文明的研究，而必须是当代的，否则就什么也不是"。② 在 1981 年接受克里斯托弗·比格斯比（Christopher Bigsby）采访时，莱辛说："我发现伊德里斯·沙赫所教授的苏菲主义，即他所声称的对于古老教义的重新介绍，适合于这个时代和地方。它不是来自东方的某种东西的刻板重复，也不是注了水的伊斯兰教义以及诸如此类的东西。"③ 也许正是因为苏菲主义的随遇而安以及与时俱进的性质，决定了它能在西方传播，以及对莱辛的吸引力。"苏菲们总是站在时代的前列，预见到了我们的发现。他们多少世纪前就在谈我们认为是我们发现的进化、原子结构、血液的循环和心理规则"。④ 正如南希·哈丁所说："莱辛让人们确信当代西方最优秀的信息来源都可以在沙赫的著作中找到。"⑤

关于苏菲主义是否是宗教的问题，莱辛认为，苏菲是一切宗教的核心。宗教只是这种内在核心或是内在真实的外衣而已。⑥ 罗波特·格雷夫斯（Robert Graves）也说过，"苏菲们认为苏菲主义是所有宗教内部的秘密教义"。⑦ 关于苏菲是伊斯兰教的一个分支的看法，莱辛认为那是最新的参考书中的说法，而实际情况是苏菲主义的信徒具有各种信仰或没有任何信仰。⑧ 她说："苏菲主义是一种哲学，它不敌对于任何宗教，因为宗教只是

① Doris Lessing. "In the world, Not of It." in *Doris Lessing: A Small Personal Voice.* ed. Paul Schlueter. New York: Vintage Books, 1975, p. 133.

② Doris Lessing. "An Ancient Way to New Freedom." In *The Diffusion of Sufi Ideas in the West: An Anthology of New Writings by and about Idries Shah.* ed. L. Lewin. Boulder: Keysign Press, 1972, p. 50.

③ Christopher Bigsby. "The Need to Tell Stories." in *Doris Lessing: Conversations.* ed. Earl G. Ingersoll. New York: Ontario Review Press, 1994, p. 79.

④ Doris Lessing. "On Sufism and Idries Shah's The Commanding Self." 1994. http://www.sufis.org/lessing_ commandingself. html.

⑤ Nancy Shields Hardin. "Doris Lessing and the Sufi Way." *Contemporary Literature.* Vol. 14, No. 4, *Special Number on Doris Lessing* (Autumn, 1973), p. 566.

⑥ Doris Lessing. "The Sufis and Idries Shah." 1997. http://www. serendipity. li/more/lessing_ shah. htm.

⑦ Robert Graves. "Introduction." *The Sufis.* by Idries Shah. New York: Anchor Books, 1971, p. vii.

⑧ Deborah Solomon. "A Literary Light." *The New York Times.* July 27, 2008. http://www. nytimes. com/2008/07/27/magazine/27wwln – Q4 – t. html? _ r = 1&ref = magazine.

内在真理的不同外在面貌。"① 也许这种有关宗教的看法和莱辛自己的亲身经历有关。莱辛在 1969 年接受采访时，谈到《金色笔记》中心理医生马科斯太太的原型时说，自己生活中的心理医生是自己完全不喜欢的人：信仰罗马天主教和荣格，非常保守，当时自己也很郁闷。但后来却发现她信仰什么完全没有关系。莱辛不喜欢她所用的术语，但她是一个非常优秀的人，知道怎么帮助他人。如果她信仰弗洛伊德，性格咄咄逼人或是无神论者，都不会有什么区别。② 在苏菲的思想中，不存在相对立的两种文化，不存在科学和艺术的对立。这一点和莱辛打破界限、不喜欢贴标签的思想非常吻合。难怪现居住在纽约的英国作家莱斯利·黑泽尔顿（Lesley Hazelton）会说，"苏菲主义就像是为多丽丝·莱辛量身定做的一样，它避开了定义"。③ 苏菲们没有等级制，无论哪个阶层的人都可以成为苏菲。莫娜·奈普认为这一点很关键，因为莱辛永远不会钟情一种依赖于权威的信条。"苏菲主义强调个人的意识拓展，同时，摒弃宣传、意识形态和偏见……苏菲神秘主义跨越国家、宗教、物质、种族界限，鼓励每个个人认识到自己对于更大的人类全景的重要性。显然，它没有使莱辛的思想产生革命性的改变，但是却强化了一开始就具有的洞见。"④ 莱辛在写给莫娜·奈普的信中说："我之所以对苏菲的思维方式感兴趣，是因为我本来就是那样想，在知道苏菲或苏菲主义之前就已经那样想了。我最具苏菲特点的书就是早在我听说神秘主义之前就写的《金色笔记》。"⑤ 她认为，一本书之所以可以改变人的一生，是因为人本身就已经具有了"某种潜伏或处于萌芽状态需要改变的东西"，而她正是在寻找"一种思维方式，一种看待生活的方法"来"反映"或验证她的生活发现时，读到了沙赫的《苏菲们》。它"改变了过去所谓的'东方研究'和对'神秘主义'的狭隘理

---

①　Doris Lessing. "An Ancient Way to New Freedom. " In *The Diffusion of Sufi Ideas in the West: An Anthology of New Writings by and about Idries Shah*. ed. L. Lewin. Boulder: Keysign Press, 1972, p. 50.

②　Jonah Raskin. "The Inadequacy of the Imagination. " in *Doris Lessing: Conversations*. ed. Earl G. Ingersoll. New York: Ontario Review Press, 1994, p. 14.

③　Lesley Hazelton. "Doris Lessing on Feminism, Communism and 'Space Fiction' . " July 25, 1982, Sunday, Late City Final Edition Section 6; p. 21, Column 1; Magazine Desk. http: // mural. uv. es/vemivein/feminismcommunism. htm.

④　Mona Knapp. *Doris Lessing*. New York: Frederick Ungar Publishing Co., 1984, p. 13.

⑤　Mona Knapp. *Doris Lessing*. New York: Frederick Ungar Publishing Co., 1984, p. 13.

解"，也改变了她的一生。① 有评论家说莱辛相信苏菲主义，就是放弃了原先的信仰，信仰了宗教或神秘主义，但其实莱辛并不相信宗教。她认为所有的宗教经典都是一个人所写，都是一种宗教的不同分册而已。② 其实，莱辛早就宣称自己是一个无神论者。③ 莱辛说："他（沙赫）使我确定了上帝代表什么，同时又没有把我局限在一个宗教中。我绝对的、很孩子气的对宗教过敏——即使我对于我们最深奥的宗教——自然/本性怀有最大的敬意。"④ 莱辛本来就不是因为宗教而信仰苏菲，她完全是因为沙赫的思想而追随苏菲。沙赫的苏菲思想不仅使她改变了原来那种单一的思维方式，也使她找到了借用其表现人的心理发展潜能的道路。"莱辛相信人和世界有改良的可能性。她的愿景不仅包括地球，也包括整个宇宙。而苏菲思想和苏菲有教益的故事给她展示出改变的路径。"⑤

　　语言不能表达真理，而真理可以通过故事来传递。许多苏菲的教义是通过幽默的故事来传递的。这一点对于莱辛有很大影响。研究苏菲主义是莱辛探索非理性主义的开始。但她不愿意用那些弗洛伊德的传统术语，因为这些语言总是和特定的派别相联系。"语言受到了污染，充满了传统的联想，特别是在心理学、宗教这些内在世界领域。像'无意识'、'自我'、'本我'等词。这些词很少，而且又都和派别、一些特定的群体相联系。"⑥ 对于莱辛来说，沙赫的书不仅打开了一个新的理解的世界，而且赋予了莱辛一种表达思想的新手段。"故事成为最好的（思想）传递工具。它几乎就像一个科学配方，把正在进行的事情，一下子都承载起来，就像生活中一样。"⑦ 莱

① Doris Lessing. "A Book That Changed me." In *Time Bites*: *Views and Reviews*. London: Harper Collins Publishers, 2004, pp. 212 – 213.

② 参见莱辛 1983 年接受 Stephen Gray 的访谈: "Breaking Down These Forms." In *Doris Lessing Conversations*. ed. Earl G. Ingersoll. Princeton: Ontario Review Press, 1994, p. 117。

③ Roy Newquist. "Talking as a Person." In *Doris Lessing Conversations*. ed. Earl G. Ingersoll. Princeton: Ontario Review Press, 1994, p. 11.

④ Jean – Maurice de Montremy. "A Writer Is Not a Proessor." In *Doris Lessing Conversations*. ed. Earl G. Ingersoll. Princeton: Ontario Review Press, 1994, p. 199.

⑤ Müge Galin. *Between East and West*: *Sufism in the Novels of Doris Lessing*. Albany: State University of New York Press, 1997, p. 9.

⑥ Nissa Torrents. "Testimony to Mysticism." In *Doris Lessing Conversations*. ed. Earl G. Ingersoll. Princeton: Ontario Review Press, 1994, pp. 66 – 67.

⑦ Pat Williams. "An Interview with Idries Shah." In *The Diffusion of Sufi Ideas in the West*: *An Anthology of New Writings by and about Idries Shah*. ed. L. Lewin. Boulder: Keysign Press, 1972, p. 25.

辛把对于苏菲的理解融化在她的故事中，编织进自己小说的结构里，甚至把自己的整部小说作为寓言故事来传达自己多层次的思想，这一点在莱辛后期的创作中尤为明显（详见后面的小说分析），成功实践了沙赫所谓的"隐形"的故事。① 莱辛认为研究苏菲思想对于她自己最大的收获就是"找出你为什么相信了你所相信的东西，审视你观念的基础"。②

第四节　东西方经典作品的影响

莫言在接受记者采访时说："一个作家首先是一个读者，然后才可能写作。"③ 纵观任何一个优秀作家的成长之路，书籍阅读都在其人生经历中占据着重要地位。莱辛自小没有接受正规的学校教育，但却因此有机会阅读了大量的世界各国的文学、历史、政治等书籍。她把这一点看作是自己的优势。"我很高兴我在文学、历史和哲学方面没有接受过（正规）教育，这就是说我没有让这种欧洲中心主义的东西灌输给我，而这一点我认为是欧洲最大的障碍。任何在西方的人都不太可能不把西方看作是上帝给予世界的礼物。"④ 莱辛阅读的书籍不仅数量巨大，而且种类繁多。从时间顺序上可以看出，书籍阅读一直在陪伴着莱辛的成长。"书就是我的生命"。⑤

莱辛在自传中曾经说过："我的童年、少年和青年都是在书中的世界度过的。都是在丛林中漫步、观察、聆听周围所发生的事件中度过的。"⑥ 莱辛在非洲接受的教育主要有五个来源：一是函授班；二是当地白人家庭学

---

① Pat Williams. "An Interview with Idries Shah." In *The Diffusion of Sufi Ideas in the West: An Anthology of New Writings by and about Idries Shah.* ed. L. Lewin. Boulder: Keysign Press, 1972, p. 19.

② Doris Lessing. "An Ancient Way to New Freedom." In *The Diffusion of Sufi Ideas in the West: An Anthology of New Writings by and about Idries Shah.* Ed. L. Lewin. Boulder: Keysign Press, 1972, p. 47.

③ 却咏梅：《莫言：阅读带我走上文学之路》，2013 年 5 月 6 日《中国教育报》"读书周刊"第 9 版。

④ Lesley Hazelton. "Doris Lessing on Feminism, Communism and 'Space Fiction'." July 25, 1982, Sunday, Late City Final Edition Section 6; p. 21, Column 1; Magazine Desk. http://mural. uv. es/vemivein/feminismcommunism. htm.

⑤ 2004 年接受每日电讯记者采访时，莱辛说："书就是我的生命，我的教育是读书得到的。""More is Lessing." *The Daily Telegraph.* September 25, 2004. http://www. thestandard. com. hk/stdn/std/Weekend/FI25Dk08. html.

⑥ Doris Lessing. *Walking in the Shade*, London: Flamingo, 1998, p. 185.

校；三是女子修道院的教会学校；四是她母亲自己教的植物、动物、地理等知识；五是来自于英国的书籍。由于南罗德西亚是英国直接管辖的保护地，政府专门为当时英国农场主的孩子开办了函授课程。五六岁的莱辛和她的弟弟一起都参加了这样的函授班，所以他们定期都会收到从英国寄来的大量书刊以及报纸。据莱辛自己在自传中说，她的教育主要来自于书籍。莱辛家里有一个小型图书馆，莱辛读了所有能够读到的书。她说："我的童年非常孤独，所以读了大量的书。因为没有人说话，所以我就读书。那我读什么呢？最优秀的书——欧洲和美国文学的经典作品。我没有接受教育的好处之一，就是我不用把时间耗费在二流书里。我慢慢地读这些经典著作。这就是我受的教育，而且是非常好的教育。"① 莱辛在《我的皮肤下》中列出的书单有沃尔特·德·拉梅尔（Walter de la Mare）的《三个皇家猴子》（*The Three Royal Monkeys*）、苏格兰小说家巴里（J. M. Barrie）小说中的《肯辛顿花园中的彼得·潘》（*Peter Pan in Kensington Gardens*）、司各特关于发生在第三次十字军东征即将结束时的故事《护身符》（*The Talisman*）、兰姆的《莎士比亚故事集》（*Lamb's Tales from Shakespeare*）、吉卜林的短篇小说《简单的山区故事》（*Plain Tales from the Hills*）和《丛林之书》（*The Jungle Book*）、狄更斯的《雾都孤儿》（*Oliver Twist*）、黛西·阿什弗德（Daisy Ashford）写的描写上流社会的小说《年轻的来访者》（*The Young Visitors*）、达芙妮·安德森（Daphne Anderson）描写成长在南罗德西亚的孤儿的故事《裹脚布》（*Toe - rags*）以及史蒂文森（R. L. Stevenson）的书等。随着年龄的增长，莱辛读的书也越来越多。她还列出了她七八岁时所读的书：匈牙利的圣人伊丽莎白的故事、吉卜林的短篇小说集《斯托基公司》（*Stalky and Co.*）（讲述在英国寄宿学校的青少年男孩子的故事，了解了学校的残酷）、约翰·班扬的书、《儿童圣经故事》、儿童读的《英国历史》〔有关十字军东征的故事、有关英法百年战争期间著名的克雷西（Crecy）战役（1346）和阿金库尔战役（Agincourt）（1415）、滑铁卢战役、1944 年苏联红军夺取被德军占领的克里米亚战役（Crimea）等〕、拿破仑、本杰明·富兰克林、杰弗逊、林肯、英国工程师和设计师 Brunel、南非矿业大亨和罗德西亚的创始人塞西尔·罗德斯等人的传记，克雷克（Dinah Craikl）1856 年出版的儿童小说

---

① Roy Newquist. "Talking as a Person." in *Doris Lessing*：*Conversations*. ed. Earl G. Ingersoll. New York：Ontario Review Press，1994，p. 5.

《约翰·哈利法克斯绅士》（*John Halifax*，*Gentleman*），讲述了哈利法克斯绅士从孤儿成为商界成功人士的故事、笛福的《鲁滨孙漂流记》、瑞士牧师维斯（J. D. Wyss）所写的《瑞士的鲁滨孙一家》讲一家人在船触礁以后自强自立的故事、美国自然学家汤普逊（Ernest Seton Thompson）的《狼，罗波》（*Lobo*，*The Wolf*）讲自己和罗波狼群斗智斗勇的故事、英国小说家道奇森（Charles Lutwidge Dodgson）写的《爱丽丝梦游仙境》（*Alice in Wonderland*）及其续集《魔镜之旅》（*Through the Looking Glass*）、英国作家米尔斯（A. A. Milne）的作品、英国作家安娜·西维尔（Anna Sewell）1877年发表的唯一小说《黑骏马》（*Black Beauty*）、史蒂文森的《儿童诗歌》、南非作家非洲帕特里克爵士（Sir Percy Fitzpatrick）讲述他和自己的狗约克在热带草原地区旅行的真实故事的《布什瓦的约克》（*Jock of the Bushveld*）、《南丁格尔的故事》、《海厄特》（*Stanley Portal Hyatt*）、讲述死于1896年牛瘟的牲口《一头长途跋涉的公牛》（*Biffel*，*a Trek Ox*）、伯内特（F. H. Burnett）的小说《秘密花园》（*The Secret Garden*）、英国历史小说家休利特（M. H. Hewlett）的《森林情人》（*The Forest Lovers*）。除此以外，还有许多关于冰岛、印度、法国、德国等世界各地孩子们的小故事。莱辛读到的其他的书还包括英国女作家怀特（Antonia White）的《五月霜冻》（*Frost in May*），讲述了9岁的南达·格林（Nanda Gray）在女修道院学校接受严格教育，循规蹈矩地成长的故事，萨克雷的《名利场》，各种有关历史、地理和探险的书，偷看母亲的有关产科学的书以及苏格兰小说家、古植物学家、优生学家玛丽·斯多普（Marie Stopes）关于性爱的书等。

由于父亲在英国时参加了图书俱乐部，所以，家里有大量关于第一次世界大战的书籍。[①] 莱辛12岁时读到了大量关于战争的书，有战争回忆录以及战争历史等，因而父亲有关战争的叙述得到了更多的印证。德国作家雷马克（E. M. Remarque）1928年发表的《西线无战事》（*All Quiet on the Western Front*）讲述了战争的残酷和恐怖。苏联作家布尔加科夫（Mikhail Bulgakov）的《一个乡村医生的日记》（*A Country Doctor's Notebook*）描写了从前线回到家乡的士兵同农民的迷信和无知做斗争的事情。此外从伦敦寄来的儿童书还包括许多美洲作家的书：加拿大作家蒙哥马利（L. M. Montgomery）的畅销小说《绿山墙的安妮》（*Anne of Green Gables*）系列小说，讲述了一对夫妇

---

① 参见 Doris Lessing. *Alfred and Emily*. New York：HarperCollins，2008，p. 169。

收养的一个女孩童年的故事。美国小说家斯特拉顿-波尔特（Gene Stratton –
Porter）于 1909 年发表的《一个利姆波罗斯特的女孩》 （*The Girl of the
Limberlost*）及其续集，讲述了穷苦女孩爱尔诺拉的励志故事。美国小说家
库利吉（Susan Coolidge）于 1872 年发表的儿童小说《凯蒂做了什么》
（*What Katy Did*）及其续集，讲述凯蒂一家的冒险故事。莱辛觉得美国中西
部的描写和她自己所处的非洲丛林类似，所以更吸引她。此时，莱辛谈到她
已经读完了狄更斯、吉卜林、萧伯纳、威尔斯、王尔德以及许多关于第一次
世界大战的书。

　　乡村有一个习惯，由于路不好等原因，经常会在别人家留宿。这期间由
于各种原因，莱辛经常到别的城镇其他英国人家住宿。在马兰德拉斯
（Marandellas）留宿期间，莱辛接触到一些富有的英国农场主，读到了以前
没有读到的很多书。如：英国小说家布里奇（Ann Bridge）（原名 Lady Mary
Dolling Sanders O'Malley，1889—1774）在英国驻北京大使馆生活的记录，如
她写的《北京野餐》（*Peking Picnic*）。英国哲学家和科幻小说家斯特普尔顿
（Olaf Stapledon）于 1930 年出版的《最后和最初的人类：未来的故事》
（*Last and First Men：A Story of Near and Far Future*），讲述了人类从现代到 2
万亿年之后的历史，人类经过了 18 代，我们是第一代，也是最原始的一代。
这本书根据黑格尔的辩证法理论，把人类历史既描述为从原始、野蛮到文
明，再到野蛮的循环历史，也描述成一种进步史，未来的文明比第一代要进
步许多。她所读的作家还包括：英国作家、戏剧家 J. B. 尼古拉斯（John
Beverley Nichols）、著名的英国作家赫胥黎（Aldous Huxley）、苏联社会主义
作家和 1965 年诺贝尔文学奖获得者肖洛霍夫（M. A. Sholokov）、20 世纪英
国著名小说家和戏剧家普里斯特利（J. B. Priestley）、善于写幽默和畅销小
说及短篇小说的两次大战期间英国著名作家耶茨（Dornford Yates）等，以
及一整本的《作家和艺术家手册》。做保姆期间，由于男主人的进步思想，
她还读了许多从英国寄来的政治和社会学方面的书，读到了威尔斯的《未
来事物的形状》（*The Shape of Things to Come*）。这本书是一部科幻作品，声
称一个著名外交官菲利普·雷文博士做了一个梦，梦到了 2106 年发表的一
本历史教科书，根据记忆写下了内容，预言了"二战"，并预言由于空中力
量的变化，开始使用毒气弹，由此改变了战争的性质，最终毁灭了文明。这
些书使莱辛从梦中惊醒，从一个喜欢幻想的孩子开始思索严肃的社会问题。

　　莱辛 14 岁时，开始读一些有关社会问题的小说，如萧伯纳、高尔斯华

绥、D. H. 劳伦斯的《虹》等。莱辛 14 岁辍学后，到索尔兹伯里做电话接线生。期间，在继续阅读英国作家作品的同时，开始接触到了苏联、德国、法国以及其他国家的作家作品，并开始思索有关宗教、政治的一些问题。莱辛列出的名单包括英国作家劳伦斯、伍尔夫，南非作家奥列佛·斯歌莉娜（Oliver Schreiner），英国维多利亚时期著名的讽刺作家、散文家和历史学家、社会评论家托马斯·卡莱利（Thomas Carlyle），以《现代画家》（*Modern Painters*）闻名的 19 世纪艺术评论家和社会思想家约翰·拉斯金（John Ruskin），以撰写早期基督教历史（《耶稣生平》）和政治理论闻名的 19 世纪法国哲学家和作家恩斯特·勒南（Ernest Renan），19 世纪俄国作家托尔斯泰、陀思妥耶夫斯基、短篇小说巨匠契诃夫、第一个获得诺贝尔文学奖的苏联作家伊凡·蒲宁（Ivan Bunin）、俄国作家屠格涅夫，19 世纪末 20 世纪初的德国作家、社会批评家、诺贝尔奖获得者托马斯·曼（Thomas Mann），法国作家司汤达、普鲁斯特，英国作家乔治·梅瑞狄斯（George Meredith），德国 18 世纪末 19 世纪初的抒情诗人荷尔德林（Johann Christian Friedrich Hölderlin），著名作家、发表体现苏联人民伟大卫国战争的长篇小说《暴风骤雨》（*The Storm*）的伊利亚·爱伦堡（Ilya Ehrenburg）。

在第一次婚姻将要解体时，莱辛参加政治活动，提到读了坚定支持十月革命和苏联社会主义方针政策的英国坎特伯雷红色主教约翰逊（Hewlett Johnson，1874—1966）的书《苏联的力量》（*Soviet Power*，也称 *The Socialist Sixth of the World*），以及俄国 20 世纪初崇尚简洁美、渴望世界文化的大同诗人曼德尔施塔姆（Osip Mandelstam）的作品。

在南非为共产党开展工作期间，莱辛所读的书大部分都是描写底层人民贫困生活的书，包括：美国作家斯坦贝克的《愤怒的葡萄》、英国作家格林伍德（Walter Greenwood）1933 年描述英国工人失业的《领取失业金的爱情》、英国作家理查德·卢埃林（Richard Llewellyn）1939 年讲述矿工生活的《青山翠谷》（*How Green was my Valley*）、美国剧作家奥德兹（Clifford Odets）讲述美国出租车司机罢工的戏剧《等待莱福特》（*Waiting for Lefty*）、与左翼事业联系紧密的美国女剧作家莉莲·海尔曼（Lillian Hellman）的剧作、英国作家福斯特（E. M. Forster）的《霍华德庄园》、犹太裔匈牙利人，后加入英国籍的阿瑟·库斯勒（Arthur Koestler）揭露斯大林"清洗"运动的《午间黑暗》（*Darkness at Noon*）等小说。

莱辛在自传中，一直强调当时他们这些热血青年都是通过文学走向社会主义的。他们去夜校读书，浸淫在欧洲的文学传统里，而不只是英国的传统。除了马克思列宁主义的著作，莱辛提到的作家包括苏联作家高尔基和20世纪初俄国诗人、剧作家、马克思主义者弗拉基米尔·马雅可夫斯基（Vladimir Mayakovsky），美国作家艾略特，英国作家乔治·奥威尔、伍尔夫、劳伦斯、叶芝、格林（Graham Green）。所提到的作品包括：英国现当代小说家阿普沃德（Edward Upward，1903～2009）讲述20世纪二三十年代人们热衷于政治的作品《螺旋上升》（*The Spiral Ascent*），叶芝的《第二次来临》，雪莱和布莱克的《老虎》，彭斯（Robert Burns）的《男儿当自强》（*A Man's a Man For A' that*）。戏剧家有布莱希特（Brecht）的戏剧，希腊悲剧索福克勒斯的《俄狄浦斯王》，20世纪英国著名小说家、戏剧家普利斯特利（J. B. Priestley）1934年出版的揭露上流社会黑暗的《危险的角落》（*Dangerous Corner*），宣传社会主义的《他们来到城市》（*They Came to a City*），科沃德（Noel Coward）1941年"二战"高潮时期嘲弄死亡的喜剧《快乐的精灵》（*Blithe Spirit*），莎士比亚戏剧《亨利五世》《哈姆雷特》，英国斯威夫特的《格列佛游记》，约翰·奥斯本（John Osborne）讲述乔治在世界上找不到自己位置的戏剧《乔治·迪龙的墓志铭》（*Epitaph for George Dillon*）。莱辛还提到了公元前的罗马诗人卡图卢斯（Gaius Valerius Catullus），德国民间故事中的魔术师梯尔·欧伦施皮格尔（Till Eulenspiegel），德国18世纪描写传奇人物闵希豪森男爵的（Baron Münchhausen）《吹牛大王》历险记，等等。

在第一本自传中，莱辛还提到了一批心理学家，包括弗洛伊德，荣格，20世纪奥地利裔美国心理学家和精神分析学家，研究性格结构的赖希（Wilhelm Reich），20世纪初奥地利医生、心理学家、个体心理学创始人阿德勒（Alfred Adler），20世纪初奥地利女心理学家克雷恩（Melanie Klein）等。其他欧洲文学作品包括：西班牙塞万提斯的《堂吉诃德》、奥地利作家穆齐尔（Robert Musil）30年代创作的三部曲小说《没有个性的人》（*The Man Without Qualities*）、"二战"中一个德国老兵沙耶尔（Guy Sajer）战后写的自传体小说《被遗忘的士兵》（*The Forgotten Soldier*）、海明威的《永别了，武器》、反对斯大林的苏联作家维克多·克拉夫琴科（Victor Kravchenko）1946～1947年写的《我选择自由》、英国资深电视记者和畅销书作家曼戈尔特（Tom Mangold）讲述前中情局首脑职业生涯的书《冷酷的斗士》（*Cold Warrior：James Jesus Angleton – CIA's Master Spy Hunter*）、英国

20 世纪著名小说家和广播电视媒体人丹尼尔·法尔森（Daniel Farson）的《自由职业者》（*Soho in the Fifties*）、英国当代作家德拉布尔（Margaret Drabble）讲述单身母亲的《磨坊石》（*Millstone*）。

莱辛也通读了许多东西方的宗教哲学著作，包括罗马哲学家西塞罗，英国哲学家、政治家和科学家培根，德国哲学家尼采的哲学著作；几乎所有的东方的经典著作：佛教、伊斯兰教、印度教等的经典，包括《圣经》《古兰经》《薄伽梵歌》（印度教经典《摩诃婆罗多》的一部分），所有有关禅宗的经典、《易经》，还提到了萨满巫师、中国作家林语堂的散文等。

莱辛对于绘画也颇感兴趣。自传中列举的画家有 16 世纪文艺复兴时期以风景画和农民的场景见长的荷兰著名画家布鲁格尔（Pieter Breughel），法国印象派画家、以《入浴者》闻名的雷诺瓦（Pierre Auguste Renoir），英国著名后印象派画家奥古斯特斯·约翰（Augustus John）的画，荷兰画家伦勃朗的肖像画，19 世纪末 20 世纪初以描绘世纪初战争和贫困的人们闻名的德国画家凯绥·施密特·柯勒惠支（Käthe Kollwitz），20 世纪前半叶英国画家鲍姆博格（David Garshen Bomberg），威尔士后印象派画家约翰（Augustus Edwin John）以及日本的画作。

除此之外，莱辛所提到的作家还包括：英国维多利亚后期诗人霍普金斯（Gerald Manley Hopkins）、雪莱、济慈、拜伦、狄更斯、哈代、勃朗特姐妹、奥斯丁、特罗洛普、王尔德，法国作家巴尔扎克、左拉、普鲁斯特；20 世纪的 T. S. 艾略特、叶芝，爱尔兰诗人和剧作家麦克尼斯（Frederick Louis MacNeice），英国诗人巴克（George Granville Barker）、英国小说家康普顿-伯内特夫人（Dame Ivy Compton-Burnett），苏格兰小说家米奇森（Naomi Mitchison，1981 年获得大英帝国骑士勋章，发表了 *The Corn King and Spring Queen*，大胆写性等，具有划时代意义），著名英国短篇小说家科珀德（A. E. Coppard）以及英国著名科幻作家克拉克爵士（Sir Arthur Charles Clarke）和布莱恩·艾迪斯（Brian Wilson Aldiss）等。莱辛喜欢的美国作家有著名犹太作家马拉默德（Bernard Malamud）、诺曼·梅勒（Norman Mailer）、纳尔逊·阿尔格伦（Nelson Algren）、卡森·麦卡勒斯（Carson McCullers），以《22 条军规》闻名的海勒（Joseph Heller）等。

在莱辛的书信中，还提到了许多作家和作品，如 20 世纪美国作家斯诺（C. P. Snow）的系列小说《陌生人和兄弟》（*Strangers and Brothers*）、20 世纪初英国作家本尼特（Arnold Bennett）的《老妇潭》，并说到奥地利作家卡夫卡的风格深深地影响了她。① 另外以"新新闻体"闻名的美国作家约翰·赫西（John Hersey）关于广岛原子弹的纪实文章第一次把新闻纪实文体和小说结合了起来，也对莱辛产生了巨大影响。

从以上莱辛所读的书，我们可以看出，由于身处殖民地，她所读到的书没有受到国家概念的约束，也没有正规教育刻板的条条框框的限制，因而她所读的书随地而得，随性而至，广泛而庞杂。在这种多文化、多学科知识的熏陶下，莱辛不仅知识渊博，而且视野开阔。这种杂糅的文化教育对她以后整体论思想和打破界限观念的形成建立了重要的知识储备，对她一生的成长具有重大意义。如果说以前，莱辛从文学作品中吸取的是知识的话，那么，到英国以后，经历过生活中一次次心理的考验时，她从文学大师的作品中所体会到的就是大师的视野和胸襟。莱辛多次在各种场合谈到伟大的作家们对她的影响。毫无疑问，托尔斯泰和巴尔扎克作品的恢宏大气和广阔的社会场景、司汤达对人性的详细分析、陀思妥耶夫斯基的心理解剖、劳伦斯逼真的生活动态描写、奥列佛·斯歌莉娜对非洲问题的严肃态度等都在莱辛的作品中找到了他们作品的回声。当1980年莱辛接受采访时被问到受到哪些作家影响时，莱辛回答说太多了，并列举了普鲁斯特、托尔斯泰、司汤达等几个名字。"可以肯定的是，我受到了影响，但不知道特别受到谁的影响。我认为更多的是受到在'伟大的文学'中都能找到的那种恢宏视野的影响。"②

---

① 在南罗德西亚期间，莱辛于1944～1949年间，曾经和她的情人，当时受训的英国空军士兵John R. M. Whitehorn and Coll MacDonald通过110封信。这些信有的是写给俩人的，有的是写给单独一个人的。这些信被称为"怀特霍恩信札"（Whitehorn letters，1944－1949）。这些信目前收藏在英国安吉拉大学图书馆。参见莱辛在写给她当时的情人、英国空军士兵约翰·怀特霍恩（John. R. M. Whitehorn）和麦克多纳的第73封信。http：//www. uea. ac. uk/is/archives. Doris Lessing Archives. University of California，Berkeley Lib（Accessed Jan，13，2009）。

② Michael Thorpe. "Running Through Stories in My Mind. " in *Doris Lessing：Conversations.* ed. Earl G. Ingersoll. New York：Ontario Review Press，1994，p. 98.

第二章
莱辛理论思想形成的现实基础

凯里·卡普兰等在《生存的点金术》的前言中说，莱辛曾经自诩为现实主义者，但又是幻想家；是共产主义者，又是莱因和沙赫的学生；既是"一个个人微小的声音"，又是宇宙的代言人。而其作品中的人物和莱辛同样难以定位，如《金色笔记》中的安娜。莱辛在述说作家安娜的故事，作家安娜又在写爱拉的故事，爱拉又在写另外一部小说。而小说中的安娜写的书的第一句话居然就是《金色笔记》的第一句。20世纪80年代，莱辛又化身为简·萨默斯。如此等等，使评论家甚至对多丽丝·莱辛是不是多丽丝·莱辛都不敢肯定了。① 其实，让评论家们感到困惑的不仅是她的身份，还有她特立独行的性格。她在好评如潮的时刻，敢于直斥评论家们的无知；在被誉为英国的波伏娃时，否认自己是女性主义者；当大家听到她是沙赫的学生，把她归入苏菲主义的信徒时，她却断然宣称早在得知苏菲主义之前，就有了这样的想法；甚至当她得知自己获得诺贝尔文学奖时，都很平静地认为只是在获得的诸多奖项中多了一项而已。莱辛身上汇集的性格特点和貌似矛盾的身份其实有着深厚的现实基础。

第一节　多国文化背景

作为典型的英国中产阶级的后代，莱辛出生于伊朗，在南罗德西亚长大，30岁移居伦敦。她的第一任丈夫是在南罗德西亚政府任职的英国人，

---

① Carey Kaplan and Ellen Cronan Rose. "Introduction." *Doris Lessing: The Alchemy of Survival*. ed. Carey Kaplan and Ellen Cronan Rose. Athens: Ohio University Press, 1988, p. 5.

而第二任丈夫是来自德国上层阶级在南非的政治流亡者。莱辛复杂的出身背景和经历使她从小受到了不同文化的浸润，从而具有了得天独厚的优势。"多种文化的熏陶使人具有创造力，可以打破固有的对人头脑的禁锢。"① 克丽丝·鲍尔迪克（Chris Baldick）也认为"迁移和国际旅行对于富有想象力的作家来说的文化价值是显而易见的。"② 也许，这就是莱辛之所以具有全球视野并能高瞻远瞩的秘诀。

伊朗：伊朗地处欧亚非三大洲的交界处，一直是世界列强必争的战略要地。19 世纪，伊朗陆续和俄国签署《古列斯坦条约》《土库曼恰伊条约》，和英国签署《德黑兰条约》等一系列不平等条约，使伊朗丧失了领土、海关、司法主权、外交独立权，从而成为半殖民地化的国家。伊朗朝廷成为英国的傀儡。20 世纪初，由于伊朗发现了石油，英国通过英波石油公司垄断了全伊朗的石油开采和经营业务，英俄之间在伊朗的争夺进一步加剧。第一次世界大战，伊朗被卷入战争，成为奥斯曼土耳其帝国、德国、俄国和英国争战的战场。俄国十月革命推翻了资产阶级统治，苏联取消了伊朗所有的债务和它在伊朗的特权，而英国为了保护自己在石油工业方面的利益，借机扩大自己的势力范围，占据了原来俄军在伊朗的地盘，从而使伊朗完全沦为英国的殖民地。直到 1925 年，巴列维王朝建立以后，才逐步收回列强在伊朗的特权，并于 1935 年正式改国号为伊朗。③

伊朗地处中东，是世界东西方文化的交汇处，因而伊朗文化具有一种内在的宽容性。伊朗人主要信仰伊斯兰教，不过，国内到处可见基督教堂和犹太教堂。其最早的宗教琐罗亚斯德教，也称祆教，是古代波斯帝国的国教，也是基督教诞生之前中东和西亚最具影响力的宗教，据说对基督教和伊斯兰教都产生了巨大影响。有学者曾详细阐述了太阳神密特拉崇拜对于基督教的生成意义。④伊斯兰教的圣经是《古兰经》。在对《古兰经》的经文和教义进行独特解释方面

---

① CHi – Yue Chiu & Angela Ka – yee Leung. "Do Multicultural Experiences Make People More Creative?" *In – Mind Magazine*. Issue 4. 2007. http：//beta. in – mind. org/issue – 4/do – multicultural – experiences – make – people – more – creative – if – so – how? page = 2.

② 〔英〕克里斯·鲍尔迪克：《现代运动》第 10 卷，外语教学与研究出版社，2007，第 43 页。

③ 刘惠：《当代伊朗社会与文化》，上海外语教育出版社，2007，第 35 ~ 39 页。

④ 参见 Ramona Shashaani. "Borrowed Ideas；Persian Roots of Christian Traditions." Culture of Iran. December 1999. http：//www. iranchamber. com/culture/articles/persian＿ roots＿ christian＿ traditions. php. （accessed Google，2012 – 04 – 20）

独树一帜的苏菲派在伊朗有很大的影响力，也具有强烈的神秘色彩。由于苏菲派宣扬男女平等，因而伊朗的妇女地位很高，突出体现在受教育程度较高和很高的就业率上。苏菲们既是哲学家，又是苏菲教义的宣扬者，还是诗人，因此文学、宗教、哲学在伊朗是相互融合的，这又对应了伊朗对于东西方文化的汇通，因此这种相通的文化对于出生于此的莱辛无疑具有重大的意义。

　　莱辛的父亲在第一次世界大战中受伤，身心遭受重创，认为英国背叛了自己，不愿在英国任职，而申请去了伊朗，在伊朗西部的省会城市科尔曼沙赫（Kermanshah）的波斯帝国银行分行任经理。[①] 1919 年秋天，莱辛降生。科尔曼沙赫是科尔曼沙赫省的首府，离德黑兰 525 公里，离伊拉克边境 120公里。它靠近扎格罗斯（Zagros）山脉，气候四季分明，冬天寒冷、多雪，春秋多雨，夏天炎热。它东北方向 30 公里处就是世界文化遗产之一、伊朗著名的古遗址比索通岩雕群像。莱辛在自传中描写自己小时候对伊朗的印象是忽冷忽热的恶劣的气候，冰冷的水，峻峭的山崖，对自然的恐惧以及监狱一般幽闭的石屋中带栏杆的小床。这种对大自然的敬畏、恐惧与以后在非洲对辽阔自然的热爱共同构成了莱辛自然观的基础。

　　后来全家随着父亲的工作调动移居到了德黑兰。德黑兰位于伊朗北部厄尔布尔士山脉南侧，三面环山，气候四季分明。东北方向达马万德峰，终年白雪皑皑，巍峨壮丽，隐约可见。作为伊朗的首都，德黑兰一直是伊朗的政治、经济和文化的中心。这里的大部分人信仰伊斯兰教，但也有许多基督徒、犹太教徒以及其他教徒。由于伊斯兰教主张宗教信仰自由，不同教徒之间享有平等的权利和义务，因而市区不同风格的建筑物，包括清真寺、基督教堂、犹太教堂鳞次栉比，比邻而居。它的人口民族混杂，语言众多，但主要讲波斯语。由于德黑兰具有悠久的历史，因而各种古迹、名人雕像和博物馆众多。工艺精湛、绚丽多彩的波斯地毯闻名世界。此外还有许多兼具古今风格的公园，供人们娱乐休闲。

　　在当时这样一个半殖民地社会，莱辛的母亲为了让自己的孩子接受最好的教育，为莱辛请了只会讲法语的护士。她不仅完全按照英国爱德华时代的标准布置育婴室，而且严格遵守特拉比·金（Troby King）医生[②]的育婴方

---

① Doris Lessing. *Under My Skin*. London：Harper Collins Publishers，1994，p. 36.

② 特拉比·金医生是新西兰著名的育儿专家，是普伦基特协会（Plunker Society，即 Royal New Zealand Society for the Health of Women and Children，新西兰皇家妇女儿童保健协会）的创始人。

法安排莱辛的起居。因此，莱辛经常饿得哇哇大哭，但必须等待吃饭的时间成了莱辛小时候最痛苦的记忆。她从小就体验到了什么是规则，什么是权威。她在扔枕头游戏中学习怎么忍受痛苦，怎么约束自己去学做一个有教养的人。但同时，伊朗的山水也使她小时候的生活充满了快乐和历险：母亲带他们堆雪人、爬山、野炊，沿途给她讲述那些雕像中蕴含的伊朗的历史，参加公使馆举行的孩子们的化装舞会（游戏）等。但童年带给莱辛的印象悲伤多过欢乐，她觉得自己"在哪里都不合适"。[①]

伊朗是世界文明古国之一，是古代著名的波斯帝国所在地。它地形独特、文化丰富。莱辛 5 岁就离开了伊朗，所以它留给莱辛的印象是很模糊的。但她在伦敦，每当听到山下传来鸡叫的声音，就恍若回到了伊朗。[②] 也许正是这种模糊的印象使这片生她养她的土地具有了一种东方文化特有的神秘性。虽然她从来没有回过伊朗，但她说自己对它非常感兴趣。[③] 她常常在作品中使用伊朗的字词，小说中的人物也以此起名。显然伊朗文化对莱辛具有很强的吸引力。如莱辛"外空间"五部曲小说中，第一部《什卡斯塔》的书名 Shikasta，波斯语中就是"坏了"的意思。[④] 伊尔哈姆·阿芙男（Elham Afnan）也撰文指出，第二部《第三、四、五区间的联姻》中，儿子的名字 Arusi 指"联姻"，因此不是指哪个人的延伸，而是指两人都有的可能性。爱思把孩子看作"不相容的结合"，意指婚姻本身就是不相容的结合，它的含义超越了身体的结合而延伸到指任何两个独立甚至对立的物体结合为一个大于部分总和的整体。另外三区的首都 Andaroun 字面意义指"内室"（inside），通常在传统的波斯人家里指女人住的内室。三区就是一个女儿国，甚至是女权主义的国家，所以首都是指女人自己的世界很合适。与此相反，五区的女王叫 Vabsbi，指"野蛮"，用来形容女王：她是一个"野蛮的女子"，穿着"野蛮的服装"，所以起初"没能压抑自己的野性"。四区在中间，所以通过本·阿塔的婚姻（arusi），五区的野性（vabshi）和三区的内在（andaroun）和平相遇并和解。莱辛用三个波斯词强调了小说的中心主

---

① Doris Lessing. *Under My Skin*. London：Harper Collins Publishers，1994，p. 39.

② Doris Lessing. *Under My Skin*. London：Harper Collins Publishers，1994，p. 35.

③ Emily Parker. "Interview with Doris Lessing. " *Wall Street Journal*（Eastern edition）. New York. Mar 15，2008，p. 11. http：//proquest. umi. com/pqdweb？ sid = 1&RQT = 511&TS = 1258510410&clientId = 1566&firstIndex = 120.

④ Claire Sprague. "Naming in Marriages：Another View. " *Doris Lessing Newsletter*. Vol. 7，No. 1（1983），p. 13.

题：即相对立的因素结合的必要性，以使进步能够发生。① 对此，莱辛认为在作品中经常使用伊朗字词，是因为许多人不认识它，从而可以引发联想。她也经常从希腊神话中撷取生僻的词，以达到同样的目的。②

20 世纪 60 年代莱辛对苏菲主义的兴趣，除了苏菲主义本身的教义和莱辛的思想有许多共同之处以外，很难说这不是源于一种出生地情结和对故土的眷恋。苏非神秘主义在某些方面与中国的道禅思想相类似，前者追求人主合一，后者追求天人合一，实际上他们追求的都是一种人的个体精神与宇宙间的绝对精神相和谐的境界。文学、宗教、哲学的融合也是伊朗文学的一个显著特征。这对莱辛的思想应该也有一定的影响。

其实，正是由于莱辛自小接受的是多种文化的熏陶，因此她才更能理解各种文化相通的价值。当莱辛 1989 年在旧金山接受塞基·汤普森（Sedge Thomson）采访时被问到伊朗的风景对她有什么影响时，她说，不是伊朗的风景有什么特别，而是那类的风景。③ 伊朗那种高大、干燥、尘土飞扬的景象，时不时在她旅居西班牙等国家时出现。她很小就在不同的城市、不同的文化间穿梭，从而使她自己眼界开阔，不再囿于一时一地，不再囿于对某一种文化的认同。所以莱辛说："每一种文化都和另一种不一样。一种文化中有绝对价值的东西只是对那种文化有价值，都是相对的。"④

南罗德西亚：南罗德西亚（即现在的津巴布韦）是位于林波波河和南非联邦以北的英属殖民地。1980 年独立后改名为津巴布韦。南罗德西亚取名于南非商人塞西尔·罗德斯（Cecil Rhodes）。1888 年南非的大英帝国商人塞西尔·罗德斯和恩德贝勒（Ndebele）国王洛本古拉签订《拉德租约》（*Rudd Concession*）以及《莫法特条约》（*Moffat Treaty*）协议，获得了在南罗德西亚的采矿权。随即英国政府同意罗德斯的英国南非公司具有管辖从林波波河一直到坦噶尼喀湖这块领土的特许权，并作为英国的保护地。1889 年英国维多利亚女王亲自签署特许令。1890 年罗德斯的英国南非公司开始

---

① Elham Afnan. "Names in Doris Leesing's *The Marriage Between Zones Three, Four, and Five*." *Doris Lessing Newsletter*. Vol. 19, No. 1 (1998), p. 4.

② Sedge Thomsom. "Drawn to a Type of Landscape." in *Doris Lessing: Conversations*. ed. Earl G. Ingersoll. New York: Ontario Review Press, 1994, pp. 189 – 191.

③ Sedge Thomsom. "Drawn to a Type of Landscape." in *Doris Lessing: Conversations*. ed. Earl G. Ingersoll. New York: Ontario Review Press, 1994, p. 185.

④ Sedge Thomsom. "Drawn to a Type of Landscape." in *Doris Lessing: Conversations*. ed. Earl G. Ingersoll. New York: Ontario Review Press, 1994, p. 190.

派人进驻南罗德西亚地区，修筑索尔兹伯里要塞（即现今的哈拉雷）。在和当地土著人（Matabele）分别于 1893～1894 年和 1897～1898 年进行了两次战争之后，控制了该地区。1895 年正式成立殖民国家罗德西亚。1911 年分为北罗德西亚（今赞比亚）和南罗德西亚。本来英国政府希望南罗德西亚并入南非联邦，但南罗德西亚人却不愿意。1923 年经过当地白人投票选举，成立了南罗德西亚自治政府，作为英国政府保护地由英国政府直接统治。1953 年南罗德西亚与北罗德西亚、尼亚萨兰两地共组罗德西亚与尼亚萨兰联邦，后因内部纷争而于 1963 年取消，英国组建多种族政府的试验失败。在 1964 年北罗德西亚宣布独立，定名为赞比亚之后，1965 年自治政府总理伊恩·史密斯将英国所任命的总督驱逐、自行宣布独立建国，定国号为"罗德西亚"，但未获得国际承认。1970 年成立共和国，不再尊崇英国女王伊利莎白二世，1979 年易名为津巴布韦罗德西亚共和国，同年 12 月解散，次年 4 月二度宣告独立，建立津巴布韦共和国，完全由黑人组建政府，并获得国际社会承认。

由于南罗德西亚一直作为英国的保护地，南罗德西亚白人自恃高人一等，不仅高于黑人，也高于当地的荷兰裔南非白人或其他白人。"很早，南罗德西亚人就认为自己完全不同于开普敦的殖民者以及后来的南非白人。在殖民政治早期的历史中占据统治地位的就是对可能被南非同化的恐惧。而正是对南非的敌对，或者说是对荷兰裔南非人的敌对，才使得南罗德西亚人大叫大嚷地说自己是英国人。他们对英国既仇恨又忠诚，情感复杂。因为只有获得英国同意，他们才能和南非区别开来，但同时英国又不像南非那样更可能支持国家对黑人的种族统治，而这被认为是殖民者生存的必要策略。"①南罗德西亚人认为自己是英国人，而不是非洲人。他们把英国称为自己的"家"，无时无刻不在梦想着有朝一日挣了大钱，回到自己的"家"。莱辛的父母就是这样的典型。然而在这样环境下长大的莱辛，其情感却要复杂得多。

莱辛从 5 岁开始一直到 1949 年离开，在南罗德西亚生活了 25 年。这是她一生中最重要的时期。她在这里长大，读书、工作、结婚、生子。无论是在自传里，还是在访谈中，抑或是在她的作品中，我们都能看到那个自由自

---

① Anthony Chennells. "Doris Lessing and the Rhodesian Settler Novel." In *Doris Lessing*. ed. Eve Bertelsen. Johannesburg: McGraw – Hill Book Company (South Africa), 1985, p. 31.

在地在旷野中嬉戏、奔跑的小女孩的身影，那个和各种植物、小动物为伴的拿着猎枪的白人女孩倔强的脸庞。在这里，有无数个听着各种蚊虫交响曲入眠的寂静夜晚，有闻着各种花香，在一望无际的丛林中徜徉，尽情编织少女美梦的白日。然而也正是在这里，她目睹和体验了世界上最黑暗、最悲惨的种族歧视，因为"南罗德西亚的整个法律制度完全是依据南非的法律制度制定的……在按照南非模式建立起来的南罗德西亚的非洲人比尼亚萨兰以及当时的北罗德西亚的非洲人受到更多的奴役"。① 这也是为什么当时的联邦制受到了北方抵制，并最终解体的原因。然而，也正是南罗德西亚历史的特殊性构成了莱辛复杂性格和她多重身份形成的根源。从小，她就知道自己不是南罗德西亚人，而是英国人。她接受妈妈"正统的"英国式教育，感受着不仅远远高于当地黑人的优越地位，而且感受着不同于荷兰裔等其他白人的优越地位。在这里，她不仅有机会安下心来阅读无数优秀的历史和文学作品，而且她通过读书懂得了许多道理。她清楚地知道自己只是一个局外人，黑人才是这块土地的真正主人。她不能尽情地和荷兰裔白人以及其他种族的小朋友玩，更不能接触被视为"野蛮人"的黑人。那些黑人不仅是仆人和奴隶，而且对白人来说是"看不见的人"，更是"刚从树上下来的野兽"。② 因而白人甚至可以当着他们的面做一些他们不能当着其他人所做的事或说一些不能当着别人所说的话。莫娜·奈普在《多丽丝·莱辛》中谈到了南罗德西亚的社会结构：20 世纪 70 年代的数据表明，当时南罗德西亚有 600 万人口，其中有欧洲血统的白人占 5%。医生和病人的比率是 1:9000，婴儿死亡率非常高。黑人中文盲率是 70%，白人是零。白人工人的年薪为 7644 美元，而非洲工人只有 686 美元。这种不平等深深地铭刻在年少的莱辛心里。莫娜·奈普分析说，在她的青少年时期，莱辛深刻地感受到父母的贫苦、资源的匮乏，然而她家里有 100 个黑人雇工，她家的经济状况相对于当地的黑人来说，意味着"说不出的奢侈"。所以，莫娜·奈普认为年少时的莱辛已经对社会经济状况以及它们对于人的潜力的影响有了深刻的了解。这些现象直接导致了莱辛对黑人的同情，以及对于种族歧视的义愤，也促使她对"白人的殖民心态"——那种想延长这种殖民统治的所谓"文明的英

---

① Eve Bertelsen. "Acknowledging a New Frontier." in *Doris Lessing: Conversations.* ed. Earl G. Ingersoll. New York: Ontario Review Press, 1994, p. 124.

② Doris Lessing. *Under My Skin*, London: Harper Collins Publishers, 1994, p. 66.

国人"的虚伪进行了无情的剖析。① 莱辛以后还多次提到她家里相对于黑人所享受到的优越生活。她在 1964 年接受美国出版商罗伊·钮奎斯特采访时也说过，他的父亲不仅雇有 50 到 100 个不等的黑人雇工，而且还随时能从银行贷到款，而黑人却只能一个月挣到 12 先令，也就是说还不到 2 美元。"这非常不公平，而且这仅是巨大不平等图画中的一部分。"② 她因此而过早地介入了政治，并使她变得具有批判精神。莱辛憎恨这种不平等，憎恨南罗德西亚人的狭隘、虚伪和歧视。她在以后的纪实性散文《回家》和短篇小说《高原牛群的家》中都用数据记录了当时非洲的政治社会状况。非洲那广袤的土地所激发的自由想象和种族歧视所构成的狭隘现实，对这片养育自己的土地的眷恋和自己外来人的身份，所有这些巨大的矛盾和反差塑造了莱辛复杂的性格，使她既憎恨现实，渴望逃离这个地方，又向往这个充满儿时自由、梦想和美好回忆的家乡。也是在这里，莱辛第一次接触到了马克思主义，第一次懂得了世界上还有这种消除"肤色障碍"，争取各民族平等的思想。共产主义的愿景使她向往那个美丽而平等的地方。她觉得英国这个她父母魂牵梦绕的"家"应该就是这样子的，因此她竭尽全力回到了英国。然而战后英国的现实使她明白，南罗德西亚的生活经历已然塑造了她。在 1956 年出版的《回家》中，莱辛饱含深情地描述了她在阔别家乡 7 年后重返南罗德西亚时的感受。她说尽管自己在过去 20 多年间在不下 60 多种不同的房子里住过，但自从离开了自己在小山上的房子时，她就再也没有真正地感到有家的感觉。"第一次，我真正回到了家"，"这是我的空气、我的风景，以及最重要的，我的太阳"。③

　　这块土地用它宽广的胸怀、无边无际的丛林赋予了莱辛率真、自由和狂野的性格。而这一点恰恰是她后来不能完全认同英国文化的原因。虽然后来她喜欢上了伦敦的宁静并最终定居伦敦，然而在骨子里，她决然不能把自己和那些具有狭隘岛国意识、傲慢自大、虚伪自私的英国女人画上等号，而后者成为她多部作品挪揄和讽刺的对象。罗德西亚对莱辛最重要的影响除了它独特的社会环境，就是它广袤的空间。莱辛在采访中曾说过，非洲对她的影响"在我看来，最重要的是它的空间。你知道吗？实际上周围几乎没有人，

---

①　Mona Knapp. *Doris Lessing*. New York：Frederick Ungar Publishing Co.，1984，pp. 4 - 5.

②　Roy Newquist. "Talking as a Person." in *Doris Lessing*：*Conversations*. ed. Earl G. Ingersoll. New York：Ontario Review Press，1994，p. 10.

③　Doris Lessing. *Going Home*. New York：Popular Library，1957，pp. 31，8.

我过去经常一个人在灌木丛中一待就是好几个小时"。① "……我在那里不仅拥有更多的独立性，而且作为一个女孩，我做的事情是那时在英国或者欧洲女孩子不可能做的。我们拥有的自由和独立，我现在都感到吃惊——我很幸运拥有这一切。"② 在非洲，妇女可以和男人一样出去打猎、耕作，从来没有人表示过不正常。可以说非洲的空间成就了莱辛独立、自主的性格，也使她可以以更加宽广的胸襟来看世界。实际上，正是非洲那偌大的空间给了她自由，那广袤的土地给了她宽广的视野，也给了她全球化的审视高度。她的想象力得到了空前的拓展，非洲背景成就了她的全部作品。莱辛在《非洲故事》的前言中说："非洲给予无论是白人还是黑人作家的主要礼物就是非洲大陆本身。对于有些人来说，它就像一种逝去的狂热一直潜伏在血液里，或者像一个旧伤口渗入骨髓，遇到天气变化就会悸动。"③

战后的英国：战后最初几年，虽然丘吉尔的战时内阁解散之后，克莱门特·艾德礼（Clement Attlee）领导的工党取得了压倒性的胜利，承诺重建一个新的"福利国家"，但英国的状况基本和战时差不多。战争使英国的经济遭到重创，因而战后重建工作非常缓慢，配给甚至比战时还紧张。④ 莱辛在《四门城》对战后满目疮痍的伦敦进行了写实描述：玛莎所看到的街道就像"刚刚经历过地震一样"。⑤ 战后的英国被描述为正在衰落的国家，一个生命垂危的病人和一个"当代的欧洲病夫"或"欧洲的拉撒路（Lazarus）"。⑥ 然而，英国需要重建的不仅是外表。战争也改变了英国的身份和地位。一方面，在国际上，许多前殖民地纷纷独立，它的殖民帝国已经崩溃，而其军事力量也大大削弱，世界超级大国的地位也已经被美国所取代。正如科里尚·库马尔（Krishan Kumar）所说的，英国人没有自己的民

---

① Nigel Forde. "Reporting from the Terrain of the Mind." in *Doris Lessing: Conversations*. ed. Earl G. Ingersoll. New York: Ontario Review Press, 1994, p. 214.

② Earl G. Ingersoll. "Describing This Beautiful and Nasty Planet." in *Doris Lessing: Conversations*. ed. Earl G. Ingersoll. New York: Ontario Review Press, 1994, p. 234.

③ Doris Lessing. "Preface." *African Stories*. New York: Simon and Schuster, 1981, p. 6.

④ Zabary Leader. ed. *On Modern British Fiction*. New York: Oxford UP, 2002, p. 2.

⑤ Doris Lessing. *The Four - Gated City*, London: Harper Collins Publishers, 1993, p. 26.

⑥ M. Spiering. *Englishness: Foreigners and Images of National identity in Postwar Literature*. Amsterdam - Atlanta: Ga, 1992, p. 26. 拉撒路是《圣经》中的人物。根据《新约·约翰福音》第11章记载，玛丽的弟弟拉撒路患病去世，后耶稣使他复活。另见《新约·路德福音》第16章记载有一个乞丐，身上长满脓疮，死后被天使送到亚伯拉罕怀里，得到安慰。参见 *The Holy Bible*. Lowa Falls: World Bible Publishers。

族身份概念（English nationalism），这是因为他们一直像罗马人一样把自己看作一个大英帝国的创建者，而不是世界上的某一个国家。这是他们傲慢的来源。和其他国家的人排斥外人，在民族形成过程中形成具有独特品质的内向性相反，英国人是扩张，是外在而不是内在。这就是他们独特看待自己的方式，是一种"使者式或帝国式"民族主义或民族身份。而现在帝国没有了，英国人被迫开始重新审视自己的身份。[①] 著名作家石黑一雄（Kazuo Ishiguro）也说道，写英国文学的作家们觉得从来不需要考虑自己是否具有国际性，因为英国文化本身就具有国际重要性，但这一切都结束了。人们突然意识到，我们不再是世界的中心了。[②] 另一方面，战后的前殖民地由于独立后的政治和经济问题，20世纪50年代开始了一种反向移民浪潮。大批前殖民地国家的人从亚洲、西印度群岛和非洲移民到了英国。据沃特斯（Waters）统计，1951年英国的黑人人口是7.45万，到1959年已经达到3.36万人，1962年已经超过50万人。虽然移民的到来弥补了战后英国劳动力的短缺，但由此也带来一系列的种族问题，并在50年代末加剧，终于导致了1958年诺丁山和诺丁汉郡的种族大骚乱。[③] 因此，英国在继1948年颁布《英国国籍法》之后，又不得不连续颁布限制英联邦移民的法案。

莱辛来到英国，本来觉得已经远离种族歧视，决定要退出政治，然而在她魂牵梦绕的"家"，种族歧视、身份歧视、森严的等级制、阶级鸿沟在"福利社会"表面公平的掩盖下，以一种特殊的方式又一次介入了她的生活，使她不得不再次重新思考政治问题、思考阶级和种族问题以及背后更深层次的原因。踏上英国的领土，迎接她的是满目疮痍的伦敦、码头贫穷劳作的白人、等级分明和狭隘势利的英国人。经历了大轰炸的伦敦，到处是瓦砾和毁坏的房屋，到处是无家可归、蜷缩在断水断电的公共房屋里的流浪者。工人区里充斥着贫穷、饥饿、咒骂。更重要的还有她自己身份的尴尬。刚到伦敦，由于没有经济来源，莱辛带着自己第二次婚姻所生的儿子，操着一口南非英语，就租住在这样的贫民区里。这使她有机会接触到了底层民众的真

---

① Krishan Kumar. "Preface." *The Making of English National Identity*. Cambridge：Cambridge UP，2003，p. ix - x.

② 转引自 Brian W. Shaffer. *Reading the Novel in English 1950 - 2000*. Oxford：Blackwell，2006，p. 14。

③ 转引自 Louise Yelin. *From the Margins of Empire*：*Christin Stead*，*Doris Lessing*，*Nadine Gordmer*. Ithaca：Cornell University Press，1998，p. 59。

实生活，也感受到了"纯正"英国人的白眼。作为一直有优越感的白人，在"家"里，她第一次感受到了遭受歧视的滋味。她讨厌那些自以为是、虚伪自大的英国人。她发现自己又一次成了流亡者，成了英国人眼中从殖民地回来讨生活的外乡人。虽然后来经过打拼，很快借助文学融入了英国中产阶级的行列，然而这段经历却成为莱辛刻骨铭心的痛。她感到自己在骨子里永远都不会把英国看作自己的家。她的家在非洲，她思念那片养育她和给予她自由的土地。1956 年，受莫斯科共产党的委托，作为塔斯社的特约记者，她回到了南非。然而令她感到极为尴尬的是，南非当局却由于她的共产党身份拒绝她入境，并且由于她的出生地不在英国而否认她英国人的身份。虽然由于种种原因，她被允许回到南罗德西亚的家乡看望自己的弟弟，却被南罗德西亚政府列为不受欢迎的人。她真正成了一个"无家可归"的人。不仅如此，在英国，作为一个出了名的新作家，她还面临着另一种身份的尴尬，就是她经常被称为"非洲作家"，而不是"英国作家"。刚到英国，她并不愿意自己被称为非洲作家。①

和许多移民作家开始揭示战后真实的伦敦，去除伦敦在殖民地人们心中理想化的形象，加入到重塑英国，重塑英国人的特性过程中一样，莱辛正是由于自己的切身遭遇，也开始关注什么是"真正的英国人"，或"英国性"问题。她在 1960 年发表的纪实散文《追寻英国性》中，借用叙述人和罗斯等人物的谈话，通过追踪像罗斯一样本土英国人的家族谱系，瓦解了所谓"纯正英国人"的概念。用路易斯·叶琳（Louise Yelin）的话说，莱辛的目的是为了使自己这样的外国人被纳入"英国人"的概念中去，从而构建自己英国作家的身份，以及确立对英国文化进行批评的权威性。② 其实，不管莱辛一开始的动机如何，不可否认的是，莱辛无论是解构"英国人"的纯正身份，还是建构自己的英国民族身份，其最终的目的并不是如此狭隘。如果仔细阅读莱辛的作品，她其实解构的不只是英国人的民族身份，同时她还对南非白人、荷兰裔南非人以及黑人都进行了身份的界定，结果证明所谓纯粹的种族根本就是不存在的，就像单一的性别不能单独存在一样。除了对"英国人"的解构，莱辛还对"纯粹的"阶级等级进行了解构，嘲弄了人为

---

① 参见 Lorna Sage. *Doris Lessing*. London：Methuen，1983，p. 56。

② Louise Yelin. *From the Margins of Empire*：*Christin Stead*，*Doris Lessing*，*Nadine Gordmer*. Ithaca：Cornell University Press，1998，pp. 62 – 63。

划分人种及阶级界限的荒唐。在莱辛看来，"现行的阶级定义就像现行的纯粹英国人的定义一样是循环的、自我毁灭的命题。"① 1984 年接受采访时，莱辛已经完全认同他人将自己说成是非洲作家或南非作家。当问到这是否是一种局限时，她颇具深意地说，在德国，她被称为"欧洲作家"。② 从把英国看作"家"，到把回非洲称作"回家"，再到被南非这个"家"拒绝；从被动的"非洲作家"，渴望被称作"英国作家"，再到自觉而不介意被称作"非洲作家"或"欧洲作家"，莱辛经历了巨大的创作和心理双重的历练过程，也是莱辛克服自我的束缚，抛弃单向思维，走向具有世界胸襟的国际作家的心路历程。

经过了"福利社会"战后重建的种种努力，20 世纪 50 年代末到 60 年代的英国已经完全实现了战后经济向和平时代经济的转型，走上了平稳发展的道路。政治上，英国也经历了从帝国意识到去殖民化的艰难历程。一大批前殖民地国家陆续获得独立。根据统计，仅在 1960～1964 年间，就有 17 个殖民地获得独立。③ 这和战后英国政府所推行的自由开放政策不无关系，也和它竭力想向外界展示的自由进步形象有关。英国 60 年代开始积极申请加入欧共体。1965 年取消了死刑，1967 年通过了流产法案，使得妇女有了选择生育的权利。1963 年高等教育开始改革，使更多的学生有了受教育的机会。而 50 年代左翼知识分子中有关语言、文学等的文化大争论促使 1964 年在伯明翰大学成立了伯明翰文化研究中心。50 年代走进人们生活的电视到了 60 年代进入彩色电视时期，改变了人们的文化生活。消费时代已经来临。"喧闹的伦敦"（swinging London）就是当时伦敦成为青年文化时尚中心的生动写照。莱辛在《金色笔记》和《四门城》中就对麦卡锡主义笼罩下及其之后的美国和自由的英国做过多次对比。然而，在这种繁荣、喧闹的表象下，英国社会固有的阶级等级制度并没有改变。1964 年莱辛接受美国出版商罗伊·纽奎斯特采访时认为，60 年代的英国是一个比美国更阶级分明的社会。不仅不同的阶层之间生活方式完全不同，"他们中没有人知道那些和

---

① Peter J. Kalliney. *Cities of Affluence and Anger：A Literary Geography of Modern Englishness.* Charlottesville：University of Virginia Press，2006，p. 148.

② Eve Bertelsen. "Interview with Doris Lessing." *in Doris Lessing.* ed. Eve Bertelsen. Johannesburg：McGraw – Hill Book Company（South Africa），1985，p. 93.

③ 〔英〕比尔·考克瑟等：《当代英国政治》（第 4 版），孔新峰等译，北京大学出版社，2009，第 57 页。

自己完全不同的其他人是怎么生活的。所有的这些集团、层次、阶级都有无形的规则，每一层都有严格的规则，但他们和其他集团的规则完全不一样"。① 因而，怎样化解阶级矛盾和种族冲突，怎样面对文化差异，成为后帝国时期所面临的巨大挑战。此外，一方面，两个超级大国"冷战"不断升级，如核军备竞赛；世界范围内战争不断，如越南战争等，也使得人们对未来充满了忧虑。另一方面，还有来自商业利益对传统道德的侵蚀，青少年一代面临的不良诱惑和教育问题。莱辛在 1999 年接受美国朋友采访时谈到自己 60 年代大部分时间成为照顾大批"问题少年"的"家庭母亲"。她说，"60 年代是个危险的时代"，虽然政治非常诱人，还被称为"喧闹的伦敦"，但她不赞同对 60 年代的赞赏，"因为我看到了许多人自杀，许多人进了疯人院，还有许多人伤亡"。② 和平的宣传和战争的现实，传统道德的式微和消费社会中商业化意识的泛滥，人们面临的心理压力越来越大。所有这一切都对莱辛脱离政治后的社会思考产生了巨大影响，也是为什么莱辛转向"空间"小说写作的现实背景。

第二节　莱辛的父母和家庭的影响

无论是在自传中，还是在访谈抑或在作品中，莱辛一直以一个反叛女儿的形象出现，但莱辛的父母对她的影响却是不容置疑的。莱辛的母亲爱米莉·莫德·麦克维（Emily Maude McVeagh）出生在英国一个上中产阶级家庭。由于 3 岁失去母亲，而爱米莉的继母虽然很尽责，但却非常冷漠，对孩子们谈不到什么爱，因此爱米莉养成了比较独立的性格。由于她的母亲出身低微，她的父亲从来不愿提起她的第一个妻子，这种强烈的门第观念和阶级意识对她影响颇深。据莱辛在自传中说，她的母亲爱米莉从小接受的是典型的维多利亚和爱德华时代英国女孩的教育，学业优秀，具有音乐天赋。父亲对她寄予了很大希望，但是爱米莉却违背了父亲的意愿，执意放弃上大学深造，而当了一名护士。她知识渊博，阅读了各种进步书籍。她仔细钻研蒙特

① Roy Newquist. "Talking as a Person." in *Doris Lessing：Conversations*. ed. Earl G. Ingersoll. New York：Ontario Review Press，1994，p. 8.

② Jonah Raskin. "An Interview with Doris Lessing." *Progressive* 63. 6（June 1999）：pp. 36 - 39. *Contemporary Literary Criticism*. Ed. Janet Witalec. Vol. 170. Detroit：Gale，2003. Uc Berkeley，21 Sept. 2009. http：//go. galegroup. com/ps/start. do？p = LitRC&u = ucberkeley.

梭利（Montessori）的幼儿教育书籍①，熟识画家和社会思想家约翰·拉斯金（John Ruskin），并深受他反对社会不公等社会主义思想影响。她还阅读了 H. G. 威尔斯的小说，特别是《珍妮和彼得》（*Joan and Peter*）等传播社会主义思想的教育小说以及吉卜林的半自传体短篇小说《咩咩黑羊》（*Baa*，*Baa*，*Black Sheep*）。她欣赏达尔文和布鲁内尔（Isambard Kindom Brunnel，英国 19 世纪著名的工程师，曾设计了西部铁路和许多大桥和涵洞），认为他们是英国历史进步的典范。莱辛说母亲年轻时代像 H. G. 威尔斯笔下的安·维罗妮卡〔在《安·维罗妮卡》（*Ann Veronica*）小说中，叙述了安成长为新女性的故事〕或萧伯纳笔下的新女性。"她是现代女性的典范。"②

　　由于意识到家庭教育的重要性以及自己成长过程的缺陷，莱辛的母亲完全是按照英国中产阶级的标准教育自己的孩子的。她发誓要把他们培养成"有教养的人"。③ 在德黑兰，莱辛的母亲让她和弟弟参加中产阶级孩子应该参加的一切活动，如爬山、滑雪、游戏，参加使馆区的各种野餐、孩子们的化装舞会等，给他们讲述几千年前波斯王 Khosrhn 二世（590—628）骑马雕像的历史，告诉莱辛这是"我们的遗产"。④ 莱辛的母亲利用一切机会对孩子进行教育，她把教育孩子当作自己的首要任务。到非洲后，她对非洲的生活极度失望，心理几乎崩溃，因此更是把精力全部投入到了教育孩子上。她教孩子们地理和天文知识、在农场外野炊时教他们动植物知识、做解剖、给他们读《新约》和《彼得·潘》。此外，她自己一直保留着从英国带去的许多中产阶级特有的衣服、装饰等，并一直梦想着有一天回到英国。⑤

　　莱辛母亲严格的教育、渊博的知识和对读书的喜好不仅给莱辛创造了很好的读书机会，也使莱辛对读书产生了浓厚的兴趣，为莱辛日后成为作家奠定了坚实的基础。不过，莱辛也继承了母亲的独立和叛逆。对此莫娜·奈普有过精辟的阐发。她认为，正是母亲对于莱辛有关怎样做"优雅淑女"的

---

① 根据维基百科，玛利亚·蒙特梭利（Maria Montessori，1870—1952）是意大利心理学家和教育学家。20 世纪初创立蒙特梭利教育法，并针对 0～12 岁的孩子开始实践。她主要的教育观点集中在 1912 年发表的《蒙特梭利方法》和 1948 年的《孩子的发现》两部著作中，强调孩子的独立、有限度的自由和对孩子天性的尊重。现今全世界已有 4000 多所蒙特梭利课堂，并成立了国际蒙特梭利协会（AMI）和美国蒙特梭利协会（AMS）。http://en.wikipedia.org/wiki/Maria_Montessori；http://en.wikipedia.org/wiki/Montessori_education。

② Doris Lessing. *Under My Skin*. London：Harper Collins Publishers，1994，pp. 5 - 6.

③ Doris Lessing. *Under My Skin*. London：Harper Collins Publishers，1994，p. 73.

④ Doris Lessing. *Under My Skin*. London：Harper Collins Publishers，1994，p. 33.

⑤ Doris Lessing. *Under My Skin*. London：Harper Collins Publishers，1994，pp. 67 - 69，374.

教育使莱辛幼小的心里注入了"对于传统女性角色的厌恶"，也引发了莱辛对于母亲的反叛。① 莱辛对母亲严厉的管教非常反感，但她未来的知识储备也使莱辛非常关注时事，对阶级等级政治异常敏感，对英国充满了好奇和向往。

莱辛的父亲阿尔弗雷德·库克·泰勒，是参加过第一次世界大战的退役士兵，战前曾是英国的银行职员，战后，来到波斯帝国银行任经理。他是典型的乡村少年，从小活泼好动，不服管教，爱和下人混在一起。后来和众多怀着满腔爱国热情的热血青年一样参加了"一战"，战争中他腿部负伤，尔后和照顾他的护士、也是在战争中失去了自己爱人的爱米莉成婚。战后，他先在英国银行供职，但他对英国的虚伪和背叛不可容忍，遂决定离开英国去了伊朗。在伊朗银行供职期间，他对伊朗上层的腐败和势利深恶痛绝。因此他在参观了 1924 年的帝国展览后，被宣传的所谓非洲快速致富梦所吸引，决定去非洲碰碰运气。但战争的巨大创伤不仅毁灭了他对未来的浪漫的幻想，也消磨掉了他对生活的热情，在非洲失败的农场经营对他无疑是雪上加霜。莱辛在自传中描写自己的父亲晚上常常仰望着星空，沉默不语。他后来疾病缠身，脾气越来越坏，和年轻时的他判若两人，战争成为"不可提及的大事"（The Great Unmentionable）。② 他曾经想过自杀，最后死于心脏病发作。但莱辛认为是第一次世界大战毁了他，他的死亡证明应该改写。③ 父亲对于孩子的态度和母亲相反，他温和有趣，把孩子们当作平等的成年人看待。他时常给她们讲述自己年轻时的热情和浪漫，反对对黑人的歧视。据莱辛说，她家的黑人工资是当地最高的。

莱辛继承了父亲热情浪漫的基因。莫娜·奈普认为，她继承了父亲摆脱压迫文明的自由思想，吸收了他的理想主义、他的幻想才能以及他的正义感。但战争对父亲的打击和摧残使莱辛对战争的危害有了切肤之痛。她把父亲看成是软弱的个人主义者和理想主义者，被第一次世界大战为主要形式的历史环境和后来的财务困境压垮。④ 父母在有关教育孩子和对待黑人态度方面的争执也使莱辛较早对于种族问题有了自己的认识。父母的不同性格对莱辛日后成为作家也具有很大的影响：母亲实际，父亲爱幻想——莱辛既具有现实的野心，又有超越现实的梦想。

---

① Mona Knapp. *Doris Lessing*. New York：Frederick Ungar Publishing Co.，1984，p. 4.
② Doris Lessing. *Walking in the Shade*. London：Flamingo，1998，p. 230.
③ Doris Lessing. *Under My Skin*. London：Harper Collins Publishers，1994，p. 372.
④ Mona Knapp. *Doris Lessing*. New York：Frederick Ungar Publishing Co.，1984，pp. 3 - 4.

　　对于莱辛和她母亲的母女关系一直是评论界津津乐道的话题，不过大都集中在莱辛对于母亲的不满上。他们的依据除了小说中几乎所有女主人公对于自己母亲的叛逆之外，还有自传中莱辛对于和母亲紧张关系的描写。但实际上，莱辛和母亲的关系并不像评论界所说的那样。自传中，当莱辛听说母亲要来，并且为了帮助她和照顾孩子，母亲已经学会打字，要来给她做秘书时，莱辛连用了三个形容词"这是令人没有办法回避的、超现实、心碎的成分"① 来表示自己在近 70 岁时，仍然感受到的回忆的痛苦。当听到母亲去世的消息时，莱辛描写道："我悲痛万分，但这不是一种简单失去的痛苦，而是一种悲凉的、灰色的、半僵化状态———一种说不出的悲伤……我不能毫无顾忌地放纵自己的情感，就像单纯的眼泪一样，都在布鲁斯忧伤的音乐中表达出来。我一星期一星期、一个月一个月听着同样的乐曲。直到现在，每当我听到这种音乐时，我都不能不捂上耳朵或者立刻把无论是什么乐器关掉……那是一段悲伤而漫长的时期，我仿佛被深深地埋在厚厚的冰冷的水下……有些死亡不是打击，而是创伤，它在人看不见的地方阴郁地扩散开来，从来没有真正地消失。"② 在此，莱辛对母亲的爱和对自己年轻时任性的悔恨表露无遗。实际上，莱辛作品中无处不在的对于母女紧张关系的描写大有深意：一是莱辛借自己对于母亲的反叛，揭示有多少妇女是和她母亲一样操劳漂泊一生，而最后不仅不能实现自己的梦想，甚至得不到自己亲人的理解。里面有自己的愧疚和忏悔，更有对那时广大妇女命运的惋惜。二是借助回忆自己和描写众多孩子对母亲反叛的盲目性，强调对青年一代盲目反叛母亲所代表的传统、随波逐流、感情失控，以及缺乏对传统或时代理性的思考的忧虑；三是对战争带给人们心理创伤的揭示。莱辛多次表示，多少年后，她才明白，战争对于母亲的心理伤害和战争对父亲的身体和心理的双重伤害是一样巨大的。"我许多、许多年之后，才明白，母亲没有可见的伤疤和伤痕，但和我可怜的父亲一样，也是战争的受害者。"③

第三节　两次世界大战

　　莱辛曾经在自传、访谈等各种场合多次提到世界大战对她的巨大影响。

---

① 　Doris Lessing. *Walking in the Shade*. London：Flamingo，1998，p. 32.
② 　Doris Lessing. *Walking in the Shade*. London：Flamingo，1998，p. 203.
③ 　Doris Lessing. *Alfred and Emily*. New York：HarperCollins，2008，p. 172.

她在自传中曾经开玩笑说是战争生育了她。[1] 莱辛说她的童年被第一次世界大战所笼罩，而她的成长又被第二次世界大战所覆盖。她的两次婚姻都是战争的结果，是声嘶力竭的疯癫的结果。[2] 实际上，世界大战是对她一生影响最大的事情。所以当在丹麦有记者说到这一点的时候，莱辛说，她非常激动，"终于有人注意到了这一点"。[3] 马琳·布里格斯（Marlene A. Briggs）也说过："第一次世界大战是莱辛一生和写作的核心。"[4] 莱辛是"暴力的孩子"。从她出生起，战争就一直是她生活当中一个非常重要的字眼和话题。莱辛说父亲讲的战争故事使她的心里充满了"理解的怒火"，而且"他的愤怒传递给了我，永远没有离开"。[5] 她的家之所以背井离乡来到非洲完全是由于战争带给她父母无尽的灾难和痛苦的结果。莱辛小时候是个非常叛逆的孩子。她自己1994年在接受采访中说，"我是一个受到很大伤害的孩子，非常神经质，过度敏感，过度痛苦……我的确认为这和我父亲以及他总是谈战争有关。老是谈尸体和毒气，这真的对孩子很不好……"[6] 她目睹了战争给予她父亲和母亲的精神折磨和肉体的创伤。她的家和许多英国人一样是由于战争被迫"流放"到此的。她父母的命运因为战争而改变，她的命运也因为战争而不同于生长于英国的女孩。不仅如此，她在南罗德西亚还目睹了许多和她父亲一样的战争伤残人员的艰难处境。不久，"二战"爆发，南罗德西亚成了英国的空军训练基地和欧洲难民的避难所。莱辛直接感受到了战争的呼吸，接触到了许多政治流亡人士并和他们以及许多空军士兵成为好朋友、情人，并保持密切联系，但最后莱辛又目睹了他们许多人最后死在战场上，亲身经历了战争带给她与朋友的生离死别。莱辛有许多信件表达了自己的震惊和对年轻生命逝去的惋惜。连莱辛的婚姻也是战争所造成的政治婚

---

[1]　Doris Lessing. *Under My Skin.* London：Harper Collins Publishers，1994，p. 10.

[2]　Doris Lessing. *Prisons We Choose to Live Inside.* New York：Harper & Row，Publishers，1987，p. 43.

[3]　Earl G. Ingersoll. "Describing This Beautiful and Nasty Planet." in *Doris Lessing：Conversations.* ed. Earl G. Ingersoll. New York：Ontario Review Press，1994，p. 236.

[4]　Marlene A. Briggs. "Born in the Year 1919：Doris Lessing, the First World War, and *the Children of Violence.*" *Doris Lessing Studies.* Vol. 27. Issue 1/2 （Winter/Spring 2008），p. 3.

[5]　Caryn James. "They May Not Mean to, but They Do." *New York Times Book Review.* Aug 10，2008. *New York Times.* p. 14. http：//www. nytimes. com/s/list. php? id = 153.

[6]　Michele Field. "Doris Lessing：'Why do We Remember?'" *Publishers Weekly.* 241. 38 （19 Sept. 1994），p. 47. Literature Resource Center. Gale. UC Berkeley. 21 Sept. 2009. http：// go. galegroup. com/ps/start. do? p = LitRC&u = ucberkeley.

姻，这也成为她一生的痛苦。如果说"一战"已经使莱辛饱尝了由于父亲残疾和母亲抑郁而造成的家庭悲剧和背井离乡所带来的种种困惑，那么"二战"就从情感上让莱辛更深层次地直接尝到了失去朋友和感受战争罪恶的滋味。

莱辛在 1969 年纽约州立大学石溪分校接受采访时说："战争以某种方式使人性遭到了损害，这是我们不愿意承认的。"① 南罗德西亚有许多像她父亲一样在"一战"中负伤的英国人。据莱辛在自传中说，她经常作为交换女孩去别人家里住一段时间。莱辛目睹了更多的由于战争所导致的家庭和婚姻的破裂。他们的婚姻问题、家庭问题、孩子教育问题，不仅使莱辛对社会的复杂性有了更进一步的了解，还使她对战争造成的人性扭曲有了进一步的认识。在《金色笔记》中，莱辛对"黑色笔记"里安娜和空军飞行员等一群年轻人杀鸽子的场景，以及对大自然生命的漠视和残害，都象征着战争对于年轻人内心的伤害和扭曲。

战争结束后，莱辛来到了伦敦，目睹了大轰炸给伦敦造成的损害和大英帝国的衰落。在伦敦，由于莱辛的政治身份，她接触到了更多由于非洲纷争不断而来英国避难的非洲政治领袖。这些人有的日后或被杀，或被流放，或成为国家领导人。由于和精神病医生的恋爱，使莱辛接触到了许多被社会认为的"疯子"。不管他们是真正的疯癫，还是"被疯癫"，其直接或间接原因都可以追溯到战争所导致的精神创伤或心理问题。这在莱辛诸多的作品中都有详细的描写，如《四门城》中玛莎的恋人杰克、马克的妻子莉迪亚等。"我认为像战争这样的可怕事件会在民族心理上留下伤疤。"② 如果说莱辛原来耿耿于怀的是"一战"改变了自己家人的一生，那么"二战"使莱辛意识到，战争摧毁的绝不是一个家庭或一代人。

但是战争的硝烟还未散去，人们对战争已经遗忘殆尽。莱辛对人们忘记过去惨痛的教训和忘记历史感到愤怒，更对历史悲剧重演的可能性感到忧虑。"一战""二战"、朝鲜战争、越南战争……纵观人类历史，战争从来没有离开我们的生活。莱辛说："我们的历史就是灾难史。我们幸存下来了……就在此刻就有 30 场战争正在进行。因为都是小规模的战争，所

---

① Jonah Raskin. "The Inadequacy of the Imagination." in *Doris Lessing*：*Conversations*. ed. Earl G. Ingersoll. New York：Ontario Review Press，1994，p. 17.

② Transcript of her interview with Bill Moyers on Now on PBS，Jan. 24，2003. http：// www. pbs. org/now/transcript/transcript_ lessing. html.

以我们似乎认为它们不重要。我们在毒害大海、水源——我们都一清二楚——世界许多地方的树木都在死亡。这就是灾难的状态。我们不是很聪明的动物，不是这样吗？"① 莱辛因此而创作了科幻五部曲，从宇宙的角度来看地球，从整个历史的角度看今天。实际上，莱辛在多部作品中都涉及战争的危害。她不断地运用各种重复的手法，来警示人们历史悲剧重演的可能性。

在战后军备竞赛日益升级的时刻，莱辛不仅积极组织、参加反核游行，而且还和演员理查·波顿（Richard Burton）以及一群科学家成立了"防止核武咨询公司"（the Nuclear Protection Advisory Group），作为有效促进民防的组织。② 莱辛对和平主义运动无视目前已经有核武的事实，反对民防感到气愤。她认为，不能空谈和平，或盲目谈和平。不要一说到有可能发生战争，就是法西斯分子，要对未来有可能发生的核战争或核泄漏做好防护，做好准备。她说："他们根本不认为战争有可能是常规战争，那样的话，就值得做好防护。或许是别的地方发生区域性核战争，这样我们就容易被波及，需要做好防护，甚至或者是恐怖分子误投的炸弹或核事故。你不能同和平运动提起这些可能性。一套套的说辞，都是说，说，说，一点都没有冷静地对事实的思考。"③ 莱辛强调，"二战"期间在德国武装自己的时候，正是由于和平主义运动使英国放弃了武装，助长了法西斯的气焰，而导致成千上万的人死亡。她说自己和和平运动主张者的区别是"我会看证据，而他们拒绝这样做。如果你不同意他们的观点，他们就说你是法西斯主义者或中情局特工，然后就什么也不要说了"。④

到了 20 世纪 80 年代，莱辛对于战争的忧虑，从另一个角度表露出来。这就是对于战争和恐怖主义根源的挖掘。一方面莱辛呼吁正确对待差异，另

---

① Brian Aldiss. "Living in Catastrophe." in *Doris Lessing*：*Conversations*. ed. Earl G. Ingersoll. New York：Ontario Review Press，1994，p. 171.

② 参见 Lesley Hazelton. "Doris Lessing on Feminism，Communism and 'Space Fiction'." July 25，1982，Sunday，*Late City* Final Edition Section 6；p. 21，Column 1；Magazine Desk. http：//mural. uv. es/vemivein/feminismcommunism. htm。

③ 参见 Lesley Hazelton. "Doris Lessing on Feminism，Communism and 'Space Fiction'." July 25，1982，Sunday，*Late City* Final Edition Section 6；p. 21，Column 1；Magazine Desk. http：//mural. uv. es/vemivein/feminismcommunism. htm。

④ 参见 Lesley Hazelton. "Doris Lessing on Feminism，Communism and 'Space Fiction'." July 25，1982，Sunday，*Late City* Final Edition Section 6；p. 21，Column 1；Magazine Desk. http：//mural. uv. es/vemivein/feminismcommunism. htm。

一方面对年青一代不懂历史，盲目跟风感到焦虑，对青少年教育的现状感到不满。英国著名作家威尔斯说过："文明就是教育和灾难之间的赛跑。"①《第五个孩子》《好恐怖分子》等都从对待差异的不同态度、社会责任的缺失以及失当的青年一代教育等角度探讨了恐怖分子的心理和形成。莱辛还在《我们选择居住的监牢》中痛斥人们盲目跟风、"我是你非"的僵化思维，揭示了造成人们彼此互相残杀的根源。因此，当"9·11"恐怖袭击事件发生时，莱辛一点也不感到吃惊。莱辛告诉西班牙报纸（*EL Pais*）记者说："'9·11'是很可怕，但如果回顾一下 IRA（爱尔兰革命军）的历史，美国人所发生的事就没有那么可怕了。有些美国人会认为我疯了。许多人死了，两个宏伟壮观的大楼倒塌了，但并没有他们想象的那么可怕，也没有什么特别。美国人非常天真，或者是假装天真。"② 莱辛的意思是"9·11"只是世界上恐怖事件的一部分，是多少年来积累下来的无视历史、喜欢走极端的必然结果。她在《"9·11"之后》这篇文章中说，从外面看美国，就是在看一系列极端暴力的狂风暴雨，如对卢森堡夫妇等的滥杀、麦卡锡主义、争取"黑人权利"运动、"气象员"激进组织等。但很快，他们就把这些忘得一干二净。莱辛的一个美国朋友说："你了解我们，我们记忆力不好。"莱辛认为，虽然"9·11"很可怕，但美国人至少从中明白了他们和世界上所有其他人一样都是很脆弱的，都是会受到伤害的。他们说"9·11"事件"把他们从伊甸园里赶了出来。真奇怪，他们居然认为他们有权力待在伊甸园里"。③ 实际上，在当今政治经济全球化的时代，没有任何人、任何国家能够独善其身，没有任何人、任何国家能够置身事外。因此，莱辛在作品中一直强调的主题就是人类是一个整体，要相互理解，求同存异，避免战争。同时，也正是战争更坚定了莱辛的总体思想观。

---

① 转引自 Brian Aldiss. "Living in Catastrophe." in *Doris Lessing*: *Conversations*. ed. Earl G. Ingersoll. New York: Ontario Review Press, 1994, p. 170。

② Emily Dugan. "Lessing Angers America by Saying September 11 'Was Not That Terrible'." *The Independent*. *Wednesday*, 24 *October*, 2007. http://www. independent. co. uk/news/uk/politics/lessing – angers – america – by – saying – september – 11 – was – not – that – terrible – 397704. html（accessed Google, 18 July 2013）.

③ Doris Lessing. "After 911." in *Time Bites*: *Views and Reviews*. New York: HarperCollins, 2004, pp. 293 – 294.

第三章
莱辛的人文主义思想

第一节　关于莱辛的人文主义思想之争

1957 年莱辛在《宣言》上发表署名文章《个人微小的声音》。在这篇文章中，她明确地自称是人文主义者。"当共产党人的结果就是成为了人文主义者。"① 她在阐述自己的小说创作思想时，认为欧洲及英国等19 世纪现实主义大师，如狄更斯、托尔斯泰、司汤达、陀思妥耶夫斯基、巴尔扎克、屠格涅夫以及契诃夫等人的作品，是文学的最高峰。19世纪这些伟大作家的宗教观、政治观以及审美观均不相同，但他们有一个共同点，就是营造了一个伦理判断的氛围。他们有某些共同的价值观，都是人文主义者。道德氛围是区分 19 世纪和我们这个时代文学的标准。莱辛说她不是在寻找一种过去的伦理价值观，而是"在寻求那种温暖、同情、人性以及对人民的热爱，正是这些特性照亮了 19 世纪小说并使之成为对人类本身信念的说明"。② 莱辛由于自称是人文主义者引起了评论家对此问题的关注和对于莱辛是否是人文主义者之争。关于莱辛的人文主义思想评论界主要有两种观点：一种观点认为莱辛是人文主义者，一种认为莱辛虽然早期可以称得上人文主义者，但后期（70 年代后）就已经不是，而转向了神秘主义或其他。艾伦·科罗娜·罗斯在谈到莱辛的人文主义思想时认为，和福斯特基于传统的乐观人文主义思想相比，莱

---

① Doris Lessing. "The Small Personal Voice." in *Doris Lessing: A Small Personal Voice.* ed. Paul Schlueter. New York: Vintage Books, 1975, p. 20.

② Doris Lessing. "The Small Personal Voice." in *Doris Lessing: A Small Personal Voice.* ed. Paul Schlueter. New York: Vintage Books, 1975, p. 6.

辛更贴近于承认现实人与人的隔阂，以及如何建立"连接"的实际行为。她认为福斯特在《霍华德别墅》中展示了一个人文主义的理想画面，试图用精神上的信念去拒绝现实的冷酷，而莱辛却意识到世界分崩离析的现实，从而更关注如何去创造或修复人和人之间的联系。① 弗雷德里克·斯特恩认为莱辛是"激进的人文主义者"，是"强烈的政治作家"，但莱辛一直都不是马克思主义者。主要依据一是因为她没有对马克思整体思想有过分析及描述；二是莱辛及其主人公所发生的从信仰到退党的改变。她的改变是反映人类经验的策略的改变，而不是对人类经验本质认识的改变。② 他对莱辛早期小说，包括《金色笔记》中的人物进行了详尽的分析：从对政治坚定的信仰到转变对世界的看法，从对体制的重组和对权力再分配的政治解决，到转向寻求心理意识方面的解决方法，分析了人物的转变，并得出结论：莱辛的人物是激进分子，但却不是真正意义上的马克思主义者。如男主人公安顿·赫斯（《暴风雨掀起的涟漪》中的人物）读的书是列宁的书，而不是马克思的。他讲到了需要建立一个党组织，但却没有给出列宁式结论的基本理论思想。他是一个列宁主义者，而不是马克思主义者。玛莎了解并讲述了很多社会压迫和压迫的形式，但却没有谈到马克思的异化概念，而这是玛莎一直渴望逃避的最根本的社会弊病。甚至最令人同情、表达最多的共产党人布罗德〔Jan Brod，《回归天真》（*Retreat to Innocence*）中的人物〕谈到了斗争的必要性，反法西斯和反犹思潮，谈到了穷人起来把命运掌握在自己手里，但从来没有谈到关于社会中人或是人的生产关系和生产方式，或商品资本主义本质等马克思主义的观点的基础。同时，斯特恩也承认这样的马克思主义人物在小说中还没有出现过。因此，莱辛的人物并没有坚定的、成熟的马克思主义的观点，而是一种模糊的"自由"观点。③ 他完全同意希尔马·波克姆（Silma R. Burkom）所说的莱辛是人文主义者的观点。他认为莱辛关心的是对人类未来更加人道的

---

① Ellen Cronan Rose. "Statelier Mansions: Humanism, Forster & Lessing." *The Massachusetts Review*, Vol. 17, No. 1 (Spring 1976), pp. 200 – 212. http: //www. jstor. org/stable/25088622.

② Frederick C. Stern. "Doris Lessing: The Politics of Radical Humanism." in *Doris Lessing: The Alchemy of Survival*. ed. Carey Kaplan and Ellen Cronan Rose. Athens: Ohio University Press, 1988, pp. 43 – 57.

③ Frederick C. Stern. "Doris Lessing: The Politics of Radical Humanism." in *Doris Lessing: The Alchemy of Survival*. ed. Carey Kaplan and Ellen Cronan Rose. Athens: Ohio University Press, 1988, pp. 52 – 55.

可能性的观点，同政治上激进主义者要建立更人道的人类社会的观点并不矛盾。在此意义上，斯特恩认为，无论是激进派、共产党员还是人文主义者的区别在于建立这种可能性条件的策略不一样。在写作《金色笔记》的时候，莱辛已经放弃了早期小说中共产党员和激进的社会主义者所采用的策略，也放弃了托马斯·斯特恩（《暴力的孩子们》中的人物）那种毫无希望的激进的人文主义，而是去寻找一种以完全不同的方式来实现自己的人文主义目标。在斯特恩看来，莱辛对于人类经验的最根本的观点从来没有改变——一直就是"人文主义"的，而不是马克思主义的，改变的是策略，而不是对于人类经验的重新定义。因此，莱辛从创作伊始，就不是坚持马克思主义思想，而是激进的人文主义思想。莱辛人物所展现的世界观准确地再现了她描绘的那场运动中大多数人的世界观。这些 20 世纪四五十年代的激进分子从来就不是完全的马克思主义者，对于马克思主义深邃的思想从来就没有完全的了解，因而坠入了极度的失望，试图寻找非政治的途径对一个他们敏感地发现是灾难性的世界做出反应。有些人走向享乐主义，有些人寻求心理重建，有些人盲目信仰佛教，另一些人就转向自由主义。莱辛对于玛莎世界观发展的描述可能就是准确地描述了西方世界的真正的现实。也许他们对马克思多了解一些就不会如此。[1] 阿妮塔·迈尔斯也说道："看看多丽丝·莱辛的小说创作生涯，我们能够在她身上看到一种鲜明的人文主义情感，反映的既不是无可奈何的屈从，也不是愤世嫉俗的冷漠。"[2]

另有一些评论家结合莱辛 20 世纪 70 年代科幻五部曲的发表，认为莱辛反人文主义，走向了神秘主义，是对现实的逃避者。[3] 米歇尔·马吉（Michael Magie）则认为，她的早期小说"不仅给力，而且真实"，但后期小说却是"我们堕落小说的最好实例"。[4] 英格丽·霍姆奎斯特在《从社会到自然——多丽丝·莱辛〈暴力的孩子们〉研究》中，对此前持人文主义

① Frederick C. Stern. "Doris Lessing: The Politics of Radical Humanism." in *Doris Lessing: The Alchemy of Survival.* ed. Carey Kaplan and Ellen Cronan Rose. Athens: Ohio University Press, 1988, pp. 56 – 57.

② Anita Myles. *Doris Lessing: a Novelist with Organic Sensibility.* New Delhi: Associated Publishing House, 1991, p. 103.

③ Mona Knapp. *Doris Lessing.* New York: Frederick Ungar Publishing Co., 1984, p. 131. 其他作家认为莱辛是逃避现实主义者，参见盖尔·格林的评论（Gayle Greene. *Doris Lessing: The Poetics of Change.* Ann Arbor: The University of Michigan Press, 1994, p. 254. Ch. 9, n2）。

④ 转引自 Shadia S. Fahim. *Doris Lessing: Sufi Equilibrium and the Form of the Novel*, London: St. Martin's Press, 1994, p. 1。

观点的学者作了总结。她自己认为，莱辛在小说后期完全背离了早期小说中的人文主义的精神，"背离了妇女和社会主义观点"，是反人文主义的。个人消解在内在自我中，或者说集体中。一是逃避现实，二是追求一种理想的乌托邦——内心和自然的融合，这意味着莱辛对于人的潜力的怀疑而不是持有信心，但这又是莱辛的进化决定论的必然逻辑。① 而这种乌托邦又被神秘主义所解构，从而必然导向虚无。

综合这些学者的观点，可以看出，他们对于莱辛早期作品中的人文主义思想没有异议，不过在莱辛是人文主义者还是马克思主义者方面还存有疑义。而对莱辛后来的转变以及变化的方向争议颇大。其实，正如莱辛自己所说，社会在改变，而她自己思想的变化也在所难免。但是，莱辛的变化和别人不同，一是因为莱辛特别反感"被归类"于某一派别，或不愿囿于某一类别中而作茧自缚，因此莱辛故意采用多种形式来"混淆视听"。二是莱辛的变化更多的是表面上形式的不同，而她深层次的思想基体仍然是一种普世的人文关怀。不过她的人文主义思想和她早期所具有的那种狭义的人文主义思想有所不同，这也是为什么学界对她后来的转变感到不解或有歧义的原因。实际上，莱辛的人文主义远远超越了一般意义上的固有含义，这也是为什么莱辛总是强调她小说中的主题都是一样的原因。为了更好地理解莱辛的思想，有必要梳理一下人文主义的渊源、定义、主要流派及其发展变化。这里所要做的不是要给莱辛硬贴一个标签，而是揭示莱辛所有文学创作的思想基础和出发点，把人文主义理解为莱辛的思想基石，这对把握莱辛的整体思想有着颇为重要的意义。

第二节 人文主义的定义、 渊源和发展

人文主义这个词来源于拉丁文 humanitas。根据大英百科全书的解释，humanitas 最早指的是"人的美德的开发"。这个美德既指我们今天的人性humanity 所指涉的理解、慈善、同情和宽恕，同时也和坚忍、判断、谨慎、辩才、荣誉相连，是人生行为，也是思考。通过古典文学教育，包括文法、诗学、修辞、历史、道德哲学的教育，通过互补而不是妥协，所达到的一致

---

① Ingrid Holmquist. *From Society to Nature*: *A Study of Doris Lessing's "Children of Violence."* Gothenburg: University of Gothenburg, 1980, p. 211.

性"平衡",是一种完善人格的教育和政治理想。因此,人文主义者最初指的是学习古希腊和古罗马文学,并具有这些美德的人。

人文主义思想古已有之。对于人存在的好奇使人们很早就开始在哲学意义上探索宇宙、地球和人之间的关系。不过人文主义形成运动却始于遍及整个欧洲的文艺复兴。它强调人的尊严、智慧和在现世的成就,挑战了一直居于统治地位的神学宗教对知识的禁锢和天主教的神权。不过,这时的人文主义并不和神本主义相对立,而只是在"学术风气和文化氛围"上强调人文研究。① 因此,人文主义的意义并不在于是否脱离神权的统治,而在于人从完全被动的、无尊严的状态中解放了出来,成为一个具有独立人格、具有智慧的、可以施展自己才能的人。这一时期的人文主义更多地体现了政治理想的色彩:它试图通过古典教育,开拓人的潜力,重新塑造具有良好美德的人,并期望通过文化改革,进而推进社会变革,使原本个人的美德扩展至整个国家,实现乌托邦的理想。因此,这时的人文主义运动的目的是一种由文化教育的普及而通向社会完善的思想。启蒙运动时期由笛卡儿到康德开启了对于理性还是感性,经验还是科学的研究。理性被抬高到与上帝平等的地位,甚至等同于上帝。人文主义的发问从人的潜力和智慧能做什么的问题转向了人获取这些智慧的途径问题,从而引发了长达几个世纪的"人性"和"神性"之争。人文主义思想争辩的意义在于力图把人和神放在一个平面上来讨论,从而赋予了人以自由,以及观察世界的一种前所未有的视角。

19 世纪达尔文的进化论动摇了宗教的基础,人第一次作为宇宙的主体拥有了至高无上的地位。狄尔泰、尼采和克尔凯郭尔"孤独的个人"使对于人的研究从理性转向感性,唱响了人的生命之歌。弗洛伊德更是把对人的研究从意识推进到了无意识层面。而马克思的理论探索使对人形而上学层面的思辨研究扎根在坚实的大地上,强调人的主观能动性和人对世界改造的功能,提出了"全面发展的人"的观点。马克思根据自己对于资本主义经济制度的考察,得出了必须消灭阶级,人才能消灭自身的异化,从而实现自身的理想。人文主义争辩的意义在于推动了科学的发展,使人类进入了一个迅猛发展的科学时代。

进入 20 世纪,人类科学发展的负面效果逐渐呈现,人类中心主义的狂

---

① 赵敦华:《西方人本主义的传统与马克思的"以人为本"思想》,《北京大学学报》(哲学社会科学版)2004 年第 6 期,第 29 页。

妄在两次世界大战中得以充分的展示，自己毁灭自己的前景已经初现端倪。在这样的背景下，以哈佛教授欧文·白璧德（Irving Babbitt）和他的好友保罗·穆尔（Paul Moore）为代表的抨击战争狂人的"新人文主义"、以美国著名科学家乔治·萨顿（George Sarton）为代表的力图赋予科学人性的"新人文主义"、以法国思想家雅克·马利丹（Jacques Maritain）为代表的整体人文主义、以德国的施密特-萨罗姆（Michael Schmidt-Salomon）和美国的约翰·布罗克曼（John Brockman）以及英国的朱利安·赫胥黎（Julian Huxley）为代表的新人文主义以及马克思人文主义相继出现。① 白璧德的新人文主义是针对 20 世纪有些人打着人道主义的幌子，推行其所谓的国际主义政策，实则发动反人性或毁灭人类的战争而提出的。白璧德在其《什么是人文主义?》《卢梭和浪漫主义》《两种类型的人道主义者——培根和卢梭》《国际主义的崩溃》等一系列文章中从不同的角度论述了什么是真正的人文主义。他指出人们混淆了人文主义和人道主义的区别，从而为滥用人道主义留下了空间。人文主义者应该在"极度的同情与极度的纪律与选择之间游移，并根据调和这两个极端之比例的程度而变得人文"，也就是说，人的美德就是指协调自身相反品质的能力。"人通过他这种融合自身相反品质的能力显示其人性，也显示其高于其他动物的优越本质。"② 人文主义者关键是要有内在制约，就是"对任意欲望的控制"。③ 人文主义者必须要有"在同情和选择两者间保持一种正确的平衡"，④ 其心智要在一元论和多元论，也就是"在统一与杂多之间"保持平衡。而人道主义"几乎只把重点放在学识的宽广和同情心的博大上"。⑤ 人道主义的"泛爱"观点可以追溯

---

① 甘绍平：《新人文主义及其启示》，《哲学研究》2011 年第 6 期。http：//phi. ruc. edu. cn/pol/html/64/n－11364. html（Yahoo，2012－04－16）。

② 〔美〕欧文·白璧德：《什么是人文主义?》，王琛译，《人文主义——全盘反思》，美国人文杂志社、生活·读书·新知三联书店编辑部编，多人译，生活·读书·新知三联书店，2006，第 13 页。

③ 〔美〕J. 巴尔达契诺：《白璧德与意识形态问题》，林国荣、达巍译，《人文主义——全盘反思》，美国人文杂志社、生活·读书·新知三联书店编辑部编，多人译，生活·读书·新知三联书店，2006，第 112 页。

④ 〔美〕欧文·白璧德：《什么是人文主义?》，王琛译，《人文主义——全盘反思》，美国人文杂志社、生活·读书·新知三联书店编辑部编，多人译，生活·读书·新知三联书店，2006，第 6 页。

⑤ 〔美〕欧文·白璧德：《什么是人文主义?》，王琛译，《人文主义——全盘反思》，美国人文杂志社、生活·读书·新知三联书店编辑部编，多人译，生活·读书·新知三联书店，2006，第 4 页。

到培根对于知识的功利性追求和卢梭感情放纵的自由主义论调。这导致了人内心的道德混乱，"制造了强烈的民族主义"，并引上了"帝国主义扩张"的道路，① 而成为战争的根源。白璧德把人文主义同自然主义和人道主义对立起来。虽然由于白璧德观点的保守性背离了当时以"进步"为标志的主流观点而遭到许多人的批评，但其强调"内在制约"的美德、"经验"、意志与想象相互作用等观点在美国和欧洲，甚至亚洲，包括中国都产生了巨大影响。吴宓等学者对于白璧德人文主义的推崇和将其与儒学结合的尝试从某种角度说明东西方在人文精神方面的相通。

萨顿一生致力于科学史的研究。在《科学史和新人文主义》中，他针对有些科学家只从物质层面来理解科学的现象，强调了科学的精神，也就是历史精神和科学精神的结合。他说："只有当我们成功地把历史精神和科学精神结合起来的时候，我们才将是一个真正的人文主义者。"② 他批判了把科学研究和对人的研究对立起来的二元论，认为科学研究的目的是为了人，而且也"只有通过人的大脑才能理解自然"。科学实验的结果无论看上去多么抽象都"充满了人性"。③ "无论科学可能会变得多么抽象，它的起源和发展的本质却是人性的"。④ 他特别指出，教育的目的就是填补科学和人性之间的鸿沟。⑤ 萨顿对科学具有人性的观点对于弥合由于科学发展而带来的科学和人文的隔阂起到了至关重要的作用，因而具有十分广泛的影响力。

20 世纪中叶的人文主义思想：萨特的人文主义思想。萨特在 1946 年针对各方面对于存在主义过分渲染恶，就是反人性的指责，发表了《存在主义就是人文主义》的文章。在这篇文章中，萨特发展了海德格尔的理论，详细阐述了存在主义的人文主义思想。他认为，如果没有上帝，那么，唯一

---

① 〔美〕理查德·M. 甘博：《国际主义的"致命缺陷"：白璧德论人道主义》，达巍、林国荣译，《人文主义——全盘反思》，美国人文杂志社、生活·读书·新知三联书店编辑部编，多人译，生活·读书·新知三联书店，2006，第 53 页。

② 〔美〕乔治·萨顿：《科学史和新人文主义》，陈恒六、刘兵、仲维光译，上海交通大学出版社，2007，第 6 页。

③ 〔美〕乔治·萨顿：《科学史和新人文主义》，陈恒六、刘兵、仲维光译，上海交通大学出版社，2007，第 27 页。

④ 〔美〕乔治·萨顿：《科学史和新人文主义》，陈恒六、刘兵、仲维光译，上海交通大学出版社，2007，第 48 页。

⑤ 〔美〕乔治·萨顿：《科学史和新人文主义》，陈恒六、刘兵、仲维光译，上海交通大学出版社，2007，第 113 页。

可以确认的存在就是"人的现实"存在。人最初什么也不是，直到后来成为他自己"制造"的人，是他之所"意愿"的人。也就是说，人必须"选择自己"，同时，他"也在为所有人选择"。这就是"存在主义的第一原则"。也就是说，他要完全对自己的选择负责，同时，也因为选择，而为所有人负责。这就是人的主体性。因此，萨特说，"我们的责任比我们所以为的要大很多，因为它关系到全人类"。正是由于人肩负着选择的责任，不仅为自己，也为人类，所以人才有"痛苦"。痛苦源于责任。而人在被抛向世界的时候，因为没有上帝而无所依靠，没有可资借鉴的善或恶，只有自由，而"人就是自由"，他自由选择一切，要为一切负责。此外，除了人的行为，没有别的现实。"人除了他的目的，别无所是。他只存在于他实现自己之时，因此，他只是他行为的总和，别无所是，除了自己生活的样子，别无他是。"① 这里，萨特的行为论和马克思劳动的观点接近，但却并不一样，因为萨特强调的是个体劳动的总和，而马克思强调的是人在劳动中同劳动对象由于一定的生产方式所形成的关系。萨特的着眼点在个人，而马克思的着眼点在社会关系。虽然萨特后来也谈到了人在社会中的"限制"，但他一是强调人是生活世界的人，所以人受其生活世界的限制；二是人对于这些限制要么是超越，要么是扩大，或否认，抑或适应。因此人的目的具有普遍性，人与人才能相互沟通和理解。

　　关于马克思对于人的问题的论述，1965 年埃里希·弗洛姆（Erich Fromm）出版《社会主义人文主义国际论丛》，收录了世界许多马克思主义学者、后来被称为"马克思主义人文主义"领军人物以及英美等左翼学者撰写的论文。马克思主义人文主义者主要是依据马克思早期的著作，特别是《1844 年经济学—哲学手稿》中有关人文主义的论述，强调人的主体性和伦理维度，反对阿尔都塞所提出的人文主义就是意识形态的论调。这种意识形态作为文化客体构成了人所生活的世界，以无意识方式作用于人。② 弗洛姆从马克思主义、弗洛伊德的精神分析以及犹太-基督教理论和佛学等宗教理论汲取营养，强调基于"对于形成社会基础的经济、政治和心理进行动态

---

① Jean – Paul Sartre. "Existentialism Is a Humanism." in *Existentialism from Dostoyevsky to Sartre*. ed. Walter Kaufman. trans. Philip Mairet. Oklahoma：Meridian Publishing Company，1989. http：//www. marxists. org/reference/archive/sartre/works/exist/sartre. htm.

② Louis Althusser. "Marxism and Humanism." in the *Cahiers de l'I. S. E. A.*，June 1964. http：//www. marxists. org/reference/archive/althusser/1964/marxism – humanism. htm.

分析"的社会主义人文主义理想。① 他认为，虽然欧洲文艺复兴时期的人文主义者谈到了社会变革，但马克思的社会主义人文主义第一次提出了理论和实践、知识和行为、精神目标和社会制度不可分割的主张，从而终结了人类所谓的"前历史"，开创了"人的历史"，使人的全面发展和社会的发展互为因果。② 人之所以成为他所是，不是因为潜意识中没有这种潜力（潜意识中具有所有人之为人的可能性），而是哪些潜能得到了开发，哪些没有，这取决于人所生活的社会。作为社会人，社会需要转变为个人的需要，因此我们的意识主要代表我们的社会和文化，而我们的无意识代表我们每个人内在的普遍性。他说，"我就是每个人。在发现我的同胞的过程中我发现了自己，相反也是一样。在这种经验中，我发现了人是什么，我发现了'一个大写的人'。"③ 弗洛姆的人文主义思想把马克思主义思想和弗洛伊德的心理学理论有机地结合了起来。

　　20 世纪后半叶的人文主义思想：后现代理论家们大都对人文主义持反对态度，主要以让·弗朗索瓦·利奥塔（Jean Francois Lyotard）和米歇尔·福柯为代表。他们承继了海德格尔对于"此在"的强调，认为人文主义是以一种超越个体的普遍人性的存在为基础的，消弭了社会中的个体差异，因此认为传统的人文主义是一种形而上学的虚妄。不过尽管如此，人文主义在20 世纪后半叶的发展仍然势不可当，其趋势是和科学、自然等结合起来，几乎成了无所不包的人文主义。如德国的施密特-萨罗姆、美国的布罗克曼以及英国的赫胥黎为代表的新人文主义把人文主义和自然主义结合起来，批评对人的生物学基础的漠视态度，论证人与其他自然界生物一样，是自然生物的一部分，所以必须服从自然界的生物规律。根据甘绍平的研究，这种新人文主义的主要观点为三：一是完全否认人类与动物之间存在一条不可逾越的界线，以及由此而推出的人类所独享的"尊严"，认定人类超拔于万物之

---

① 转引自 Colin Lankshear. *On Having and Being: the Humanism of Erich Fromm*. In "Critical Theory and the Human Condition: Founders and Praxis." ed. Michael A. Peters, Colin Lankehear and Mark Olssen. New York: Peter Lang Publishing, 2003, pp. 54-66. http://www.peterlang.com/Index.cfm? vID=6。

② Erich Fromm. ed. *Socialist Humanism: An International Symposium*. Garden City: Doubleday, 1965, pp. vii-xiii.

③ 转引自 Colin Lankshear. *On Having and Being: the Humanism of Erich Fromm*. In "Critical Theory and the Human Condition: Founders and Praxis." ed. Michael A. Peters, Colin Lankehear and Mark Olssen. New York: Peter Lang Publishing, 2003, pp. 54-66. http://www.peterlang.com/Index. cfm? vID=6。

上的说法不过是物种主义的诡辩。二是人栖居于一个空无意义的宇宙之中，完全受自然规律的支配。三是人是一种有自利冲动的动物，因此具有一种趋乐避苦的生物本能。其"兽性"需要我们建立制度进行"伦理调适"。① 其他还有儒学人文主义，等等。

综上所述，人文主义思想的发展在文艺复兴时期到 20 世纪初的几百年间，从最初把人看作上帝的奴仆（文艺复兴时期争取自由解放）到等同于上帝（启蒙时代理性/科学至上），直至抛弃上帝（尼采等感性理念/超人至上），一直走向了人类中心主义。正如布莱恩·奥迪斯（Brian Aldiss）所说，"我们自认为是智者，我们最大的荣耀是我们的头脑。这样思考似乎并不是特别好。大脑擅长的是产生幻觉。"② 幻觉让我们人类狂妄自大，以为可以统治自然，统一世界。请看伊波利特·泰恩（Hippolyte Taine）笔下1862 年的伦敦景象："每个时刻，人类的印记和存在，他对自然的改造的力量越来越明显。码头、仓库、造船和修理船坞、工厂、居民屋、半加工材料、堆积的物品……在格林威治上面，河流变成了街道一样：在两排高楼之间，在一英里长，不止一英里宽的河面上，数不清的船只，在上游和下游来回穿梭……在我们西边，森林一样的桅杆和索具从河流中延伸出来，船只来来回回，有的在等待，成群结队，川流不息，停泊抛锚，显映在房屋烟囱和仓库的吊臂中间——一个巨大的骚动、有序的庞大劳作机器。他们被包裹在透着光照的雾霾之中……这里没有任何自然的东西。"③ 科技的飞速发展和城市化巨变所带来的对环境的破坏和金钱至上所导致的道德沦丧，特别是 20 世纪的两次世界大战对于人类造成的巨大灾难迫使人类开始重新思考人文主义的含义。因此，20 世纪初，人文主义思想开始在理性/科学和感性/超人之间摇摆。如何处理自由和束缚之间的关系、寻找维持平衡的途径开始成为诸多人文主义者思考的对象。白璧德的"内在制约"论预示着人文主义思想的内部转向，开启了人文主义思想的道德维度；海德格尔把人从形而上学的神坛拉回到了"人的生活世界"，以"此在"作为人存在的唯一

---

① 甘绍平：《新人文主义及其启示》，《哲学研究》2011 年第 6 期。http：//phi. ruc. edu. cn/pol/html/64/n - 11364. html. （Yahoo，2012 - 04 - 16）。

② Brian Aldiss. "Living in Catastrophe." in *Doris Lessing：Conversations*. ed. Earl G. Ingersoll. New York：Ontario Review Press，1994，p. 171.

③ 转引自〔英〕菲利普·戴维斯《维多利亚人》第 8 卷，外语教学与研究出版社，2007，第19 页。

维度，夯实了个体性探究的基础。20 世纪中叶，核爆炸和希特勒的暴行以及生态环境的恶化警醒了人类，促使人类开始反思人类中心主义的狂妄，重新思考人类和自然、宇宙的关系。萨特的人文主义思想探究了人类自由和责任的关系、弗洛姆的人文主义对于人的潜意识给予了足够的重视以及新时期人们对于自然和科学的认识，等等，都为人文主义思想的进一步拓展开辟了新的维度和新的视角。莱辛就是在前人思想的滋养下形成了自己独具特色的人文主义思想。

第三节　莱辛人文主义思想的内涵

在莱辛半个多世纪的创作生涯中，她的近 60 部作品显而易见都渗透着对于人的生存状态和人类社会发展的关注。她的立足点就是基于"人"本身的思考，是为了人类的福祉和人类世界的发展。从这个意义上来说，莱辛是绝对的人文主义者。不过莱辛思考的对象"人"不是一个抽象的人，而是生活在人类世界的活生生的人，是海德格尔"此在"的人，是马克思实践的人与社会关系中的人，是弗洛姆具有精神维度，具有潜能的社会人，也是萨特具有自由选择权利，肩负责任的人。莱辛的人文主义既不是传统的旧人文主义，也不同于现代的新人文主义，而是汲取了从古到今各种人文主义的合理内核。这和她一贯秉持的反对单一性思维的理念一脉相承。她 20 世纪 90 年代在巴黎接受采访时曾就各种主义的话题说过，所有的那些理论争辩，从 50 年代的"马克思主义"、60 年代的"女性主义"、80 年代的"东方主义"，一直到 90 年代的"生态主义"都有一些好的方面是我们大家都赞同的，但是为什么我们都面临同样的问题，却非要"选择某一个阵营"呢！"我所有的作品都表明了，有时候尽管我不是有意的，我们身上存在着无法表达的一面，它比我们试图导引进的理论通道更为强大。在某些方面，我们成了完全忽视其存在而行动的傻瓜。"[①] 这个"无法表达的一面"，莱辛随后暗示出，就是我们作为人的本性中的潜能。这种潜能，正如许多学者所做的那样，很容易理解为弗洛伊德的潜意识，但实际上，莱辛的所指要广泛得多。它不仅包括潜意识，而且更包括人之所以为人的共同人性，但这种人

---

① Jean-Maurice de Montremy. "A Writer is not a Professor." in *Doris Lessing*：*Conversations*. ed. Earl G. Ingersoll. New York：Ontario Review Press，1994，p. 198.

性依赖于生活经验的开发，依赖于人对于世界的认识，从而走向善还是恶，否则就成了后现代理论家所批判的形而上学的虚妄。这种共同的人性就是我们立足的根本。基于此，莱辛展开了对人的思考。她没有一部堪称理论的著作，但她把自己的人文主义思想用小说的形式表达了出来。每一部作品实际上就是她人文主义思想某一个侧面的表达，而正是在此意义上，莱辛说自己所有作品的主题从来就没有变过①，因为它们都服务于一个主题，那就是以人人平等、自由为根基，以完善自我，以世界大同为理想的人文主义思想。确切地说，她每一部作品实际上都是她人文主义思想在现实生活中的实践检验。通过人文主义理想在现实生活中的遭遇以及理想和现实的对比，引导读者获得思想认识上的提升，从而实现自我完善，而这是人类思想进步的基础。

人人平等和自由的理念。

莱辛的人文主义思想起源于马克思主义思想的启蒙。从莱辛的文化、家庭和社会背景可以看出，殖民地社会的不平等是莱辛最早最深刻的记忆，也是伴随她长大，并挥之不去的阴影：虽然她享受着英国白人的特权，但她的家庭又遭受着更富有白人的压榨；她享有白人的自由，但又受制于种族歧视而不能随心所欲地和黑人或荷兰裔小伙伴玩耍；她可以自由自在的在灌木丛中打猎嬉戏，但又必须学习英国中产阶级淑女的行为礼仪。凡此种种使莱辛对平等和自由有着超乎寻常的敏感，而她的读书嗜好又为她接受马克思主义思想打开了大门。莱辛之所以能接受马克思主义，一开始如同她自己所说的，纯粹是因为马克思主义宣扬反对种族主义，要求人人平等，并描绘了一幅人人可以自由发展的美妙图景。而她最初在英国由于经济窘迫和"外来人"身份的遭遇，以及目睹的阶级差别所经历的失望，也在共产党组织的怀抱中得到了慰藉。"共产主义是一个伟大美妙的远景，比仅仅消除贫困和重新分配财富等要远大得多。在这个远景社会中人人都非常重要，没有对种族、阶级或信仰的强调，没有互相伤害。每个人都有机会和权利发展自己。这是一个梦想，这是人们成为社会主义者的原因，也是我自己成为社会主义者的原因。"② 由此可见，莱辛从一开始入党就是基于马克思主义思想表达了自己心中人人平等、自由的愿望，以及实现世界大同的政治抱负和理想，而她所

---

①　Nissa Torrents. "Testimony to Mysticism." in *Doris Lessing*：*Conversations*. ed. Earl G. Ingersoll. New York：Ontario Review Press，1994，p. 64.

②　转引自 Joseph Haas. "Doris Lessing：Chronicler of the Cataclysm." *Chicago Daily News*. 14 June 1969，p. 5.

接触的共产党人也是当时她心目中最能体现这种理想的最优秀的人。马克思主义思想第一次让莱辛意识到社会改变，以及这种理想实现的可能性。虽然她此后经历了困惑、怀疑，并最终退党，但她的人文主义的思想理念已经深深地扎下了根。"当共产党人的结果就是成为人文主义者。"[①]

因此，莱辛早期的作品既可以说是一种自发的基于个人经历的人文主义理念的流露，也可以说是在马克思主义思想影响下的人文理想在现实中的追寻实验。我们看到在《青草在歌唱》中，莱辛通过白人妇女玛丽的悲剧，不仅揭示了黑人和白人之间的不平等，也通过描述那些通常被忽略的贫穷白人的生存状况，凸显了殖民主义政策和种族歧视制度对人，不仅是黑人，也是对白人妇女、白人男人人性的扼杀过程。《暴力的孩子们》通过白人女孩玛莎的成长经历，讲述了殖民地社会中白人女性试图冲破家庭、婚姻、政治组织等各种枷锁、追求自由和平等、积极改变现状的努力。莱辛说，通过这部小说，她"想解释一下当你睁开眼看到的就是战争和人们之间的仇恨，在这样一个时代中，做一个人是怎样的"。[②] 这一时期，莱辛的短篇小说也体现了莱辛的人文主义思想。她试图证明，人种在人性方面都是相通的。无论黑人、白人，穷人还是富人，他们都具有共同的人性——爱、恨、情、仇。他们都向往幸福。压抑人性的是不合理的社会制度和窒息人的落后的思想观念。而对于后一点的认识正是马克思主义对于莱辛的意义。从经济到政治，马克思主义开启了莱辛对于资本主义社会制度的认识，莱辛意识到了社会制度对于人性禁锢的根源，同时也使莱辛具有了作为一个人的社会责任感，以及作为作家的社会责任感。这也是莱辛为什么积极参加政治活动，试图以政治途径来解决现实问题的原因。不过，后来斯大林的一系列做法使莱辛的政治理想破灭，她愤而退党。她政治立场的转变合情合理，因为她追求的是人类的福祉，而不是政治游戏。"我对政治着迷，但我不再相信那些宏大的玩弄辞藻的事业。我对较小的、实际的目标，就是可以做到的事情更感兴趣。"[③] 莱辛对空谈的厌恶和务实、立足于解决人类现实问题的思想一览

①　Doris Lessing．"The Small Personal Voice．" in *Doris Lessing*：*A Small Personal Voice*．ed. Paul Schlueter. New York：Vintage Books，1975，p. 20.

②　Roy Newquist．"Talking as a Person．" in *Doris Lessing*：*Conversations*．ed. Earl G. Ingersoll. New York：Ontario Review Press，1994，p. 10.

③　Michael Upchurch．"Voice of England，Voice of Africa．" in *Doris Lessing*：*Conversations*．ed. Earl G. Ingersoll. Prinston：Ontario Review Press，1994，p. 222.

无余。此后，她陷入了迷惘之中，她找不到实现自己人文主义理想的途径。

人的自我认识和完善。

莱辛人文主义思想的进一步拓展来自于沙赫苏菲主义思想的启迪。尽管在接触到沙赫著作之前，莱辛就已经通过弗洛伊德、荣格等精神分析学派的理论和主张，对意识和潜意识领域有所了解，但真正触动莱辛的却是沙赫的思想。苏菲主义有关意识层级逐步提高的自我完善理论，兼容并蓄、没有界限、与时俱进、随境而生的包容思想，以及采用故事形式的教育方式等使莱辛豁然开朗。东西方的经典也在沙赫思想的映照下融为一体，对莱辛具有了特殊的含义。此时，莱辛的人文主义思想增添了传统文化相互交融的深度和精神意识的维度，产生了认识理论上的飞跃。同时，沙赫更以自己的博学多才和人文情怀为莱辛树立了完善的"人"的榜样。莱辛多次提到，沙赫的著作改变了她的一生。① 这也是为什么自恃高傲的莱辛甘愿称自己是沙赫的学生的原因。沙赫使莱辛认识到，除了政治途径，改变社会还可以从"我"做起。人可以通过思想意识的提高来完善自己。而身为作家，莱辛意识到自己的责任就是通过帮助人们认识自我，而达到自我完善的目的。

自此，莱辛开始了全新的创作。如果说，莱辛早期的作品是一种不自觉的人文主义者的创作实践，那么莱辛自此以后的创作就是以人意识层级的提高为目的，引导读者认识自己、反思自己、理解他人、认识世界的心灵之旅。

莱辛是从反思自己开始的。《金色笔记》是莱辛思想转折时期最重要的作品。实际上，这本小说可以说是莱辛对自己前面生涯的一个汇总，一次从新的视角重新审视自己前四十年人生的结晶，一次自我反思之旅。我们看到，在这本小说中，莱辛用四个笔记的方式对自己青年时代在非洲的生活、政治活动、爱情和婚姻的体验以及内心的彷徨和焦虑作了分析与解剖。在展示心理真实的同时，对于当时流行的各种学说和主义也进行了详细的图解和解构。此外，一系列的社会问题以及由此引发的精神危机，如殖民主义社会制度、政治机构以及男权意识对人性的异化和摧残，艺术家的良知和商业大潮的碰撞对人内心的冲击，等等，通过分裂的小说形式和混乱交叉的时间安排和人物的重叠进行了充分展示。读者在跟随主人公安娜走过她精神的一次

---

① Doris Lessing. "On the Death of Idries Shah. " November 23, 1996. *London Daily Telegraph.* http：//www. dorislessing. org/londondaily. html

次危机的同时，也在经历一次次精神的历练和灵魂的洗礼。在其中，莱辛借安娜的口进一步阐述了对于"何为人文主义者"的观点。安娜在和杰克谈到人文主义的时候，认为对异化状态、自我分裂视而不见，而仅仅满足于做一个好人，把工作做好是不够的，是"对人文主义的背叛"。"人文主义代表完整的人，一个完整的个体，他尽可能努力去了解宇宙中的一切，并为之负责。"实际上，这就是莱辛为自己定下的创作目标，也是自己作为一个人文主义者的宣言。

　　"完整的人"的思想来源于马克思主义思想。马克思在《1844 年经济学—哲学手稿》中提出了这一思想，即"人以一种全面的方式，也就是说，作为一个完整的人，占有自己的全面的本质"。① 根据庞世伟的研究，马克思所谓人的全面本质是指人所有感官和器官同外部世界关系的总和，也就是既包含"自然－感性"也包含"社会－精神"的本质的总和。以全面的方式占有自己的全面的本质就是一种按照人的意愿所达到的"人的现实的实现"，也就是后面在《德意志意识形态》中马克思所阐述的"全面发展的人。"② 韩庆祥认为马克思对人的研究主要是对现实的人的生存境遇和发展进行历史考察，探寻全面的人的实现和实现方式。③ 不过，莱辛并无意去探讨"完整的人"的具体含义。实际上，从莱辛的话里可以看出，"完整的人"对莱辛至少包含着两层含义。一是所谓完整的个体，即是宇宙中的一个完整的个体，是宇宙的一部分。他/她既是自由的，也肩负责任。他/她只独善其身是不够的，还有义务去了解自己，了解所处的世界，并为自己的选择负责，为人类的福祉负责，因为世界上的万物都是相互依存的。二是作为一个完整的人要有总体的观点和全局的眼光，要有从自身个体看到宇宙的气魄和能力，也就是要具有从物质和精神内外两个维度认识自我，认识世界的能力。

　　《金色笔记》之后，莱辛又开始了从"完整的人"的角度引领读者的探索。这次她把笔触伸向了精神领域，如她的"内空间小说"。实际上，在

---

① 马克思：《1844 年经济学—哲学手稿》，人民出版社，1985，第 17 页。转引自庞世伟《论"完整的人"——马克思人学生成论研究》中央编译出版社，2009，第 30-31 页。

② 庞世伟：《论"完整的人"——马克思人学生成论研究》，中央编译出版社，2009，第 31 页。

③ 韩庆祥：《马克思人学的总体图像》。http：//web5. pku. edu. cn/csh/article/hqx2. pdf.（accessed Yahoo，2012-05-21）.

《金色笔记》中，在心理分析理论和当时高涨的反精神病学运动的影响下，莱辛已经借助于莉迪亚·科尔里奇的疯癫以及安娜的自我分裂等进行了一些探索，并在作品中就疯癫、梦幻等意识与潜意识的问题借助于和心理医生苏格大妈的谈话进行了讨论。《金色笔记》中的莉迪亚·科尔里奇显然是安娜潜意识的自我。作为朝向"完整的人"的努力，安娜对自己的潜意识展开了分析：她从一个疯癫者的视角对女性、对婚姻进行观察，探索自我分裂的精神原因。在"内空间小说"中，莱辛的探索更深入，更全面。在《简述地狱之行》中，莱辛利用疯癫的形式，从男主人公的潜意识角度对人的意识层次作了细致的分析，进一步探讨了社会机构对人的精神的影响。在《四门城》《简述地狱之行》《幸存者回忆录》，以及后来的"外在空间小说"五部曲中，莱辛把苏菲主义的有关思想具体编织在小说的篇章结构中，开始有意识地运用苏菲故事来对外在现实和人的内在意识进行深层次的挖掘。莱辛借助小说创作对现实中的各种人物进行剥笋式的解剖，把他们放置在各种环境中"晾晒"，经历各种生活的磨难和考验，并记录下自我意识多种形式的反应，从而引领读者在"九九八十一"难后，获得精神上的新生。用莱辛的话说，就是读了她的书的人，"就像洗了一个文学澡"，从而引发他们转换以前的思考方式。① 这也是为什么尽管莱辛的小说要么是乌托邦式的结尾，要么预示着灾难的来临，但正如梅尔文·马多克斯（Melvin Maddocks）所说的："这些故事的至诚和绝妙的直白最终并不令人沮丧。甚至可以赞许地说，读完莱辛的一个故事，如同经历过生活痛苦的一页，之后，读者感到的只是一种幸存的狂喜。"② 许多批评家把它解释为莱辛的马克思主义或共产主义"遗毒"，显然是"政治正确"的思维使然。

人的自由和责任

在后期的小说创作中，莱辛继续推行自己的人文主义理念。只是她的观察视角更广阔，创作风格更多样化，表达方式相对于早期的小说而言，更成熟、更富有哲理。莱辛在"内空间小说"中着重探讨了社会机制和关系在人的精神层面所引起的反应之后，在 20 世纪 70 年代之后，开始了"外空间"探索。这不仅是指五部曲小说表面上的外太空背景，更喻指人同人类几千年

---

① Thomas Frick. "Caged by the Experts." in *Doris Lessing*: *Conversations*. ed. Earl G. Ingersoll. New York: Ontario Review Press, 1994, p. 164.

② Melvin Maddocks. "Amor Vincit Omnia" HP-Time. com. Monday, May. 20, 1974. http://www.time.com/time/magazine/article/0, 9171, 907314-2, 00. html#ixzz0ZXzPahOg.

的发展历史、其他宇宙星球，以及自然环境的息息相关。通过小说，莱辛不厌其烦地试图证明，每一个个人，每一个国家，每一个民族都和他人、其他国家、其他民族相互联系，互为依存，个人和自然、地球的发展变化和宇宙空间的变化互为因果，息息相关。因此，每个人是自由的，同时也负有对他人的责任。否则，其后果就如小说中所揭示的那样会造成整个地球的毁灭。

在 20 世纪 80 年代以后的小说中，莱辛改变了方式，或以寓言、戏剧等的形式把自己的人文主义思想渗透在动人感伤的故事中，或以空间地域为载体，运用陌生化等叙事手段，在或荒诞，或平淡的故事中阐释自己的思想，引导读者在错愕、震惊或不解之余，对人的能力或潜力、自由和责任进行更深层次的思考。前者如《第五个孩子》《本，在人间》姊妹篇，以及《好恐怖分子》，就在本和爱丽丝等的悲剧中，凸显了社会机构和父母的责任缺失所造成的青少年问题，诠释了自由和责任的连带关系。后者如《玛拉和丹恩历险记》《丹恩将军和玛拉的女儿，格里奥以及雪狗的故事》姊妹篇，以及《裂缝》等，在貌似荒谬的历史陈述或不合理的传奇故事中，就深刻地阐明：人只是大自然的一分子，是宇宙世界的一个很小的部分。人拥有自由，但同时也负有责任。人和自然的关系是一种平衡关系，过度开发和狂妄自大将会招致自然的报复。在这些作品中，莱辛也对科技发展的负面作用表现出了极大忧虑。在小说中，我们清晰地看到，人类不负责任的放任自己、对自然的无节制的开发和利用，以及各种高科技的发展所带来的恶果。莱辛试图用历史的教训唤醒人们的生态意识，以及对知识的尊重，对自然的敬畏。她的作品中弥漫着对现代化工具的不信任和对其后果的担忧。其实，面对日新月异的高科技发展，莱辛早就敏锐地觉察到了它在带给我们便利的同时，它巨大的负面作用。如关于计算机互联网，她在 1999 年接受采访时说："我们的头脑已经被技术损害了。我遇到的孩子似乎没有能力读一个长句，更别说一部长篇。"她还谈到了四百年前当印刷术发明的时候，人类就丧失了"记忆"的能力，所以我们今天会依靠各种书籍寻找我们需要的东西。今天的孩子们需要越来越多的刺激，这也是导致越来越多的人成为佛教徒，以抵御外界的喧嚣。①

---

① Jonah Raskin. "An Interview with Doris Lessing." *Progressive* 63. 6 （June 1999）, pp. 36 – 39. *Contemporary Literary Criticism*. ed. Janet Witalec. Vol. 170. Detroit： Gale, 2003, Uc Berkeley. 21 Sept. 2009. http：//go. galegroup. com/ps/start. do p = LitRC&u = ucberkeley.

　　总之，莱辛无论在小说中，还是在文章中，都关注个人的自我完善，关注着人类的整体福祉。正如阿妮塔·迈尔斯所说："从多丽丝·莱辛女士的小说创作中，我们可以强烈地感受到她身上的人文主义……她的远见卓识留下一个全新的光晕和极为深刻的希望和满足的气氛，以至于人们仍然对未来充满希冀，未来一定会更好、更幸福、更静谧。"①

---

① Anita Myles. *Doris Lessing：A Novelist with Organic Sensibility.* New Delhi：Associated Publishing House，1991，pp. 103 – 107.

第四章
莱辛的总体性思想

第一节　总体性观念的来源与发展

对于周围世界的好奇和探究促使人们逐渐形成了对于宇宙的整体认识。西方的"逻各斯"和东方的"道"即是最初的关于宇宙的概念。几千年来，围绕着宇宙的形成和人的认识等问题，各种思想选出，争议不断，使哲学史呈异彩纷呈之状。然而，尽管哲学是以整个世界为对象，探究整个世界的一般规律的知识体系，但直到黑格尔才有了一整套对世界整体进行描述的总体性理论体系。梁永安先生专门对黑格尔以降的总体性进行了研究。在《重建总体性：与杰姆逊对话》中，他认为："在哲学史上，黑格尔是第一个提出'总体性'（德文 Totalihat，即绝对精神）范畴的人。"[①] 虽然以前也有关于世界整体性的研究，但他认为黑格尔以绝对理念统摄全体的总体性理论以"真的无限"解决了以前模糊总体中"恶的无限"的缺陷，即以否定之否定原理，即事物对立统一又相互转化的观点解决了一切观念皆囿于人的意识的怪圈，成功地把形式逻辑上升为辩证逻辑，从而形成了一个包罗万象的，对于世界作为一个有机体认识的"圆圈哲学"。在这个有机体中，"任何存在，都处于发展的序列中，位于空间与时间的一个特殊的点上。高一级的存在，包含着下一级存在的合理成分。最高级的存在，集中了全部的合理性，具有逻辑发展含义上的总体性。由此，又可以导出认识论上的相关原则：对于任何存在，必须站在'总体'的角度判断，才能确定它的性质和个体规定性"。[②] 不过，虽然黑格尔的总体性理论极具理论魅力，然而，它的缺陷却

---

① 梁永安：《重建总体性：与杰姆逊对话》，四川人民出版社，2003，第 3 页。
② 梁永安：《重建总体性：与杰姆逊对话》，四川人民出版社，2003，第 5 页。

如许多学者早已指出的那样，是一种悬在空中的思辨理论。

马克思对于人的生产实践的研究使黑格尔的理论从形而上降到了形而下。梁永安先生据此又探讨了马克思的总体性理论。他认为马克思虽然深受黑格尔的影响，其总体性框架并没有脱离黑格尔的总体性思想体系，但马克思关注的焦点是人的社会总体，是如何把"总体性和人的全面解放结合在一起"的问题。① 他指出，马克思从人本身即是自然存在物的一部分（有机的自然），又是依赖自然（无机的自然），为了自己生存的存在物出发，揭示了人必然要和自然和谐相处，使无机的自然和有机的自然融为一体的总体性思想，但又根据对于资本主义社会经济关系的考察，指出资本主义社会关系对人的异化，加剧了人的分裂，阻碍了"完整的人"的实现。由此，马克思对人类社会的发展历史进行了总体性的考察，揭示了资本主义只是人类历史发展的一个阶段，完整的人的实现依赖于人类从必然王国到自由王国的转换，而"自由王国只是在有必需的和外在目的性的规定要做的劳动终止的地方才开始"。② 梁永安先生还认为，马克思的总体性思想还包括他对上层建筑和意识形态对物质经济世界反作用的论述。马克思分析了人类发展的历史，指出，人的生存和发展以及和自然世界，乃至人类世界的关系是一种被动的、依从的"偶然"关系。随着物质的丰富和科技的发展，人的"主体性"越来越增强，"人类从此开始了'自然的人化'与'人化的自然'的双重奏"，③ 也就是人类试图改造世界的历史。

卢卡奇在《历史与阶级意识》中，对于黑格尔和马克思的总体性思想进行了概括和总结，揭示了两者的区别，并提出了自己的总体思想。卢卡奇认为黑格尔和马克思都把历史理解为一个统一的辩证过程。但黑格尔是从绝对精神出发来论证历史过程的统一性，而马克思则从人的实践，即生产关系出发来研究历史过程的统一性。马克思"发现了历史是建立在生产关系的基础上和随生产关系的演变而发生变化的总体，从而揭示了历史的总体性"。④ 卢卡奇所说的总体性"是人对历史现实的总体认识"。⑤ "历史的总

---

① 梁永安：《重建总体性：与杰姆逊对话》，四川人民出版社，2003，第 12 页。
② 梁永安：《重建总体性：与杰姆逊对话》，四川人民出版社，2003，第 16 页。
③ 梁永安：《重建总体性：与杰姆逊对话》，四川人民出版社，2003，第 21 页。
④ 张康之：《总体性与乌托邦：人本主义马克思主义的总体范畴》，吉林出版集团有限公司，2007，第 179 页。
⑤ 梁永安：《重建总体性：与杰姆逊对话》，四川人民出版社，2003，第 29 页。

体就是卢卡奇……的思想核心。"① 值得注意的是，卢卡奇对于总体性的阐述是从批判自然科学追求所谓的"精确性"开始的。张康之在《总体性与乌托邦》中对此进行了详尽的分析。他认为，卢卡奇批判了资本主义社会下的自然科学和社会科学把孤立的现象和事实作为建立其抽象规则或规定的依据，正确地指出了这是以"牺牲对象的总体性质为前提的"，隔断了对象与整个世界的联系。因此，"近代科学的历史所展示给我们的不是统一的、总的科学体系，而是许许多多独立的专门学科的总汇"。② 卢卡奇把这一切归结为是资本主义社会的本质所决定的，揭示了这种科学方法的社会历史根源。因此，卢卡奇说："只有在这种把社会生活中的孤立事实作为历史发展的环节并把它们归结为一个总体的情况下，对事实的认识才能成为对现实的认识。"③ 不过，正如卢卡奇在《历史与阶级意识》新版序言中所意识到的那样，在分析资本主义社会的经济现象时，他忽略了实践的复杂性，也就是混淆了对象性和异化的区别，从而把自然科学研究混同于社会经济研究，引发了此后思想界的混乱。张康之总结说："事实上，自从卢卡奇把自然看做社会范畴而拒绝对自然界作客观的、科学的研究之后，自然与社会、自然与人的关系已完全被割裂了开来。这是一种为了总体的可理解性而放弃对整个世界的总体把握的做法。"④

梁永安和张康之在他们各自对总体性的研究中，还分别对杰姆逊和萨特等人对黑格尔以及马克思主义总体性思想的继承与发展进行了分析。梁永安认为，杰姆逊的总体性思想一方面体现在他研究领域的广阔性上，另一方面他试图揭示体现在一切文化现象、艺术作品中的"文化逻辑"——"即与社会生产方式的内在关系"，遵循着一条"经典马克思主义的从物质生产到精神生产的逻辑思路"。⑤ 根据梁永安的研究，杰姆逊总体性思想主要体现在两个方面：一是对晚期资本主义的总体思考；一是对经济基础与上层建筑关系的总体阐释。前者揭示了资本主义作为一种系统是"最富有弹性和适

---

① 张康之：《总体性与乌托邦：人本主义马克思主义的总体范畴》，吉林出版集团有限公司，2007，第40页。
② 张康之：《总体性与乌托邦：人本主义马克思主义的总体范畴》，吉林出版集团有限公司，2007，第41~42页。
③ 〔匈〕卢卡奇：《历史与阶级意识》，杜章智等译，商务印书馆，2004，第56页。
④ 张康之：《总体性与乌托邦：人本主义马克思主义的总体范畴》，吉林出版集团有限公司，2007，第31页。
⑤ 梁永安：《重建总体性：与杰姆逊对话》，四川人民出版社，2003，第33~34页。

应能力的生产方式"①的命题，后者运用"意识形态素"，分析了意识形态与上层建筑和经济基础之间的关系，揭示了意识形态的虚假性质。张康之认为萨特的总体观根植于个人的实践。他详细而透彻地分析了萨特"个人的总体"观和马克思主义总体观的区别，认为"卢卡奇的总体范畴主要是对历史的宏观把握，即使涉及人也是在阶级的层面上来谈论的。他所追求的总体，是以阶级的社会实践与理论的统一为中介的。萨特的总体范畴则是对历史的微观分析，他在总体范畴中细致地划分出总体、个体、总体化和历史总体化，力图通过个体总体与总体化的矛盾运动来把握历史的总体化，进而发现自由的人的实现过程"。②此后，张康之又详细分析了法兰克福学派如何在"社会批判"的旗帜下，试图实现对马克思主义和萨特存在主义的总体观的整合，在"否定的总体观"中，最终走向现代乌托邦。

第二节　莱辛的宇宙总体性观念

莱辛深受黑格尔、马克思总体观的影响，但她并不像他们那样探讨宇宙和人类的起源，或是资本主义社会的经济运行规律，而是以人文主义思想为基点，紧紧围绕人本身的生活世界，把人与宇宙、人与社会，乃至人本身都看作一个整体，一个相互联系、相互依存的整体，把任何个人的行为，任何国家的行为，任何种族的行为都看作人类历史发展的一个环节和自然世界运行的一部分。因此，莱辛的总体观既是历时的，又是现时的；既是宏观的，也是微观的；既包含人的物质生活，也包括人的认识活动。莱辛的总体观主要体现在两个方面，一是宇宙的总体观，二是人类社会的总体观。对于人类来说，前者主要涉及人在宇宙中的位置问题，也就是人与自然的关系。后者指人与人的关系和人与集体或社会机构的关系。

莱辛的宇宙总体观避开了哲学上人与自然的起源这样的本体论问题，而从认识论的角度来看待人与自然或宇宙的关系。她认为，一方面，人要认识到，人和其他物种一样，只是宇宙世界的一个微不足道的部分，人在客观自然面前是渺小和无能的，人的认识是有局限性的。另一方面，人与自然是血

---

① 梁永安：《重建总体性：与杰姆逊对话》，四川人民出版社，2003，第40页。
② 张康之：《总体性与乌托邦：人本主义马克思主义的总体范畴》，吉林出版集团有限公司，2007，第212页。

肉相通的关系，人对自然的任何不负责任的行为意味着对自己的报复。因而人对自身在宇宙中地位的认识决定着人的未来。这些观点都是通过作品来体现出来的。

在《玛莎·奎斯特》中，莱辛就通过主人公的眼睛对自然和人的关系有过一段精彩的描写："……出现了一个缓慢的整合过程。期间，她、这些小动物们、波动的青草、被太阳晒得暖洋洋的大树、长满了颤巍巍银光闪闪玉米的山坡、头顶上巨大的蓝莹莹的穹顶和脚下的土石地，都融为了一体，在漫天飞舞的原子中一起颤抖。她感到地下的河流在她的血管中汹涌奔流，忍不住要胀涌出来；她的肉体就是大地，正在承受激荡的成长之痛；她的眼睛像太阳的眼睛一样在凝视着……就在那一瞬间，她终于彻底明白了她的渺小，人类的无足轻重。"① 显然，莱辛认为，人之于自然和宇宙是渺小的。在《简述地狱之行》中，莱辛以主人公的呓语和梦幻形式把人置于大自然中，经历了海洋、陆地和天空三个不同维度的视觉体验，并借助宗教中天堂和地狱的概念，从宇宙的整体视角审视地球和人类，进一步表达了这样的思想。在作品中，我们可以看到，主人公一会儿在大海中乘船漂流，落水，或和鱼儿嬉戏，或承受死亡的威胁；一会儿被抛到了 20 世纪陆地上，或和狮狼和平共处，或目睹残忍的杀戮；一会儿又被大鸟托起，飞翔在空中，俯视着地球上各种生物的千姿百态。显然，在大自然的怀抱里，主人公所体现出来的能力或智力和其他的生物并无两样，丝毫没有什么优越性。他的命运起伏完全受着大自然的支配和摆布。主人公和各种神话、传奇英雄，乃至宗教人物的契合更反衬出人在大自然面前的渺小和无奈。莱辛说，我不认为人类是所有创造物的老大。人类……认为自己可以控制一切，实际不然……我们对于事件的发生没有什么影响，但是我们以为是这样，我们想象自己有能力……我不认为人类是所有创造物中的王者。② 在这部小说中，后来主人公转换身份，到了天堂，成了居高临下，对地球现状一览无余，忧虑整个宇宙平衡的众神之一。地球生态环境的恶化使得小说的篇名名副其实，主人公不得不开始了他拯救地球的地狱之行。这里，莱辛通过主人公的经历，使读者不得不从全宇宙的视角来看人类自己，无形中让读者看到了自己认识的局限

① Doris Lesisng. *Martha Quest*. New York：The New American Library，1970，p. 52.

② Christopher Bigsby. "The Need to Tell Stories." in *Doris Lessing：Conversations*. ed. Earl G. Ingersoll. New York：Ontario Review Press，1994，p. 74.

性，提升了读者的认识能力，拓宽了读者的视野。在《幸存者回忆录》中，莱辛又转变了方法，把人类的历史通过似梦似幻的回忆和现在并置，完整地展现了不同人种、不同阶层，但归结为相同命运的人的一生跌宕起伏的发展历史，使读者具有了纵览整个人类历史的景深和纵横捭阖的气度，对人在自然中的位置和关系有了更高视角的体验。到了 20 世纪 70 年代，莱辛在"外空间小说"《南船座中的老人星档案》五部曲中，更以前所未有的宏大气魄向我们展示了从远古到今天，从宇宙星球到自己国度，纵横驰骋数百万年的大历史和显微镜下精确到微粒子的胚胎细胞发展史。人与宇宙或自然的关系在莱辛的笔下呈多角度、多侧面自然呈现：我们看到了人与自然的相互依存、相互影响、唇齿相依的联系，也看到了人类对自然的破坏所造成的对自己生存的威胁。在《玛丽和丹恩历险记》及姊妹篇《丹恩将军和玛拉的女儿，格里奥以及雪狗的故事》中，莱辛向我们展示了一幅人类无穷的战争和杀戮对人性的扭曲和环境的破坏，并最终导致整个地球的生态环境恶化的图画，预言了冰河时代再次降临的危险。这里，通过主人公的冒险经历，人与自然唇齿相依的关系、人与动物同病相怜的处境，得到了更加充分的体现。

　　莱辛的小说要么是乌托邦式的结尾，要么预示着灾难的来临，因而莱辛被冠以"卡桑德拉"式的预言家或能预卜未来的巫婆。但正如梅尔文·马多克斯（Melvin Maddocks）所说的："这些故事的至诚和绝妙的直白最终并不令人沮丧。甚至可以赞许地说，读完莱辛的一个故事，如同经历过生活痛苦的一页，之后，读者感到的只是一种幸存的狂喜。"① 莱辛的作品读完之后给你的感觉并不是悲观的情绪，反而是一种乐观向上的感受。许多批评家把它解释为莱辛的马克思主义或共产主义"遗毒"，抑或是"政治正确"使然。其实，只要理解了莱辛的宇宙总体观，这个问题就会迎刃而解。人只是宇宙中一个微不足道的生命而已。宇宙并不因人类的自以为是而膨胀，也不会因为人类的妄自菲薄而停下自己的脚步。1988 年莱辛在伦敦接受记者采访时说：以前看似很强大，永远不会消失的东西，有一天突然就消失了，如斯大林和希特勒，他们都死了。而当时看似不可能发生的战争就发生了。《幸存者回忆录》中就是试图表达这种历史的变化感。② 莱辛认为，世界上

---

① Melvin Maddocks. "Amor Vincit Omnia?" HP – Time. com. Monday，May 20，1974. http：// www. time. com/time/magazine/article/0，9171，907314 – 2，00. html#ixzz0ZXzPahOg.

② Claire Tomalin. "Watching the Angry and Destructive Hordes Go By." in *Doris Lessing*： *Conversations*. ed. Earl G. Ingersoll. New York：Ontario Review Press，1994，p. 174.

一切极端的东西终将淹没在历史发展、变化的洪流中。① 正契合了赫拉克利特抑或是《易经》一切都在变易之中的观点。

不过，莱辛认为，人如果不能整体地看问题，必将给人类带来灾祸，甚至危及人类的生存。作为一个人文主义者，莱辛对于人类的未来表示了极大的关注，她也在作品中进一步阐述了自己的社会总体观。

第三节　莱辛的社会总体观

莱辛认为，尽管人是渺小的，但人并不是像有些人文主义者所说的那样，是完全生物意义上的被动的人，而是与自然、与社会、与他人相互联系、相互作用的人。这和东西方哲学家、思想家关于宇宙和自然的证明完全一致，也是马克思"人是社会关系"以及人的能动性思想的具体实践。"没有什么问题是个人的问题。"② 人的努力会影响历史的发展进程是倒退还是进步。如果人没有肩负起应该有的责任，盲目乐观、自大，或极度悲观、消极等待，就会导致历史从头再来。如果积极努力，正确认识，适度开发，就会促进历史的进步和发展。这两种思想互相作用，在各个地区发展不均衡。只有打破界限，包括国家、种族以及意识形态等各种界限和障碍，人类才能更幸福。此外，每一个个体都置身于社会历史之中，每个小人物就是人类社会和时代的缩影，只有这样才能冲破所谓个人的、主观的，使个人的成为普遍的，把个人的经历转变成某种更大的东西，因为生活本来就是如此。"成长归根到底就是认识到自己独特的和不可思议的经历是每一个人都共享的。"③ 因而人是肩负"责任"的人。人肩负责任的前提就是人要用总体的观念去了解自己、了解社会、了解世界。人人为我，我为他人。了解了自己，就是了解了他人，就是了解了世界。莱辛1992年接受BBC采访时说，"我们在生理上有很大限制。我们的感官只能吸收我们作为动物需要的东西……我们感官能看到的只是一个很小的五颜六色的光亮世界。我们的头脑

① Doris Lessing. *Prisons We Choose to Live Inside*. New York：Harper & Row，Publishers，1987，p. 16.

② Doris Lessing，"Preface to *The Golden Notebook*"，in *A Small Personal Voice*，Paul Schlueter，ed.，New York：Vintage Books，1975，p. 32.

③ Doris Lessing，"Preface to *The Golden Notebook*"，in *A Small Personal Voice*，Paul Schlueter，ed.，New York：Vintage Books，1975，p. 32.

真的只能摄入很少一点。这是事实。那么我们没有看到的是什么呢?"① 在这里,莱辛涉及了人类的感知局限问题。那么,怎样冲破我们感知的局限,提升自己从整体看问题的能力呢?莱辛并没有从理论上系统阐述自己的观点,而是和原来一样,试图通过讲故事的方式,通过自己的作品,把每一部作品当做一个时代或一类人的缩影,从而形成一个宏大的对于人类社会的总体观点。莱辛一方面引领读者增强对社会的宏观视野的把握,另一方面通过讽刺或解构当代流行的各种主义或理论,让读者看到单一思维模式的危害,从而达到从整体认识自己和社会的目的。

莱辛 20 世纪 50 年代的作品注重揭示殖民地的全貌。《青草在歌唱》展示了一幅 20 世纪殖民社会中贫苦白人的生活画卷,揭示了殖民统治对人性的摧残。她以一个全知全能的叙述者视角,也是代表一般白人世界的视角,聚焦于一个发生在殖民地社会的凶杀案,引出了一个贫苦白人妇女和黑人仆人在短暂交往的过程中,内心纠结、最终惨死的人性悲剧。虽然小说故事本身的悬疑色彩和准确的心理描写对小说的成功具有巨大的作用,但它的冲击力更多的源自所揭示的殖民统治不仅带给了黑人丧失土地和赖以生存的家园的毁灭性灾难,更给所有人,包括白人,带来了前所未有的人性的扭曲。小说中在社会重压下心理崩溃的玛丽的尸体和黑人摩西直面死亡的沉默,使小说开头刚刚从英国来不敢直言、畏惧妥协的白人青年成了题目所暗示的,迷失在人性荒原上的孤魂野鬼。不过,小说结尾那风雨交加的夜晚是否也预示着艾略特所提示的雷声和黎明呢?小说借助一个白人妇女的遭遇揭示了整个殖民地白人妇女的境地,辐射到白人和黑人整个群体的现状,并预示未来。莱辛用故事说明了不同种族的人之间的关联以及个人与社会的张力关系。

在《暴力的孩子们》中,莱辛试图进一步囊括从殖民社会到英国、中东乃至世界的巨大版图,涵盖了从 20 世纪初到世纪末的半个多世纪。这里,人与社会的关系在更广阔的领域中展开:从恋爱到婚姻、从生育到死亡、从种族问题到政治问题、从战争和和平问题到阶级和等级制、从心理问题到疯癫,可以说无所不包。不过,和《青草在歌唱》不一样的是,莱辛借主人公玛莎的口,阐述了人在社会中的一切追求归根结底就是和自然、和其他人融为一体。玛莎多次看到了她心目中理想的城市"在粗大的灌木丛和低矮

---

① Nigel Forde. "Reporting from the Terrain of the Mind." in *Doris Lessing*: *Conversations*. ed. Earl G. Ingersoll. New York: Ontario Review Press, 1994, pp. 216 – 217.

的树木上方，惨白的光亮中升起一座神圣的城市。它方方正正，沿着垂下来，并饰有花边的露台有柱廊环绕。喷泉缭绕，笛声悠扬。黑色、白色和棕色皮肤的市民们穿梭其间，神情严肃、美丽。年纪大的人驻足停留，欣喜地看着孩子们——一群北方蓝眼睛、皮肤白皙的孩子们正在和有南方古铜肤色黑眼睛的孩子们手拉手游戏。"① 小说结尾的混血儿成为幸存者，标志着各个种族的相互融合。

《金色笔记》是莱辛对自己 40 年人生的总结，更是对于当时流行的各种思潮和主义的解构说明。莱辛把这本书称为自己的转折点，主要是她从世界大一统描述的努力转向了对于各种主义和思潮的"否定性的总体性"。这本书实际上就是对于各种主义，包括现实主义、马克思主义、弗洛伊德和荣格的心理分析学派、种族主义、殖民主义、集权主义、男权主义等的解构。20 世纪 50 年代末 60 年代初，正是法兰克福学派的影响在英国等欧洲大陆流行的时候。1964 年伯明翰在此影响下成立了文化研究中心。莱辛的这部小说显然是受到了这时流传到英国的西方马克思主义学派的影响，从而开始了质疑性的批判性写作。小说开始句和结尾人物的小说开头句所形成的轮回式结构解构了传统的现实主义小说形式，对于所谓"现实"的真实性提出了质疑；小说的四个笔记本所讲述的故事分别体现了对斯大林主义、殖民地政策、男权主义、荣格和弗洛伊德精神分析等各种流行主义和思潮的批判；小说人物姓名所暗含的互文性、指代性（如安娜、汤姆等是常见人名，具有普遍性）、互换性（代表每个人）、重复性（安娜、爱拉等均为一人）以及笔记本颜色的象征性（红色在西方为贬义：为激情、冲动、残暴、革命、流血，预示危险；黑色表示罪恶、死亡和灾难；黄色表示性、胆怯等心理；蓝色表示阴郁、消极的心理和悲观，但红黄蓝为和谐色；金色象征神圣、太阳和希望）综合了各种类型的人与社会、人与自然、人与人之间矛盾和斗争的象征意义，和实际内容相辅相成，互为映照，互为说明。作为小说分割式笔记本格式再现了当时那个时代人们面对各种主义和思潮的泛滥无所适从、心理崩溃的道德和精神状况，用形式宣告了和各种标签式单一思维决裂的决心。批评家们常把莱辛的写作手法和她的政治倾向混为一谈，把现实主义和莱辛的共产党经历相提并论，把莱辛的总体性思维等同于单一性、排他性的观点，因而常常把《金色笔记》以及此后的《四门城》在形式上的转

---

① 　Doris Lessing. *Martha Quest.* New York：New American Library，1970，p. 11.

变归结为莱辛思想和创作理论的转变，由此得出一些相互矛盾的观点或表达对于莱辛作品的不理解也就不足为怪了。① 实际上，无论是现实主义还是什么形式都只是莱辛运用不同的手法表达自己总体性思想的策略而已。莱辛所痛斥的正是非此即彼的思维模式。莱辛的总体性思维并不是一种单一的整体观点，而是一种总体性的宏大视野，一种对世界整体相互联系的总体展望，它和"宏大叙事"有着本质的区别。

《南船座中的老人星档案》第一次把地球置放到宇宙太空中，从更高的角度对地球和人类的行为进行观察和展示，更为宏观地从环境被污染和破坏的角度揭示了人类和宇宙紧密相连的关系。其实在这之前她已经写了类似的短篇小说。如她的短篇小说集《杰克·奥克尼的诱惑与其他短篇故事》（*The Temptations of Jack Orkney and Other Short Stories*）中有一篇《关于一个受到威胁的城市的报告》（"Report on a Threatened City"）就讲述了一群外太空的人来到地球，警告说地球马上会发生一场灾难，但似乎没有人理会。她对当时普遍的社会问题，如环境污染问题、性别问题、种族问题以及战争、核武器等人为的灾难，对于人类面临的危机深感忧虑，对于大众的麻木感到忧心。她说，"我们的历史就是一部灾难史。"环境污染"就是一种灾难状态"。② 她在 1972 年接受美国 WBAJ 电台记者采访时说，这些问题的解绝不是一两个群体的事，也不是某个国家的事，而是整个人类的事情。"我们需要的是……某种解决问题的总的规划，把这些问题看作全球而不是某个国家，更别说某些团体的问题。""这种把人类自己看作一个整体，把面临的问题看作一个整体……是（我们所）需要的。"③ 在谈到运用外太空人来看地球人这种方法的时候，莱辛说："这种运用外太空人的事情是一种古老的文学技巧，不对吗？这是试图让读者更敏锐地查看人类处境最容易的方法。"④ 当 1981 年莱辛接受采访时，被问到她的五部曲小说是否是科幻小说

---

① 对于互相矛盾的观点讨论可以参见 Molly Hite. "Subverting the Ideology of Coherence：*The Golden Notebook* and *The Four - Gated City.*" in *Doris Lessing：The Alchemy of Survival.* ed. by Carey Kaplan and Ellen Cronan Rose. Ohio University Press，1988，p. 62。

② Brian Aldiss. "Living in Catastrophe." in *Doris Lessing：Conversations.* ed. Earl G. Ingersoll. New York：Ontario Review Press，1994，p. 171.

③ Josephine Hendin. "The Capacity to Look at a Situation Cooly." in *Doris Lessing：Conversations.* ed. Earl G. Ingersoll. New York：Ontario Review Press，1994，p. 43.

④ Josephine Hendin. "The Capacity to Look at a Situation Cooly." in *Doris Lessing：Conversations.* ed. Earl G. Ingersoll. New York：Ontario Review Press，1994，p. 44.

时，莱辛说她不把它们看作科幻小说，"因为它们和'科学'也就是科学知识和技术没有什么关系……我对今天的科技有点怀疑。今天实行的科技很短视，只看明天，不看后天。我的小说应该被称为幻想小说，或真正意义上的乌托邦。与其说接近奥威尔、赫胥黎，不如说更接近托马斯·莫尔和柏拉图。它们是从今天发生的事情中提炼出来的寓言。比如，在这部系列小说的第三部——《天狼星实验》中的基因实验实际上就有我们今天科学家'克隆'实验的影子。但尽管这些遥远星球的居民比地球人在精神和道德上更优越一些，但他们和我们一样是人"。① 显然，莱辛的创作并不是为了追风而写科幻小说，而是她看到了人类不从全局着眼，盲目发展科技的危险以及对人类带来的危害。这个五部曲只是她揭示现实的另一种苏菲故事，带有托马斯·莫尔和柏拉图作品的深厚的哲学意味，具有哲学世界观上的指导意义。在这部系列小说中，她综合了人类面对的各种现实问题和危机，力图囊括所有可能的社会现实问题。这部系列小说，可以看作她对人类从现实物质层面的问题到精神现状、包括心理问题的总调查和总思考。难怪有评论家说，它是一部世界简史。② 在此基础上，还应该说是一部人类心理现状的精神史。

《又来了，爱情》表面上是一部关注老年人爱情的小说，但实际上却是谈论人与人之间关系的小说。莱辛从边缘群体，包括过去殖民地的殖民者和黑人混血儿后代与现代社会白人老人的爱情的比较入手，通过描述所有人，包括老人、妇女、孩子等对爱的需求，不仅抨击了种族歧视、男权主义等大家所熟知的不平等的根源，而且也批判了现代社会中以平等为借口的另一种极端，包括女性主义和年龄歧视等。从世界整体的角度，阐明了任何国家、任何种族、任何年龄的人，包括老人和小孩都需要爱，呼吁一种以爱为纽带而缔结的人与人之间的真正平等。

正是由于莱辛从整体看问题，所以在几乎穷尽了对所有现实问题的思考之后，她从对人类现状的关注转移到对人类未来的担忧，特别是年轻人这个决定人类未来的群体。在《好恐怖分子》和《第五个孩子》中，莱辛开始关注年轻一代的教育问题。面对越来越高的失业率以及失业所带来的后果，

---

① Margarete von Schwarzkopf. "Placing Their Fingers on the Wounds of Our Times." in *Doris Lessing: Conversations.* ed. Earl G. Ingersoll. New York: Ontario Review Press, 1994, p. 107.

② Claire Sprague and Virginia Tiger. "Introduction." *Critical Essays on Doris Lessing.* ed. Claire Sprague and Virginia Tiger. Boston: G. K. Hall, 1986, p. 15.

莱辛不无担忧。"比如，如果这些失业的，没有目标的人聚集在一起会发生什么？再以生育前的经历为例。特别的事件和情感会影响到子宫中的胚胎吗？母亲的快乐或焦虑会带给未出生的孩子吗？我很肯定地说，孩子们在来到世界之前就会受到影响，被塑造。"① 父母对孩子的影响成了这一时期莱辛主要探索的问题。在 21 世纪莱辛创作的《裂缝》中，莱辛更是通过编造人类历史的起源，尽情地嘲讽了所谓的历史学家、男权主义者、种族歧视主义者等单一性思维的荒唐和偏执。纵观莱辛的作品，可以说，莱辛用作品从不同角度构成了一幅整个地球的生存状态和人与人、人与社会关系的全景图，用不同人的经历综合、图解了思想理论家的总体性观念。

---

① Margarete von Schwarzkopf. "Placing Their Fingers on the Wounds of Our Times." in *Doris Lessing*: *Conversations*. ed. Earl G. Ingersoll. New York: Ontario Review Press, 1994, p. 108.

第五章
莱辛的辩证法思想

在一次采访中，主持人问道："你认为作家的作用应该是什么？……是展示给我们世界现在的样子，还是应该的样子，或者可能的样子呢？"莱辛反问道："为什么你要说成是，还是，或是呢？它可以是和，和，和。"后来莱辛在谈到这个问题时进一步说道："是，或不是，和事物本来的样子没有什么关系……因为你知道这是计算机运作的方式。他们称它为二进制模式，对吗？此或彼，换来换去。或此或彼。我会问自己，计算机的这种运行方式，是人类头脑运行的模式吗？"① 实际上，在莱辛的小说中，我们可以注意到许多成对的概念、人物或事物。其实，正是通过一系列对比，以及之后的否定和反思，莱辛展开了对辩证法思想的探索和界定。辩证法思想是莱辛整个创作方法的基石。对于辩证方法的运用贯穿莱辛整个的创作过程以及她所有的著作中。学者们很早就注意到了莱辛对对立项的运用。塞尔玛·波克姆（Selma Burkom）1969 年发表文章《只要联结》，是首次注意到了莱辛作品中对于个人与集体关系处理方式的评论家之一。② 米歇尔·温德·扎克（Michele Wender Zak）在 1973 年发表的文章《〈青草在歌唱〉：一部有关情感的小说》中，用马克思主义的观点分析了这部书是一部通过感情反映真实小说。扎克认为它避开了现代派文学赖以作为存在基石的那种无休止罗

① Susan Stamberg. "An Interview with Doris Lessing". 转引自 Carey Kaplan and Ellen Cronan Rose. "Introduction." *Doris Lessing*：*The Alchemy of Survival*. ed. Carey Kaplan and Ellen Cronan Rose. Athens：Ohio University Press，1988，p. 3。

② 转引自 Annis Pratt and L. S. Dembo. "Introduction." *Doris Lessing*：*Critical Studies*. ed. Annis Pratt and L. S. Dembo. Madison：The University of Wisconsin Press，1974，p. viii。

列的、自我暴露型的心理和社会角度的错位感，描写了马克思所说的个人生活环境和社会经济制度之间的辩证关系，认为这是莱辛第一次、也是用最小的努力去反抗现代作家的世界观"，承认了马克思分析的基本事实。① 而约翰·凯瑞（John L. Carey）在《〈金色笔记〉中的艺术和现实》中也注意到了莱辛"艺术和生活被认为是不可分割的一个整体"的观念。② 皮克林在《理解莱辛》中，提到莱辛对基于对立双方的体系的兴趣。她认为："基于对立双方的体系对于莱辛一直具有吸引力——例如，马克思主义的辩证法、弗洛伊德心理学并置的意识和无意识、荣格对于心理作为成对对立物系统的分析、苏菲主义的神秘主义和理性主义。"③ 但她认为这种兴趣来自莱辛早年对于生活的观察，而不是基于什么信仰。她认为莱辛作品中有一种贯穿始终的对话性质，以及对于世界的整体关注。最早注意到莱辛辩证法思想来源的是罗贝塔·鲁宾斯坦和克莱尔·斯普拉格。鲁宾斯坦在《多丽丝·莱辛的小说视野》中认为贯穿莱辛小说的始终是一种意识的辩证发展过程，"它感知、前进和重新解释连续不断地经验层面"。它在两个层面上运动，既是对"外在于个体现象世界刺激反应的记录者"，又是"心灵平衡潜力所产生的心灵运动、解释、思想和感情的内在综合者"。这些二元形态既相互联系，又相互作用，"因为意识既是过程，也是内容，即参与又创新"。这种意识的二元本质构成了莱辛小说的主题和形式结构，反映了自我和他者、内在与外在的所有矛盾的发展进程。这些矛盾的斗争和对抗，以及寻求融合，"回荡着古典黑格尔辩证法模式的声音"，同时也"镶嵌着同样的辩证法模式，这表现在马克思对于在重新组织社会和物质经验的过程中，对集体发展方向的阐述以及荣格对于个人心理在平衡互补心理能量时的发展概念"。④ 在这里鲁宾斯坦较为清楚地提到了莱辛对辩证法思想的运用，并就此是否来自于马克思主义的影响向莱辛求证。莱辛回答说："我读了那个时期所有的马克思主义的经典著作……斯大林的……恩格斯，还有马克思

---

① Michele Wender Zak. "The Grass is Singing: a Little Novel about Emotions." *Contemporary Literature*, Vol. 14, No. 4, Special Number on Doris Lessing (Autumn 1973), p. 484.

② John L. Carey. "Art and Reality in *The Golden Notebook*." in *Doris Lessing: Critical Studies*. ed. Annis Pratt and L. S. Dembo. Madison: The University of Wisconsin Press, 1974, p. 24.

③ Jean Pickering. *Understanding Doris Lessing*. Columbia: University of South Carolina Press, 1990, p. 7.

④ Roberta Rubenstein. *The Novelistic Vision of Doris Lessing: Breaking the Forms of Consciousness*, Urbana: University of Illinois Press, 1979, pp. 7 - 9.

…… 关于我写作中的'辩证'因素：1942 年我在南罗德西亚接触到了马克思主义的辩证思想。它在我看来综合了我已经了解的各种思维方式。但是'辩证法'这个理念，这种思维方式……是马克思和马克思主义以前的哲学思想的一部分。他从其他人那里继承了这种观点，并使它成为'马克思主义的'。这没有什么新鲜的。"① 据此，鲁宾斯坦把莱辛的辩证思想称为"黑格尔/马克思主义思想的辩证范式"。② 斯普拉格也谈到了莱辛对马克思和黑格尔辩证法的运用和修正，并认真分析了以前学者们对于莱辛"辩证意识"的解释，总结说：这些观点认为莱辛对于辩证法的应用并不完全是马克思主义的，并不是在肯定、否定之后一定会产生一个统一的第三项。这些观点关注的是对立项之间的斗争和矛盾，但它们却忽略了莱辛感兴趣的是马克思主义和弗洛伊德、荣格等心理分析学派以及苏菲主义神秘主义流派之间都具有辩证法的共同特点。这些流派对于对立项的矛盾和斗争的争辩以及莱辛从十几岁到 20 世纪 60 年代几十年间的左派生涯，特别是在马克思主义圈子里的活动形成了被称为辩证法的"思维习惯"，这对莱辛的思想和叙事策略产生了永久性的影响，从而使莱辛拥有了"深度的辩证意识"，使她看到了"两种或多种相互作用的力量"。因此，他认为，马克思主义对莱辛的影响是在对社会经验的思考上，而不是说莱辛因此具有了某种"特定的政治立场或优雅的理论公式"。③ 斯普拉格的分析精到、准确，指出了马克思主义辩证法理论对于莱辛的影响要从社会经验领域去考虑。我们知道，马克思主义的辩证法思想本身就是在黑格尔的辩证法基础上形成和发展的，但它们又是有区别的。因此简要梳理一下马克思和黑格尔的辩证法思想的异同对于我们理解莱辛的辩证法思想至关重要。

第一节　黑格尔的辩证法思想

辩证法就是一种思维方式，是揭示现实客观世界和人类思维一般发展规

---

① Roberta Rubenstein. *The Novelistic Vision of Doris Lessing*：*Breaking the Forms of Consciousness*，Urbana：University of Illinois Press，1979，p. 66.

② Roberta Rubenstein. *The Novelistic Vision of Doris Lessing*：*Breaking the Forms of Consciousness*，Urbana：University of Illinois Press，1979，p. 57.

③ Claire Sprague. "Introduction." *Rereading Doris Lessing*：*Narrative Patterns of Doubling and Repetition*. Chapel Hill：The University of North Carolina Press，1987，pp. 2 – 4.

律的方法。辩证法这个词源于希腊文 dialego，原指以问答的方式进行的谈话、论证，以柏拉图对话集中记载的苏格拉底对话为主要指涉。辩证法思想源远流长，其含义在古希腊亦各有所指或偏重。不过，一般认为黑格尔是西方哲学史上辩证法思想的集大成者。"黑格尔在西方哲学史上第一次系统地、自觉地表述了辩证法的基本特征，把辩证法提升为思维的普遍规律、制定了辩证法的基本规律的内容，他企图用辩证法总结客观世界的规律性和人类认识历史的科学。所以黑格尔是哲学史上对辩证法做了全面叙述的第一个哲学家。"① 马克思在《资本论》中也说道："全面地有意识地叙述辩证法一般运动形式的，仍然不妨算他是最早的一个人。"②

黑格尔认为，客观世界的一切事物都呈现一种短暂的、发展变化的、相互联系并相互转化的辩证运动态势。客观世界有其发展变化的规律，即世间万物的质量变化规律、对立统一规律以及否定之否定规律。人的思维活动是能动的。人类在认识世界的过程中，思维的发展经历了一个从低到高的过程，并最终获得绝对精神或绝对理念，即真理。这个发展过程就表述为正—反—合的模式，这是黑格尔辩证法思想的核心。

黑格尔的辩证法思想主要是在他的《逻辑学》中阐述的。由于黑格尔主要是在逻辑的层面探讨"绝对精神"的辩证运动，因此，对于概念的理解就成为理解他辩证思想的关键。黑格尔提出的最重要的概念就是包罗万象的"绝对精神"或"绝对理念"，这是贯穿他整个哲学思想的概念。

在《逻辑学》的第一编"有论"中，黑格尔描述了"绝对精神"的起源，即"纯有"，也就是空虚。他说："有是纯粹的无规定性和空……有，这个无规定性的直接的东西，实际上就是无。"③ 有中包含着无，因此，它必然要"走进"无。有"走进"无，无"走进"有，"纯有和纯无是同一的东西"，他们直接消失于对方之中，这就是变。④ "变"就是"有"和"无"的统一。变包含有和无，但已经不是有也不是无，而成为一个新的概念，它已经包含实在。它不再是空洞的东西，而成为具体的有，"实有"，这就是具体事物的状态。万物都处于一种不断变化发展的状态中。"实有是

---

① 全增嘏：《西方哲学史》下册，上海人民出版社，1985，第 213 页。
② 全增嘏：《西方哲学史》下册，上海人民出版社，1985，第 214 页。
③ 〔德〕黑格尔：《逻辑学》上卷，杨一之译，商务印书馆，2011，第 69 页。
④ 〔德〕黑格尔：《逻辑学》上卷，杨一之译，商务印书馆，2011，第 7 页。

规定了的有；它的规定性是有的规定性，即质。"① 质就是区别一物和他物的本质，它是有限的，也是可变的，它对立于他物，是他物的否定，自他之有。同时，实有又是自在之有，本身包含内在之有，否定自身的无。因此，自在之有和自他之有，"它们的真理就是它们的关系"，② 但同时又都否定自己，返回自身，因为就自身而言，又都是实有。实有或某物在发展变化过程中，要经历从量变到质变的过程。度即为量达到一定程度后的限定点，超过这一节点就会发生质变。这里，黑格尔主要是考察体现事物外在关系的"质"、"量"、"度"三个逻辑范畴，以及它们的相互联系和转化，即质量互变的思想。③ 在第二编"本质论"中，黑格尔指出："本质首先是反思。反思规定自身；它的规定是建立起来的有，这个建立起来的有同时又是自身反思。"④ 本质必然要过渡到存在和现象。这里，同第一部分一样，黑格尔又论及一系列的对立的概念，如现象和本质，它们的运动也是正—反—合的模式。这些对立的概念表明事物本身就存在着对立的两个方面，相对立双方都以对方为存在的条件，因此它们都是相互联系和相互转化的。推动事物变化的根本在于矛盾的运动。它们不再是"过渡"，而是在更高层次上的联系和转化，是互相决定的。无对立的一方也就无所谓本身的存在。因此对立双方内在矛盾的运动就推动事物不断地向前发展变化。认识就从简单到复杂，从低级到高级。黑格尔在这里着重探讨了对立统一规律，指出这就是本质的存在。在论述这个问题的对立范畴时，值得注意的是，黑格尔还提出了"现实"的偶然性和必然性问题。"'现实'作为具体的范畴有两个单纯的形式：'现实'的内在方面即可能性；其外在的方面即偶然性。"⑤ 未实现的"现实"状态就是可能性，而实现了的"现实"就是偶然性。"现实"就是偶然性和可能性的统一。黑格尔指出，偶然性的发生"均不取决于自己，而以他物为根据"。⑥ 这个他物就是指实在，就是内容。黑格尔说："一个事物是可能的还是不可能的，取决于内容，这就是说，取决于现实性的各个环节的全部总和，而现实性在它的开展中表明它自己是必然性。"⑦ 必然性就

① 〔德〕黑格尔：《逻辑学》上卷，杨一之译，商务印书馆，2011，第100页。
② 〔德〕黑格尔：《逻辑学》上卷，杨一之译，商务印书馆，2011，第114页。
③ 〔德〕黑格尔：《逻辑学》上卷，杨一之译，商务印书馆，2011，第219页。
④ 〔德〕黑格尔：《逻辑学》下卷，杨一之译，商务印书馆，2011，第7页。
⑤ 全增嘏：《西方哲学史》下卷，上海人民出版社，1985，第234页。
⑥ 全增嘏：《西方哲学史》下卷，上海人民出版社，1985，第236页。
⑦ 全增嘏：《西方哲学史》下卷，上海人民出版社，1985，第237页。

是现实性和可能性的统一，而"概念就是对必然性的认识"。①

在第三编"概念论"中，黑格尔认为，概念的生成是以"存在"和"本质"为基础的。概念虽是主观的，但它是从客观的"存在"和"本质"发展而来。"概念的形式乃是现实事物的活生生的精神。现实的事物之所以真，只是凭借这些形式，通过这些形式，而且在这些形式之内才是真的。"②黑格尔区分了形而上学的抽象概念和自己所说的具体概念。抽象概念是脱离现实的，而具体概念则是充盈着现实内容的本质的必然显现。它是"普遍性、特殊性和个体性……有机联系的统一体"。③ 概念是思维的主观性和现实的客观性的统一。真理就是概念的实现，即"绝对理念"或"绝对精神"。"理念就是真理；因为真理即是客观性与概念相符合。"④ "真理自身包含着主观和客观、同一与差别的内在矛盾，但真理自身所包含的区别与对立并不是固定的、僵化的，而是相互过渡、相互转化，因而是具体的统一……所以说，真理（理念）自身就是辩证法，因而真理是一个过程。"⑤

黑格尔用一系列的三段论建立起了思维认识过程的模式。那么，是什么促使黑格尔从人或人的思维入手来考察事物的发展和运动规律呢？根据邓晓芒先生的研究，黑格尔辩证思想的来源一是语言学。他主要是从赫拉克利特提出的"logos"（逻各斯）这个词含义的演化轨迹来分析，它是怎样从解释"火"本身，代表一种"自身的规律和尺度，自己的自我定形的'分寸'……是变中之不变"，⑥ 然后被遮蔽了原初丰富的含义，而成为一种表达的语言。最后经过柏拉图和亚里士多德，这种语言被赋予了逻辑形式，而成为没有原来语词内涵的概念真理，一种抽象的"理性"。二是生存论，即生命的自我否定与自我超越的矛盾。邓晓芒先生认为："黑格尔意义上的'理性'有两个古希腊的来源，一是赫拉克利特的'逻各斯'，二是阿那克萨哥拉的'努斯'。"⑦ "努斯"就是指心灵，也译作"理性"。但和"逻各斯"不同，这个"努斯"是包含在具有精神和理智活动的生命体中的。它要认识世界，安排世界，在物质世界中寻找自己的生存之道，从而成为以

---

① 全增嘏：《西方哲学史》下卷，上海人民出版社，1985，第238页。
② 全增嘏：《西方哲学史》下卷，上海人民出版社，1985，第239页。
③ 全增嘏：《西方哲学史》下卷，上海人民出版社，1985，第242页。
④ 全增嘏：《西方哲学史》下卷，上海人民出版社，1985，第244页。
⑤ 全增嘏：《西方哲学史》下卷，上海人民出版社，1985，第245页。
⑥ 邓晓芒：《思辨的张力——黑格尔辩证法新探》，商务印书馆，2008，第23页。
⑦ 邓晓芒：《思辨的张力——黑格尔辩证法新探》，商务印书馆，2008，第49页。

"目的"为标志的，具有"推动力"的生存理性。"因此人的生存不是盲目冲动（尽管也有冲动的因素），而是一个以自身为目的的自觉的创造过程。为了实现这一过程，人又必须超越个体生命的有限性，意识到全人类的共性，最初是意识到每个人身上赋有的共同'神性'。于是个人以自身为目的就表现为以神、以自身中的神性为目的，以'类'为目的，生存目的论就成了对善的追求。"① "努斯"强调不安于现状，打破现有规范，实现更高的超越。亚里士多德对于"善"的论述，使赫拉克利特的"逻各斯"和阿那克萨哥拉的"努斯"合二为一，"逻各斯成了有机生命的逻各斯，努斯的生命冲动则有了内在的尺度和规定性"。② 因此，"黑格尔辩证法一言以蔽之，就是试图将不可规定的生命、生存、能动性和自由用语言或逻辑规定下来，或是反过来可以说，赋予已被抽象化和概念化了的语言、逻辑形式以内在的生命和'自己运动'的动力"。③ 邓晓芒先生的论述揭示了黑格尔辩证法思想中一个具有突破意义的方面，即"理性"中蕴含的自我推动力因素。正是这种自我推动力给了黑格尔以启发，使他认识到这种自我推动力就是事物自身的矛盾来源，因而促使黑格尔把人的思维作为他建立理论体系的起点，运用语言的逻辑，通过一系列的概念之间的辩证关系分析，试图去论证万物发展变化的运动规律，从而在最后又归于"理念"这个思维最后要达到的高级阶段。黑格尔把世间万物的"多"通过这种生命力所推动的矛盾发展而归结为"一"，用思维有限的概念囊括了无限的现实世界的实践，在两者的辩证互动中达至了"绝对理念"这个"真理"。

黑格尔对于绝对精神运动的描述是在人的思维框架内，运用逻辑推理进行的。他的出发点就是人的思维运动和意识对于客观世界的认识。他假定了一个纯粹的"有"和"无"的同一，并由此，经过一系列概念的辩证分析，推导出涵盖一切客观世界的"绝对理念"或"绝对精神"，画了一个圆满的圆。可以看出，黑格尔的绝对理念和绝对精神和中国文化传统中的"道"、印度文化中的"梵"等东方文化传统中统摄万物的概念在本质上是相通和一致的，不过这不是本书讨论的内容。黑格尔的伟大功绩在于为这种思想提供了一种清晰的、逻辑的说明。不过，虽然黑格尔的辩证法模式为后世提供

---

① 邓晓芒：《思辨的张力——黑格尔辩证法新探》，商务印书馆，2008，第52页。
② 邓晓芒：《思辨的张力——黑格尔辩证法新探》，商务印书馆，2008，第61页。
③ 邓晓芒：《思辨的张力——黑格尔辩证法新探》，商务印书馆，2008，第63页。

了有关宇宙万物历史运动的巨大的精神宝库，然而，毕竟黑格尔的思想是在思辨形而上学的理论哲学框架内展开的。而任何理论的有限视角要想包罗万象地解决无限的生活实践的内容，就注定要走向"神化"。正是在这里，展开了有关黑格尔的批评和争论。正如萨顿指出的："抽象型的历史是很有启发的，但是它却是使人误入歧途的，因为它给了我们一个很不真实的既简单又直截了当的印象。人类的科学历程从来不是轻而易举的，也从来不是简单的，而科学产生出的美好的抽象概念总是和大量的具体事实和非理性的思想混杂在一起，因而不得不历尽艰辛地从中提取出来。"[1]也正是在这种情况下，马克思发现了黑格尔所忽略的人的实践活动的丰富性和开放性。

第二节　马克思主义辩证法

黑格尔对于客观世界的看法是把它放在一个历史的阶段来考虑的，而马克思则把黑格尔的思维模式从形而上，颠倒过来，转化成从形而下人的世界作为出发点，认为人的思维的认识基础是以人的实践为前提的。马克思说："我的辩证方法，从根本上来说，不仅和黑格尔的辩证方法不同，而且和它截然相反。在黑格尔看来，思维过程，即他称为观念甚至把它变成独立主体的思维过程，是现实事物的创造主，而现实事物只是思维过程的外部表现。我的看法则相反，观念的东西不外是移入人的头脑并在人的头脑中改造过的物质的东西而已。"[2]马克思对于黑格尔形而上学思想的拒斥和他的实践观是一致的。无怪乎有些学者直接把马克思的哲学观称为"实践主义"，并认为实践在马克思的哲学中具有本体论意义。[3]

马克思继承了黑格尔的辩证法思想，"整整一系列经常使用的有决定意义的范畴都是直接来自黑格尔的《逻辑学》"。[4]但是和黑格尔不同的是，马克思从客观世界出发来思考人的实践活动，并把辩证法具体应用于分析资本主义社会的经济关系。黑格尔虽然也提出了实践的观点，但他认为实践只是

---

① 〔美〕乔治·萨顿：《科学史和新人文主义》，陈恒六等译，上海交通大学出版社，2007，第31～32页。
② 转引自张世英《论黑格尔的逻辑学》第3版，中国人民大学出版社，2010，第12页。
③ 黄玉顺：《实践主义：马克思主义哲学论》，原载《学术界》2000年第4期。http://www.confucius2000.com/poetry/hyshmarx.htm.（Google，2012－04－02）。
④ 〔匈〕卢卡奇：《历史与阶级意识》，杜章智等译，商务印书馆，2004，第43页。

绝对理念运动过程中的一个阶段，而马克思则把这种实践观作为起点。"哲学家们只是用不同的方式解释世界，而问题在于改变世界。"① 如果说，黑格尔的实践内涵在用有限的理论涵盖无限的历史的过程中，在理念的绝对性中，把客体世界静态化了，那么，马克思主义的辩证思想正是强调了历史发展的动态运动，强调了人类实践对于人类认识的基础性，从而开创性地建立了一整套有关资本主义社会经济发展规律的学说。

马克思主义的辩证法是唯物主义的辩证法。马克思主义坚持物质第一，精神或思维第二的原则，认为一切对象和现实都是人的感性活动的基础，人的活动是"对象性的活动"。② 而事物的发展是遵循量变到质变、对立统一规律和否定之否定的矛盾运动。在马克思主义哲学中，"自然"既可以泛指整个物质世界，包括人，也可以在狭义上分为自在自然和人化自然。自在自然就是指人化自然以外的，与人类世界相对应的自然界，而人类社会是指在物质生产活动基础上形成的人类生活共同体。③ 广义的自然世界是人存在的基础，而人又是社会中的人。人和其他生命形式一样都是自然界发展的产物。而人又通过劳动这样的实践活动，对自然界进行改造，为自己的生存创造条件，并发展出自己的语言和文化，以及物质资料的生产方式，形成了人类社会。生产方式是生产者和生产资料的相互作用，是两者的对立和统一。生产方式是人类存在的基础，决定着社会的结构、性质和形态。

马克思主义理论是建立在历史地考察人类进化发展的基础之上的。根据达尔文的进化论学说，马克思认为，人类社会是不断向前发展的。资本主义是人类社会发展的一个阶段。马克思在对资本主义社会进行整体研究和考察的基础上，提出了一些重要的观点：人既是个性的有生命的人，也是社会的人。人是一切社会关系的总和。社会生活本质上是实践的，而生产力就是人与自然的社会关系，他们互相作用，互相联系。人类社会历史的发展是遵循对立统一规律、从量变到质变规律和否定之否定规律进行的。通过运用辩证法对资本主义的考察，马克思主义创立了科学社会主义。马克思主义和黑格尔辩证法的最大区别，就在于马克思把黑格尔悬在形而上的辩证法概念系统直接落在了资本主义现实世界中，用实践来阐释辩证法的合理性。

① 〔匈〕卢卡奇：《历史与阶级意识》，杜章智等译，商务印书馆，2004，第58页。
② 转引自杨耕等主编《马克思主义哲学概论》，高等教育出版社，2004，第56页。
③ 转引自杨耕等主编《马克思主义哲学概论》，高等教育出版社，2004，第61页。

第三节　莱辛的辩证法思维模式

　　莱辛在上述给鲁本斯坦的信中实际上已经说明了马克思主义的辩证法思想"概括了我已经读过的所有各种思维方式",因而,在莱辛看来,它也是最完备的思维方式。不过,莱辛对于辩证法的运用,并不是如评论界分析的那样,只是简单地罗列出各种对立项的矛盾和斗争。她把黑格尔对思维认识过程的分析运用在整个小说创作思想中,落实在具体的文本结构和主题上,深刻展示出事物的现象和本质互相联系、互相转化的过程,突出从量变到质变的演变。不过,她并没有对概念单纯进行抽象解读,而是吸取了黑格尔辩证法中概念和现实内容的结合,既相互联系,又相互转化的思想,同时又坚持马克思主义的实践观点,从马克思"人是一切社会关系的总和"的观点出发,把人在社会生活中的各种关系作为阐释辩证法的场域,从而揭示出令人深思的东西,并促使我们反思传统的形而上学式的单一思维方式。正如孙正聿指出的那样,"辩证法根植于人类生活"。[①] 这也是为什么欧文·豪称莱辛为"人类关系的考古学家",[②] 因为他准确地点明了莱辛对于人类各种关系研究的深度和广度。它不仅包括人的各种社会关系,而且把这种关系拓展到了人的意识及潜意识层面,包括了人内心的各种矛盾关系。莱辛受苏菲主义思想的影响,喜欢把哲学层面抽象的本体问题运用小说故事的形式进行解说。除了上面谈到的用各种类型的小说形式对总体性思想进行图解以外,莱辛几乎每一部小说的形式及其内容也都是对于某一种,或多种辩证关系的解说。"或许莱辛政治投入最持久的遗产,不是她小说的内容,而是她的辩证运作方法。她不是把原材料按照原来的方式接受,然后去找出意义,而是设立一个对立面;具有创造性冲突的结果就生成了一个新的合成项。这样,意识形态上所反对的种族隔离制度就把它所有潜在的悲剧性展示出来了。"[③]

　　《青草在歌唱》通过白人妇女玛丽·特纳和黑人摩西的悲剧,探讨了不同种族、不同性别的人与种族社会中不同社会势力所代表的行为和道德规范

---

① 转引自孙正聿《辩证法研究》（下）,吉林人民出版社,2007,第 9 页。

② 转引自 Charlotte Innes. " A Life of Doing It Her Way. " *Los Angeles Times*. Los Angeles, Calif. : Dec. 8, 1994, p. 1 http: //proquest. umi. com/pqdweb? sid = 1&RQT = 511&TS = 1258510410&clientId = 1566&firstIndex = 120）。

③ Ruth Whittaker. *Modern Novelists*: *Doris Lessing*. New York: St. Martin's Press, 1988, p. 8.

之间的矛盾和冲突。这些矛盾和冲突分别通过白人夫妻玛丽·特纳和迪克·特纳之间的生物性别和社会性别冲突、特纳夫妻和代表白人高层社会势力的查理·斯洛特之间的阶级矛盾、白人妇女玛丽·特纳和黑人摩西所代表的自然人性和种族社会主流道德规范之间的矛盾、白人青年托尼·马斯顿所代表的新一代殖民者和老一代占统治地位的殖民者之间的矛盾和冲突体现了出来。这些矛盾和冲突又在形式上通过社会势力代言人的叙述人语言或语气与以玛丽·特纳等主要代表人物的心理活动构成的张力而表现出来，也分别通过题目和结尾场景描写、预知性开头以及人物的预知性结局之间的首尾呼应和隐性未知之间构成的张力体现出来。《回归天真》和《暴力的孩子们》五部曲以玛莎·奎斯特的成长经历为连接线和支点，分别在五部小说中探讨了人的成长经历中最重要的几组辩证关系：《玛莎·奎斯特》——个人和家庭的矛盾，表现为青春期孩子的反叛同家长的保守思想之间的冲突；个人和社会团体的矛盾，表现为天真少女的浪漫爱情观和社会主流势力的爱情规则之间的冲突。《合适的婚姻》——个人自由和自然母性的内在矛盾，表现为玛莎对于怀孕的恐惧和期望；个人欲望和社会稳定的矛盾，表现为个人欲望的膨胀所导致的对于政治激情和战争刺激的渴望和因此而导致的后果，对于家庭和社会稳定的破坏。《暴风雨掀起的涟漪》——个人的爱情理想和政治婚姻现实的矛盾，表现为玛莎为政治牺牲爱情的内心矛盾和斗争。《围地》——个人的命运和社会制度之间的矛盾，表现为在殖民地和种族社会中，个人不可避免地深陷于各种政治和社会力量所编制的网中，徒然挣扎的场景。《四门城》第一部分通过玛莎这个外来人的视角对战后英国社会状况进行全景式扫描：战前的伦敦和战后的伦敦；城市和乡村；底层阶级和中层阶级；非洲和英国；宗主国和殖民地；现实和媒体宣传等构成了一对对交叉混杂的矛盾和统一体。第二部分以上流社会著名作家马克一家为圆心，深入人物的思想和心理内部，展示家庭亲情、爱情、友情关系中凸显的矛盾和冲突，揭示20世纪50年代初期，战争以及持续的"冷战"对人们思想上和心理上的摧残，特别是对于孩子们的影响。第三部分特别关注在复杂的政治形势下，中年人的困惑和年青一代的叛逆，以及两代人之间的矛盾。第四部分描述了60年代，经历了战争、"冷战"创伤的几代人在与社会各种不同势力的矛盾斗争中各自走上了不同的人生道路。第五部分在形式上以四部分分别喻示人在爱情、婚姻、政治、社会四方面的人生经历，并最后汇合成四门城所体现的人生总汇。最后的附录运用私人信件、公函、笔记等各种不同的文本，从时间和空间上把不同种族、不同国家的历史、现在与未来联系在一起，把各种矛盾和冲突化为一个大写的人的世界凸显在我们面前。这些矛盾和斗争互相交叉、缠绕，互相联系、相互转化，从而构成了最为激荡人心的读者的心理体验过程，使读者在认同和抗拒、"量变"的懵懂和"质变"的震惊中获得教益。

《金色笔记》是莱辛阐释其思想，特别是辩证法思想的一次更为大胆的实验。她不仅赋予了小说形式以空前的"话语"权，一方面运用分割的笔记本形式把人与社会、人与自身的各种矛盾和斗争立体化；另一方面采用连续嵌入框架小说的方式，加上首尾呼应的循环结构把这些矛盾和冲突紧密联系在一个统一体内。此外，莱辛还把各种流行的社会思潮、各种主义、各种思想争论也嵌入小说的情节和内容中，通过它们之间的"对话"和"争辩"以及冲突，对它们进行无情地讽刺和解构，揭示其单一思维的危害，使《金色笔记》成为有史以来最为波澜壮阔的一部人类断代史。

此后，在《简述地狱之行》（1971）、《黑暗前的夏天》（1973）、《幸存者回忆录》（1974）这三部"内空间小说"中，莱辛稍稍转变了一下视角，开始了心理层面的辩证剖析。《简述地狱之行》通过一个被"正常"社会诊断为"非正常"状态的疯子——查尔斯·沃特金斯的疯言疯语和意识旅行的经历，以沃特金斯为代表的位于底层的"病人"颠覆传统，颠覆几千年来理性统治的"正常"秩序；以无意识"呓语"对抗意识语言；梦境畅游抵制苏醒现实；以失忆和重构现在来颠覆过去的历史；以性器官的裸露对抗虚伪的道德。在形式上，这本小说在纵向上从叙述人物语言所构成的外在现实（社会"正常"状态）——心理现实（叙述出的"疯癫"状态）——再到社会"正常"状态的叙述层面，和横向上人物叙述中所隐含的恰恰相反的对现实的理解构成了张力；"客观"现实和"心理"现实与多种神话、宗教之间的对话和互文也构成了一个四通八达的张力网。《黑暗前的夏天》围绕有关职场和家庭、社会角色和家庭角色、婚姻和爱情之间的矛盾和冲突，聚焦于女性的困境和内心的纠结，同时探讨了这些矛盾和冲突在小说形式的过去、现在和未来的时间结构中，在不同国家，不同层次、不同性别人群中可能的表现形态和反应。《幸存者回忆录》把过去和现在、现实世界和虚幻世界、成人和孩童、回忆录和自传及虚构小说等并置、交叉，形成了各种相互交织的矛盾和张力，并且通过剥去人物的实名或名字中隐含的历史关联，实现了跨时空、跨地域的寓意联合。

莱辛的科幻五部曲第一部《什卡斯塔》凸显了多少年来人与神、人与自然以及地球与宇宙的对立统一、相互制约与唇齿相依的关系。第二部把如何在差异中求同一作为贯穿性别、国家、民族等主体叙述的主线。

《日记》把聚焦点放在了代际之间的矛盾，以及友谊、爱情、亲情与责任的含义上。《好恐怖分子》对个人和社会之间矛盾与对抗产生的根源进行了探讨。《第五个孩子》和《本在人间》通过异常人本的悲惨遭遇，揭示了在爱的面纱之下不同阶层之间缺乏沟通和理解所导致的矛盾和冲突。《又来了，爱情》关注了老年人的情感生活，触摸到老年人内心中最柔软的部分，揭示了世俗的道德标准和内心的自然情感的矛盾。《玛拉和丹恩历险记》和《丹恩将军和玛拉的女儿，格里奥以及雪狗的故事》把人与人、人与自然、人与动物之间的辩证关系相互联结起来，试图用未来的眼光揭示出人现在的愚蠢，促使人们对历史教训的反思。《最甜的梦》把婚姻矛盾、代际冲突和不同国家、不同种族之间的关系以及人类的命运紧密结合在一起，从而使人类的视野又拓展到一个更高的层次。《裂缝》用荒诞的形式重新诠释了两性之间的对立和统一，涉及男女性别史、历史话语权的争夺等。莱辛的收山之作《阿尔弗雷德与爱米莉》把父母的现实生活和没有战争的想象生活进行了对照，控诉了战争给人类所带来的无穷伤害。

莱辛对于辩证法的运用还远不止这些。除了大的主题之外，莱辛小说中还有众多的小主题作为交叉。最重要的是，莱辛对于黑格尔和马克思主义辩证法思想不是机械地套用，也不是为了用故事的形式诠释辩证法的存在，而是运用辩证法，通过对各种矛盾，包括现象和本质、偶然性和必然性等的探讨和诠释，找出其量变和质变的根源和平衡的可能性，从而提高人的意识辨别能力，扩展人的认识视野，进而对人生有了不同于以前的视角。这也是为什么许多人称莱辛的书改变了自己的一生的原因。

第六章
莱辛的历史观

第一节　莱辛对世界历史总的看法

　　历史观就是对宇宙和人生的总的看法。自古代到现代，从好奇到知识摄取的需要，人类不断用各种方法对世界和人类本身，就起源、文明发展等进行研究和探索，试图对人类的过去、现在和未来做出解释或预测。就历史研究而言，不管是按各种时期划分，如传统的三分法——古代、中古、近（现）代研究，或是按经济发展、文明进程、地域角度的划分，如沃尔夫的生产方式、麦金德的开放或封闭体系、沃勒斯坦的体系论等①，抑或是按国别划分，如中国史、美国史、欧洲史等，历史学家们关注的话题，随着现代科技的高速发展，全球一体化的进程加快，"地球村"的形成，以及全球环境的恶化，从起源和区域的发展，更多地转向对全球文明的整体关注和对地球毁灭可能性的担忧。从斯宾格勒的《西方的没落》、汤恩比的《历史研究》再到斯塔夫里阿诺斯的《全球通史》，历史研究和历史认识的深度和广度一再拓宽。作为一个人文主义作家，莱辛对人类文明的发展异常敏感。她对历史的兴趣不仅体现在大量地阅读历史著作，而且在各种场合多次强调历史的重要性。她在《我们选择居住的监牢》中，就把文学和历史作为两类最重要和必备的学科知识加以强调。她认为要想认清事实，必须了解历史，要从历史中学到经验和教训，"学会怎样看待我们自己和我们的社会"②。

　　莱辛对历史的看法得益于她东西方的文化背景和对东西方经典的广泛涉

---

① 参见刘德斌《〈全球通史〉第 7 版推荐序)》，〔美〕斯塔夫里阿诺斯：《全球通史：从史前史到 21 世纪》（第 7 版修订版）（上册），吴象婴等译，北京大学出版社，2006，第 19 页。

② Doris Lessing. *Prisons We Choose to Live Inside*. New York：Harper & Row，1987，p. 71.

猎。因此，莱辛的思想糅合了东西方多种思想的精华。既有西方文化传统中的理性主义的形上思辨式思考、苏菲重人性完善的神秘色彩，也有中国文化传统中的天人合一、和谐共生的伦理意识；既重视个体人的独立自主性，又注重"过程中人"① 形成过程中各种关系的协调。更重要的是，莱辛在东西方文化的滋养中获得了一种总体性眼光，使她得以运用一种全球化的视角来审视历史，审视整个世界和人生。这和英国史学家杰弗里·巴勒克拉夫所提倡的"跳出欧洲，跳出西方，将视线投射到所有的地区和所有的时代"的"全球历史观"不谋而合。② 她用唯物辩证法的观点看历史，所以她可以看到个人和宇宙万物的联系和相互作用。在人与社会、人与人的关系中看到个人意识的完善和社会制度与机构对于社会历史的推动或阻碍作用，可以看到过去的历史对于现在的人物和事件的影响、对于未来结果的预测，也可以看到人类发展的总的趋势。莱辛的历史观根植于她的人文主义思想，所描绘的世界历史和人生尽管有许多的磨难，甚至灾祸，但却总给人以前进的力量和信念。莱辛说："人类社会在进化——我们都在进化，无论我们知道不知道——很可能是因为我们所经历的磨难……我们生活在以前从没有过的化学品中。它们对我们会产生什么影响？我们不知道……我们所知道的是我们是处于极端条件下的物种……我们能够幸存于任何你愿意提到的灾难。我们最大程度上准备好要幸存下来，去适应，甚至从长远看，去开始思考。"③ 虽然有些人会死去，但人类会幸存下来。这也是为什么她的小说总给人以希望。不过，和历史学家注重历史理论的分析不同，作为一个作家，莱辛用创作诠释自己的历史观，把对时代史的记录和理解融入小说创作中，用虚构的人物和个体的经历来反映波澜壮阔的社会画面，用个体人物命运的波动来揭示变化的人类历史进程以及未来的图景。

在评论界，很少有专人研究过她的历史观，但大家对莱辛的作品反映了时代、反映了历史毫无异议。这一方面和莱辛在作品中纵横捭阖，运用时空变换，并从历时、共时两个维度对世界历史进行总体概括的努力有关，另一

---

① 〔美〕安乐哲：《和而不同：中西哲学的会通》，温海明等译，北京大学出版社，2009，第83页。

② 王林聪：《略论全球历史观》，《史学理论研究》2002年第3期，http：//file. lw23. com/c/cb/cbc/cbc104d9-0b10-47de-8680-32ab6fa10d4f. pdf . （Google，2012-10-19）.

③ Lesley Hazelton. "Doris Lessing on Feminism, Communism and 'Space Fiction'." July 25, 1982, Sunday, *Late City* Final Edition Section 6; p. 21, Column 1; Magazine Desk. http：// mural. uv. es/vemivein/feminismcommunism. htm.

方面也和莱辛尊重历史、真实再现时代精神不无关系。更为可贵的是，和一般作家只是力图真实反映历史不同，她在按照传统的"客观"角度反映历史现实的同时，反过来再去质疑所谓"客观"的"常识"，从而使我们可以从另一个角度反思历史，引发更深层次的思考。

莱辛在小说中通过空间转换主要描述了从 20 世纪初非洲殖民地到战后英国的社会历史，并且把不同国家、不同阶层、不同年龄段的人在过去、现在与未来的不同时间中并置起来进行对比，使得历史的进程分别在历时性和共时性两个维度上展现出来，在阐释人类进化总趋势的同时，揭示历史重复的可能性。

从小说整体安排来看，首先，莱辛在 20 世纪五六十年代的《青草在歌唱》《暴力的孩子们》《金色笔记》，90 年代的《玛拉和丹恩历险记》《丹恩将军和玛拉的女儿，格里奥以及雪狗的故事》姊妹篇以及 21 世纪《最甜的梦》中都直接描述了非洲殖民地的场景。从这些作品描述的时间可以看出，它基本涵盖了非洲殖民地在 20 世纪前半叶，也就是过去、20 世纪后半叶到现在以及未来的图景。同时，莱辛又在《暴力的孩子们》《金色笔记》，70 年代的《简述地狱之行》《黑暗前的夏天》《幸存者回忆录》，80 年代的《日记》《第五个孩子》《本在人间》，90 年代的《又来了，爱情》，21 世纪《最甜的梦》《阿尔弗雷德与爱米莉》中描述了从 20 世纪初一直到 21 世纪的整个伦敦、英国，甚至世界未来的场景。这两条纵向的历史描述穿插在不同的小说中，不仅构成了横向的断代史，而且正好覆盖纵向整个 20 世纪殖民地与宗主国关系、后殖民地与战后英国，甚至其他国家，乃至现在的历史，并指向人类共同的未来。值得注意的是，这两条未来的场景合二为一，共同作为人类的未来。

其次，这些小说中涉及的人物涵盖殖民地各个阶层——从胆小沉默的黑人奴仆到投机钻营的民族统治者；从势利贪财的殖民者到辛勤无奈的"淘金"人；英国的各个阶层——从上流社会到底层贫民、流浪儿，从政客、统治者、作家、艺术家到或猥琐、势利，或淳朴、善良的普通人。这些不同阶层的人，以几代人的形式，经常由于各种原因——或以大家庭的方式，或以政治聚会，抑或以俱乐部、剧团、组织、小团体等——聚集在某一处或居住在一幢大房子里，组成一个微型社会。他们复杂的社会关系和不同年代的经历构成了历史进程的缩影。

最后，莱辛的小说都涉及对于过去历史的态度和未来的图景展示。前者以回忆、记忆、故事、梦境、幻觉等多种形式出现，后者展示的图景主要有两种：历史的重复，通常是灾难，或者是希望，乃至乌托邦美景。值得注意的是，前者和后者的关系是紧密相关的。对于前者的忽视或忘记导致的是历史的重复，通常是灾难；对于前者的思考或反思，则通向希望，抑或是乌托邦美景。

战争的阴影在莱辛的作品中可以说无处不在。但和通常描写战争题材的小说不同的是，莱辛并没有直接描述战争场面，而是把战争的影响作为主题，把它当作一个游荡的幽灵置于整个社会背景之中，渗透进人们生活的各个角落，包括整个社会的思想意识和心理状态，揭示其对于社会肌体以及个人身体和心理的伤害。莱辛在作品中描绘了不同形式、不同种类、不同层面的战争。无论是实际的殖民战争、"一战""二战"，还是"冷战"、越战、阿富汗战争，还是思想意识和文化层面的战争，包括两性之间、代与代之间、人与人之间、人与社会之间，讲述着整个 20 世纪的暴力创伤历史。所有人的生活都直接或间接地受到战争的影响，从各个阶层的人物身上，以各种形式体现出来，贯穿小说的始终。莱辛这样描写的目的一是想强调战争对人类身心的巨大伤害；二是想让大家看到，在不同地域、不同层次上的战争在性质上都是一样的，即对于异己的排斥。而这样的悲剧在人类历史上一再重演的原因是由于人类对于历史的健忘。人类总是忘记过去的灾难，使过去的战争成为"不可提及的大事。"

第二节　线性历史和历史的循环

就人类历史发展的总体趋势来说，莱辛认为其是呈线性发展的、是进步的。莱辛在 1984 年接受采访时曾明确说，"在我看来，人类是进化的。这就是进化的下一阶段。我认为我们有可能变得更聪明，更有直觉性等等"。[1] 大部分评论家们对此也都持一致意见。但我们注意到，莱辛小说中无论主题，还是形式都存在着许多的循环模式。最早注意到这两种模式并行存在的是罗贝塔·鲁宾斯坦。她把它们称为认知模式，具体来说就是一种"看待现实的不同方式。线性模式是一种抽象的比喻，指那种和理性思维、分析、

---

[1] Eve Bertelsen. "Acknowledging a New Frontier." in *Doris Lessing：Conversations.* ed. Earl G. Ingersoll. New York：Ontario Review Press，1994，p. 145.

逻辑以及随时间单向展开的历史和生活相联系的脑力活动。相反，循环模式回荡在整个神话以及脑力活动的非理性、超理性和综合层次上：象征、梦幻、疯癫、超感观察力、神秘视野。这两种认知模式的对比，以及试图融合它们，对于经验和现实本质常常完全相反的趋向，构成了莱辛小说的中心张力和能量"。① 其实，就总体来看，这两种模式正体现了莱辛对于整个人类历史的看法，即：一方面是总体历史的进步的、线性发展，呈现其历时性；另一方面，就某一时代或某一社会时期来说，人与自然、人与社会、人与人以及人与自我之间构成众多的矛盾和斗争，阻碍社会向前发展，在某一时刻甚至表现为倒退，即历史的重复。不过，值得注意的是，这些历史的循环并不完全是回到过去，它伴随着意识上的改变，即认识深度的变化。这是莱辛不同于以往历史循环论的关键所在，是她的历史进化论的基础，同时也是莱辛小说中频频出现的乌托邦美景的深层次原因。因此，尽管莱辛的小说充满了灾难式的场景，却仍然总给人以力量和信心。这些矛盾和斗争在每一个时代、每一个社会都存在，从而在总的历史链条上呈现为历史的循环，组成了历史在某一时期的共时图像或历史的横截面。这种进化的线性趋势和历史的循环，构成了莱辛小说中独特的世界图景，分别体现在莱辛小说的主题和艺术形式中，其目的就是为了完整地认识历史。莱辛的这种历史观契合了 20世纪 70 年代历史研究从研究历史规律转向对历史的认识的研究的总趋势。

在小说中，我们可以从四对关系（人与自然、人与集体或社会、人与人、人与自我）、三个层次（宏观层次、社会层次与意识层次）来看这两种模式的呈现。

首先是在宏观层次上的人与自然的关系。这里的自然不仅指人类生存环境的自然，也指人类本性的自然。在小说中，莱辛描写了两类自然背景，一是真实的环境，如非洲广袤的自然环境，特别是浩瀚辽阔、无边无际的灌木丛；英国乡村美丽的田园风光；伦敦的城市街道等；二是现实中无特指的自然环境，如河流、沙土地、国家、世界等。在第一种环境描写中，莱辛着重叙述了自然环境的美丽以及人在大自然中的自由自在，同时也强调了人对环境的改造，突出了非洲殖民社会的愚昧落后和英国资本主义社会的优势先进。这种描述主要阐述了线性的历史发展趋势。在第二种环境描写中，莱辛

---

① Roberta Rubenstein. *The Novelistic Vision of Doris Lessing*: *Breaking the Forms of Consciousness*, Urbana: University of Illinois Press, 1979, p. 8.

把视线转移到了更高的层次来俯瞰世界和人类，如科幻小说中的神，以及《裂缝》中的历史学家，《玛拉和丹恩历险记》中居于未来的全能叙述者，把自然的美丽和人类对于自然的破坏并置于读者的视线之下，从而使读者在总体性视野下看到了历史重演的震撼人心的一幕：对自然没有节制的开发和破坏，以及人为的灾难正是导致人类生存环境恶化的罪魁祸首。亚当·塞斯（Adam Seth）在《人在宇宙中的位置》中说，人在自然和人类之间所创造出的巨大空白是推动宇宙在新的水平上进步的结果。[①] 这是说人的欲望超越了自然的供给，因而人类改造自然的行为使人类离自然越来越远，从而造成了灾难。不过，人类没有必要像阿诺德和哈代一样为此悲观，因为这只是完成宇宙叙事所必然经历的内部调解而已。所以莱辛说总会有人幸存下来。

对于人类本性的自然，莱辛主要是通过社会层次中人与集体（社会）的关系来体现的。如《青草在歌唱》中，玛丽·特纳对于黑人摩西产生的自然男女之情不仅被殖民社会所不容，而且也是她自己所不能接受的。她长期生活在种族歧视的社会环境中，所受的教育就是"黑人不是人"。所以当她对摩西产生了对于普通男人才有的暧昧情感时，她不仅受到了来自白人阶层的非议，而且更多地受到了自己"良心"的谴责，从而造成心理崩溃，自愿走向死亡。这里她所认为的顺应社会的进步举动却导致了自己的死亡，完成了一个生死循环。《暴力的孩子们》以玛莎·奎斯特的成长经历为线性发展主线，描写了她在享受天性赋予她做女人的权利和不得不试图逃离天性之间的循环斗争。从小说伊始她就试图逃离自己的家庭，摆脱父母那样无聊的生活模式。为此，她离开了家，希望自由地恋爱，自由自在的生活，但最后却在社会压力下，不得不坠入了传统婚姻的牢笼。在经过了内心极度挣扎的斗争之后，女人的天性战胜了自己追求自由的心，玛莎·奎斯特开始了怀孕生子的过程，享受着作为一个母亲的快乐。然而，生活的琐碎和无聊使她再次出走，成为自由人。不料却再次被所谓政治理想所裹挟，在集体的狂热中坠入了一段政治婚姻。当她最后走出婚姻，来到英国时，却成为一个和自己毫无血缘关系的大家庭的母亲式人物，回到了最初她憎恨的生活。和开始所不同的是，玛莎·奎斯特在思想上对生活和世界有了新的认识和看法。《金色笔记》在小说的形式上采取了明显的线性和循环相交叉的模式："自由女性"和四个笔记本虽然被分割成了四段，但在时间顺序和情节上，却

---

① 转引自〔英〕菲利普·戴维斯《维多利亚人》第8卷，外语教学与研究出版社，2007，第97页。

各自连成一体，组成一个完整的部分。"自由女性"从1957年夏天开始，展开了安娜·伍尔夫从写作障碍到最后克服障碍开始写作，最终又放弃写作，投身社工事业的生活经历。另一条并列的线性描写涉及安娜·伍尔夫的朋友莫莉的儿子。他从经历父母离婚，出现心理危机，并试图自杀的懵懂少年成为一个鼓起生活勇气，投身生活的青年。四个笔记本也各自在时间上按照顺序展开情节，但同"自由女性"相比，由于四个笔记本所讲述的事件均发生在1950年到1957年间，因此，在时间上构成对过去历史的回忆。

就人与社会的关系来说，《青草在歌唱》中殖民社会对于玛丽·特纳的控制显而易见，不仅使她重蹈父母婚姻的覆辙，而且最终逃脱不了世俗的偏见，用死亡保住了对于殖民社会的忠贞。但她死亡之时，正是新一代英国殖民者的代表托尼·马斯顿在殖民社会新生活的开始。玛丽·特纳的线性一生中类似这样的微循环还有：由于丈夫生病，她去代替他监管黑人雇工劳动，从而引起男权社会中角色颠倒导致的殖民社会中的角色混乱等。《金色笔记》中，安娜·伍尔夫之所以有作家的障碍，源于对艺术是否能真实反映现实的困惑。当她写完《战争边缘》，并获得商业成功之后，却发现这本书并没有真实反映自己内心的想法，而之后和电影改编者的谈话更使她陷入寻求经济利益与真实反映现实的巨大矛盾之中。这里，人的事业进步和社会商业集团对于人的控制所导致的虚假循环（作品的虚假导致读者的受骗，再以讹传讹）与最外围的框架小说"自由女性"在内容和形式上的线性—循环（内金色笔记本最后索尔·格林给安娜·伍尔夫小说的开头句和《金色笔记》的开头句相同）遥相呼应，构成了动态的线性和循环两种模式。

安娜·伍尔夫从小说开始参加政治活动、加入共产党，到小说最后对党失望、退党，参加社会福利工作，遵循了一条线性的发展道路，但小说中的年轻一代莫莉的儿子汤姆，和他的继母，也就是查理的前妻在经历了生活的失败或失望后，却在小说最后投入了狂热的政治活动中，和安娜·伍尔夫的政治活动构成了一个循环，深刻地揭示了政治团体对人们的思想和意识形态的控制。而这里，就隐含着另一层次上的两种模式的交叉——战争的阴影。在安娜·伍尔夫的"黑色笔记本"的线性叙述中，她谈到了广场上一只鸽子被射杀的情景。这使她回忆起了"二战"期间在非洲她和一些英国空军士兵猎杀鸽子的血腥场面。这里鸽子事件的倒循环不仅暗指战争的残酷和血腥，更预示着可怕的战争狂热也许会卷土重来。类似这样的线性和循环的模式不仅在这部小说中比比皆是，还出现在以后的许多小说中。例如，《简述地狱之行》中社会惯常模式压力下疯癫病人的线性自述和周围所有有关人士，无论是记录还是信件对他的回忆；《黑暗前的夏天》凯特的线性家庭生活经历和自己重新体验爱情、自由、工作的感悟；《幸存者回忆录》中叙述者的线性叙述经历和对过去体验的回忆的交叉等。

就人与人的关系来说，婚姻也许是莱辛着墨最多的社会关系之一。也许《金色笔记》中的黄色笔记本是体现两种模式交叉最有代表性的一部分。它的前几个片段主要按时间顺序讲述了爱拉和情人之间的恋爱。而后面是由19个独立的短篇构成，几乎全部是关于男人和女人之间的婚姻或恋爱关系的故事。有趣的是，我们发现爱拉的故事和这19个故事非常相似，可以说就是其中放大的一篇，或者说19个故事都是爱拉故事不同侧面的浓缩版，是不同形式的同一个故事模式的重复。实际上，这就是莱辛想说明的：男女关系就是人与人社会关系中的核心关系，它构成了社会的最小单位——家庭，是人类繁衍的基础。家庭关系就是社会关系的反映。这也是它们在莱辛的小说中都占据重要地位的原因。

另一个层次上体现的两种模式是人与自我的关系。除了大家熟知的《金色笔记》中安娜·伍尔夫和几个笔记本中的内小说或内人物，如爱拉等所代表的几个层次的自我关系之外，还有一本被忽视的，其层次丰富程度不亚于《金色笔记》的小说，就是《又来了，爱情》。在这部小说中，主人公萨拉·德拉姆伦敦是一个小剧团——青鸟剧团的经理。她65岁，精力充沛、聪明能干。在剧团上映的剧本《朱莉·韦龙》中，生活在19世纪末殖民地社会的混血儿、年轻貌美的女主角朱莉和剧本外现实生活中的萨拉，以及剧团的赞助人斯蒂芬分别构成了不同时期、不同社会、不同性别和不同心理层次上的互为自我的关系。这种多层次、互相交叉的自我关系不仅使人物立体化，而且使不同时期的不同社会，以及不同性别或不同年龄的人物关系紧密地结合在一起，构成了一个相互联系、相互作用，而又相互印证、相互解构的矛盾统一体。

莱辛对于历史的重视，不仅是为了让大家看到历史发展的模式，而且更重要的是在这种模式中深入挖掘历史发展的本质，还原历史的真相，找到历史之所以循环的根源（遗忘教训、丢失责任和承诺。如《什卡斯塔》中借人物之口指责英国在南罗德西亚问题上只看到利益，而忘记了责任和维多利亚女王的承诺等①），以及社会进化发展的动力（反思的能力，提高认识的能力）。"事情总是循环的。它一定会以不同的形式在某个地方再回来。"②

第三节　回忆、传统与现在

对于作家来说，对过去的回忆占据着非常重要的地位。这不仅是因为作家的创作来源于自己的生活实践，而且还因为作家要依据这些生活材料提炼出"当下和历史的社会共同经验"和"维系人类生存的价值意义体系"，而后者是作品能否具有永久生命力的重要标志。③ 莱辛小说中有大量的自传成分已经成为公认的事实。而对于后者，许多评论家也有过诸多评述。不过由于其评判标准不一，因而存在较大争议。最著名的莫过于诺贝尔文学奖颁奖词中所说的，莱辛提供了女性经验的史诗记录和对分裂文明的审视。其实，纵观莱辛的创作，莱辛所提供的远远不止这些。在回忆个人成长的经验中，莱辛在寻求自我历史定位的同时，也在对"每个人"的个人历史重新认识、对人类历史重新认识。"当记忆不起作用时，想象力便辅助或替代记忆。"④这就是创作对于莱辛的作用。而更重要的是，这种历史的定位不在于对过去的意义，而是作为"现在"的参照物而存在的，同时，也具有对未来的警示作用。

莱辛在《我的皮肤下》曾经说过："为什么你要记住这个，而忘记那个？为什么你能记住多年前一周、一个月、一年发生的事的全部细节，然后就是完全的空白，漆黑一片？你怎么知道你记住的比你忘记的更重要呢？"⑤事实上，从来就没有什么纯粹的记忆。当记忆发生的时候，它就已经经过了集体记忆的过滤，掺杂了文化想象。而作为具有责任感的作家，文本记忆不仅是她的文化记忆的选择，也更多地体现了作家自己的价值选择，在重构过去的努力中，彰显着现在的意义。和众多的作家一样，回忆在莱辛的作品中

①　Doris Lessing. *Shikasta*. NewYork：Vintage，1981，pp. 330－331.

②　Michael Upchurch. "Voice of England，Voice of Africa." in *Doris Lessing：Conversations.* ed. Earl G. Ingersoll. New York：Ontario Review Press，1994，p. 226.

③　参见廖文《文学：呼唤文化建设性》，《光明日报》2013 年 6 月 18 日。

④　〔美〕爱德华·希尔斯：《论传统》，傅铿等译，上海人民出版社，2009，第 56 页。

⑤　Doris Lessing：*Under My Skin.* London：Harper Collins Publishers，1994，p. 12.

也占据着重要的地位，但和其他作家的"再记忆"（re – memorizing）（莫里森语）① 不一样的是，莱辛是"新记忆"（neo – memorizing）。"再记忆"指的是重新回忆过去的经历，并基于此，对它进行加工、创作。它本来就显现于作者的记忆中，只不过被重新回忆起来而已。用凯瑟琳·霍尔（Catherine Hall）的话说，是为了使"历史……对现在有生活价值，并且使现在完全活跃起来的方式被重新创造"②。而"新记忆"则更强调重新唤起过去已经被遗忘或者是隐藏在潜意识中的经历。对于作者来说，它无异于对个人历史一种新的认识过程，而对于读者来说，就是一种对于社会共同经验的体验过程。国内外评论界注意到了莱辛作品中的自传成分，也注意到了莱辛"再记忆"的创造和加工，然而却忽略了"新记忆"之于莱辛的意义。她沿着个人记忆的轨道，拾起落在集体记忆缝隙里被遗忘的历史或被遮蔽的以往，用文本记忆的形式挖掘"新记忆"对于今天的价值，而这正是莱辛能够在众多优秀作家中独树一帜的原因。

个人记忆的"空白"与失落的瑰宝③

对于所有作家来说，回忆过去都在他们的作品中占据着非常重要的地位。这不仅是因为以往的经历和现在经历之间存在巨大的时间、地域或文化反差，以及这种反差所造成的心理冲击丰富了他们的文学创作，更因为过去的记忆所带来的那种对纯真成长过程的怀恋，以及重温过去所体验到的那种抑或温暖抑或痛苦的归属感。对于移居海外的作家来说，由于文化和地域的巨大反差，这种怀旧情绪会更加强烈。他们被"早年生活非常鲜活的记忆困扰或追逐着。"④ 霍华德·舒曼（Howard Schuman）和杰奎琳·斯科特（Jacquelin Scott）所做的心理学实验表明，"青春期的记忆和成年早期的记忆比起人们后来经历中的记忆来说，具有更强烈、更普遍深入的影响"。⑤ 因此，毫不奇怪，莱辛早期的作品带有浓厚的自传色彩。不过奇怪的是，这

---

① 参见〔美〕托妮·莫里森《宠儿》，外语教学与研究出版社，2000。
② 〔英〕凯瑟琳·霍尔：《视而不见：帝国的记忆》，法拉、帕特森编《记忆：剑桥年度主题讲座》，卢晓辉译，华夏出版社，2006，第23页。
③ 这里的内容摘自笔者《记忆的裂缝：被遗忘的历史》，《山东外语教学》2011年第6期，第74~78页。
④ 转引自〔英〕A. S. 拜厄特《记忆与小说的构成》，法拉、帕特森编《记忆：剑桥年度主题讲座》，卢晓辉译，华夏出版社，2006，第40页。
⑤ 转引自〔法〕莫里斯·哈布瓦赫《论集体记忆》，毕然、郭金华译，上海世纪出版集团，2002，第51页。

些自传式经历大都和她非洲的成长经历有关，而对于她生命中最初的五年，在出生地波斯，也就是现在的伊朗的经历却并没有提及。即使在自传中，也只有那些已经掺杂了一些想象的、富有象征色彩的白色婴儿房、严格的英国式训练，以及那严寒的冬日，尘土飞扬、凹凸不平的道路和峻峭的高山。而莱辛说，伊朗留给她的只有懵懵懂懂的恐惧。

杰姆逊（Frederic Jameson）在谈到意识形态时，曾借用精神分析的压抑概念分析这一现象。他认为，精神分析中所谓压抑绝非暴力镇压，而是省略、忘记、忽视、漠然等。压抑还是反躬性的，它不仅把一个特殊对象推出意识之外，而且更重要的是消除任何对压抑行为的记忆。也就是说，压抑不仅使对象不被意识到而且使这种压抑对象的行为本身也不被意识到（压抑行为本身就是自我压抑）……它们通过省略、策略性忽视、偏离、细心挑选材料以预先排除某些问题等压抑方式构成对现实的片面认识。①作为一个生活在殖民地的白人，莱辛从小接受的就是西方意识形态的文化教育，种族歧视无孔不入，渗透在生活的方方面面。然而她作为一个英国人的优越感却遭受到来自生活中其他具有更优越社会地位的人的歧视和冲击。莱辛曾经在《追寻英国性》这篇纪实性散文中，详细描述了那些来自真正"家"的英国人对所有人的不屑，以及对纯正英国人的解读和解构。正如路易斯·叶琳所说，莱辛这样做的目的就是为了使自己这样的"外国人"被纳入英国人的概念中去，从而构建了自己"英国作家"的身份，并使其合法化。②实际上，她潜意识中一直对于自己"非正统"英国人的身份感到自卑。她的出生地情结在压抑中一直在寻找一种释放的空间。

我们注意到，这段经历第一次涉及，是莱辛在《回家》中谈到自己回南非通关的时候。她把自己的出生地填写成伊朗，但国籍却是英国人。这时那个海关官员投来怪异与怀疑的目光。也许从这时候起，莱辛就明白自己和伊朗已经永远无法分开。后来莱辛在谈起母亲时，提到了一块她珍藏的波斯地毯。那是母亲过去辉煌、快乐、幸福生活的象征，但却是母亲永远无法再企及的梦。后来当母亲去世时，莱辛又一次提到了这块波斯地毯。也许就像那块永不褪色的波斯地毯维系着对于母亲的记忆一样，伊朗的记忆成为莱辛

---

① 转引自黄应全《西方马克思主义艺术观研究》，北京大学出版社，2009，第 340~341 页。

② Louise Yelin. *From the Margins of Empire*：*Christina Stead*，*Doris Lessing*，*Nadine Gordimer*. Ithaca：Cornell University Press，1998，pp. 62-63.

心中挥之不去的一个结。在一次赴西班牙的访问中，莱辛回忆说，她在伦敦时，每当听到山下传来鸡叫的声音，就恍若回到了伊朗。[①] 她是英国人，但伊朗却是一个给予她生命的国度，是她的第二祖国。正如弗洛伊德所说的那样，我们最早的崇拜是祖先崇拜。我们直接的祖先在某些方式上就是我们的记忆——它们作为在场、作为肉体消失了，但它们作为图像、作为萦绕于心的东西一直在我们心中。[②] 和其他作家能够在回忆中追忆自己的祖先的"再记忆"不同，对于莱辛，伊朗是她个人记忆中的一段被压抑的"真实的"空白。一段也许她起初并不引以为自豪，但却一直伴随着她，并使她不安的空白。

也许正是基于此，莱辛对于东方的文化才有了更大的兴趣。在熟读欧洲、美国文学、历史、政治等图书的基础上，她开始阅读包括佛教、禅宗、印度教等几乎所有的东方经典。20 世纪 50 年代末 60 年代初，正处于迷茫之中的莱辛接触到了沙赫的著作。她看到了失落在个人记忆裂缝中的波斯瑰宝发出的光芒。它和那块莱辛家中珍藏的波斯地毯一样五彩缤纷、神秘动人。她义无反顾地深入探究自己无意中失落的记忆宝藏，找到了西方苏菲主义大师沙赫的智慧，也看到了在苏菲思想的每一根织线中都蕴藏着的思想宝库。在纳斯拉丁的幽默中，莱辛找到了智慧传播的最佳途径；在古老的波斯语言中，莱辛发现了充满象征意蕴的符号；在苏菲自我完善的哲理中，莱辛找到了人类精神沟通的桥梁和到达崇高的道路。她采用和其他作家以及自己以往那种寻根式回顾自己历史的"再记忆"方式不同的"新记忆"形式，把源于伊斯兰世界的苏菲主义思想当作失落的人类历史瑰宝，不仅填充了自己最初记忆的空白，也超越了"再记忆"的国别或地域局限，从而使之成为莱辛引以为自豪而倍加推崇的具有普世意义的新思想。

从此，莱辛不仅公开称自己是沙赫的学生，不遗余力地宣扬沙赫的苏菲思想，还把苏菲思想和自己的观点巧妙地糅合在一起。因而，我们看到了，《四门城》中暗示文本内容或人物命运的每一部分前的题词；看到了"外空间小说"中人物名字中所包含的东方智慧；看到了莱辛寓言小说中纳斯拉丁的智慧和幽默，以及渗透在莱辛众多小说中的苏菲思想。有人说，莱辛坠

---

①　Doris Lessing. *Under My Skin*. London：Harper Collins Publishers，1994，p. 35.

②　转引自〔英〕A. S. 拜厄特《记忆与小说的构成》，法拉、帕特森编《记忆：剑桥年度主题讲座》，卢晓辉译，华夏出版社，2006，第 46 页。

入了神秘主义，实际上，与其说莱辛坠入了神秘主义，不如说许多人由于不理解莱辛的思想，而给她贴上了神秘主义的标签。借用一句果戈理评价普希金的话，她的"每一个字都是无底的深渊"。①

2008 年在一次记者采访时，莱辛毫不掩饰地说自己对伊朗非常感兴趣。② 此外，她常常在作品中使用伊朗的字词，小说中的人物也以此起名，显然伊朗的文化对莱辛具有很强的吸引力。然而谈到苏菲思想，她却说："我之所以相信苏菲思想，是因为我本来就是那样想，在知道苏菲或苏菲主义之前就已经那样想了。我最苏菲的书就是早在我听说神秘主义之前创作的《金色笔记》。"③ 这些话明显透露了莱辛自己源于出生地情结所造成的个人记忆"空白"，而又试图超越地域记忆，以抹平"新记忆"痕迹的意图。

集体记忆的裂缝与缺失的人性

法国社会学家莫里斯·哈布瓦赫（Maurice Halbwachs）首次对"集体记忆"这一概念进行了系统的描述。科瑟在哈布瓦赫所著的《论集体记忆》的导言中说："哈布瓦赫指出，集体记忆不是一个既定的概念，而是一个社会建构的概念。它也不是某种神秘的群体思想。正如哈布瓦赫在《论集体记忆》一书中所指出的，'尽管集体记忆在一个由人们构成的聚合体中存续着，并且由其基础中汲取力量，但也只是作为群体成员的个体才进行记忆。'顺理成章，推而论之，在一个社会中有多少群体和机构，就有多少集体记忆……当然，进行记忆的是个体，而不是群体或机构，但是，这些植根在特定群体情景中的个体，也是利用这个情景去记忆或再现过去的。"④

对于莱辛来说，非洲的种族歧视一开始就是一种集体记忆。她从小接受的教育就是黑人是低下的"野人"，是"看不见的人"。莱辛在自传中，承认在去索尔兹伯里之前，从来没有注意过黑人的存在。黑人在莱辛的自传以及自传体小说中只是白人的陪衬，因为他们并不是真正意义上的人。这是殖民者统治的需要，它造成了莱辛们对于黑人记忆的缺失。"集体记忆"具有

① 转引自胡经之《文艺美学》，北京大学出版社，1999，第 73 页。
② Emily Parker. "Interview with Doris Lessing." *Wall Street Journal* (Eastern edition). New York. Mar 15, 2008, p. 11. http：//proquest. umi. com/pqdweb? sid ＝ 1&RQT ＝ 511&TS ＝ 1258510410&clientId ＝ 1566&firstIndex ＝ 120.
③ Mona Knapp. *Doris Lessing*. New York：Frederick Ungar Publishing Co., Inc., 1984, p. 13.
④ 〔法〕莫里斯·哈布瓦赫：《论集体记忆》，毕然、郭金华译，上海世纪出版集团，2002，第 39 ~ 40 页。

可操控性，人们可以有意地强化某些部分的记忆，也可以刻意淡化某些记忆，因此，"遗忘"也是"集体记忆"另一方面的表现。① 正如丹·雅各布森（Dan Jacobson）所说的那样："殖民地文化就是没有记忆的文化。"② 这是因为殖民地文化没有记忆，因为不能回忆。如不能问黑人为什么比白人低劣？为什么被白人统治？一追溯过去，就不对了，这是一个事实，是不容置疑的事实。

她在懵懂之中加入了当地的左派组织。为反种族歧视奔走呐喊成为她生活的一项重要内容。但与其说这是一种信仰，不如说是一种时髦，因为当时"所有聪明的人"都在这个组织中，"不可能使自己远离强烈的时代潮流"。③《暴风雨掀起的涟漪》真实记录了那个时代的狂热和浮躁。它构成了另一种集体记忆。如果说殖民统治者的种族歧视以集体记忆的方式试图把黑人从记忆的屏幕上抹去的话，那么这种政治狂热却打着反种族歧视的幌子，利用集体记忆的方式裹挟着人们奔向一种虚幻的"乌托邦"，使人们失去了明辨是非、区分黑白的能力，陷入了记忆"黑屏"。

难怪，莱辛的努力工作，积极参与并没有多少实际效果。他们的行动不仅没有得到广大白人的支持，而且没有得到黑人的认可。莱辛陷入了迷茫和彷徨之中。但是，那默默劳作的身影和沉默不语的脸庞在莱辛的记忆中却挥之不去，她就像《青草在歌唱》中的玛丽一样，内心经历着社会"良心"与个人情感的煎熬。那个"看不见的人"越来越清晰，然而他的内心却像他的皮肤一样黝黑，看不见，摸不得，她在思考那些黑人沉默背后的意义。她渴望逃离这一切，"回家"寻求更多的平等和自由。

如果说莱辛在非洲深切地体验到黑人和白人之间因人种不同而造成的差距的话，那么在刚到伦敦的日子里，她就饱尝了白人之间由于鲜明的等级制和阶级差别而带来的经济困境和生存的艰难。她——一个带着儿子的单身母亲，一个带有口音的外来人，在伦敦找不到工作，找不到一处像样的栖身之所。后来由于她的小说获得成功，才逐渐摆脱困境。正是这些亲身经历促使莱辛开始从新的角度对种族歧视问题进行重新思考，在集体记忆的裂缝里寻找那被"遗忘"的历史。

---

① 沈坚：《法国记忆史视野下的集体记忆》，《中国社会科学报》2010 年 3 月 2 日，http：//www. cass. net. cn/file/20100302259255. html。

② 转引自 Lorna Sage. *Doris Lessing.* New York：Methuen，1983，p. 25。

③ Doris Lessing. *Under My Skin.* London：Harper Collins Publishers，1994，p. 268.

首先，莱辛从自身出发思考英国人的特性问题。她 1957 年写成了《追寻英国性》的纪实性散文，用大量的事例证明了"英国性"的虚妄性，质疑了所谓"纯粹"英国人的存在。其次，莱辛在为自己身份"正名"的同时，发现了殖民地文化所丢失的记忆，发现了在各种肤色和不同地域的人群中，那个大写的"人"，那个构成"我"背后的"我们"，发现了我们背后的人性的缺失。

以此为出发点，莱辛开始思考战争，思考战争和政治的关系。"我们"本来是一体的，本来就没有贵贱之分，在世界中和谐相处。是什么使千百万像她父亲一样的人狂热地投入战争，投入征服殖民地的掠夺性行为？他们背井离乡，踏上了异国的土地，在剥夺了黑人以及许多人的土地、生命的同时，也破坏了他们自己一生的幸福。饱读诗书、目睹饱受战争伤害的父母的痛苦，以及长期政治活动的经历给了莱辛更加敏锐的政治嗅觉和对于社会事物的判断能力。她发现，这是一种集体性的癔症，一种传染性的狂热。它源于一种对政治权力的狂热追求。而那些打着反对战争、追求民主平等和美好生活的幌子，却干着排除异己、屠杀人民、谋求权力和满足私欲勾当的政客们同样也是采用了意识形态和文化暴力等手段而造成了另一种集体癔症。这就是福柯所阐述的"另一种形式的疯癫"，[①] 也是莱辛所定义的所谓"可被接受的"现代的"疯癫"病形式。[②] 那么，是什么造成了世界的分裂和人与人之间的隔阂？是什么遮蔽了抑或是使我们丧失了我们本来就有的人性？当我们回首往事的时候，在这些集体记忆中，难道留给我们的只是一种对过去创伤的感慨和"怀恋"的情绪吗？莱辛用文本创作给了我们答案。

文本记忆与被遗忘的历史

文本记忆以文化创伤的形式记录过去。安特兹（Antze）说过："越来越值得谈论，值得回忆的东西是创伤的回忆。"[③] 这也是众多作家诉诸自传或自传式作品来表达自己的原因。莱辛也不例外。我们看到，莱辛早期的大量作品都具有鲜明的自传色彩。然而，在对历史的记忆中，莱辛发现了太多

---

① 参见福柯《疯癫与文明·前言》，刘北成、杨远婴译，生活·读书·新知三联书店，2007，第 1 页。

② Doris Lessing. *Walking in the Shade.* London：Flamingo，1998，p. 307.

③ 转引自 Ananya Jahanara Kabir. "Gender，Memory，Trauma：Women's Novels on the Partition of India." *Comparative Studies of South Asia，Africa and the Middle East.* Vol，25，No. 1（2005），p. 182。

的情感创伤。这些情感创伤源自个体心理或身体的创伤。它们或潜藏在个体人的意识深处，成为"不能提起"的痛，或浮出水面，成为人生航程中随时会突现的冰山，它阻碍了人们的视线，甚至倾覆了人生的航船。它们是追溯母亲传统过程中的情感垃圾。① 莱辛像安娜一样陷入了"作家的障碍"。重复这种创伤的回忆虽然的确可以使我们警醒，但是却不能解决我们心中的疑惑和困扰我们现在的难题。人类的悲剧历史就是集体记忆的一次次重演。在追溯过去的历史中，莱辛发现了创伤性回忆文本的局限性，也发现了文本中所缺失的历史真实。她说"不写有些东西是因为记忆掺杂了许多情感，不会做出理智的判断"。②

莱辛初到伦敦时，正值战后。满目疮痍，到处是被炸弹摧毁的房屋。然而，核武器的威胁却还笼罩着人们的生活。莱辛在参加禁止核武器的游行中，在政治斗争尔虞我诈的欺骗里，在社会矛盾激化却得不到有效解决的叹息下，发现了在文化记忆的裂缝中被遗忘的历史价值。

哈布瓦赫认为："现在的一代人是通过把自己的现在和自己建构的过去对置起来而意识到自身的。"③ 莱辛常说，是非洲塑造了她。当问到罗德西亚对自己的影响时，莱辛说："在我看来，最重要的是它的空间。你知道吗？实际上周围几乎没有人，我过去经常一个人在灌木丛中一待就是好几个小时……我在那里不仅拥有更多的独立性，而且作为一个女孩，我做的事情是那时在英国或者欧洲女孩子不可能做的。我们拥有的自由和独立我现在都感到吃惊——我很幸运拥有这一切。"④ 实际上，正是非洲那偌大的空间给了她自由的性格，那广袤的土地给了她宽广的视野。面对着伦敦的一切，面对着英国人的狭隘和傲慢，莱辛更加体会到非洲所给予她的无可替代的财富。"非洲背景成就了她的全部作品。"⑤ 实际上，正是在追溯自己的经历中，莱辛发现了非洲传统赋予她的价值，更确切地说，莱辛是在西方文化和非洲文化的滋养和对比中，获得了一种国际化的视野，具有了超越种族、地

---

① 参见拙文《追求传统母亲的记忆》，《外国文学》2008 年第 1 期，第 39~44 页。
② Doris Lessing. *Walking in the Shade.* London：Flamingo，1998，p. 61.
③ 〔法〕莫里斯·哈布瓦赫：《论集体记忆》，毕然、郭金华译，上海世纪出版集团，2002，第 43 页。
④ Nigel Forde. "Reporting from the Terrain of the Mind." In *Doris Lessing：Conversations.* ed. Earl. G. Ingersoll. Princeton：Ontario Review Press，1994，p. 214.
⑤ Eve Bertelsen. "Introduction." *Doris Lessing.* ed. Eve Bertelsen. Isando：McGraw‑Hill Book Company，1985，p. 25.

域限制的思考能力。她曾在一次接受采访中说："为什么一定是非此即彼，为什么不能是和、和、和?"①

但是，和其他作家试图通过重新记忆弱小民族的历史，去寻求和西方文化对接的入口，追寻文化融合的可能性不同的是，莱辛通过"新记忆"——在多种文化记忆的缝隙中被忽略或遗忘的历史传统——不仅发现了非洲、东方，以及西方历史传统的同源和互补关系，而且致力于挖掘被忽视的历史教训的根源——人类对于自己原始、动物本性的放纵以及把牢笼当作自由，对于被囚禁其中的各种"牢笼"的麻木不仁和浑然不知。"他们处于一种被各种原始的情感的控制中。'我要拿起枪，战斗到最后一滴血。'"这是在爱国和民主旗号下发动战争，使用暴力的人所惯用的激励人的口号。② 同时，人类在欲望的追逐下，打着所谓科学技术的幌子，为自己设定了各种机构牢狱，也设定了各种思维牢狱。然而却以为自己是自由的，自己所做的一切是在捍卫自由和民主平等。

因此，在文化记忆的裂缝中，莱辛拾起了失落的历史记忆，并运用文化想象，以鲜明的非理性的血色之线把历史的碎片缝缀起来，在文本中，构成了全新的"新记忆"，所以才有了《金色笔记》中分裂的整体和整体的分裂；有了莱辛几乎所有作品中貌似"阴盛阳衰"的反写；有了"好恐怖分子"，也有了貌似仇恨母亲的女儿和"抛弃亲子"给予儿女自由的母亲，因而也有了《裂缝》中男人是女人所生的怪胎这种史无前例的大胆想象；有了《阿尔弗雷德和爱米莉》虚构的现实和现实的虚构，以及《玛莎和丹恩历险记》中深陷男女之情的姐弟；没有地域限制，从非洲走向欧洲的跋涉者；没有古今之分，现代和古代交相映照的城市和乡村；也有了现实主义的科幻化以及科幻化的现实主义，有了众多貌似荒诞的形式以及悖论。

人类在二元对立的惯性思维中，在唯我独尊的自大中，在无处不在的"囚禁"和"牢狱"中，在我们生活的"监狱"里，丧失了正常思考的能力。正如莱辛在《裂缝》中不无讥讽地说：人类会思考吗？过去不是应该遗忘的垃圾，不是可以炫耀的资本，也不是"重新记忆"的谴责对象，

①　Susan Stamberg. "An Interview with Doris Lessing. " Carey Kaplan and Ellen Caronan Rose. ed. "Introduction. " *Doris Lessing*: *The Alchemy of Survival*. Athens: Ohio University Press, 1988. pp. 3 –41.

②　Doris Lessing. *Prisons We Choose to Live Inside*. New York: Harper & Row, 1987, p. 12.

因为那只会使我们绝望，而应该是思考和映照当下的镜子，是在"新记忆"中，通过反思，在传统中不仅寻找力量的源泉和希望，而更应该吸取历史的教训。因此，莱辛抛弃非此即彼二元对立的思维模式以及主张"和、和、和"的观点并不是单纯地呼吁文化融合，而是认清自己和他人的历史位置，"在文学和历史，这两大人类记忆的分支"中，① 在反思世界文化传统和历史中寻找支撑人类生存的平衡点，在文化的裂缝中寻找文化融合的桥梁。

四 传统②

传统作为回忆的一部分，在其中起着重要的作用。就文学传统而言，莱辛毫不讳言自己所受到的文学影响来自于前人。③ 在自传中，莱辛谈到自己在南罗德西亚的政治活动时说："我们中大多数人都是通过文学接触到了社会主义——夜校、私下读书——不管怎么说，都是浸淫在伟大的传统中。这里指的是欧洲的文学传统，而不仅是英国的传统。""有些人喜欢诋毁文学传统，攻击前人，应该感到羞耻。"④ 不过，对于文学传统的承认并不等于对文学前辈的完全认同。布鲁姆曾经在《影响的焦虑》中说过，世代的延续实际上就是一场俄狄浦斯式的角斗，"一场父亲和儿子作为强劲对手的战斗。莱俄斯（Laius）和俄狄浦斯在十字路口"。⑤ 根据布鲁姆所说，后辈作家一生的追求就是试图摆脱前辈的阴影，"修正"父辈的传统，这样才能在"歪曲"中"扶正"自己。然而，对于女性作家来说，事情却要复杂得多。在男性作家为自己父辈传统的重负感到烦恼的时候，女作家们却根

---

① Doris Lessing. *Prisons We Choose to Live Inside.* New York：Harper & Row，1987，p. 75.

② 这里部分内容摘自拙文《追求传统母亲的记忆》，《外国文学》2008 年第 1 期。

③ 有许多评论家对莱辛受到前人的影响进行了论述，如关于艾略特对莱辛的影响，可以参见 Claire Sprague. "Lessing's *The Grassing is Singing*，*Retreat to Inncence*，*The Golden Notebook* and Eliot's *The Waste Land.*" *Explicator*，Vol. 50，No. 3（Spring 1992），pp. 177 - 180；Roberta Rubenstein. *The Novelistic Vision of Doris Lessing*：*Breaking the Forms of Consciousness*. Urbana：University of Illinois Press，1979 and Claire Sprague. *Rereading Doris Lessing*：*Narrative Strategies of Doubling and Repetition*. Chapel Hill：University of North Carolina Press，1987。对莱辛受劳伦斯的影响，可以参见莱辛 1993 年在伦敦家中接受美国记者采访：Earl G. Ingersoll. "Describing This Beautiful and Nasty Planet." in *Doris Lessing*：*Conversations*. ed. Earl G. Ingersoll. Princeton：Ontariao Review Press，1994，p. 231。

④ Doris Lessing. *Under My Skin*. London：Harper Collins Publishers，1994，pp. 285 - 290.

⑤ Harold Bloom. *The Anxiety of Influence*：*A Theory of Poetry*. Oxford：Oxford Press，1997，p. 11.

本没有母亲文学传统的庇护。女性文学传统的缺失使女性作家的创作具有了特殊的意蕴，也体现了她们对于历史的不同态度。莱辛和伍尔夫是 20世纪举足轻重的女作家，比较一下她们追寻女性文学传统的过程和态度，也许不无裨益。

对母亲的回忆在莱辛和伍尔夫的小说中都具有举足轻重的地位，这是因为在母亲身上，以及在她们和母亲的关系中，映现着最普遍的历史女性的真实境遇，也直接导引着她们对待女性文学传统的态度。

伍尔夫在 13 岁就失去了疼爱自己的母亲。而对母亲追忆的痛苦一直延续到她的《到灯塔去》的完成。母亲在她的心目中，美丽、慈爱、勤劳、热情，是典型的贤妻良母，这在拉姆齐夫人的身上表现得淋漓尽致，在达罗威夫人同女儿的关系中也可见一斑。而作为女儿，她深知没有母亲保护的痛苦。她曾几次受到性侵害，曾因为自己的女儿之身而被拒绝进入大学学习。而所有这一切成了她日后女权主义思想的基础。

她在著名的《一间自己的房间》中说道："我们是通过我们的母亲来思考的。"① 正是失去母亲的痛苦使她开始思考妇女地位，思考写作问题的。在千百年父权主义统治的社会，妇女没有自己的历史，更没有文学传统母亲可寻，就像失去母亲的女儿。妇女作家们不得不在菲勒斯·逻各斯中心主义占主导地位的历史缝隙中寻找失落和被遮蔽的历史母亲的印迹，在人迹罕至的"洞穴"中搜寻文学母亲遗留的衣物碎片。② 在家庭中，男人是 create（创作的），而女人是 procreate（生育）的。她们没有地位，任务就是伺候丈夫，养育孩子。我们看到在《到灯塔去》中，拉姆齐夫人操持家务，照料子女，服侍丈夫，款待朋友。"拉姆齐夫人觉得她几乎连一个自己能够加以辨认的躯壳也没留下。"③ 她把一切都贡献给了丈夫、孩子和朋友。她以别人的依赖为荣，在同别人的依赖关系中肯定自己的存在。这是过去所有家庭妇女的写照。伍尔夫在为母亲的奉献精神感动的同时，也为她们命运的任人宰割而悲哀。"如果说拉姆齐夫人象征灯塔的话，那么这个灯塔照亮的正是许许多多像拉姆齐夫人一样的女性既可怜又可悲的生存状态和'房间里

---

① 〔英〕弗吉尼亚·伍尔夫：《论小说与小说家》，瞿世镜译，上海译文出版社，2000，第 155页。

② 参见 Sandra M. Gilbert and Susan Gubar. *The Madwoman in the Attic*（New Haven：Yale University Press，1979）中的"The Parables of the Cave"一章。

③ Virginia Woolf. *To the Lighthouse*. New York：Harcourt Brace & Company，1927，p. 38.

的安琪儿'形象。"① 而处于这样状态下的妇女是怎样走上写作的道路的呢？写作对于她们又意味着什么呢？

伍尔夫在《妇女与小说》中分析四大女作家——简·奥斯汀、爱米莉·勃朗特、夏洛蒂·勃朗特和乔治·艾略特虽然性格不同，天才各异，但都选择了写作时说："没有一位生育过子女，其中有两位没有结过婚，这一事实具有重大意义。"② 在选择写小说而不是其他文体时，伍尔夫把它归结为小说可以"时作时缀。乔治·艾略特丢下了她的工作，去护理她的父亲。夏洛蒂·勃朗特放下了她的笔，去削马铃薯"。③ 而她们写作的范围都局限在家庭和情感之中。"写作它们的妇女，由于她们的性别，而被排除在某些种类的人生经历之外。而人生经历对于小说有重大的影响，这是无可争辩的事实。"④ 在这方面，简·奥斯汀的写作的狭窄范围无疑提供了最具有说服力的证据。

然而更让伍尔夫感到悲哀的是，当她试图追寻文学母亲的传统时，她发现那里囤积了太多的"情感垃圾"。⑤ 毫无疑问，当简·爱因为自己的孤儿身份在舅母家备受欺凌而呼喊"我恨你"的时候，当她在罗伍德学校无端遭受惩罚，忍受饥饿而痛哭的时候，当她对罗切斯特要同富小姐订婚而为自己争辩的时候，我们听到的是夏洛蒂·勃朗特对社会不公的愤懑之声，看到的是作者为争取自己的权利而扭曲的面孔。"她并不企图解决人生的问题，她甚至还意识不到这种问题的存在；她所有的一切力量，由于受到压抑而变得更加强烈，全部倾注到这个断然的声明之中：'我爱'，'我恨'，'我痛苦'。"⑥ 而爱米莉则更进了一步，"她要通过她的人物来倾诉的不仅仅是'我爱'或'我恨'，而是'我们，整个人类'和'你们，永恒的力量……'这句话并未说完。她言犹未尽。"⑦ 而那个因触犯了社会道德禁忌，

---

① 王丽丽：《时间的追问：重读〈到灯塔去〉》，《外国文学研究》2003 年第 4 期，第 64~65 页。

② 〔英〕弗吉尼亚·伍尔夫：《论小说与小说家》，瞿世镜译，上海译文出版社，2000，第 52 页。

③ 〔英〕弗吉尼亚·伍尔夫：《论小说与小说家》，瞿世镜译，上海译文出版社，2000，第 52 页。

④ 〔英〕弗吉尼亚·伍尔夫：《论小说与小说家》，瞿世镜译，上海译文出版社，2000，第 52 页。

⑤ 〔英〕弗吉尼亚·伍尔夫：《论小说与小说家》，瞿世镜译，上海译文出版社，2000，第 58 页。

⑥ 〔英〕弗吉尼亚·伍尔夫：《论小说与小说家》，瞿世镜译，上海译文出版社，2000，第 31 页。

⑦ 〔英〕弗吉尼亚·伍尔夫：《论小说与小说家》，瞿世镜译，上海译文出版社，2000，第 34 页。

蜷缩在斗室中，过着离群索居的隐身人生活的乔治·艾略特把自己人生的教训化作了作品中人物的道德教诲和对逆来顺受的同情心。"她们的故事，就是乔治·艾略特本人经历的不完整的版本。"① 就连伍尔夫最欣赏的简·奥斯汀，在她看来也"较少注意到事实而更多地注意到感情"。② 她所描绘的世界是"女人的生存怎样和为什么取决于男性的赏识和庇护"。③ 说到底，这些女作家们还没有真正的自我。她们的一举一动，情感起伏都被男人的世界所左右。而这就是摆在伍尔夫面前的文学传统母亲的"碎片"。透过对母亲的爱的描述，伍尔夫表达的是背离的迫切性。

多丽丝·莱辛的个人经历同伍尔夫完全不同，然而对母亲的记忆对莱辛来说却也是刻骨铭心的。在自传《我的皮肤下面》，莱辛开始就描绘了一幅充满火药味的家庭历史图。"她（莱辛的母亲）不爱她的父母。我的父亲也不爱他的父母。"④ 而当她自己 1919 年出生时，"半个欧洲由于战争已成为墓地"。⑤ 莱辛常常开玩笑说："是战争生了我。"⑥ 当她两岁半时，小弟弟的出生给她的记忆留下的是母亲对弟弟的爱和对她的忽视。她下定义说自己是一个总是"对爱感到饥渴的孩子"。虽然在自传里，莱辛试图用记忆的非可信性掩盖儿时自己充满不快的记忆，然而毫无疑问，她对母亲的回忆更多的是反抗权威的心态，而不是像伍尔夫回忆母亲那样充满温馨。"多少年以来，我生活在对母亲的责备中，开始情绪非常激烈，然后心变冷、变硬。那种痛楚，不是悲哀，真切而深入肌肤。"⑦

同伍尔夫由于爱和同情而在作品中塑造美丽善良的母亲形象不同，莱辛作品中的母亲形象要么死去，要么在叛逆的女儿眼里总是那样严厉而苛刻，那样不解人意。无论是《青草在歌唱》中的玛丽，还是《暴力的孩子们》中的玛莎，女主人公们无不憎恨自己的母亲，梦想着早一点逃离家庭。《简·萨默斯的日记》中的简甚至对母亲的死都无动于衷。许多评论家

---

① 〔英〕弗吉尼亚·伍尔夫：《论小说与小说家》，瞿世镜译，上海译文出版社，2000，第48页。
② 〔英〕弗吉尼亚·伍尔夫：《论小说与小说家》，瞿世镜译，上海译文出版社，2000，第26页。
③ Sandra M Gilbert and Susan Gubar. *The Madwoman in the Attic.* New Haven: Yale University Press, 1979, p. 154.
④ Doris Lessing. *Under My Skin.* London: HarperCollins Publishers, 1994, p. 4.
⑤ Doris Lessing. *Under My Skin.* London: HarperCollins Publishers, 1994, p. 8.
⑥ Doris Lessing. *Under My Skin.* London: HarperCollins Publishers, 1994, p. 10.
⑦ Doris Lessing. *Under My Skin.* London: HarperCollins Publishers, 1994, p. 5.

都说莱辛的小说中有很大的自传成分，然而如果说莱辛只是想在作品中表达自己的个人情绪的话，那么就太贬低了这位伟大作家的心胸和才能。而事实是，正是她自己经历的坎坷，她对妇女的地位有着超乎常人的敏感。如果说伍尔夫是在用爱的笔触描绘母亲们任劳任怨、任人宰割的悲哀处境的话，那么莱辛就是在用恨的情绪诉说着母亲们这种年复一年，世世代代重复的悲剧。她们世世代代重复着一首歌，那就是"她谁也不是，她什么也不是"。① "妇女常常被记忆漏掉，然后被历史遗忘。"② 在莱辛的作品里，在众多层面的主题意义里，女主人公抗争的无奈和最终的妥协是显而易见的。无论是《青草在歌唱》中的玛丽，还是《暴力的孩子们》中的玛莎，抑或是《金色笔记》中的"自由女性"安娜，莫不如此。莱辛在《金色笔记》序言里说道："妇女们怯懦怕事，因为她们已经差不多做奴隶做得时间太久了。"③ 她的女主人公们虽然有母亲，但事实上却都没有母亲的庇护。她们在更深的层面上属于没有母亲的孩子。这是比失去母亲更深切的一种痛苦。回首过去，莱辛看到的是历史母亲的懦弱和无形，看到的是世代女儿们延续着母亲的悲剧。莱辛痛心疾首，心裂成了"碎片"。

如果说伍尔夫在追寻文学传统母亲时，痛苦地发现了撒落一地的情感碎片，那么，莱辛不仅看到了它们，而且更看到了这些碎片于今天的价值。如果说莱辛感到的仍然是痛楚的话，那么这种痛楚恰恰是对今天人们对它们的忽视和漠然的痛心。莱辛在谈到《傲慢与偏见》时说：人们忽略了书中的一个事实，那就是当伊丽莎白拒绝了有地位、有财产的科林斯先生时，她的未来……她很可能就没有了未来。"但这是事实，即使今天当我们回首妇女的地位，回顾她们的选择的时候，我们的血液也会感到一阵寒意……那些要求学生们读《傲慢与偏见》的老师汇报说今天许多年轻妇女对历史，对妇女的历史，对她们自己的好运几乎没有什么意识，居然会问这样的问题，如：为什么伊丽莎白和简不去找工作？为什么她们要不停地找丈夫？"④ 对文学传统母亲的态度，莱辛不是像伍尔夫那样指责，从而背离，而恰恰相反，她认为是我们对母亲的历史思考得太少。透过主人公的反叛，她讲述的

① Doris Lessing. *Under My Skin*. London：HarperCollins Publishers，1994，p. 1.

② Doris Lessing. *Under My Skin*. London：HarperCollins Publishers，1994，p. 12.

③ Doris Lessing. "Preface to *The Golden Notebook*." In *A Small Personal Voice*，ed. Paul Schlueter. New York：Vintage Books，1975，p. 26.

④ Doris Lessing. *Time Bites*：*Views and Reviews*. London：HarperCollins Publishers，2004，p. 4.

是对母亲的依恋。

追忆的痛苦使这两位作家都不约而同地想在自己的创作实践中改变现状，找到一条新的女性文学创作之路。然而在失去母亲的巨大痛苦中，她们发现虽然她们对父亲欺压母亲的历史深恶痛绝，但却不能像男性作家一样试图背离自己父辈的主流文学传统，因为她们没有自己的文学传统历史，甚至没有女性自己的语言。她们不得不依赖文学父亲表述自己，证明自己，在主流文学的缝隙中寻找自己的机会。

在回顾传统的路上，伍尔夫看到的是"米尔顿的怪物"，妇女们的视野必须越过它，才能看到美好的前景。① 根据桑德拉·M. 吉尔伯特和苏珊·古笆的分析，伍尔夫的"米尔顿的怪物"指的是男权的文学传统以及同此传统相关联的一整套的菲勒斯·逻各斯的社会经济、文化机构。② 那么，越过它的前提就是妇女要拥有金钱和自己的"一间房间"。这种理论和当时伍尔夫积极支持妇女解放运动正好是相吻合的。可是在拥有了必要的物质条件之后，"朱莉叶·莎士比亚"就一定会出现吗？

在《贝内特先生与布朗夫人》一文中，伍尔夫对传统的现实主义创作手法提出了尖锐的批评，并阐述了自己小说要反映心灵的瞬间感受，追求内在的生活真实的创作主张。实际上，在对意识的流动性、生活的内在的真实性肯定的背后，隐含着伍尔夫对现实生活中消除性别界限的理想。这同她在《一间自己的房间》中所表达的"双性同体"的创作理念是完全一致的。伍尔夫在许多伟大男性作家的身上看到了女性所没有的才华和智慧，也看到了他们身上所缺乏的直达人心灵的女性气质。③ 在男女和谐的关系中，在伟大作家的人格中，伍尔夫读出了"双性同体"的"整体性"。"我们必须回到莎士比亚那儿，因为他是雌雄同体两性合一的；济慈、斯特恩、柯伯、兰姆、柯勒律治都是如此。雪莱或许是无性的……任何作者只要考虑到他们自己的性别，就无可救药了。纯粹单性的男人和纯粹单性的女人，是无可救药的；一个人必须是男性化的女人，或女性化的男人……男女两性因素必须有

---

① 〔英〕弗吉尼亚·伍尔夫：《论小说与小说家》，瞿世镜译，上海译文出版社，2000，第173页。

② Sandra M. Gilbert and Susan Gubar. *The Madwoman in the Attic*. New Haven：Yale University Press，1979，pp. 187－207.

③ 〔英〕弗吉尼亚·伍尔夫：《论小说与小说家》，瞿世镜译，上海译文出版社，2000，第160页。

某种谐调配合，然后创作才能完成。"①

　　因此，意识流成为伍尔夫创作的主要手段。而这种意识流动中的男女主人公的心灵碰撞及融合的可能性也成为她作品探索的主题。然而，我们在她的作品中却读到了拉姆齐先生和拉姆齐夫人婚姻关系的不平等，拉姆齐夫人社会自我和真实自我的不一致和丽莉对婚姻的恐惧以及她作画时的犹豫（《到灯塔去》）；达罗威夫人同丈夫之间的貌合神离以及斯蒂芬的自杀；这个主题在《奥兰多》中通过奥兰多的变性以及对文学和生活关系的思考和绝望表现得更为明显。

　　莱辛和伍尔夫一样，在重构传统的道路上也经历了"父亲的暴力"和"作家的障碍"。我们知道，莱辛的父亲在第一次世界大战中失去了一条腿。在《我的皮肤下面》这本自传中，莱辛谈到了战争对他父亲的巨大影响，更谈到了通过父亲对她自己的影响。她最初的记忆是她两岁前被父亲带着骑马的经历。"……它是一个巨大的极具危险的马，像塔一样很高很高，坐在上面的父亲更加高大，他的头和肩膀像是触到了天。他坐在上面，裤筒里是一条他的木头腿，又大又硬，滑溜溜的，总是藏在里面。一双大手把我紧紧地抓住，提起来放到父亲的身体前面，告诉我抓住前面的马鞍，我使劲伸出手才够着的一个突出来的硬邦邦的东西。我忍着不哭。我被包裹在马的热气、马以及我父亲的气味中。马一走，人颠簸摇晃得厉害，我把头和肩膀靠着父亲的肚子，能感到他硬邦邦的木腿的拉力。一下子离地这么高，我一阵眩晕。现在，这个记忆还非常真切、强烈，能闻到那种身体的气味。"② 父亲因为战争身心遭到重创。父亲在她眼里就是暴力的化身。在《青草在歌唱》中，玛丽因为年龄大没有结婚而遭到社会的排斥，这时，社会就是男权暴力的化身。当她不得不迅速结婚，从而逃避社会的指责，跟随丈夫来到农场后，又因为不会处理和黑人男仆的关系，同他们走得过近而遭到以查理为代表的白人社会的冷眼。这时，殖民主义意识又是以暴力主宰她。在《暴力的孩子们》这本自传体五部曲小说中，玛莎试图用各种方法逃避殖民主义家庭的控制。她先是辍学，远离家庭去工作，后试图通过和受大家歧视的犹太青年恋爱抗争她所属的白人阶层。失败后又想通过结婚找到出路，最

---

① 〔英〕弗吉尼亚·伍尔夫：《论小说与小说家》，瞿世镜译，上海译文出版社，2000，第162～163页。

② Doris Lessing. *Under My Skin.* London：HarperCollins Publishers，1994，p. 18.

后还参加了激进的左翼运动。然而她的所有努力都失败了。通过玛莎反叛的成长经历，我们看到莱辛对社会中的男权意识，以及其他与此相联系的社会文化体系禁锢人心灵而具有清醒的认识。然而女人一定要通过所谓的女权运动才能获得解放吗？并且能通过女权主义运动获得解放吗？这是莱辛一直在苦苦思索的问题。

在《金色笔记》中，莱辛以"自由女性"作为框架小说的题目，通过主人公安娜和她的朋友莫莉作为"自由女性"的经历，透过独特的女性心理，更进一步深刻探讨了英国社会中的两性关系问题，包括不同种族之间的两性关系问题。同她的作品分割成几部分的形式一样，莱辛也在女性是否在经济上、情感上和心理上可以完全摆脱男性的控制，是否可以在生理上拥有和男性一样的主动权等问题上因找不到明确的答案而经历着痛苦的"作家的障碍"和"精神的分裂"。值得注意的是，在"内金色笔记"中，作家索尔给安娜的书写了第一个句子，这就是《金色笔记》的第一句话，而安娜也给索尔的书写了第一个句子。而这治好了安娜和索尔的"作家的障碍"。除了形式上的循环作用之外，实际上，莱辛非常明确地表明了男女双方的互相依赖性。在这一点上，莱辛和伍尔夫一样推崇"双性同体"的理念。然而，正是在这相同之中的不同，导致了她们两人最终得出不同的结论，从而导致了她们不同的结局。

如上所述，伍尔夫非常推崇"双性同体"的理念，这不仅体现在她自己各种有关小说创作和小说理论的著述中，还努力在创作实践中探讨其可行性。莱辛虽然没有明确使用"双性同体"的概念，但她在作品中，同样以各种方式说明了男女双方对彼此的依恋和依赖不仅是社会的需要、心理的需要，而且是人性使然。然而在现实生活中，两性真的可以达到这种"双性同体"的理想境界吗？

伍尔夫把它作为自己创作的最高理想，试图在形式上通过意识流的手法，表达自己祛除两性界限，达到精神上融合的境界。然而表面形式的融合下面却涌动着不和谐的暗流。在乌托邦的幻象中，映现着死亡的阴影。同伍尔夫不一样的是，莱辛把它作为探索的主题，试图通过分裂的形式再现人们现实生活中渴望融合的心理真实。在现实的绝望中，映现着理想的光芒。

在寻找传统母亲的记忆中，伍尔夫和莱辛都看到了传统的缺失，看到了历史的阴暗。然而伍尔夫在重建传统的努力中，试图在爱的追忆中，抛开传统，创建独立的乌托邦。然而，她的乌托邦之梦在幻灭中结束，在大海中随着她的身体消失而去。而莱辛却在反叛的追忆中，看到了传统的价值，在现实的绝望中，看到了努力的方向。她用历史的教训和现实的绝望给人类以警示，为人类指明了前进的道路。每个人都离不开社会，社会依靠每个人而存在。正是对待传统的不同态度，导致了两位作家不同的生活结局。

就思想传统而言，除了继承以外，莱辛更多的是解构和质疑。比如在《金色笔记》中，她不仅解构了传统的现实主义写作手法，而且也通过安娜失败的心理分析、政治信仰的破灭等实践经历解构了心理分析学派、斯大林主义等各种"主义"。然而值得注意的是，莱辛并不是像德里达那样要否定传统以及各种社会思潮，而是在解构中重新梳理传统，重新认识传统的价值和不足，从而建构起一个对于历史进行反思—再认识的思维系统。这就是下面一章主要阐释的内容。

第七章
莱辛的解构和建构思想

莱辛是一个非常独特的作家。这种独特性不仅体现在她对于传统观念在继承和发展基础上的创新，还在于她敢于突破传统，并在人们顶礼膜拜的领域，打破人们惯有的思维，对现有的哲学思潮或流行的各种主义进行分析和无情地解构，用故事的形式阐述其局限和不足，改变读者思考问题的传统思维方式，并力图在解构中建构读者重新认识自我和现实以及建构自我和社会关系的思维系统。莱辛认为："作家的作用不应该是预测、抨击、声明等，或者说，不必要是这样。作家不是教授……我从来不希望提供一些观点或行为的指导。"① 因此，对莱辛来说，重要的不是让读者接受某一种观点，而在于引导读者在莱辛所创造的故事或寓言中，看到所谓社会普遍接受的意识形态或某种观念的虚假性或片面性，学会质疑，从而转换传统的认识思维方式，最终在否定中建构自己的世界观。

第一节　莱辛对"宏大叙事"的解构

莱辛一贯主张要有总体性视野，也就是要从世界整体来看问题。但莱辛的总体性思想和利奥塔所批判的"宏大叙事"的总体性思想完全不同。利奥塔认为，西方近代以来的哲学是以理性、主体、启蒙主义和对总体性的追求为前提的，其历史发展是总体性的思想特征。他在《后现代状况》

① Jean‐Maurice de Montremy. "A Writer Is Not a Professor." *Doris Lessing*: *Conversations*. ed. Earl G. Ingersoll. New York: Ontario Review Press, 1994, p. 193.

一书中，具体考察了当代社会的知识状况。他认为，在西方存在着两种最重要的宏大叙事：法国的启蒙叙事和德国的思辨叙事。法国启蒙叙事的核心是人道主义，主张人人平等、自由。而德国的思辨叙事就是把科学的目的与意义纳入精神和道德的培养上。不同的宏大叙事用不同的方式表达了同一个思想：即人类最终要达到一种自由、平等、理性和进步的生存状态。宏大叙事就是为各种知识提供理性标准的话语，意味着用一种普遍原则统合不同的领域，这种统合必然导致总体性的产生，而后现代哲学的任务就是向总体性开战。① 利奥塔所批判的"宏大叙事"指的是企图用某一种思想原则来作为评判所有不同社会领域的标准话语，而这也是莱辛所批判和解构的。由于在南罗德西亚的政治活动以及 20 世纪 50 年代初在伦敦加入了英国共产党，莱辛一直被认为是具有政治倾向的作家，甚至被称为"共产主义作家"。② 当莱辛退党，并表达了对于斯大林主义、共产主义的不满之后，有学者认为莱辛又转变为反共产主义者，并借此把她分为两个不同的时期。③ 实际上，正如前面所说，莱辛是一个人文主义者，不是一个由于信仰而入党的人。她对人类的进步充满信心，但并不盲目乐观，而是认为这取决于人对自身局限性的认识和潜力的挖掘。这需要人类学会从宇宙的宏观视角来看世界，从变化和运动的观点来看人类社会。因此，她对机械套用先哲的理论，为某个政党利益服务，理论脱离实际的教条主义深恶痛绝。在小说中，莱辛对此进行了无情的批判和解构。

在《暴力的孩子们》第三部《暴风雨掀起的涟漪》中，莱辛描写了一群热血青年。他们同情黑人、反对种族歧视、身怀革命理想，并积极投身革命活动。主人公玛莎就是这样一个人。她终日奔波于公司、组织会议和去黑人区分发报纸，主要精力放在了小组会议等政治活动上。但这个自称的共产党小组内部却整天就各种问题争论不休，严重脱离黑人的实际境况，没有对

---

① 参见 Jean‑Francois Lyotard. *The Postmodern Condition*：*A report on knowledge*. Trans. Geoff Bennington and Brian Massumi. Minneapolis：University of Minnesota Press，1984。http：// site. ebrary. com/lib/berkeley/Doc？id = 10151039&ppg = 7。

② Lesley Hazelton. "Doris Lessing on Feminism，Communism and 'Space Fiction'." July 25，1982，Sunday，Late City Final Edition Section 6；p. 21，Column 1；Magazine Desk. http：// mural. uv. es/vemivein/feminismcommunism. htm.

③ 参见 Alice Ridout. "What Is the Function of a Storyteller？：The relationship Why and How Lessing Writes." In *Doris Lessing*：*Interrogating the Times*. ed. Debrah Raschke，Phyllis Sternberg Perrakis，and Sandra Singer. Columbus：The Ohio State University Press，2010，pp. 77–91。她在文章中，把莱辛分为信仰共产主义和放弃信仰共产主义两个时期。

问题的具体解决方法，只有不切实际的空想、对权力的热衷，以及政治会议上无休止的争吵和争论。而且组织的人也不能考虑个人情感。他们的感情生活已经完全服从于政治活动的需要：小组成员安德鲁为了梅西的名誉，牺牲自己的情感娶了梅西。玛莎也为了赫斯的合法化身份而嫁给了他。但活动的结果一无所获，最后赫斯领导的小组陆续有人退出，基本解体。这部小说对当时政客们照搬马克思主义理论，严重脱离殖民地实际的教条主义进行了批判。小说题目绝妙地体现出身处政治大潮这种宏大叙事之下小人物的无奈。实际上，玛莎的政治活动和感情生活是当时整个社会时代潮流的缩影。在《金色笔记》中，莱辛借安娜的经历对斯大林主义同样进行了辛辣的讽刺。这里有言行不一、装腔作势、虚伪刻板的党的负责人；有言不由衷的辩论和会议；有去莫斯科时看到人们的噤若寒蝉和众口一词的恐惧等。此外，党的领导人充满正义的话语、斯大林和蔼的笑容和流传的领袖亲民故事和农场工人冒着危险说出的集体农庄的真相，以及剪报上刊登的"大清洗"后的屠杀数据形成了鲜明的对比，其解构意图不言自明。她力图告诫人们不要盲目崇拜，任何伟大的学说都是时代的产物，必须和具体现实相结合，必将随着时代的变化而变化。

《好恐怖分子》则把社会不同阶层的人通过貌似统一的政治理想聚集到了一所废弃的大房子里，过着大家庭的生活。正如小说的题目"好恐怖分子"充满矛盾一样，小说中的一切都充满了矛盾。如主人公爱丽丝为了使居住的房子获得合法的暂居权不惜一切代价搞钱，一次次和政府部门的官员交涉水电煤气等问题，找人修理房间，清除垃圾，甚至亲自粉刷，还帮助黑人吉姆找工作，帮助失业的工人菲利普挽回经济损失，照顾房间里的人吃喝，等等，然而住在这里的人却没有人领她的情。她自称是母亲的"好女儿"，但30多岁了却和男朋友在母亲家啃老4年，偷母亲的窗帘变卖，偷父亲的钱，间接导致他们各自的经济状况的衰退。她心地善良，同情弱者，任劳任怨帮助别人，但最终却参与了爆炸的恐怖行动，造成无辜人的丧生。这所大房子被称为所谓的"共产主义中心联盟"，但他们"既没有中心，也没有联盟"。[①] 为了自己的目的，有的参加游行，有的试图参加爱尔兰的共和军，有的参加绿色和平组织，只是为了攒钱买自己的房子。他们自称社会主

---

① Gayle Greene. *Doris Lessing*：*The Poetics of Change*. Ann Arbor：The University of Michigan Press，1994，p. 210.

义者，却从没读过马克思或列宁的著作。他们都对社会制度不满，说要为改变这个社会努力，但除了爱丽丝，大多数人对身边的人或事，如对身边吉姆的遭遇和菲利普的死，漠不关心，对爆炸中死去的无辜者满不在乎。这些聚集着众多矛盾和悖论的人群却像一个大家庭一样生活在一所大房子中，这本身有着非常深刻的寓意，揭示了所谓政治的游戏性和不切实际。①

20 世纪前半叶，正是弗洛伊德、荣格等人的思想对人类产生巨大影响的时期。在《金色笔记》中，通过"自由女性"和几个笔记本中不同的"安娜"的经历和分裂的自我，莱辛再现了当时流行的心理分析学派思想和心理分析方法。更通过对莉迪亚疯癫治疗的无效，安娜亲身体验、险些崩溃的经历，情人索尔·格林的人格分裂，以及隐含于这些经历中的现实的复杂性和矛盾性，揭示了心理分析学派思想的片面和狭隘。正如肖锦龙先生所说："作为一种思想概括或语言叙事，任何界说都只能捕捉到人性中与其视野有关联的或者说同构的一面，而无法捕捉到其中与其视野无关或悖谬的一面，它们只能从某一个角度注意到其中统一有序的因素，而必然会遗漏掉其中差异混沌的因素。"②《简述地狱之行》展示了沃特金斯教授在代表社会规则的医护人员、妻子、朋友等人所构成的社会权力网中，从完全本我的疯癫、幻想和无意识心理，逐渐过渡到自我的回忆和痛苦的情感挣扎，最后直至回归超我控制下的"正常人"的过程。教授的这种心路历程的展示貌似诠释了心理分析理论的合理性，但同时由教授的妻子、同事、朋友、战友、情人等信件中所揭示的教授另一面——充满痛苦和矛盾的所谓"正常"状态，却自行解构了正常和疯癫的界限，揭示了心理分析对人真实思想的遮蔽。教授疯癫话语中所涉及的对于多种古希腊神话、圣经文本和阿拉伯神话等的互文和借鉴，其中蕴藏的对于古典文学、考古学、人类学、地理学等的丰富知识，更说明了人性的复杂性，反衬出心理分析的单一与试图统摄人心理活动的荒谬。

《第五个孩子》是莱辛的一部寓言小说，小说中的人物表征了四个阶层的人。③ 第一个阶层是以小说主人公大卫的父亲詹姆斯和继母杰西卡为代表

---

① 此处关于《好恐怖分子》一节摘自拙文《后"房子里的安琪儿"时代：从房子意象看莱辛作品的跨文化意义》，《当代外国文学》2010 年第 1 期，第 25 ~ 26 页。

② 肖锦龙：《拷问人性——再论〈金色笔记〉的主题》，《外国文学研究》2012 年第 2 期，第 33 页。

③ 这里关于《第五个孩子》中宏大叙事的寓言式解读，部分摘自拙文《寓言和符号：莱辛对人类后现代状况的诠释》，《当代外国文学》2008 年第 1 期，第 141 ~ 142 页。

的上流人物。詹姆斯是个造船主，在海内外都有自己的产业，而杰西卡从来都"没有在乎过钱"。他们对大卫一家慷慨大方，不仅为他们的房子付了抵押贷款，而且资助他们的孩子上学，还时不时接济一下他们的日常生活。他们是试图用经济话语来统合一切的代表。第二个阶层是以大卫的生母莫莉和她的丈夫弗雷德里克，一位牛津大学的历史学家为代表的中层阶级。他们冷漠、孤傲，拒人于千里之外，又乐于对人对事评头品足，承担着社会评判人和理论话语决策者的角色，代表着保守的英国传统。大卫的岳母、哈丽特的寡居母亲多萝西属于第三阶层。她勤劳、热情、任劳任怨，无偿帮助大卫一家料理家务，照看孩子，是传统的贤妻良母。她是宏大叙事实践话语的表征。如果说这三个阶层是宏大叙事不同方式的表征的话，那么大卫和哈丽特夫妇这第四个阶层就寓言了各种不同宏大叙事的历史承继的复杂性，表征后现代社会中宏大叙事的现代具象。他们俩都是同时代格格不入的"怪人"。大卫鄙视父亲的唯利是图和母亲的孤傲冷漠，但却继承了父亲的个性和母亲的孤傲。他崇尚自由，行为保守，但喜欢幻想。哈丽特像她母亲一样观念传统，穿着落伍。在20世纪60年代性解放大行其道之时，仍然保持着处女之身。显然大卫和哈丽特分别继承了各自父母亲具有传统意味的品质，而他们对家庭的重视和渴望、他们房子的维多利亚老式建筑风格和复古的家具摆设，更进一步表明他们对传统价值观的认可，因而他们的结合也表征着各种不同宏大叙事在继承传统道路上的同一。在对第五个孩子本的态度上，这四个阶层所代表的宏大叙事都施展了各自的手段，企图控制或解决问题，然而都遭到了失败，表征着宏大叙事在后现代的无能为力。

此外，莱辛在小说中也对宗教这种宏大叙事在后现代的状况进行了讽刺性解构。小说伊始，莱辛就把主人公大卫和哈丽特比作生活在伊甸园的亚当、夏娃，竭力渲染他们的幸福生活："多么幸福啊！当……他俯下身子吻着她，轻抚卢克的头发，向她说再见时，他带有一种强烈地拥有感。对此她理解，也喜欢，因为他拥有的不是她自己或孩子，而是幸福，她和他的幸福。"举行家庭聚会时，"听着传来的人们的欢声笑语，孩子们的嬉戏声，哈丽特和大卫或是在卧室，或是在下楼梯，他们总是不由自主地牵起对方的手，微笑着，觉得空气中都充满了幸福"。① 他们如同生活在伊甸园里的亚当和夏娃，对于他们所要面临的危险和困境一无所知。而作

---

① Doris Lessing, *The Fifth Child*. New York：Vintage Books, 1989, p. 18.

者屡次暗示了危险的存在和结局。"花园一直没人照料，似乎永远没有时间来管它。"① 就像亚当违背上帝的意愿偷吃禁果一样，大卫随情而至，在还没有经济能力及一切均未安顿好的情况下，违背初衷，一再使哈丽特怀孕，终于酿成了不可挽回的后果。本的降生终于把他们逐出了自己的伊甸园。哈丽特认为自己是一个罪人，和本在一起就是在地狱的生活。本的降生更是具有强烈的宗教寓意。他长得像神话中的"巨人"或"妖怪"。当哈丽特第一次喂他奶时，他"看着她，狠狠地咬下去"。② 后来本的一系列行为，诸如，杀死狗和猫，扭伤保罗的手臂等，逐渐破坏了家庭幸福。作者显然是把他作为一个撒旦式的人物来描绘的。这不禁使我们想起了英国著名诗人叶芝的《第二次来临》：第二次来临！这几个字还在口上，出自世界之灵的一个巨大形象，扰乱了我的视线：沙漠中的某个地点，一具形体，狮子的身，人的面，像太阳光一般，它那无情的凝视，正慢慢地挪动它的腿……什么样的野兽，终于等到它的时辰，懒洋洋地走向伯利恒，来投生？③《圣经》中预言耶稣将"第二次来临"，带来太平盛世，又预言会有一个"伪耶稣"到来，在人间作恶。叶芝在这首诗中，借用《圣经》，表达了对现代社会的忧虑。莱辛在小说中，以寓言的方式把叶芝的忧虑变成了现实。本对这个家庭而言就是一个"伪耶稣"，而真正的耶稣，上帝的儿子，由于复活节的缺失，寓意没有复活。本是降临这个家庭的"野兽"，给这个家庭带来了巨大的灾难。本的降生使原本幸福的家庭即将解体。在亲友们的建议和安排下，本被送进了一个医疗机构终其一生。然而，出于母亲的本能，哈丽特在看到本在医疗所遭受的虐待之后又把本抱了回来。我们注意到，尽管哈丽特不愿本就这样被虐待致死，但她并不是出于爱这个孩子，她只是不愿意自己背负一个杀害自己孩子的罪名而已。她宁愿支付高额费用，使他远离自己的视线。她放任本跟社会上的不良青年为非作歹，强奸抢劫，最后不知去向，而心中居然没有一丝愧疚。而我们还注意到，从本的孕育到本的降生和成长过程中，不管是哈丽特的家庭医生布雷特，还是为本做鉴定的医生吉利，以及学校的老师，都拒绝公开承认或证明本是一个异常儿童。然而，他们却直接或间接地支持或导致本的自生自灭。医生布雷特在哈丽特怀孕期间就大量地

---

① Doris Lessing, *The Fifth Child.* New York：Vintage Books, 1989, p. 30.
② Doris Lessing, *The Fifth Child.* New York：Vintage Books, 1989, p. 49.
③ 〔英〕叶芝：《第二次来临》，裘小龙译，见《丽达与天鹅》，漓江出版社，1987，第 161 页。

给她吃镇静药，而本也是在亲人和医生的合谋下，被送入了必置人于死地的所谓的医疗所。学校的教师对本的教育也明显放任自流。很清楚，莱辛通过他们公开的言行和实际行为之间的不一致，深刻地揭示了他们同哈丽特一样，让本活着，只是为了摆脱自己应付的责任而已。本，这个"伪基督"已成为人们粉饰自己，逃脱责任的幌子。本已成为人们的心魔。在这里，莱辛用寓言的方式一针见血地指出了宗教信仰在后现代已沦为一种装饰的本质。而上层社会对本表面的承认和下层社会对本所谓的接纳表明本已成为某些人为达到自己目的所利用的工具或借口。上帝的儿子在后现代已成为了上帝的骗子。这一点在《第五个孩子》的姐妹篇《本，在世界上》中得到了更淋漓尽致的揭示和论证。

第二节　莱辛对二元对立单一思维的解构

自从笛卡儿确立了主客观二元对立的思维系统以来，人类就一直受到这种思维方式的巨大影响，以致生发出许多习以为常的歧视概念或"主义"，甚至成为某些人发动侵略的借口。如希特勒就借口种族优越论，在"二战"中对犹太民族进行了举世闻名的大屠杀。虽然有些种族歧视，如白人对黑人的种族歧视有目共睹，并遭到了全世界有识之士的口诛笔伐，但另一些观点和概念隐含的种族歧视却要隐蔽得多。如"英国性"和阶级等级制。莱辛由于自己到英国后作为"带有口音"的外来人的切身遭遇，开始关注什么是"真正的英国人"，或"英国性"问题。她在1960年发表的纪实散文《追寻英国性》中，借用叙述人和罗斯等人物的谈话，通过追踪像罗斯一样本土英国人的家族谱系，瓦解了所谓"纯正英国人"的概念。除了对"英国人"的解构，莱辛还对"纯粹的"阶级等级进行了解构，嘲弄了人为划分人种及阶级的荒唐。这一点在她的小说《又来了，爱情》中，也有类似的颠覆性解构。如剧本中19世纪末的朱莉·韦龙由于是白人种植园主和黑人妇女所生的混血儿而备受歧视。但小说中剧组里的人不仅都来自五湖四海：如比尔是英国人、斯蒂芬是美国人、皮埃尔是法国人等，而且如果追溯其祖先，也和朱莉一样都是某种程度上的"混血儿"。他们的阶级等级也各有不同，俨然组成了一个微观的小世界。在这个"世界"中，由于财富门第而造成的婚姻悲剧逼死了20世纪末的斯蒂芬；现代社会的年龄歧视使萨拉陷入痛苦境地；这都和过去逼死剧本中19世纪的朱莉的种族歧视一样愚昧和荒唐。实际上，无论年龄、种族和阶级地位如何，他们都渴望爱、渴望爱情、渴望友谊。全书中对于这种跨越国家、跨越种族、跨越年龄的对爱的渴求由于付出了生命的代价而更凸显其对于单一思维的解构意义。

打着为妇女争取解放大旗的女性主义在莱辛看来也是一场非常偏激的政治运动。《金色笔记》1962 年发表后，被誉为"一本女性主义的圣经，是现代女性的代表"。[①] 莱辛也被认为是"英国的西蒙·波伏娃"。[②] 但莱辛却毫不领情，完全否认。她在 20 世纪 70 年代初公开发表声明，不仅扯下自己作品"女性主义宣言"的大旗，更用小说的形式指明安娜和她的好朋友莫莉经过一番斗争，从头至尾一直还在"伦敦的一间公寓里"![③] 她过去不喜欢男人把女人当作弱者，但现在也不喜欢人们都来贬低男人。莱辛把这称为"纯粹的报复"。她认为 60 年代的妇女运动就是一场"性别革命……它什么也改变不了"。[④] 2008 年在接受采访时，莱辛更是直接说："我不喜欢 60 年代的女性主义者。她们是教条主义者。"[⑤] 因此，在小说中，莱辛对女性主义的片面思维和偏激态度进行了嘲讽和解构。在《金色笔记》中，从婚姻的角度来讲，小说一开始，安娜和莫莉都已和丈夫离了婚，成为社会意义上的"自由女性"。她们"单独待在伦敦一所公寓里"。公寓成为她们自由会见朋友和情人、聊天、写作的场所。然而，她们真成了"拥有自己的一间房间"的"自由女性"了吗？我们看到，莫莉还不得不面对前夫的"骚扰"和儿子的青春期心理问题。安娜也不得不大部分时间忙于陪女儿，安慰莫莉和查理的现任妻子、朋友等琐事。这所公寓除了安娜和女儿之外，还住着其他租住的房客。他们有男有女，有妓女，也有同性恋，

① Susan Lardner. "Angle on the Ordinary." *New Yorker*, Sept. 19, 1983, p. 144. Quoted in Galye Greene. *Doris Lessing: The Poetics of Change*. Ann Arbor: The University of Michigan Press, 1994, p. 17.

② Studs Terkel. "Learning to Put the Questions Differently." in *Doris Lessing: Conversations*. ed. Earl G. Ingersoll. New York: Ontario Review Press, 1994, p. 30.

③ 参见 Doris Lessing. "Preface to *The Golden Notebook*." *The Golden Notebook*. Herts: Panther, 1973, p. 9。

④ 莱辛在 2001 年 10 月接受 ABC 电视台记者 Jennifer Byrne 采访时如是说。参见 "Interview with Doris Lessing." in *Foreign Correspondent*, October 24, 2001. http://www.abc.net.au/foreign/stories/s390537.htm。

⑤ Emily Parker. "Interview with Doris Lessing." *Wall Street Journal* (Eastern edition). New York. Mar 15, 2008, http://proquest.umi.com/pqdweb? sid = 1&RQT = 511&TS = 1258510410&-clientId = 1566&firstIndex = 120.

安娜还得考虑房客对女儿的影响。实际上，婚姻的后遗症时时刻刻在缠绕着她们。不仅如此，安娜还得忍受单身的寂寞，或不停地换男性朋友所带来的心理冲击和感情煎熬。公寓的租住性质成为她们"自由女性"的注解：这种所谓的自由是不稳定的，是有条件的，或者说是要付出代价的。正如小说中人物朱丽娅对爱拉所说："如果他们（男人）不自由，我们自由有什么用呢？"①

《又来了，爱情》中主人公萨拉所写的剧本《朱莉·韦龙》讲述了19世纪末，白人种植园主和当地黑人妇女的私生子朱莉·韦龙的三次恋爱经历。朱莉尽管才貌双全，但由于其身份低微，她的恋爱遭到白人恋人家庭的反对，相继被两个恋人抛弃，自己的孩子也夭折了，朱莉最后自杀身亡。小说主人公、当代剧作家、伦敦青鸟剧团经理、65 岁的白人妇女萨拉前后爱上了扮演保罗的年轻男演员，26 岁的比尔和30 多岁已婚的导演亨利! 尽管他们也爱上了萨拉，但在社会习俗巨大的压力下，他们都离开了萨拉。另一位扮演印刷铺老板的年轻演员安德鲁森向萨拉表白了自己的感情，然而萨拉却无力再去恋爱，痛苦不堪，精神几欲崩溃，险些自杀。通过萨拉和朱莉三段相似的恋爱经历，作者显然意图说明，尽管近百年已经过去了，但是正如奥法伦（O'Faolain）所说："今天的年龄和朱莉时代的家庭和财产一样重要。"② 老年妇女和青年男子的恋爱被认为是强大的社会禁忌，而妇女的社会地位，从本质上并没有改变。这似乎表明了女性主义运动的合理性和必要性。但是，同时，莱辛还描述了另外一个人的恋爱经历。他就是看起来有一个幸福家庭的青鸟剧团赞助商斯蒂芬。他的妻子伊丽莎白美丽聪慧，和他一样热爱艺术。此外还有三个可爱的孩子。但是在这样温馨的外表下，他却忍受着常人所不能忍受的痛苦：他的妻子和自己的管家是同性恋人! 和萨拉一样，斯蒂芬也有和朱莉相似的三次恋爱经历。他爱上了剧本中的朱莉以至于不能自拔。由于朱莉只是剧中的人物，是个死去的女人，所以他又把感情投入到了扮演朱莉的演员莫莉身上，但是最后莫莉却抛弃了他。他的第三个恋人是剧本换角之后扮演朱莉的苏珊。苏珊真心爱他，但是他却没有办法爱

---

① Doris Lessing. *The Golden Notebook*. Herts：Panther，1973，p. 446.

② Julia O'Faolain. "Objects of Eros." *Times Literary Supplement*. 4853（5 Apr. 1996），pp. 27 – 29. Rpt. in *Contemporary Literary Criticism*. ed. Janet Witalec. Vol. 170. Detroit：Gale，2003，pp. 27 – 29. Literature Resource Center. Gale. UC Berkeley. http：//go. galegroup. com/ps/start. do? p = LitRC&u = ucberkeley. 21 Sept. 2009，p. 28.

她，最后精神崩溃，自杀身亡。斯蒂芬的爱情悲剧和朱莉的爱情悲剧并不仅仅是数量上的相似，而在某种程度上，斯蒂芬的爱情悲剧也是朱莉悲剧的延续，因为斯蒂芬和妻子年轻时都曾经有自己心爱的人，但就是因为财产和门第观念，分别离开了自己心爱的人，而走进了无爱的婚姻。这正是朱莉的前两个爱人保罗和雷米未来可能有的婚姻状况！斯蒂芬居住的由维多利亚女王钦赐的大房子，以及萨拉看到房屋窗户上的铁栏杆时所想到的《简·爱》中的疯女人形象，无不昭示着他的爱情悲剧正是维多利亚时代虚伪道德掩盖下阶级种族偏见在现代社会的延续和反映。斯蒂芬对于剧本中朱莉的爱慕其实是一种感同身受的认同感。莱辛通过斯蒂芬的爱情悲剧，讽刺了女性主义的偏激，指出男人和女人一样也是社会偏见的受害者，男人和女人一样，同样需要"解放"。此外，莱辛通过最后新剧组负责人，女性主义者索尼娅删掉真实史料中《朱莉·韦龙》女主角对命运的抗争，完全改编成一部妇女悲惨遭遇的情感浪漫剧，并大获成功的情节安排，揭露了现代女性主义者为了获取自身商业利益，不惜歪曲事实，以赚取人们同情的卑劣手段。"她们忙于在舞台上神气地表演，这不是要改变什么的方式"①，从而在根本上解构了女性主义。索尼娅正是莱辛所痛斥的"冷酷的姊妹"。② 对于莱辛来说，女性主义就是一场政治运动，是一种她所深恶痛绝束缚人的"集体行为"。③ 莱辛在伦敦 1998 年接受采访时说，"妇女运动，在我看来，一直都是令人失望的事情。它有过激情……60 年代有过激情，但在我看来，大部分都浪费在空谈上面……它对白人和中产阶级年轻妇女有益，对别的人没有做多少事情……女性主义反映了一种对磨难、失败和痛苦的深深迷恋"。④

莱辛早期的小说大都以她非洲的生活经历为背景，因此，很多学者都认为她是出于对殖民统治的义愤。其实莱辛虽然对殖民统治和种族歧视深恶痛

---

① Deborah Ross. "Doris Lessing：The Voice of Experience." Monday, 17 June 2002. http：// www. independent. co. uk/news/people/profiles/doris – lessing – the – voice – of – experience – 645609. html.

② 莱辛把女性主义者称为 cruel sisters，参见 Rosemary Dinnage. "Doris Lessing's Double Life." *New York Review of Books*. Vol. 45, No. 18. Nov. 19, 1998. http：//www. nybooks. com/articles/ 664。

③ Mona Knapp. *Doris Lessing*. New York：Frederick Ungar Publishing Co., 1984, p. 12.

④ Cathleen Rountree. "A Thing of Temperament：An Interview with Doris Lessing." London, May16, 1998. *Jung Journal：Culture & Psyche*, 2, No. 1（2008）, p. 75.

绝，但她写这些小说的目的却不是单纯地抨击这些丑恶的现象。她自己在1984年接受访谈时曾明确地说："我想表达的不仅是白人对黑人的态度，而是普遍的人们对于彼此的态度——在全世界，总是有一个统治集团鄙视其他人。"① 显然，莱辛是在借殖民地的种族歧视问题谈单一思维带来的对于人与人关系的伤害，而这就是战争的根源。

第三节　莱辛对单一创作手法的解构

20世纪前半叶的英国，现实主义仍然是文学界的主流创作手段。一大批现实主义作家如班尼特、萧伯纳、哈代仍然在勤奋耕耘。一方面，和当时英国国内战前政局不稳，现实诉求加大有很大关系。爱尔兰问题、人民预算法案所导致的议会改革、风起云涌的工人罢工等一系列事件使英国政局动荡，应运而生的工党在20年代的大选中获胜，并取代自由党，组建了英国政府。另一方面，列宁领导的十月革命推翻了俄国资产级临时政府，建立了国际上第一个社会主义国家，声称以马克思主义的文艺思想为创作的基本准则，代表广大人民的利益。1934年在斯大林领导下召开的第一次苏联作家会议正式确立了社会主义现实主义作为文艺创作的原则，对此后的社会主义国家产生了巨大影响。

莱辛在早期的创作中，由于采用的主要手法是现实主义，因而被人冠以新崛起的"现实主义作家"之名。又由于她曾经加入英国共产党的经历和对于政治活动的热衷，因此，批评家们常把她的写作手法和当时颇遭人诟病的政治"介入"文学（committed Literature）联系在一起，认为她的作品充满了道德说教的意味。鉴于此，1957年，莱辛在《宣言》上发表《个人微小的声音》一文，阐述了自己的人文主义思想。在这篇主要论述小说作用的短文中，莱辛对于"介入"文学做了说明。她批判了那种为某一政治派别而写的宣传性文学，但却认为不应因噎废食，而放弃对于人民的爱和责任。她对19世纪欧洲现实主义作家大加赞赏，认为他们都具有某种相同的价值观，都营造出了道德判断的氛围，都表达了对于人民的爱和同情。她说这来源于对于"人的信念"，他们都是人文主义者。然而，莱辛的观点仍然

---

① Eve Bertelsen. "Acknowledging a New Frontier." in *Doris Lessing: Conversations.* ed. Earl G. Ingersoll. New York: Ontario Review Press, 1994, p. 124.

被认为是"受了共产主义的影响"。① 莫莉·海特（Molly Hite）更是认为：
"整个文章的口气是怀旧的，并且对于连贯性的强调实际上就是当时的党的
路线（的体现）。"② 基于此，她们认为《金色笔记》以及此后的《四门城》
在形式上的转变标志着莱辛思想和创作理论的转变，"标志着她对现实主义
传统，特别是连贯性传统的背离，而这种连贯性出现的根基就是意识形态的
建构"。③ 但实际上，这只是莱辛运用不同的手法表达自己总体性思想的策
略而已，莱辛所痛斥的正是非此即彼的思维模式，而总体性思维并不是意识
形态的专利。所以为了证明现实主义手法和政治观点并没有特定的必然联
系，莱辛一方面并没有放弃现实主义的创作手法，另一方面在小说中对现实
主义进行了无情地解构。

《金色笔记》中"自由女性"完全是采用传统的现实主义手法写成，而
四个笔记本却是从不同角度对基本相同事件的片断式事实记录。它们的并置
明显比对出传统现实主义手法在揭示现实真相上的不足和缺陷：不仅有事情
真相的矛盾，而且笔记本中人物内心的波澜壮阔和经历的复杂曲折也更衬托
出"自由女性"在描写上的平淡无奇和苍白无力，以及其视野上的局限。
然而，分割的笔记本形式那种夸张的人为性又凸显了其思维方式的荒谬性和
总体性思维的必要性。莫莉·海特虽然注意到了莱辛对于这种分裂式思维的
批判，然而她把莱辛的总体性思维等同于单一性、排他性的整体观点，因而
得出了《金色笔记》对其他可能性是否定的，而《四门城》则是对未来可
能性进行肯定的，这样互相矛盾的结论。其实正如我们在上面分析的那样，
莱辛的总体性思维并不是一种单一的观点，而是一种总体性视野，一种居高
临下的宏观展望。

《简述地狱之行》是一篇对多种单一创作手法，包括现实主义和意识流
手法进行解构的小说。小说叙述主要在三个层次上进行：首先是主人公查尔

---

① 参见 Alice Ridout. "What Is the Function of a Storyteller? – The relationship Why and How Lessing Writes." in *Doris Lessing*: *Interrogating the Times.* ed. by Debrah Raschke, Phyllis Sternberg Perrakis, and Sandra Singer. Columbus: The Ohio State University Press, 2010, pp. 77 – 91。

② Molly Hite. "Subverting the Ideology of Coherence: *The Golden Notebook* and *The Four – Gated City.*" in *Doris Lessing*: *The Alchemy of Survival.* ed. Carey Kaplan and Ellen Cronan Rose. Athens: Ohio University Press, 1988, p. 62.

③ Molly Hite. "Subverting the Ideology of Coherence: *The Golden Notebook* and *The Four – Gated City.*" in *Doris Lessing*: *The Alchemy of Survival.* ed. Carey Kaplan and Ellen Cronan Rose. Athens: Ohio University Press, 1988, p. 62.

斯·沃特金斯教授的疯癫意识流话语，被视为"疯子"的回忆、记录等；其次是医生护士等的"客观"记录、日常对话以及医生和教授妻子、朋友、同事、情人等的通信。这三个层次代表几种不同的创作手法：意识流、现实主义或自然主义等"主观"，或现实主义描述，或完全"客观"的"事实"材料。可以看出，这几个层次的"事实"互相交叉、相互映照、相互对比，有时互相矛盾，正好起到了相互说明、相互解构其片面性的作用，也揭示出所谓"客观事实"的不可靠性和对于真正事实在一定程度上的歪曲和荒谬（详见下篇的小说分析）。

此外，莱辛在小说中还对浪漫主义进行了解构。如在《如果老人能够……》中，单身妇女简不仅是杂志社的编辑，还是一个浪漫主义小说作家。她和理查德的邂逅也充满了浪漫色彩。在出地铁站时，简不小心差点摔倒，而扶起她的人就是英俊、成熟的中年男人理查德。然后两个人就开始了频繁的约会，在咖啡馆里共度浪漫的时光。然而就在简和理查德的关系按照一般浪漫主义小说的逻辑发展成为爱情，要表白或上床共度良宵的一刻，戛然而止，因为浪漫和现实相遇了。理查德虽然不爱他的妻子，但为了他智障的女儿，不得不维持这段婚姻。简和查理不得不在遗憾中分手。不过，和一般浪漫主义小说结局更加不同的是，简肩负起了照顾理查德女儿的责任。在另一篇《好邻居的日记》中，简作为妇女杂志社的编辑，同样对于照顾老人充满了浪漫的"工作需要"的期待。然而和莫德老人的偶然相遇却从一开始的工作需要、同情，发展成了刻骨铭心的类似母女之爱。这种浪漫的期待与现实境遇的不同解构了浪漫主义小说不切实际的想象，并在出人意料的现实结局中凸显浪漫主义理想的失败。

《阿尔弗雷德和爱米莉》是莱辛最后的一本小说，它分为两个部分。前半部是莱辛假设父母没有受到战争伤害，而各自拥有独立幸福家庭的想象生活。后半部是莱辛父母真实的生活。在这部小说中，莱辛完全打破了小说虚构性和真实性的界限，对传统小说的定义进行了颠覆式解构（详见后面的小说分析）。

第四节　问题意识的构建与读者

莱辛无论是对于宏大叙事的解构还是对单一思维的不满，抑或是变换创作手法，抛弃流行的传统手段，目的其实只有一个，就是使读者学会对权威的质疑和对约定俗成的思想和观念的反思，并引导读者建构一种新的思维模式和认识自我、认识他人、认识世界的方式。这种新模式的构建基础取决于两个层面的认识。一个是个人意识层面，一个是自我同人类社会关系层面。在个人意识方面，莱辛受沙赫苏菲主义思想、荣格心理分析理论以及有关的东方文化智慧的影响很大。如苏菲主义对于人的意识层次的划分以及人的认识能力在意识层级的提高、荣格的集体无意识、人格化过程等的观点、中国古典哲学中天人合一的思想、印度宗教哲学中梵我一如的理念等等，都使莱辛原本已经形成的宇宙整体观具有了心理微观世界的维度，进一步强化了莱辛认识人的深层意识的兴趣，其人文主义思想愈加完善。20世纪60年代又恰逢弗洛伊德等旧的心理分析学派式微，而新的超个人心理学派在荣格等思想家和东方文明的影响下逐渐兴起之时。莱辛以敏锐的嗅觉和超然的洞察力又一次走在了时代的前列。她在60年代的小说中，加大了对于人的心理的探索。如《金色笔记》《四门城》《简述地狱之行》和《幸存者回忆录》中都出现了大量的关于人的心理活动描写和内心体验叙述。《四门城》中结尾甚至出现了具有超自然感官的孩子。此后，在70年代的科幻五部曲中，具有超自然潜力的人也一再出现，此类话题亦成为日常讨论的内容。基于对人的认识能力提高和完善的思想，莱辛在小说中非常注重通过对既定观点矛盾的辩证阐述，唤醒读者的问题意识，对读者认识能力加以引导。对于读者，莱辛说，我希望看到的是，读者读了我的书，能够引起他的好奇，使他变得更加专注、更加聪明和敏感，能够问问题。[①]在自我同人类社会关系方面，莱辛受马克思主义、存在主义的思想影响，既注重个人选择的自由，又注重社会机构施加压力下，群体意识对人的影响，更注重人所肩负的社会责任。因此，莱辛在小说中大都围绕自由和责任的关系来构建读者的反思意识。

莱辛在小说中，往往会设置一种情景，或有充足的理由，使读者对主人公的行为和心理产生认同。这种认同感基于一般传统的、公开或隐性的、社会公认的规则或理念。在这种叙事的过程中，读者很容易忘掉自己，或融入主人公的感情或心理活动中，或站在叙述人的立场对主人公的遭遇或同情、或感慨、或沾沾自喜于自己的高明。殊不知，这是作者早就挖好的一个陷

---

① Francois – Olivier Rousseau. "The Habit of Observing." in *Doris Lessing*：*Conversations*. ed. Earl
G. Ingersoll. New York：Ontario Review Press，1994，p. 154.

阱。待读者陷入其中，不知所措，从而对原来的理念产生怀疑。如《青草在歌唱》中，叙述人对于白人玛丽·特纳的生平叙述，使读者很快地对玛丽单身生活的无忧无虑产生认同，对她的婚姻不幸产生同情，从而理解她对黑人仆人的怨气。这时，读者已经完全站在玛丽的立场来看问题了。因此，当她对黑人仆人摩西产生异样情感的时候，读者和玛丽一起在为她自己的行为开始担忧。随着摩西从沉默的后台转到引人注目的前台，从"野蛮"的"非人"越来越"人化"，玛丽心理压力逐渐增大，读者内心的担忧也愈加强烈。不过，和玛丽痛恨自我不同的是，读者往往觉得自己是有着正义感的人，因此在对玛丽施以同情心的同时，开始痛恨这样的种族歧视对人性的摧残，对黑人也有了同情。读者的立场在冲突的双方中变得有些游移。但是随着玛丽内心矛盾的加剧，最终自愿而平静地接受死亡的时候；当摩西镇静地杀人并平静等待警察的时候，读者的心被这平静震撼了。我们不知该和白人社会的代表查理一起蔑视玛丽，还是同情她；是痛恨杀人犯摩西，还是同情他。在这两种情感的冲突中，我们不得不回过头重新梳理我们的思路，不得不开始重新思考我们的立场，重新思考第一章白人大众的沉默，以及这沉默背后的原因。平静死亡的玛丽的尸体、平静地束手就擒的摩西、沉默的知情人英国青年托尼，以及避讳不谈的白人大众，所有这一切仿佛都凝聚成了大大的问号，随着隆隆的雷声和一望无际灌木丛上空的大雨倾泻而下：种族歧视制度伤害的难道仅仅是黑人吗？是否还有贫苦白人妇女玛丽呢？玛丽的丈夫迪克呢？英国青年托尼呢？

《金色笔记》中，这样的场景更是俯拾即是。不过莱辛所运用的手法更为精到，往往是"形式自身在说话"。"自由女性"中，安娜的好友，莫莉的儿子汤姆正处于叛逆期。由于父母离婚，并常常为他的前途而争吵，汤姆变得异常敏感和脆弱。他拒绝继承父亲的企业。在一次偷看完安娜的笔记之后，开枪自杀未遂，成为瞎子。读者和安娜一样对汤姆自杀的原因一无所知，从而成为一个悬念。而汤姆很快恢复，并和父亲的后一任妻子成为好朋友，还积极参加了激进组织的运动。但到最后却出人意料又继承了父亲的公司。这些围绕着汤姆转变的谜团一直延续到"自由女性"的结尾，莱辛并没有给出答案——现实主义反映社会真实的局限性不言而喻。那么，几个笔记本是否就能够反映社会真实呢？读完几个笔记，我们对于小说能否反映真实更加困惑。在"黑色笔记"中，我们看到安娜的《战争边缘》是依据自己的非洲经历写作而成。而随后安娜对自己非洲经历的叙述和虚构的小说完全不能等同。其经历的丰富性和心理的复杂性绝非一本小说能够涵盖。而电影编辑的改编更是离事实相去甚远。因而，这时的答案是否定的。但是"红色笔记"和"蓝色笔记"中个人心理和时代氛围的真实记录、"黄色笔记"的套中套小说中爱拉感情生活的真实再现，又使我们对先前的答案产生动摇。就在这样的矛盾冲突中，我们不由对艺术的虚构性和真实性产生了思考。同时，我们对政治、宗教、心理分析、婚姻和爱情等问题也和主人公一样都产生了困惑。等读完整部小说，我们得知安娜在克服写作障碍后写的小说就是"自由女性"，也是整部小说的第一句话之后，不得不再次从头审视我们对整部小说的思考，并力图重新寻找答案。正是在这样一遍遍重新寻找"答案"的过程中，我们读者在进行着质疑、反思和重新构建思维方式之旅，而这就是莱辛创作所要达到的目的，也就是她所说的加强我们"用另一只眼"审视自己、审视他人、审视世界的能力。[①] 其实莱辛的每一部小说几乎都是依据这样的思路而展开的。由于下篇有对具体小说的分析，在此不再赘述。

第五节　"个人良善"

莱辛的建构思想和她的创作理念紧密相关。作为一个人文主义者，莱辛强调文学要反映时代的要求，要怀着对于人民的爱去反映现实，要给人民以希望。莱辛非常推崇19世纪的欧洲现实主义作家。她认为这些伟大作家的宗教观、政治观以及审美观尽管都不相同，但他们有一个共同点，就是"营造了一个伦理判断的氛围。他们有某些共同的价值观，都是人文主义者"。道德氛围是区分19世纪和我们这个时代文学的标准。莱辛说她不是在寻找一种过去的伦理价值观，而是"在寻求那种温暖、同情、人性以及对人民的热爱，正是这些特性照亮了19世纪小说并使之成为对人类本身信念的说明。这些特性是当代文学所缺少的"。目前，人类的梦想和梦魇并存。在这种生死攸关的时期，她认为"艺术家是这些梦想和梦魇传统的阐释者，所以现在绝不是推卸我们所选择的责任的时候"。莱辛认为艺术家面临的责任，"不仅是阻止罪恶，而且是加强构筑善的远景以打败罪恶"。"一旦作家有了责任感，有了作为一个人对他会影响他人的责任，他就一定是个

---

① Doris Lessing. *Prisons We Choose to Live Inside*. New York：Harper & Row，1987，p. 6.

人文主义者，就一定会把自己看作向好的方向或坏的方向变化的工具……如果作家接受这种责任，他就必须把自己看作是……灵魂的建筑师……作为建筑师，他就必须要有一个构筑的愿景。这个愿景来自于我们生活的世界的本质。"①

　　莱辛在1971年出版的《金色笔记》的前言中，谈到早期五部曲《暴力的孩子们》的主题时，曾经说过她主要关注的主题是"个人良心与集体"之间的冲突。莫娜·奈普在《多丽丝·莱辛》中认为，在莱辛的小说中有三种集体行为：第一种就是殖民地社会一致的一种默契，要延长对黑人的统治。第二就是公共教育。她认为公共教育只会成批培养出那些要么对权威唯命是从的人，要么是暴民。第三种就是政治集团以及各种阶级等组成的利益集团。莫娜·奈普认为个人、集体和整体三者之间的关系贯穿莱辛的作品。这个整体她把它归结为"神秘的、宗教的或回归自然的解释"。② 奈普在一定程度上把握住了莱辛小说的关键，不过，她并没有阐释"个人良心"，而整体也仅限于自然整体。此外，她把这个整体看作莱辛所追求的一种"幻想"。③ 其实，莱辛在20世纪80年接受采访时曾明确地谈到这个"良心"的两层含义。莱辛说："这是一个经过训练的良心问题，社会训练我们接受的东西，以及我们尽可能意识到的个人良心所言说的东西。"④ 莱辛的意思是说，这个"个人良心"实际上是社会从我们出生就开始以各种方式导引我们所形成的意识内心，用弗洛伊德的话说，是一种叫"超我"的东西。另一种含义的良心是更深层次的东西，"是一个人，特别是一个作家赖以依靠的东西，是你像做饭时一样让它静静地在那里炖着，你不时地看看会怎么样。我指的当然是无意识"。⑤ 因此，"个人良心"就包含了社会层面上被各种社会机构确立下来的"社会规范"，以及心理层面上全体社会人的"共识"，还涉及个人心理层面上内心的"超我"意识的形成，以及无意识的人性内在的本质。总的来说，"个人良心"包括两种含义。一是经过训练的符

①　Doris Lessing. "The Small Personal Voice." in *A Small Personal Voice*. ed. Paul Schlueter. New York：Vintage Books，1975，pp. 6 – 7.

②　Mona Knapp. *Doris Lessing*. New York：Frederick Ungar Publishing Co.，1984，p. 10.

③　Mona Knapp. *Doris Lessing*. New York：Frederick Ungar Publishing Co.，1984，p. 13.

④　Michael Thorpe. "Running Throught Stories in My Mind." in *Doris Lessing：Conversations*. ed. Earl G. Ingersoll. New York：Ontario Review Press，1994，p. 95.

⑤　Michael Thorpe. "Running Throught Stories in My Mind." in *Doris Lessing：Conversations*. ed. Earl G. Ingersoll. New York：Ontario Review Press，1994，p. 96.

合社会规范的"个人良心"，二是潜意识或无意识的个人道德"良心"。这里要特别注意的是，莱辛所指的无意识并不是弗洛伊德纯粹由"力比多"组成的"黑暗"地带，而是一种相当于我们通常所称的"道德良心"。不过这个"道德良心"又区别于弗洛伊德的"超我"，并不等同于所谓的社会道德规范，而是指一种人本性中所蕴含的"善"。莱辛不喜欢弗洛伊德的原因之一，就是认为他把无意识看作邪恶的来源，他的无意识"太黑暗"了。[①]"无意识可以根据你的塑造是好还是坏，有没有帮助。我们的文化把潜意识当作了敌人……其他文化把潜意识当作一种助力来接受。我认为我们也应该学会这样看它。"[②] 这种"善"的个人良心正是莱辛在作品中所要唤醒的一种可以帮助人们完善自己，能够提升到从整体来看人类社会和宇宙的更高的意识层次的良善推动力。笔者把它称为"个人良善"以示区别。有时候"个人良心"和"个人良善"可以合二为一，但当社会道德规范被某一群体利益集团所裹挟的时候，它们就有了差别。因此，莱辛在作品中所要构建的是通过"个人良心和集体"的冲突，或是一些丑恶的社会现象，认识自我本性中的这种良善，并努力激活它，使它发挥积极作用，而它的表征方式就是个人对他人、对社会、对人类、对世界整体的责任意识，而不是"幻想"的一个乌托邦。这种责任意识所面对的整体，是一种大历史视野下的人类文明整体和宇宙，它包括自然整体，也包括每个个人。它的生命就是整体的一部分，因而它对整体的责任，也同样是对自己负责。而这也正是莱辛的作品具有既引人深思、又给人希望，回肠荡气，充满魅力的原因。

第六节　责任意识的构建

莱辛在1980年接受访谈时认为，个人很重要，他是过去所塑造的，受制于现在，在长期的历史中，慢慢进化的动物。是最终要汇入团体之中的个人，但在一定程度上发挥着自己的作用。[③] 这也是为什么莱辛要从描写个人

---

① Doris Lessing. "The Small Personal Voice." in *A Small Personal Voice*. ed. Paul Schlueter. New York：Vintage Books，1975，p. 67.

② Jonah Raskin. "The Inadequacy of the Imagination." in *Doris Lessing：Conversations*. ed. Earl G. Ingersoll. New York：Ontario Review Press，1994，p. 14.

③ Christopher Bigsby. "The Need to Tell Stories." in *Doris Lessing：Conversations*. ed. Earl G. Ingersoll. New York：Ontario Review Press，1994，pp. 75 – 76.

的经历入手。实际上，在个人、集体和整体这三者的关系中，个人是我们自己感同身受的主体。"人是社会关系中的人"。个人和集体的关系是最显而易见的，是我们感知和反应的由来。而整体却是隐性的，是我们日常很容易忽略的，但却是我们"个人良善"所依托的生命根基。在个人欲望的另一面其实就是责任，但它却被世俗的生活所遮蔽。莱辛通过作品所搭建的就是这个从个人到社会，从个人欲望到集体利益的冲突，唤醒"个人良善"，回归宇宙整体的桥梁，或者说是拨开笼罩在我们眼前各种矛盾的迷雾，在视角的转换中让读者看到附着于欲望本身的责任，认识到自己在整体中的位置。正是在这个意义上，莱辛是一个"努力去控制对于她的作品接受和解读的作家"。① 不过，操控也好，目的也好，正是如此，莱辛给了我们很多的启示和教益。

在小说中，莱辛往往从个人对自由的追求开始。其实，自由本身就是个伪命题，因为在人类社会中，根本没有什么绝对的自由。卢梭曾经感慨："人是生而自由的，但却无往而不在枷锁中。"② 人生下来，就处于特定的环境之中，就受着各种社会环境的制约。《暴力的孩子们》中的玛莎·奎斯特和莱辛一样是一个英国人的后代。这部半自传体的小说前几部从玛莎·奎斯特的视角详细记录了她在殖民地社会的成长经历。它跳出了《青草在歌唱》中表面上的黑人和白人之间的关系，聚焦于白人孩子玛莎成长过程中所接触到的人和事。小说引领读者按照时间顺序伴随着玛莎，经历了离家出走到恋爱、结婚，参加政治活动，离婚、再结婚、再离婚等不同阶段，探讨了在个人追求自由、平等过程中和各种社会权力机构，包括家庭、政治组织、阶级等的博弈关系，自然生发"个人良善"，承担起自己的社会责任。

玛莎·奎斯特作为叛逆期的少女，不喜欢终日在父亲对于战争的回忆和哀叹以及母亲势利的专横和强势中没有自由地生活。她离家出走，希望通过打工和恋爱获得自己的自由。这里父母所代表的家庭是自由的羁绊。然而，伙伴们之间仍然采取以种族和阶层划分朋友和敌人的做法，以及朋友们家庭的态度，使她最终难以摆脱附着于恋爱之上的阶级色彩和代表社会势力的习俗，放弃了"个人良善"驱使下自己和犹太裔青年的第一次恋爱冲动，找

---

① Carey Kaplan and Ellen Cronan Rose. "Introduction." *Doris Lessing: The Alchemy of Survival.* ed. Carey Kaplan and Ellen Cronan Rose. Athens: Ohio University Press, 1988, p. 16.

② 〔法〕卢梭:《社会契约论》，何兆武译，商务印书馆，1980，第 8 页；转引自朱立元主编《西方美学范畴史》第 1 卷，山西教育出版社，2006，第 183 页。

了一个门当户对的人结婚。本来玛莎·奎斯特以为婚姻会使自己摆脱父母家庭的影响，然而，她从一个牢笼掉入了另一个牢笼。这种循规蹈矩的生活把她卷入了祖祖辈辈循环往复生儿育女的传统角色中。难道女人的命运几千年来注定是这样没有自我，没有自由吗？她在自己身上看到了母亲的影子。她不能这样度过自己的一生，她选择了离婚，放弃了孩子。自由似乎是以放弃对家庭的责任为代价的。从寄希望于婚姻，她转向了积极的政治活动。她甚至为自己的政治信仰，牺牲了爱情，投入了第二次政治婚姻的牢笼。然而，殖民地的政治活动带给玛莎的只是空洞和毫无意义的说教及无休止的争吵。在英国，玛莎目睹了英国下层社会的贫困，战争对人、对环境、对社会肌体的伤害，马克一家及朋友们等中上层知识分子的政治理想和各种努力的失败，以及马克的婚姻悲剧。所有这一切使玛莎的视野超越了种族、超越了家庭和国家。她在对自己的反思中，在"个人良善"驱动下帮助"疯子"莉迪亚的过程中，终于找到了自己在社会中的位置，融入了马克的大家庭，整天忙碌着帮助马克、他的妻子以及大家庭中所有相识或不相识的人。

　　西方社会自诩为自由社会。在所谓的自由社会中，自由意味着什么？摆脱了婚姻和男人的女人，摆脱了政治组织的束缚，是不是就意味着真正的自由呢？在《金色笔记》中，莱辛把自己的外围框架小说命名为"自由女性"可谓意味深长。女主人公安娜作为自由撰稿人，没有了职业的羁绊。作为一个离婚的女性，不再是男人的附庸。她可以自由选择男伴，可以做自己喜欢做的事，而不需要征得别人的同意。表面上看起来，安娜是绝对的自由女性。小说开篇，她冷眼旁观朋友莫莉和前夫由于孩子而无尽的纠缠。后来，她又毅然决然退出了政治组织。然而，安娜真的享有自由吗？首先，她没有钱，只好借住在莫莉家里。她是个单身母亲，要照顾孩子。此外要靠写作赚钱，养活自己和女儿。如果要出去参加派对，需要请朋友莫莉照看自己的孩子。等孩子稍稍长大，又要操心孩子的学校是否合适。她一不小心，让莫莉的儿子汤姆看到了自己的笔记本中的内容，间接造成了汤姆的自杀和失明。作为朋友，她努力调解莫莉和前夫查理的矛盾，结果却差一点被查理误解为对他有情。谈恋爱，却遭遇到更为"自由"的有家室男人的抛弃。更为严重的是，作为一个作家，她不能随心所欲地改编自己的小说，而要受商业化时代电影编辑的控制，考虑商品市场的接受，迎合消费时代观众的趣味。即使自己写小说，也不能完全表达出自己当时当地的真实感受。写出来的东西，充满了虚假的怀恋情绪，语言已不再能真实地传达自己的心声。因此，她患上了作家的障碍症，不得不求助于心理医生……这里，查理代表了社会中唯利是图的商业阶级。他私生活不检点，频繁地更换妻子和情人，造成了众多女性身心的痛苦。小说中查理的现任妻子玛丽恩的眼泪和酗酒的生活状态就是安娜的替身爱拉的翻版。汤姆在成长过程中由于家庭的破碎所造成的身体和心理创伤预示着安娜的女儿在成长道路上将要面临的危险。而安娜和莫莉的关系也由于各自的羁绊而忽近忽远，不能真正地推心置腹。安娜的个人自由在以各种名义编织的权力网中仍然没有办法实现。留在生活中的仍然是被社会权力机构撕扯破碎的个体和破碎的心灵。然而，值得注意的是，小说最后以汤姆继承父亲的事业，莫莉结婚，安娜去当社会福利服务人员结束，貌似回到了人物追求自由的原点，而小说最后"内金色笔记"中索尔给安娜小说的第一句话和整部小说第一句话的吻合似乎也通过形式上的循环结构说明了这一点。然而，通过人物内心的斗争和挣扎，我们看到，小说中的人物已全然不是开始时的人物。通过社会的磨炼，安娜不仅克服了自己的作家障碍症，完成了创作，而且还投入到了社会工作中去。莫莉也由对婚姻的失望，而满怀信心投入了第二次婚姻。汤姆也从拒绝父亲，到接受父亲，成为父亲事业的接班人。他们都不再逃避，而是勇敢地承担起了社会赋予每个人的责任。因此，社会机构在人的塑造过程中，所起的并不完全是负面的权力控制作用，而是在个人自由和控制的博弈中，教给了人社会责任的重要性以及承担社会责任的义务。

更值得注意的是，最后安娜克服作家的写作障碍症，依靠的是索尔给出的第一句话，而索尔的小说第一句话是安娜给出的。这又引出了莱辛所关注的另一个主题：即人与人的关系的本质问题。其实早在小说的中间，莱辛就借助小说人物朱丽娅之口，说出："男人不自由，我们怎么能有真正的自由？"揭示了男女两性，或者说人与人之间互为依存、互为条件的关系。也揭示了自由和责任的一体两面的辩证关系。

人与人的关系是人类社会中最基本的社会关系。男女之间的关系是人与人之间最直接的关系。莱辛对于男女关系的重视和劳伦斯对于莱辛的影响以及当时劳伦斯小说的流行，特别是《查泰莱夫人的情人》在 1960 年的解禁，不无关系。它"直接促进了 60 年代初劳伦斯的影响不断增长"。[①] 兰德

---

① 〔英〕兰德尔·史蒂文森：《英国的没落？》，外语教学与研究出版社，2004，第 25 页。

尔·史蒂文森（Randall Stevenson）还提供了一幅 1960 年 11 月初该书解禁时在伦敦莱斯特广场一家书店前人们排队抢购的图片。另据伊丽莎白·威尔森说："50 年代末 60 年代初，在激进组织中劳伦斯式理想的男女关系具有很大的影响。两性关系被认为，用莱蒙·威廉斯的话说，是'生命的本质'，而性欲是'摆脱压抑'的思想使它具有比《在网下》的'真理'和现实更为优越的地位。"① 莱辛自己最早读劳伦斯是在南罗德西亚，那时尽管不喜欢他所传递的思想，却迷恋于他小说的生动性。"我读的第一本书是《亚伦魔杖》（Aaron's Rod）。60 年后，书中的情景在我的脑海中和当时一样的鲜明。男人洗澡的水声，边听着妻子对他的辱骂……他所有的书都具有那种诱惑力。他具有一种魔力，他那种对看到的一切的认同的力量使你眩晕。"② 除了劳伦斯的影响之外，当时宗教界人士的代表、伍尔维奇（Woolwich）大主教约翰·罗宾逊（John Robinson）在为劳伦斯作辩护时把性关系称为本质上是神圣的，从而把精神和爱情联系在一起，使爱情和性关系不仅是情感和感觉经验，而且具有了潜在的超越力量。而 R. D. 莱因、哈贝马斯等人对于理性、物质主义和系统性的社会批判以及对于心理和精神的强调也进一步使这种观点得到强化。③ 作为时代的记录人，莱辛较早地关注到了男女关系问题在社会中的核心性质。在《金色笔记》中，除了小说的主要情节线之外，莱辛还曾经列举了二十几个小故事作为各种男女关系的缩影。然而和劳伦斯从男性视角描述男女两性关系不同，莱辛几乎全都是从女性视角出发来审视两性关系。如果说劳伦斯不假思索地就把男性置于主导地位，俯视并欣赏身下的女性的话，那么莱辛便毫不犹豫地打破了这种神话，揭示了男性在两性博弈中的自卑心理以及女性的失望，颠覆了一直以来男强女弱的传统。从这个意义上说，莱辛的《金色笔记》的确是女性解放的先声，也是"女性主义的宣言"。不过，莱辛的视野却远远超出了女性主义的局限。在探讨两性关系中，莱辛透过恋爱、婚姻和性关系，一方面揭示出这背后千丝万缕的社会关系、性别政治、权力政治，另一方面还颇有深意，把

① Elizabeth Wilson. "Yesterday's heroine：On Rereading Lessing and de Beauvoir." in *Notebooks/Memoirs/Archives：Reading and Rereading Doris Lessing.* ed. Jenny Taylor. Boston：Routledge，1982，p. 68.

② Doris Lessing. "D. H. Lawrence's 'Fox'." in *Time Bites：Views and Reviews.* by Doris Lessing. London：HarperCollins Publishers，2004，pp. 13 – 20.

③ 〔英〕兰德尔·史蒂文森：《英国的没落？》，外语教学与研究出版社，2004，第 26～27 页。

对责任和自由的理解提高到关系人类社会的生死存亡的高度。

在莱辛的小说中，最引人注目的婚姻关系莫过于以自己父母为代表的传统婚姻（玛莎父母，《最甜的梦》中的婆婆等），和以玛莎和弗朗西斯为代表的新一代婚姻。莱辛在自传中曾经详细地记录了自己父母的家族历史以及自己父母年轻时的经历。莱辛这样做的目的，不仅是为了写自传，更多地是为了揭示自己父母那一代人在完全不同的家庭背景影响下，在战争所造成的机遇中相遇的偶然性，但他们却忠实地维持着婚姻。父亲为家庭的生计奔波，母亲相夫教子，为自己梦想的实现奋斗，从寄希望于丈夫，到寄希望于孩子，最后希望破灭时，仍尽心服侍生病的丈夫。尽管孩子逆反，但直到临终，仍然无怨无悔奔波于非洲和伦敦的两个孩子之间，尽自己母亲的职责。莱辛在《玛莎·奎斯特》中，借玛莎的口，详细地描绘了自己对父母，特别是对母亲的反叛和冲突。为了圆自己父母此生没有完成的梦想，莱辛在最后一本小说中，为自己的父母安排了一种完全不同的人生经历，也许这就是莱辛为自己年轻时的反叛所做的一次心理补偿。《最甜的梦》中弗朗西斯的婆婆，在丈夫去世后，把自己的房子无偿提供给儿媳及孙子孙女，甚至是外来的孩子们，承担起自己作为母亲的职责。

《暴力的孩子们》中玛莎在第一次婚姻中生育了一个女儿，但却以追求自己的自由和给予女儿自由的名义把她抛弃了。许多评论家借此联系莱辛自己的生平，把自己第一次婚姻的一对儿女留在了南罗德西亚，证实莱辛的无情，而谴责莱辛，但却没有理解莱辛此举一是表达自己对一双儿女的愧疚心理，二是正是通过这样隐含的谴责，告诫读者追求这样的所谓自由的荒谬和不负责任。实际上，莱辛在真实生活中，离开了第一个丈夫和一对儿女后，并不是像所描写的玛莎那样无情，而是几次偷偷回去看望孩子。在回到伦敦后，还和自己的儿女保持着联系，并几次回南罗德西亚看望他们。这一切更加证明莱辛运用小说这样描写的深意。此后，莱辛又在《幸存者回忆录》中，特别强调主人公对于爱米莉这样的孤儿的收养和责任。在《最甜的梦》里，莱辛更是把这一主题铺展开来，详细描述了弗朗西斯在丈夫以参加政治活动为借口逃避家庭责任之后，勇敢地承担起抚养几个孩子和婆婆的责任。而后不仅如此，还承担起对被自己丈夫抛弃的情人和孩子，以及其他被父母抛弃的孩子们的责任。弗朗西斯的家成了大家的免费旅馆，她的厨房和餐桌成了汇集流浪儿的收容地。在她的照料下，这些孩子有的成为义务支援非洲，宁愿牺牲自己，也要挽救非洲艾滋孤儿的伟大医生，有的成为其他行业的翘楚。

作为对照，莱辛在《第五个孩子》和《本，在人间》中，描写了一个出生时智力迟钝的孩子，惨遭父母抛弃后的悲惨遭遇。通过本的不幸，莱辛谴责了那些所谓的充满爱的父母不负责任的行为，掀开了各类社会机构助纣为虐的虚伪面纱。通过婚姻关系，莱辛又延展来谈隔代的关系，主要一是父母对子女的责任问题，二是对于老人的抚养责任问题。前者除了《第五个孩子》和《本，在人间》姊妹篇以及上面提到的《幸存者回忆录》之外，还有《好恐怖分子》。在这篇小说中，莱辛讲述了几个由于各种原因脱离父母管束的青少年的故事。他们聚集在一个无人居住的，即将被拆毁的大房子里，依靠偷、骗等方式维持生活，最终走上了为追求刺激而滥杀无辜的道路。女主人公爱丽丝是一个受到父母宠爱的孩子，而后在青春叛逆期为追求自由而离家出走。她对同伴和朋友充满爱心，竭尽所能维持着大房子日常生活的运转。她的善良体现在她对朋友的照顾和对于黑人流浪青年吉姆的不弃。她的能干体现在为争取房子的合法地位和政府官员的交涉，以及自己修缮粉刷房子、接通水电等细节描写中。但就是这样一个好青年，却和其他几个同样单纯的青年一起稀里糊涂走上了犯罪的道路。莱辛用"好恐怖分子"作为书名，辛辣地讽刺了那些把这些青年推上犯罪道路的社会机构，谴责了那些不负责任的父母们。

在《简·萨默斯的日记·邻居》这两部小说合集中，莱辛描写了一个另类的婚姻关系，并据此延展出对老人等几方面责任的探讨。书中的主人公简在小说的开篇是一个不懂妻子责任的"孩子式的妻子"，也是不懂孝道的女儿。因而在自己的丈夫和母亲去世后，连一滴眼泪都没有掉。她虽然是一个畅销妇女杂志的主编，但却不能理解来信中众多妇女的痛苦，对工作是每天例行公事而没有热情。一个偶然的机会，她结识了一位 90 多岁的老人。本来她出于礼貌去老人家拜访，却阴差阳错成了老人最信赖的朋友。她不自觉地承担起了照顾老人的责任。在照顾老人的过程中，简不仅感受到了信任的幸福，而且也感受到了老人的自尊和生活的勇气。老人不仅向她讲述了自己的经历，还把她当作自己的女儿一样疼爱。原来看似自由自在的生活带给了她对于生活的迷茫和冷漠，而老人对她的依赖和自己对责任的承担却使她感到生活充实。有了目标，对于亲情和友情有了更深的理解。因而在第二部《如果老人能够……》中，当她遇到了相爱的查理后，出于对查理家庭责任的理解，放弃了和查理的恋情，但却无怨无悔肩负起了照顾查理的智障女儿以及自己外甥女的责任，并把外甥女培养成了优秀的编辑。在这两部小说中，通过简的心路成长历程以及莫德老人的经历，莱辛一方面暴露了社会养老机构的漏洞和不足，另一方面也使我们对于个人和社会的责任有了更深刻的认识。

关于白人男女之间的关系，莱辛的小说中多有涉及。但与劳伦斯小说中的描写不一样的是，莱辛更关注男女之间的不和谐心理。劳伦斯小说主要是从男性的视角，描绘女性的身体，描绘男女交往的矛盾，突出男性主人公的自我满足。而莱辛则主要从女性的视角，挖掘男女主人公的矛盾心理和细微体察，多角度展示女性自我的同时，揭示男性的隐秘自我。她把男人一个个剥去伪装，露出其本来面目。社会赋予了男性更高的社会地位和更多的社会特权。他们打着工作的幌子，把家庭和抚养孩子的责任抛给了女人。我们看到《金色笔记》中莫莉的丈夫查理指责莫莉没有给予他们的儿子汤姆更多的照顾，而他却利用自己在公司的地位，不负责任地游戏感情，结婚、离婚，不仅造成了妻子玛丽恩的酗酒，还对孩子们放任自流，不管不顾。《最甜的梦》中，理查德以参加政治活动为由，把家庭当作临时旅馆，不仅逃避家庭的责任，而且还大言不惭地充当社会判决者的角色，对女主人公的行为评头品足。反观小说中的女性角色，无不是在家庭和社会角色之间挣扎以维持平衡、努力争取自由、思考社会责任，并敢于担当的具有独立意识的女性。

女性的弱势除了生理上要承担生育等原因之外，更多的来自于社会性别和社会角色的分工。正像人们对《金色笔记》中查理一心关注工作、忽视儿子汤姆的教育的行为没有感觉不妥，而对莫莉撇下孩子不管去演戏的情节耿耿于怀一样，批评家们对于玛莎抛弃第一次婚姻的两个孩子总是觉得不可思议，一直试图从莱辛本人的生活中寻找原因，但却很少有人质问玛莎的丈夫以工作为名，对于家庭的忽视，或查理对汤姆的自杀应该负多少责任。事实上，莱辛不仅借助男女两性问题，指出父母在抚养孩子问题上责任的缺失是造成社会问题的根源之一，更运用了强烈的对比，一方面，一反歌颂母爱的传统，通过放大母爱的缺失和对于家庭责任的放弃，反衬父爱的不可或缺性；另一方面，又把母爱扩大，超出自己家庭的范围，而包容了朋友的孩子、流浪的孩子，等等（如《最甜的梦》），凸显了社会责任的重要性。而《本，在人间》把一个被父母抛弃的孩子在社会上的各种遭遇描述到了极致，使我们能够清晰地看到问题少年或沉沦或毁灭的人生轨迹和孩子在远离父母的监护与关爱之后，身不由己的心理挣扎过程。

在对各种社会条件下的男女关系作了详尽的描述之后，莱辛又用近乎荒诞的形式，在《裂缝》中刻画了不同历史跨度下，男人和女人相互关系的交叉对比图，不仅揭示了男女关系的实质，也把责任的含义从恋爱或婚姻中的男女扩展至朋友、同性、同种族乃至整个人类。

这篇小说以一个男性罗马历史学家讲述历史资料的视角，纠正传统男性讲述历史貌似客观的印象，叙述了女性讲述的历史资料，并不时和男性讲述的历史资料对比并置，在突出女性讲述的历史荒诞的同时，彰显了历史形成的随意性和利己性本质，揭示了其背后社会权力和性别政治的博弈。同时莱辛运用几组显性对照，包括远古和罗马时期所处时代的对照，远古男女关系和罗马人自己的婚姻关系以及仆人男女关系的对照，建立起和读者所处时代以及现代男女关系这种隐性的三重对比，立体地凸显了在不同的历史时期、不同历史条件下，男女关系相互依存、互为条件的互补关系的实质。一方的不负责任关系的不仅是同一性别、同一族群的利益，而是整个人类的生死存亡。"裂缝"这个题目隐含了其本身原本是一个整体的含义，契合了男女在自然界从一开始就是一个整体的传统说法。其实，无论是中国的女娲形象，还是西方圣经中家喻户晓的夏娃是亚当的一根肋骨，抑或是爱尔兰的半男半女的神，纵观东西方国家的神话、历史和宗教，有关男女同体的隐喻俯拾即是。这些无论神话也好，宗教也好，所谓的天公地母，双性同体，都想阐明一个道理，即表明世界是男女协作共同创造的。

由于莱辛在小说中对于男性弱点的揭示和对于女性的褒扬，许多评论家不仅简单地对莱辛冠以女性主义者的称谓，更有人甚而认为莱辛是仇恨男人的人。[①] 当有人问莱辛为什么这样做时，莱辛回答说是因为这个时代的男人就是这样软弱。实际上，莱辛这样做，绝不仅仅是故意贬低男人，而是大有深意。莱辛是想告诉大家，在一个男权占主导地位的社会里，男人如果不能承担起自己应该负的责任，或是不负责任地随心所欲，却一味去指责女人，那么这样的社会不出现社会问题才是不正常的了。

莱辛就是这样引领着读者从个人经历出发，剖析社会中的各种关系、冲突，构建问题意识、反思自我、激发"个人良善"，进而获得更高层次的认

---

① Christopher Bigsby. "The Need to Tell Stories." in *Doris Lessing: Conversations.* ed. Earl G. Ingersoll. New York: Ontario Review Press, 1994, p. 70.

识。正如保罗·施吕特所说，莱辛最好地表达了当代"敏感个人的失落感和自我意识"，并在所有的小说中提倡一种"个人责任"，从而把自己和其他人，乃至世界都"有意义地"联系在一起，最终不仅通过创造性地阅读和写作，获得具有持久和最高意义的个人自由，而且作为一个人文主义者，莱辛超越了自己，去理解他人以及她所生活的世界，成为一个可以和 19 世纪那些伟大的现实主义作家比肩，同样具有"热情、同情、人性和对于人民的热爱"的伟大作家。①

---

① Paul Schlueter. *The Novels of Doris Lessing*. Carbondale and Edwardsville：Southern Illinois University Press，1973，p. 2.

第八章
莱辛的文学创作观

作为一个人文主义者，莱辛就作家的责任和主体性，文学的作用、目的，以及创作风格等问题都有许多重要的论述，散见在《个人微小的声音》和《金色笔记》序言、《我们选择居住的监牢》以及访谈等中，而她也借小说人物之口多次探讨过类似的问题。

第一节 《个人微小的声音》

莱辛 1957 年在《宣言》上发表了署名文章《个人微小的声音》[①]，第一次详细阐述了小说的作用和艺术家的责任。在文章一开始，莱辛首先分析了当时艺术家所面临的严峻形势。由于打着"介入文学"（committed literature）旗号的各种低劣小说、画册和电影的泛滥，以及社会主义有关艺术的话语由于二流作家的鹦鹉学舌般的滥用而受到贬低，因而人们不愿意再谈"介入文学"。如果认为艺术家应该是"介入型作家"无异于站在讲台宣称自己是某个政治理念的传声筒，并且把小说看作有关工厂或罢工或经济不平等的宣传手册。针对此，莱辛在这篇文章中，以欧洲及英国等 19 世纪现实主义大师，如狄更斯、托尔斯泰、司汤达等人为例，不仅为"介入文学"正本清源，而且还赋予了"介入文学"以新的含义，并借此阐述了文学的作用，强调了作家的责任和义务。

---

① Doris Lessing. "The Small Personal Voice." in *Doris Lessing: A Small Personal Voice*. ed. Paul Schlueter. New York: Vintage Books, 1975, pp. 3 - 4.

　　莱辛说，介入文学并不意味着不能写关于抗议经济不平等的小说。例如像狄更斯这样的优秀作家就是由于社会的贫困和非正义而激起了他们的创作冲动。左拉的《播种》和辛克莱的《丛林》也都是值得肯定的作品。宣传文学、宗教文学以及政治文学和文学本身的历史一样久远，有些是好的，有些是不好的，而当时出现的有些就是不好的。虽然形势不容乐观，但有关艺术责任的争论本身就是一件好事，是一种健康的标志。

　　莱辛认为 19 世纪现实主义小说，托尔斯泰、司汤达、陀思妥耶夫斯基、巴尔扎克、屠格涅夫以及契诃夫等的作品，是文学的最高峰。她把现实主义解释为"一种自然而强烈生发出来的（艺术）。它来源于对生活的深切的感触，虽然不一定必然是文化观。它包含象征。现实主义小说是散文写作的最高形式。其他诸如表现主义、印象主义、象征主义、自然主义以及其他什么主义同它不具有可比性"。① 19 世纪这些伟大作家的宗教观、政治观以及审美观均不相同，但他们有一个共同点，就是营造了一个伦理判断的氛围。他们有某些共同的价值观，都是人文主义者。道德氛围是区分 19 世纪和我们这个时代文学的标准。莱辛说她不是在寻找一种过去的伦理价值观，而是"在寻求那种温暖、同情、人性以及对人民的热爱，正是这些特性照亮了 19世纪小说并使之成为对人类本身信念的说明。这些特性是当代文学所缺少的。这就是我说文学要介入的意思。这些特性来自于介入。没有信念就不可能介入"。②

　　显然，莱辛是在强调文学要反映时代的要求，要怀着对人民的爱去反映现实，要给人民以希望。选择了艺术家这个职业，就是选择了责任。其实，介入这个词在英文中还包含对于什么负责任的意思。因此莱辛所说的介入，就是责任感。莱辛说："一旦作家有了责任感，有了作为一个人对他会影响他人的责任，他就一定是个人文主义者，就一定会把自己看作向好的方向或坏的方向变化的工具。在象牙塔中独唱的漂亮的形象在我看来是不诚实的……发表一部小说就是一种交流，就是要别人接受你的个性和信仰。如果作家接受这种责任，他就必须把自己看做是……灵魂的建筑师……作为建筑师，他就必须要有一个构筑的愿景。这个愿景来自于我们

①　Doris Lessing. "The Small Personal Voice." in *Doris Lessing：A Small Personal Voice.* ed. Paul Schlueter. New York：Vintage Books，1975，p. 4.
②　Doris Lessing. "The Small Personal Voice." in *Doris Lessing：A Small Personal Voice.* ed. Paul Schlueter. New York：Vintage Books，1975，p. 6.

生活的世界的本质。"①

　　莱辛认为我们生活在历史转折的时代，一个充满了危险和暴力的时代。世界局势不稳第二次世界大战的阴影还未散去，人类又面临着核武器的威胁，特别是苏美之间的核武器竞赛引发了对于人类未来的担忧。人类的梦想和梦魇并存。在这种生死攸关的时期，她认为"艺术家是这些梦想和梦魇传统的阐释者，所以现在绝不是推卸我们所选择的责任的时候"。莱辛认为艺术家面临的责任，"不仅是阻止罪恶，而且是加强构筑善的远景以打败罪恶"。②

　　同时，莱辛批判了那些对于现实表示悲观绝望的人，批判那些只沉浸于描写令人恐怖的梦魇的西方作家，特别是西方存在主义作家。无论是"享受绝望，接受厌恶"还是简单地从经济角度看人都是"对于作家职责的背叛。都是胆小鬼行径，都是偏离了中心愿景，是我们时代两种假天真的简单逃避"。③ 这是两个极端。一个把人看作孤立的个人，丧失了交流的能力，孤独、无助。另一个把人看作没有个性的集体的人。莱辛认为在这两者之间有一个平衡点。"这个平衡点就是作家对人的认识，对负责任的个人的认识。这个人自愿服务于集体，但永不彻底服从，在每一次服从的行为之前，他坚持要自己独立做出判断。"④

　　在文章中，莱辛还同时指出了完全失去自我的危险。如果由于感情冲动，完全沉浸于人类的痛苦之中，而不顾艺术的客观性，那么就会出现无生命力的、假乐观主义的文学作品。因此，莱辛告诫那些年轻的作家一方面要有丰富的情感，体验和了解人民的疾苦；另一方面要保持一定的距离，以便客观公正地反映时代的矛盾。

　　莱辛还主张作家要有国际视野。别的国家，如中国、印度、苏联发生的事，和我们息息相关。无论白人、黑人，在面对着权力狂人的威胁时是一样的。"毁灭的可能性把我们大家以及世界上的一切联系在了一起。"⑤ 所以作

---

① Doris Lessing. "The Small Personal Voice." in *Doris Lessing*：*A Small Personal Voice*. ed. Paul Schlueter. New York：Vintage Books, 1975, pp. 6 - 7.

② Doris Lessing. "The Small Personal Voice." in *Doris Lessing*：*A Small Personal Voice*. ed. Paul Schlueter. New York：Vintage Books, 1975, pp. 6 - 7.

③ Doris Lessing. "The Small Personal Voice." in *Doris Lessing*：*A Small Personal Voice*. ed. Paul Schlueter. New York：Vintage Books, 1975, p. 12.

④ Doris Lessing. "The Small Personal Voice." in *Doris Lessing*：*A Small Personal Voice*. ed. Paul Schlueter. New York：Vintage Books, 1975, p. 12.

⑤ Doris Lessing. "The Small Personal Voice." in *Doris Lessing*：*A Small Personal Voice*. ed. Paul Schlueter. New York：Vintage Books, 1975, p. 9.

家应该有国际思维和全球的眼光。在谈到英国文学目前的状况时,莱辛批评了有些批评家不负责任,只根据自己好恶来评价作品的倾向,认为令人振奋的文学时代必然是伟大的批评家问世的时代。莱辛对当时流行的"愤怒的青年"的作家一分为二,给予了客观的评价。她认为一方面他们为那些"不能说话的人"代言,为文学注入了新的活力;另一方面他们的视野又非常偏狭,局限在自己对英国的生活的现时经历,而没有把人物的命运同时代,乃至人类的命运结合在一起。而这就是司汤达的作品和约翰·布雷恩的作品的区别,也是和约翰·奥斯本、金斯利·艾米斯、科林·威尔逊的作品的区别。当整个世界都在发生巨变的时刻,当苏联和中国都在发生历史上具有史诗意义的巨变的时候,当我们每一个人都被卷入其中的时候,一个年轻的 25 岁的知识分子却说:"所有的那种东西,亲爱的,真的都过时了,不是吗?我的意思是,进步啊什么的都太老套了。"① 莱辛认为那些最有活力的、令人振奋的作家都陷入了狭隘主义的泥潭。

莱辛对未来仍然充满了信心。莱辛说,这是因为共产党员的经历使她成为一个人文主义者。"当共产党人的结果就是成为人文主义者。"②

在文章的最后,莱辛呼吁艺术家们要感知时代的变化,努力运用想象力来理解我们身置其中的时代的变化。如果感知到了,那么就意味着绝望和自怜的终结,就意味着新的开始。对于作家来说,就是"要知道一个人之所以称为一个作家,那是因为(他)代表并代言了那些一直无形中养育着(他),但却不能发言的人。(他)从属于他们,并为他们负责"。③ 小说不会死亡,比电影、电视更有优势,因为它可以直接和读者交流,面对面,一对一地交流,是一个微小但却个性的声音。在这样的时代,我们需要这样的个人的声音,因为人性的温暖,和对于人民的热爱对于一个伟大文学出现的时代是至关重要的。

总而言之,莱辛在这篇文章中,一是强调文学作品要真实地反映时代。二是作家要有道德责任感,要反映人民的呼声,反映时代的变化。三

---

① Doris Lessing. "The Small Personal Voice." in *Doris Lessing: A Small Personal Voice.* ed. Paul Schlueter. New York: Vintage Books, 1975, pp. 17 – 18.

② Doris Lessing. "The Small Personal Voice." in *Doris Lessing: A Small Personal Voice.* ed. Paul Schlueter. New York: Vintage Books, 1975, p. 20.

③ Doris Lessing. "The Small Personal Voice." in *Doris Lessing: A Small Personal Voice.* ed. Paul Schlueter. New York: Vintage Books, 1975, p. 21.

是作家要有国际视野，要有总体意识。不能只为某个群体服务。四是作家应该是人文主义者。要怀着对人民的爱，对人类的信念，传递希望，抑制罪恶。在这篇文章中，莱辛把19世纪的欧洲现实主义作家作为学习的榜样。最后莱辛说一部优秀的作品，只有当它的计划、形式和主题不被人所知的时候，才是活生生的，有影响力和富有成效的。而这些一旦被人所知晓，那么就是从中什么也得不到的时候，就该扔掉，开始创作一本新的作品的时候了。①

第二节　《金色笔记》的序言

另一篇比较重要的有关文艺创作的文章是在1971年再版的《金色笔记》的序言。② 在这篇序言中，莱辛不仅就《金色笔记》本身的争论做了说明，而且就文学创作中普遍存在的问题，进一步阐释了在《个人微小的声音》中表达的思想。

第一，小说要反映时代的思想潮流。莱辛以托尔斯泰和司汤达的小说为例。"读了《红与黑》和《吕西安·娄万》，你就了解了当时的法国，仿佛住在那里一样。读了《安娜·卡列尼娜》，你就了解了俄罗斯。"③ 莱辛认为，维多利亚中期的英国没有一本反映当时文化和道德风尚的作品。"哈代告诉了我们什么是贫穷，具有超越狭隘时代可能性的想象力，但却成为了牺牲品。乔治·艾略特就她来说很优秀，但我认为她作为维多利亚时期的女人所得到的惩处是她不得不把自己表现为一个好女人，而根据当时虚伪的标准，她却不是——她有许多东西不懂，因为她是道德的。梅瑞狄斯，那个令人吃惊地被低估的作家，可能最接近。特罗洛普尝试了这种主题，但却缺乏广度。没有一本小说的思想力度和交锋能和一本优秀的威廉姆斯·莫里斯自传相比。"④ 莱辛自己的创作就尝试着反映出20世纪中

①　Doris Lessing. "The Small Personal Voice." in *Doris Lessing: A Small Personal Voice.* ed. Paul Schlueter. New York: Vintage Books, 1975, p. 43.

②　Doris Lessing. Preface to *The Golden Notebook.* in *A Small Personal Voice.* ed. Paul Schlueter. New York: Vintage Books, 1975, pp. 23 – 43.

③　Doris Lessing. Preface to *The Golden Notebook.* in *A Small Personal Voice.* ed. Paul Schlueter. New York: Vintage Books, 1975, p. 28.

④　Doris Lessing. Preface to *The Golden Notebook.* in *A Small Personal Voice*, ed. Paul Schlueter. New York: Vintage Books, 1975, p. 28.

叶的"思潮'感'"。而要这样做，莱辛认为必然要将其置身在社会主义者和马克思主义者之间，因为我们时代的伟大争论正是在各种社会主义的篇章中进行的，马克思主义思想及其各种分支已经成为日常思维的一部分。

　　第二，莱辛就个体和社会的关系以及主体性问题进行了探讨。她说之所以把主要人物安娜塑造为具有"某种困惑"的艺术家，是因为艺术家，无论是画家、作家还是音乐家作为模式的主题已经在艺术中流行一段时期了。莱辛首先分析了以前的艺术原型。无论大作家还是小作家都把艺术家描述为商人一样。要么是粗俗而不敏感的，要么就是极为敏感的创作者，忍受痛苦并且极度自私。如同我们因为出产的商品要原谅商人一样，也要原谅艺术家的这种怪癖。而莱辛认为要塑造这个时代的艺术家或作家，就一定要让她感到困惑，并分析这种困惑产生的原因。这个问题要同因战争、饥荒、贫穷这些巨大问题产生的分歧结合起来，要从这个小人物个体反映出来。由此，就涉及主体性问题。莱辛分析了作家来自两方面的压力。一种压力就是不要"主观"，要撇开个人的问题，而关注那些大家都关心的问题，如和种族歧视的斗争。另一种压力就是不可能避免主观。无论写什么，不可能不涉及人的思想感情。因此莱辛说，要走出困境就是要认识到没有什么是个人的，或唯独属于自己的。写自己就要写别人。你的问题，你的痛苦、快乐、感情，你的特殊的伟大的思想，都不可能完全属于你自己。每一个个体都置身于各种可能性大爆炸之中。走出主体性困境的方法就是把这个小人物看作人类社会和时代的缩影，只有这样才能冲破所谓个人的和主观的意识，使个人的意识成为普遍的，因为生活本来就是如此，把个人的经历转变成某种更大的东西。"成长归根到底就是认识到自己独特的和不可思议的经历是每一个人都共享的。"[1]

　　第三，莱辛谈到了小说形式问题。她认为小说的形式正确了，其本身就是对于传统小说的评价。如《金色笔记》中的"自由女性"部分"就是对于传统小说的评价，也是另一种表达作家在写完作品之后的不满意。'有多少真实我没有表达出来，有多少复杂性没有捕捉到；我的经历如此跌宕起

---

① Doris Lessing. Preface to *The Golden Notebook*. in *A Small Personal Voice*, ed. Paul Schlueter. New York: Vintage Books, 1975, p. 32.

伏，纷繁无形，这部小小的简洁的东西怎么可能真实呢！'"① 莱辛接着阐述了自己写这部小说的目的就是写一本书，"能够自己进行评价，（本身就是）没有言语的阐述：通过本身的形式而说话"。②

第四，关于总体性问题和教育问题。莱辛从评论家对《金色笔记》的好评和误读开始，分析了教育机制对于人们思想的禁锢。莱辛认为那些优秀的评论来自于过去或现在信奉马克思主义的人。这是因为马克思主义第一次尝试从总体上看问题，认为"西伯利亚发生的事必然会影响博茨瓦纳。"③而其他多数有关《金色笔记》的评论都是不真实的，因为这些评论家会告诉作家作品是否符合流行的观念。他们总是从身外寻找，看自己的评论是否符合权威的"已被接受"的观念。这和人们从小所接受的教育有关。一是以成功或失败作为评判作家的标准，总是比较 X 作家和 Y 作家谁更优秀。二是迷信权威，没有自己的判断，从不质疑那些已经认为理所当然存在的流行的观念。莱辛告诫人们只要看一下历史，就知道这些观念和思想只是某个特殊社会的特殊需要，是短暂存在的。"为什么他们总是如此狭隘？如此个人化，如此眼界狭窄？为什么他们总是细化、短视，总是痴迷于细节，而对于总体不感兴趣呢？为什么他们对于这个词 critic（评论家）的解释总是挑刺？为什么他们把作家看成互相争斗的双方，而不是互补性的呢？很简单，这就是他们接受的思维教育。"④

总之，在这篇文章中，莱辛重申了在《个人微小的声音》中所阐述的观点：即反映时代的变化；用总体性的观点看问题等，并进一步告诫作家，不要局限于个人的情感，要通过个人的经历看到反映出来的普遍社会问题。没有什么问题是个人的问题。此外，在这篇文章中，莱辛第一次提到了小说的形式问题。她认为，形式是内容的一部分，小说要通过形式本身说话。此外，莱辛还谈到了不要迷信权威，要敢于打破传统的思维习惯，有自己独立思想的问题。

---

① Doris Lessing. Preface to *The Golden Notebook.* in *A Small Personal Voice.* ed. Paul Schlueter. New York：Vintage Books，1975，p. 32.

② Doris Lessing. Preface to *The Golden Notebook.* in *A Small Personal Voice.* ed. Paul Schlueter. New York：Vintage Books，1975，p. 33.

③ Doris Lessing. Preface to *The Golden Notebook.* in *A Small Personal Voice.* ed. Paul Schlueter. New York：Vintage Books，1975，p. 33.

④ Doris Lessing. Preface to *The Golden Notebook.* in *A Small Personal Voice.* ed. Paul Schlueter. New York：Vintage Books，1975，p. 38.

第三节 《我们选择居住的监牢》

莱辛于 1986 年出版《我们选择居住的监牢》。① 这是她在加拿大广播公司主办的梅西周系列讲座（Massey lectures）的 5 次演讲组成的演讲集。在这个系列讲座中，莱辛分别以"当未来他们回望我们时"、"你们受诅咒，我们被拯救"、"换台去看《达拉斯》"②、"群体思维"、"社会变化实验室"为题，就当时普遍存在的非理性行为和群体思维等问题进行了探讨。她告诫我们怎样理解过去，怎样思考今天，怎样用全新的眼光看待今天的社会和我们自己。在这些演讲中，莱辛也谈到了作家的功能和文学的作用。

在"当未来他们回望我们时"中，首先，莱辛举例说明了人类早就意识到了理性的作用，也早就意识到了理性治理国家的重要性，但今天仍然会做出非理性的野蛮行为。未来的人看我们的愚昧会像我们看过去的人一样。虽然行为科学的研究成果汗牛充栋，但"人类对于自己的客观认识能力仍然还停留在婴孩时期"，③ 并没有把获得的知识付诸实施。其次，莱辛分析了今天非理性行为的原因。莱辛认为非理性原因是人们沉溺于群体性情感之中不能自拔，使我们看不清现实，看不清自己的位置。莱辛认为文学和历史是能够帮助我们远离这种群体性情感，加强我们"用另一只眼"④ 审视自己的能力的途径。莱辛说："我认为作家天生更容易获得这种对群体性情感和社会状况的疏离。那些不断审视和观察的人成了他们观察和审视的批评家。"⑤ 莱辛列举了从托马斯·莫尔的《乌托邦》以来的那些乌托邦小说家和科幻小说家的作品，认为他们都是对当时社会的批评，"因为你不可能描写一个真空中的乌托邦"。⑥ 莱辛认为小说家可以为同时代的人做许多有益的事情，但最有价值的就是"使我们能够以旁人的眼光审视自己"。⑦ 莱辛把作家看作是社会为了检验自己而产生出来的一个群体。由于当今世界已经

---

① Doris Lessing. *Prisons We Choose to Live Inside.* New York：Harper & Row，1987.
② *Dallas*——《朱门恩怨》（又译《达拉斯》或《豪门恩怨》）是 1978 年到 1991 年播出的一部美国电视连续剧。
③ Doris Lessing. *Prisons We Choose to Live Inside.* New York：Harper & Row，1987，p. 5.
④ Doris Lessing. *Prisons We Choose to Live Inside.* New York：Harper & Row，1987，p. 6.
⑤ Doris Lessing. *Prisons We Choose to Live Inside.* New York：Harper & Row，1987，p. 7.
⑥ Doris Lessing. *Prisons We Choose to Live Inside.* New York：Harper & Row，1987，p. 7.
⑦ Doris Lessing. *Prisons We Choose to Live Inside.* New York：Harper & Row，1987，p. 7.

进入了太空时代，因而就产生了科幻和描写太空的小说。世界已经成为一个整体，不同的社会就是它不同的侧面。作家也一样。"每个国家的作家都是一个整体，是社会发展出来的一个检验自身的群体……作家是彼此的各个面，是社会发展出来的一个功能的各个面。"① 然后莱辛谈到了历史，谈到了对战争的狂热。人们热衷于以追求自由的名义，以爱国的名义，鼓吹战争，鼓吹流血牺牲。在这种情况下，人们很容易就认为别人是野蛮的和原始的，但从不愿意想自己也是如此。过后就忘了战争的野蛮性质或不愿去想战争的残酷。历史不管对错，都将把一切汇入历史的洪流中去。莱辛认为，文学和历史是对人类过去行为和思想的记录，是历史的分支。从文学和历史中，孩子们可以学到"怎样做人、怎样做一个公民、怎样看待我们自己和我们的社会"。②

在"你们受诅咒，我们被拯救"中，莱辛主要探讨了群体性情感的根源。她不无讽刺地说，人类是一种动物，一种"社会动物"或"群体性动物"，人类过去的野蛮历史以及现在的"软科学"，也就是心理学、社会学、社会心理学、社会人类学等的研究无不证实了这一点。在寻求"真理"和"确定性"的过程中，人类很容易形成固定的信仰结构，这就是"你们受诅咒，我们被拯救"的惯性思维模式。政治、宗教等莫不是建立在这个基础之上。莱辛对年轻人不读历史，认不清这种模式的荒谬表示了担忧。

在"换台去看《达拉斯》"中，莱辛批判了政府机构运用现代科技成果，比如用洗脑术及其心理学研究成果，来控制人民的卑劣行径，并以自己的经历为例，以历史上发生过的政治事件为例，告诫人们要了解这些新科技，认清这些政治机构、宗教团体和政府惯用的伎俩，学会冷静地观察，审视自己，哪怕是嘲笑自己，否则就会陷入群体性感情中去，一窝蜂地跑去看《达拉斯》。

在"群体思维"中，莱辛警告人们说，我们自以为是自由社会的自由人，完全可以按照自己的意志行事。但实际上，人类总是生活在各种群体中，从家庭到社会莫不是如此。作为个人，"危险的不是属于一个团体或许多团体，而是不了解控制团体和控制我们的社会规则"。③ 莱辛认为，世界

① Doris Lessing. *Prisons We Choose to Live Inside*. New York：Harper & Row，1987，pp. 7 – 8.

② Doris Lessing. *Prisons We Choose to Live Inside*. New York：Harper & Row，1987，p. 71.

③ Doris Lessing. *Prisons We Choose to Live Inside*. New York：Harper & Row，1987，p. 48.

上最难的事情就是在团体中个人能够坚持自己的反对意见，而大部分人都会人云亦云。这是因为人们不仅受到了来自外部的压力，更受到了来自团体内部的压力，面对这种情况，人们很难引起警惕并加以控制，只有一小部分精英可以做得到。莱辛以著名的米尔格伦实验①以及其他现代科学实验为例，揭示了战争中人们麻木执行杀戮命令的心理根源，告诫人们要警惕，要提防这种大部分已经习以为常的规则，检视自己的从众冲动，要把人类已经有的对人类行为的研究成果真正用于对自己的认识。

　　"社会变化实验室"是莱辛该次演讲系列的最后一讲。在这里，如同莱辛所有的小说一样，莱辛一如既往地阐述了自己的乐观思想。她认为，尽管极端的思想会猖狂一时，因为这是人类进化旅途中必然激起的对立势力的反应，但历史前进的步伐终究会把它扫进历史的垃圾箱。民主的进程无论多么缓慢，自由的脚步无论多么艰难，但只要有这种认识，就有希望。这就是现在时代出现的新思想。现在的社会样式，无论是共产主义国家，还是伊斯兰原教旨主义国家，走过多少弯路，但毕竟是以公平正义为宗旨的，这就是公平正义重新诞生的基础。莱辛认为，过去的两个半世纪就是社会变化实验正在进行的世纪。看清事实，需要阅读历史，而要从历史当中学到经验和教训，预知未来，需要一种距离，一种疏离的立场，"正是这种疏离，我相信，才能使社会意识前进一步成为可能"。② 功利性的实用原则，包括技术都是短暂的，而文学和历史的影响是长远的。无论极端的势力多么强大，最终都会消失。"从长远来看，我认为，人类都将走向民主，走向富有弹性的社会。"③ 莱辛认为，对社会起引领作用和推动作用的，是那些少数人，那些精英。莱辛认为这里精英的含义是指"那些个人，那些我年轻的时候可能很珍视，但却不大相信有能力改变什么的人。回首过去，我看到了个人的巨大影响力，即使是一个默默无闻，过着平凡、平静生活的人。正是这些个人改变了社会、产生了新的思想，在站出来反对思想潮流的同时，改

---

① 米尔格伦实验（Milgram Experiment），是由耶鲁大学心理学家斯坦利·米尔格伦（Stanley Milgram）所做的一系列社会心理实验，探讨权力服从问题。1963 年以"服从行为研究"为题发表于《变态和社会心理学杂志》（*Journal of Abnormal and Social Psychology*），更详尽的研究成果后来发表在 1974 年出版的专著《服从权威：实验观察》（*Obedience to Authority*: *An Experimental View*）中。参见 Wikipedia. "Milgram Experiment." http://en. wikipedia. org/wiki/Milgram_ experiment。

② Doris Lessing. *Prisons We Choose to Live Inside*. New York：Harper&Row, 1987, p. 70.

③ Doris Lessing. *Prisons We Choose to Live Inside*. New York：Harper&Row, 1987, p. 72.

变了社会。无论是开放社会还是有压迫的社会都是如此……我的经历教会我要珍视个人，那个酝酿和保留了自己思考的人，那个站出来反对群体思维、集团压力的人……我指的是那些思考世界上所发生的事情，努力吸收历史知识、了解我们的行为和作用——那些整体上推动人类的人"。① 最后，莱辛号召大家珍惜已经获得的自由，利用我们自己的自由，学会检验那些观点和思想，无论它们来自哪里，看它们对于我们的生活和社会有什么贡献。

总之，在这篇文章中，莱辛首先强调了文学是对历史的记录，是历史的一个分支，进一步阐述了作家是一个观察家，要有观察和审视社会的客观立场，并且从全局的眼光强调了作家作为一个群体对于社会的检验作用，以及对于社会的批评作用。其次，莱辛强调了个人意见的重要性和作家群体的互补作用。

第四节　访谈

莱辛在半个多世纪的创作生涯中，多次接受过记者采访，其中就有关创作的各种问题有许多重要的说明和阐释。最重要的是由恩·英格索尔（Earl G. Ingersoll）编辑的《多丽丝·莱辛谈话集》，② 收录了莱辛 1994 年以前 30 年间 100 多次采访中精选出来的具有"文学"价值的 24 次访谈，比较全面地反映了莱辛的文学创作思想。其他还有散见于一些网站、报刊、评论文章中的访谈，从中我们可以看出莱辛观点发展和变化的轨迹。

《多丽丝·莱辛谈话集》中第 1 篇访谈记录是 1964 年莱辛接受美国出版商罗伊·钮奎斯特（Roy Newquist）的采访，同年发表在由钮奎斯特主编，兰特·麦克纳利（Rand McNally）出版的《对位》杂志上。其中莱辛表达了几个很重要的有关文学创作的观点：第一，写作来自生活。莱辛对生活充满了热爱。她说："写作最重要的部分就是生活。你以某种方式生活，那么你的写作就会从生活中自动出现。这很难描述出来。"③ 莱辛以自己为例，认为正是自学使自己撷取了欧洲和美国文学的精华。二是写作就是个体

①　Doris Lessing. *Prisons We Choose to Live Inside*. New York：Harper&Row，1987，pp. 73 - 74.

②　Earl G. Ingersoll. ed. *Doris Lessing：Conversations*. New York：Ontario Review Press，1994.

③　Roy Newquist. "Talking as a Person." in *Doris Lessing：Conversations*. ed. Earl G. Ingersoll. New York：Ontario Review Press，1994，p. 5.

之间的交流，"就是一个个体通过书面语和其他个体交流"。① 三是作家不一定就是好的评论家。他们常常囿于自己的立场去攻击别人。如托马斯·曼和布莱希特的争斗。但劳伦斯是个例外。四是莱辛强调作家要有客观立场，也就是作家要远离政治、远离意识形态的倾向性和偏见。她之所以喜欢英国，就是因为它给她提供了一个安静的"私密"空间。五是保持个人的独立自主性。莱辛认为我们都生活在各种势力的压力中。如英国是一个阶级等级非常严重的国家，而世界上还有其他各种形式的势力在迫使我们顺从，因此保持个人的独立性就显得非常重要。六是政治和人本身没有关系。就个人来说，政治和艺术也没有关系。

　　第 2 篇是莱辛 1969 年春天在纽约州立大学石狮分校接受乔纳·拉斯金（Jonah Raskin）的采访。这篇采访 1970 年发表在《新美评论》上，后来又收入了由保罗·施吕特编辑的《一个微小的个人声音》一书中。在这次采访中，莱辛谈到了写作中如何反映历史和政治的问题。莱辛认为，作家有责任"在小说中把时代的政治冲突戏剧化"，而不能像某些糟糕的文学作品那样"机械地反映当代历史"。② 对此，她自己也常常感到想象力的缺乏。不过，在《金色笔记》中，她力图把时代的历史和政治冲突都糅进小说中。

　　第 3 篇是 1969 年 6 月莱辛在芝加哥接受斯塔德·特克尔（Studs Terkel）的电台采访，对所谓的疯癫问题进行了解读，强调作家应该去表达人们的感受，学会用不同的方式看问题。莱辛说："我们作家的作用，我认为，就是去表达别人的感受。如果说我们有什么优势的话，那正是因为我们和其他人一样，并且能够表达出来。"③ 她对于目前社会上越来越多的疯癫现象进行了分析，认为对于社会中的新事物不要轻易地下结论。它也许只是一种另类的生活体验。社会变化很快，我们对人的感官的发展还不能完全理解。老一代缺乏想象力，看不到时代的变化；而年轻人富有朝气，适应变化很快，但对历史却缺乏了解，不知道过去的教训。人们应该学会换一种角度看问题。

　　第 4 篇是美国人乔伊斯·卡洛·奥茨（Joyce Carol Oates）所写的采访

---

① Roy Newquist. "Talking as a Person." in *Doris Lessing：Conversations.* ed. Earl G. Ingersoll. New York：Ontario Review Press，1994，p. 7.

② Jonah Raskin. "The Inadequacy of the Imagination." in *Doris Lessing：Conversations.* ed. Earl G. Ingersoll. New York：Ontario Review Press，1994，p. 15.

③ Studs Terkel. "Learning to Put the Questions Differently." in *Doris Lessing：Conversations.* ed. Earl G. Ingersoll. New York：Ontario Review Press，1994，p. 20.

札记，记录了她 1972 年春天在莱辛的伦敦寓所和莱辛的访谈，同年发表于《南方评论》。在这篇札记中，奥茨以崇敬的口吻谈到了自己对莱辛的敬仰之情，并就莱辛是否对自己的写作和公众的反响感到满意向莱辛求证。她说，显然，莱辛对于公众的反响感到失望。莱辛说："我想一个人开始是想通过文学改变社会的，但当什么都没有发生的时候，就会有一种失败感。但问题是为什么一个人会感到他可能改变社会呢？改变什么？不管怎么说，他都会继续写下去。"① 不过，尽管如此，虽然人们会质疑文学的前提，但是"不管文学到底能不能有所作为，我们都会继续坚持下去"。② 这里，莱辛表达了一种对于文学的信念，实际上，也正如奥茨在札记中所认为的那样，莱辛的作品已经改变了许多人的生活，改变了人们的意识水平。她认为，莱辛"具有一种独特的感知能力，依靠自己深切的体验、主体意识以及时代的精神来写作。这是一种不能被分析，但必须被敬仰的才能"。③

第 5 篇是 1972 年莱辛在纽约接受 WBAI 电台约瑟芬·汉丁（Josephine Hendin）的采访，后经帕特里夏·费瑟斯（Patricia Featherstone）整理。在这次采访中，莱辛从短篇小说《关于一个受到威胁的城市的报告》的创作缘由和《四门城》的大灾难结尾，谈到了人们不愿意正视现实的问题，并且强调对于存在的巨大问题，"我们所需要的是……把它们看作全球的问题，而不是某个国家的问题，更别说某个团体的问题"。④ 人类有必要发展一种整体看问题的能力，正视整体问题的能力。与这样的目的相吻合，莱辛的书中多采用星外来客来地球造访的视角，用莱辛的话说："这是一种使读者更敏锐地观察人类状况的最容易的方法。"⑤ 为此，莱辛批评了那种脱离具体语言环境，肆意断章取义的人。同时，莱辛还就自己作品中涉及的婚姻中的男女关系、亲子关系，以及婚姻关系中最受伤害的是孩子等问题，探讨了感情和理智往往不一致的现实。莱辛认为，人到中年就会明白，人到什么

---

① Joyce Carol Oates. "One Keeps Going." in *Doris Lessing*：*Conversations*. ed. Earl G. Ingersoll. New York：Ontario Review Press, 1994, p. 38.

② Joyce Carol Oates. "One Keeps Going." in *Doris Lessing*：*Conversations*. ed. Earl G. Ingersoll. New York：Ontario Review Press, 1994, p. 39.

③ Joyce Carol Oates. "One Keeps Going." in *Doris Lessing*：*Conversations*. ed. Earl G. Ingersoll. New York：Ontario Review Press, 1994, p. 40.

④ Josephine Hendin. "The Capacity to Look at a Situation Coolly." in *Doris Lessing*：*Conversations*. ed. Earl G. Ingersoll. New York：Ontario Review Press, 1994, p. 43.

⑤ Josephine Hendin. "The Capacity to Look at a Situation Coolly." in *Doris Lessing*：*Conversations*. ed. Earl G. Ingersoll. New York：Ontario Review Press, 1994, p. 44.

阶段自然就会有相应的感情阶段，人到中年就意味着已经从感情的旋涡中解脱出来了。关于写作，莱辛认为最重要的就是学会冷静地看问题。而艺术的作用，莱辛引用了托尔斯泰的话，就是"使争论中不能明白的问题得到理解"。①

第6篇是1980年莱辛接受了敏达·比克曼（Minda Bikman）的采访，原载于同年3月的《纽约时代书评》。在这篇采访中，莱辛在谈到自己刚出版的小说《第三、四、五区间的联姻》中涉及的女性地位问题时，认为，妇女的地位被男人，也被女人自己大大地低估了。女人在社会和家庭中扮演的角色实际上举足轻重。莱辛说自己写作的目的不是在谴责谁，而是试图理解这种现象产生的原因。在谈到《暴力的孩子们》五部曲的创作时，莱辛认为，一般开始的写作基本上都是现实主义的，或带有自传成分的，特别是女作家，因为开始写作的时候，这是一种确立自己身份的方法。一旦确立了自己的身份，就可以编造故事了。而写作，莱辛说，贵在坚持，因为没有人愿意接受新作家，所以"你要创造自己的需求（对象）"。②

第7篇是1980年莱辛接受尼萨·托伦兹（Nissa Torrents）的采访，原载于同年4月的报纸 *La Calle* 上，后来由保罗·施吕特翻译过来，登在1980年《多丽丝·莱辛通讯》第4期上。莱辛就记者提出的她在《金色笔记》后转向了神秘主义的问题进行了辩解，阐述了在创作中对于非理性探讨的必要性和自己的做法。莱辛说自己从创作第一篇小说《青草在歌唱》始，无论运用何种手法，主题就没有变过，一直就是关于个人和围绕他的环境。③ 关于神秘主义，莱辛认为："我们大家都有一种特殊的、非理性的能力，并运用这种能力去巧妙地进行交流。没有它，世界就会瓦解……最高层次的科学总是越来越接近神秘……科学就是今天的宗教。它和过去的天主教一样都在寻求对形而上学的解释。因此，才有了科幻小说的兴起和繁荣。它反映了这一诉求，在非理性的世界里遨游。"④ 莱辛对非理性的兴趣

---

① Josephine Hendin. "The Capacity to Look at a Situation Coolly." in *Doris Lessing*：*Conversations*. ed. Earl G. Ingersoll. New York：Ontario Review Press，1994，p. 56.

② Minda Bikman. "Creating Your Own Demand." *Doris Lessing*：*Conversations*. ed. Earl G. Ingersoll. New York：Ontario Review Press，1994，p. 63.

③ Nissa Torrents. "Testimony to Mysticism." in *Doris Lessing*：*Conversations*. ed. Earl G. Ingersoll. New York：Ontario Review Press，1994，p. 64.

④ Nissa Torrents. "Testimony to Mysticism." in *Doris Lessing*：*Conversations*. ed. Earl G. Ingersoll. New York：Ontario Review Press，1994，p. 66.

始于 20 世纪 60 年代初。她说自己在写作《金色笔记》之前是个马克思主义者和理性主义者，但在写作过程中，却有许多事情解释不清楚，后来读了沙赫的书，才找到了答案。从此，她开始对此进行研究。不过，她说，写这样的小说要非常小心，因为语言，如"自我、本我"等已经打上了某个派别的烙印，所以她不得不运用类比、比喻等。《幸存者回忆录》就是这样一本书。莱辛不得不累积起大量的日常细节以使读者不至于迷失方向，并能够做出回应。至于这样的语言是否会像先锋派那样走向个体性，从而导致晦涩难懂，莱辛认为："没有一种单一的经历是完全属于个人的，发生在你身上的事情也是大多数人所经历的。"① 因此这种担心是多余的。最后，莱辛强调了创作要适应时代的变化，"我们不能选择读者，是他们在选择我们"。②

第 8 篇是莱辛 1980 年 4 月接受克里斯托弗·比格斯比（Christopher Bigsby）的采访，原载于 1981 年由联合出版公司（Junction Press）出版的《自由传统的激进想象》。在这次采访中，莱辛谈到了道德和创作的关系、现实主义的创作、直觉等。莱辛曾经在《个人微小的声音》中对于 19 世纪的作家表示出赞赏，"他们都有一种伦理道德判断的氛围"，但此一时彼一时，现在时代变了，所有的价值标准已经被打破，旧的道德确定性已经不再能够给我们安慰。即使 19 世纪的作家也有他们自己的局限性。乔治·艾略特正是由于太注重道德，从而有许多事情不能理解。乔治·艾略特是一个非常优秀的作家，但她身上有一种女人特有的确定性，在判断中放不开，有点"过分温柔"。③ 传统的现实主义手法也已经不再适合时代的发展。"我们喜欢认为自己是有事实做依据的，但事实正变得非常不同寻常……我们为什么要讲故事呢？故事讲述者的作用是什么？我们从来没有停止讲故事。这是我们对现实进行梳理的方式。"④ 莱辛批评了《安娜·卡列尼娜》和哈代的作品，认为它们注重的都是在特定社会中发生的事情，并不具有人性的普遍

① Nissa Torrents. "Testimony to Mysticism." in *Doris Lessing*：*Conversations*. ed. Earl G. Ingersoll. New York：Ontario Review Press，1994，p. 67.

② Nissa Torrents. "Testimony to Mysticism." in *Doris Lessing*：*Conversations*. ed. Earl G. Ingersoll. New York：Ontario Review Press，1994，p. 68.

③ Christopher Bigsby. "The Need to Tell Stories." in *Doris Lessing*：*Conversations*. ed. Earl G. Ingersoll. New York：Ontario Review Press，1994，p. 71.

④ Christopher Bigsby. "The Need to Tell Stories." in *Doris Lessing*：*Conversations*. ed. Earl G. Ingersoll. New York：Ontario Review Press，1994，pp. 83 – 84.

性。就某种程度而言，艺术是否是一种道德力量？莱辛虽然没有对此直接肯定，但她说：如果你写了一本书，你的读者看到了道德寓意，而你却没有看到，这是她不能苟同的。对于自己作品中所明显流露出的道德导向性，莱辛不置可否，但她认为，"真正的艺术具有改变人们认识自己的方式的作用"①，如陀思妥耶夫斯基和托尔斯泰。不过，她又对此表示怀疑，因为苏联的情况并没有改观。人类往往自以为是，但其实人类并不比所有其他创造物高明。不过，莱辛否认自己是在宣扬悲观论。她认为个人在历史进程中发挥着重要作用，并影响着事件的发展。"作家应该做的就是尽可能真实地书写作为个人的自己，因为我们不是唯一和了不起的人。"② 莱辛认为，"二战"以来，我们对于人性有了很多新的发现。许多实验证明，极少的人愿意站出来反对自己所属的群体。"我们都生活在一个由种族、阶级、男性和女性组成的监牢系列中。"③ 因此，莱辛小说中充满了对于界限的解构和对于个人经历的重视。

在个人经历中，莱辛强调了直觉的重要性。她说人们常常用情感来代替直觉，但实际上，情感和直觉完全不同。宗教，如基督教，就要求人们做出情感的回应或是智力上的回应，莱辛说自己做不到。但直觉的能力每个人都有，它在你的经历过程中，不断使你有所发现。这要感谢苏菲主义。是沙赫的书使她开始重新思考原来许多固有的概念，摒弃偏见，并找到了人生的答案。个人就是要脱离自己群体的既有观念去思考，才能有新的认识。

第9篇是1980年莱辛接受BBC二台迈克尔·迪恩（Michael Dean）的采访，焦点集中在创作和生活的紧密关系。一是南罗德西亚以及家庭的环境使得莱辛从小培养了对政治和种族问题的敏感性、对非洲这块土地和人民的热爱和同情。二是莱辛博览群书带来的宽阔视野和批评意识的形成。三是20世纪五六十年代环境改变所带来的文化冲击、爱情挫折造成的心理创伤，以及政治理想的幻灭等一系列事件和莱辛这一时期创作的关系。莱辛的生活和创作经历使她深感语言所附加的人为含义对于我们理解所造成的局限。因

---

① Christopher Bigsby. "The Need to Tell Stories." in *Doris Lessing: Conversations.* ed. Earl G. Ingersoll. New York: Ontario Review Press, 1994, p. 73.

② Christopher Bigsby. "The Need to Tell Stories." in *Doris Lessing: Conversations.* ed. Earl G. Ingersoll. New York: Ontario Review Press, 1994, p. 76.

③ Christopher Bigsby. "The Need to Tell Stories." in *Doris Lessing: Conversations.* ed. Earl G. Ingersoll. New York: Ontario Review Press, 1994, p. 78.

此，这迫使她不断地寻求别的方式，如用比喻来阐述自己的思想。比如她谈到了《幸存者回忆录》。她整本书都在谈"梦"，但全书没有出现一个梦字，就是怕人们把它和某个流派结合起来。

第 10 篇是 1980 年莱辛在伦敦接受了迈克尔·索普（Michael Thorpe）的采访，后载于 1982 年丹麦杂志 *Kunapipi* 上。这篇采访的焦点集中于个人和群体之间的关系。通过对于"良知"（Conscience）不同含义的解读，莱辛论及小说家在创作中的取向。莱辛认为，有两种"良知"，一种是"有条件良知"（conditioned conscience），一种是"个人良知"（individual conscience）；前者指的是社会所灌输给我们的思想，也就是各种方式的教育教给我们的什么是正确的，什么是错误的，而后者是平静地蛰伏在我们潜意识之中的"你不时要看看它准备干什么"[①] 的东西，特别是作家创作赖以建构的根基。莱辛强调个人良知不是意识形态的东西，也不是所谓道德的东西，它和普通的良知不可混为一谈。莱辛认为，"有条件良知"是我们面临的最大的问题，是我们思维的最大的囚禁者。它告诉我们怎么区分人，白人和黑人，男人和女人，等等。而实际上我们所共有的，也就是"同一性"才是最重要的，这才是我们思维的正确方式。而莱辛认为她从普鲁斯特、托尔斯泰、司汤达等伟大的作家那里学到的是一种"宽阔的胸怀"。[②] 莱辛还谈了非洲作家奥利弗·斯歌琳娜的作品，其核心是生活的意义，其结构等方面存在瑕疵。谈到《青草在歌唱》的创作焦点是讽刺白人群体。《饥饿》认为白人在现实中不可能有平等的关系。

第 11 篇是 1981 年刊登在德国杂志 *Die Welt* 上玛格丽特·温·史瓦兹柯夫（Margarete Von Schwarzkopf）对莱辛的采访。在这次采访中，莱辛就作品的整体性、男女差异及其创作、作家的作用、立场，以及语言等方面谈了自己的看法。第一，莱辛就《金色笔记》在经过了近 20 年仍然被大家广泛讨论感到惊奇，同时也对其总是被误读感到焦虑。她说，这部作品应该被当作一个整体来阅读。[③] 这一方面证明了作家的意图和读者的理解存在巨大偏

① Michael Thorpe. "Running Throught Stories in My Mind." in *Doris Lessing*: *Conversations*. ed. Earl G. Ingersoll. New York: Ontario Review Press, 1994, p. 96.

② Michael Thorpe. "Running Throught Stories in My Mind." in *Doris Lessing*: *Conversations*. ed. Earl G. Ingersoll. New York: Ontario Review Press, 1994, p. 98.

③ Margarete Von Schwarzkopf. "Placing Their Fingers on the Wounds of Our Times." in *Doris Lessing*: *Conversations*. ed. Earl G. Ingersoll. New York: Ontario Review Press, 1994, p. 102.

差，另一方面也说明了作品本身是个生命体，可以结出许多果实。第二，关于男女差异的问题，莱辛认为自己从来认为男女应该平等，但是男女无论是心理、生理还是智力上和男人都是不一样的。世界上没有两个人是完全一样的，更何况是男人和女人。但这并不是说女人就比男人差，女人有女人的优势和才能，他们只是不一样而已。① 男女作家在创作方面也不尽相同。女作家比男作家更倚重直觉和本能反应，特别是心理方面。每个人都是不一样的，因此莱辛认为，过多的心理分析或者案例分析毫无意义。第三，关于作家的作用，莱辛认为一个敬业的作家一定要"触摸时代的伤口"。但这还不够。作家应该是一个预言家，要"在它完全出现之前寻觅其踪迹，在它成为潮流之前抓住它，要把自己的天线伸向宇宙去感知它最细微的颤动。"② 第四，关于作家的立场，莱辛认为，作家要"远离时代的政治问题，因为这只会使他们毫无意义地浪费精力，阻碍他们的视野，使他们看不到人类超越时间和空间的普世主题"。③ 莱辛强调说，任何政治意识形态都不能拯救世界，"所有的意识形态都是骗人的，并且只为少数人服务，而不是人民大众"。④ 莱辛把 1955 年写的《回家》称为对她青年时期政治信仰的"告别"。⑤ 关于自己写作的目的，莱辛坦诚地说，除了娱乐读者和使读者了解可能不知道的信息之外，她的作品要能够"激励人们思考"。⑥ 第五，就语言的作用，莱辛认为语言具有很大的局限性，所以她更愿意使用比喻、象征、寓言、类比、梦幻等来表现。梦是她除了园艺和猫之外的第三大爱好。就自己被人称作所谓的"科幻小说"，莱辛认为现在的科学研究是一种很短视的行为，因为它只是关注明天，而不关注后天，所以她把自己的小说称为

---

① Margarete Von Schwarzkopf. "Placing Their Fingers on the Wounds of Our Times." in *Doris Lessing*: *Conversations*. ed. Earl G. Ingersoll. New York: Ontario Review Press, 1994, p. 103.

② Margarete Von Schwarzkopf. "Placing Their Fingers on the Wounds of Our Times." in *Doris Lessing*: *Conversations*. ed. Earl G. Ingersoll. New York: Ontario Review Press, 1994, pp. 104 – 105.

③ Margarete Von Schwarzkopf. "Placing Their Fingers on the Wounds of Our Times." in *Doris Lessing*: *Conversations*. ed. Earl G. Ingersoll. New York: Ontario Review Press, 1994, p. 105.

④ Margarete Von Schwarzkopf. "Placing Their Fingers on the Wounds of Our Times." in *Doris Lessing*: *Conversations*. ed. Earl G. Ingersoll. New York: Ontario Review Press, 1994, p. 105.

⑤ Margarete Von Schwarzkopf. "Placing Their Fingers on the Wounds of Our Times." in *Doris Lessing*: *Conversations*. ed. Earl G. Ingersoll. New York: Ontario Review Press, 1994, p. 105.

⑥ Margarete Von Schwarzkopf. "Placing Their Fingers on the Wounds of Our Times." in *Doris Lessing*: *Conversations*. ed. Earl G. Ingersoll. New York: Ontario Review Press, 1994, p. 106.

幻想小说或乌托邦小说，认为它们是从"今天发生的事情中提炼出来的寓言"，① 更接近柏拉图和托马斯·莫尔，而不是乔治·奥威尔和赫胥黎。最后，莱辛认为，虽然她的小说中大多描绘了一幅人类社会的灾难前景，但她从来就不是悲观论者。"只要还不是伸手不见五指，我就不会放弃地球会延续下去的希望。"②

　　第12篇是1983年莱辛接受了斯蒂芬·格雷（Stephen Gray）的采访，后来刊登在1986年7月的《非洲文学研究》上。在这次采访中，莱辛谈到了由地域引发的文类问题。莱辛认为，自己早年的非洲生活经历，无论是南罗德西亚还是南非，对自己创作的影响都是巨大的。《青草在歌唱》以及很多短篇小说都来源于自己的非洲经历。不过，这并不意味着自己就是"殖民作家"或非洲作家，或受到了非洲作家的影响。虽然斯歌琳娜的《非洲农场》对她影响巨大，但她并没有读过其他非洲作家的作品，虽然可能有某些共同之处。"我就是我"。这也和用小说、短篇小说、诗歌或是散文表达没有关系。莱辛认为自己并没有放弃短篇小说的创作，她说："我所感兴趣的是要打破我们为自己设立的这些形式。"③ 莱辛提到了她的《什卡斯塔》里面就有许多短篇故事。作为一个作家，莱辛还谈到了作家就是人类本身的一个功能。作家都是一样的，只是发挥着不同的功能而已，个人的就是普遍的。另外，写作的时候从来没有考虑过自己是个妇女作家，这只会"故意缩小你的敏感度"。④

　　第13篇是1984年莱辛接受伊芙·伯特尔森（Eve Bertelsen）的采访，后刊登在1986年《联邦文学杂志》第21期上。在这篇采访中，就自己早期的作品，莱辛第一谈到了历史的细节真实和文学创作的关系。莱辛认为，文学作品不应该拘泥于历史细节的真实，而应该看到这些细节真实背后所呈现的共性。细节的真实只是涉及一时一地，而重要的是我们要有全局眼光。要看到，比如像种族歧视现象不仅在南罗德西亚有，南非有，印度也有。重

① Margarete Von Schwarzkopf. "Placing Their Fingers on the Wounds of Our Times." in *Doris Lessing: Conversations*. ed. Earl G. Ingersoll. New York: Ontario Review Press, 1994, p. 107.

② Margarete Von Schwarzkopf. "Placing Their Fingers on the Wounds of Our Times." in *Doris Lessing: Conversations*. ed. Earl G. Ingersoll. New York: Ontario Review Press, 1994, p. 108.

③ Stephen Gray. "Breaking Down These Forms." in *Doris Lessing: Conversations*. ed. Earl G. Ingersoll. New York: Ontario Review Press, 1994, p. 115.

④ Stephen Gray. "Breaking Down These Forms." in *Doris Lessing: Conversations*. ed. Earl G. Ingersoll. New York: Ontario Review Press, 1994, p. 119.

要的"不是白人对于黑人的态度，而是普遍来说人们互相之间的态度——整个世界你都可以看到一个统治集团鄙视其他的人。这是一种模式。这是我越来越感兴趣的东西"。① 第二，关于创作中的作品主题和政治的关系，莱辛否认自己的政治观点影响了自己的作品，她认为自己的政治观点来源于观察。就决定论来说，莱辛认为，人们的生活模式是由社会、性格和成长的环境决定的，但是"我更感兴趣的并不是是什么使人物成长为像别人那样，以及由于这样或那样的成长环境会期望有什么结果，而是另外那些会使她摆脱这些，并使自己不同的东西"。② 第三，莱辛谈到了短篇小说和长篇小说的区别。莱辛说："小说往往是一个较长的过程，而短篇是很小的结晶出来的东西。虽然我写作是以短篇开始，后来变长，但它是一个完全不同的过程。在长篇小说写作过程中，会有东西自己跑出来，而短篇小说真的就不会。"③ 第四，在谈到《暴力的孩子们》中玛莎·奎斯特等人的政治狂热的时候，莱辛认为它源于一根筋式的专注思维。"所有的狂热分子都精力充沛。当你专注地做一件事的时候，你就会精力旺盛。"④ 但纯粹的精力往往是"朝向狭隘的方向，并集中在一个事情上"。⑤ 而分裂的思想状态往往蕴含着许多不同的可能性。很明显，莱辛是在强调人不要一意孤行，要懂得包容不同的意见。最后，莱辛又一次表达了自己对未来的乐观思想。"在我看来，人类正处于进化之中……我想我们很可能会变得更聪明和更具有直觉性。"⑥

第14篇是刊登在《文学杂志》（Le Magazine Litteraire）上的弗朗索瓦-奥利维亚·卢梭（Francois – Olivier Rousseau）1985年2月在巴黎对莱辛的采访。在这篇采访中，莱辛就作者的创作和读者谈了自己的看法。首先关于

① Eve Bertelsen. "Acknowledging a New Frontier." in Doris Lessing: Conversations. ed. Earl G. Ingersoll. New York: Ontario Review Press, 1994, p. 124.

② Eve Bertelsen. "Acknowledging a New Frontier." in Doris Lessing: Conversations. ed. Earl G. Ingersoll. New York: Ontario Review Press, 1994, p. 132.

③ Eve Bertelsen. "Acknowledging a New Frontier." in Doris Lessing: Conversations. ed. Earl G. Ingersoll. New York: Ontario Review Press, 1994, p. 135.

④ Eve Bertelsen. "Acknowledging a New Frontier." in Doris Lessing: Conversations. ed. Earl G. Ingersoll. New York: Ontario Review Press, 1994, p. 141.

⑤ Eve Bertelsen. "Acknowledging a New Frontier." in Doris Lessing: Conversations. ed. Earl G. Ingersoll. New York: Ontario Review Press, 1994, p. 142.

⑥ Eve Bertelsen. "Acknowledging a New Frontier." in Doris Lessing: Conversations. ed. Earl G. Ingersoll. New York: Ontario Review Press, 1994, p. 145.

作者的创作，莱辛从自己创作小说的过程，强调了写作来源于生活的细节和作者本人有意识的观察。她把写作称为"有意识的自我催眠行为"。① 而写小说的目的，一方面，正如安娜所认为的那样，"是新闻学的前哨，它的功能是向社会的一个部分提供另一部分的信息"。② 另一方面，文学会改变我们的意识，虽然只是一点点。莱辛认为，生活中没有什么静止的东西，一切都在运动之中，所以文学作品就是"对运动着的事物进行评判"。③ 而观察的习惯造就了好的作家。其次，关于文学作品对于读者的影响，莱辛认为她追求的不是怎么影响读者，或是使读者成为一个什么人，而是要"引起读者的好奇，使读者更关注，才智更灵敏"，"激发其质疑"的能力。④

　　第 15 篇是 1987 年夏天托马斯·弗雷克（Thomas Frick）在伦敦对莱辛的采访，1988 年刊登在《巴黎评论》106 号上。莱辛曾在 20 世纪 80 年代初以非凡的勇气匿名出版《简·萨默斯的日记》，以检验出版界是否真的是以质论价。在这篇访谈中，莱辛以自己这段亲身经历抨击了出版界对于名气和权威的盲目崇拜，直斥英国文学界的狭隘和势利。莱辛还由此批评了武断归类的习惯，包括把科幻小说和现实主义小说截然分类，以及对于宗教的严格区分，等等。她说之所以把自己 70 年代的五部曲称为"空间小说"，原因就是现有的名称都不合适，因为小说中并没有真正的科学思想，而她在小说中还试图把三大宗教的共同思想糅合在一起，并进一步拓展。她认为其实文学形式是由内容所决定的，"我把每一本书都看作是要解决一个问题。这就决定了你所用的形式。并不是你说，'我想写一本空间小说'，而正好相反，你要说的决定了它的形式"。⑤ 在这次访谈中，莱辛又一次重申了：第一，创作来自于生活的理念，如《简·萨默斯的日记》中的主人公就来自于生活中的许多妇女形象，包括自己的朋友、母亲等；第二，作家的任务就是培养问题意识。莱辛认为，作家的工作就是引发问题。读了她的书的人，"就

---

① Francois – Olivier Rousseau. "The Habit of Observing." in *Doris Lessing*：*Conversations*. ed. Earl G. Ingersoll. New York：Ontario Review Press, 1994, p. 148.
② Francois – Olivier Rousseau. "The Habit of Observing." in *Doris Lessing*：*Conversations*. ed. Earl G. Ingersoll. New York：Ontario Review Press, 1994, p. 149.
③ Francois – Olivier Rousseau. "The Habit of Observing." in *Doris Lessing*：*Conversations*. ed. Earl G. Ingersoll. New York：Ontario Review Press, 1994, p. 153.
④ Francois – Olivier Rousseau. "The Habit of Observing." in *Doris Lessing*：*Conversations*. ed. Earl G. Ingersoll. New York：Ontario Review Press, 1994, p. 154.
⑤ Thomas. Frick ." Caged by the Experts." in *Doris Lessing*：*Conversations*. ed. Earl G. Ingersoll. New York：Ontario Review Press, 1994, p. 161.

像洗了一个文学澡",从而引发他们转换思考方式。这就是作家的意义和作用所在。①

第 16 篇是 1988 年 4 月莱辛在伦敦接受了布莱恩·奥迪斯(Brian Aldiss)的采访。在这篇访谈中,针对许多指责她放弃现实主义小说创作,"逃进"科幻小说的评论,莱辛说:"显然他们没有读过科幻小说一个字,他们不知道我们这个时代最好的社会批评就是科幻小说。"② 她认为,她的科幻小说实际上就是"社会讽刺"。灾难并不是未来的事,"历史就是灾难史",我们就生活在灾难之中。历史也是灾难史的讲述,无论是故事还是梦幻都是在述说。她在运用三大宗教中的先知来到人世间警告人们灾难降临的方式,讲我们的灾难史。她只是把古老的故事转移到了太空。此外,莱辛还谈到了语言的问题。她说自己不喜欢各种形式的修辞,因为"这是使我们糊涂的手段之一——字词的使用阻碍了你的思考"。③ 她抨击政客们惯用修辞手段欺骗人们,她要通过小说,让孩子们学会辨别修辞,从而使人们增加抵抗力。

第 17 篇是 1988 年莱辛在伦敦接受了克莱尔·托玛琳(Claire Tomalin)的采访。在这篇采访中,首先,莱辛谈到了自传和小说的关系。她认为:"从某种意义上说,当然一切都一定是自传。但从另一方面来说,你也可以说不是自传,因为你一开始写作,它就变成了别的东西。"④ 莱辛一直想用梦幻的形式写一本自传,这就是《幸存者回忆录》。但她很遗憾评论家们没人注意到这一点。她认为这部分是"用比喻写的自传——在消失的墙后面是你可能找到的最古老的象征"。她说她之所以用"这些古老陈旧的象征",就是因为"它们会触动人的潜意识"。"墙的后面,有三种不同的事情在进行:个人的回忆和梦幻,其中大多数的梦来源于自己的梦,第三是非个人的。"⑤ 其次,莱辛谈到了文学创作的缘由和目的,就是要引导人们去思考一

①　Thomas Frick. "Caged by the Experts." in *Doris Lessing: Conversations*. ed. Earl G. Ingersoll. New York: Ontario Review Press, 1994, p. 164.

②　Brian Aldiss. "Living in Catastrophe." in *Doris Lessing: Conversations*. ed. Earl G. Ingersoll. New York: Ontario Review Press, 1994, p. 165.

③　Brian Aldiss. "Living in Catastrophe." in *Doris Lessing: Conversations*. ed. Earl G. Ingersoll. New York: Ontario Review Press, 1994, p. 171.

④　Claire Tomalin. "Watching the Angry and Destructive Hordes Go By." in *Doris Lessing: Conversations*. ed. Earl G. Ingersoll. New York: Ontario Review Press, 1994, p. 173.

⑤　Claire Tomalin. "Watching the Angry and Destructive Hordes Go By." in *Doris Lessing: Conversations*. ed. Earl G. Ingersoll. New York: Ontario Review Press, 1994, p. 174.

些问题。她说以前看似很强大、永远不会消失的东西，有一天突然就消失了，如斯大林和希特勒，他们都死了。而当时看似不可能发生的战争就发生了。《幸存者回忆录》中就是试图表达这种历史的变化感。对于《好恐怖分子》，莱辛以自己收到的读者来信来讲述创作的目的。有一个妇女来信说，她在参观监狱时看到，那些犯下滔天大罪的恐怖分子看起来都是"受过教育、大多数都很令人愉快、讨人喜欢的人"。[①] 在忏悔自己所犯下的罪恶时，都说当时好像是"被什么缠身"疯了一样。我们从来没有思考过这些问题，如恐怖分子形成的原因，从来没有问过这是怎么回事。《第五个孩子》的故事来自于真实的经历。当我们遇到和自己不一样的人或事物的时候，我们采取的态度是什么？莱辛说，通常"我们不去注意那些我们处理不了的事情：我们决定不看或是抹平"。[②] 所以，学会怎样对待差异是我们必须思考的问题。莱辛对未来充满信心，她说，"用各种不同的方式看待自己就可以挽救我们"，其中之一就是"远距离审视自己行为的能力"。[③] 现在我们国家之间学会了就自己残酷的行为互相批评，这就是充满希望的事情。

第18篇是1989年11月在旧金山塞基·汤姆森（Sedge Thomson）对莱辛的录音采访。在这篇采访中，莱辛以自己的创作和生活经历为例，谈了创作中兼容并蓄的重要性以及如何对待差异的问题。莱辛认为两次世界大战和她从小就在不同文化的国度之间迁移对她产生了至关重要的影响。她说，她的经历告诉她一个道理，那就是"一种文化完全不同于另一种文化，一个文化中的绝对真理仅仅对该文化来说是有价值的。这完全是相对的……对于作家来说，（认识到）这一点是非常有价值的"。[④] 因此，怎样正确对待异质文化和差异应该引起人们的思考。《第五个孩子》就是这样一部小说。虽然津巴布韦是她的家乡，她渴望回家，然而它的狭隘和封闭性却和原来的南罗德西亚时期一样。"除了津巴布韦，别的都不存在。"[⑤] 这使她不能容忍。写作也

---

① Claire Tomalin. "Watching the Angry and Destructive Hordes Go By." in *Doris Lessing*: *Conversations*. ed. Earl G. Ingersoll. New York：Ontario Review Press，1994，p. 175.

② Claire Tomalin. "Watching the Angry and Destructive Hordes Go By." in *Doris Lessing*: *Conversations*. ed. Earl G. Ingersoll. New York：Ontario Review Press，1994，p. 176.

③ Claire Tomalin. "Watching the Angry and Destructive Hordes Go By." in *Doris Lessing*: *Conversations*. ed. Earl G. Ingersoll. New York：Ontario Review Press，1994，p. 177.

④ Sedge Thomson. "Drawn to a Type of Landscape." in *Doris Lessing*：*Conversations*. ed. Earl G. Ingersoll. New York：Ontario Review Press，1994，p. 190.

⑤ Sedge Thomson. "Drawn to a Type of Landscape." in *Doris Lessing*：*Conversations*. ed. Earl G. Ingersoll. New York：Ontario Review Press，1994，p. 190.

是一样。无论是现实主义还是科幻小说，是由你所要表达的内容决定的。
"这是一个你想说什么的问题。如果你想写一本跨越几百万年的小说，你就
必须为它找到一个新的形式，你不可能还写现实主义小说。"① 另外，莱辛
又一次重申创作素材来自于生活，但写作要保持一定的距离，要冷静。她
说："你必须要保持一点距离。你必须冷静地写作，不能热血沸腾，否则就
不会是优秀作品。"②

　　第 19 篇是刊登在 1990 年 4 月《读书》（Lire）上的让-莫里斯·德·蒙
特米（Jean - Maurice de Montremy）在巴黎对莱辛的采访。在这篇采访中，
莱辛针对自己作品主题的多样性和矛盾性以及所体现的思想观点，就作家的
作用，以及文学和小说等表达了自己的看法。第一，莱辛认为，写作是为了
反映时代的普遍问题，而不是特意要表达什么。作家的作用，不是预言、谴
责和宣扬什么，也不是进行思想指导或提供行动指南，"作家不是教授"。③
第二，莱辛针对评论所说的自己的思想倾向，谴责了那种把生活和创作等同
的片面和极端的思想。她说曾经认为自己是一个共产党员，但她只是"英
国共产党"④（原文为斜体）的党员，那是特别英国化的党。后来发现"我
们是在假装自己是共产党员"。"每个党只是个'共产党员'。我们在等待共
产主义，它实际上和任何特定的党都没有关系。"⑤ 关于女性主义，莱辛认
为，男女看问题的角度是不同的。他们之间存在着许多问题，具体问题要具
体对待，就像自己作品中所描述的那样，但不能认为这就是女性主义的真知
灼见。"有一种女性主义绝对是不可或缺的，那就是已经给予和正在给予女
性的有保证的工作条件、平等的薪资和自主权。"⑥ 而那些成天唠叨男人的
不是，爱翻旧账的妇女们只会使女人更加依赖男人。"过度的女性主义本身

①　Sedge Thomson. "Drawn to a Type of Landscape. " in *Doris Lessing*: *Conversations*. ed. Earl
　　G. Ingersoll. New York: Ontario Review Press, 1994, p. 183.

②　Sedge Thomson. "Drawn to a Type of Landscape. " in *Doris Lessing*: *Conversations*. ed. Earl
　　G. Ingersoll. New York: Ontario Review Press, 1994, p. 190.

③　Jean - Maurice de Montremy. "A Writer is not a Professor. " in *Doris Lessing*: *Conversations*.
　　ed. Earl G. Ingersoll. New York: Ontario Review Press, 1994, p. 193.

④　Jean - Maurice de Montremy. "A Writer is not a Professor. " in *Doris Lessing*: *Conversations*.
　　ed. Earl G. Ingersoll. New York: Ontario Review Press, 1994, p. 194.

⑤　Jean - Maurice de Montremy. "A Writer is not a Professor. " in *Doris Lessing*: *Conversations*.
　　ed. Earl G. Ingersoll. New York: Ontario Review Press, 1994, p. 194.

⑥　Jean - Maurice de Montremy. "A Writer is not a Professor. " in *Doris Lessing*: *Conversations*.
　　ed. Earl G. Ingersoll. New York: Ontario Review Press, 1994, p. 195.

成了目的，而本来它应该只是工具。"① 她还对波伏娃过度的女性主义思想表示了不满。莱辛不无讽刺地说，人们的印象是"对她来说，女性的理想人物叫作让-保罗·萨特"。② 对于作家来说，你可以有自己的政治理想，可以有激情，但讲故事、阅读和创作是以完全不同的方式进行的，绝不可以等同起来。莱辛认为自己之所以能够不迷信权威，不依附于流派，在于自己自学成才，在于"生活在远离文学、理论和流派的世界"，"文学不是学来的"。③ 第三，莱辛还对目前小说的现状表示欣慰。她认为，小说正处在一个比以往任何时候都更加有利的时代，因为"它完全是一个混杂品，受到了各种影响（电影、神话、音乐、图像），适应性极好……小说就是作者怎么写都可以。没有'诡计'，就是存在，以各种被写的方式存在。它的形式依据写作时所发生的事情可以有各种构造复杂的形式，或是简单的线性模式"。④ 第四，莱辛针对《第五个孩子》所引起的各种主题猜想，如对于想回归传统价值的天真想法的批判、教育问题和英国中产阶级的专横，等等，莱辛说："我们从来不去思考我们有哪些共同点。我们只看到了对立面，肯定、否定、白人、黑人。所以我们一直忙于申明自己的立场，围堰划地。我们以本质上一样的方式生活；遇到的都是类似的问题和同样的困难。我认为，对我作为一个作家来说，重要的是试图找到是什么把我们分开了。"⑤ 对于每个时期流行的思潮和理论，如 20 世纪 50 年代的"马克思主义"、60 ~ 70 年代的"女性主义"、80 年代的"东方主义"，以及现在的"生态思想"，莱辛认为，虽然它们各自都有被人们广泛接受的有益的思想，但她对我们总是"需要选择某一阵营"感到不解。她说，实际上，"我们身上存在着比那些我们企图归类的理论更为强大的不能表达的维度。在某种程度上，我们都完全是傻瓜，而我们的行为完全忽视它的

① Jean – Maurice de Montremy. "A Writer is not a Professor." in *Doris Lessing*: *Conversations*. ed. Earl G. Ingersoll. New York: Ontario Review Press, 1994, p. 195.

② Jean – Maurice de Montremy. "A Writer is not a Professor." in *Doris Lessing*: *Conversations*. ed. Earl G. Ingersoll. New York: Ontario Review Press, 1994, p. 195.

③ Jean – Maurice de Montremy. "A Writer is not a Professor." in *Doris Lessing*: *Conversations*. ed. Earl G. Ingersoll. New York: Ontario Review Press, 1994, p. 196.

④ Jean – Maurice de Montremy. "A Writer is not a Professor." in *Doris Lessing*: *Conversations*. ed. Earl G. Ingersoll. New York: Ontario Review Press, 1994, p. 196.

⑤ Jean – Maurice de Montremy. "A Writer is not a Professor." in *Doris Lessing*: *Conversations*. ed. Earl G. Ingersoll. New York: Ontario Review Press, 1994, pp. 197 – 198.

存在"。① 莱辛认为，我们内心真正人性的东西是相通的。沙赫是"一个精神领袖，是一个不会强加任何教条或神秘教义的人。他让我自己决定上帝代表什么，而没有把我囚禁于宗教之中。我对宗教绝对地、像孩子似的敏感——尽管我对我们的具有深刻宗教性的本性怀有最高的敬意"。②

　　第 20 篇是 1991 年 9 月刊登在马来西亚历史最长的英文报纸《新海峡时代》上坦·吉姆·伊恩（Tan Gim Ean）对莱辛的采访。莱辛谈到了读书对于自己作为一个作家的重要性。"你只需要读一页好书，你就知道你的位置了。"③ 另外，莱辛认为，当作家，最重要的是勤奋。"每个作家都要创作出自己的市场。你要创造出那些想去读你的书的读者。怎么样做呢？唯一的方法就是绝对诚实地写出你自己的经历，不要多想。一本真实的书。"④

　　第 21 篇是刊载在 1992 年秋天《党派评论》（*The Partisan Review*）上莱辛的发言。这是莱辛在 1992 年 4 月在罗格斯大学（新泽西州）召开的"中东欧的知识分子和社会变化"大会上的讲话。在这篇发言中，第一，莱辛指出了政治语言的空洞性和僵死性破坏了我们的创新思维。假、大、空话也渗透进了学术界，特别是社会学、心理学和文学批评中。第二，莱辛提到了一个怪现象，就是作家常常被问到"你认为作家应该……"或是作品是"关于"什么的。实际上，伟大的作家写作品的时候，并不是因为他们意识到应该写什么。"如果一个作家真实地根据自己的经历写作，那么写出来的东西就必然会说出了其他人想说的话。"⑤ 写作不能脱离生活，不能在"象牙塔"中创造出来，这已经成为几千年来"讲故事的人"的共识。因此，莱辛认为，"仍然困扰文学界的，在封闭的大学中对于形式和内容的争论"早就该寿终正寝了。莱辛认为，俄罗斯的那些作家，如高尔基、托尔斯泰、陀思妥耶夫斯基、契诃夫、屠格涅夫等正是因为坚持了他

---

① Jean – Maurice de Montremy. "A Writer is not a Professor." in *Doris Lessing: Conversations*. ed. Earl G. Ingersoll. New York: Ontario Review Press, 1994, p. 198.

② Jean – Maurice de Montremy. "A Writer is not a Professor." in *Doris Lessing: Conversations*. ed. Earl G. Ingersoll. New York: Ontario Review Press, 1994, p. 199.

③ Tan Gim Ean and Others. "The Older I Get, the Less I Believe." in *Doris Lessing: Conversations*. ed. Earl G. Ingersoll. New York: Ontario Review Press, 1994, p. 202.

④ Tan Gim Ean and Others. "The Older I Get, the Less I Believe." in *Doris Lessing: Conversations*. ed. Earl G. Ingersoll. New York: Ontario Review Press, 1994, p. 203.

⑤ Edith Kurzweil. "Unexamined Mental Attitudes Left Behind by Communism." in *Doris Lessing: Conversations*. ed. Earl G. Ingersoll. New York: Ontario Review Press, 1994, p. 206.

们的"个人良心",而不是屈服于"集体良心",才成为永远让我们铭记的伟大作家。作家的创作思想来源于创作的喜悦,而不是被告知的"责任"(committment)。① "讲述故事的历史,文学的历史告诉我们,从来没有一个故事不是以这种或那种方式照亮着人类的实践。"② 莱辛认为,那些具有普遍性的艺术是"不可预测的、五光十色的,最好的往往能够使人不安"。③ 莱辛接着谈到了政治正确。她认为政治正确是一种由"意识形态激发的、自我任命的警示委员会"。这就是说,它形成了一种思维习惯,并内化于心。它得意于命令和告知,喜欢让人听命于它,"有一种控制别人的权力欲望"。它的好处是可以"使我们重新审视我们的态度"。④ 这些情况在英国的学界,在威尔士,在欧洲都有出现。第三,有一种追求刺激的宗教式狂热在世界各国蔓延,年轻人尤其如此,他们崇尚革命,热衷暴力。莱辛认为这来源于法国大革命所奠定的思维模式。但是不能光指责卢梭,因为卢梭只是在书中真实地反映了当时的局势。他的书至今仍然对于我们很有教益。年轻人热衷于跑到国外去,在落后的贫困地区去寻找激情和刺激,但"他们从来没有想过待在国内,为自己的国家做点有益的事情"。⑤ 那么,这种离弃自己的国家,到别的地方寻找天堂的隐秘的心理机制是什么呢?莱辛认为,一个原因是这些年轻人从来没有体验过被迫害的滋味。他们幻想着被监禁,幻想着成为大义凛然或智斗狱吏的英雄。他们幻想着灾难、暴政等,但实际生活中又从来不会认真履行政治职责,因而也不会由于政治问题而入狱。第四,莱辛认为,许多人热爱杀戮和暴力。"战争使我们都变得残忍。"⑥ 这发源于法国大革命所开始的"革命的浪漫主义"。但现在,还有人在支持它。第五,莱辛告诫我们需要学会观察我们自己的思想和

① Edith Kurzweil. "Unexamined Mental Attitudes Left Behind by Communism." in *Doris Lessing*: *Conversations.* ed. Earl G. Ingersoll. New York: Ontario Review Press, 1994, p. 207.
② Edith Kurzweil. "Unexamined Mental Attitudes Left Behind by Communism." in *Doris Lessing*: *Conversations.* ed. Earl G. Ingersoll. New York: Ontario Review Press, 1994, p. 207.
③ Edith Kurzweil. "Unexamined Mental Attitudes Left Behind by Communism." in *Doris Lessing*: *Conversations.* ed. Earl G. Ingersoll. New York: Ontario Review Press, 1994, p. 208.
④ Edith Kurzweil. "Unexamined Mental Attitudes Left Behind by Communism." in *Doris Lessing*: *Conversations.* ed. Earl G. Ingersoll. New York: Ontario Review Press, 1994, p. 208.
⑤ Edith Kurzweil. "Unexamined Mental Attitudes Left Behind by Communism." in *Doris Lessing*: *Conversations.* ed. Earl G. Ingersoll. New York: Ontario Review Press, 1994, p. 210.
⑥ Edith Kurzweil. "Unexamined Mental Attitudes Left Behind by Communism." in *Doris Lessing*: *Conversations.* ed. Earl G. Ingersoll. New York: Ontario Review Press, 1994, p. 211.

行为，重新思考。"这是一个需要定义的时代。"①

　　第 22 篇是 1992 年 BBC 4 台尼格尔·福德（Nigel Forde）对莱辛的采访。在这篇采访中，莱辛阐述了人的局限性和写作的视野问题。莱辛认为，首先，从生物学上说，人是很有局限性的动物。我们的感官构造只能使我们看到作为动物需要看到的东西，我们头脑的构造也只能理解一点点。这是我们不得不面对的事实。"那么，我们看不到的是什么呢？如果我们不是这样的话，那我们能够看到什么？"② 莱辛认为这就是作家要去思考的。非洲给予她最大的财富就是它宽广的空间，这赋予了她独立的个性。修道院的痛苦经历使她备感压抑。"人们成为作家，因为他们的童年很压抑，但这并不一定指痛苦的童年。我不认为痛苦的童年会造就一个作家，我认为一个很早就被迫感知周围所发生的事情的孩子常常会成为作家。"③ 其次，人类总以为自己能够控制事件的发展，但实际上却不能。"我们通常都是马后炮。"④ 虽然我们对事物的发展有一点影响，但还有许多我们预料不到的大事总在发生。人类适应一下，一切就又继续了。不过，莱辛对未来还是充满了希望。她说，和过去不同的是，现在我们意识到了这一点，例如，我们意识到人类在污染世界，意识到我们不只是自己国家的公民，也是世界公民。"这就是一种全新的理念，可以挽救我们大家。"⑤ 此外，莱辛对现在的作家更关注金钱表示出不满。

　　第 23 篇是 1992 年 11 月莱辛在西雅图和华盛顿接受迈克尔·厄普丘奇（Michael Upchurch）的采访，1993 年刊载于著名短篇小说杂志《闪光列车》（Glimmer Train）第 7 期上。这期采访围绕莱辛的纪实散文《非洲笑声》和短篇小说集《真相》在美国的出版展开。莱辛对非洲越来越严重的干旱以及世界环境的被破坏感到愤怒，在对非洲的失业率升高、艾滋病的蔓

① Edith Kurzweil. "Unexamined Mental Attitudes Left Behind by Communism. " in *Doris Lessing*: *Conversations*. ed. Earl G. Ingersoll. New York: Ontario Review Press, 1994, p. 212.

② Nigel Forde. "Reporting from the Terrain of the Mind. " in *Doris Lessing*: *Conversations*. ed. Earl G. Ingersoll. New York: Ontario Review Press, 1994, p. 216.

③ Nigel Forde. "Reporting from the Terrain of the Mind. " in *Doris Lessing*: *Conversations*. ed. Earl G. Ingersoll. New York: Ontario Review Press, 1994, p. 215.

④ Nigel Forde. "Reporting from the Terrain of the Mind. " in *Doris Lessing*: *Conversations*. ed. Earl G. Ingersoll. New York: Ontario Review Press, 1994, p. 217.

⑤ Nigel Forde. "Reporting from the Terrain of the Mind. " in *Doris Lessing*: *Conversations*. ed. Earl G. Ingersoll. New York: Ontario Review Press, 1994, p. 217.

延、教育的不足，特别是书籍短缺情况感到忧虑的同时，谈到了文学目前所面临的压力主要有两个：一个是出版界越来越商业化，一个是政治上的压力。莱辛认为，越来越多的推销宣传已经成为一个沉重的负担，但目前又没有什么解决办法。关于政治正确的危险，莱辛认为，政治正确的实质就是要用意识形态控制文学，而这会毁掉文学。如果作家有政治倾向，就会产生"作家障碍"。[①]"好的小说应该使人对生活进行思考……应该开阔你的眼界，而不是使你变得狭隘。"[②] 莱辛说自己对政治不感兴趣，或者说她的兴趣更注重于实际的目标的实现。此外，莱辛对记者能看到自己小说中的幽默而感到高兴，因为"人们总是喜欢忽视它"。她把自己的幽默称为"不露声色的反讽"（dry irony）。[③]

第 24 篇是 1993 年恩·英格索尔（Earl G. Ingersoll）和莱辛在莱辛伦敦寓所的一次谈话，后刊登在 1994 年《安大略评论》第 40 期上。在这次谈话中，莱辛就文学界存在的单一思维问题进行了批评，阐述了自己的辩证法思想。首先，她对自己在许多国家接受采访时提问问题的重复和单一表示不满。她认为这是"国际性文学思维"出现了问题。[④] 其次，关于自传的的真实性问题。莱辛认为，自传并不完全是真实的，"因为不可能不从你现在角度写作。有一种厌世忍耐会悄悄溜进来，完全不是你 24 岁时的情感状态。实际上，我认为，小说更能反映当时的状况。"[⑤]《暴风雨掀起的涟漪》是她写过的"自传性最强"的小说。它描述了 1942 年至 1944年那个狂热的年代。"它真正给出了那个时代的气氛"[⑥]，但与事实有出入。"因为第一，为什么你记得那些你记得的事情，而不记得其他事情？……第二，随着年龄的增加和心态的宽容，你会淡化事情……但这不是你经历

---

① Michael Upchurch. "Voice of England, Voice of Africa." in *Doris Lessing: Conversations.* ed. Earl G. Ingersoll. New York: Ontario Review Press, 1994, p. 223.

② Michael Upchurch. "Voice of England, Voice of Africa." in *Doris Lessing: Conversations.* ed. Earl G. Ingersoll. New York: Ontario Review Press, 1994, p. 222.

③ Michael Upchurch. "Voice of England, Voice of Africa." in *Doris Lessing: Conversations.* ed. Earl G. Ingersoll. New York: Ontario Review Press, 1994, p. 223.

④ Earl G. Ingersoll. "Describing This Beautiful and Nasty Planet." in *Doris Lessing: Conversations.* ed. Earl G. Ingersoll. New York: Ontario Review Press, 1994, p. 228.

⑤ Earl G. Ingersoll. "Describing This Beautiful and Nasty Planet." in *Doris Lessing: Conversations.* ed. Earl G. Ingersoll. New York: Ontario Review Press, 1994, p. 229.

⑥ Earl G. Ingersoll. "Describing This Beautiful and Nasty Planet." in *Doris Lessing: Conversations.* ed. Earl G. Ingersoll. New York: Ontario Review Press, 1994, p. 229.

时的情况。"① 第三，有关劳伦斯被人指责为"政治不正确"，以及《亚伦的魔杖》的"反女性"思想，莱辛说她从来不这样认为。她不赞成这样看劳伦斯。"我认为你们应该看看作家所给予的，并吸收所给予的，而不是抱怨他没有做什么。"② 对于劳伦斯在美国受到的政治不正确的指责，莱辛认为："美国是一个文化上极端歇斯底里的国家……它会造成很多伤害，因为文学不应该被当作正确思维的更好的表述方式。这完全不是文学要做的。"③虽然劳伦斯的"有些观点很荒谬"④，但他把人物写活了。她认为劳伦斯对她的影响是他活力四射的人物，而不是他的观点。要辩证地看劳伦斯。有好的，也有不好的。"他是有缺点的。"⑤ 第四，关于现实主义和科幻小说之争，莱辛认为，对两种小说人们应该都欣赏。但人们往往不管作者写了什么，只是更关心维护自己的立场。政治正确也是这样，它总是要采取一种立场，然后维护这种立场，这往往变得比文学本身更重要。"你应该从作者那里获得那里有的东西……一部作品为人类的精神提供了某种丰富的食粮"，⑥ 而不是一味指责。第五，关于《真相》，莱辛认为现在一些人以攻击他们自己居住的地方为时髦，如伦敦，所以她要写这本短篇小说集为它辩护。第六，莱辛阐述了有关文学教学的一些想法。虽然她原来认为文学创作不应该是大学里教会的，但她承认这是目前保存和传承文学的唯一办法。她不太赞成那种对文学作品的细节分析，因为"过程变成了它自己的目的本身"，⑦ 这会使学生丧失掉对作品整体的欣赏情趣。她认为应该让学生自由地在"花丛中徜徉"。⑧

① Earl G. Ingersoll. "Describing This Beautiful and Nasty Planet." in *Doris Lessing：Conversations*. ed. Earl G. Ingersoll. New York：Ontario Review Press，1994，p. 229.
② Earl G. Ingersoll. "Describing This Beautiful and Nasty Planet." in *Doris Lessing：Conversations*. ed. Earl G. Ingersoll. New York：Ontario Review Press，1994，p. 232.
③ Earl G. Ingersoll. "Describing This Beautiful and Nasty Planet." in *Doris Lessing：Conversations*. ed. Earl G. Ingersoll. New York：Ontario Review Press，1994，p. 232.
④ Earl G. Ingersoll. "Describing This Beautiful and Nasty Planet." in *Doris Lessing：Conversations*. ed. Earl G. Ingersoll. New York：Ontario Review Press，1994，p. 231.
⑤ Earl G. Ingersoll. "Describing This Beautiful and Nasty Planet." in *Doris Lessing：Conversations*. ed. Earl G. Ingersoll. New York：Ontario Review Press，1994，p. 233.
⑥ Earl G. Ingersoll. "Describing This Beautiful and Nasty Planet." in *Doris Lessing：Conversations*. ed. Earl G. Ingersoll. New York：Ontario Review Press，1994，p. 233.
⑦ Earl G. Ingersoll. "Describing This Beautiful and Nasty Planet." in *Doris Lessing：Conversations*. ed. Earl G. Ingersoll. New York：Ontario Review Press，1994，p. 238.
⑧ Earl G. Ingersoll. "Describing This Beautiful and Nasty Planet." in *Doris Lessing：Conversations*. ed. Earl G. Ingersoll. New York：Ontario Review Press，1994，p. 238.

其他采访中莱辛有关文学创作的一些重要观点

1984 年莱辛接受国家公共电台大受欢迎的《晚间新闻》采访，当主持人苏珊·斯坦伯格（Susan Stamberge）问道："你认为作家的作用应该是什么？……是展示我们世界现在的样子，还是应该的样子，或者是可能的样子呢？"莱辛反问道："为什么你要说成是，还是，或是呢？它可以是和，和，和。"后来莱辛在谈到这个问题时进一步说道："是，或不是，和事物本来的样子没有什么关系……因为你知道这是计算机运作的方式。他们称它为二进制模式，对吗？此或彼，换来换去。或此或彼。我会问自己，计算机的这种运行方式，是人类头脑运行的模式吗？"①

1994 年，莱辛接受了米歇尔·菲尔德（Michele Field）的采访，对于自传写作表达了自己的看法。莱辛认为："自传体小说比自传更为真实，即使有一半都是不真实的。"② 莱辛以《玛莎·奎斯特》为例，认为虽然这本小说的人物和情景都是编造的，但它却比《我的皮肤下》更能体现"那个时代的韵味"。因为时过境迁，作家很难再把当时的特有情感融入进去。那莱辛为什么还要写自传呢？莱辛回答是因为别人在写她的传记，她不喜欢。

莱辛在 2004 年接受《每日电讯》记者采访时说："书籍就是我的生命，我的教育来自书籍。"莱辛说她非常喜欢讲故事，因为"你是发自内心深处来写作的"。③

在 2007 年获诺贝尔文学奖后接受诺贝尔基金网站总编亚当·史密斯对获奖者的例行电话采访中，莱辛又重申了自己对于创作的一些观点，如故事的内容决定了采用什么形式等，但莱辛对于作家是"人类心灵的工程师"的说法进行了修正，她认为作者"只管写，然后他们想读出什么就是什么"。④ 但也许，这只是莱辛为了避开这个敏感问题的策略而已。

---

① Susan Stamberg. "An Interview with Doris Lessing." 转引自 Carey Kaplan and Ellen Caronan Rose. ed. "Introduction." *Doris Lessing：The Alchemy of Survival*. Athens：Ohio University Press，1988，p. 3。

② Michele Field. "Doris Lessing：'Why do We Remember?' *Publishers Weekly*. 241. 38（19 Sept. 1994），p. 47. Literature Resource Center. Gale. UC Berkeley. 21 Sept. 2009. http：//go. galegroup. com/ps/start. do？ p = LitRC&u = ucberkeley.

③ Interview. "More is Lessing." The Daily Telegraph. September 25，2004. http：//www. thestandard. com. hk/stdn/std/Weekend/FI25Dk08. html.

④ Adam Smith. "The Story Dictates the Means of Telling It." Telephone Interview with Doris Lessing following the announcement of the 2007 Nobel Prize in Literature，11 October 2007. http：//nobelprize. org/cgi － bin/print？ from =／nobel ＿ prizes/literature/laureates/2007/lessing － interview. html.

第九章
莱辛的风格

　　"对于莱辛来说，永远不是了解真理的问题，而是怎样更好地讲述，把它传达给别人的问题。"① 这一方面说明莱辛是一个从来不乏真知灼见的作家，另一方面也说明了风格在莱辛的创作中具有的重要地位。其实，莱辛从来就没有把表达思想和思想本身分开。她在《金色笔记》的序言中就曾说过，她的思想要"通过本身的形式说话"。② 1974 年莱辛接受乔提·德赖弗（Jonty Driver）采访时说，她有时故意使用了"粗糙"的文体或避免使一种特定的文体完美化，③ 它们本身就传递着特定的意义。1984 年莱辛接受媒体记者采访时，又针对评论界对自己"外空间小说"五部曲文体的批评，透露了五部小说运用了五种不同的文体。④ 不过，关于莱辛的风格，长期以来，评论界的评价并不高。20 世纪 80 年代以前的评论几乎是一边倒地认为莱辛是一个蹩脚的文体家：浮夸、啰唆、枯燥、平淡无奇、爱争辩和说教、笨拙、没有幽默感。即使到了 80 年代以后，许多学者仍然对莱辛的风格感到不解，或不能欣赏。玛格丽特·斯坎伦（Margaret Scanlan）在评论《好恐怖分子》时说："莱辛的风格越来越毫

---

① Judith Stitzel. "Reading Doris Lessing." *College English*, Vol. 40, No. 5（Jan., 1979）, p. 499. http：//www. jstor. org/stable/376317.

② Doris Lessing："Preface." *The Golden Notebook*. Herts：Panther, 1973, p. 32.

③ 转引自 Michael Thorpe. "Running Throught Stories in My Mind." in *Doris Lessing：Conversations*. ed. Earl G. Ingersoll. New York：Ontario Review Press, 1994, pp. 96 – 97。

④ 转引自 Michael Thorpe. "Running Throught Stories in My Mind." in *Doris Lessing：Conversations*. ed. Earl G. Ingersoll. New York：Ontario Review Press, 1994, p. 97。

无色彩，抽象，矫揉造作。"① 著名作家库切说莱辛"从来就不是一个文体学家"。② 斯普拉格也认为，莱辛是审美上的跛子。③ 美国著名评论家哈罗德·布鲁姆 2007 年在莱辛获得诺贝尔文学奖之后甚至认为："莱辛过去 15 年来的作品都不具可读性。"④ 但是也有评论家对此进行了反驳。1994 年，盖尔·格林针对当时所有的批评进行了强有力的反驳。她反问说，真不知他们读的是什么书？

> 只要大声读一下她的句子，就会明白这些句子充满了反讽，充满了由于轻描淡写而更强烈的幽默。显然，大多数都属于黑色幽默，甚至并不是每一个人都可以看出像这样的幽默的……她的句子非常美。不仅是单个的意象或句子光彩夺目，而且她通过长长的复杂的小说结构所详细说明的重复或修正的模式也和莎剧中的一样强悍有力。莱辛是一个创新型的作家，她不得不教会读者怎么去读她的小说，因为她的小说提供了令人惊异和独特的形式，会使我们的想象力伸展去想象某种新的东西，但这些形式却被我们的评论家和书评家所忽略或误解。⑤

其实，莱辛对于风格有自己独特的见解和运用。莱辛说："风格是一种思维方式，不是什么抽象的东西，是感情。所以在我看来，如果你成为一个完全讲究文体的作家，它就变成了你的监牢。但这并不意味着我没有使用不同的文体。我不同的书用不同的风格……因为它们有不同的功能。"⑥

---

① Margaret Scanlan. "Language and the Politics of Despair in Doris Lessing's *The Good Terrorist*." *Novel*：*A Forum on Fiction*, Vol. 23. Issue 2（Winter 1990）, p. 186.

② J. M. Coetzee. "The Heart of Me." *The New York Review of Books*. 41. 21（22 Dec. 1994）pp. 51–54. Rpt. in *Contemporary Literary Criticism*. ed. Brigham Narins and Deborah A. Stanley. Vol. 94. Detroit：Gale Research, 1997, pp. 51–54. Literature Resource Center. Gale. UC Berkeley. 21 Sept. 2009. http：//go. galegroup. com/ps/start. do? p = LitRC&u = ucberkeley.

③ Claire Sprague and Virginia Tiger. "Introduction." *Critical Essays on Doris Lessing*. ed. Claire Sprague and Virginia Tiger. Boston：G. K. Hall, 1986, p. 1.

④ 布鲁姆在莱辛获得诺贝尔文学奖后接受美联社记者采访时如是说。http：//www. iht. com/articles/ap/2007/10/12/america/NA – GEN – US – Nobel – Literature. php。

⑤ Gayle Greene. *Doris Lessing*：*The Poetics of Change*. Ann Arbor：The University of Michigan Press, 1994, p. 32.

⑥ Michael Thorpe. "Running Throught Stories in My Mind." in *Doris Lessing*：*Conversations*. ed. Earl G. Ingersoll. New York：Ontario Review Press, 1994, p. 97.

第一节　叙事与结构

伊格尔顿说："文学形式的重大发展产生于意识形态发生重大变化的时候。它们体现感知社会现实的新方式以及艺术家与读者之间的新关系。"卡冈也认为："风格和结构直接取决于时代的处事态度，时代社会意识的深刻需求，从而成为该文化精神的符合。"[①] 莱辛到英国后，面对着迥异于非洲的政治和文化环境，英国战后现实和想象的巨大反差，以及自己初到伦敦所遭遇到的歧视，她对现实的感知完全不同于英国本土作家，因而她具有强烈的反映时代精神的渴求。同时，作为一个艺术家，她又感觉到如何才能反映现实的巨大压力。在《金色笔记》中，莱辛通过主人公安娜的经历揭示了真实和虚构的关系、语言和表达的关系、形式和内容的关系，以及表现了自己当时的心理状况和所面临的前所未有的巨大精神压力。"黑色笔记"通过安娜对在非洲马雪比旅馆那段生活的"真实事件"的回忆，以及与创作的小说《战争边缘》的对比，揭示了虚构小说对反映现实真实之间的巨大差异；通过描述各种不同角度的评论揭示了意识形态和不同视角对艺术创作的歪曲解读。在"蓝色笔记"第三部分中，安娜把现实比作在噩梦中反复出现的丑陋的，但生气勃勃、精力旺盛的双性或无性小老头或老妪，在朝自己狞笑。只有把它"约束在一种与神话或巫术有关的形体内"[②] 才会更安全。这里"神话或巫术"显然寓指某些意识形态的框框或理论。正是通过《金色笔记》的内省式分析，莱辛找到了艺术创作的真谛，小说形式也即小说内容成为她表达自己内心诉求的主要方式，成为她建立自己与读者关系的主要途径。

纵观莱辛的小说，我们看到，莱辛小说的形式通常和内容紧密结合在一起，特别是《金色笔记》之后的作品，结构和叙述人的语气选择及视角等往往成为内容的一部分，抑或直接是作品主旨的表达，也就是莱辛所说的"无声的话语"。如五部曲《暴力的孩子们》的结构就经过精心策划。我们注意到，每一部小说都分为四个部分。前四部中每一部都涉及玛莎·奎斯特人生中的一个阶段，也就是四个门：天真的少女时代；初涉婚姻的懵懂时

---

① 转引自杨星映《中西小说文体比较》，中国社会科学出版社，2008，第148页。
② 〔英〕多丽丝·莱辛：《金色笔记》，陈才宇、刘新民译，译林出版社，2000，第509页。

期；初涉政治的激情澎湃年代；饱尝婚姻和政治苦果的失望期。随着主人公经历不断丰富，眼界不断扩大，小说的结构也从严谨的时空安排和精确的线索梳理，逐渐变得松散和开放。到第五部，结构上在小说最后增加了很长的附言，既喻指主人公经历前四部的风霜雪雨后，洞悉人生奥秘、心智走向成熟，也指这一部的认知视野不仅立足伦敦，而且放眼英国乃至世界，和书中的内容浑然天成（详见下篇的小说分析）。《金色笔记》的另类笔记本结构，众所周知，就是对当时人们思想彷徨困惑的反映。不过，许多人却误解为是一部宣扬女性主义的作品。正如格林所说，莱辛"不得不教会读者去读她的小说"。1972 年在《金色笔记》序言中，面对众多的对该小说的误解，莱辛解释了作品分裂的形式本身就是小说的主旨。四个笔记本所记录的琐碎、不连贯，甚至矛盾的"真实"的生活碎片与"自由女性"依据这些碎片而写成的连贯但平淡无味的虚构小说之间形成了对比，也构成了安娜所代表的普通人日常生活的一部分。而小说和"内金色笔记"所构成的循环结构又是对现实主义创作手法局限性的说明。莱辛甚至对"自由女性"使用了不同的印刷体，"用一种很过时的印刷体，章节题目还用了花边，来显示这种小说已经过时了"。①

从《简述地狱之行》小说整体结构来说，我们可以看出：小说开始，作品是隐性的叙述，是现实中护士的接诊记录。而小说的最后，作品也是隐性的叙述，是沃特金斯教授和妻子及别人的几封通信。小说的开始和结尾在叙述形式上互相呼应，成为一个明显的圆形结构。这和作品中"环形""回路""旋转的水流""圆盘""监禁""圈套"等词语高频率的重复使用遥相呼应，和沃特金斯教授被治愈疯病的境遇相辅相成，这正好又呼应小说中他的航行，正好环绕了地球一圈。这一切形成一个巨大的圆形，喻示人被裹挟在现实中，无处可逃，完美地诠释了小说的主题。莱辛对于形式上的考虑也体现在她的写作习惯中。莱辛从来都是写完一本再写一本，而不是同时写几本。莱辛说："如果你零碎着写，你就会失去某种非常有价值的形式上的连续性。"② 完美的形式对理解小说起着非常重要的作用，这样的小说还有很多，如《幸存者回忆录》。达夫振（Duyfhuizen）

---

① Paul Schlueter. *The Novels of Doris Lessing*. Carbondale and Edwardsville：Southern Illinois University Press，1973，p. 82.

② Thomas Frick. "Caged by the Experts." in *Doris Lessing Conversations*. ed. Earl G. Ingersoll. New York：Ontario Review Press，1994，p. 160.

就认为如果忽视了小说的写作方式，就会对文本造成误读。[①] 萨利文（Sullivan）持类似的观点。他认为："小说的意义就在于读者对片断意识的经历，以及了解通过片断意识进行沟通，并最终达到一致的形式。"[②] 另外还有《玛拉和丹恩历险记》《又来了，爱情》等（详见小说分析部分）。

在注重整体结构中形式和内容相辅相成的同时，莱辛对叙事语气的选择也颇费心思。在1998年的采访中，莱辛说："我认为写作时最难的就是去找到我称为语调，也就是适合某一特定书或故事的合适的方式。要花很长时间才能找到正确的语调。如果错了，还不如扔掉——里面没有生活……因为你必须找到它，那本书才能具有生命。"[③]《青草在歌唱》以类似侦探小说中凶杀案的曲折情节以及细腻的心理描写见长，因而学者们往往忽视了那个隐性叙述人的存在。其实，这个叙述人的语气对理解小说的主题至关重要。第一章，在叙述报纸刊登的凶杀案引起的反响时，我们注意到，叙述者对于代表社会主流的众人一致的看法和心照不宣的沉默表示了赞许和认同。显然，隐性叙述人的身份也是主流社会的一分子，因而也是英国白人的代表。此外，在叙述刚刚来到殖民地的英国年轻人托尼那种不明就里的困惑时，也表现出一种屈尊的态度。第一章中隐性叙述人由主流身份所规定的叙述语气，成为环绕主人公玛丽·特纳以后生活的一道无形的社会权力网，它压迫着玛丽·特纳的神经，时时提醒着她自己的身份和地位。从而成为最终酿成这个多重悲剧（摩西和玛丽的死；迪克·特纳的疯癫等）的隐性社会杀手，这对全书主题的阐释起到了至关重要的作用，也极大地增强了小说的暗讽效果。

另一部叙事语气起着画龙点睛作用的小说是莱辛的科幻五部曲。莱辛自己对此专门做过说明，又一次"不得不教会读者怎么去读她的小说"。"在我写的这个新的系列中，好像每一本书的语气都不一样。《什卡斯塔》中，就有几种不同的文体和语气，而《第三、四、五区间的联姻》只有一种连贯的文体贯穿始终，因为我认为那就是故事讲述者匿名的、无时间的声音。第三部《天狼星实验》从头到尾就是由一个官僚用了一种'干巴巴的官僚

① Bernard Duyfhuizen. "On the Writing of Future – History: Beginning the Ending in Doris Lessing's 'The Memoirs of a Survivor.'" *Modern Fiction Studies*, 26: 1 (Spring 1980), p. 148.

② Alvin Sullivan. "'The Memoirs of a Survivor': Lessing's Notes Toward a Supreme Fiction." *Modern Fiction Studies*. Vol. 26, No. 1 (Spring 1980), p. 158.

③ Cathleen Rountree. "A Thing of Temperament: An Interview with Doris Lessing." London, May 16, 1998. *Jung Journal*: *Culture & Psyche*. Vol. 2, No. 1 (2008), p. 66.

体'写的。我特意指出这一点，是因为我发现，有些评论家没有注意到这点，并且说此书的文体'既官僚又迂腐'。我本来以为不会的，他们不可能这么愚蠢。但还真是这样！第四部，《第八号行星代表的产生》是用一种完全不一样的风格写的，而第五部是一种用来作社会批评的空间时代风俗文体。但这五部书，每一本都完全不一样……它们有不同的功能。"①

其实不仅是作品整体有不同的语气，作品内部的语气也根据情形而有所变换。如《金色笔记》中，"红色笔记"的叙述语气就显得严肃刻板、虚伪做作，谈话中充满了说教、浮夸，与其政治主题相吻合。莱辛的著作等身，每一本书的文体和语气都不一样，并有"不同的功能"，上面只是举几个例子而已。

关于女性和男性文体问题，莱辛不赞成有一种特殊的女性文体。她说默多克（Iris Murdoch）、斯帕克（Muriel Spark）的非常优雅的风格和德拉布尔（Margaret Drabble）的日常生活风格就完全不一样。但女性看问题的方式的确和男人有差异。② 而弗吉尼亚·泰格转引迈克尔·约瑟夫（Michael Joseph）的话说："她极具特点的直截了当、抱怨的文体是她聚集起来对抗女性感知传统的工具之一。"③

第二节　讽刺、幽默、意象、对比、戏仿等

莱辛的语言一直是争论的焦点。琼·狄迪翁（Joan Didion）认为莱辛没有写对话的才能，语言也没有节奏感。④ 哈罗德·布鲁姆讥讽莱辛的语言是一种干巴巴的灌木丛。⑤ 莱辛常常被人认为毫无幽默感，也很少被人当作讽刺作家。但实际上，"莱辛的小说不是那种可以浅读的作品，因为每一行都渗透着意义"。⑥ 她的语言不是用来单独欣赏，而是和语境一起构成了一个

① Eve Bertelsen. "Interview with Doris Lessing." In *Doris Lessing*. Ed. Eve Bertelsen. Isando：McCraw – Hill Book Company（South Africa）（Proprietary）Limited，1985，p. 97.

② Christine Wick Sizemore. *A Female Vision of the City*：*London in the Novels of Five British Women*. Knoxville：The University of Tennessee Press，1989，p. 253，20.

③ 转引自 Virginia Tiger. "The Summer Before the Dark." *Critical Essays on Doris Lessing*. ed. Claire Sprague and Virginia Tiger. Boston：G. K. Hall，1986，p. 89。

④ 转引自 Jeanne Schinto. "Lessing in London." *The Nation*. Oct. 13，1997，p. 32。

⑤ Harold Bloom. "Introduction." *Doris Lessing*. ed. Harold Bloom. Philladelphia：Chelsea House，2003，p. 6.

⑥ Anita Myles. *Doris Lessing*：*a Novelist with Organic Sensibility*. New Delhi：Associated Publishing House，1991，p. 101.

有机的整体，正如格林所赞许的那样，充满了反讽和幽默。莱辛说过："反讽的乐趣是思考人类历史时唯一的安慰。"① 莱辛的反讽或讽刺大都浸润着对历史的反思。如《青草在歌唱》中的隐性叙述人那种慢条斯理、理所当然、自以为是的语气使我们想起了斯威夫特《一个温和的建议》。其实，莱辛和斯威夫特一样，非常善于运用叙述人来传达自己的讽刺。不过，莱辛的讽刺更加隐蔽，从而更具有一种危险性警示的含义和隐而不露的锋芒。如果说，斯威夫特的反讽是一柄血淋淋的利剑，扎进去有一种痛彻心扉的感觉的话，那么，莱辛的反讽更像一个隐形的天门阵，在曲曲弯弯、左突右冲中，蓦然回首，给人一种醍醐灌顶的顿悟。理查德·艾达尔（Richard Edar）则称之为"冷冽的反讽"（chilly irony），"直到它被用作烙铁"。② 再看《金色笔记》。在"黑色笔记"的第三部分，《香蕉林中的血迹》的反讽，只有从"黑色笔记"的整体上看，才能透视出其对试图改编《战争边缘》的那些电影编辑们的讽刺。另外有三篇对安娜写的《战争边缘》的评论，分别刊登在 1952 年 8 月《苏维埃文学》、1954 年 8 月《苏维埃时报》以及 1956 年 12 月《苏维埃文学——为殖民地的自由》上。③ 这种讽刺来自于相互的比较。三篇评论时隔都是两年，虽然评的是同一部作品，但内容互相矛盾。可以看出评论者是根据政治需要，而不是文学价值来评论作品。这里莱辛对于政治的讽刺不言而喻。赛德斯特伦（Cederstrom）认为莱辛的《夏日前的黑暗》就是一部具有斯威夫特风格的讽刺小说。④ 此外，在五部曲之一《什卡斯塔》中，莱辛把在组织活动中做演讲的人称为演员，⑤ 讽刺这些政客为"表演"的跳梁小丑。

　　幽默主要表现为机智、自嘲、调侃、风趣等。莱辛在自传中曾经提到了她母亲是个具有幽默感的人。⑥ 莱辛的幽默也许就是遗传所致。不过莱辛的

① Doris Lessing. *Prisons We Choose to Live Inside*. New York：Harper & Row，Publishers，1987，p. 14.

② Richard Edar. "Take My Mom…Please：Four Novellas illustrate Doris Lessing's Varied Themes." *New York Times Book Review*，Jan. 25，2004，*New York Times*. p. 6. http：//proquest. umi. com/pqdweb? sid = 1&RQT = 511&TS = 1258510410&clientId = 1566&firstIndex = 120.

③ 〔英〕多丽丝·莱辛：《金色笔记》，陈才宇、刘新民译，译林出版社，2000，第 470～473 页。

④ Lorelei Cederstrom. "Doris Lessing's Use of Satire in 'The Summer Before the Dark'." *Modern Fiction Studies*，26：1（Spring 1980），pp. 131 – 145.

⑤ Doris Lessing. *Shikasta*. NewYork：Vintage，1981，p. 333.

⑥ Doris Lessing. *Walking in the Shade*. London：Flamingo，1998，p. 145.

幽默和她的讽刺一样也是隐蔽和含而不露的，因此，也常常被人忽视。莱辛自己把它称为"不露声色的幽默"（dry humour）。① 这种幽默通常对读者的要求较高，因为它和依靠夸张肢体动作和面部表情的打打闹闹的喜剧完全不一样。根据维基百科的解释，这种幽默并不存在于语词和表达方式，而是需要读者在语言、表现方式和语境的矛盾中寻找幽默。"听者如果没有把语境包括进来，或者没有辨析出矛盾就不会觉得幽默。"② 莱辛的幽默常常和讽刺相连。如《四门城》中，莱辛描写道："当时的一个场景：一屋子的中年人在大吃大喝。一半的时间在谈体重问题，总是某种减肥食品什么的。大多数人在抽烟，每个宣传中都在大声告诫他们这是一种致命的习惯。大多数人都吃安眠药或镇静药，大多数人都是酒鬼，有些人喝高了——在谈年轻人：年轻人吸毒，年轻人不负责任，年轻人自私，年轻人很糟糕，年轻人自我放纵……"③

再看莱辛的《追寻英国性》，其中对英国性和阶级的解构具有同样的幽默效果。莱辛把它称为"以喜剧形式写的传记"。④ 莱辛在自传中还提到1970 年她在《观察家》上写了一篇幽默文章，引用了梅瑞狄斯（George Meredith）写的小说《理查德·费沃瑞尔的磨难》（*The Ordeal of Richard Feverel*）和劳伦斯的话，想表示他们那些辞藻华丽的段落也有可能成为通俗浪漫小说的一部分。结果这却被当成了对他们的诽谤。随后攻击文学大家的信纷纷而至（对歌德、塞万提斯、司汤达等），可笑至极。⑤ 其实类似这样的幽默和讽刺在莱辛的作品中随处可见。如《什卡斯塔》中莱辛借小说中人物本杰明·舍尔班给大学好友的信，讽刺开会的人互相攻击，什么字眼都骂了出来：

> 对于较高级的思想行为来说，动物王国（我们的父辈留下来的那部分）有绝对的必要性。走狗、鬣狗，我们都已经有了，很快就有了肥猫、猪——这引起了闪米特人、阿拉伯人和犹太人的愤怒；虚伪的咕

① Earl G. Ingersoll. "Describing This Beautiful and Nasty Planet." *Doris Lessing: Conversations.* ed. Earl G. Ingersoll. New York: Ontario Review Press, 1994, p. 233.

② "Deadpan." From Wikipedia, the free encyclopedia. （Yahoo, 2013 - 03 - 28）. http://en. wikipedia. org/wiki/Deadpan.

③ Doris Lessing. *The Four - Gated City.* London: Harper Collins Publishers, 1993, p. 570.

④ Doris Lessing. *Under My Skin.* London: HarperCollins Publishers, 1994, p. 407.

⑤ Doris Lessing. *Walking in the Shade.* London: Flamingo, 1998, p. 114.

咕叫的鸽子、狡猾的蛇，来自污染海岸的有毒的壳类动物，鳄鱼……那么自然现象呢？我们能否没有它们呢？"①

　　另一个莱辛擅长使用的技巧就是意象和象征。1981 年莱辛在接受采访中说："我不想用复杂的方式表达自己。书应该是每个人都能看懂。为此，我很珍视圣经故事、比喻、寓言和类比，钟情于那些非常适合解释最为深奥精神现象的简单但非常优秀的文学形式。"② 莱辛非常善于运用对比、象征、意象等手法来表达自己深奥的思想。在莱辛的小说中，建筑作为一种意象和象征具有极为重要的作用。1980 年《纽约时报书评》敏达·比克曼采访莱辛时，莱辛明确地说："我想知道是否建筑会影响人的思想……建筑贯穿我所有的作品。"③ 评论界也注意到了这一点。莫娜·奈普说："房子，作为单一的意象，最好地说明了莱辛对于分割和分类的不信任。他们常常被描写为不结实和暂时的。"④ 维多利亚·罗斯纳（Victoria Rosner）对于体现在莱辛童年时期的房屋形状、使用和建设中的殖民主体性进行了详尽的探讨，揭示了蕴藏其中的阶级、种族和性别等的冲突和矛盾。⑤ 弗莱德里克·卡尔（Frederick R. Karl）比较了莱辛和品特在使用房间意象上的类似，认为房间意象代表了整个 20 世纪 50～60 年代文化的封闭性。⑥ 实际上，莱辛的房间意象是基于传统意象和女权主义意象而改造的，它贯穿她半个多世纪的创作。⑦ 自从 19 世纪考文垂·派特莫（Coventry Patmore）"房间里的安琪儿"袅袅婷婷，念诵着诗歌走入维多利亚时代，并荣登女性楷模的宝座以来，在男权主义者为此而欢呼雀跃的同时，女性主义

---

① Doris Lessing. *Shikasta*. NewYork：Vintage，1981，p. 248.

② Margarete Von Schwarzkopf. "Placing Their Fingers on the Wounds of Our Times." in *Doris Lessing：Conversations*. ed. Earl G. Ingersoll. New York：Ontario Review Press，1994，p. 106.

③ Minda Bikman. "Creating Your Own Mind." *Doris Lessing：Conversations*. ed. Earl G. Ingersoll. New York：Ontario Review Press，1994，p. 61.

④ Mona Knapp. *Doris Lessing*. New York：Frederick Ungar Publishing Co.，1984，p. 7.

⑤ Victoria Rosner. "Home Fires：Doris Lessing, Colonial Architecture, and the Reproduction of Mothering." *Tulsa Studies in Women's Literature*，Vol. 18，No. 1 （Spring，1999），pp. 59 – 89. http：//www. jstor. org/stable/464347.

⑥ Frederick R. Karl. "Doris Lessing in the Sixties：The New Anatomy of Melancholy." *Contemporary Literature*. Vol. 13，No. 1 （Winter，1972），pp. 15 – 33. http：//www. jstor. org/stable/1207417.

⑦ 这里关于房间意象的陈述请参见拙文《后"房子里的安琪儿"时代：从房子意象看莱辛作品的跨文化意义》，《当代外国文学》2010 年第 1 期。

者们竭尽全力，试图进行反击。直到 20 世纪初弗吉尼亚·伍尔夫愤怒地挥笔宣判了她的死刑，并且指出：如果要想写作，一个女作家要有一间自己的屋子，和一年 500 英镑的收入。① 然而，杀死"房间里的安琪儿"之后，女性主义者们发现自己并没有成为"拥有自己房间"的艺术家，却成为关在"阁楼里的疯女人"。因此，她们举起妇女解放的大旗，变幻各种姿态，或调试语言，或展露身体，从非洲到欧洲，从第一世界到第三世界，力图冲出"阁楼"，树立"自由女性"的形象。因此，当 1962 年多丽丝·莱辛的《金色笔记》一发表，安娜这个"自由女性"俨然被捧为这场运动的领袖。然而莱辛偏偏"不识抬举"。她在 70 年代初公开发表声明，不仅扯下自己作品"女性主义宣言"的大旗，更用小说的形式指明安娜和她的好朋友莫莉经过一番斗争，从头至尾一直还在"伦敦的一间公寓里"!② 莱辛毫不客气地斥责那些评论家"视野狭窄"，没有从整体进行思考。实际上，也难怪莱辛发火，她早就在各种访谈和文章中说过，自己的作品是一个整体，要从整体来考察她作品的意义。的确，仔细考察莱辛的小说，就会在她纵横捭阖、上天入地的国度里，在她谈古论今，包罗万象，洋洋洒洒的笔调中发现她基于传统意象和女权主义意象而改造的房间意象贯穿她半个多世纪的创作。而更加令人惊叹的是，她的这种房间意象绝非是一般传统意象中静态的、单一的态势，而是呈立体多面、层次叠加和多维投射的动态状。它跨越时空，承载着极为深刻的跨文化内涵和意义。房间意象实际上是通往莱辛思想的房门。她一再强调和暗示房子是牢笼的象征。她的女主人公们一反"房间里的安琪儿"形象，在这个"后"的时代，走出家庭婚姻的牢笼，然而却掉进了内在自我的各种心理意识，以及外在社会中各种由阶级、种族等权力机构和势力编织的网中。莱辛曾明确地说：'对于我来说，所有的房子都是有毛病的。""事实是，我从来就没有住在什么地方。自从我第一次离开那个小山，就再也没有过家。我相信有更多的人都是处于这样的困境中，而不自知。"③

梦也是莱辛非常喜欢的意象之一。莱辛认为梦"是灵魂的镜子和宣泄渠道。我对梦可以体现象征和世界的多样性的方式着迷……梦是除了我的园

---

① Virginia Woolf. "A Room of One's Own"、"Professions for Women." *The Norton Anthology of English Literature.* ed. M. H. Abrams. New York：Norton，1979，pp. 2037 – 2049.
② 参见 Doris Lessing. "Preface." The Golden Notebook. Herts：Panther，1973，p. 9。
③ Doris Lessing. *Going Home.* New York：Popular Library，1957，p. 30.

艺和养猫之外的第三大爱好"。① 莱辛把梦看到很重要，并和苏菲故事结合起来。笔者曾在《多丽丝·莱辛艺术和哲学思想研究》中用了很大篇幅来解读莱辛作品中对梦的运用。② 例如，《青草在歌唱》中，主人公白人妇女玛丽·特纳尽管极度歧视黑人，但仍然禁不住被黑人仆人摩西的男人气概所吸引。为了表现玛丽在殖民社会中所承受的巨大社会压力，莱辛用玛丽的梦揭示殖民社会中种族歧视在玛丽身上的内化以及对于人性的巨大摧残作用。梦里，玛丽看到"摩西色眯眯，非常强势地慢慢走近了她。不仅是他，而且她的父亲也在威胁她。他们一起走过来，融为一体。她可以闻得到那种气味，不是土著人的味道，而是她父亲身上没有洗过澡的味道……他走近来，把手放在她的胳膊上。她听到的是非洲人的声音……但是同时，是她的父亲，令人感到威胁和恐惧的是，正在充满欲望地触摸着她"。③ 在这里，莱辛通过梦境，展示出：她和摩西的关系给予她的压力居然是一种堪比乱伦的恐惧！此外，还有《暴力的孩子们》中玛莎的母亲在"二战"胜利日所做的三个玫瑰花变成了药瓶的梦，揭示了战争摧毁了多少像玛莎母亲一样的人的爱情、婚姻等，使她们的生活变成了伤痛和死亡。莱辛认为我们人脑隐秘的领域通过梦来和我们沟通，所以在写书时，莱辛故意做梦，来寻找解决的办法。梦中只要有几个象征就可以揭示整个人生，预言未来。《金色笔记》中安娜的梦就包含了她在非洲经历的核心，她对战争的恐惧，她和共产主义的关系，以及她作为作家的困惑。④ 此外，还有城市、名字的象征含义等。⑤

　　此外，对比在莱辛小说中可以说是俯拾即是。如莱辛自传《在阴影下行走》中一开始就呈现视角的对比：一个是现在的写作者莱辛，一个是当年刚到伦敦的莱辛。她夹叙夹议，把当时的心情、境况写了出来，又用现在

① Margarete Von Schwarzkopf. "Placing Their Fingers on the Wounds of Our Times." in *Doris Lessing: Conversations.* ed. Earl G. Ingersoll. New York: Ontario Review Press, 1994, p. 106.

② 参见王丽丽《多丽丝·莱辛的艺术和操演思想研究》，社会科学文献出版社，2007，第5章。

③ Doris Lessing. *The Grass is Singing*, London: Michael Joseph LTD, 1950, pp. 203 - 204.

④ Jonah Raskin. "The Inadequency of Imagination." in *Doris Lessing: Conversations.* ed. Earl G. Ingersoll. New York: Ontario Review Press, 1994, p. 14.

⑤ 名字的意象，参见 Claire Sprague. *Rereading Doris Lessing: Narrative Patterns of Doubling and Repetition.* Chapel Hill: The University of North Carolina Press, 1987, p. 60。而城市的意象请参见 Mary Ann Singleton. *The City and Veld: The Fiction of Doris Lessing.* Lewisburg: Bucknell University Press, 1977。

写作者的眼光来评判当时的自己像狄更斯笔下的孩子——精神上好奇、乐观、自信，但生活艰难、困苦，苦并快乐着。其他还有随处可见的城乡对比、战前和战后对比、计算机开启的多媒体时代和以前的文字时代的对比，等等。除了这样的显性对比，还有许多隐性对比。具体可分为作品内部的隐性对比和作品之间的对比。前者如《金色笔记》中各个笔记本内部的对比。例如"黑色笔记"中伦敦广场上一个男人不小心踢伤一只鸽子，受到虐待动物的指责，同后面安娜回忆在非洲，她和一群空军预备役士兵等打猎杀鸽子的情景相互对照，凸显过去和现在的因果关系——战争的兴起源自人们对生命的漠视，以及战争对人性的摧残。实际上，笔记本中的各种主题，如战争、两性之间的冲突等都可以在框架小说中找到对应物或参照物。后者是作品之间的对比，或者说是一种重复。斯普拉格对此曾做过详细的研究。他认为莱辛所有短篇小说都可以在长篇小说中找到对应，都是一种重复或者对比。例如，《杰克奥克尼的诱惑》和《简述地狱之行》；《一个房间》和《幸存者回忆录》；《关于一个受到威胁城市的报告》和科幻五部曲；《老妇人和猫》和《好邻居的日记》；《十九号房》和《黑暗前的夏天》；等等。①实际上，不仅是短篇小说和长篇小说存在着对应关系，莱辛的所有小说都是互相参照、互相补充和互为说明的。此外，我们在莱辛的小说中可以发现，表面上似乎存在主题重复、情节重复、场景重复等，但实际上绝非如此简单。如《玛拉和丹恩历险记》中貌似重复的场景实际上就隐喻着衣食住行等人类基本生活的必需。因此，莱辛作品的重复绝不是简单意义的重复，而是莱辛从不同的角度对同一主题的另类阐释或说明，目的是引导读者转换认识和观察的视角，从而得到一种全新的体验。

戏仿也是莱辛非常善于运用的手法之一。从科幻五部曲所采用的对宗教经典中的先知深入人间，指导大众的惯常叙事手法的借用，到《好恐怖分子》中对童话《爱丽丝梦游仙境》的戏仿，再到《裂缝》中历史学家叙述人类历史通常模式的颠覆式模仿，无不体现着莱辛的智慧和写作手法的娴熟、高明。其实还不止这些，无论是莱辛的短篇还是长篇，无论是外在的形式、框架，还是内在故事细节的描述，都经常透射出莱辛对于前人智慧的理解、继承和创新，表现为互文和戏仿的相互交织、旧模式和崭新思维的新组合。

---

① Claire Sprague and Virginia Tiger. "Introduction." *Critical Essays on Doris Lessing.* ed. Claire Sprague and Virginia Tiger. Boston：G. K. Hall，1986，p. 5.

第三节　故事和寓言

　　莱辛在 2001 年接受 ABC 电视台记者詹妮弗·伯恩（Jennifer Byrne）采访时说："我只是一个讲故事的人。"① 莱辛甚至在 1983 年左右资助了一个"讲故事学校"，最初是一些人想把讲故事作为一种艺术复兴起来。吸引了来自包括非洲在内的全世界爱好讲故事的人和意图复兴讲故事的古老传统的人。② 本雅明（Walter Benjamin）在《讲故事的人》中，谈到了故事的缘起以及故事和小说的区别。他认为，讲故事的传统在今天已经离我们越来越远。过去，讲故事是"交流经验"的需要，它有一种实用的目的，就是"提供忠告"，而能"把忠告糅合进真实生活纤维中的就是智慧"。③ 人们在生活中为了生存，既需要忠告别人，自己也需要被忠告。讲故事的人取材于自己或别人的经验，并把这种经验传递给他的听众，使它成为听众经验的一部分。可以看出，生活经验孕育了故事，而又通过故事把这种生活的智慧变成了共同经验的财富传递下去，成为源远流长的文化传统。本雅明认为，小说的兴起破坏了这一切。"小说既不来源于口口相传的传统，也没有进入这个传统之中。"④ 随着现代文明的发展，人们之间的直接交往越来越少，并日渐依赖于外在媒介。本雅明认为，印刷术的发明就直接导致了小说的兴起，从而产生了孤独的小说家。"小说的源头就是这个孤独的小说家。他不再具有通过列举他认为最重要的事例表达自己的能力，自己没有得到他人的忠告，也不能给予别人忠告。写小说意味着在表征人类生活时把大相径庭的事例推向极端。在生活的完满中，通过表征这种完满性，小说表现了对人生的极大困惑。"⑤ 展现人生智慧的故事逐渐被一些极端的个人事例所掩盖。尽管多少世纪以来，也有试图把教益糅合进小说的努力，但是这样一来，小

①　Jennifer Byrne. "An Interview with Doris Lessing." Oct. 24, 2001. http://www.abc.net.au/foreign/stories/s390537.htm, (Accessed Yahoo, 2013 - 03 - 05).

②　Thomas Frick. "Caged by the Experts." in *Doris Lessing: Conversations*. ed. Earl G. Ingersoll, 1987, pp. 156 - 157.

③　Walter Benjamin. "The Storyteller." *The Theory of the Novel: A Historical Approach*. ed. Michael McKeon. London: The John Hopkins UP, 2000, p. 79.

④　Walter Benjamin. "The Storyteller." *The Theory of the Novel: A Historical Approach*. ed. Michael McKeon. London: The John Hopkins UP, 2000, p. 79.

⑤　Walter Benjamin. "The Storyteller." *The Theory of the Novel: A Historical Approach*. ed. Michael McKeon. London: The John Hopkins UP, 2000, p. 80.

说形式就发生了改变。现代小说在形式上的标新立异试图展示人生的复杂和困惑，但也使得故事离我们越来越远。后现代小说极端的形式试验凸显出信息爆炸对后现代商业社会中人们生活的冲击。正如本雅明所说，人们的交流方式变成了交流信息，① 小说因而也面临着巨大的挑战。我们可以看到，今天的小说中已经嵌入了各种现代信息的符号：电影蒙太奇剪接镜头、报纸拼贴、各种绘画式技巧、超文本、诗歌……甚至新闻。人们在眼花缭乱的商品世界中，在快速发展的高科技现实生活中，人与人之间的交流日渐困难，已经分不清虚幻和现实，分不清虚假和真相，越来越困惑和迷失。文学作品技巧的炫耀和滥用无疑起到了推波助澜的作用。就在这个时候，许多有社会责任感的作家开始反思文学的功能，试图回归故事原本的含义。莱辛在这时声称自己是讲故事的人，其中所蕴含的深意不言自明。

西方完全以故事成书的最早要算文艺复兴时期意大利薄伽丘的《十日谈》。英国的乔叟深受其影响，而创作了名诗《坎特伯雷故事集》。虽然它的形式是诗体，但其故事内核以及套中套的故事框架却成为英国短篇小说的先声。② 莱辛深受中西方文化传统的影响。莱辛对故事最早的记忆来自母亲。她过去经常给她和弟弟讲故事，讲她自己编的史诗。③ 实际上，在莱辛的自传中，我们可以看到，莱辛小时候阅读的书籍不仅包括欧洲文学、历史等各种欧洲经典，还包括了东方文化的经典，如《金刚经》《易经》等。不过就讲故事的传统来说，莱辛所受的影响莫过于西方苏菲主义创始人伊德里斯·沙赫。莱辛说，沙赫的著作"回答了我一生都在仔细考虑的问题"。④ 沙赫非常善于运用故事来阐述苏菲的思想。他编辑的有关毛拉·纳斯拉丁的故事已经家喻户晓，广为流传。我们在莱辛的小说中可以看到很多苏菲故事

① Walter Benjamin. "The Storyteller." *The Theory of the Novel*: *A Historical Approach*. ed. Michael McKeon. London: The John Hopkins UP, 2000, p. 80.

② 许多评论家对此已经做过阐释，参见李维屏《英国短篇小说史》，上海外语教育出版社，2011，第 16 页；Suzanne Ferguson. "The Rise of the Short Story in the Hierarchy of Genres." In *Short Story Theory at a Crossroads*. ed. Susan Lohafer and Joellyn Clarey. Baton Rouge and London: Louisiana State University Press, 1989, p. 180；朱虹编译《英国短篇小说选》，人民文学出版社，1980，第 13 页。

③ Tan Gim Ean and Others. "The Older I get, the Less I Believe." In *Doris Lessing*: *Conversations*. ed. Earl G. Ingersoll. New York: Ontariao Review Press, 1994, p. 201.

④ Doris Lessing. "The Sufis and The Idries Shah." 1997, http://www.serendipity.li/more/lessing_ shah. htm. (accessed Google, 2011 – 10 – 05).

的影子。① 莱辛曾说过："如果你拿一些故事，如童话或魔幻故事或教学故事，看看这些故事说什么，再看看你的头脑在想什么，你就会对自己了解很多……我试图用故事讲述我脑子里发生的事情。"② 显然，莱辛把讲故事看作诠释自己思想、传递"忠告"的主要途径。

如《又来了，爱情》似乎讲述的是生活在 20 世纪末的主人公剧团经理萨拉在排练剧本《朱莉·韦龙》过程中的爱情故事。剧本中朱莉的故事随着剧本的排练展开，和当代萨拉的生活，从始至终交叉进行，相互映照。但实际上，战争的阴影贯穿整个故事。从时间上看，萨拉所写的剧本以 19 世纪末加勒比海东部的法属殖民地马提尼克岛为背景。朱莉·韦龙是法国种植园主和当地土著黑人妇女的私生子。她的父亲在巨大的社会压力下不敢承认她是自己的女儿，但却以保护人的名义给了她良好的教育。她的出身使她一开始就处于社会的边缘，但她的美貌、聪慧和才能也使她和母亲居住的森林小屋成为当地驻军、年轻法国军官频繁光顾的场所。朱莉随着第一个恋人、法国军官保罗来到法国。后来保罗在家庭的反对下，中断了恋情，被送到法属印度支那殖民地的远征军。第二个恋人雷米也在家庭和社会的压力下，被送往部队。而小说中萨拉的祖父就是驻印度的英国政府官员，因而殖民战争成为连接跨越百年殖民者后代朱莉和萨拉的背景纽带。朱莉对法国革命了如指掌，对美国独立战争的英雄们推崇备至，而且如果够年龄的话，她一定会跑到美国去帮助内战受害者，③ 而萨拉也和朱莉一样熟读政治、历史和文学，因此她对于侄女们居然不知道"二战"中"苏联是支持我们的"这样的常识感到悲哀。萨拉在和斯蒂芬的谈话过程中，旁征博引，如对欧洲文学、历史的指涉，引用艾略特 1915 年创作的描述现代人精神荒原的诗歌《阿尔弗雷德的情歌》；剧本中朱莉及其教师以及小说叙述人关于年轻人对"革命"和"暴力"，如对法国 1968 年"五月风暴"的推崇和迷恋；小说中对女权主义者暴力倾向的暗指，等等，都使英国当代的生活和剧本的故事，同历史上世界范围内的殖民战争、世界大战等实现了无缝对接：在时间上，萨拉的经历构成了线性历史上朱莉故事的延续；空间上，实现了横向跨国战争的自然穿插，因而使战争的阴影也具有了世界范围的含义。剧本中朱莉由

① 参见王丽丽《多丽丝·莱辛的艺术和哲学思想研究》，社会科学文献出版社，2007。

② Nigel Forde. "Reporting from the Tarrain of the Mind." In *Doris Lessing*: *Conversations*. ed. Earl G. Ingersoll. New York: Ontariao Review Press, 1994, pp. 217 – 218.

③ Doris Lessing. *love*, *again*. New York: Harper Perennial, 1995, p. 16.

于等级门第、种族歧视等偏见而自杀与小说中萨拉由于恋爱中的年龄偏见而导致的近乎精神崩溃、斯蒂芬由于没有爱情婚姻的自杀等遥相呼应，使一次次"生命"的代价成为战争和其所延续的暴力和偏见对人性精神摧残的有力注脚。莱辛在用"生命"诠释爱的含义，和书名的寓意一起，也构成了一个隐性的圆形结构。

此外，小说中几乎所有人物都陷入了"爱"的海洋。除了上面提到的主要人物萨拉和斯蒂芬的爱情纠葛之外，还有剧团创始人之一玛丽和剧本法国演出负责人让·皮埃尔的爱情；新剧组负责人索尼娅和剧评家罗杰的爱情；另一个创始人斯蒂尔本来就是同性恋；伊丽莎白和管家诺拉的同性恋；萨拉和斯蒂芬的姐弟式友情；萨拉对于侄女乔伊斯的母爱；萨拉和赞助商本杰明以及剧团创始人玛丽之间的友情；等等。不仅如此，小说中剧组里的人来自五湖四海：如比尔是英国人、斯蒂芬是美国人、皮埃尔是法国人。即使是一个国家的人，其出生地也各不相同。实际上所有人和朱莉一样都是某种程度上的"混血儿"，俨然形成了一个微观世界。我们还注意到，《又来了，爱情》的英文题目，和一般惯例的大写不同，均为小写。显然，作者这里不是单指爱情，结合人物的世界背景和书中广泛涉及的除爱情之外的母爱、友谊、兄弟之爱、姐弟之爱、同性之爱等，这里的"love"应该泛指各种"爱"。而"again"（又，再）表明：古往今来，无数骚人墨客，就此话题，或赋诗吟唱，或挥毫泼墨，抒怀示意，成为永恒的哲学话题。因此，作者"再一次"讲述"爱"的故事，力图在战争的背景中，在古往今来历史和当代的爱情悲剧中，在当今青少年堕落的令人痛心的描述中，呼唤"爱"的回归。

寓言小说也是莱辛的最爱。《第五个孩子》带有明显的寓言色彩。有学者从圣经和心理学的角度分析其寓言性，也有人把它类比于《弗兰根斯坦》，认为它是一部家庭恐怖小说。[①] 笔者认为，这部小说用内在的寓言本身，用更隐蔽的方式意指后现代符号化的世界。莱辛认为人的符号化是意识形态权力机构对人的社会化结果。在这本小说中，成人是社会阶层所代表的文化和意识形态权力机构的符码，而小孩的成长过程实际上就是这种机构对

---

① 前者的分析见 Jerre Collins & Raymond Wilson. "The Broken Allegory: Doris Lessing's *The Fifth Child* as Narrative Theodicy." http://www.mtmercy.edu/classes/en300bib.htm. 后者见 Norma Rowen. "Frankenstein revisited: Doris Lessing's *The Fifth Child*." *Journal of the Fantastic in the Arts*. 2. 3 (1990), pp. 41–49。

孩子进行权力控制和社会符码化的过程。①

　　大卫的父亲詹姆斯是上流社会文化和意识形态权力机构的符码象征。从大卫和哈丽特的大儿子卢克刚出生，他就通过经济的手段控制着这个孩子的成长。卢克从婴儿时期开始享受的优越条件到后来接受良好教育，包括假期在祖父家度过，一直处于祖父的直接影响之下，所以最后卢克离开家，直接住到了祖父家，成为上流社会的一员，表明了这种意识形态权力机构对他社会化、符码化的成功。大卫的母亲莫莉和继父表征的是英国的精英文化传统。他们具有典型的英国人的特征：高傲、冷漠而又一毛不拔。他们的人生是由字符引导，而不是由实际行动来书写的。他们对其他人的行为进行社会评判和权威性的指导，凸显于电话遥控詹姆斯对大卫一家提供经济援助和直接操纵把本送入医疗所。大卫和哈丽特的第二个孩子海伦就是在他们的直接控制下成长的。海伦不仅享受到和卢克一样的祖父的金钱资助和良好的教育，而且在假期大多是和祖母一家待在一起，直到最后和他们住在一起，成为他们这个阶层的继承人符号。而大卫的第三个孩子简由于出生时已显多余而不受祖父母宠爱，因而得到外婆多萝西的更多照顾。在外婆的直接影响下，她和外婆一样具有同情心，最后离开家同外婆住在一起，共同照顾姨妈家的智障妹妹，成为劳动阶层的符码。大卫和哈丽特所代表的文化和意识形态符号比较复杂。他们既表征保守的维多利亚文化传统，崇尚家庭和谐和试图沟通一切差异的理想，又是家庭破碎的直接受害者，从而造成古怪和不合时宜的性情。因而，他们兼具宏大叙事的总体性思想特征在小说中的双重含义：统合一切差异的"大家庭"式理想和后现代社会中它的不合时宜。前者由来他们家做客的小学生布丽奇特所表征，而后者由他们的第四个孩子保罗代表。布丽奇特由于生活在一个破碎的家庭，对家庭的温暖充满了渴求。她的英文名字 Bridget 是"桥梁"的意思，本身就带有很强的寓意。她希望在父母之间以及不同的人们之间架起一座沟通的桥梁，试图融合差异，实现社会大同，是大卫和哈丽特总体性理想的翻版。而保罗表征的是他们同现实格格不入的一面。保罗出生后不久，哈丽特就怀上了本。哈丽特在怀孕期间由于身体的种种不适而性情反常、脾气乖张，和大卫以及其他人关系异常紧张，这直接导致了对保罗的忽视，影响了

----

①　关于《第五个孩子》的寓言性，此处和以下部分观点摘自拙文《寓言与符号：莱辛对人类后现代状况的诠释》，《当代外国文学》2008 年第 1 期，第 143 页。

保罗的成长。作者几次描写道："保罗躺在小床上哭，没有人管。"[1] 在本出生后，保罗几次试图对本表示友好，但身心却备受伤害并险遭不测。从此，他变得任性、敏感、多疑，成了比本心理问题"更糟糕"的孩子。从保罗的身上，我们不难看出哈丽特和大卫心理扭曲的影子。

第四节　审美与对话

　　布鲁姆对多丽丝·莱辛获得 2007 年诺贝尔文学奖不以为然。他认为在过去 15 年中莱辛的作品完全不具有"可读性"。[2] 事实上，莱辛的作品"拒绝非常狭隘地审美分析，因为他们并不是为我们浅薄的艺术快乐而写作的。"她的作品带给我们的是"幸福"深度，而非"快乐"表象。[3] 正如费什伯恩所说的，莱辛是苏格拉底式的老师，而不是说教式的，她把读者带进了一系列的对话中，让他们体验不同的现实层面，从而形成自己对世界的新的看法。[4]

　　"生活世界"中作者和读者自身的对话

　　关于"什么是美"的思想争论无论在哲学上，还是就"美学"本身，从古至今历来就没有停止过。从传统美学以形而上学思维方式为基础的本质/现象的"本体论"到笛卡儿主体/客体的"认识论"转向，从康德和黑格尔试图重建形而上学的努力，再到现象学和存在哲学试图摆脱二元论思想，用"纯粹意识""存在"等超越本质/现象、主体/客体或消弭其人为的界限，试图回到本源的"浑然一体状态"，美学在思维方式上发生了具有根本性意义的转变。胡塞尔的意向性理论，"生活世界"[5] 概念的提出，"交互主体性"[6] 的运用对我们重新认识处于世界之

---

[1]　Doris Lessing. *The Fifth Child*. New York：Vintage Books，1989，p. 32.

[2]　布鲁姆在莱辛获得诺贝尔文学奖后接受美联社记者采访时如是说。请参见 http：//www. iht. com/articles/ap/2007/10/12/america/NA － GEN － US － Nobel － Literature. php。

[3]　此节部分摘自于拙文《也谈莱辛的"不具有可读性"——兼论其审美对象的建构策略》，《理论与创作》2010 年第 3 期，第 10～14 页。

[4]　Katherine Fishburn. "Teaching Doris Lessing as a Sbuversive Activity：A Response to the Preface to *The Golden Notebook*." in *Doris Lessing：The Alchemy of Survival*. ed. Carey Kaplan and Ellen Cronan Rose. Athens：Ohio University Press，1988，p. 83.

[5]　参阅张永清《现象学审美对象论》，中国文联出版社，2006，关于"生活世界"的讨论可以参阅第 163～178 页。

[6]　请参阅于尔根·哈贝马斯《交往行动理论》（2），洪佩郁、蔺菁译，重庆出版社，1996，第 167 页。

中的作者、读者和作品以及世界的关系，摆脱原本非此即彼，或厚此薄彼的单一文学批评思维具有重要的作用。虽然有许多批评家都对作者和读者的作用有过不同程度的强调，但是法国美学家杜夫海纳第一次明确提出了"审美对象是一个准主体"①，使作者的主体意义同读者的主体意义第一次在审美对象实现的过程中"遭遇"，并具有了平等对话的可能。而这种对话的基础就是我们共同置身其中的"生活世界"，因为生活世界是"一个我们本身也属于其中的、事实上存在着的周围世界"。② 我们存在其中的世界就是一个主体间性的世界，是一个由各种主体交互关系构成的意义世界，生活世界"构成了审美对象的意义本源"。③ 实际上，正是在对生活世界的人与世界、人与人、人与社会等各种复杂关系的感悟中，艺术家才有了创作的冲动。"艺术的任务就是要揭示人与他周围世界的关系。"④ 而读者正是因为有了这种和作者共同生活世界的各种复杂关系的经验基础，"诗人的冲动和他的读者可能产生的冲动之间的紧密的自然一致"⑤ 才是可能实现的。

　　然而，作者和读者的关系却远非如此泾渭分明。首先，作为社会文本的阅读者，创作者本身就具有作者和读者的双重身份。作者挑选创作素材和实际的创作过程，实际上就是自己对社会文本阅读的体验和理解。这些体验和理解由于个人生活世界和认知水平的局限和不同，必然会影响作者选材的偏好和叙述的角度。作为读者的填充"空白"或对社会文本"空白"的"具体化"，正是作为作者选材独创性的基础，但这种选择无意中又留有许多的"空白"。这是作者和其他读者产生共鸣和分歧的"交叉空白"。作者选择和留有的交叉空白不同，作品的感染力就不同，读者对作品的理解和共鸣也不同。其次，在创作中，在把自己的体验化作艺术品的过程中，作者还会根据自己的创作目的，故意设置一些"空白"，阻止读者过早识破自己的意图，这是作者阻碍或期待读者理解的"设置空白"。这种作者心目中的读者被称为"理想读者"或"隐含读者"。而理想读者的存在正是以作者本身也是社

---

①　〔法〕杜夫海纳：《审美经验现象学》，韩树站译，文化艺术出版社，1992，第 179 页。

②　〔德〕胡塞尔：《纯粹现象学通论》，李幼蒸译，中国人民大学出版社，2004，第 39 页。

③　张永清：《现象学审美对象论》，中国文联出版社，2006，第 164 页。

④　D. H. Lawrence. "Morality and the Novel." 20th *Century Literary Criticism*. ed. David Lodge. Essex：Longman，1972，p. 127.

⑤　I. A. Richards. "Communication and the Artist". 20th *Century Literary Criticism*. ed. David Lodge. Essex：Longman，1972，p. 108.

会文本的读者为存在基础的。正是这种作者和读者的一体性共同构成了艺术品的审美基础。但是理想读者只是预设能够理解作者意图的读者而已，在作者心中，这种隐含读者也是分为不同层次的，因而其"设置空白"也是分层次的。这些"交叉空白"和"设置空白"共同构成了伊瑟尔审美对象"具体化"的基础，而两者的多寡和填充的层次、模糊性和不确定性既反映着作者作为作者和读者双重身份的智慧，也是划分伟大作家和平庸作家的重要标准之一，同时还是作品是否具有永久魅力的原因之一。就莱辛《青草在歌唱》的创作背景来说，当时的英国文坛对传统殖民主义题材的作品已经司空见惯。康拉德的《黑暗的心》、吉卜林的《吉姆》、E. M. 福斯特的《印度之行》这些当时的扛鼎之作无疑会引起莱辛"影响的焦虑"。但是作为社会文本的阅读者，莱辛目睹殖民地人民遭受压迫和歧视的现状，她觉得自己有责任为那些没有发言权的人发出自己"微小的声音"。莱辛敏锐地注意到了殖民地贫穷白人这一受忽视的夹层群体的生存状况，作为读者，选择了这一"空白"切入，并在创作中"具体化"为对传统的直接描写白人和黑人冲突的殖民地题材的"修正"，引起了社会和读者的广泛兴趣。而作为自己作品的创作者和读者，莱辛又不得不考虑社会不同读者的接受和期盼，同时还要摆脱"影响"的痕迹，因此建构了适应各种层次读者阅读的审美对象。这部小说主要从玛丽的视角，对玛丽个人生活环境的压力和心理的矛盾进行了写实描写，而全知叙述人则不露声色，表面采取客观的旁观者观点，实则贴近白人传统观念的叙述，并不时转换视角，构成不同的多层次阅读层面。这些阅读层面又随着语气或赞扬、讽刺或揶揄、反语等的不同，人物的欲言又止和语言意义、隐喻、互文的丰富性构成了更多不同的视角，也形成了各种不同解读空间的"空白"。对于消费型读者来说，文本形式上颠倒事件发展顺序，突出以媒体刊登"谋杀"这样轰动性的新闻开头，对读者造成了极强的视觉上的冲击力和逆向思维、探究本源的吸引力。对于评论家来说，无论是叙事方式等艺术手法，还是主题意义都有极为丰富的"空白"有待"具体化"。持传统白人至上观点的读者认为，玛丽的死罪有应得，这部小说是一个难得的反面教材；对于同情黑人遭遇的人来说，这部小说提供了白人压迫黑人的证据。对于哲学家来说，这部小说是研究人性的绝好材料，等等，凡此种种，不一而足。这一切解读的丰富性，虽然有赖于读者的审美能力，但作者在建构审美对象时从选材到构思，从作者/读者体验的"交叉空白"到作者"设置空白"过程中，寻求基于作者和读者自身对话的视角的多层次性和开放性具有重要的作用。

　　莱辛特别注重作者和读者的互动关系，因此阅读体验成为莱辛形式构筑和主题表达的重要一环。费什伯恩就认为莱辛在《简述地狱之行》中设置了不是一个现实，而是多种现实。这些现实互相冲突，我们很难确定自己的立场，而这些现实从文本的角度来说都是符合逻辑的。因此我们在追寻自己立场的时候，也在探究我们自己未知的领域。因此，莱辛"并不是想让我们经历文本现实，而是阅读文本现实"。① 她感兴趣的是这个过程。这一阅读体验在莱辛的科幻五部曲中达到了炉火纯青的地步。如《什卡斯塔》中，读者在阅读中完全参与到了作者的叙事构建中。读者的阅读体验成为小说意义的一部分。在这一过程中，读者伴随着书中前后不同部分人物的外在宇宙视角和内在地球人的视角，在两种视角的碰撞中，在和叙述人、隐含作者、人物的对话中，不仅体验了自己已有的经验，也触摸到了自己以前不曾有的小说中人物的体验，还有那些"没有被书写的部分"②，并在交叉体验中，填补作者在文本中设置的意义空白，从而获得了一种完整视角，最终发生了认识上的改变。

　　虚拟世界中现实与艺术的对话

　　如果说"可读性"是莱辛进入英国文坛初始阶段必要的敲门砖的话，那么这种可读性中显然已蕴含了非"可读性"本身能够解读和填充的"空白"的丰富性，而这是基于莱辛对社会现实文本阅读的深刻理解和洞察。如何"再现"现实，用什么方式表现现实一直是艺术家们探讨和实验的焦点。斯泰西（R. H. Stacy）在解读俄国形式主义美学家什克洛夫斯基的"陌生化"理论时曾说过："习惯毁灭掉作品、衣服、家具、妻子和对战争的恐惧。'如果许多人全部复杂的生活无意识地继续下去，那么，这样的生活就好像从来没有经过一样。'艺术之所以存在是人们可以重新唤起生活的感觉；它让人能感觉到事物，能使石头成为石头……艺术的技巧是使物品

---

① Katherine Fishburn. *The Unexpected Universe of Doris Lessing：A Study in Narrative Technique.* London：Greenwood Press，1985，p. 34.

② 许多评论家曾称赞莱辛在小说中包含了原来不曾书写过的一些经验，特别是女性经验。见 Susan Watkins. "The 'Jane Somers' Hoax：Aging, Gender and the Literary Marketplace." In *Doris Lessing：Border Crossings.* ed. Alice Ridout and Susan Watkins. London：Continuum International Publishing Group，2009，p. 77。

'陌生化'，使形式变得艰深，以增加被感知的困难，延长被感知的时间，因为感知过程本身就是审美目的，必须延长。艺术是一种体验物品艺术技巧的方式：物品是无足轻重的。"① 对于艺术家的创作来说，"陌生化"手法实际上是作家摆脱"影响"的焦虑，"修正"和建构审美对象必不可少的重要手段之一。在《金色笔记》中，莱辛在体现艺术和现实的关系方面进行了大胆的实验。她不仅运用"碎片"的形式"陌生化"和"突出"当时"混乱"的现实，而且故意设置了"自由女性"在结构上的循环，模糊了艺术和现实的界限，使读者在现实和艺术的互相对比中更加深入地思考现实，成为"陌生化"理论在形式上、结构上、细节上完美体现的例证。诚如她自己所说：《金色笔记》"是打破一种形式，打破某些思维方式，并超越它们的一种尝试"。② 然而，也正是由于这种尝试，增加了阅读的"不可读性"和多义性，从而使这部小说在取得惊世骇俗的艺术效果的同时，也引起了巨大的争议，迫使莱辛不得不出来澄清事实，阐明自己的创作意图。实际上，在此后的创作中，虽然莱辛没有安娜那样"作家的障碍"，然而却陷入了因《金色笔记》的巨大成功而带来的超越自己的焦虑，并对以后审美对象的建构策略产生了巨大影响。

　　盖格尔在论述审美经验时，从欣赏者的角度提出了内在专注和外在专注、表层艺术效果和深层艺术效果等几对相互对立的概念。他以风景画为例说明了内在的专注和外在专注的区别。"假设当一个人正在浏览一幅黄昏的宁静的风景画画面的时候，受到了某种感伤意味的刺激，并且使他自己被这种感伤意味的魔力摄住了……这里不存在出于这幅风景画本身的、关于这幅风景画的情感……人们并没有专注于这幅风景画，与此相反，他们生活在由这幅画启发出来的情感之中。我们享受的是这种情感，而不是这幅风景画……人们就生活在对这种情感的内在专注之中。"相反，如果人们关注的是"构成这幅风景画的那些结构成分"，并"向从它那里汹涌而来的东西开放自身"，那么它虽然唤起情感，但"对这种外向的态度却没有什么干扰：他们就生活在外在的专注之中……只有外在的专注才特别是审美的态度……

① R. H. Stacy. *Defamiliarization in Language and Literature*. New York：Syracuse University Press，1977，p. 34.

② John L. Carey. "Art and Reality." In *Doris Lessing：Critical Studies*. ed. Annis Pratt and L. S. Dembo. Madison：The University of Wisconsin Press，1974，p. 29.

只有在外在的专注中，艺术作品才能够真正发挥它的效果。"① 同内在专注和外在专注紧密相连，并相对应的是表层艺术效果和深层的艺术效果。内在专注带来的是快乐，是表层的艺术效果所追求的目的，而外在的专注所带来的是理解而引起的"幸福"，是触及自我深层领域的"艺术体验的高峰点"。"幸福是作为一个整体自我所具有的一种总体状态，是一种充满着快乐的状态；它是从某种崇高状态中产生出来的自我的完善。"② 一部书能够畅销也许是因为它"具有可读性"，能够带给读者快乐，但是它只有带给人"幸福"才能被称为伟大的作品。怎样使读者摆脱"内在关注"的情感旋涡，而更加注重"外在关注"的理解内涵，莱辛在《金色笔记》之后，在构筑审美对象时，开始对艺术和现实的关系从三个角度进行了新的尝试。

第一，透视：陌生化人物内心的意识和反应，透视现实。莱辛"内在空间"小说《简述地狱之行》的叙事主要有丧失记忆、精神错乱的病人的呓语和幻境，穿插有现实中医生的诊断和对话，后辅以相关人物的通信交代事件的现实纬度。显然，这样一部"情节"单纯，但叙事结构复杂的小说，和《金色笔记》一样，其"外在关注"的可能性远远大于"内在关注"的可能性。但是同《金色笔记》不一样的是，其"现实性"更加隐蔽。它深入人物扭曲的内心世界，透过失忆病人内心对外在现实世界的"非正常"反应的意识流，"使世界如此陌生以致读者会用新眼光和开放的心胸来审视世界"。③

第二，并置：艺术世界是现实世界的参照物。在莱辛的"外在空间"五部曲《南船座中的老人星档案》中，她把现实移植到完全陌生化的星球，"一个全新的世界"④，试图直接运用虚构艺术为现实矗立参照物。在评论《什卡斯塔》时，盖尔·格林说：莱辛"在圣经历史中发现了一种使一些熟悉的——我们想象力的不足、没有认识到我们之间和我们同宇宙之间是相互依存的，以及我们会'陷入遗忘'——神话化，也是陌生化的方式。"⑤ 然而，在某些读者，甚至评论家的眼中，这种极端陌生化的方式也造成了作品的"不可读性"。一直以来就是莱辛忠实支持者的约翰·伦

---

① 〔德〕盖格尔：《艺术的意味》，艾彦译，华夏出版社，1998，第101～102页。

② 〔德〕盖格尔：《艺术的意味》，艾彦译，华夏出版社，1998，第65页。

③ Jean Pickering. *Understanding Doris Lessing*. Columbia：University of South Carolina Press，1990，p. 130.

④ Doris Lessing. *Shikasta*. New York：Vintage，1981. p. xi.

⑤ Gayle Greene. *The Poetics of Change*. Ann. Arbor：The University of Michigan Press，1994，p. 159.

纳德（John Leonard）在 1982 年对莱辛一部"外空间小说"的评论中抱怨说："莱辛是本世纪选择用英语写小说的最有趣的半打才子之一。她为什么一定老要写那些使她的忠实读者不知所措和沮丧的作品呢？"他认为"莱辛是故意的"。① 没错，如果说莱辛在《金色笔记》中对现实和艺术相互渗透，相互纠缠的关系，以及艺术家创作的困惑用外在形式做了很好的诠释的话，那么莱辛在五部曲中则故意尝试了距离的用法。布莱希特曾在阐述自己的戏剧理论时，强调"陌生化"和"间离效果"。他把自己剧本发生的地点都置于遥远的过去或异域他乡。他认为"使我们的问题'错置'才能使我们更清楚地看到这些问题，更全面地探讨总的观点，例如战争和资本主义的联系"。② 同样，莱辛把自己的故事背景陌生化到了极致，打破了读者"内在专注"的幻觉，使读者从感情的俘虏转变成了事件的观察者和评判者，运用加大艺术世界和现实世界距离的方式，拉近了作者和读者在主体地位上的距离，在艺术和现实的对话中，使审美对象置于作者和读者的双重审视之下。

第三，递级式寓言：把现实表面简单化，实则寓言化。从表面看，无论是《简·萨默斯的日记》《好恐怖分子》，还是《第五个孩子》，探讨的都是普遍关注的社会问题：老年问题、友谊和爱情、社会暴力、异己和单身老人的情感等，情节简单，叙述单一。然而，和传统现实主义小说以及莱辛早期现实主义小说不同的是，这些小说都具有明显的寓言深度。显然，这是莱辛为满足不同层次读者的需求而设置的"快乐"层次和"幸福"深度。不过，即使是"快乐"层次，莱辛也不是为了让读者得到肤浅的感官快乐，而是为了让读者最大程度的感受时代的"思想脉搏"，引起感情的共鸣，并以其过于简单的外表吸引读者深入表层下面，读出字里行间的意思来。盖尔·格林说，正是这一点使莱辛的作品具有了非凡的吸引力。③ 在莱辛其后的作品中，一方面，寓言的比重加大，如《本，在人间》，而另一方面，作品呈现万花筒般的写实和梦幻、意识和潜意识交叉映现的叙事手法，如

① 伦纳德在 2007 年 1 月 20 日接受记者 Lisa Allardice 采访时如是说。http：//books. guardian. co. uk/review/story/0，1993745，00. html#article_ continue。
② 转引自 G. J Watson. *Drama：An Introduction*. London：The Macmillan Press LTD，1983，p. 162。
③ Gayle Greene. *The Poetics of Change*. Ann. Arbor：The University of Michigan Press，1994，p. 10.

《又来了，爱情》《玛拉和丹恩历险记》等，大大增加了形式上的"艰深"程度。似乎莱辛随着自己年龄和阅历的增加，也想当然地提高了自己理想读者的审美的主体地位。不过，对莱辛的读者而言，这并不奇怪，因为早在1971年《金色笔记》的再版前言中莱辛就说过："只有当人们不理解作品的计划、形式和意图时，它才是鲜活的，有说服力的，富有成果的，才能够推动思考和讨论，因为了解作品的计划、形式和意图之时也是它再无可取之处之时。"①

精神世界中"形而上"和"形而下"的对话

莱辛在《金色笔记》中，借安娜的口说："小说应该使之成为小说的品质（就是）哲学的品质。"②虽然安娜由于"作家的障碍"写不出这样的小说，然而莱辛在实践中却始终在履行这一原则。从她的第一部小说《青草在歌唱》探讨白人和黑人以及白人之间的种族、阶级问题，到《暴力的孩子们》中"个人良心同集体的关系"中人与社会的问题，再到《金色笔记》集社会中各种关系于一体的大讨论，无不是从社会纷繁的"现象"中，让人"直观"其本质，最后在"悬置""客观实在"中，洞悉或达到"形而上"的思考。《青草在歌唱》中，从表面看是通过摩西这个黑人奴仆刺杀白人主人玛丽来探讨殖民地关于白人和黑人之间种族关系的问题，但其更深一层的含义，实际上是透过贫困白人这一特殊阶层同上层白人和下层黑人之间的矛盾，揭示出黑人更悲惨的遭遇，并借此表明殖民统治对人性的扼杀。莱辛通过现实中凹凸不平的等级关系，从摩西、玛丽和查理这些具体的人，透过其借用 T. S. 艾略特诗行的书名，展示出一幅触目惊心的人性的"荒原"景象，上升到了对"形而上"这个精神层面的人性问题的探讨，呼吁惠特曼所歌唱的代表民主和自由的"小草"。《暴力的孩子们》沿着玛莎的人生旅途，在纵向上通过玛莎的婚姻和恋爱经历，探讨了"灵与肉"的自我挣扎；在横向上，通过玛莎的社会和政治活动，直达"个别性"和"群体性"的根本问题。莱辛对哲学问题的探讨在《金色笔记》中达到了前所未有的高度。从整体构思来看，四本颜色各异的笔记本和框架小说"自由女性"所探讨的问题既独立成章，又相互印证，涉及具体的政治、战争、种族关

---

① Doris Lessing. "Preface to *The Golden Notebook.*" *A Small Personal Voice：Doris Lessing：Essays，Reviews，Interviews.* ed. Paul Schlueter，New York：Vintage Books，1975，p. 43.

② Doris Lessing. *The Golden Notebook.* Herts：Panther，1973，p. 79.

系、阶级关系、男人和女人、不同辈分之间等社会中各种不同的关系，抽象的艺术和真实、语言和表达、历史与现实、记忆与创作等之间的思想关系。在各种复杂的关系讨论中，四本笔记本归于一本。在"金色笔记"的光辉中，各种社会和思想问题汇集成对生命意义的追问。我们看到，安娜和索尔在感情的交流和互写小说的实践中，身心融为一体，幻化成每一个个体，成为大千世界中"推圆石上山的人"。①

　　在莱辛中后期的小说构建中，莱辛一如既往继续探索人生的意义和生命的价值。然而面对高科技的发展和"分裂的文明"所带来的种种问题，她在对"形而上"问题思考的同时，并没有脱离对生存基本问题的忧虑。实际上，在《青草在歌唱》和《一个合适的婚姻》中，莱辛已经开始关注这一问题。而在她"外空间"五部曲系列小说中，生命的基本需要已成为和谐宇宙中起重要作用的问题。② 在以后的小说构建中，她把自己对"形而上"的探索和对"形而下"问题的关注更加巧妙地糅合在一起，通过并置和对话，在更广阔的层面上引发读者的思考。《第五个孩子》和《本，在人间》是莱辛分别创作于1988年和2000年的姊妹篇。它们表面上是一个家庭随着第五个怪异孩子本的诞生逐渐解体的故事以及本离开家后在世间流浪的遭遇。但很显然，这两部小说通过其丰富的寓言性，揭示了后现代人类社会的生存危机。《第五个孩子》通过各色人等，包括本的父母对本的态度和反应以及对本悲剧的最终形成，折射出了现代社会人性的危机。《本，在人间》通过描写本在对最基本的生存需要的追求中屡屡受骗的经历，进一步凸显了人性退化的危险。值得注意的是，最后追杀本，直接导致本自杀的人居然是现代社会最令人崇敬的所谓的"科学家"。莱辛在一次采访中说："我们一直不停地创造，不知道会出现什么问题。就好像我们手忙脚乱，几乎没有时间赶上自己的步伐。"③ 在这里，本应是推动历史进步的科学成了扼杀人性的帮凶，而人性的退化和堕落直接威胁到了人的基本生存。至此，形而上和形而下的问题在审美过程中被统一起来。

　　1999年《玛拉和丹恩历险记》刚刚出版时，莱辛在线回答网友提问，就

---

① 请参见拙著《多丽丝·莱辛的艺术和哲学思想研究》，社会科学文献出版社，2007。

② Jean Pickering. *Understanding Doris Lessing*. Columbia：University of South Carolina Press. 1990，p. 142.

③ 请参见《波士顿书评》上登的一篇哈维·布鲁姆（Harvey Blume）1998年2月采访莱辛的文章。http：//www. dorislessing. org/boston. html。

《玛拉和丹恩历险纪》等小说的幻想性质，回答说："我可没有把它们当作是非现实主义的。"[①] 是的，莱辛从来没有脱离过现实主义。无论是以写实的手法，还是幻想的形式，无论是现实的忧虑，还是哲学的思考，莱辛构筑的都是对人类命运的反思。根据胡塞尔的意向性理论，意识主体在"本质直观"意向世界的时候，要经过反思而"回到事物本身"。而作为创作者，莱辛希望通过"再现"这个意识世界，让读者能够借助于她的虚拟世界，更清晰地"直观"到"事物本身"的精神实质，在"形而上"和"形而下"的统一中，洞悉未来。正是这种在构筑自己的审美对象的过程中，作者、读者和社会文本之间我中有你、你中有我的动态关系、立足于现实，思考于虚拟世界以及由此所产生的精神世界的"幸福"深度使莱辛的作品具有了超越一般可读性、超越时代、超越时间的魅力。

---

① 请参见邓中良、华菁在《中华读书报》（2007 年 11 月 29 日）上翻译莱辛接受采访的文章。http：//www.zgyspp.com/Article/y3/y22/200711/9495.htm。

下篇　莱辛的创作

莱辛说过："我有许多作家朋友，非常讨人喜欢，并具有魅力，我非常喜欢和他们在一起。但是如果我真想知道这些人是什么样的人，我就去读他们的书。这是你和真人相遇的地方，是你听到他或她在真正想什么的地方。"① 莱辛的创作，特别是早期的作品具有强烈的自传意味。这丝毫不奇怪，因为实际上，对任何一个优秀作家来说，创作都来源于生活。即使是幻想作品，其源泉也是生活的积累。不过，作家在作品中，比在自传中，更能敞开自己的情怀，更能放飞自己的梦想。因此，莱辛的作品，既是她个人生活和情感的反映，也是时代的真实记录，同时也是她理论思想的分章解说。

莱辛在创作中大多聚焦于个人的经历，通过其心路历程，来展现时代的思想和精神。正如奥古斯特·孔德（Auguste Comte）所说的："人的心灵阶段是和族群的心灵时期相对应。"② 不过，莱辛自称，她的作品自始至终主题是一样的。莱辛说："在我的第一部小说《青草在歌唱》中，我的所有主题就已经出现了。评论家们往往热衷于分类、确立时期、分解，大学教育又强化了这种倾向。在我看来，它似乎非常有害。起初，他们说我写的是种族问题，然后是共产主义，再后来是女性主义，神秘经验，等等，但实际上，

---

① Cathleen Rountree. "A Thing of Temperament: An Interview with Doris Lessing." London, May 16, 1998. *Jung Journal: Culture & Psyche.* Vol. 2, No. 1 (2008), p. 62.

② 转引自〔英〕菲利普·戴维斯《维多利亚人》第 8 卷，外语教学与研究出版社，2007，第 127 页。

我还是同一个人，在写同样的主题。我们社会这种典型的分割倾向逼得人们绝望，产生危机感，这就是我力图在《金色笔记》中所要描写的。我总是在写个人，以及他周围的环境。"① 莫娜·奈普曾经说过，个人、集体和整体之间的张力贯穿莱辛所有的作品，形成了三大支柱。② 的确，莱辛在长达半个多世纪的创作中，无不是在揭示人与人、人与社会和人与宇宙的关系。实际上，她的每一部小说都是她对人类社会某个侧面的揭示，而又都是对人与周围世界关系的图解。因此，在这个意义上，莱辛的主题都没有脱离把人放在宇宙这个大的整体中去思考的宏大框架。其实，莱辛的小说从总体上说就是她理论思想的实践——用总体性的视角审视历史，在历史发展的辩证的矛盾运动中揭示人与环境，包括人与人、人与社会、人与自然相互依赖、相互补充的动态关系，在解构单一思维的同时，重新建构人的认识和思维方式。正如莱辛在 1981 年接受采访被问到创作的目的时所说："我仍然想激励人们去思考，我想娱乐他们，让他们知道那些在日常生活的旋涡中他们可能看不到或听不到的事情。"③ 因此，在创作过程中，莱辛常常别出心裁，独辟蹊径，从常人预想不到的角度，抑或是把惯常的思维轨迹陌生化，去引导读者反思习以为常的规则或信仰，践行了自己好小说就是让读者去思考人生的诺言。④

莱辛一生横跨两个世纪，其创作生涯从第一部小说发表算起长达半个多世纪之久，各种作品数量近 60 部，涉及长短篇小说、散文、杂文、诗歌、戏剧等几乎各种文类，主题涉猎广泛，风格多变。长期以来，虽然有些学者试图以各种方式为莱辛的创作分期，或给她的作品分类，抑或为她贴各种标签，但是资深的莱辛研究专家都一致公认莱辛的作品是一个整体，或者更确切地说，是一个有机的、互相联系的整体。所以，这里不对莱辛的作品进行分期，但为了分析方便，笔者按照时间顺序和一般的文类把莱辛的小说分为七章，对莱辛的作品进行全景式扫描，包括对其评论的简单介绍，创作缘由

---

① Nissa Torrents. "Testimony to Mysticism." In *Doris Lessing: Conversations*. ed. Earl G. Ingersoll. New York: Ontario Review Press, 1994, p. 64.

② Mona Knapp. *Doris Lessing*. New York: Frederick Uncar Publishing CO., 1984, p. 10.

③ Margarete von Schwarzkopf. "Placing Their Fingers on the Wounds of Our Times." In *Doris Lessing: Conversations*. ed. Earl G. Ingersoll. New York: Ontario Review Press, 1994, p. 106.

④ 莱辛 1992 年在美国西雅图和华盛顿接受采访时说："小说应该具有所有好小说的特点，就是使你思考人生。"Michael Upchurch. "Voice of England, Voice of Africa." In *Doris Lessing: Conversations*. ed. Earl G. Ingersoll. New York: Ontario Review Press, 1994, p. 222。

和结构、主题等的评析。

　　莱辛作为一个多产作家，其长篇小说数量可观，这里涉及 22 部，包括五部曲《暴力的孩子们》和《南船座中的老人星档案》的第一部，而且许多小说的篇幅超过 600 页，可以说是洋洋数十万言。由于她的长篇小说创作一直持续到 21 世纪，在主题和风格上有诸多形式上的变化，因此，为了使读者对莱辛长篇小说的发展有一个较为全面的认识，笔者基本按照年代分别对它们进行介绍。由于《金色笔记》被公认为她的代表作，而且它的风格同早期的小说有较大的区别，在莱辛的思想发展上也具有里程碑的作用，因而单列一章。

第一章
早期小说

　　莱辛的早期小说主要指《金色笔记》之前的小说，包括《青草在歌唱》和五部曲《暴力的孩子们》。但由于五部曲《暴力的孩子们》的创作时间延伸到《金色笔记》之后，因而，为了作品的完整性，仍然把它后两部作品也放在早期小说中谈。莱辛的早期小说自传性很强，虽然事实上有虚构，但它们真切地反映了那个时代的感情和气氛。

第一节　《青草在歌唱》

评论概况

　　《青草在歌唱》（*The Grass is Singing*）是莱辛的第一部小说，发表于1950年。当时，英国文坛由于现代派大师乔伊斯、伍尔夫等相继离世，正处于青黄不接的时期。文坛上只有"愤怒的青年"的几个本土现实主义作家在独撑局面，因此，无论在文学形式上，还是在内容上都使评论界和大众对新人的出现充满了期待。《青草在歌唱》具有浓郁异国风情的背景和错综复杂的殖民地贫苦移民以及种族关系的故事，为当时战后沉寂的英国文坛吹入了一股清新的空气。它描写的主题符合英国人对阶级结构、社会等级制和"黑色威胁"① 等的兴趣，而南罗德西亚的异国风情对那些对殖民地知之甚少的英国人也具有很大的吸引力。据克莱尔·斯普拉格和弗吉尼亚·泰格统

---

① 黑色威胁（Black Peril）指 20 世纪初殖民地（一般指南非，特别是南罗德西亚）白人对黑人性侵白人妇女的恐惧。

计，它一出版，就得到了 20 多家主流报刊如《泰晤士报文学副刊》《民族》周刊、《纽约人》《新政治家》《国家》及《星期六书评》的好评。约翰·巴克汉姆（John Barkham）在《纽约时报书评》上评论说："任何公正的评论家都看到了这是一部成熟的、具有深度的、优秀的心理学研究小说。""很少能够看到第一本就具有这么敏锐和冲击力的小说。"① 这部小说在短短5 个月内就再版了 7 次。② 莱辛一跃成为文坛一颗耀眼的新星。早期的评论大都把这部小说看作是一部批判种族歧视的小说。爱米莉·帕克说："你要知道，当时整个南部非洲被认为是一个非常幸福、有趣的地方，充满了满意的黑人们……《哭泣吧，可爱的国家》摧毁了那个幻影，然后《青草在歌唱》出版，加速了这个虚幻观念的瓦解。"③ 莱辛也谈到过当时这是第二本关于这类题材的书。第一本是爱伦·帕顿（Alan Paton）的《哭泣吧，可爱的国家》。④ 这部小说奠定了莱辛此后小说的基调：个人的命运始终受外界环境的制约和影响。⑤ 1950 年埃德加·伯恩斯坦（Edgar Bernstein）评论说，里面的农场写活了，是人类戏剧中的一个人物。⑥ 但也有评论家说它只是"有趣的，叙述简单的书"。⑦ 米歇尔·温德·扎克在《〈青草在歌唱〉：一本情感的小书》中，用马克思主义的观点分析了这是一部通过感情反映真实的小说，认为它避开了现代派文学赖以存在基石的无休止罗列的自我暴露型的心理和社会错位感，描写了马克思所说的个人生活环境和社会经济制度之间的辩证关系，认为这是莱辛第一次，也是用最小的努力去反抗现代作家的

---

① Claire Sprague and Virginia Tiger. "Introduction." *Critical Essays on Doris Lessing*. ed. Claire Sprague and Virginia Tiger. Boston：G. K. Hall，1986，p. 4.

② Paul Schlueter. *The Novels of Doris Lessing*. Carbondale and Edwardsville：Southern Illinois University Press，1973，p. 7

③ *Emily Parker*. "Interview with Doris Lessing." *Wall Street Journal* （Eastern edition）. New York. Mar 15，2008，p. 11. http：//proquest. umi. com/pqdweb？ sid = 1&RQT = 511&TS = 1258510410&clientId = 1566&firstIndex = 120.

④ Stephen Gray. "An Interview with Doris Lessing." *Research in African Literature*. Vol. 17，No. 3，Special Focus on Southern Africa （Autumn 1986），pp. 329 – 340. http：//www. jstor. org/stable/3819219.

⑤ Mona Knapp. *Doris Lessing*. New York：Frederick Ungar Publishing Co. ，1984，pp. 19 – 22.

⑥ Edgar Bernstein. "A Notable S. A. Novel." In *Doris Lessing*. ed. Eve Bertelsen. Islando：Mc Craw – Hill Book Company，1985，p. 73.

⑦ B. G. D. Review. *Books Abroad*. Vol. 25，No. 2 （Spring 1951），pp. 174 – 175. http：//www. jstor. org/stable/40090071.

世界观。① 1961 年巴里·泰勒（Barry Tayor）认为这是一本具有女性气质的书，体现了女性写作特有的耐心和同情心，但里面摩西的描写是一个失败。② 1991 年林恩·汉利（Lynne Hanley）认为这本小说描写了白人妇女和黑人家仆之间的暧昧关系，冲破了种族话题的禁忌。③ 同年，伊芙·伯特尔森从另一个角度对小说进行了解读，认为莱辛的批评意图和小说的客观效果并不完全一致。④ 总而言之，早期的评论很快就把它同欧洲现实主义传统联系了起来，认为它是接近新闻式的对社会各种罪恶的有效报道。不过，莱辛的现实主义不同于传统的现实主义。传统现实主义是封闭式阅读，而莱辛是开放式的。⑤还有人认为："它引入了一种浪漫主义风格。这种风格通过不断增长的重复产生了象征的效果。它是一本典型的决定论的书，把马克思主义的经济决定论、弗洛伊德的心理决定论和一种作为艺术形式本身功能的古老的傲慢结合在一起。在坚持把物质秩序、社会和个人经验放在连续统一体之上的时候，它预示了莱辛意识整体性的元主题。"⑥ 朱丽叶·凯洛尼（Julie Cairnie）认为莱辛是受了社会主义现实主义和南非农场小说的影响才写了《青草在歌唱》。⑦ 1992 年，克莱尔·斯普拉格发表文章，指出莱辛在小说中对艾略特诗歌的互文是历史的反讽，也是莱辛《金色笔记》有所突破的来源。⑧ 1993 年，谢立亚·罗伯兹（Shelia Roberts）通过比较莱辛《青草在歌唱》和戈迪默《朱力的族人》中女主人公对于触犯殖民社会禁忌的反应，

---

① Michele Wender Zak. "The Grass is Singing: a Little Novel about Emotions." *Contemporary Literature*. Vol. 14, No. 4, Special Number on Doris Lessing (Autumn 1973), p. 481. http://www.jstor.org/stable/1207468.

② Barry Tayor. Review. *Transition*. No. 5 (Jul. 30 - Aug. 29, 1962), p. 25. http://www.jstor.org/stable/2934184.

③ Lynne Hanley. "Writing across the Color Bar: Apartheid and Desire." *The Massachusetts Review*, Vol. 32, No. 4 (Winter 1991), pp. 489 - 499. http://www.jstor.org/stable/25090297.

④ Eve Bertelsen. "Veldtanschauung: Doris Lessing's Savage Africa." *Modern Fiction Studies*. Vol. 37, No. 4 (Winter 1991), pp. 647 - 658.

⑤ Jeannette King. *DorisLessing*. London: Edward Arnold, 1989, pp. 1 - 2.

⑥ Eve Bertelsen. "Introduction." In *Doris Lessing*. ed. Eve Bertelsen. Islando: McCraw - Hill BooknCompany, 1985, p. 17.

⑦ Julie Cairnie. "Doris Lessing, Socialist Realism, and Plaasroman." *Doris Lessing Studies*. Vol. 26, Issue 2 (Fall 2007), pp. 20 - 22.

⑧ Claire Sprague. "Lessing's *The Grass Is Singing*, *Retreat to Innocence*, *The Golden Notebook* and Eliot's *The Waste Land*." *Explicator*. Vol. 50, No. 3 (1992), pp. 177 - 180.

指出这两部小说在批判种族歧视问题上的诸多相似之处。① 1994 年，凯瑟琳·费什伯恩对于摩尼教寓言的多义性是否足以打破南非殖民话语表示质疑。② 到 21 世纪，对这部小说的评论进一步深化，并呼应后殖民主义时期的一些问题，也日渐引起非洲作家的注意，作品的相互比较增多。如阿尼亚斯·穆特科娃（Anias Mutekwa）就开始关注有关津巴布韦小说中种族、殖民主义和反殖民主义的民族主义中性别构建的影响。③

故事梗概

这部小说的故事发生在 20 世纪初南罗德西亚。白人女孩玛丽的父母都是英国人。父亲在铁路上当泵房管理员。玛丽从小就在父亲的酗酒和母亲的唠叨中度过，耳边是他们无尽的为钱争吵的声音。铁路旁的小店里看看报纸和花花绿绿的糖果与饮料就成了她生活的中心。16 岁寄宿学校毕业后，玛丽来到了城里打工，在办公室做打字、书籍管理等工作。后来她的双亲都去世了，她感到了前所未有的自由。到 30 岁时，她已经升职成为老板的秘书，有不错的薪水和自己的朋友圈子，日子简单而快乐。她从来没有思考过经济的压力、结婚、种族等问题。生活对她来说依然如故。然而有一天，她却偶然听到同事在议论她为什么还不结婚。她扮嫩的衣着、参加单身女子俱乐部、不近男色等都成了人们的谈资。其实父母硝烟弥漫的婚姻一直使她对婚姻有种恐惧感。在社会的压力下，她也谈过两次恋爱，但都没有什么感觉。但这时，她已经承受不了社会的压力，便匆匆和电影院偶然邂逅的农场主迪克·特纳结了婚，开始了她在农场的生活。

农场生活的乏味、单调、贫困，超出了她的想象。和迪克没有感情基础的婚姻更使她内心感到极为痛苦。她试图逃离这样的生活，回到城市，但是今非昔比，原来的老板已经没有办法雇用她。无奈之下，玛丽又回到了迪克身边。她开始学习怎样做一个农场主妇，怎么管理家里的黑人奴仆。她看不惯家奴的懒惰和偷食，呵斥他们，惩罚他们，直至解雇他们。因而没有多长

①　Shelia Roberts. "Sites of Paranoia and Taboo: Lessing's 'The Grass Is Singing' and Gordimer's 'July's People'." *Research in African Literatures*. Vol. 24, No. 3 (Autumn 1993), pp. 73 – 85. http://www. jstor. org/stable/3820114.

②　Katherine Fishburn. "The Manichean Allegories of Doris Lessing's *The Grass Is Singing*." *Research in African Literatures*. Vol. 25, Issue 4 (Winter1994), p1.

③　Anias Mutekwa. "Gendered beings, Gendered discourses: the Gendering of Race, Colonialism and Anti – Colonial Nationalism in Three Zimbabwean Novels." *Social Identities*. Vol. 15, No. 5 (September 2009), pp. 725 – 740. http://dx. doi. org/10. 1080/13504630903205357.

时间，玛丽的苛刻和严厉远近闻名，没有人愿意到她家里来干活了。在迪克生病期间，玛丽代替他监管地里干活的黑人雇工时，甚至用鞭子抽打了一名叫摩西的黑人帮工。后来，摩西成了她家里的帮工，而迪克警告她不要再无端解雇他。也许是为了弥补自己那次抽打他的错误，玛丽对摩西的态度有了转变。一次，她无意中看到了摩西洗澡。他强健的肌肉使她第一次意识到他是一个人，一个有吸引力的男人。然而，根深蒂固的种族歧视不允许她把他作为一个人看待，更遑论把他作为男人看待。从此，她陷入了内心的挣扎和矛盾中。渐渐地，他们的关系发生了微妙的变化。玛丽开始在一些事情上依赖他，而摩西也不再像其他黑人奴仆那样怕她，并大胆地改变称呼她的方式，甚至帮她穿衣服。各种流言开始出现。他们的邻居、白人社会的代表、资深农场主查理对她提出了警告，并决定让刚从英国来的年轻人托尼·马斯顿暂时协助管理迪克的农场。玛丽痛恨自己，开始故意疏远摩西。终于在一个雷雨交加的夜晚，她主动走到阳台，接受了摩西的谋杀。而摩西也没有逃跑，冷静地面对自己的被捕。事件发生后，查理奔走忙碌，以黑人家奴图财害命的名义统一媒体报道口径，结束了案件的调查。玛丽死后，迪克精神恍惚，把原来的农场卖给了早就觊觎它的查理，远走他乡。托尼目睹了谋杀事件的来龙去脉，但却不能说出真相，后来到城里寻找到一份当经理、坐办公室的差事。

创作缘由及莱辛的看法

莱辛在 1980 年接受采访时说，原来她计划写一部社会讽刺小说，比现在长 2/3。故事来源于"报纸上登的一个事件。我之所以保留着这张报纸是因为小时候听到的一个传言，说附近的某个农场里一个白人妇女和她厨房的帮工之间的关系以及白人谈论这个问题时流露出的不安。现在，小说并没有说他们之间有性关系，而是说她有这个要求，而且我父亲曾经说过，'有一个法国女王经常在仆人面前换衣服，因为在她看来，这些仆人并不是人'。这深深地印在我脑海里……原来的情节是一个满怀理想的年轻的英国人，来到了南罗德西亚——他们经常来南罗德西亚，待一个季节或两季，但从来不会超过一年——这个怀揣理想的年轻英国人来了，实际上就面临着这个最基本、肮脏，而且特别神秘的事情，因为没有人会讲出实情，或把它公开。当在阳台上谈论这个事情的时候，白人农场主和他们的妻子们从来不会说'我们绝不能允许黑人追求白人妇女'或'多么不道德啊'这类的话。一切都是模棱两可，被掩盖起来。这是我小时候给我印象最深刻的事情，也是小说的来历"。①

莱辛在自传中还透露说，她原来计划让那个刚去农场的英国年轻人做主角，表现的是传统主题：天真和腐败的斗争。玛丽的故事是副线。但最后却留下了副线，其他的都删掉了。同时还写了一些短篇，收进了《这是一个老酋长的国度》。② 后来，《青草在歌唱》几经转手，辗转在各出版社之间。有的出版社为了追求轰动效果，要求修改成强奸的事。莱辛觉得非常气愤，认为他们不懂南罗德西亚的情况。其实这都是只能意会、不能言说的白人的行为方式，还达不到强奸的地步，否则玛丽个人的心理就会彻底崩溃。现在她已经崩溃了，但如果发生了强奸，那种崩溃就会是完全不同的。莱辛认为这些人太虚伪了，从而断然拒绝。③

1984 年当莱辛接受采访，被问到对艾略特诗歌的借用，如荒原、干涸、雨，以及题目等时，莱辛说自己读过很多艾略特、叶芝和霍普金斯的诗歌，但并不是受谁影响更深。她说自己受俄国作家影响很深，如托尔斯泰。自己在南罗德西亚的经历和托尔斯泰书中对于农奴制的描写一样。④ 她否认写《青草在歌唱》时，受到了其他非洲作家或以前作家的影响。⑤ 莱辛认为，人们往往会浪漫化非洲农民，或者说使贫困浪漫化。就是人们常说的"高尚的野人"，⑥ 所以她要写一本真实反映非洲状况的小说。

创作原型

在自传中，莱辛揭示说，玛丽是以邻居沃特金斯一家为原型的。这家的女主人老是流产，宁愿死也不愿意去医院，一直在贫困线上挣扎。当时，莱辛常常去朋友家住。有一家叫西里尔·拉特的，经常打黑人工人，以残暴著称。莱辛经常住在他家，陪伴他的夫人。这给莱辛留下了很深刻的印象。其实，莱辛说，这是整个欧洲人的生活方式，而不仅仅

① Michael Thorpe. "Running Through Stories in My Mind." In *Doris Lessing*: *Conversations*. ed. Earl G. Ingersoll. New York: Ontario Review Press, 1994, p. 99.

② Doris Lessing. *Under My Skin*, London: Harper Collins Publishers, 1994, pp. 325 - 326.

③ Doris Lessing. *Walking in the Shade*. London: Flamingo, 1998, pp. 7 - 8.

④ Doris Lessing. *Walking in the Shade*. London: Flamingo, 1998, p. 133。

⑤ 参见 Michael Thorpe. "Running Throught Stories in My Mind." In *Doris Lessing*: *Conversations*. ed. Earl G. Ingersoll. New York: Ontario Review Press, 1994, p. 101。

⑥ Eve Bertelsen. "Acknowledging a New Frontier." in *Doris Lessing*: *Conversations*. ed. Earl G. Ingersoll. New York: Ontario Review Press, 1994, p. 133.

是英国。此外，莱辛还经常住在亲戚沃特森夫妇家。他们夫妇之间的关系很糟糕。她的夫人常常在家哭哭啼啼，思念英国，一谈到农场周围的景色像英国的肯特郡就哭，很像玛丽。① 而且，莱辛说她一生见过许多像迪克这样失败的农场主。他们或热爱土地，或像她父亲一样是理想主义者。体育俱乐部有一个叫玛丽的女孩——一个典型的城市女孩，脾气很好，永远长不大，是个永远顺从别人意愿的人。所以，莱辛想如果把她放在农场，结果会如何？② 而关于托尼·马斯顿，由于当时有许多英国年轻人来到南罗德西亚寻找工作，莱辛每天都会遇到像他这样的人。③

电影改编

1982 年《青草在歌唱》被拍成电影，美国片名为《酷热》（*Killing Heat*）。导演是迈克尔·雷伯恩（Michael Raeburn）。凯伦·布雷克（Karen Black）、约翰·索（John Thaw）和约翰·卡尼（John Kani）分饰玛丽、迪克和摩西。根据威廉姆斯·博伊德（William Boyd）介绍，由于第一次执导电影的雷伯恩非常忠实于小说，把场景调整为 1960 年的南非，因此电影的后半部分对于展现小说细腻的心理描写并不成功。观众要费力地猜测情节中行为的心理原因实在是一件非常困难的事情。而女主角的表演也不尽如人意。④ 莱辛在 1981 年被问到是否喜欢这部电影时，莱辛回答说："我认为它太情感化了。凯伦·布雷克演得不对，我会说她是世界上最性感的女人之一，而我的可怜的玛丽·特纳对性和生活却一窍不通。我看不到许多拍电影的人很诚实地塑造玛丽·特纳。"⑤ 克莱尔·斯普拉格和弗吉尼亚·泰格也曾提到观众对于电影的不满：在电影海报上，玛丽正俯身挑逗一个仰卧的种族身份模糊的男人。一位莱辛的粉丝愤怒地在海报上写上："多丽丝·莱辛不是这个意思！"⑥

---

① 请参见 Doris Lessing. *Under My Skin*. London：Harper Collins Publishers，1994，pp. 134 – 135，142，146 – 147。

② Doris Lessing. *Walking in the Shade*. London：Flamingo，1998，p. 14.

③ Eve Bertelsen. "Interview with Doris Lessing." 9 Jan. 1984. In *Doris Lessing*. ed. Eve Bertelsen. Islando：McCraw – Hill BooknCompany，1985，pp. 101 – 102.

④ William Boyd. "Twitching Townie." In *Doris Lessing*. ed. Eve Bertelsen. Islando：McCraw – Hill BooknCompany，1985，pp. 89 – 90

⑤ Steohen Gray. "Breaking Down These Forms." In *Doris Lessing：Conversations*. ed. Earl G. Ingersoll. New York：Ontario Review Press，1994，p. 113.

⑥ Claire Sprague and Virginia Tiger. Introduction. *Critical Essays on Doris Lessing*. ed. Claire Sprague and Virginia Tiger. Boston：G. K. Hall，1986，pp. 4 – 5.

对小说结构、主题等分析

小说分为十一章，以倒叙的方式，开篇就是玛丽被谋杀的消息见诸报端，凶手被抓，从而引出小说中的主要人物及社会对于凶杀案动机的猜测和反应，包括警察的调查和托尼的不解。第二章开始按时间顺序叙述玛丽的经历，直至被谋杀。小说的结构有点类似侦探小说，却没有追查凶手的悬念，而是着重通过玛丽的经历和心理发展轨迹对第一章警察和媒体做出的图财害命结论的释疑。第一章在小说中具有举足轻重的作用。首先是媒体搞错了迪克·特纳的名字以及对杀人动机的错误推断，紧随其后的是叙述人就整个社会对这个凶杀案的反映加以描述，白人社会的偏见统领所有媒体，成为包括叙述人在内的社会意识形态主流。对案件的隐秘不宣也象征着这种主流社会的种族歧视和偏见是一把杀人不见血的利刃，最终导致白人（玛丽被杀、迪克疯癫）和黑人（摩西被捕）共同成为受害者。

值得注意的是小说前后呼应结构所隐含的意义：第一，小说开头玛丽被谋杀的消息和结尾玛丽的实际被谋杀，不仅有情节上的前后呼应，也暗含媒体的消息以及主流社会普遍的偏见与实际真实情况加以对比。第二，小说题目"青草在歌唱"取自 T. S. 艾略特《荒原》一诗，其含义和结尾谋杀案发生时非洲大地灌木丛野草的意象前后呼应，暗含艾略特《荒原》中荒原、野草、雷声滚滚，预示暴风雨来临的意象，呼应结尾摩西杀死玛丽后雷声滚滚，暴雨来临，标志着这一事件的警醒作用。莱辛借助艾略特诗中的荒原，警示现在所谓文明社会的精神荒原，一方面和小说开始莱辛引用的另一题头"人们可以通过文明的失败和怪异来判断它的弱点"相契合；另一方面比艾略特的雷声寓意更深刻的是，结尾处暴雨已经来临，预示着殖民地社会的情形已经岌岌可危。摩西的话"我在这里"和圣经中上帝引导摩西拯救人类时的话语相符，从而使这一警示作用得到强化。其中第一章时态运用所表示的"现在"和以后各章的"过去"更意味着作为殖民地的南罗德西亚过去的历史和现状，以及与未来之间的辩证关系。第三，玛丽父母的生活在玛丽和迪克婚姻生活中的重复和放大，暗喻妇女命运多少年来在男权社会中的相似。

全书主要采用现实主义手法。隐性全知叙述人的叙事视角和观点作为统领全书的主调，恰似音乐中无处不在的背景音乐。叙述人表露于前台的是书中主角玛丽的视角和心理活动。托尼的视角是一条暗线，不引人注意，但其含义深远。小说的人物塑造偏重于类型人物，注重心理冲突的描写。环境描写和人物心理描写相辅相成，貌似随意，实则暗含众多象征和隐喻。

　　小说中的人物基本上是类型人物,各自代表某一阶层。迪克·特纳是南部非洲白人贫困阶层的代表。身为农场主,雇有几十个黑人雇工,享有白人所拥有的借贷等各种特权。但由于不善经营,成为白人贫困阶层的代表。他为人随和,对待雇工宽容、和善,但性格软弱,对命运逆来顺受。最后家破人亡,远走他乡,了此残生。

　　玛丽·特纳是迪克的妻子。她不谙世事,思想简单,认同传统的种族歧视和男权至上的游戏规则,内心却激荡着女人天性的追求。其梦中父亲威胁性侵一节是她心理压力达到顶端的表现,象征着她和摩西的关系对她来说犹如乱伦一样是一种犯罪。她深感内疚,最终使她精神崩溃,成为双重压力下的牺牲品。查理·斯拉特是迪克的邻居,南部非洲白人成功阶层的代表,也是白人社会的代言人。他为人严厉,善于钻营,为成功不择手段,对待雇工以残酷著称。他是白人种族利益坚定的支持者和维护者,也是男权社会的坚定拥护者,因此决不允许它被侵害和玷污,甚至不能被动摇。为此,他可以操纵舆论,牺牲像迪克和玛丽这样的白人弱势阶层。托尼·马斯顿是英国新一代殖民主义者的代表和整个案件的见证人。他是英国白人阶层既得利益的维护者,但还没有社会经验,也没有完全泯灭良知。在整个案件的调查阶段,他有过犹豫、挣扎,但也很无奈,最终以对社会的妥协结束。摩西是南部非洲受种族歧视压迫的黑人代表。他愚昧无知,逆来顺受,表面上平静顺从,但玛丽却唤醒了他内心作为一个男人对于女人的控制力。他可以容忍与生俱来的种族歧视,但却不能容忍刚刚品尝到的男人的尊严被女人羞辱。因此,他杀死了态度转变的玛丽,而像一个男人一样勇敢地面对自己的死亡。莱辛说:“他更多的是一个象征,而不是一个人。”①

　　小说的主题揭示了种族歧视对人性的摧残,包括对以玛丽为代表的白人妇女和以摩西为代表的黑人,以及对托尼为代表的英国新一代殖民主义者的影响。例如,像玛丽这样的妇女所遭受的种族歧视和男性特权的双重压迫;白人阶层的分化和矛盾;像南罗德西亚这样的英国殖民地在 20 世纪中叶的社会现状;个人欲望和社会期望矛盾和冲突下权力的运作、人性的揭示等。小说题目取自艾略特的《荒原》,既喻示了人类精神扭曲的荒原,也预示着

---

　　① Eve Bertelsen. "Acknowledging a New Frontier." *Doris Lessing*:*Conversations*. ed. Earl G. Ingersoll. New York:Ontario Review Press,1994,p. 133.

殖民地人民渴求解放的暴风雨。

对摩西沉默的解读

《青草在歌唱》中，玛丽与黑人摩西的关系以及玛丽在种族权力网下内心的扭曲以及内心的压抑已经有众多的评论提及。然而对于黑人摩西的心理变化却鲜有提及，对摩西杀死玛丽的原因以及为何没有逃跑更鲜有探究。有的评论家就认为"摩西仍然是一个谜一样的躲在暗处的人物"。[①] 曾有评论家就此采访过莱辛，对此莱辛的回答是她对黑人不了解。实际上，在小说的开始，莱辛对此就有提示。白人社会对于摩西杀死玛丽的原因虽有不同的猜测，但最后都一致定性为偷窃。它想掩盖什么是不容争辩的事实。但如果是白人妇女被侵害的话，这并不需要掩盖，因为当时"黑色威胁"（Black Peril）的警告流行于白人居住地。也许它想掩盖的是令查尔斯这样的白人感到羞耻的、白人和黑人有染之类不能启齿的事情。正如林恩·汉利所说，这本小说描写了白人妇女和黑人家仆之间的暧昧关系，这就冲破了种族话题的禁忌。[②] 奇乃尔斯（Chennells）也认为，"尽管摩西没有说话，但他的行为表明了他作为另一种话语的主体"。[③] 巴里·泰勒认为这是一本具有女性气质的小说，体现了女性写作特有的耐心和同情心。但对摩西的描写是一个失败。[④] 阿尼亚斯·穆特科娃看到了性别构建和殖民性描写不可分割的关系，及其在莱辛这部小说中的体现。"殖民主义在本质上也是一种性别机构，并且由于它主要由男性来执行，因此又很明显地成为男性的事业"，"殖民主义对于非洲男人的弱化和孩提化很明显地表现在称呼上：这里所有非洲男人都被称为'男孩'。处于男孩时期的非洲男人的男性特征是看不到的，这也通过白人家庭更愿意雇佣家务男孩，而不是家务女孩得到体现。雇佣非洲男人从事传统上由女性做的职业，表明了那种历史环境下的（对非洲男人的）女性化过程"，并进一步指出了《青草在歌唱》中玛丽的悲剧就在于她突然"发现"了摩西的男性特征，"从

---

① 转引自 Robin Visel. "'Then Spoke the Thunder': *The Grass is Singing* as a Zimbabwean Novel." *The Journal of Commonwealth Literature*. 43. （2008），p. 158. http：//jcl. sagepub. com。

② Lynne Hanley. "Writing across the Color Bar: Apartheid and Desire." *The Massachusetts Review*, Vol. 32, No. 4（Winter 1991），pp. 489 – 499. http：//www. jstor. org/stable/25090297.

③ 转引自 Robin Visel. "'Then Spoke the Thunder': *The Grass is Singing* as a Zimbabwean Novel." *The Journal of Commonwealth Literature*. 43. （2008），p. 158. http：//jcl. sagepub. com。

④ Barry Taylor. Review. *Transition*. No. 5（Jul. 30 – Aug. 29, 1962），p. 25. http：//www. jstor. org/stable/2934184.

此摩西就在她的生活中高大起来。"① 不过，她还是没有从摩西的角度看问题。实际上，在描述玛丽和黑人摩西交往的细节中，我们看到，摩西对于玛丽的态度也有一个渐变的过程。一开始他和玛丽的接触是在工地。玛丽代替生病的丈夫去工地监督黑人工人干活，她对摩西施以鞭刑。这时他们之间的角色不仅涉及种族，而且涉及双方性别的醒悟。摩西是在玛丽的"发现"中觉悟到了自身的性别优势。虽然在种族歧视制度下，黑人在玛丽的眼中从来不是"人"，更不是"男人"，而是"男孩"，但当玛丽面对摩西的鲜血时，第一次体验到对方是一个人，一个男人。对男人施以暴力，这让一贯对于男性权威习以为常的玛丽内心感到不安。正是这种性别的颠倒让传统的玛丽感到愧疚。因而在摩西成为家奴之后，玛丽曾试图以温和的态度来弥补自己在性别上的错位。然而种族歧视又让她对自己的软弱异常气愤，从而忍不住对摩西颐指气使，无端挑剔。性别上的愧疚和种族歧视的傲慢使玛丽对摩西的态度反复无常。在玛丽的乖张和无常中，摩西第一次窥视到了男性对女性的性别优势，在玛丽逃避直视的目光里，他看到了男性的权威。他逐渐胆大了起来，直至服侍玛丽穿衣，并开始对玛丽有了隐性的支配权。在玛丽面前，摩西越来越男人，这一点让玛丽恐慌，也让摩西暗喜。把一个"野兽"视作"男人"已经远远超出了玛丽心理的承受能力。玛丽为自己感到羞耻。她终于不能容忍这一切再继续下去。摩西在自己一生中，从来不曾被当作"人"看待。在玛丽面前，他第一次体会到了作为一个"人"，一个"男人"，一个可以征服一直欺压自己的白人女人的男人。他可以忍受种族歧视，那是他生下来就知道的事实，但他却不能失去这第一次尝到的做男人的滋味。玛丽的背叛灼伤了摩西的男人的自尊心，这是比种族歧视更令人不能容忍的。所以他要杀死她，并骄傲地面对死亡，这也是他杀死玛丽后没有逃跑的原因。也正是因为如此，查尔斯认为玛丽的死是咎由自取，因为男权的颠覆会涉及白人的根基，但这又和他所代表的白人的种族观念自相矛盾，所以才造成他们对于这一谋杀事件始终讳莫如深。在这一点上，它和库切的《耻》中露西在遭到黑人男子的强奸之后的沉默具有异曲同工之妙。

---

① Anias Mutekwa. "Gendered beings, Gendered discourses: the Gendering of Race, Colonialism and Anti - Colonial Nationalism in Three Zimbabwean Novels." *Social Identities*. Vol. 15, No. 5 (September 2009), pp. 725 – 740. http://dx. doi. org/10. 1080/13504630903205357.

第二节　《暴力的孩子们》前三部

莱辛从 1952 年开始创作并陆续发表五部曲《暴力的孩子们》（*Children of Violence*）。莱辛说，她通过这部小说，"想解释一下当你睁开眼看到的就是战争和人们之间的仇恨的这样一个世纪中，做一个人是怎样的。"① 书名的意思是战争改变了人们，使他们变得暴力，或喜爱暴力，成为"革命"之人。战争毁坏了他们的心灵。就像政治把人的大脑变得只会遵循一个模式去思考。②

整个五部曲评论概况

这部系列小说，特别是前三部，延续了现实主义的写实传统，是依据莱辛在非洲的亲身经历而写就，感情真挚，忠实记录了 20 世纪初的英国年轻人在殖民地环境下的成长过程。因而许多评论把它归为成长小说。保罗·施吕特在《多丽丝·莱辛的小说》中对当时成长小说受英国作家青睐的情况进行了分析。他认为从 20 世纪初开始，许多著名英国作家就写了此类的成长小说，如高尔斯华绥的《福尔赛世家》、C. P. 斯诺《陌生人和兄弟们》等。但是同他们"更法国式或德国式"的成长小说不太一样的是，莱辛的小说"更生动，心理、政治和性方面更具有深度"。③ 而且，"它描写了太多主人公成长以外的事情"。④斯普拉格和泰格也认为莱辛的小说是成长小说，但却是第一部以女性意识为中心的成长小说。第一次描写了女性特有的生理体验如月经、生孩子的过程等。⑤ 著名作家库切认为这部小说体现了"在整个社会历史背景中追寻个人发展的成长小说的野心"。⑥希尼·珍妮特·卡普

---

① Roy Newquist. "Talking as a Person." in *Doris Lessing：Conversations*. ed. Earl G. Ingersoll. New York：Ontario Review Press，1994，p. 10.

② Edith Kurzweil. "Unexamined Mental Attitudes Left Behind by Communism." in *Doris Lessing：Conversations*. ed. Earl G. Ingersoll. New York：Ontario Review Press，1994，p. 204.

③ Paul Schlueter. *The Novels of Doris Lessing*. Carbondale and Edwardsville：Southern Illinois University Press，1973，p. 23.

④ Paul Schlueter. *The Novels of Doris Lessing*. Carbondale and Edwardsville：Southern Illinois University Press，1973，p. 75.

⑤ Claire Sprague and Virginia Tiger. "Introduction." *Critical Essays on Doris Lessing*. ed. Claire Sprague and Virginia Tiger. Boston：G. K. Hall，1986，p. 5.

⑥ J. M. Coetzee. "The Heart of Me." *New York Review of Books*. Vol. 41，No. 21. December 22，1994. http：//www. nybooks. com/articles/archives/1994/dec/22/the – heart – of – me.

兰（Sydney Janet Kaplan）认为《暴力的孩子们》不是成长小说，因为成长小说是寻求自我身份和自我的成长，而莱辛的这部小说到最后自我却消失了，显示出自我的弱小和无能。它的主题是寻求对现实的了解，而不是寻求自我。玛莎对人生的感悟就是学会听、看和经历以前不曾明白的事情。人是渺小的，人只是自然的一部分。自然界的每一部分都互相牵制、互相影响。玛莎是通过自己身体——性的觉醒开始寻求之旅的。①

　　小说发表后，其半自传体性质也饱受争议。库切对前三部的风格持批评态度。他认为这几部小说语言平淡，小说形式毫无创意。而且女主人公非常被动，虽然对生活不满意，却不能有意识地掌控自己的命运。②伯纳德·贝尔贡齐（Bernard Bergonzi）认为，这部小说的自传性质阻碍了它的深度挖掘。③莱辛则说写这个系列主要是为了反映出当时的气氛。④劳娜·塞奇评价说它是一部"60年代的小说"。⑤保罗·施吕特认为它本质上是一部维多利亚时代的小说。⑥罗斯运用埃里克·埃里克森（Erik Erikson）的心理分析理论对五部曲进行了分析。⑦前三部在1952年到1958年间完成，莱辛在1962年插入其间出版了《金色笔记》，然后在1965年和1969年分别完成了系列的后两部。由于时隔多年，后两部小说形式上有了很大的变化，脱离了现实主义的叙述手法，而更多采用了较为复杂的内心描写和后现代的拼贴式手段，其自传成分也较少。莱辛对于前后形式变化的原因给出的解释是《四门城》主要是面对年轻人的，因而前后形式有所不同。⑧莱辛1964年谈

---

① Sydney Janet Kaplan. "The Limits of Consciousness in the Novels of Doris Lessing. " *Contemporary Literature.* Vol. 14, No. 4, Special Number on Doris Lessing (Autumn 1973), pp. 537 – 546. http: //www. jstor. org/stable/1207471.

② J. M. Coetzee. "The Heart of Me. " *New York Review of Books.* Vol. 41, No. 21, December 22, 1994. http: //www. nybooks. com/articles/archives/1994/dec/22/the – heart – of – me.

③ Bernard Bergonzi. "In Pursuit of Doris Lessing. " *New York Review of Books.* Vol. 4, No. 1 (February 11, 1965). http: //www. nybooks. com/articles/664.

④ Eve Bertelsen. "Interview with Doris Lessing. " 9 Jan. 1984. In *Doris Lessing.* ed. Eve Bertelsen. Islando: McCraw – Hill BooknCompany, 1985, pp. 106 – 107.

⑤ Lorna Sage. *Doris Lessing.* London: Methuen, 1983, p. 60.

⑥ Paul Schlueter. *The Novels of Doris Lessing.* Carbondale and Edwardsville: Southern Illinois University Press, 1969, pp. 126 – 127.

⑦ Ellen Cronan Rose. *The Tree Outside the Window.* 转引自 Claire Sprague and Virginia Tiger. ed. *Critical Essays on Doris Lessing.* Boston: G. K. Hall, 1986, p. 19.

⑧ Jonah Raskin. "The Inadequacy of the Imagination. " in *Doris Lessing: Conversations.* ed. Earl G. Ingersoll. New York: Ontario Review Press, 1994, p. 13.

到自己写作这部小说的原因是要写和她一样年龄的人，那些战争时代出生和长大的一代人。题目就说明了这一点。描写当你一睁眼看到的就是战争，就是一些人不喜欢另一些人，这样的一种感觉。① 后两部，特别是《四门城》，得到了评论界很高的评价。克莱尔·斯普拉格和弗吉尼亚·泰格称它为"英国状况小说"，是继《金色笔记》之后的又一个高峰和转折点。它的附录是莱辛第一次尝试的未来小说。它把自然主义和幻想结合起来，对现实主义进行改造，成为另一种多元文本。② 玛格丽特·德拉布尔（Margaret Drabble）认为它详细真实记录了从 1945 年到 20 世纪 60 年代末英国人的生活。③ 而麦克道尔·弗莱德里克（McDowell Frederick）则完全不理解莱辛的用意。他认为由于玛莎"沉浸于"为科尔里奇一家服务，已经不再是那个"使她具有领袖气质的活跃的反叛者"，并补充说，"我们读者或许会感觉到莱辛女士的系列小说由于玛莎的部分不作为而丢失了什么"。④ 露丝·维特克认为《暴风雨掀起的涟漪》"与其说表明了莱辛对于马克思主义的失望，不如说是她越来越肯定它作为一种政治力量的修辞离有效性渐行渐远……《四门城》生动地捕捉到了 50 年代英国共产党和左翼圈的气氛，那种失望和背叛的情感。"⑤ 莫娜·奈普认为《四门城》是莱辛创作中的一个转折点。前四部都在描写个人和集体性的斗争，而最后一部打破了这种对峙，因为玛莎一看到了人类经验整体的全景，就感到了个人斗争的渺小和局限。她发现了潜意识、超感官和她的意识中的"疯癫"部分。这本书超越了以前莱辛叙事范围的现实主义界限，并且打破了实验性的时间框架，小说结束时已是 2000 年。这是莱辛所有著作中摆脱局限于个人的现实主义观点，向整体性的幻想迈出的第一步，或许是最关键的一步。⑥ 她反对把它同作者的经历混为一谈，将其说成自传。英格丽·霍姆奎斯特从家庭和自然两个维度就莱辛

① Roy Newquist. "Talking as a Person." in *Doris Lessing: Conversations*. ed. Earl G. Ingersoll. New York: Ontario Review Press, 1994, p. 10.

② Claire Sprague and Virginia Tiger. "Introduction." *Critical Essays on Doris Lessing*. ed. Claire Sprague and Virginia Tiger. Boston: G. K. Hall, 1986, pp. 11 – 13.

③ Margaret Drabble. "Doris Lessing: Cassandra in a World under Siege." In *Critical Essays on Doris Lessing*. ed. Claire Sprague and Virginia Tiger. Boston: G. K. Hall, 1986, p. 189.

④ P. W. McDowell Frederick. "Recent British Fiction." *Contemporary Literature*. 11 (1970), p. 425. 转引自 Robert S Ryf. "Beyond Ideology: Doris Lessing's Mature Vision." *Modern Fiction Studies*. Vol. 21, No. 2 (Summer 1975), p. 199。

⑤ Ruth Whittaker. *Modern Novelists: Doris Lessing*. New York: St. Martin's Press, 1988, p. 7.

⑥ Mona Knapp. *Doris Lessing*. New York: Frederick Ungar Publishing Co., 1984, p. 13

对现实的处理进行了专题研究。她认为莱辛由于没有办法解决现实问题而走向神秘主义。①盖尔·格林从变化的角度，分析了这部小说，认为主人公的变化代表了莱辛本人的变化。从把自我看作社会构建的个人，到相信本质自我同超越社会的总体现实相连；从相信语言的自足性到语言不足的神秘感。这些变化对应于莱辛从社会主义到苏菲主义，从历史到神话的发展，决定了小说形式从前三部的现实主义到后两部的抒情和神秘形式的发展。② 1995年，卡伦·施耐德（Karen Schneider）认为莱辛在这部小说中涉及一个重要主题，就是战争。她的目的是为了让我们"审视这些伤疤"，并迫使我们自己发挥想象力，完全实现我们的人性，摆脱我们的"暴力遗产"。③ 进入 21世纪，对这部小说的评价仍然更多地集中在主题和女主人公身上，而没有特别不同于以往的见解。

故事梗概

《暴力的孩子们》是一部五部曲小说，讲述了主人公白人女孩玛莎·奎斯特从十几岁到去世的一生，从战后的 1945 年到 20 世纪 60 年代，最后到世纪末去世。

第一部《玛莎·奎斯特》（*Martha Quest*），1952 年

讲述了 15 岁的玛莎在父母家里一直到 19 岁结婚的故事。故事共分四部分。

第一部分：故事发生在"二战"前夕的南罗德西亚。小说开始时，玛莎正在父母的农场里看一本时下流行的书，是哈夫洛克·艾丽斯（Havelock Ellis）写的有关性的书，旁边母亲在和邻居聊天，内容不外是有关仆人、孩子、做饭等琐事。虽然这样的书对 15 岁的女孩子来说不乏吸引力，但玛莎却有点烦躁，因为它解决不了眼下自己的问题：她对许多事不明白。所以与其说玛莎对于这本书的内容感兴趣，不如说她故意在大人面前读这样的书以显示自己长大和成熟了。实际上，她仍然对大人的许多做法不满或不懂：如母亲谈话里对荷兰裔邻居的不屑和自己身为英国女人的优越感；她们针对玛

---

① Ingrid Holmquist. *From Society to Nature*：*A Study of Doris Lessing's "Children of Violence."* Gothenburg：University of Gothenburg，1980，p181.

② Greene. Gayle. *Doris Lessing*：*The Poetics of Change*，Ann Arbor：The University of Michigan Press，1994，p. 35.

③ Karen Schneider. "A different War story：Doris Lessing's Great Escape." *Journal of Modern Literature*. Vol. 19，Issue 2（Fall 1995），pp. 259 – 260.

莎，那种充满教导意味的展示自己年轻时的有节制的浪漫；她们谈话的庸俗的话题，等等。总之，大人的世界里充满了谎言，她们回避矛盾、虚伪、做作、故作聪明和充满了种族歧视。由于种族不同，她不能毫无顾忌地和邻居荷兰裔的孩子以及开店的犹太人家的兄弟乔斯和索力自由交往，而世间充满误解和流言。她认为自己无法忍受这里的生活，只能拼命读所有能借到的书，试图在书中寻找答案。像所有青春期女孩一样，她叛逆、反抗，渴望逃离。16 岁那年，由于眼疾，玛莎错过了高考。

第二部分：后来，乔斯介绍她到了城里，在他叔叔开的公司找了一份办公室职员的工作。在这里，玛莎发现，种族歧视体现在工资的差异上，职员间的差异体现在能力上。她原本以为自己很聪明，这时，她才发现自己什么都不会。玛莎开始参加夜校，学习打字，同时也开始了和男孩子的交往。多诺万·安德森是她交往的第一个男孩。但这个男孩子没有主见，不爱读书，不是她真正喜欢的类型。在乔斯的引荐下，玛莎开始接触左派读书俱乐部的成员，接触进步报刊《新政治家和国家》。她开始对那些聪明的妇女被家务所拖累感到惋惜。玛莎母亲带父亲来到城里看病，对玛莎的生活横加干涉。

第三部分：玛莎开始参加体育俱乐部的舞会，更多地融入了当地年轻人的生活，但她却找不到自我。在貌似平等的表象下，虚荣和空虚尽情地展示着它的魅力，但大战来临前的紧张气氛，却使分歧和歧视不经意地渗入人们的生活。玛莎感到自己在品味上和多诺万及其他年轻人格格不入。为了显示自己的不同，玛莎故意和一个犹太青年阿道夫交往，开始了自己的恋情。但玛莎很快发现了自己的第一个男人和其他男人一样猥琐、虚荣、无知。整个城市都在议论这件事。在压力下，玛莎回归了自己的群体。

第四部分：玛莎在生病期间，对比了自己过去的农场生活和城市生活，感到自己好像被放逐了一样，就试图在自然和浪漫的诗歌中找到安慰。这时战争临近。玛莎像犯错的孩子一样，回归到了主流群体，并按照父母的要求和群体的标准，在 1939 年嫁给了大家都认为是门当户对的公务员道格拉斯，并回到了农场。

创作缘由

《玛莎·奎斯特》中关于运动俱乐部的描写是基于莱辛自己做电话接线生时的真实情况而写。其氛围、情感是真实的。① 莱辛说"虽然当时的需求

---

① Doris Lessing. *Under My Skin*, London：Harper Collins Publishers, 1994, p. 201.

是实验小说，但我却写了一本传统小说《玛莎·奎斯特》。我想过 100 种写《玛莎·奎斯特》的方式，形式变来变去，在时间上做文章，但最终还是平铺直叙，因为我在写自己痛苦的青春期、我的母亲、所有的那些痛苦、那种为生存的挣扎。"① 《玛莎·奎斯特》的创作过程，莱辛说是依据通常的自传性小说，主要是自己定位的痛苦和困惑。② 关于成长小说的问题，在小说《四门城》里，莱辛提到了《玛莎·奎斯特》是一部成长小说。当 1984 年采访时莱辛被问到是否想突出《玛莎·奎斯特》是一本教育和经验小说时，莱辛说："写完小说之后，我只是重新把这个词介绍进英国批评界，因为当时这个词并不流行。事实上，有许多小说都用很多篇幅描述了某人学习到了什么。德国人有这样一个词，而我们没有。"③ 其实，托马斯·曼（Thomas Mann）应该对莱辛的创作产生了很大的影响，因为莱辛在 1947 年给朋友的信中透露她读了曼的成长小说《魔山》（*Magic Mountain*），并进行了评论。④ 很可能这就是创作的起源。关于玛莎·奎斯特姓名中的"寻求"的意义：莱辛说是有意这样做的，就是"想给一些性格加个名字"。⑤

小说结构、主题等分析

这部小说在形式上分为四个部分，每一部分中又分为三个小部分。四个部分主要以玛莎活动的地理空间划分：农场、城市公司办公室、运动俱乐部、回到农场，在空间上自成一体。在时间上，玛莎从家庭走向工作岗位；从工作上的一无所知，到技术学校学习后，在工作上的自如；从人际关系上的无所适从，人云亦云，到试图摆脱控制，自我做主；从恋爱上的一张白纸，到最后步入婚姻殿堂，建立家庭。空间上的封闭性和时间上的线性发展使故事的戏剧性和情节的结构完美融合在一起。此外，四部分地理空间的循环，同玛莎在每一部分的心理变化互相呼应：从在家的苦闷，对周围人的不了解，到离开家工作；从人际交往圈子的扩大，逐步走向自以为是的成熟，

①　Doris Lessing. *Walking in the Shade*. London：Flamingo，1998，p. 32.

②　Doris Lessing. *Walking in the Shade*. London：Flamingo，1998，p. 14.

③　Eve Bertelsen. "Acknowledging a New Frontier." in *Doris Lessing：Conversations*. ed. Earl G. Ingersoll. New York：Ontario Review Press，1994，p. 135.

④　参见 1947 年 5 月 12 日莱辛给 Coll MacDonald 的信。*Collection of the Whitehorn letters*，1944 - 1949. 071. http：//www. uea. ac. uk/is/archives. Doris Lessing Archives. Univerisy of California，Berkeley Lib. 13/1/2009。

⑤　Eve Bertelsen. "Acknowledging a New Frontier." in *Doris Lessing：Conversations*. ed. Earl G. Ingersoll. New York：Ontario Review Press，1994，p. 139.

找到了幸福，但实际上又回归家庭，回到了父母生活的原点；生理的成熟只是重复了父母的道路，心理上又一次感到了被囚禁的苦闷。故事在推进中有起伏，有衔接；有冲突，有发展。对现实家庭的不满，对理想家庭的渴望与离家出走和回归家庭遥相呼应，首尾相连。

全书基本采用现实主义的手法，按时间顺序，展开故事。但从故事结构的分析可以看出，作者在采用传统现实主义手法的同时，在叙事上，注重时间和空间的结合；心理分析和事件描述相交叉；全知叙述人视角和主人公等特定人物的意识视角相互印证。辅以城市和农场、孩子和成人、天真和成熟、自然和世故等一系列对比、象征和意象手法的运用。此外，作者借用圣经中的人物玛莎来命名自己的主人公也颇有寓意：透过她请求耶稣来救自己的弟弟拉撒路的故事，玛莎展示了自己的聪明、独立和能力。这和玛莎在这部小说中的作用相契合。和玛丽喜欢沉思的性格相比，玛莎的名字的确更适合这部小说，而玛丽，作为玛莎的姐妹，更适合《青草在歌唱》。

该小说具备成长小说的主题特点，描述了玛莎在成长过程中的单纯、焦躁、不安、迷茫、激情、渴望和浮躁。值得注意的是，主人公个人的成长经历折射着"二战"前英国殖民地的历史现状，律动着大战来临前，种族歧视、阶级差别现象下殖民地普通民众（不包括黑人）的日常生活、命运起伏以及对年轻一代的影响。

故事主要人物有15岁的玛莎·奎斯特。她敏感、叛逆，对周围的世界既好奇又不解。母亲和荷兰裔邻居的谈话映衬出玛莎和邻居女孩、和犹太人兄弟既亲近又疏远的关系。玛莎试图通过读书寻找答案，但发现书解决不了现实问题。她渴望发展友谊，又对异性感到好奇和恐惧。但是玛莎叛逆和勇敢的性格促使她不断地超越自己，尝试着进入成年人的世界。在经历了友谊、恋爱和婚姻之后，她终于明白这都不是自己想要的生活。奎斯特夫妇是玛莎的父母。对父亲虽着墨不多，但作为全书的背景具有深刻的意义：父亲是战争的受害者：不仅造成肢体的残疾和身体上的伤病，更有心理上的忧郁和对未来的失望。母亲，奎斯特夫人是典型的英国妇女。她聪明、能干、势利，对于孩子时时刻刻操心，控制欲强。她不仅教育玛莎远离那些犹太男孩和庸俗的荷兰籍女孩，还时时刻刻不忘以英国中产阶级的标准培养玛莎，渴望有朝一日回英国的"家"。在玛莎离开家之后她仍试图插手玛莎的生活和恋爱以及婚姻。

第二部 《合适的婚姻》（*A Proper Marriage*），1954 年

故事梗概

接着第一部，第二部《合适的婚姻》继续讲述玛莎的第一次婚姻，从结婚前几周的感受、怀孕、生孩子，到玛莎最终抛夫弃女，第一次婚姻结束。小说共分四部分。

第一部分：讲述玛莎夫妇结婚后和同伴们夜夜跳舞、喝酒狂欢度过蜜月，以及之后玛莎的孤独，和女伴们交流对于婚姻的失望，发现自己已经成了笼子里的小鸟。她们一起去看医生，接受医生建议避孕，不愿意生孩子，但发现自己早已怀孕。期间，玛莎参观了索力创建的乌托邦居民区和谈论时局形势的聚会，同时，第二次世界大战即将爆发了。

第二部分：战争爆发后，南罗德西亚的青年被征入伍，第一批出发。人们对于战争的不同认识：年轻人激动，喜欢战争的刺激和冒险；老年人对于自己孩子的担忧；妻子们对于自己不是男人，不能参加战争感到懊恼。玛莎和女伴们都怀孕了，等待生孩子的激动、烦躁与无聊的心情。玛莎生产的具体细节。玛莎的丈夫等待被征召入伍，离家训练。玛莎独自抚养孩子的辛苦。

第三部分：南罗德西亚成为英国的空军训练后备基地。许多英国的年轻人来到这里受训，还有一些欧洲来的难民。小镇上的人们对于他们到来的态度以及他们对小镇的影响：士兵们和镇上留守的妻子们调情；由于和黑人并肩作战而对于黑人宽容的态度令保守人士不安；玛莎同样感到孩子的拖累，她和士兵们跳舞，接触一些支持苏联同盟的政治组织。玛莎的丈夫和一些有病的人被遣返回来。玛莎感到了与他的距离。

第四部分：玛莎和丈夫搬了一个新房子，舒适但无聊。玛莎参加各种政治组织会议，为战争募捐。道格拉斯出差期间，两人都传出绯闻。玛莎爱上了一个英国士兵。道格拉斯回来，两人关系恶化。许多人劝说玛莎不要离婚。赫斯等筹建共产党组织，玛莎成为其中一员。最后玛莎终于决定离开丈夫和孩子，自己搬到了出租屋。

创作缘由

莱辛在自传中透露，《合适的婚姻》中有一个怀孕的女人，是莱辛真实生活中的朋友艾薇（Ivy）。她们俩虽然很好，但艾薇却不能分享莱辛的思想。不过，尽管不是生死朋友，但通过交往有助于保持心理平衡。这都被写

进了书里。莱辛自己流产及生产的过程也在小说中有描写。[①] 莱辛和丈夫租住房子的房东把她丈夫当作儿子一样，莱辛也把她写进了这本小说。人物改了许多，但作用没变。[②] 南非的共产党组织不成熟，有点胡闹。写作时，对当时行为反思，觉得那时是多么愚蠢，但就像洪水中的鱼一样，不能说不。[③] 关于玛莎总是和自己不爱的人结婚，莱辛说，这都是因为战争，它破坏了人与人正常的关系。每个人都是疯子。战争对于我们的孩子伤害最大。"所以如果一个年轻女孩或年轻女孩子们随便就结婚了，这只是群体性疯癫的一个很小的征兆而已。"[④]

小说结构、主题等分析

和《玛莎·奎斯特》一样，《合适的婚姻》在形式上也分为四个部分，不过每一部分又分为四章，而不是像《玛莎·奎斯特》那样分为三章。小说以玛莎的经历为中心，有两条主线，一条是家庭主线：怀孕、生子、养育孩子、离婚。另一条是政治主线：参加聚会、战争爆发、参加各种政治组织、组建共产党。每一部分的四个章节都是在家庭主线和政治主线中交叉，也就是两章主要写家庭，两章主要写政治话题。而第一部分玛莎的怀孕正好和孕育战争的局势平行；第二部分玛莎生孩子正好和战争爆发一致；第三部分养育孩子的艰难又和各组织之间的协调的困难相吻合；第四部分玛莎的离婚和战争的结束以及共产党组织的解体相对应。这样的结构安排独具匠心：玛莎的婚姻从一开始就具有一种游戏的性质，糊里糊涂结了婚，糊里糊涂怀了孕，因此也就埋下了日后婚姻战争的种子。而这种对于婚姻的游戏态度又产生在当时时代的政治形势和社会状况下，因而又是当时社会状况的真实反映。政客之间的游戏导致了战争，也导致了人们生活的分离和游戏生活的态度，从而导致了生活中、婚姻上责任的缺失，而人们对于广大劳苦大众的漠不关心和对于种族歧视制度的纵容，又使得政治成为一种获取利益的手段，从而孕育了更多的战争和家庭的解体。玛莎的父母成为第一次世界大战的受害者，而玛莎和道格拉斯成为第二次世界大战的受害者，这一轮回在这部小

---

① Doris Lessing. *Under My Skin*. London：Harper Collins Publishers，1994，pp. 213 – 218.

② Doris Lessing. *Under My Skin*. London：Harper Collins Publishers，1994，pp. 213 – 218，241.

③ Doris Lessing. *Under My Skin*. London：Harper Collins Publishers，1994，pp. 213 – 218，276 – 277.

④ Josephine Hendin. "The Capacity to Look at a Situation Coolly." in *Doris Lessing：Conversations*. ed. Earl G. Ingersoll. New York：Ontario Review Press，1994，p. 48.

说中得到了最鲜明的体现。

就故事主题来说，从表面上看，这部书就像书名所言，主要是谈玛莎的第一次婚姻合适不合适的问题，但仔细阅读，就会发现从书名到书的结构都隐藏着一个重要的主题：即从玛莎的婚姻来反映战争的实质，从个人的命运来透视当时的社会意识和社会状况。我们看到，玛莎的婚姻从一开始就是心血来潮的结果。玛莎，包括书中其他人物都没有考虑过婚姻的实质、婚姻的责任和婚姻失败的后果。家庭是社会的最小单位，婚姻是否和谐极大地影响着社会的稳定；同样，整个社会的心态和意识状态也折射在人们对待婚姻的态度中。社会的稳定与否也决定着人们的择偶观和人生观，两者相辅相成。同样，谁敢说战争不是政客、官员对人生的赌博和游戏态度所造成，不是大众对于人生的无所谓、不负责任的游戏态度而对其推波助澜的呢？围绕着玛莎的婚姻，从结婚、怀孕、生孩子以及养育孩子的经历，透过社会各阶层，各色人等对于婚姻、政治、生活的态度，我们看到了家庭的悲剧是怎么造成的，更看到了战争的悲剧是怎么重演的。

故事意象和象征

书名："一个合适的婚姻"具有强烈的反讽意义，它至少有三层含义：一是指婚姻合适与否。从表面看，玛莎的婚姻是门当户对，得到社会赞许的婚姻，但深层次上，玛莎和丈夫是两类不同的人：丈夫是公务员，凡事循规蹈矩，是殖民政府的代言人。而玛莎追求自由，追求平等，走的是相反的路线。二是用婚姻喻指战争。通过像玛莎一样的年轻人（书中还提到了玛莎的朋友、邻居、同事等）对待婚姻、生子的游戏态度，暗指人们没有社会责任感，游戏人生，对于战争的严重后果认识不足的社会心态。其实婚姻是个人生活中的大事，正如同人们对人生的态度，是关系社会是否和谐是社会的大事一样，因此用"合适的婚姻"来反指人们无论对于自己的婚姻大事还是人生都是游戏的态度，是"非常契合"的对比讽刺。三是指在小说中，孕育孩子的过程和孕育战争的过程平行。玛莎和书中其他不同年龄、不同身份的人对待怀孕和生子前后态度的对比，实际上和人们对待战争爆发前后的态度是一样的。在书中人物看来，怀孕和战争一样都是一种冒险经历，是值得期待的，因此，他们激动、狂欢，但又对它所带来的后果没有责任意识，继而沮丧、悲哀。这里的"合适的"，喻指从个人生活到社会生活，无论是生子还是战争的爆发，所发生的一切都经过一个认为"适合的"孕育过程，都是自然孕育的结果。小说充分体现了莱辛对于人生的洞悉和对于人类前途的忧虑。

第三部《暴风雨掀起的涟漪》（*A Ripple from the Storm*），1958 年

故事梗概

第三部《暴风雨掀起的涟漪》主要讲述玛莎离婚后的政治活动以及她的第二次婚姻。这部小说也分为四个部分。

第一部分：离婚 4 个月后，玛莎又回到了原来的公司工作，但主要精力放在了小组会议等政治活动上。她终日奔波于公司、组织会议和去黑人区分发报纸。但这个自称的共产党小组内部就理论是否和实际结合的问题争论不休，各执己见。玛莎他们目睹黑人的实际境况，发现理论和实际严重脱节，但又找不到具体的解决方法。小组主席赫斯教导大家，组织的任务就是分析形势。而且凡是加入组织的人就不能考虑个人情感。她们这个小组的政治上的不成熟显露了出来。以梅纳德夫妇为代表的市行政官员希望维持社会的现状。同时，玛莎在办理离婚手续中，和士兵威廉姆有暧昧关系，但她发现他和道格拉斯有很多共同之处，讲究利益和男权思想，他们都不是她心中所希望的人。后来威廉姆由于思想激进"被调防"离开，这段关系结束。和道格拉斯的离婚手续终于办完，他又有了结婚对象。

第二部分：玛莎终于身心俱疲病倒了。赫斯照顾她期间，玛莎看到了赫斯冷漠、严肃外表下温情柔弱的一面。玛莎比较崇拜他，但没有感情的交融。玛莎以前公司的同事梅西意外怀孕，但梅纳德夫妇却拒绝出钱帮助梅西做流产手术，或是让她和自己儿子宾奇结婚。玛莎她们被允许参加工党会议。工党内部就如何对待黑人的问题争论不休，不欢而散。渴望为黑人解决具体问题的英国士兵吉米夜闯黑人区，却遭到黑人们的拒绝。

第三部分：以吉米为代表的英国空军士兵决定退出赫斯领导的小组。黑人的告密致使吉米等人"被调防"。玛莎等人加入工党左翼。工党左翼第一次在黑人区开会。工党内部左翼和右翼的斗争。左翼领导人温夫人对待婚姻和对待政治一样采取的功利态度。小组成员安德鲁为了梅西的名誉，牺牲自己的情感娶了梅西。玛莎也为了赫斯的身份合法化而嫁给了赫斯，政治会议就是他们的婚礼。

第四部分：玛莎和赫斯的分歧和不和谐越来越明显。梅西由于宾奇的回来而和丈夫安德鲁有了矛盾，在安德鲁"被调防"前，他们离婚。宾奇回去打仗，在梅西临产时，只有玛莎在身边。工党内部就是否成立非洲分部问题激烈争论，两派成了死对头。赫斯领导的小组陆续有人退出，最后基本解体。

创作缘由

莱辛说，《暴风雨掀起的涟漪》是她写过的"自传性最强"的小说。"它真正给出了那个时代的气氛"，是关于1942～1944年，那个"狂热的年代"的事。① 书名来源于俄国著名作家、斯大林的朋友伊利亚·爱伦堡（1891—1967）写的一部战争小说《暴风雨》（*The Storm*）。这部小说于1946年出版，获得1947年斯大林小说奖，1949年翻译成英语。小说讲的是关于苏联人民伟大的卫国战争的事。实际上爱伦堡是连接东西方的桥梁。他不是共产党员，但"冷战"期间，他在西方竭力为斯大林的政策辩护，也使西方文学能被苏联接受。② 莱辛说，这本小说反映了当时时代的气息、品味、趣味和基质。当时人们都被时代推着走。现在看起来不可思议，但人不可能离开时代的大潮。③ 就自传问题，莱辛说这部书是不是自传不重要，重要的是这些事很"常见"。她和第二任丈夫家里常常有十五六个人吃饭，家里经常客厅里或地板上有留宿的人，他们中有很多是左翼人士，都是对政治特别感兴趣的人。④ 莱辛在自传中还透露，在实际生活中莱辛生病和戈特弗里德照顾她的情节及后来结婚的情节在小说中都有描写。但戈特弗里德并不是小说中的赫斯，因为那时他还活着，自己还在抚养他的儿子。赫斯的原型是莱辛在伦敦的一个朋友的丈夫。他们的背景不一样，但心理一样，有阶级仇恨，和戈特弗里德一样都是政治狂热分子，并且喜怒无常。⑤ 莱辛在第二部自传中又详细介绍了这个人。那时她刚到伦敦，后来搬家住在琼·罗德克家。她父亲是个作家、出版商，是许多当时著名的作家和知识分子的朋友。母亲是艺术家的静坐模特儿。琼是个演员，会说德语和俄语。她把她的德国演员情人（有个孩子）在"二战"前从捷克弄到英国。这就是《暴力的孩子们》中莱辛第二任丈夫的原型。⑥ 另外，当时索尔兹伯里的女市长是工党的党员，要求建立非洲人的支部，但工党认为要保护白人文明就必须保持白人和黑人之间工资的距离（30倍），所以以不民主为名拒绝了这个建议。在

① Earl G. Ingersoll. "Describing This Beautiful and Nasty Planet." in *Doris Lessing: Conversations*. ed. Earl G. Ingersoll. New York: Ontario Review Press, 1994, p. 229.

② Doris Lessing. *Walking in the Shade*, London: Flamingo, 1998, pp. 267 – 268.

③ Doris Lessing. *Walking in the Shade*, London: Flamingo, 1998, pp. 267 – 268.

④ Eve Bertelsen. "Acknowledging a New Frontier." in *Doris Lessing: Conversations*. ed. Earl G. Ingersoll. New York: Ontario Review Press, 1994, p. 144.

⑤ Doris Lessing. *Under My Skin*. London: Harper Collins Publishers, 1994, p. 298.

⑥ Doris Lessing. *Walking in the Shade*. London: Flamingo, 1998, pp. 19 – 20.

小说中，莱辛描写了这个斗争。① 莱辛想把"当时群体行为的反复无常和动力"都描述出来。无论是政治、女性主义、黑人活动、绿色和平组织、动物权利等都一样。② 莱辛对这本小说出版后左派对小说的态度很生气。她在写给爱德华·汤普森的信中说，你们都曾邀请我写点有关时事的文章，这本小说写的是关于对斯大林的态度，是当今的重要话题，针对的对象是《新理性》和《新左派评论》的读者，但现在你们对小说一句话也没有说。③ 当莱辛1984年接受采访时被问道，贯穿玛莎·奎斯特个人梦境和书中对美好城市的描写是否来自马克思主义以及其他思想的影响时，莱辛说不是，应该是来自于她之前所读到的文学作品和圣经。当时她觉得玛莎·奎斯特这些人都很"疯狂"，有一种对政治和战争的狂热。一种"就我们少数几个人要改变世界的"那种"纯粹又狂热的信念"。④

小说结构、主题等分析

这部小说和第二部小说一样分为四个部分，每一部分分为四个章节。并且和第二部一样，这部小说也分为感情和政治两条主线，但和前一部不同的是，这部小说以玛莎的政治活动为主，她的感情生活已经完全服从于政治活动的需要。同时为了说明玛莎政治活动和感情生活是当时整个社会政治潮流的缩影，作者安排了几乎并行的另外两条线索，一条是工党的政治活动，另一条是梅西的感情和婚姻。这四条线索同时并进，互相交叉，英国空军士兵的加入和退出则作为点缀，提供了当时的世界战争背景以及南罗德西亚作为英国殖民地被卷入战争的情形。做到宏观中有微观的图景，微观的透视中可以管窥宏观的国际背景。

书名的寓意：小说书名，根据莱辛自己介绍，取自于俄国著名作家伊利亚·爱伦堡（Ilya Ehrenburg）的战争小说《暴风雨》（*The Storm*）。小说书名的寓意有三。首先，这部小说描写的故事正好发生在卫国战争的前后，人物的经历，无论是政治经历，还是感情生活都同"二战"的背景密不可分，正所谓是世界战争这个暴风雨掀起的涟漪。其次，小说中主要人物的思想和感情世界都是被斯大林的思想所左右，被时代大潮推着走。正如莱辛所说，

---

① Doris Lessing. *Under My Skin*. London：Harper Collins Publishers，1994，p. 307.

② Doris Lessing. *Walking in the Shade*. London：Flamingo，1998，p. 228.

③ Doris Lessing. *Walking in the Shade*. London：Flamingo，1998，p. 229.

④ Eve Bertelsen. "Acknowledging a New Frontier. " in *Doris Lessing：Conversations*. ed. Earl G. Ingersoll. New York：Ontario Review Press，1994，pp. 140 – 142.

这本小说描写了当时时代的气息、品味、趣味和基质，是当时时代的缩影。最后，莱辛希望自己的小说能像当年伊利亚·爱伦堡一样，成为新时期连接东西方之间文学的桥梁。

就小说主题而言，小说描写了在殖民地，以玛莎为代表的热血青年积极配合世界反法西斯战争的进程，期望社会进步，改变社会不公，并渴望为实现自己的理想而不懈努力。为了实现自己的政治理想，他们不仅付出了时间和精力，也献出了自己的感情生活。但玛莎和书中其他的小人物一样，在严酷的种族歧视制度下，从困惑到逐渐意识到自己的政治活动理论脱离实际，流于空谈。玛莎他们完全被当时的政治大潮所左右，成为殖民地政治的牺牲品。各政治派别内部的矛盾和斗争也是他们失败的原因之一。

第三节　《暴力的孩子们》后两部

第四部《围地》（*Landlocked*），1965 年
故事梗概

《围地》主要讲述了玛莎进入第二次婚姻后，对自己的反思，以及"二战"结束后，"冷战"期间南罗德西亚的政治和社会状态，反映了各种人的悲观失望情绪，直到玛莎又一次离婚，准备离开，去英国开始新的生活。小说分为四个部分。

第一部分：玛莎在经过上一部小说中的一系列事件之后，开始反思自己的所作所为以及自己的这次政治婚姻。她试图把一切先梳理清楚。她拒绝做公司老板的秘书，仍然积极参与小组会议和为当地黑人送书的活动。战争结束了，虽然电影中战争的残酷场面还在上演，但对于殖民地的大多数人来说，战争和和平似乎没有什么区别。玛莎的母亲仍然对参加庆祝"二战"胜利的大游行感到兴奋不已，索力和乔斯兄弟还在各自忙着追寻自己的理想，但整个大形势已经悄然改变。共产党小组的活动从受人尊敬的人的聚会，已经变成了一种危险的活动，这是由于另一场新的战争——"冷战"开始了。玛莎和赫斯已经商量好，不干涉各自的感情生活，择机离婚。

第二部分：玛莎和犹太人托马斯·斯特恩相爱了。她甚至为了他辞掉了工作，一边为工党做一些案头工作，一边陪托马斯。玛莎的弟弟伤残退伍回来。玛莎和她的朋友们参加非洲小组活动，但大家已经丧失热情。在活动后的舞会中，托马斯遇到了自己在部队时的仇人——克扣非洲士兵粮饷的托拉

索尔上士。托马斯的犹太复国主义思想使他燃烧起复仇的火焰。玛莎到托马斯家中做客，了解到他不幸福婚姻的根源在于他和妻子的阶级差别。玛莎他们谈论战争给各国人民造成的危害，希腊和中国的内战仍然在继续。玛莎好友梅西的感情生活也受到政治和战争的影响而处于混乱之中，梅西开始堕落。

第三部分：玛莎小组的成员希腊人阿森斯也回希腊继续战斗了，许多进步人士都走了。同时，非洲的民族主义势力抬头。他们对像玛莎这样愿意帮助黑人的白人表现出不信任。玛莎停止和黑人直接交往。杰斯米·科恩从南非回来讲述了自己为了得到南非籍，不得不结婚和离婚的经历。托马斯要去以色列参加战斗，他坚信暴力，而玛莎不相信暴力可以解决问题。据说阿森斯在希腊被作为叛徒处死。赫斯也在联系德国的亲人，但来信说都死了。战争所造成的人道主义灾难波及战胜国和战败国。托马斯从以色列回国后，像变了一个人，不再和玛莎交往，也不愿意和其他人交往。玛莎百思不得其解。原来年轻热情的女人都变成了碌碌无为、混日子的中年妇女。

第四部分：玛莎和赫斯终于等到了英国公民的证明，可以办理离婚了。这时出现了反苏联的书。他们小组剩余的人聚在一起讨论，但已经不是开会，对解决问题不再抱有希望。托马斯到远离城市的黑人居住的村庄为黑人提供帮助，最后死于热病。玛莎的父亲也死了。黑人举行罢工，白人的恐慌和政府对于所有黑人实行隔离政策。最后罢工结束了，黑人的要求并没有得到满足。梅西过着醉生梦死的生活。玛莎整理托马斯留下的书稿、办离婚手续以及准备启程去英国。最后玛莎他们被邀请参加了一个年轻人的会议，发现这些年轻人正在重复他们以前的道路和思想。

创作缘由

莱辛说，这部小说已经把自传全部抛开，因为和第三部小说的写作间隔了很多年，中间因为写了《金色笔记》，已经找不到那个时代的语调了。这本书描写了战后的失望情绪，是本阴郁的书。[①] 书名代表对大海的渴望。[②] 其实，莱辛表达的应该是对英国的渴望。关于梅纳德夫妇的原型，是综合了好几个人的原型，他们都是莱辛第二次婚姻时期的朋友。阿森斯是小说中仍

---

① Doris Lessing. *Under My Skin*. London：Harper Collins Publishers，1994，p. 298.

② Doris Lessing. *Under My Skin*. London：Harper Collins Publishers，1994，p. 400.

用原名的人物，他是一个真正的共产党员。① 莱辛在 1984 年接受伊芙·伯特尔森采访时说，《围地》所描述的时期，是她社交生活最活跃的时期：家里每天有许多人，许多的讨论小组，但也是她内心最难受的时期：因为他们夫妻已经意识到婚姻不可能持久。表面上很活跃，内心却死寂。②

莱辛自己认为创作第三部小说之后，小说语气有变化，这是因为自己这些年的生活发生了变化，中间写了《金色笔记》，而这本书改变了她自己。前三部小说主要是以自己的经历为框架，而后两部就不是了。小说中人物的父母也是以自己的父母为原型。"《围地》的口气变得平淡、沉重、更加失落，而不是去中心，因为玛莎仍然是书的中心。而《四门城》就完全不一样了，没有任何自传的成分。" 莱辛暗示说，前三部小说的口气是狂热的，精力充沛的，因为当时的人们都很疯狂，而后两部的口气就不一样。莱辛说自己主要是想"捕捉到那个特殊时代的气氛"，所以虽然写作五部曲之间时间差距很大，自己的想法也变了，但并不觉得再接着写有什么困难。③

小说结构、主题等分析

这部小说和以前几部一样也是分为四个部分，每一部分分为四个章节。不过和前几部清晰的叙述线条相比，这一部小说的叙述略显凌乱。主要原因一是在以玛莎为焦点的叙述中，插入了其他人的叙述视角。二是事件的叙述被大量的心理描写所打断。尽管如此，这四个部分仍然可以粗略地分为纵横两线的交叉：即"二战"结束后，在"冷战"状态下，围绕玛莎的政治活动和感情生活为纵线，以发散式的反思、人们的现状和行动为横线。其中，第一部分着重描写"二战"结束后，战争对玛莎这一代人以及经历了"一战"的上一代人的影响。第二部分描写战后社会各方面的微小变化，以及人们所抱有的残存的希望。第三部分叙述在"冷战"状态下，各种民族主义势力抬头，以及无论是政治上还是爱情上希望的破灭。第四部分是玛莎这一代人已经逐渐退出了历史舞台，而新的历史悲剧正在重新上演。其实，另一个不能排除的原因是，叙述的凌乱是莱辛故意所为，正好体现了主人公对现实的困惑和不解。这正是莱辛的高明之处。

小说的题目"围地"，突出地显示了莱辛对南部非洲殖民地狭隘、封

---

① Doris Lessing. *Under My Skin*. London：Harper Collins Publishers，1994，pp. 300 – 321.

② Doris Lessing. *Walking in the Shade*. London：Flamingo，1998，p. 144.

③ Eve Bertelsen. "Acknowledging a New Frontier." in *Doris Lessing：Conversations*. ed. Earl G. Ingersoll. New York：Ontario Review Press，1994，pp. 135 – 143.

闭、落后的政治、社会、文化生活的失望。小说主人公最终在各种努力失败后，终于冲破"围地"，启程回国。围地作为囚禁的象征，暴露了以梅纳德先生为代表的殖民地政府官员，无视黑人的疾苦，自私自利，但一旦有人触犯自己的利益，就绑架民意，肆意干涉他人；揭示了政治派别争夺权力、利益至上的小集团本质；描述了小人物深陷政治旋涡，奋斗挣扎而又无可奈何的矛盾心态。在殖民地种族歧视制度下，所有的政治和社会力量，就像一只巨大的网，囚禁着人们，动弹不得。同时，书名也体现了莱辛对于大海的渴望，对于大海所象征的自由和英国形象的渴望。

第五部 《四门城》（*The Four – Gated City*），1969 年

小说《四门城》主要介绍了玛莎来到伦敦后，围绕玛莎所发生的一系列事件。时间跨度长达半个世纪。小说分为四个部分，另加了一个附录。

第一部分：主要介绍了玛莎 1950 年刚到伦敦时第一年的情况。在前四个月，玛莎租住在一个小的咖啡店里，每天出去要么自己找工作，要么见熟人介绍的朋友，要么在伦敦闲逛。通过与咖啡店主和码头工人的妻子斯特拉等这样的底层人士的接触，玛莎了解到了战前的伦敦和战争对于他们的影响。玛莎拒绝了亨利·马西森为她介绍的白领工作以及菲比·科尔里奇给她介绍的一个政治组织秘书的职位。玛莎到男友杰克的大房子里住了几天。杰克给她讲了自己拥有住房及童年的经历。最后经菲比介绍，玛莎来到了著名作家马克·科尔里奇的家，给他做秘书。马克的妻子从精神病院回来，但却从不和儿子弗朗西斯说话。马克的嫂子萨拉带着孩子保罗暂时住在这里。6 个月后，玛莎计划离开。但马克的哥哥科林——一位剑桥大学的物理学家突然出逃苏联，萨拉自杀，玛莎只好留下照顾保罗和马克的家庭。

第二部分：马克的哥哥涉嫌向苏联泄露科学机密，因而出逃后马克家被记者围追堵截、监视、监听，没有人身自由。保罗偶然从记者嘴里知道了事情的真相，变得异常敏感，不再相信任何人。同时，从小没有母爱的弗朗西斯也和父亲沟通困难，后来去上了伊顿公学。而马克深陷家庭的痛苦和政治的困惑中。后来他开始在家里秘密和共产党人交往。发表了《城市》一书。他维持着痛苦的婚姻，和进步人士帕蒂保持了一段情人关系。这时，玛莎的母亲写信要来看玛莎，玛莎又陷入了回忆的痛苦之中。她去看了心理医生，回忆起自己的年轻时代，思索分裂的自我，以及自己目前在马克家庭中的管家身份，还有和马克的情人关系等问题。玛莎的母亲奎斯特夫人来到马克家，希望能帮助女儿做点事。她回忆起自己在非洲农场同儿子儿媳住在一起

的日子，为家庭，为儿孙操劳，但却得不到他们的理解。在她最孤独的时候，是一个黑人奴仆给了她安慰，这使她改变了一直以来对于黑人的偏见。她终于知道自己在英国同样不能得到女儿的理解，启程回非洲。玛莎也准备离开马克家。

第三部分：1956年，随着政局的变化，马克家已不再有共产党人的聚会，马克被称为"反革命"。随着孩子们长大，马克家也开始了最难熬的时期。马克和母亲观点不同，经常争吵。他去苏联见到了哥哥，但哥哥已经另组家庭，并不愿意和他接近。保罗因为偷盗被学校开除，不久又换了一所学校。弗朗西斯回家度假，试图和母亲莉迪亚接近。为此莉迪亚和自己的朋友多萝西——也是精神病患者闹翻，导致多萝西自杀，莉迪亚犯病。保罗和弗朗西斯水火不容。保罗爱上了贫苦的女孩，决定帮助她。玛莎协调着一切，照顾着莉迪亚。玛莎的母亲回到非洲一年就去世了。玛莎还经常和马克在一起讨论时政，但已不再是真正意义上的爱人。马克仍然深爱莉迪亚。而玛莎对婚姻和爱情都失去了兴趣。马克的弟弟阿瑟和前妻菲比因为孩子们还保持着往来。菲比和女儿们的关系非常紧张。吉尔怀上了一个西印度人的孩子，无奈打胎。

随着"冷战"后世界两个超级大国之间的军备竞赛加剧，工党和保守党之间的权力斗争也体现在马克家所有的亲戚朋友中。1958年的反核大游行开始了。在游行的队伍中，人们看到了马克家所有的人以及他们各个阶层的朋友。马克的科学仪器工厂合伙人吉米·伍德写了空间小说。

第四部分：保罗学会了靠买卖房产赚钱。弗朗西斯辍学回到了家里，爱上了自己的堂妹吉尔，决定帮助她抚养她和原来西印度人的另一个私生子阿曼达，并开始写剧本。马克家里人来人往，就像电视剧一样，各色人等都在扮演着不同的角色，每天都在发生不同的事。关于真和假的问题。菲比回顾工党的发展历史以及人们的信仰，发现自己为党做了很多，希望党掌权后一切会更好，但结果却很失望，加上自己的感情问题，和女儿们的紧张关系，这一切使她处于崩溃的边缘。莉迪亚试图讨所有人欢心，却失败了，又犯病了。玛莎和莉迪亚一起体验疯癫的感觉。她了解到莉迪亚的疯癫和她从小失去母亲，和继母关系不好有关系。和马克的婚姻生活的失败使她坠入了痛苦的深渊。吉米·伍德读了许多宗教和神秘团体的书，得到启发，正在研制可以摧毁人大脑的机器，并赚取利润。玛莎和马克对会给人类带来巨大灾难的前景表示恐惧和忧虑。马克家的大房子就要拆迁了。保罗和弗朗西斯准备买一个农场。莉迪亚犯病又回到了地下室。玛莎的非洲朋友梅西的女儿来了，当莉迪亚和马克离婚后，梅西女儿和马克结了婚。马克和美国人帕金斯合作准备投资建立一个马克书中描写的理想城市。玛莎也要离开了，但不知道去哪里。

附录：包括许多从1995年到2000年私人的和官方的文件。这些文件由弗朗西斯的继女阿曼达保管，而后被销毁。

文件1：是一封来自蒙古民族地区历史研究保管处的呼吁书，要求那些毁灭区域2（英国岛屿）的幸存者们把自己在大灾难发生前后发生的经过以及自己是怎么逃出的过程详细写下来，因为图书馆、博物馆等毁坏严重，前30年的历史记录非常少。强调要写个人经历。

文件2：是X30，时任内罗毕附近重建和恢复工程的副总裁的弗朗西斯·科尔里奇写给X32——在临时管理机构做职员的毛远的妻子阿曼达·内·科尔里奇的信。信中夹着文件1。信中的人名、地名和日期全部用代号。

信的内容一开始是弗朗西斯由于听说阿曼达那里各个地区间通信困难，怕阿曼达不知道呼吁书的事，就提前把这份文件寄给她看，让她告诉他们的人不要被这样的呼吁书所蒙蔽，不要写下来所要求的事，因为听说这是一个毁灭幸存者的阴谋。当时到处流传着一种说法：就是人类没有记忆，历史都是虚假的，都是当局编出来欺骗人的。真实的历史不是写下来的，而是在我们的记忆中。然后弗朗西斯把自己所经历的事情写下来，以便让阿曼达记住，然后把信销毁。弗朗西斯详细描述了他们在房子被拆后他所知道的事情：在20世纪60年代末，弗朗西斯和保罗及他们的朋友30人离开了伦敦，到了威尔特郡，建立了一个大农场。后来陆陆续续有许多人加入。他们自给自足，生活简单幸福，不问政治。玛莎曾经看过他们。父亲马克也曾写信警告他们不要太天真。期间祖母玛格丽特去世。农场最多时达到400~500人。农场里的人都是被社会认为的怪人或疯子，抑或是活不下去的人。但后来农场外的局势有了变化。70年代经济危机严重，政府对于人们的不信任导致各种监听和阴谋的出现。现代化的仪器经常发生各种事故。无政府主义的暴力情况出现。然后农场也出现了类似的事情。怪胎出现，婚姻破裂，也包括弗朗西斯自己，他的妻子出轨了，他只好自己抚养孩子。妻子最终进了精神病院。后来，各地发生了种族冲突，学生闹事。马克要弗朗西斯回去接管他的拯救计划。弗朗西斯回到伦敦，自己也快崩溃了。最后他离开了父亲，回到农场，带上玛莎，计划去看母亲。母亲离开了精神病院。他们找了个旅馆。在信的最后弗朗西斯叮嘱自己的女儿看完信后销毁它。

文件 3：是弗朗西斯写给女儿的信的第二部分，信里附着文件 4、5、6。

莉迪亚被送进了一个新的精神病院。讲述了她的主治医生 Yn2 他们以医学疗法为名，正在进行秘密的医学实验。大部分资料在大灾难中已经被摧毁，但弗朗西斯在母亲的笔记中看到了只言片语。这些都是弗朗西斯和玛莎及母亲在住旅馆的时候知道的。他们一起谈有超感的特殊人，谈起人类自身的发展将战胜政府的权力控制、金钱的追逐，等等，最后沉浸在乐观的梦境中。但醒来后弗朗西斯却对他们的无能为力感到更加难过。玛莎和莉迪亚一直在说剩下的时间不多了。他们一起还谈到政府试图收买科学家进行的超感人群实验，企图将结果用于间谍工作，但被科学家拒绝了。许多人，医生还有他们的朋友都在进行秘密的实验，期待着有趣的发现。莉迪亚预言这个国家的人只能活几年了。弗朗西斯和她们一起商量怎样拯救孩子、拯救人们。可以利用现有的管理机构，寻找到爱尔兰西部的地区，那里可以作避难所。他们第一步先在爱尔兰西部买了个房子，但很难说服别人搬离伦敦。保罗不听，他的事业在伦敦发展得很好，他娶了一个妓女，在最后发生大灾难时，为了救她，两人都死了。保罗还参加了马克的拯救计划。他是个很慷慨的人，但最后弗朗西斯却收到了他的几封信，谴责弗朗西斯背着他买房，索要他的钱财等。最后弗朗西斯去看他时，他又道歉。他的疯狂源自媒体对他们的造谣，说他们是世界末日论的制造者，想骗他的钱财等。政府发布命令要驱赶他们，这道命令是阿曼达的祖母菲比下达的，后又撤销的。所以他们最后决定搬走。搬家是分散进行的，没有引起注意。离开英国的人包括他们这些到西海岸的人，其中少部分具有特殊才能的人分散在各个小组中。还有一些离开英国去警告别的国家的人。最后是仍被困在英国的人。

文件 4：菲比·科尔里奇部长签名的对于遣散白布尔农场及邻近地区社区的公开声明："我们采取这个步骤是为了社区的利益和保护民主。这是一个特别令人不愉快的团伙。他们分裂家庭，宣称目的是为了实行'健康'生活方式，实际上却实行有害于国家大多数人的政策，并且据我们所知，他们在财务上声名狼藉。"

文件 5：保罗写给菲比·科尔里奇的部分信件的内容："你把我置于一个什么境地！律师误会了我的意思。一个警官昨天来找我，问我是否要上法庭控告他们。当然不会。我虽然不赞成他们的生活方式，也知道不是你的生活方式，他们离普通人的生活越来越远，但吉尔比我过得快乐。他们中有许多是我的朋友、小辈。我不敢相信这是你干的。我是已投资，但我相信弗朗西斯不会乱用这些钱。许多人都把事情托付给他，相信他，去找他。但错了，又批评他。菲比，求求你。如果你能……"

文件6：菲比·科尔里奇写给保罗的信，标着私人和保密的字样，由人工送达："命令已经撤销了。我是根据我的官员们所说的情况做这件事的。当然你的说法改变了他们的观点。我希望这封信和你写的信不要公开。我会再给媒体写个东西，希望他们不要再提此事。我个人认为所谓简单的生活应该被禁止。这是很自私的行为，因为我们的国家正需要人才。捣乱的人最好离开去住在农场。但没事干的话，还是为国家做点事吧。公众对他们反感一点都不奇怪。我的女儿们选择这种生活与此无关。在我这个年龄，我希望把公众感情和私人感情分开。很感激戈温来看过我，但吉尔连明信片也从来没有写过，弗朗西斯也是这样。我也没有见过孙子们。你过得怎么样？为什么不直接来，却要写信？（这样更好，更安全）如果你们保持联系有困难，解释一下就行，那么这种不愉快的事情就不会发生了。那些对于可怜的政府很不幸的事情，不过你们不会在乎！我听说你为科尔里奇家族做的事情得到了大家的称赞。"

文件7：玛莎·赫斯写给弗朗西斯·科尔里奇的信的部分内容，写在学校的草稿纸上。当弗朗西斯拿到它时，他把信用高强度隔离纸包起来，并在外面写上："来自于苏格兰西北岸不远的受污染的巴利斯岛：危险材料。"

信中玛莎告诉弗朗西斯，由于觉得自己就要不久于人世，所以要赶快把发生的事情写下来。她从上次的恐慌开始写，因为其他的弗朗西斯都知道了。

3周没有弗朗西斯的消息了。过了3年玛莎才知道弗朗西斯已经安全地带着他的人撤离了。那是1977年，在末日来临的慌乱中，由于莉迪亚和其他精神病人全被抓住，锁起来了，所以玛莎找不到莉迪亚，虽然当时听说莉迪亚已逃出来了。玛莎站在码头上，自责没有预料到人们会这么疯狂，有这么多的谣言，英国只是其中一部分，还有美国，纽约和新泽西等被淹，等等。回忆起6个月以来他们为这次灾难做的宣传、警告，劝告人们赶快向西撤离，但人们都不相信，或者说不在乎。有一个黑人把自己10岁的儿子交给了玛莎。在东北时，就听说北海煤气泄漏了，但政府辟谣说没有。也有说是苏联核潜艇的毒气泄漏了，不知是真是假。但玛莎他们离开的时候，海岸边全都是堆积如山的死鱼。当玛莎他们到达等船地点的时候，有消息说波顿的一个研究站着火了，神经毒气扩散出来。同天上午，传说奥尔德马斯顿发生了事故，半个国家会灭亡。这并不是官方发布的消息。所有的政府官员已经躲进了地下的战争掩体中。时至今日，也许还有人在那里。因为原来是军事机密以及在各部队之间保密，整个英国都找不到这些地下掩体的位置。人们不敢出来。

当玛莎他们在码头等待的时候，各地的地方广播说让大家撤离到西海岸。玛莎随后讲述了他们的逃生经历。大约 100 人上船，后来遇到了暴雨，最后船被卡在了一个荒岛上。途中有些老人由于寒冷死了。到了岛上，陆续有些人死于怪病。最后只剩下了 30 多个人活了下来。他们在岛上努力生存了下来，并繁衍后代。新生的孩子生命力极强，非常健康。其中有三个不同肤色的特异儿童。一个就是原来那个黑人留下的那个孩子的孩子，叫约瑟夫·巴特斯。玛莎最后说，这是 1997 年，她熬不过明年冬天了，所以临死前要把这个孩子托付给弗朗西斯。

文件 8：是第三重建和恢复内罗毕中心的负责人萨林格写给他的副手弗朗西斯·科尔里奇的信。信中说：在刚从小英格兰（洛杉矶）来的一批 50 个新重建者中，有 5 个是来自苏格兰附近一个岛屿的幸存者。有一些是去年巡逻队去大湖区在山洞里发现的。5 个幸存者中有一个 8 岁的孩子叫约瑟夫·巴特斯。父亲是黑人，母亲是白人。看上去有 3/4 黑人血统。他要求见弗朗西斯。他的父母还在洛杉矶接受检查，至少需要 4 年，也同意他来。才恢复 3 个月就来了，但医生作了检查。这是一个低于第 7 级正常值的孩子。不适合接受学校教育，但适合 3 年级学习。他希望弗朗西斯在蔬菜农场给他找到工作。

文件 9：这是马克·科尔里奇死后，在他的文件中发现的笔记。

笔记中记录了马克无奈当上了行政官员，在一个山谷里救助中东难民时的所思所想。在这个山谷，3 个月前，经历了一场亚洲流感，变得空无一人，但现在到处是帐篷和行军屋，已经有约 3 万难民。他在一船垃圾堆中发现了自己 20 岁出头时写的一本书，书中预言了所有以后发生的事情。30 多年来，经他手的资金有 1.9 亿元，他仍忍不住梦想这笔钱可以用来修建他理想中的城市。但现在这些钱又有多大意义？他现在做和弗朗西斯同样的工作，弗朗西斯在农场里救助从英国来的幸存者，而他在这里救助从中东来的幸存者。虽然弗朗西斯对未来充满希望，但说服不了已经 80 岁的马克了。空气有毒，食品被污染，人们都是行尸走肉，而政府机构分为 119 个层次，马克作为行政官员属于第 13 级。作为行政官，他吃的是一类食物，喝的是上等法国白兰地。弗朗西斯说一切都有希望，是新的开始，完全是社会主义的思想。弗朗西斯飞越英国上空侦察，回来时所说的他认为都是谎言，就像他飞越中东回来时撒谎一样。他看到的真实情况是，老城、果树、橄榄树以及田野等自然风光都不见了，取而代之的是玻璃的海洋，一片片沙漠。现在人类世界充满了友爱，没有敌人。但很快就会造出一个敌人。就像原来的英国、美国和苏联，一会是联盟，一会儿又成了敌人。如果在灾难前就注意到我们并没有敌人的话……他不相信莉迪亚没有死，不相信玛莎没有死，不相信还有希望。营地里每天都有人死去，他自己的孩子们也死于瘟疫。和瑞塔生活的 30 年，他不后悔，但仍然忘不了莉迪亚。他每天都要写下来发生的事，但给谁看呢？

文件 10：附在私人物品中的一封公函，阿曼达的丈夫——天普写给内罗毕的弗朗西斯·科尔里奇：我们决定在邀请你来的同时，也邀请你的雇员约瑟夫·巴特斯。你应该知道这是特殊的照顾，因为他来自于被污染的 B 区，在来之前应该按规定隔离月余。这是为了让他看看市区 11 公里内的公园和花园。外来的人都不能超出 11 公里限制。是为了让他能上园艺课。我想你说他 10 岁可能是印错了吧？

创作缘由

莱辛说自己当时经常会碰到像马克·科尔里奇这样的上流社会家庭，家庭成员持不同政见。[1]

小说结构、主题等分析

这本小说的结构仍然是四个部分，每个部分分为四个章节。但和五部曲中其他小说不同，这本小说多了一个很长的附录。如果说前四部小说是以玛莎自己的经历为主线，其他人物为辅线的话，那么在这本小说中，焦点已经从玛莎转到了其他的人物身上，玛莎更多的只是一个观察者、社会文本的阅读者和思考者。小说的四个部分按线性时间的发展和空间的详略转换透视当时的政治和社会状况以及对人们的影响。第一部分为玛莎来到英国的第一

---

[1] Eve Bertelsen. "Acknowledging a New Frontier." in *Doris Lessing*: *Conversations*. ed. Earl G. Ingersoll. New York: Ontario Review Press, 1994, p. 139.

年，她在熟悉情况，到处奔波找工作，是对战后英国社会状况的全景式扫描。这里有各种对比：战前的伦敦和战后的伦敦；城市和乡村；底层阶级和中层阶级；非洲和英国；宗主国和殖民地；社会现实和媒体宣传等。第二部分以上流社会著名作家马克一家为圆心，讲述 20 世纪 50 年代初期，战争以及持续的"冷战"对于家庭亲情、爱情、友情等关系的影响，揭示战争的附属品冷暴力对人们思想上和心理上的摧残，特别是对孩子们的影响。第三部分从 1956 年骤然紧张的国际政治形势着手，对包括匈牙利事件和苏伊士事件，以及奥尔德马斯顿到伦敦的反核大游行在内，把视线聚焦在了马克家正在成长的年轻一代身上。空间从马克家延伸到了他的亲戚和朋友的家庭。特别关注在复杂的政治形势下，中年人的困惑和年轻一代的叛逆，以及两代人之间的矛盾。第四部分描述了 60 年代，经历了战争、"冷战"创伤的马克和他的亲戚朋友们，以及逐渐成熟、长大的第三代，他们各自走上了不同的人生道路。这一部分的焦点放在了玛莎对于疯癫的观察、思考以及体验，映衬了当时风靡一时的反精神病运动。

最后附录是 1995 年到 2000 年间的 10 个文件，描述了 20 世纪 60 年代至 2000 年书中主要人物所经历的事情和结局。由于这部小说发表于 1969年，因此从时间上来说，这是莱辛以 10 个文件的形式对于未来的大胆预测。从结构上来说，10 个文件由 6 封私人信件、3 个公函或声明、一个遗留的笔记组成，涵盖大到整个新国家政府、原执政党官员和重建中心具体负责人的正式或官方文件，小到家庭成员间的私人信件和个人诉说内心隐秘的笔记。纵向包括交代小说中四代人之间的关系发展和未来的人种预测；横向贯通英国、中东、美国和中国等世界各国之间的联系、融合和战争。从小说故事本身的时间上看，是小说主要人物之间以信件回忆的方式交代发生在世纪末英国的大灾难，以及围绕大灾难发生前后所有主要人物的反应和结局。所有的文件最后都留给了马克家族的第四代、弗朗西斯的混血继女阿曼达手上。但附录开始即暗示新的一轮战争已经发生，把这些文件所描绘的事件又推回了过去时。而这些文件在最后一刻由阿曼达销毁，这一段的历史真相已经永远埋藏在人们的记忆中。

值得注意的是，小说的叙事视点从玛莎的单个视角逐渐转移到其他多个人物的视角，直至附录由社会通观视角主宰人物视角。这一视角的转换同这部五部曲小说试图透过玛莎个人的成长史展示 20 世纪英国政治、经济、社会的宏观发展史，并且扩展到整个世界的时代史的目标相吻合，为这部系列小说画上了一个完美的句号，进一步阐释了莱辛"通过形式"说话的艺术创作观。

小说的象征含义

题目和"四"的含义：这部系列小说的每一部都分为四部分，除了第一部之外，每一部分都分为四章。最后一部干脆在题目上直接点明是"四"门城。莱辛对四的情有独钟并不是一时对某一个数字的偏爱，而是有着深刻的艺术象征含义。莱辛自己在采访中回答关于为什么选择这个题目时就明确说道："这是一个出自神话、圣经和遍及世界各地民间故事的词。我选择它是因为《暴力的孩子们》的结构是按四排列的——每一部分为四章——这又是四。这是一个古老的象征，并且正当我在思考给书起名字的时候，又做了一个梦：一头有很大的白色腿的圣母牛，而它的后腿就是城市的人民。梦很美，色彩鲜艳。后来才发现这个梦和埃及主题有关。"① 莱辛还在 1980 年接受采访时直接点明了四门城是很古老的一个原型，"它几乎总是比喻心灵的状态，存在的状态"。②

我们知道，莱辛所说并非虚言。古往今来，在世界各国关于宇宙的神话和宗教传说中，门作为进入之门不言自明，而四和城市是很普遍的象征载体。如埃及神话中的众神之父太阳神拉神就居住在太阳城。他每天都要以四罐纯洁的露水来沐浴，以开始新的一天。③ 因此太阳城具有美好、理想的地方的意思。而在小说中，马克·科尔里奇所描绘的理想城市就叫太阳城。玛莎梦中向往的理想之地也是一个光的城市。而圣经中关于四的记载很多，如地球有四个角落，喻指全世界。④ 神要从天穹的四个角落中撷取四种风神，⑤ 从伊甸园流出的河有四个分支分别用来灌溉世界不同的地方，⑥ 围绕在上帝身边有四个神灵，每个神灵有四张脸和四个翅膀。⑦ 上帝在震怒中选派了四只神马给地球带来了战争和死亡，⑧ 后来地球四个角落的四个天使擎住了四

---

① Studs Terkel. "Learning to Put the Questions Differently." in *Doris Lessing*: *Conversations*. ed. Earl G. Ingersoll. New York: Ontario Review Press, 1994, p. 25.

② Minda Bikman. "Creating Your Own Demand." in *Doris Lessing*: *Conversations*. ed. Earl G. Ingersoll. New York: Ontario Review Press, 1994, p. 61.

③ 朋羽主编《外国神话故事》，哈尔滨船舶工程学院出版社，1994，第 173 页。

④ *The Holy Bible*. Lowa Falls: World Bible Publishers. Isaiah 11, p. 12.

⑤ *The Holy Bible*. Lowa Falls: World Bible Publishers. Jeremiah 49, p. 36.

⑥ *The Holy Bible*. Lowa Falls: World Bible Publishers. Genesis 2, pp. 10 – 14.

⑦ *The Holy Bible*. Lowa Falls: World Bible Publishers. Ezekiel 5, p. 6.

⑧ *The Holy Bible*. Lowa Falls: World Bible Publishers. Revelation 6, pp. 1 – 8.

个风神，不让它们吹向地球、大海或大树。① 西方古代哲学中关于宇宙的起源也和数字有着紧密的联系。毕达哥拉斯认为：万物皆数，数是万物的原型，万物都是模仿数的，是数的摹本，数的原则统治着宇宙中的一切现象。组成世界的有四种元素：水、火、土、气。② 此外还有亚里士多德有关事物形成的"四因说"等。此外，还有四季、四时，等等。因此，莱辛这里用"四门城"来喻指微观世界的含义已经非常清楚了。

其次，四个门所指既和哲理认知有关，也和她自己小说的结构紧密相关。柏拉图曾经把认识分为四个等级：最高为理性，其次是知性（或理智），再次是信念，最后是想象（或猜测）。③ 弗洛伊德在著名的意识三段论中，把普通人的意识分为三层，自我、本我和超我。而在苏菲主义中，人的终极目标是超越普通人的意识层次，而达到一个更高的层次，这样才能获得"真知"。因此，莱辛这里的四个门还具有认识层面的含义。结合她的整部系列小说的结构，可以看出，前四部中每一部都涉及玛莎人生中的一个阶段，也就是四个门：天真的少女时代；初涉婚姻的懵懂时期；初涉政治的激情澎湃年代；饱尝婚姻和政治苦果的失望期。而第五部既喻指主人公经历前四部的风霜雪雨后，洞悉人生奥秘、心智走向成熟，又指第五部的认知视野不仅立足伦敦，而且放眼英国乃至世界，这也和小说中的内容相辅相成。

最后，莱辛在解释题目的用意时，提到了圣母牛的梦境。做梦的真实与否并不重要，值得注意的是，她提到的圣母牛和埃及主题。在古埃及的神话中，传说拉神的女儿或妻子，也有说是母亲哈托尔（Hathor）是一个伟大的女神，代表着爱、美和大地母亲。她的形象通常被描绘成头上长角的母牛，代表着古代人民对于丰饶与自然的崇拜。母牛的四条腿代表着人民。当她死去的时候，她的墓碑上写着"西方极乐世界的女主人"，欢迎那些死去的人开始新的生活。但据说，曾经有一段时间，由于拉神年老力衰，遭到了人们的讽刺和嘲弄。为了惩罚人类，哈托尔来到人间，开始了屠杀行动。埃及血流成河，尸骨遍野。哈托尔成为一个凶恶残暴、嗜血成性的女神。后来拉神看到这一切之后，把掺入红色睡眠果汁的大麦酒洒在地上，使哈托尔以为是血，喝下而沉睡，醒来后恢复成以前的爱神。④ 结合莱辛的小说名、小说中

① *The Holy Bible.* Lowa Falls：World Bible Publishers. Revelation 7，p. 1.
② 全增嘏：《西方哲学史》上册，上海人民出版社，1983，第 57 页。
③ 全增嘏：《西方哲学史》上册，上海人民出版社，1983，第 148 页。
④ 见维基百科 Hathor. http：//en. wikipedia. org/wiki/Hathor.

的太阳城比喻以及马克最终建立太阳城的努力（建立国际拯救人类的计划），我们可以看出，小说名既代表了现阶段人类对于自然的破坏，人性的扭曲致使战争、瘟疫和灾难频发，也代表了人类对于未来的乌托邦式的美好愿望。可以看出，莱辛并不赞同这种狂热的激情，她只是想把当时的那种狂热记录下来。

关于每一章前面的题词。小说每一部分的前面都有一段摘自别人著作中论述的题词。主要来源有著名苏菲的话和其他一些知名的人物。其含义已经有评论家详细谈过，[①] 不过，题词和文本的联系还没有太多的评论，可以作为进一步研究的课题。

关于小说的结尾，莱辛说自己绝对不会像马克·科尔里奇那么傻去创造一个新世界。但是，"在我看来，人类是在进化的，这就是进化的下一阶段。我认为我们有可能变得更聪明，更有直觉性"。一切都在朝着这个方向走。如果有这样的人出现，莱辛不无讽刺地说，一定要藏起来，因为"人类这个动物就是一个杀戮者……我们不能容忍和我们自己不同的人"。[②] 莱辛在 1969 年接受采访时说自己"很关心人类的未来。我认为科幻小说作家很好地捕捉到了我们文化对于未来的感觉。《四门城》就是本预言小说。我认为是真实的预言。我认为'铁蹄'就要踏下来了。我相信未来会是灾难性的。"[③] 这时的莱辛是悲观的。就莱辛在结尾预测英国的毁灭和地球的灾难而言，我们虽然现在还没有达到毁灭的程度，然而在世界范围内瘟疫的流行、苏联和日本的核电站泄漏引起的核辐射对大气和海洋环境的影响、自然环境的恶化，近期干旱和洪水在东南亚、非洲、美洲交替频发，已经使莱辛的预言具有了一定的可信度。乔治·伽莫夫（George Gamow）1948 年预测了宇宙微波背景辐射的存在。20 世纪 60 年代，这一辐射被探测到，有力地

---

① 参见 Rubenstein. Roberta. *The Novelistic Vision of Doris Lessing: Breaking the Forms of Consciousness*, Urbana: University of Illinois Press, 1979, p. 128; Dagmar Barnouw. "Disorderly Company: From 'The Golden Notebook' to 'The Four – Gated City.'" *Contemporary Literature*. Vol. 14, No. 4, Special Number on Doris Lessing（Autumn 1973）, pp. 491 – 514 http://www.jstor.org/stable/1207469; Anne M. Mulkeen. "Twentieth – Century Realism: The 'Grid' Structure of 'The Golden Notebook'." *Studies in the Novel*. Vol. 4. No. 2 (Summer 1972), pp. 262 – 273.

② Eve Bertelsen. "Acknowledging a New Frontier." in *Doris Lessing: Conversations*. ed. Earl G. Ingersoll. New York: Ontario Review Press, 1994, p. 145.

③ Jonah Raskin. "The Inadequacy of the Imagination." in *Doris Lessing: Conversations*. ed. Earl G. Ingersoll. New York: Ontario Review Press, 1994, p. 15.

支持了宇宙大爆炸理论，从而否定了另一个比较流行的稳恒态宇宙理论（Steady State Theory）。[①] 虽然这是揭示宇宙起源的理论，但也许莱辛从中得到了启示：那就是如果我们不善待地球，有一天地球上的大灾难所引起的生态灾难将是不可避免的。

　　就整个五部曲而言，《暴力的孩子们》直指暴力对于年轻一代直接或间接的影响：战争的暴力、政治的暴力、权力机构的暴力，等等。这部小说的目的"就是写像我这样年龄的人，出生在战争年代，又经历了战争，又生活在争斗的框架里。我想题目就说明了我想说的是什么。我想说明一睁开眼就看到了战争，就看到了人与人之间互相憎恨，这样一个世纪的人是怎样的感觉。"[②]

① 百度百科，"宇宙大爆炸"。http：//baike. baidu. com/view/14565. htm.
② Roy Newquist. "Talking as a Person." *Doris Lessing*：*Conversations.* ed. Earl G. Ingersoll. New York：Ontario Review Press，1994，p. 10.

第二章
《金色笔记》

第一节　创作的背景和评论情况

诺贝尔委员会在 2007 年颁给莱辛诺贝尔文学奖时，谈到《金色笔记》
（*The Golden Notebook*）（1962）时说："快速发展的女性主义运动把它看作
一部开拓性的著作。它位于了解 20 世纪男女关系的少数几部书之列。"① 莱
辛 1990 年在巴黎接受让·莫里斯·德·蒙特米采访时说："我开始写的时
候，认为自己是一个马克思主义者，一个进步人士。然后我发现可以剥掉整
个的观念、话语和主题结构，这样有可能会对许多事情有许多或多或少有趣
的看法。可以有激情，政治热情。但是讲故事，读这些故事，创造这些故
事，是以完全一种不同的模式发挥作用。我想说的是实际上的，不是文化
上，不是意识形态方面的。"② 这里，莱辛明确地说明，这是一部她用讲故
事或编故事的方式审视自己所走过的道路的小说。她层层地剥掉附着于自
己身上的各种观念和话语、各种意识形态和主义，把最本真的自己裸露在
读者眼前。在揭示个人在时代潮流中的思想变迁和命运沉浮的同时，让读
者触摸时代的脉搏。在评说历史、评判个人中，审视自己。因此，这是一
部记录个人的心路历程和时代思想变迁的小说，是一部审视自我和拷问时
代的小说。

莱辛创作这本小说的时候，正值英国社会处于新旧交替的重要时

---

① 转引自 Nico Hines. "Doris Lessing 'Delighted' to Win Nobel Prize." *The Times Online*. October
11，2007. http：//www.timesonline.co.uk/tol/news/uk/article2638056.ece。

② Jean - Maurice de Montremy. "A Writer is not a Professor." *Doris Lessing：Conversations*. ed. Earl
G. Ingersoll. New York：Ontario Review Press，1994，p. 196.

期。经过战后福利国家制度的实行，英国经济得到了显著的恢复，但同时政治上却随着前殖民地国家的相继独立，其大英帝国身份已不复存在，在世界上的霸主地位也被美国所取代。由于美苏军备竞赛的升级，加剧了"冷战"危机，加上匈牙利事件、越南战争等，人们开始对未来世界大战产生了极大的恐惧。从 1958 年开始，英国连续几年都爆发了反核游行。有许多文化界著名人士参加，包括哲学家罗素、作家莱辛等。另外，随着英国政治地位的变化，其思想文化领域也发生了变化。20 世纪 50 年代到 60 年代，斯大林的去世和苏共二十大的危机、西方马克思主义学派在英国的流行、反精神病运动对于弗洛伊德心理分析学派的批评、存在主义关于存在的荒谬和无意义等观念，都使人们对于以往的权威以及传统观念产生了质疑。此外，克里斯·鲍尔迪克也描述了从"一战"以后开始的纯洁英语语言运动的影响。他认为对战争频发的失望使人们对于爱国、英雄主义、理想、荣誉、忠诚、牺牲等词汇的意义产生了怀疑。人们认识到这些语言比毒气具有更大的杀伤力——过去人们对于语言的得体性和俗语之间的差别比较敏感，但现在发现语言还有这样的蛊惑人心的政治功能。所以，奥格登（C. K. Ogden）和理查兹（I. A. Richards）发表了《意义的意义》（*The Meaning of Meaning*）（1923）这部英国符号学的奠基之作。在这部著作中，他们阐述了语言本身没有意义，而是被使用的语境赋予了意义。他们主张要区别语言的指代和情感功能，以便使我们更好地沟通，并摆脱非理性的宣传。理查兹所代表的剑桥派也是实践批评（Practical Criticism）（1924）的开创者，同时美国 20～30 年代发起了新批评运动，到 40～50 年代达到高潮，强调细读法。① 莱辛对于艺术家写作中语言不能真实表达自我的担忧和当时语言被赋予的语境意义有关。战争和政治的双重欺骗使莱辛对于自己的写作的真实意图是否能被读者领会感到困惑。此外，40～50 年代的英国，大量前殖民地的移民掀起的"回归"潮加剧了种族矛盾，也使英国开始经历一场前所未有的"身份"大危机。"一阵变革的风"吹过 1960 年的门槛。② 与此同时，在文学上，现实主义在反映现实方面的局限也越来越明显，急需一种新的形式来反映当时动荡的国际局势、复杂的社会关

① 〔英〕克里斯·鲍尔迪克：《现代运动》第 10 卷，外语教学与研究出版社，2007，第 69～70 页。

② 〔英〕兰德尔·史蒂文森：《英国的没落？》，外语教学与研究出版社，2007，第 13 页。

系和人的心理矛盾与精神危机。

对于莱辛来说，她也正处于人生的十字路口。1956 年，由于对苏联的失望和对斯大林主义的不满，莱辛退出了英国共产党。不过她并没有放弃对于理想的追求，仍然渴望社会的改善。她积极参加反核游行和反精神病运动，并发表了许多文章，抨击那些伪善的社会主义分子。不过这时，她在思想上处于迷茫时期。正如她自己所说，正处于迷惘和彷徨，在"寻求指导或道路"之中。① 在文学上，此时她已经完成了《暴力的孩子们》的前三部，开始感觉到旧有的文学形式已经不能准确反映时代和社会，不能很好地揭示现实和历史、真实和虚构的关系。在这种情况下，莱辛开始创作《金色笔记》。在这部小说中，莱辛开始重新审视、梳理、反思自己过去的思想、行为。莱辛说，这部小说的目的就是"试图理解我们，我们这些拒绝按照'传统道德'生活的人所发生的事情"。② "书的形式迫使我用各种形式审视自己。"③ 我"写自己是一个马克思主义者和理性主义者，但却经历了许多不能解释的事情"。④ 与此同时，她也在进行各种写作实验。在写作期间，她遍览了包括吠陀经、佛教经典、《易经》等东方的各种经典。莱辛说自己有两个发现：第一，我们的教育严重缺乏信息，我们西方的文化和教育使我们妄自尊大，对别的文化一无所知。第二，是自己需要老师的引导。这时她读到了《苏菲们》，发现了她的思想所在。⑤ 因此，对于莱辛来说，《金色笔记》是一本过去和现在思想大碰撞的作品，是一部迄今为止各种写作技巧、各种思想观点大交集的作品，是莱辛进行新时代写作的实验基地，更是莱辛试图表达自己丰富生活经验的倾诉之所。莱辛 1980 年接受 BBC 二台迈克尔·迪恩的采访时不无幽默地说，她赋予了它太多的使命，所以"它溢得到处都是"。⑥ 因而她认为《金色笔记》的形式是一种失败。不过，

① Doris Lessing. *Walking in the Shade*. London：Flamingo，1998，pp. 321－323.

② Jean － Maurice de Montremy. "A Writer is not a Professor." in *Doris Lessing*：*Conversations*. ed. Earl G. Ingersoll. New York：Ontario Review Press，1994，p. 198.

③ Christopher Bigsby. "The Need to Tell Stories." *Doris Lessing*：*Conversations*. ed. Earl G. Ingersoll. New York：Ontario Review Press，1994，p. 79.

④ Nissa Torrents. "Testimony to Mysticism." in *Doris Lessing*：*Conversations*. ed. Earl G. Ingersoll. New York：Ontario Review Press，1994，p. 66.

⑤ Christopher Bigsby. "The Need to Tell Stories." in *Doris Lessing*：*Conversations*. ed. Earl G. Ingersoll. New York：Ontario Review Press，1994，p. 79.

⑥ Michael Dean. "Writing as Time Runs Out." *Doris Lessing*：*Conversations*. ed. Earl G. Ingersoll. New York：Ontario Review Press，1994，p. 90.

莱辛认为写作"《金色笔记》完全改变了我"，[①] 教给自己很多东西，也导致了从《暴力的孩子们》系列小说第四部开始语气的改变。实际上，它不仅改变了莱辛自己，也改变了许多人的命运。从一出版，《金色笔记》就显示出了它超越时代、超越国家的魅力。

　　这部小说于 1962 年出版。当时，虽然后现代主义作为一个颇具争议的词还没有进入大部分人的视野，但毫无疑问，《金色笔记》惊世骇俗、具有强烈后现代色彩的叙述形式和大胆的女性心理的描写在评论界却掀起了一场巨大的风波。尽管有许多负面评价的声音，如格兰维尔·希克斯（Granville Hicks）在《星期六书评》上说，"……她试图让小说做它原来没有做过的事情，但在这个过程中，她把小说最基本的形式和结构的概念都改变了。这本书一片混乱，有时令人困惑……"[②] 但它别具一格的独特形式、深刻而广博的内涵使它赢得了很多赞誉。欧文·豪称它是"一本高度严肃的书。是10 年来我所读到的最吸引人、最令人激动的新小说：它和时代的脉搏一起律动，它是真实的"。[③] 不过，大多数评论都集中在它的女性主题方面，被誉为女性主义的解放宣言和女性主义的圣经。[④] 不过，对于这些赞誉，莱辛并不领情。她对人们把它看作女性主义的著作尤其不满。为此，在 1971 年再版时，她专门写了一篇前言，断然否认它是在为妇女解放摇旗呐喊，试图纠正评论界对此书的一些误解，并且说明了自己写此书的目的和主题是探讨分裂，以及个人和集体的关系。此后，莱辛还在自传中再一次重申《金色笔记》的主题是关于部分和整体的关系，是关于人们的文化和情感态度以及彼此的

---

① Michael Dean. "Writing as Time Runs Out." *Doris Lessing：Conversations*. ed. Earl G. Ingersoll. New York：Ontario Review Press，1994，p. 89.

② 转引自 Eve Bertelsen. "Introduction." *Doris Lessing*. ed. Eve Bertelsen. Johannesburg：McGraw - Hill Book Company（South Africa），1985，p. 19。

③ 转引自 Eve Bertelsen. "Introduction." *Doris Lessing*. ed. Eve Bertelsen. Johannesburg：Mc Graw - Hill Book Company（South Africa），1985，p. 19。

④ 参见 Jonah Raskin. "An Interview with Doris Lessing." *Progressive* 63. 6（June 1999），pp. 36 - 39. *Contemporary Literary Criticism*. Ed. Janet Witalec. Vol. 170. Detroit：Gale，2003. Uc Berkeley. 21 Sept. 2009. http：//go. galegroup. com/ps/start. do? p = LitRC&u = ucberkeley；Susan Lardner. "Angle on the Ordinary." *New Yorker*. Sept. 19，1983，p. 144，Quoted in Gayle Greene. *Doris Lessing：The Poetics of Change*. Ann Arbor：The University of Michigan Press，1994，p. 17。德拉布尔也曾提到说，《金色笔记》被人称为"年轻人的圣经"。见 Margaret Drabble. "Doris Lessing：Cassandra in a World under Siege." In *Critical Essays on Doris Lessing*. ed. Claire Sprague and Virginia Tiger. Boston：G. K. Hall，1986，p. 183。

关系，是时代的记录。① 尽管如此，大多数评论家仍然认为这是一部对女性有特殊意义的作品。许多人都认为它改变了她们的生活。德拉布尔说，莱辛的作品改变了人们的一生。② 著名作家拜厄特（A. S. Byatt）1996 年写的小说中认为莱辛、默多克等的观点改变了 20 世纪 60 年代的她，而到现在也对她很重要。她称赞《金色笔记》"是探讨我们这个时代小说和写作性质最深刻的作品之一"。③ 此外，莱辛还影响了很多的作家。④ 库切称它为女性主义运动的"奠基性文件"。⑤莫娜·奈普认为《金色笔记》探讨了个人和许多集体行为的最终较量，从共产主义到女性主义。它的主要观点就是表达对社会主义梦想、传统女性的失落感。英国的女性主义者立刻把它奉为至宝。尽管莱辛拒绝卷入两性斗争，但这部书由于对于女性性心理的大胆描写而成为英国文学的一个里程碑。由于它提出了 70 年代女性主义运动中争论的诸多问题，遂成为最受女性主义者欢迎的必读书之一。⑥ 资深女权主义代表人物、《性别政治》等经典著作的作者凯特·米利特（Kate Millett）在 2006 年她 72 岁时说："对于我们这代人来说，对于每代人的妇女来说，这是一本划时代的书。"⑦不过，70 年代以后，评论界还是沿着莱辛所指引的方向展开了研究。1972 年路易斯·马奇诺（Lois A. Marchino）对莱辛小说中的寻找自我主题进行了探讨，认为莱辛小说中的主人公在努力摆脱社会的束缚，使真正的内在自我和宇宙融为一体。⑧1972 年安妮·穆肯（Anne M. Mulkeen）对小说的叙事结构进行了分析，认为小说的网格结构反映了 50 年代信仰危机的现实，揭示了 20 世纪的人们在面临分裂的现实时试图总体把握和理解现实的努

---

① Doris Lessing. *Walking in the Shade*. London：Flamingo，1998，pp. 314 – 315.

② 参见 Margaret Drabble. "Doris Lessing：Cassandra in a World under Siege. " In *Critical Essays on Doris Lessing*. ed. Claire Sprague and Virginia Tiger. Boston：G. K. Hall，1986，p. 183。

③ Pilar Hidalgo. "Doris Lessing and A. S. Byatt：Writing 'The Golden Notebook' in the 1990s. " *Doris Lessing Studies*. Vol. 25，Issue 1（Spring 2005），p. 23.

④ 参见 Claire Sprague and Virginia Tiger. "Introduction. " *Critical Essays on Doris Lessing*. ed. Claire Sprague and Virginia Tiger. Boston：G. K. Hall，1986，p. 22。

⑤ J. M. Coetzee. "The Heart of Me. " *New York Review of Books*. Vol. 41，No. 21. December 22，1994. http：//www. nybooks. com/articles/archives/1994/dec/22/the – heart – of – me.

⑥ Mona Knapp. *Doris Lessing*. New York：Frederick Ungar Publishing Co. ，1984，p. 12.

⑦ 转引自 Hillel Italie. "Style & Culture. " *Los Angeles Times*. Los Angeles，Calif. ：Oct 20，2006，p. 22. http：//proquest. umi. com/pqdweb？sid = 1&RQT = 511&TS = 1258510410&clie-ntId = 1566&firstIndex = 120。

⑧ Lois A. Marchino. "The Search for Self in the Novels of Doris Lessing. " *Studies in the Novel*. Vol. 4. No. 2（Summer 1972），pp. 252 – 261.

力。①约瑟夫·海因斯（Joseph Hynes）和约翰·凯瑞（John L. Carey）也分别从不同角度对这本小说的结构进行了探讨。② 海因斯认为它并不是像通常的小说那样结束了，而是在继续，因为诚实地说它没有结论，它是一个过程。③达格玛·巴尔诺（Dagmar Barnouw）分析了从《金色笔记》到《四门城》在叙事组织上和对主人公态度的改变。他认为这两本小说的不同标志着莱辛对小说家的作用和责任概念的改变。④ 1974 年，丹尼斯·珀尔特（Dennis Porter）在《现代语言季刊》发表《〈金色笔记〉中的现实主义和失败》，探讨了莱辛在小说中对于现实主义的解构。⑤ 1975，马乔里·莱特福特（Marjorie J. Lightfoot）在《小说研究》发表《〈金色笔记〉的突破》，展示了 20 世纪的政治和社会动荡对个人的影响，试图冲破失败轮回的个人奋斗形式以及小说对传统形式的改变。⑥ 80 年代以后，评论趋向于多样化。1980 年贝特西·德雷恩就小说的形式进行了后现代的解读。她指出后现代小说艺术并不是没有形式，而是对形式和混乱现实之间的相互动态作用作出回应和表达。⑦ 1980 年赫伯特·玛尔德尔（Herbert Marder）从主题和形式的互动关系出发探讨了小说形式存在的悖论，验证了莱辛所说的小说形式的重要性。⑧ 1981 年，凯琳·弗洛力（Caryn Fuoroli）在《20 世纪文学》发表《多丽丝·莱辛的"游戏"：指代语和小说形式》，对小说中语言和形式的关

① Anne M. Mulkeen. "Twentieth – Century Realism: The 'Grid' Structure of '*The Golden Notebook*'." *Studies in the Novel*. Vol 4, No. 2 (Summer 1972), pp. 262 –274.

② Joseph Hynes. "The Construction of *The Golden Notebook*." *Iowe Review* 4 (1973), pp. 100 –113; John L. Carey. "Art and Reality in *The Golden Notebook*." In *Doris Lessing: Critical Studies*. ed. Annis Pratt and L. S. Dembo. Madison: The University of Wisconsin Press, 1974, pp. 20 –39.

③ Joseph Hynes. "The Construction of *The Golden Notebook*." *Iowe Review* 4 (1973), pp. 100 –113.

④ Dagmar Barnouw. "Disorderly Company: From *The Golden Notebook to The Four – Gated City*", *Contemporary Literature*. Vol. 14, No. 4 (1973), pp. 491 – 514. http: //www. jstor. org/ stable/ 1207469.

⑤ Dennis Porter. "Realism and Failure in *The Golden Notebook*." *Modern Language Quarterly*. Vol. 35, No. 1 (1974), pp. 56 – 65.

⑥ Marjorie J. Lightfoot. "Breakthrough in *The Golden Notebook*." *Studies in the Novel*. Vol. 7, No. 2 (Summer 1975), pp. 277 – 285.

⑦ Betsy Draine. "Nostalgia and Irony: The Postmodern Order of 'The Golden Notebook'." *Modern Fiction Studies*. Vol. 26, No. 1 (Spring 1980), pp. 31 – 48.

⑧ Herbert Marder. "The Paradox of Form in 'The Golden Notebook'." *Modern Fiction Studies*. Vol. 26, No. 1 (Spring 1980), pp. 49 – 54.

系进行了探讨。指出作者虽然认为语言的指代功能充满局限，并不能完全表达自己的思想，但同时又通过小说形式证明语言在交流中的作用和维持现实秩序的必要性。在小说中语言的作用是"必要的罪恶"，因而安娜最后在现实的混乱和秩序的对比中获得了一种新的对现实的认识，小说取得了成功。[①] 1982 年，克莱尔·斯普拉格对《金色笔记》中的含混语和双人物现象进行了研究。[②] 1987 年，罗伯特·阿莱特（Robert Arlett）从小说的主题角度对布莱希特和莱辛进行了比较研究。[③] 1988 年，莫莉·海特对多丽丝·莱辛的《金色笔记》和《四门城》这两部小说的建构关系进行了探讨。[④] 1989 年布罗·普莱西（Blau Du Plessis）由于这部小说对于女性身体特征的直接描写，把它称为"世界文学的第一片卫生巾"。[⑤] 1990 年费什伯恩就莱辛《金色笔记》的序言所蕴含的文化意义进行了解读，就教学中作者意图、读者和文本的关系等做了非常深入的探讨。[⑥] 1996 年，梅丽尔·奥特曼（Meryl Altman）发表《我们说"我们"之前（和之后）：多丽丝·莱辛和西蒙娜·德·波伏娃中邪恶的性以及个人政治》，比较了莱辛的《金色笔记》和波伏娃《名士风流》，说明为什么不适合把它们称作女性主义小说。[⑦] 进入 21 世纪，评论更加深入，并和时代的特征联系更加密切。代表性的评论有，2006 年托尼亚·克鲁斯（Tonya Krouse）认为《金色笔记》是一个介于现代主义与后现代主义之间的文本。它回应、挑战前者，召唤后者，并提

---

① Caryn Fuoroli. "Doris Lessing's 'Game': Referential Language and Fictional Form." *Twentieth Century Literature*. Vol. 27, Issue 2 (Summer 1981), p. 147.

② Claire Sprague. "Double talk and Doubles Talk in *The Golden Notebook*." *Language & Literature*. Vol. 18, Issue 2 (Spring 1982), pp. 181 – 197.

③ Robert Arlett. "The Dialectical Epic: Brecht and Lessing." *Twentieth Century Literature*. Vol. 33, No. 1 (1987), pp. 67 – 79.

④ Molly Hite. "Doris Lessing's *The Golden Notebook* and *The Four – Gated City*: Ideology, Coherence, and Possibility." *Twentieth Century Literature*. Vol. 34, Issue 1 (Spring 1988), pp. 16 – 29.

⑤ R. Blau Du Plessis. "For the Etruscans." in *The New Feminist Criticism: Essays on Women, Literature, and Theory*. ed. Showalter, E. London: Routledge, pp. 279 – 280. 转引自 Susan Watkins. "Remembering Home: Nation and Identity in the Recent Writing of Doris Lessing." *Feminist Review*. London: Mar 2007, p. 98。

⑥ Katherine Fishburn. "Back to the Preface: Cultural Conversations with *The Golden Notebook*." *College Literature*. Vol. 17, Issue 2/3 (June 1990), pp. 183 – 195.

⑦ Meryl Altman. "Before We Said 'We' (and after): Bad Sex and Personal Politics in DorisLessing and Simone de Beauvoir." *Critical Quarterly*. Vol. 38, No. 3 (1996), pp. 14 – 29.

供了更多的可能性。① 2008 年维多利亚·巴赞（Victoria Bazin）聚焦于黑色笔记中安娜对马雪旅馆生活的回忆，认为这段回忆是对当时战后帝国衰败以及大量移民涌入所引发的对英国身份危机普遍焦虑的回应。莱辛通过安娜对过去象征英国的马雪旅馆生活方式的怀恋和对英国性观念的展示，揭示了过去殖民地的种族歧视仍然困扰着当代的英国。② 在国内，也有一些评论观点颇具特色，如肖锦龙在《〈拷问人性〉——再论〈金色笔记〉的主题》中探讨了莱辛在这本书中对于人性的揭示，认为莱辛用故事的形式对马克思主义的人性观和弗洛伊德人性观的局限性进行了解读。③

纵观这部小说的评论，可以看出，半个世纪以来，这本书的深层价值一再被刷新，成为莱辛传播最广、最值得称道的作品。难怪保罗·施吕特 20 世纪 70 年代就认为《金色笔记》是和 19 世纪那些大师的佳作可以比肩的作品。④伊芙·伯特尔森认为《金色笔记》是理解莱辛所有其他著作的钥匙。⑤ 阿莱特则称《金色笔记》是"《尤利西斯》以来可能最有野心的英国小说"。⑥斯普拉格和泰格认为莱辛第一次打破了传统的观念：女人一定要满足男人的要求，而对男人的各种能力表示质疑。是唯一把安娜的神经症状和当时公共的混乱结合起来的作家。是这个时代的圣书之一。⑦

据统计，截至 1994 年，它已经被翻译成 18 种语言，第二版 8 万册在中国仅一夜之间就卖完了。⑧ 在 1995 年就卖掉 90 万册。⑨ 今天，《金色笔记》已经

---

① Tonya Krouse. "Freedom as Effacement in 'The Golden Notebook': Theorizing Pleasure, Subjectivity, and Authority." *Journal of Modern Literature*. Vol. 29, Issue 3（Spring 2006），pp. 39 – 56.

② Victoria Bazin. "Commodifying the Past: Doris Lessing's *The Golden Notebook* as Nostalgic Narrative." *The Journal of Commonwealth Literature*. Vol. 43, No. 2（2008），pp. 117 – 131.

③ 肖锦龙：《〈拷问人性〉——再论〈金色笔记〉的主题》，《外国文学研究》2012 年第 2 期。

④ Paul Schlueter. *The Novels of Doris Lessing*. Carbondale and Edwardsville: Southern Illinois University Press, 1973, p. 115.

⑤ Eve Bertelsen. "Introduction." In *Doris Lessing* ed. Eve Bertelsen. Johannesburg: McGraw – Hill Book Company（South Africa），1985，p. 81.

⑥ Robert Arlett. "The Dialectical Epic: Brecht and Lessing." *Twentieth Century Literature*. Vol. 33, No. 1（1987），pp. 67 – 79.

⑦ Claire Sprague and Virginia Tiger. "Introduction." *Critical Essays on Doris Lessing*. ed. Claire Sprague and Virginia Tiger. Boston: G. K. Hall, 1986, p. 11.

⑧ 转引自 Diana Jean Schemo. "At the Guggenheim with Doris Lessing: A Portrait Unwinds, As in Life." *New York Times*. November 2, 1994. http://www.nytimes.com/1994/11/02/garden/at – the – guggenheim – with – doris – lessing – a – portrait – unwinds – as – in – life.html。

⑨ William H. Pritchard. "Review: Looking Back at Lessing." *The Hudson Review*. Vol. 48, No. 2（Summer 1995），p. 322. http://www.jstor.org/stable/3851830.

被公认为莱辛的代表作，蜚声海内外。不过，这部小说的价值与其说在于它自身所展示给我们的思想复杂性和结构上的独特性，不如说它是开启莱辛小说群雕门的钥匙，是"她独特思想的序曲，而不是高峰"。[①]

第二节　情节、叙事结构等

全书由小说"自由女性"、黑、红、黄、蓝四本笔记以及"金色笔记"构成。其中，"自由女性"和四本笔记分别互相穿插其间。因而其线性结构呈现为：自由女性Ⅰ—黑—红—黄—蓝；自由女性Ⅱ—黑—红—黄—蓝；自由女性Ⅲ—黑—红—黄—蓝；自由女性Ⅳ—黑—红—黄—蓝；金色笔记；自由女性Ⅴ。全书以"自由女性"为框架，讲述了安娜·伍尔夫和她朋友莫莉的故事。安娜是一个作家，莫莉是一个演员。两人都离了婚。莫莉的儿子汤姆，20岁，正处于青春叛逆和世界观形成期。安娜的女儿11岁，正在上学，需要人照顾。莫莉的前夫查理是一个成功的企业家，和莫莉经常为儿子的事情争吵。其现任妻子由于查理的不忠而经常酗酒。安娜在她的小说《战争边缘》成功之后，有了"作家的障碍"，没有办法继续写作下去。她自己有四个笔记本，黑、红、黄、蓝，分别记录着她自己在南部非洲的经历、政治生涯、爱情生活和日常内心情感及梦等的日记。汤姆有一天偶然看到了她的笔记本，后企图自杀，成了瞎子。安娜希望把四本笔记结合起来，合成一本"金色笔记"。在和她的恋人美国作家索尔的相处中，安娜摆脱了"作家的障碍"，成功地写出了"自由女性"这本书。小说结尾，安娜放弃写作，成为社会工作者。莫莉又要结婚了。汤姆答应父亲要接班。但是值得注意的是，"金色笔记"中透露，安娜在最后终于克服了"作家的障碍"，写出了小说。其中索尔为她小说写的第一句正是"自由女性"的第一句，因而可以据此推断，安娜最后写出的小说正是框架小说"自由女性"，这样整个小说的结尾又回到了小说的开始，构成了一个循环结构。

"自由女性"和四本笔记在形式上构成重复和片断式叙述，不过在内容上各个片段却分别具有连续性，因而"自由女性"和四本笔记相对独立成章。

[①]　Tom Sperlinger. "Doris Lessing's Work of Forgiveness." *The Cambridge Quarterly*. Vol. 38, No. 1（2009）, p. 71.

　　"自由女性"主要讲述安娜和莫莉一家的经历。叙述节奏舒缓，多采用"展示"的手法，因而对话描述居多。

　　它的第一部分主要是一场安娜和莫莉、莫莉的前夫查理、儿子汤姆之间的争论。争论的焦点是汤姆未来的去向问题。作为成功的大企业主的查理希望汤姆继承自己的事业，但是曾经是共产党员的莫莉和安娜却不同意。一直随母亲居住，并受到母亲和安娜自由主义和左派思想影响的汤姆不希望走父亲重经济利益而道德堕落的老路。这场争执实际上是当时英国在后斯大林时代，思想文化领域中理想和现实、精神和物质、道德与金钱之间矛盾的反映。

　　第二部分主要是通过汤姆的自杀事件，揭示社会中关系到人类未来的青少年教育问题。代表富裕资产阶级的查理道德败坏，全无家庭责任感，对孩子也不闻不问，但在事业上却是成功的商人和救济穷人的实业家。他希望汤姆将来成为自己的接班人。崇尚自由、理想，情志高洁的安娜和莫莉却是朝不保夕、只会空谈的穷演员和作家。他们各自只关心自己的情感和事业，有自己的隐私。对于汤姆，莫莉平时也放任不管，经常托付给好友安娜。莫莉不愿意汤姆去接查理的班，只是不想输给查理。而安娜也醉心于自己的笔记，隐蔽自己的真实想法。汤姆觉得自己成了父母为各自利益争执的筹码，而不是一个具有独立人格的人。为了赢得父母的注意，他举枪自残。

　　第三部分叙述汤姆成为盲人，如愿以偿成了父母关注的对象。查理的妻子玛丽恩也由于汤姆改掉了酗酒的习惯，每天读报给汤姆听。这两个被家庭所抛弃的人由于彼此成为被别人需要的人，而互相找到了慰藉和生存下去的力量。安娜认为他们参加新左派运动只是追逐时尚。不过，他们自己从这场自杀的灾难中却明白了要为别人而活，而不是只关注自己。安娜为使自己的女儿不受同性恋的影响，赶走了其中一个房客。女儿提出了希望住寄宿学校的愿望。

　　第四部分讲述汤姆和玛丽恩参加游行被捕，查理感觉丢尽了脸面。安娜试图举出非洲领导人的具体事例来说服汤姆和玛丽恩政治活动的欺骗性和无用性，但他们似乎不在乎。汤姆说只需要有个人可以说真话。安娜说服他们无论如何出去度假一段时间，以便好好想一想。安娜把另一个同性恋房客赶了出去。

　　第五部分是查理和玛丽恩准备离婚了。查理和秘书出去旅行，玛丽恩和汤姆出去度假，而莫莉把查理的孩子们接到自己家里，承担起照顾他们的责任。安娜和一个男人试图一起生活，但性生活失败。安娜整理一堆剪报，无头序。看笔记，做梦亏欠汤姆。女儿简妮特还有一个月回家度假，安娜想着又要照顾她。安娜再继续剪报，无法理解，再读笔记，豁然开朗。原来自己是无法接受文字不能准确地表达真相，所以才记笔记。明白没有信仰，就会滑落到平庸陈腐，就会失去自由。满屋都是剪报。一个美国作家过来借住，同居五天，对话：要敢于面对现实，然后战胜它。汤姆度假回来，正式在查理的公司就职，准备接管业务。莫莉也找到了一个进步商人，准备结婚。玛丽恩开了一个服装店。安娜不再写作，要去婚姻福利中心工作。

笔记本部分：

"黑色笔记"第一部分主要涉及艺术创作本身的真实性问题以及在面对经济利益时，艺术道德的坚守问题。这主要是围绕安娜的小说《战争边缘》以及是否对它进行改编的问题展开的。安娜提供了《战争边缘》的故事梗概，讲述战争时期一个英国飞行员在非洲与一个黑人女人的纯洁爱情被种族社会所不容的爱情悲剧。电影编辑关于改编的建议，自己的评论、想法等。通过安娜和电影编辑对改编小说的争执，阐明艺术家的生存危机，迫使艺术向商业社会低头。接着是安娜对于"二战"期间非洲生活的回忆，讲述自己创作《战争边缘》的真实背景和素材，同时阐述当时左派政治、战争、爱情以及艺术的关系问题。莱辛围绕以马雪比旅馆为中心开展的左派俱乐部和党小组活动，塑造了激进组织的几个中心成员，一群由德国难民、英国空军飞行员以及叙述者作家安娜和美丽而头脑简单的玛丽罗斯组成的社会主义者群像。通过代表不同阶层的几个年轻人以玩世不恭的态度，或追求时髦的同性恋，或临时爱情，或政治投机，表达了对战争的怀疑和反抗。其中维利代表自私、冷酷的政治投机分子；保罗代表贵族阶层对于政治的嘲弄和对战争的犬儒主义态度；杰米代表中产阶级对于战争的恐惧；泰德代表工人阶级的善良和自我牺牲精神，最后他由于看不惯党组织内部的明争暗斗，转而参加了工党。这些年轻人对于政治形势的夸张，对战争的调侃，对生活的游戏态度同安娜对当时情势的分析对比，无不透露着政治利益集团纷争所导致的战争对于普通民众的影响，体现了各色人等，包括普道大众，在战争阴影下的真实生活。来自小镇英国老牌社会主义家庭的乔治和黑人厨师妻子的偷情和私生子事件，最后导致厨师一家被解雇。乔治对自己合法的白人孩子与混血私生子的不同命运深感无奈。小说的整体置于钱的条目下，喻指安娜写这本小说的目的是为了经济利益，因而可以看出，小说《战争边缘》对原材料的事实已经进行了篡改,与安娜所回忆的真实情况一方面具有巨大的差异,从而对艺术能否真实反映现实提出了质疑。另一方面也说明,小说的篇幅远远不能涵盖现实中真实生活的巨大容量。

"黑色笔记"第二部分是在钱的条目下叙述的几件事:首先是安娜和五色镜电视台电视剧编剧里杰纳德·塔勃洛克先生的几封往来信件,后来一起吃饭,主要就《战争边缘》的改编进行探讨。塔勃洛克先生建议把故事的背景从非洲转移到英国、把种族问题变成战时白人之间美丽的爱情故事。安娜讽刺地说,她认为最好把它变成一个体现英雄主义无用的喜剧。饭局的几个英镑花费象征着电视台编辑的廉价低俗的品位与思想导向。其次是安娜和美国电视系列剧蓝鸟剧组经理莱特夫人的几封来往信件和饭局。莱特夫人表面上在劝说安娜放弃《战争边缘》的种族题材和婚外恋,实际上醉翁之意不在酒,只是希望和安娜这样的著名作家结交,从而和英国文学评论界接触。安娜故意说出自己是共产党的事实,使正处于麦卡锡时代的这位美国中年贵妇大为紧张,露出尴尬的真容。安娜想起了相似的一幕:她和一位苏联作家的谈话:由于她涉及政治的话题也使对方紧张和尴尬,最后话不投机逃离而去的情景。饭局的几个英镑花费象征着这是他们关系的唯一联系和共同之处。

第三部分的材料:首先,有一部分置于小标题"来源"之下,并标有具体日期:1955年11月11日。广场上有一个男人无意踢死了一只鸽子,被一个妇人斥责为虐杀动物。孩子们起哄:应该让警察来把他抓走。妇人主动地提出要掩埋它。第二天,安娜梦见了死去的鸽子。她回忆起在马雪比旅馆他们那帮年轻人出去猎杀鸽子的情景:大自然中各种昆虫在快乐地交配玩乐。年轻人对它们的肆意破坏,对鸽子的血腥猎杀。之间穿插对于政治理想的憧憬,就是在大自然中建起高楼大厦,为人们提供住房。喻指人们在追求理想的借口下,对大自然的肆意破坏和对当地土著居民的屠杀。其次,一部分材料置于"金钱"条目下面。安娜接到了新西兰一个杂志社为其写短篇小说或日记的邀请。几篇简短的日记。从地点和内容看是一个穷困潦倒的艺术家在巴黎、伦敦、罗马等地拜谒历史文化名城,阅读文学艺术作品,但报酬入不敷出,不时写信问父亲索要生活费的情景。期间还提及认识的朋友,暗示他们的相同境况。安娜认识了一位美国作家詹姆斯·雪佛,两人把日记重新编辑,由雪佛寄给了评论杂志,登了出来。有一个评论家给了"堕落的"的差评,雪佛阿谀奉承,带他游览,回去后,又写了一篇评论,调子改了。雪佛喜欢对不同批评家的嘲弄。安娜和雪佛又炮制了一篇东西，假借一位在非洲经历情感痛苦的中年女作家的口吻。复活节周，她在俄国东正教堂的经历：少数虔诚的牧师，追求深层次的真理。（现代人大都是异教徒，所以说异教徒这个词很好笑，应该倒过来才对）。只有少部分人真正有信仰。安娜觉得无神论者应该是不可知论者。伦敦的文学圈，英国评论家哈里建议安娜把《战争边缘》改成描写白人悲剧的剧本。想起东正教堂的事情，觉得自己是不可知论者更好。洗澡上床睡觉，洁白干净的床单。复活节，与哈里共进午餐。他可以自己出演男主角，建议修改一下内容：白人农场主遇到非洲一个粗俗的黑女孩，想改造她。她却爱上了他。知道他的真实意图后，告发他强奸，使他进了监狱。他默默忍受，女孩很羞愧。这部剧本批评白人的精神优越感，新颖、逆潮流而动，安娜很激动，回家，洗澡，看哈里给的书《基督的模仿》。安娜觉得日记写得有点过分，但詹姆斯认为可以。结果杂志社编辑回信说太个人化了，不便发表。接着是詹姆斯应一个文学杂志邀请写短篇小说，后被邀请写几篇评论。他把《香蕉林中的血迹》这篇短篇作为评论寄去，结果人家说，短篇可以，但评论在哪里？安娜他们知道讽喻文学在当代是不可能了，所以只好又写了几篇评论。《香蕉林中的血迹》：一对黑人男女情人在香蕉林的对话。土地、民族被白人侵占，女友被白人霸占，黑人青年的灵魂要去报仇。对《战争边缘》的评论三篇：1952年8月，《苏维埃文学》评论说，这篇小说写一个爱国白人青年结识一帮所谓的社会主义者，其实是颓废的白人。厌倦了政治，认识了淳朴的非洲女孩。批评说意图良好，但不典型。上层社会的白人怎么可能和下层厨师的女儿打交道呢？应该描写为一个白人工人阶层的人和有觉悟的黑人女孩。工人在哪里？继续努力。1954年8月，《苏维埃时报》评论说，虽然有陈词滥调，但还是重视意识形态内容的，人物形象应该是具有深刻意义的。年轻的飞行员和值得信赖的黑人女孩令人难以忘怀，但现在看潜在的教育意义不够，应继续努力。1956年12月，《苏维埃文学——为殖民地的自由》评论：非洲有了自己的心理分析师。怎么评价这部小说讲述的一位受过牛津大学教育的英国青年和一个黑人姑娘的爱情故事呢？她是唯一的人民代表，但性格模糊，未能充分发展。受弗洛伊德的影响，有神秘主义倾向。不健康。要向进步文学学习，如马克·吐温。

第四部分是非常简短的一页。不再划分"来源"和"钱"。贴着1955年到1957年三年的新闻剪报，充斥着暴力、仇恨、死亡、骚乱。安娜手写笔记:1956年9月:做梦,梦见在拍摄马雪比旅馆的那帮人的电视剧。地点就在那里,真实的场景。摄影机看上去像机关枪。故事和安娜想的完全不一样。安娜质问导演,他说这是实际情况,因为安娜所记得的那些不是真实的情况。安娜意识到他是对的。如果安娜的心理医生问安娜梦的名字,就是完全不育症。安娜完全不记得什么是真实情况了。

"红色笔记"第一部分:主要是讲述1950年到1953年安娜和莫莉加入英国共产党前后直到斯大林去世,她们的心理状态以及对组织内部一些情况的看法,突出了人们入党的原因并不是出于信仰,更多的是由于一时的义愤和冲动。1950年1月3日,安娜和莫莉填写入党表格。莫莉写了很多,但安娜担心将来会作为有罪的证据,说服莫莉撕掉重写。安娜谈到自己入党的原因是因为作家圈中的商业味太浓,所以一冲动就想入党。还有被共产党人为人民服务的热情所感动。入党填写表格一事揭示了人们对党的不信任。通过美国的卢森堡夫妇和安娜的情人迈克尔在布拉格的朋友被以间谍罪处死事件,阐述了斯大林主义在整个世界推行"清洗"政策的负面影响,描绘了组织内部官僚主义盛行,党员之间钩心斗角、互相嘲讽以及相互之间的不信任。但大家不愿相信斯大林对整个事情是知情的。安娜写了退党申请,但不知什么时候交上去。最后安娜为党的选举拉选票,但大部分选民倾向于务实的工党。大多数人并不懂政治,而是由于个人追求理想的美好愿望,或孤独的人把党看作自己的家。

第二部分从1954年8月28日开始。莫莉原来失踪的朋友实际一直在监狱,但党内没有人说真话。莫莉也要退党,迈克尔对她们的想法持反对意见。安娜做了个梦,是一个五颜六色、金光闪闪的大网,也是苏联的地图,后逐渐扩张覆盖整个地球。很快乐,但突然就崩溃了,地球也分裂了。安娜醒了,感到其实政治、哲学都无所谓,迈克尔才是自己真正在乎的人。安娜开始回忆1952年11月11日的作家会议。讨论斯大林有关语言学的理论。虽然大家都觉得那本小册子写得很拙劣,但都不敢明说。大家好像在说外语。想起《芬尼根的苏醒》。语言和实际表达的意思之间有一条鸿沟。安娜说,可能是翻译得很糟糕。语言的贫困与经验的厚重之间的矛盾。安娜念一篇关于泰德作为教师代表团一员去苏联,半夜受到斯大林接见,斯大林征求他关于苏联对英国政策的意见的短篇小说——大家听了哈哈大笑。说起看到的另一篇作品,描写路上拖拉机坏了,一个身材魁梧的人告诉他们故障在那里,一看,那人是斯大林。大家开完这样的玩笑,心情不好,心里明白互相充满敌意。

第三部分。1955 年 11 月 15 日。安娜和十几个党员、前党员一起列计划，希望原来欺骗人的党脱胎换骨。1956 年 8 月 11 日。苏共二十大之后许多人对党充满了信任，以为可以改变为一个全新的党。开会。奥地利社会主义者的演说：希望原来的党领导人可以改变就如同呼吁抢劫犯不要再抢了一样荒谬。真理就隐藏在这些幽默、讽刺、愤怒与苦涩之中。鸿篇大论都是骗人的。1956 年 9 月 20 日。准备建新党的计划沸沸扬扬，认识到自己卷入其中数月很荒谬，因为不可能改变。政治不可能会吸取经验。人们伤心地纷纷退党。汤姆和那些试图建立新党的人一起，充满朝气，仿佛英国很快就成为一个社会主义国家。莫莉说和自己年轻时期一样，但为什么不能更聪明一点呢？

第四部分是 1956～1957 年间一些有关欧洲、苏联、中国和美国的剪报。杰米随教师代表团从苏联回来，讲述了哈里的故事。哈里是教师，后辞职参加了西班牙战争，对斯大林产生怀疑。一边教弱智孩子，帮助人，一边收集所有有关苏联的资料。相信有一天苏共会认识到自己的错误。偶遇杰米，杰米顺便邀请他一起去苏联。哈里以为是苏共的邀请，这一天终于到了。他抓住机会把他的所有材料讲给了苏联翻译，但失望了。回来后结婚生子。

"黄色笔记"第一部分：小说《第三者的影子》：朱丽娅要爱拉去参加韦斯特医生的聚会。爱拉 4 岁的儿子迈克尔刚睡着。爱拉不愿意去。朱丽娅出身工人阶级，不是共产党员，但却是真正的共产党人。不喜欢中产阶级的官僚。爱拉是家庭妇女杂志社处理读者来信的编辑。医学专栏的韦斯特医生其实不关心真正的患者。爱拉写了一半的小说——一个年轻人的自杀故事。自杀的前一刻就是混乱、平庸的现实被公然揭示的时候。小说的关键是表面的生活和实际主旨间的对照。平庸和秩序始终是心智正常者的表征。这是爱拉自我内心所写的小说。她也想自杀。准备去参加聚会。走在伦敦的街上，正视丑陋的现实——工人居住街区的灰暗、污秽。聚会中医生太太和女编辑等对精神病人的歧视；医生投工党的票。爱拉瞧不起这份杂志，从而赢得了女编辑的认同。遇到她后来深爱的精神病医生保罗·唐纳。想起和丈夫乔治的婚姻，苦追后得到她，但她却不爱他，可是没有勇气离婚。为了吸引她的注意，乔治有了婚外情，最后终于强调是因为这个离婚了。终于她发现爱保罗。他们在议论病人的来信。病人是因为孤独才述说自己病痛的，但又不能明说。保罗送爱拉回家。爱拉向她讲述自己的生活经历，父亲是印度退伍军人，而母亲已经去世。对朱丽娅说谎，说自己不喜欢保罗。言不由衷。下午，爱拉和保罗相约去郊外出游。保罗来自工人阶级，医院里的中上层阶级医生情不自禁流露出鄙夷的态度。保罗迟到了。爱拉非常快乐，她作为中产阶级，不喜欢伦敦的安静外表下的男盗女娼、仇恨和暴力等，到处都是孤独的人，但保罗说已经变得很好了。爱拉认为保罗一直在为摆脱自己的阶级而努力，一分为二，而爱拉不喜欢这样分裂。保罗认为任何东西都有连续性，存在就是合理的。尽管分裂的自己使他很痛苦。爱拉讲自己的父亲，不喜欢战争，也不喜欢在政府工作，孤独。懂哲学、宗教，特别是佛教。父亲不和爱拉谈，而和自己的朋友谈很久。保罗和爱拉在准备做爱时的互相不信任——以后的阴影。保罗的玩世不恭。做爱后，爱拉和保罗言语的不协调。爱拉伤心哭泣。又和好了。保罗不喜欢别的中产阶级的医生。谈到结婚话题时，爱拉的灰心。保罗结婚 13 年。20 岁结婚，后参加战争，回来成陌生人。保罗每晚来，早晨走，"去换一件干净的衬衣"。保罗不再每晚来，爱拉"有空"了——保罗的暗示让爱拉觉得寒心。爱拉去见一个编辑，上床——一种痛苦的发泄。保罗两个晚上没来，应该有和爱拉一样的经历。两个人都发现不能再容忍别的人，情感的排他性。保罗对迈克尔的冷漠——阻止孩子自然感情的流露。

5 年后。继续写小说。保罗的妻子。爱拉开始很得意又快活，然后就是妒忌。然后就是一个宽容、幸福的形象，是她自己。她发现自己非常依赖保罗。没有他自己怎么办？保罗的妒忌。保罗怨恨自己的放荡不羁、无情无义，那是他怨恨自己的影子——人格的另一面。保罗的积极的好的影子和爱拉消极的影子在一起（冷静的爱拉在看着这一切），爱拉和保罗谈起写自杀小说。保罗的父母就是自杀而死。保罗不喜欢爱拉和朱丽娅的关系。和孩子保持距离。对职业的人格分裂，做心理分析，然后又开玩笑嘲弄，怀疑一切终结性原则。保罗说自己和爱拉都是推大圆石的人——山就是人们的愚昧，大圆石就是人们天性认识到的真理。保罗同情那些病人、弱者和社会所造成的病人，为他们工作，但没有成效。保罗希望自己死了——悲观失望。

安娜说她看到了爱拉的天真。安娜的情人是迈克尔，小说里成了爱拉的儿子。爱拉陷入了盲目的爱情。保罗的猜忌毁了这个恋爱中的女人，所以爱拉也看到了自己的天真。

保罗准备抛弃爱拉，不再帮她处理信件——无用。保罗说爱拉只是自己的情妇，而不是妻子。爱拉的小说成功出版。保罗对此嘲讽。真正的革命是女人反对男人的革命。不再需要男人。爱拉不懂。

安娜在谈性的问题，男女之间不同的看法——男人讲究技巧，女人注重自发的情感，性不能分析，性和情感是连在一起的。

保罗开始注重性技巧了，爱拉的厌恶，逐渐没有了性快感。保罗不喜欢爱拉保守的穿衣风格。保罗谈医院教授的演讲，谈对雌性天鹅没有性兴奋的科学研究，和女人一样。所有女医生退场。保罗谈准备去尼日利亚工作。爱拉说也可以去。去保罗家。保罗的妻子就是《家庭医生》杂志的读者和来信的病人。但她离不开保罗，愿意这样生活下去，要体面和安全，完全依赖保罗，而爱拉只要爱情。但爱拉又是保守的，不符合保罗对情妇的要求。一方面是冷静、体面的妻子，另一方面是性感、快活的情妇，爱拉只想做自己。保罗说爱拉应该做个好妻子。保罗去了尼日利亚。韦斯特医生对爱拉说，保罗来信说被一个轻浮的女人缠上了。爱拉的克制和悲伤。爱拉的梦——颜色各异的房间。保罗妻子努力不使它分崩离析。韦斯特医生故意警示她。痛苦解脱——搬出去住。爱拉换了新衣服，还在痴痴等待，尽管她知道他永远不会再来——愚昧的忠诚、天真和轻信。

安娜的小说写完了——不管经历了什么，都以结局为准绳——这样描写就不真实了，因为经历的时候，当事人根本就不是这样想的。文学描写是事后的分析。这篇写的是痛苦。马雪比旅馆写的是怀旧。生活的标志是它的物理质量，而不是事后的分析，更不是不和谐和预示厄运的瞬间。

"黄色笔记"第二部分。《第三者的影子》继续。女编辑建议爱拉去巴黎出差换个心情。保罗离开已经一年多了，仍然有阴影。睡梦中和保罗在一起，醒来的痛苦。约见巴黎《妇女与家庭》杂志编辑布伦先生。谈准备买版权的连载小说：一个孤女（母亲被父亲折磨死）被修道院抚养长大，15岁被园丁诱奸，成为放荡的女人。后面包师助手爱上她，觉得配不上，逃离他，又去勾引很多男人。最后面包师的助手原谅了她。爱拉认为这个故事要改写，特别是要去掉宗教内容。布伦先生对卖不出去故事无所谓。他好色的眼神，丑陋但有钱的未婚妻。保罗的妻子用宽容、对他的事情不闻不问留住他，布伦先生的妻子用钱买下他，而爱拉试图用"爱"来留住保罗，而且还认为自己是独立和自由的。爱拉不愿为了保罗放弃写作。她想用写作来疗伤。她写的不是创造，只能叫记录。她的故事已经无形中写出来了，也许内心还有一个隐藏的故事。她和保罗在一起是幸福的，但却失去了部分独立和自由，而最后只留下了孤独。妇女的情感只适合一个并不存在的社会。内心的情感仍和一个男人联系在一起。爱拉认为自己内心的情感是愚蠢的，应该像男人一样关心工作。爱拉深陷孤独的痛苦。飞机出故障，爱拉希望自己死去。多少女人为了不伤害孩子而不去自杀。和保罗在一起不用推圆石。大部分乘客怕死，邻座的美国人也不在乎。和美国人梅特兰吃晚饭。他是一个脑外科医生，漂亮的妻子，有5个孩子。有好感，但一想上床，就想起前夫和性冷淡。上床，爱拉没有得到满足，很失望。梅特兰说外表上他和妻子都被人羡慕。但妻子是性冷淡，不喜欢。而爱拉在奉献快乐。爱拉自己还是没有性高潮，她不爱这个男人，但很喜欢他。梅特兰认为很快他就是行业里的头和议员。没有考虑过妻子是否幸福。他也许并不真正喜欢爱拉这样的人做妻子。爱拉回家，很难受。除了保罗，别的人都不行。

"黄色笔记"第三部分继续《第三者的影子》。第三者的影子成了爱拉自己。她希望自己保持完整。朱丽娅不喜欢爱拉搬出去——友谊破裂像婚姻的破裂。韦斯特医生暗示妻子出差了，但爱拉拒绝了他。他装得不在乎，和女编辑有了私情。朱丽娅和爱拉相遇，对男人的批评和怨恨是她们的共同点——朱丽娅讲述自己和一男演员睡觉，他不行，说是因为朱丽娅没有吸引力。她们的气愤。爱拉觉得不应该有这样的情绪，不该把男人视为敌人。爱拉和助理编辑杰克加班，写文章，上床。杰克认为自己的妻子是好女孩，但太乏味。但爱拉认为每天照顾三个孩子，怎么会不乏味呢？爱拉感到性饥渴，但厌恶自己有这样的情感。性是和爱的男人一起才有的。和一个加拿大写电影剧本的人上床。他想继续保持这样的关系，有一个漂亮的妻子和一个情人，但爱拉拒绝了。和朱丽娅谈：这就是"自由女性"必须付出的代价。朱丽娅说，男人都抱有好女人坏女人的定义，有陈腐的观念，他们不自由，我们怎么能自由？为什么女人要承受一切，无论发生什么都要责怪自己（10个男人中8个有阳痿或早泄）？爱拉说女人只有和相爱的人上床才有性，怎么有自由呢？爱拉又性冷淡了。决心不再和男人往来。爱拉继续写书。

安娜看到了爱拉写作的样子。爱拉就是安娜，但又不是自己。爱拉是一次聚会时认识的作家，很沉稳，但完全不是安娜的风格。

爱拉在构思一个故事：5年里她用情专一，温顺，但他却责怪她只顾工作，卖弄风情，不忠，他妒忌她去参加聚会。但分手后，她真成了这样的人，为了报复。这是他塑造出来的，他又遇到了她，要求重归于好。她拒绝了，鄙视他，因为这不是她真正的自我。拒绝他是为了保护那个真正的自我。爱拉没有把这个故事写出来。爱拉又构思了一个故事：痴心郎，女人是泼妇。以加拿大人为原型。但和爱拉自己的经历完全不符，大概是自己绝望的丧失性能力的丈夫的翻版。爱拉去看自己的父亲，谈母亲。父亲谈母亲是好女人，但不懂性，只好在绝望时出去买女人。爱拉认为应该开导她，她只是因为害羞。父亲认为性或家庭对于男人不是最重要的。女儿像他的情人，是一位现代女性。他不懂。父亲写诗歌等，孤寂的人，坚毅、容忍。父亲认为人不能改变，而爱拉认为可以。她还在构思新的故事。

"黄色笔记"第四部分：19篇故事：前8篇女人真爱，而男人逢场作戏。后面讲零碎的生活片段：1. 女人渴望爱。遇到更年轻的男人，女人不断欺骗自己，但男人只是逢场作戏；2. 男人用成熟的语言追求女人，但感情还停留在十几岁。女人仍为这些话语感动；3. 安妮有一个公务员丈夫，为人可靠，做事负责，但却爱上一个好色的矿工。矿工酗酒而死。安妮生活感到失去意义——丈夫不能理解；4. 女人病了。实际上是男人病了，女人反思男人的病怎么反映到自己身上，而搞清了病的性质；5. 一个陷入情网的女人很幸福，但半夜醒来却发现男人惊跳起来，好像处于危险之中（男人对于女人的依恋感到束缚和不自由，因而恐惧）；6. 女人和男人相爱——女人出于爱的饥渴，而男人图有个住处。女人爱他时，男人没有办法做爱，但她的拒绝却激起他的性欲。因为男人不把她当作一回事，而女人则备受打击；7. 男人是情场老手，当女人真正爱上他之后，他又离去。安娜结婚了，或自杀了；8. 女艺术家只为了等爱的人。男人学到真正的艺术之后离她而去；9. 美国人批评斯大林观点——叛徒，在受迫害之时，那些所谓同志又诬陷他为间谍，自杀，又找借口掩饰愧疚。——什么是真正的背叛——没有真正的信仰。10. 丧失时间感和现实感——内心的想法；11. 家庭中母亲病了，互相传染。最正常的那位，往往是真正的患者（家庭影响的重要性）；12. 男人出轨是为了证明自己的独立；13. 表面不断抛弃女人的男人实际上对女人很依赖；14. 男人女人结婚或长期在一起互相看日记，开始客观，后有意为之，但还在偷看另一本私下记的日记，指责对方；15. 美国男人和英国女人都觉得自己被对方占了便宜，探讨这个问题——成了两个社会的对比；16. 男女双方都是情场老手，对方成了自己的镜子，厌恶对方，分手，后又成为好朋友，又变成爱。但由于原来的感情经历，无法获得真正的爱；17. 男人勾引女人，女人故作矜持，但爱上他时，便抛弃她，反反复复；18. 和契诃夫《心肝宝贝》同主题。女人为男人改变自己，不是适应，而是对于一个反复无常男人的反应。一天之中变了6~7次不同的个性；19. 三个男人之间的友谊；雪地里的欢乐，但为了女人，其中一个走了。

"黄色笔记"是安娜用第三人称来对自己和男人的情感所做的自我解剖。

"蓝色笔记"第一部分，常常用第一人称：汤姆似乎怨恨母亲。安娜要把他们的事写成小说，是为了掩饰什么。先记日记。1950年1月7日，汤姆17岁。汤姆和母亲吵架，是因为周末去看父亲查理，回来就指责母亲是共产党。安娜告诉他父母的往事。莫莉让汤姆去父亲那里住一段。关于汤姆服兵役的争吵。安娜想起女儿简妮特的父亲麦克斯（就是"黑色笔记"中的威利），与自己曾同居三年，结婚一年，离婚。回忆生孩子之前的1946年10月9日与麦克斯做爱，很厌恶，决定要个孩子，可能关系就好了。1950年1月10日去看心理医生马克斯太太。谈决定做什么或不做什么。什么都行。不打算再写小说，因为不相信文学了。1950年1月14日梦见在音乐厅。见马克斯太太，安娜说梦见与麦克斯缺乏感情，又梦见跳舞。麦克斯像玩偶一样，倒在他怀里，却没有感情。没有性欲。为以后没有性欲担心。1950年1月19日听到婴儿的哭声，想起非洲迈克尔要我出去玩，我不去，因为简妮特。今天还是这样，对迈克尔充满敌意。孩子要我和她玩，不去。看马克斯太太。梦和文学无关吗？没有创造力了。描绘自己。我说最在乎的是女儿——觉得很自私。把共产党人称作他们，而不是我们。在乎别人吗？马克斯太太说文学肩负着神圣使命。1950年1月31日安娜向马克斯太太说了十几个梦——都是伪艺术、讽刺画、说明图和模仿作品等。我希望活在梦里，而不是现实。想逃避现实。生活中的粗陋和房子一样应该面对。没有梦了。谈对迈克尔的矛盾心理。当迈克尔说不想娶我时，没有性欲。性欲和他怎么接受我有关。谈对共产党的态度，对简妮特和迈克尔都是又恨又爱的矛盾态度。1950年3月15日和马克斯太太谈对迈克尔又爱又恨。又开始做梦了。1950年3月27日对马克斯太太说梦中哭泣，怀旧的情感，写书也是这样的情感。我不喜欢。自我的认识就是从认识自己过去已经了解的东西开始。下面是剪报：1950年3月—1954年3月30日。内容全都是关于朝鲜战争，关于原子弹、氢弹试验和日本要求扩军等。恢复记忆。1954年4月2日准备和马克斯太太中断交往。1954年4月4日梦见丑矮人——受到无政府思想原则的惊吓。马克斯太太很高大，是好的女巫。马克斯太太说这实际上是你自己——要靠自己。1954年4月7日我告诉马克斯太太要用剪报代替这三年的日记——战争、凶杀、暴乱和苦难的记录。——这是历史的真实吗？——她问我。我没有被折磨，剪报是一种心灵的均衡。1954年4月9

日马克斯太太问安娜什么时候开始写作。我说可能不再写了。她很气恼，觉得她失败了。我拿起报纸来看，全是坏消息，没有办法写。1954年4月15日梦见和迈克尔的分离。痛哭。马克斯太太要我一句话说清楚从这里学到了什么，我说不知道，应该比以前坚强了很多。4月23日最后一次约会。我梦见手捧装宝物的盒子去演讲厅或画廊的房间。我非常高兴交出这个宝物。突然发现他们都是商人或经纪人。给了我很多钱。我哭，说打开盒子。他们不听，变成了我写的电影或剧本中的人物。我也是其中之一。大感惭愧。我打开盒子，不是宝物，而是来自世界各地的破烂——一块来自非洲的红土；一块来自印度支那的枪械上的金属碎片；朝鲜战争中被杀害的人的残肢和一枚死于苏联监狱的人的共产党徽章。他们拿过去，显得很开心。我看到盒子里有个鳄鱼，泪珠滚下来，变成宝石。我愚弄了那帮人，开心大笑。我醒了，和马克斯太太告别。走出房间，来到人行道上，橱窗里映现着我的影子，正是安娜，也是小鳄鱼。

"蓝色笔记"第二部分：1954年9月15日和迈克尔说分手。他说安娜爱虚构故事，分不清真假。安娜感觉，一切都是虚伪的。要记录下生活。1954年9月17日安娜计划把过去经历的一切记下来。和迈克尔躺在床上，也许很快就要分开了。他称她为爱拉，后面又称她为安娜。他是欧洲20年历史的一部分（7位家人死于毒气室，朋友死于自己共产党人之手），而我过去不是，现在好像是了。就在我准备去照顾孩子的时候，与迈克尔做爱。我心中的怨恨——男人可以一心一意地做爱，而女人必须照顾家庭——不公平。但这是非人格化的毒素。我看到孩子，没有怨恨，只剩下了爱。我照顾迈克尔吃饭，他去上班。很琐碎地准备和迈克尔一起吃晚饭需要的东西。来月经了。很讨厌。想到文学作品是不是该描写真实——乔伊斯描写女人排便，有人说很恶心。写月经也是这样。平常中对待它就是生活的一部分，但写下来就不一样。准备去见布特，想起和杰克谈党的事——斯大林死了一年多，但没有改变。准备退党的事情已经告诉杰克。杰克有30年党龄，不喜欢现在的党，但对于党的未来充满希望。党外的知识分子比党内的知识分子更孤陋寡闻、目光短浅。悲剧的意义就在于：这种知识分子的责任心和严肃性是虚幻的，属于原来的国际主义精神，被斯大林主义扼杀了。迈克尔讽刺安娜在为党志愿工作。安娜在盥洗室洗去身上的月经气味，洒上香水。布特的理论专著才华横溢。英国共产党最大的罪行就是摧毁了一大批这样有才华的人。政治就是由一批思想僵化的人把持，然后被年轻的有才华的人反对，顶替；然后，他们又变僵化，再被替换。——突然明白政治无所谓对错，就是一个过程，一个循环——这是困扰我多年的噩梦。囚徒和6个举枪的士兵及一个指挥官。囚徒和指挥官互换角色——这就是政治。见到布特，询问安娜关于两部书是否出版：工人阶级写关于共产主义的神话。英国作为资产阶级国家到处都是贫困。语言拙劣，内容虚伪，没有反映真实的历史。安娜不同意发表，但知道布特早已经决定出版，党决定一切。她们的意见根本无用。决定退党。安娜读共产党国家的英文版报纸和杂志：文学大多平淡无味、充满乐观主义。拙劣、僵化、陈腐的创作方法也是安娜自己创作的一面镜子：《战争边缘》流露出这种倾向，自己深感惭愧。真正的艺术出自于内心真实的情感。这类文学的弊病就是非个性化。我的工作还有文学讲座：批判资产阶级描写个人化痛苦。结巴。和杰克谈苏联屠杀犹太人的传言。斯大林肯定是疯了。如果在苏联，他们都不会刺杀斯大林。——这样的谈话无意义。杰克和迈克尔是党内和党外的对手，就像指挥官和囚徒。杰克一本正经，令人不快。8个月前，我们这家出版公司发短讯，计划出版除了哲学等理论著作之外，还要出版小说。收到许多垃圾小说，还附着50~60封信。下面是三封信：都是讲自己要照顾家庭，平时没有时间写作，退稿多次等（这是真正的实话和生活）。秘书罗丝是一个典型的共产党人，出身工人阶层。听到工人就激动，说他们是最优秀的人。妻子来信抱怨他不管孩子。我把这封信给罗丝看，她不屑。我讨厌她。另一封信是一个75岁的靠养老金生活的人，希望这本书的出版能改善他的生活。我想帮助他，但想到自己马上就要辞职了。和杰克关于人文主义的争吵。杰克认为人文主义会改变，而安娜认为人文主义指的是一个整体的人格，一个完整的个性，它总是尽可能清楚地去理解、去负责宇宙间的万事万物。俩人分手。回家。提及月经（自己是一个女人），和简妮特在一起，照顾她吃饭睡觉。为迈克尔准备晚饭——没有意义了，他爱另一个女人。我试图做这些以对抗自己的失望。汤姆的女友是中产阶级的社会主义者。莫莉和安娜都不喜欢她，但没有办法。迈克尔不来了。彻底分手了。我很难过，睡觉，哭。1954年9月15日决定退党了，但不要憎恨党。忍不住讨厌杰克。和迈克尔分手了，但要振作起来。

"蓝色笔记"第三部分：1954年10月17日对安娜的简介（包括婚姻、退党等）。每天的琐事记录。1956年3月后。粗线划过—结束。前面18个月的内容划掉。后面的记录是不一样的写法，很快、很潦草。粗线隔开。

安娜和苏格大娘在谈话：回忆过去生活的事实，然后用理性梳理一下。

看能不能从过去的神话和梦境中走出来。即使是痛苦的经历，也会很快乐，因为那是在故事中，而不是在现在，已经不能伤害自己。个性化就是认识到自己的经历是人生的一部分，是人类经验的一部分。安娜和马克斯太太谈写作形式和内容的问题。有些人不能容忍没有形式。有些作家害怕自己思考的东西。安娜反过来分析苏格大娘。粗线隔开。

搬到新家。四本笔记的用途：黑色笔记是关于作家安娜；红色笔记是关于政治；黄色笔记是根据自己的经历写的故事；蓝色笔记尽量当作日记。搬家是为了放置笔记本。写的东西和记忆显得虚假。启用蓝色笔记记录事实——文字的漂浮和无意义。为噩梦取名——给予它一个形式。梦见农家木质花瓶——形式，它的个性就是噩梦，无法无天。另一个矮小丑陋的老头或老妪，双性人，或无性别，精力旺盛。没法取名。安娜和苏格大娘讨论反复出现的这个梦。有时甚至是以朋友的面目出现的。粗线隔开。

以前没有体验过，新的，所以"我必须学会应付它"。安娜沉湎于那个时代女人对于男人的痛苦情感之中（或过度依赖，或孤独，或同性恋）。黑线。

关于在莫莉家召开的一次政治会议。英国共产党不愿意。哈里向 40 人汇报在苏联看到的犹太人受刑的悲惨内幕。后 10 人核心会议披露更可怕的内幕。美国人纳尔逊谴责撒谎。粗黑线。

安娜不愿写性。讲述和美国人纳尔逊的性交往——他的性恐惧。真正的男人越来越少，我们在创造男人。去参加纳尔逊家的聚会——一帮电视电影人。用表面的幽默来掩饰内心的痛苦。纳尔逊妻子强装自信，内心对于纳尔逊的不自信。所有的夫妻都是如此。纳尔逊和太太吵架。安娜和纳尔逊电话中的争吵。看到男人，安娜就想逃避。粗黑线。

锡兰人德·席尔瓦娶了英国太太。他讲了自己去伦敦上流社会区偶遇一个女人，做爱，不要女人回应的事情。又讲画家 B 的婚姻性生活不满意。和一个打扫房间的女人发生关系。纳尔逊也和她发生了关系。等画家回来，他告诉了他太太。太太非常生气，要离开画家。安娜问他为什么要去告密，他说想看看会发生什么。——这就是噩梦中那可怕的笑容的本质——大家都想看看会发生什么，自己持无所谓的态度。我和席尔瓦过夜，也无所谓。他把太太留在自己的大家庭，自己来到伦敦可以自由自在。后来和打扫房间的女人住在了一起。

"蓝色笔记"第四部分：无日期。全文以第一人称讲述。简妮特要上寄宿学校了。女儿使我感觉仍然是正常女人（有爱，有责任心）。和另一个美国人 F 睡觉——精心测算感情，担惊受怕的男人。大家感情的冷漠。回忆和苏格大娘的谈感情——人们拒绝感情，因为感情的尽头就是金钱、财产和权力。他们相爱，但又知道这种爱三心二意，扭曲的爱，工作，又鄙视自己的工作。一个左翼美国人索尔·格林要来，没有钱，上了黑名单。汤姆（退党，社会主义者，但没有加入工党），妻子不喜欢他。意味着安娜会喜欢。简妮特穿上校服。我又回到了生孩子之前的自己——自我在生了简妮特之后就死去了。恢复自我，使自己可以发挥自己的想象——安娜的"游戏"——同时看到宇宙的宏观景象和微观世界中的"生命的水珠"。索尔·格林来了，我觉得很不自在。他很警惕，但对于莫莉的分析非常准确。下面有了星号，并编了序号。我提起了自己的事（星号 1）。他分析我，定位很高（星号 2）。他在教育我。我拒绝了对《战争边缘》出高价所进行的电影改编。他认为我做得对。好莱坞这样的作家太少了，他就是这样离开了。谈论有时候不得不表明自己的立场。我观察他，他换了合身的新衣，但内外还是不协调。看起来脸色不健康。不顺眼。照顾简妮特是一种外在的形式，但现在没有了，必须找一种生活的内在形式。我准备找工作。莫莉警告说和索尔有染的女人都会丧失理智（星号 3）。我得了焦虑症（星号 4）。简·邦德打电话找索尔。我看到索尔睡梦中惊醒，冰冷的身体——听他谈怎么培养女孩——只听到许多"我"——像子弹一样射来。我明白焦虑症是因为索尔。做"游戏"失败，我爱上了索尔·格林。他是那种竭力想保持自身平衡的那种人。我们也一样。和他一起谈他读书太多，风流韵事太多之后，他无所谓的态度，他对女人的贬斥，可能在性上也不理智和健康。索尔反驳说第一次被人指责为反妇女。谈政治。他因过早反对斯大林而被党开除，又因赤色分子罪名上了黑名单——时代的典型。但他没有仇恨。我深深地爱上他，这是三天前。我们终于打破这种装模作样，他抱住我，我也不再计较（星号 5）。我已经忘了怎么和自己心爱的人做爱——幸福快乐。那是一星期前的时候，那么幸福（星号 6）。我又开始做游戏，和万物融为一体。自身具有了推动宇宙的力量（星号 7）。索尔变得轻松，不再紧张、多疑，原来那个病病歪歪的在我身体中的人（星号 8）不见了。我写着前面的文字，感到是在写别人。一个女人和男人相爱时，心中就诞生了一个新的生命，那是对激情和性爱的反应，有自己的逻辑和按照自己的规律生长。索尔昨夜没有来，我的生命受到冷落。他和别的女人睡觉了。他成为三个人：在捍卫自己的自由，否认和别人睡过觉的人；一个未来会辩解说，这不算什么的人；一个热情地说我们睡觉吧的人。安娜也幻化为三个人：去睡觉的人；受到冷落的人；好奇、爱讥讽、冷眼旁观的人。梦中的矮老头在威胁我。睡着的索尔警觉、恐惧，担惊受怕，发出酸臭味。他病了。我充满爱与同情。我去温暖他。我梦见了自己成了矮老头，又成了那个老太婆，无性别，满怀恶意。索尔又是冷冰冰的一团。我竭力使自己从恐惧中恢复过来，再去温暖他。索尔醒了。他是出于恐惧和我做爱，害怕孤独。我们都是担惊受怕的人，在恐惧中做爱。一个星期他没有接近我。然后他说我在试图寻找幸福是对的，他们在互相利用。后来他们在谈政治，谈美国：有些作家因为承认自己反共而受到敬重，告发朋友（星号9）。他谈起了雇主，问他是否是党员。那时他已经被开除出党，但他拒绝回答，因而必须辞职。辞职几周后遇到雇主，雇主流泪说：你是我的朋友。是的，应该谴责那些求得开脱而去告密的人。应该坚持捍卫自己的独立的立场。我们都在公开场合和私下场合中说过两面话，都曾向压力屈服，都曾撒谎。索尔认为安娜这是中产阶级的论调。索尔认为英国没有这种情况，但安娜却告诉他在这里也一样。充满了和下流小报上一个腔调反党的人。社会上真正能顶住潮流的人非常少。索尔走了出去。没有人关心真正的自由、独立、真理，都是随潮流而动。索尔换了衣服，下楼。我们这样的人必将消沉，没有希望，但安娜说也许我们这样经历的人才能了解真相。谈索尔父母离异对他肯定有影响（星号10）。索尔记忆力不好，刚说过就忘了。安娜觉得焦虑，又认为这不是自己的焦虑（星号11）。和莫莉通电话，简对索尔一片痴心。我嫉妒。没有做爱。我在等他回来。他回来了，进了浴室（星号12）。知道他和简约会，但他否认。我病了，和我温存。然后很生气地（星号13）去为他做晚饭。他走后，我去偷看他的书信文件。第一次偷看别人的私信。发现了索尔和法国姑娘的信，抱怨他不回信。发现了日记（星号14）。是按时间顺序写，而不是像我的那么乱。翻着看：许多女人的名字和孤独、离群索居的细节。两个不一样的人：一个工于心计、冷漠、自怜，而又毫无感情的人和一个是我认识的人。我自己写的自我和我也不一样。后期评判前期的人对待妇女像猪一样。威利和索尔一样。读这些记录——由气愤转而愉悦，对了解一个人真实面目的愉悦。但这种愉悦又化为乌有。有些已经记在了黄色笔记中。生活中真的发生就太痛苦了。三篇日记：有个女孩为他移情别恋而自杀。写安娜。她不吸引我，好事。和简做爱太棒了。玛丽闹事。最喜欢安娜，但不喜欢和她做爱。安娜为简嫉妒，找麻烦。和简断掉，和玛格丽特约会。我扬扬自得（星号15）。很伤心，不理解他为什么不想和我做爱。我想让索尔去看心理分析的精神病医生。想问他同时几个人集于一身，又没有时间感。和索尔疯狂做爱，和原来恋爱中的女人不一样（星号16）。谈各国做爱不同风格。索尔和安娜都疯狂了。但安娜的焦虑感还在。又在试图做游戏。索尔又出去和别的女人做爱了。沮丧。成了偷看别人日记的人。安娜把自己比作狱卒。索尔承认自己从来不忠诚于任何一个女人。安娜说那就是骗子，可以转移阵地了。读索尔的日记。知道他要去见多萝西。我们经常是爱和仇恨交替进行。我去看简妮特，12岁。我回来很怨恨索尔，听爵士乐。索尔说自己就是美国，而安娜就是这个时代地位的妇女。友好地睡觉。梦中索尔成了恶的本原，嘲弄讥笑我，要伤害我。我对索尔承认看了他的日记。索尔说安娜是他见过最富嫉妒心的女人。争吵，索尔的我、我、我。做爱，疯狂。哭。做爱，但索尔似乎在和另一个人做爱。（星号17）一个星期沉浸于幸福中。一切都结束了。他变了，我也可以写作了。索尔准备走了，说从来没有这样长时间和一个女人待在一起，连出去散步都觉得歉疚。指责安娜太清醒，记得每一件事。索尔愤怒地做爱，无味、厌恶，我要他去看精神病医生。后来索尔出去了，我喝酒，就把这个写下来了。去看索尔的日记：成了囚徒，日渐疯狂。我妒忌。想起苏格大娘的话，嫉妒会使人成为同性恋。我突然明白了（星号18）。索尔希望找到的，也是我希望找到的是一个温柔的母亲的角色，同时也是性伴侣和姐妹。我也成了他的一部分。我和索尔再也分不开了。我知道他一贯重复的模式，爱一个女人，但一旦她爱上他之后，就逃离。我在思索，突然有了新的感悟：出自于恐惧，对于战争的恐惧：我知道索尔和安娜的凶狠、怨恨以及我、我、我、我，是战争存在的部分理由。索尔在竭力控制自己，滔滔不绝大谈政治。谈欧洲左翼人士的状况，谈各国社会主义运动的分裂。安娜幻化成了不同时间、不同地方的许多人——（每个个体都和别人相连）。我做梦——我就是那个不男不女的矮子，就是索尔，索尔就是我，都是双性人。我们怀着怨恨，怀着对死亡的饥渴，拥在一起。索尔拒绝我，就是拒绝生活。索尔走了，像囚徒一样。我在想自己成为阿尔及利亚监狱的士兵，看还能坚持多久。莫斯科监狱的共产党员、英国赴埃及打仗的士兵、古巴战士、布达佩斯的学生扔炸弹等。我设想自己成为黑人，受尽歧视，又设想自己成为别的人，希望设身处地想一下，但都失败了——超脱的人凤毛麟角。索尔和我斗嘴——我可以胸怀世界、万物——从房间的纹饰想到古希腊神殿立柱上的装饰，又联想到古埃及神殿，又想到芦苇丛和鳄鱼，但在这里却斥斤计较索尔的背叛，他还要竭力找借口欺骗我。我可以感受到他的冷冰冰的孤独。莫莉打电话说汤姆本来要去参加世界各地的革命，但现在要给煤矿工人作讲座——闹剧。安娜做梦——过去非洲马雪比旅馆的人，死去的人都要进入我的体内，惊恐。梦见成为黑人或阿尔及利亚士兵，不知道敌人是谁，没有信仰，但还要打仗。又有了信仰，自信的士兵。梦中飞翔，到地中海上空，又到中国，希望成为农妇，但他们都穿上了制服。我被困于此，恐怖，醒了。经历了各种身份和各不相同的生活。讨厌安娜，就像套上了很脏的衣衫。索尔回来，比较我和他刚睡过的女人——我感觉自己又要盘问他，流于世俗之中。做爱，但另一个安娜却在旁观。我梦见自己和索尔在扮演剧中各种不同的男女角色。索尔问我为什么不写小说，而要写日记。我说没有作家的灵感了，第一次承认。索尔更喜欢妇女地位低的社会——女权主义者。买金色笔记本。索尔要，像贫民窟的小偷（星号 19）被拒绝。索尔在扉页上的题字，小学生的咒语。我就不给他，我要把全部的自己汇总在这一个笔记中。

"内金色笔记"：和索尔做爱，对自己肉体的厌恶，这是同性恋人的情感。理解了描写厌恶的同性恋作品。索尔走了，我觉得肉体能感到快乐就是生活的幸福。这种感觉又消失了。突然感到恐惧，天花板有一只老虎。自己好像在笼子里。总算又睡着了。梦见有个人在我旁边——阻止我崩溃的人。做梦在水里，下沉。有人说安娜背叛了信仰，沉沦到自我的世界中。再下沉，那人说奋斗。说那个男人比安娜强，已经奋斗了很久。我发现在笼子里，使劲要飞走。老虎被囚禁在笼子里。它抓伤了我。老虎就是索尔。我希望它自由。醒了，准备写一个关于安娜、索尔和老虎的剧本。其模式将呈现痛苦。而那个人一直要我回忆过去，而不是去虚构故事和逃避人生。我要回忆，并不是要通过命名使它们变得无害，而是去查实它们仍然存在在记忆中，但是最后一旦回忆，就不得不去命名。重新回忆马雪比旅馆的情景——像电影——马雪比旅馆的房子形状像朵美丽的花——氢弹爆炸的云。虫子和蚱蜢还在。保罗·唐纳和迈克尔融为一体，成为一个新人。告诉安娜，我们不是失败者。伟人明白的道理要我们去转告人们：囚禁人们会变成疯子或动物；害怕警察或地主的人就是奴隶；暴力会滋生暴力。我们就是推大圆石上山的人。所以并非毫无意义。影片停了。放映员说，为什么你认为这就是正确的，因为这是安娜自己导演的。我对于正确这个词的厌恶。我写马雪比旅馆主女人朱恩·布斯比的故事。放映员嘲笑我写不好。醒了。安娜告诉索尔女儿要回来了，所以他要走。索尔想回到原来充满理想的年代。安娜告诫他那些和时代已脱节了。我们的问题是，把过去深锁在心中。安娜说自己需要和一个男人一起生活。索尔的成熟后面有一地尸体——那些放弃理想，但甘愿为他奉献的人。索尔说自己想成为站在山顶的伟人，但安娜说，我们都是推大圆石的人。索尔在大声抗议，我、我、我。我又看到了熟悉的梦境：战争迫在眉睫，我在奔跑，大声尖叫，但没人听见。索尔和安娜做爱。房间里的破败，不能轻易改变，只能粉刷。入睡之前，放映员给我的启示：文字，试图重新组合，不能表述，或许音乐可以，但声音太大。事实是真正的经历是无法描述的。用星号或符号，圆圈或方块都行，但文字不行。只需要知道它在那里，总得维持常规，或许你之所以存在，正是因为我们维持了常规，创造了模式。梦中，放电影，又是马雪比旅馆的那些人和事，但我标注"现实主义特色"。描述细节片段——一系列的瞬间，不再是孤立的，而是融合在了一起。我看了一个写在纸上的文字，是关于内心深处的勇气的，伴随着痛苦的勇气。我不能接受生活的不公平和残忍，因而也不能接受那个大于一切的忍耐力。见苏格大娘。在经历了氢弹爆炸后，草叶又顽强地生长出来，这就是忍耐力。但安娜说对于小小的草叶我没有什么崇高的敬意。一个短篇或中篇小说，讽刺自由女性：女人为了表明自己的自由，同时爱两个男人。有一个男人真正爱上了她，但另一个却冷淡而谨慎。她不由自主喜欢爱她的男人。但当她宣布自己彻底解放了，自由地拥有两个男人时，爱她的男人受伤害，离去，留下称赞妇女解放的不爱她的男人。安娜想爱拉会怎么样了。会有所改变。设想一些情节。索尔回来。他在思考怎样拯救他们俩。索尔对安娜说一要列入计划，二要开始写作。安娜说一开始写就有人从肩膀看——游击队员或士兵等，写作是浪费时间。索尔强迫安娜写作：互相给了第一句。索尔要了金色笔记本。并请安娜写下第一句。后来是索尔的笔迹：一位阿尔及利亚士兵，原来是农民，总是觉得和别人的期望不一样。这个别人是看不见的，上帝、国家、法律或者命运。他被法国人俘虏，逃了出来，参加了民族解放阵线。关押着一个法国士兵。和他交谈。法国士兵说不论想什么，都会归入预定的狭槽中，一边是马克思，一边是弗洛伊德。他们互相羡慕对方。阿尔及利亚士兵觉得很有意思，但不知道为什么总是和期望的不一样，法国士兵希望尝试一下别的观点，不是马克思或弗洛伊德的吩咐。军官过来，认为阿尔及利亚士兵有间谍嫌疑，把他们俩枪毙了。这篇小说出版了，并获得好评。

第三节 创作原型以及主题分析

小说创作缘由、原型以及莱辛自己的观点

　　莱辛在 20 世纪 80 年代接受迈克尔·迪恩采访时，谈到小说创作的灵感来自于一个朋友关于政治、心理、丈夫、孩子、工作的几个笔记。"这不是常人（的生活）。这样想的人是出了问题，所以当我考虑《金色笔记》的形式的时候，就用了它……我想说的一件事就是这种绝望感，每个作家写完一本小说都会有这种感觉，因为生活太复杂了，没有办法用语言表达，所以你说不出来。这就是我通过这部书的结构想说的一件事。"同时，她还说："在《金色笔记》中，我真正地试图写一本可以捕捉到在某些方面与社会主义有关的重要观点。意思是过 100 年后，如果人们感兴趣，可以找到对于那些年人们的所思所说的记录。《金色笔记》在形式上很失败，因为像通常一样，我想说得太多。它太雄心勃勃，所以只会失败……（想说的）溢得到处都是。"①

　　莱辛在自传中，提到了《金色笔记》中莫莉的前夫查理这个人物是根据 E. M. 福斯特的《霍华德庄园》中的资本家形象和人们对资本家或商人的鄙视而创作出来的。她说，《金色笔记》中的查理就是这样一个被鄙视的人物。商人（Businessman）是个贬义词。就像英国贵族认为 Trade（贸易）是个贬义词一样。② 黑色笔记中马雪比旅馆的部分来源于三个来自剑桥的英国空军士兵"二战"期间在南部非洲进行飞行员培训时和莱辛她们相处的日子。莱辛爱上了其中两个剑桥的士兵。③ 苏格大娘（Mother Sugar）的原型是现实生活中莱辛的心理医生。她由于失恋，经常去找一个叫萨斯曼夫人的心理医生。她是天主教徒和荣格的信徒。④ 小说中安娜和莫莉的谈话来自于现实生活中莱辛和朋友珍妮的谈话。⑤ 小说中有许多情节和她的自传有关联，如她自己的恋人杰克借口换衬衫回家的描写就和小说中对爱拉的情人的描写一样。⑥《金色笔记》的结尾：安娜去做社工，并参加了工党。莫莉结

---

①　Michael Dean. "Writing as Time Runs Out." in *Doris Lessing: Conversations.* ed. Earl G. Ingersoll. New York: Ontario Review Press, 1994, p. 90.

②　Doris Lessing. *Under My Skin.* London: Harper Collins Publishers, 1994, p. 283.

③　Doris Lessing. *Under My Skin.* London: Harper Collins Publishers, 1994, pp. 314 – 317.

④　Doris Lessing. *Walking in the Shade.* London: Flamingo, 1998, pp. 35 – 36.

⑤　Doris Lessing. *Walking in the Shade.* London: Flamingo, 1998, p. 43.

⑥　Doris Lessing. *Walking in the Shade.* London: Flamingo, 1998, p. 94.

婚了——莱辛说这是对当时时代的反映：当时的左派受到了一个又一个打击，垮掉了。许多热衷于社会主义运动的妇女对此都不知所措。她们认为自己被出卖了。她们怀着"让政治见鬼去吧"的决心，竭力摆脱了政治，经商或结婚，去做原来这些她们鄙视的事情。许多优秀的共产党组织者都是如此。① 《金色笔记》中索尔的原型是美国作家克兰西·西格尔（Clancy Sigal）——莱辛说他是她自己的一面镜子。他非常浪漫、激进。他们在感情和性方面不和谐，但智力相当。他是美国的托洛茨基派，莱辛赞同他的观点和对妇女的理解。他们同居三年。在情感上，索尔身上都有西格尔和杰克的影子。② 莱辛说，在这本小说中，我想把政治和历史都写入安娜的世界，但却感到了想象力的不足。③ 莱辛认为在写作《金色笔记》的过程中，改变了自己。它被称为妇女运动的圣经。④ 莱辛对于评论家把安娜和自己等同起来感到懊恼。她说，应该把它作为一个独立的个体来读，而不要把它和作者的自传联系起来。《金色笔记》是一部社会小说。⑤ 莱辛认为，梦可以帮助我们厘清思路。安娜的梦就象征着她非洲经历的核心，对战争的恐惧，她和共产主义的责任，对于写作的困惑。⑥

小说叙述结构、主题等分析

《金色笔记》是一本另类的忏悔录——有对自我的剖析，对过去经历的反思，同时又是对怎样把破碎的现实用小说的形式展示出来的实验。"自由女性"的无聊和平淡揭示了现实主义手法只能描述外在生活的平庸和人的外表，但不能揭示人的丰富的内心。笔记可以记录独立的事件和自己内心的零星感受，但很琐碎，呈碎片化。因此形式所表征的"自由女性"（艺术）和笔记（现实的碎片）的关系，就是艺术的真实和虚构的关系。"自由女性"运用现实主义手法对自由女性及其所处的社会进行了外在描述。笔记本是一种内在的深入的描述。"黑色笔记"是对过去非洲的种族歧视的反

① Jonah Raskin. The "Inadequacy of the Imagination." *Doris Lessing: Conversations*. ed. Earl G. Ingersoll. New York: Ontario Review Press, 1994, p. 17.

② Doris Lessing. *Walking in the Shade*. London: Flamingo, 1998, pp. 151 – 156.

③ Jonah Raskin. "The Inadequacy of the Imagination." *Doris Lessing: Conversations*. ed. Earl G. Ingersoll. New York: Ontario Review Press, 1994, p. 15.

④ Doris Lessing. *Walking in the Shade*. London: Flamingo, 1998, p. 309.

⑤ Paul Schlueter. *The Novels of Doris Lessing*. Carbondale and Edwardsville: Southern Illinois University Press, 1973, pp. 81 – 82.

⑥ Jonah Raskin. "The Inadequacy of the Imagination." *Doris Lessing: Conversations*. ed. Earl G. Ingersoll. New York: Ontario Review Press, 1994, p. 14.

思。白人看到的是另类的生活和另类的爱情，如《战争边缘》；而黑人看到的是血腥和欺占，如《香蕉叶上的血迹》；这是白人和黑人不同的视角所致。"红色笔记"是对政治活动的反思：参加政党是由于感情的冲动和义愤，而不是真正的信仰。文学评论是意识形态根据自己的需要写的，而不是文学价值；政治的欺骗性和党内的钩心斗角，没有真话。"黄色笔记"是对自己爱情的解读，也是对男女关系的思考。女人需要男人，正如男人需要女人。但男人和女人的本性不一样：男人首先需要工作来维持自己的尊严和地位，需要女人作为自己的装饰和门面。女人像衣服一样是可以替换的，来满足性的需要；女人把爱情看得更重要。爱和性是结合在一起的，没有爱就没有性的快乐。所以男人和女人是不同的生物，不存在谁对谁错的问题。"蓝色笔记"是探讨怎样勇敢地正视丑陋的现实，而不是逃避，以及用什么方式来表现丑陋而强大的现实（丑陋的双性人）的问题。莱辛还借小说中锡兰人德·席尔瓦对画家 B 的太太告密，说她丈夫出轨的事情，讽刺某些"知识分子"作家或电视电影编导等对现实的冷漠和无所谓的态度——揭露丑陋现实的目的就是"我想看看到底会发生情况"。[①] 通过心理分析理论，看是否可以把人从绝望中解救出来。心理分析最大的用处就是可以反向思维，或逆向思维，如安娜反过来分析苏格大娘。最后意识到：梦中的宝物，也就是自以为救世的法宝——政治或诉诸暴力——就像鳄鱼的眼泪一样是假的，是欺骗人的，都是用来交换的商品，没有意义。

从时间安排看《金色笔记》的结构意义

从整体时间上来说，"自由女性"开始于 1957 年，持续了大约 7 ~ 8 年。"黑色笔记"从 1951 年开始，安娜写到 1956 年结束。但报纸剪报则一直到 1957 年。"黄色笔记"是一个安娜写的小说草稿，题目是《第三者的影子》，没有时间。"蓝色笔记"开始于 1950 年 1 月 7 日，结束于 1956 年 9 月。"内金色笔记"紧接"蓝色笔记"的叙述，结束于"自由女性"的第一句。从时间上可以看出，四本笔记大部分写的内容都早于"自由女性"，这和小说循环结构所暗示的内容，即安娜是先写的笔记，然后，在克服"作家的障碍"后，写成了"自由女性"的事实相符。因此，可以看出，四本笔记是安娜为写作准备的素材，金色笔记也许是把四本笔记合在一起的一种尝试，而"自由女性"是把素材加工后写成的作品。如果说"自由女性"

---

① 〔英〕多丽丝·莱辛：《金色笔记》，陈才宇、刘新民译，译林出版社，2000，第 532 页。

是虚构的小说，四本笔记是"事实"素材，我们可以看出在事实方面显然这两者具有某些相似之处，当然也有一些差异。如安娜的情人的名字两处就不一样，还有汤姆的自杀也不一样。里面也存在细节的矛盾之处。莱辛借此想说明的是虚构的小说总是不能非常准确地表达现实。另外，"自由女性"是运用传统现实主义手法写成的作品。虽然故事完整，但没有什么新奇和创新之处，读来令人感到索然无味。四本笔记由于形式呈片断式、拼贴式、碎片式，融各种形式包括跳跃式回忆、内嵌式小说、梦幻、意识流等于一体，因而从形式上说是后现代主义的作品。读来令人如现实生活般复杂、多变，难以捉摸，难以参透其中滋味。莱辛曾在 1971 年《金色笔记》的再版前言中说，要通过小说"本身的形式而说话"①。"自由女性"部分就"是有意在挑战……现实主义技巧"②，这是对于传统现实主义小说的评价，也是另一种表达作家在写完之后对作品的不满。"有多少真实我没有表达出来，有多少复杂性没有捕捉到；我的经历如此跌宕起伏，纷繁无形，这部小小的简洁的东西怎么可能真实呢！"③ 因此，莱辛借此解构了传统现实主义，认为它已经没有办法容纳当前复杂多变的现实生活，没有办法体现丰富的人的内心情感。生活的碎片化需要的是新的形式和新的表达。

多丽丝·莱辛独特的叙事策略和双重解构手段④

在对"自由女性"进行外在解构的同时，莱辛还对其是否"真实地反映了现实"进行了内的解构。在"黑色笔记"中，莱辛借主人公安娜之手创作了一本小说《战争边缘》。从安娜写的故事梗概来看，它也是一部传统的现实主义作品，描写了一个白人英国飞行员同一个当地非洲的厨师妻子相爱的悲剧故事。然而，随着小说出版的成功，许多影视剧改编者接踵而至，在为安娜带来金钱的同时，也同安娜就小说的改编进行了一轮又一轮的谈判，最后不仅小说的标题被改成《被禁止的爱》，小说的内容也为了迎合白人的口味而被改得面目全非。虽然安娜百般不愿意，但作为一个以写作谋

---

① Doris Lessing. "Preface to *The Golden Notebook*." in *A Small Personal Voice*. ed. Paul Schlueter. New York: Vintage Books, 1975, p. 33.

② Dennis Porter. "Realism and Failure in *The Golden Notebook*." *Modern Language Quarterly*. Vol. 35, No. 1 (1974), p. 57.

③ Dennis Porter. "Realism and Failure in *The Golden Notebook*." *Modern Language Quarterly*. Vol. 35, No. 1 (1974), p. 32.

④ 摘自拙文《后现代碎片中的"话语"重构——〈金色笔记〉的再思考》，《当代外国文学》2006 年第 4 期，第 140~144 页。

生的作家，作为一个需要抚养孩子的单身母亲，安娜无可奈何地一次次妥协。通过安娜的口，莱辛说道："我们看小说的目的是想知道正在发生什么。"① 但是在这样的时代，这种简单而单纯的愿望可以实现吗？果真如此的话，"为什么不能用简捷的报道来揭示真理呢？"② 然而报道成不了小说，也不能出版，小说成功的部分原因也正是电影公司想知道它能否通过将其改编成电影而获取利润的原因。安娜对于这种受金钱等商业利益驱使的现象深恶痛绝：

> 靠兑换货币为生的人，出版社的小丑，以及你的敌人都具有这一德行。当一位电影巨子想购买一位艺术家时，他搜寻创造力或创造的火花的真实企图只是为了将它摧毁，通过捣毁有价值的东西来实现自己的价值。这就是他不知不觉中所追求的一切——他把他的牺牲品称为艺术家。你是一个艺术家，当然……而那位受害者则总是傻笑，并把他的厌恶圈圈吞下。③

这里莱辛通过安娜的经历，揭露了小说出版的内幕、作家的无奈，而更重要的是她揭示了这样一个事实：在当今的社会，已不存在所谓的反映真实存在的现实主义作品，无论你是否愿意。这一点后来又通过安娜对语言能否表达真理的困惑以及由此最终造成她写作障碍的描述得到了确证。

信仰危机是安娜、也是莱辛关注的一个重要问题。莱辛同安娜一样也是20世纪50年代初入党，而后由于失望退党的。在"红色笔记"中，莱辛通过安娜的口详细描述了党的一些外围组织的活动、人们的入党动机、内部的信仰危机以及斯大林的"清洗"政策给党所带来的负面影响等。外在的事件同心理的矛盾交织在一起，展示了政治斗争的残酷及血腥，揭去了政治信仰的神秘面纱，使政治神话走下了神坛。在通过安娜的口直接解构神话的同时，莱辛还通过各种修辞手段强化这一效果。如"红色笔记"的叙述口吻严肃，语言正式，描述冗长，了无生趣，使政治的非人性化更加突出，而其中对政治人物双重性格或双面人的塑造更让人看到了政治带给人的心理扭曲。就连安娜最好的朋友，在"自由女性"中所谓无话不谈的莫莉实际上

---

① 〔英〕多丽丝·莱辛：《金色笔记》，陈才宇、刘新民译，译林出版社，2000，第67页。
② 〔英〕多丽丝·莱辛：《金色笔记》，陈才宇、刘新民译，译林出版社，2000，第70页。
③ 〔英〕多丽丝·莱辛：《金色笔记》，陈才宇、刘新民译，译林出版社，2000，第69页。

也只在安娜入党之后才透露了她入党的动机。从字里行间我们读出的是虚伪。

　　然而，奇怪的是，无论是对现实主义的解构还是把政治拽下神坛，莱辛到最后又都给出了似乎自相矛盾的暗示。在完成了四本笔记之后，经过了痛苦的挣扎，安娜在最后的"内金色笔记"中终于战胜了写作的障碍，重新拿起笔来开始创作，而她的美国男友给出了这本书的第一句话："两个女人单独坐在伦敦的一套住宅里……"而我们惊异地发现这正是《金色笔记》的开端，也是"自由女性"的第一句。这就是说"自由女性"是安娜克服写作障碍，领悟了生活真谛之后的成熟之作，而从四本笔记和"自由女性"叙述的时间看，"自由女性"的写作也的确是在四本笔记之后。这样，在对现实主义作品解构之后，莱辛似乎又毫不留情地解构了她自己。同样，对政治的解构也是如此。在小说的最后，在汤姆经历了闲荡和自杀，玛丽恩经历了丈夫的背叛和酗酒等造成的痛苦之后，双双加入了社会主义组织，热衷于参加游行、开会等，最终在社会中找到了自己的位置，过上了富足、精神充实的日子。而莱辛也在许多场合表达了对共产党人的赞美。然而，这种似乎不经意间的自相矛盾的背后却暗含着玄机。

　　莱辛曾在《金色笔记》的序言里写道："书的主旨，它的组织，书中的一切，都直接或间接表明我们绝不能分裂。"① 实际上，通过这种双重解构，莱辛已经在暗示着这样一种观点，那就是她的解构的目的是为了重构。阿瑟·米勒曾说过："在社会现实的外衣之下隐藏着另外一个现实，那是一种潜在的存在，它是一种尚未进入大众意识的真实。作家的使命之一便是对这种现实进行勘探与发现。"② 对莱辛来说，重现这种在混乱、分裂表象下的真实存在，重构生活的信念远比解构更重要。而这种重构是通过进一步对主体的解构，从而造成对话语权的悬置来作为桥梁的。

叙事主体的消解及话语权的悬置

　　就叙事主体来讲，《金色笔记》开始呈现出的是倒金字塔式的消散形。"自由女性"的作者是无所不知的叙述人，而主人公安娜又是四本笔记的叙述人；"黄色笔记"是安娜所写的小说《第三者的影子》；其主人公爱拉又

---

① Doris Lessing. "Preface to *The Golden Notebook.*" in *A Small Personal Voice.* ed. Paul Schlueter. New York: Vintage Books, 1975, p. 10.

② 转引自格非《小说叙事研究》，清华大学出版社，2002，第 6 页。

写了一个自杀者的故事；"内金色笔记"由安娜和她的美国男友索尔合写，而其中安娜创作了一部小说，索尔为她写了第一句，这正是《自由女性》的第一句。这样安娜又成了自己故事的叙述人。叙述主体一而再，再而三地扩展开来，到最后又回到了金字塔尖，但已造成了主体的错位。不仅如此，全书还穿插了别人讲的许多故事，日记，叙述的事件以及各种报纸的剪报等。而内在的叙述声音更是异彩纷呈、相互穿插。如在黑色笔记中，叙述人安娜就时不时同写作《战争边缘》的安娜进行对话；而在叙述过去的事件时的安娜显然又有别于当时当地置身于其中的当事人安娜。这些叙述主体的置换和错位直接导致了叙事主体的消散。我们分不清这部小说的叙述人到底是谁，是莱辛，还是安娜，抑或谁都不是。我们知道，根据马克思的意识形态理论，意识形态本质上是主体的思想体系，是主体看待和体验世界的思想方式。因此叙事主体的解体意味着话语权的悬置。而这正是造成莱辛作品众说纷纭的原因之一。然而，莱辛解构叙述主体的目的，就像她打破现实主义作品的形式并不单纯是为了解构它一样，是为了重构主体。

"内金色笔记"正是莱辛抛出的重构主体的一颗烟幕弹。从表面上看，"内金色笔记"是对集聚了所有内容的总结。安娜自己在书中也直言不讳地说，她要放弃以前四本笔记的写作："……将开始用一本新的笔记，在一本里面记下我的一切。"① 是的，这本笔记类似结语，却不是为了表达自己抑或是莱辛的什么总体意识，而恰恰相反，是为了进一步解构主体。但这种解构又是重构的一个必然的前提和铺垫。在这本笔记中，安娜和索尔最后分道扬镳，打碎了双性同体的幻想。而充满页面的"我，我，我……"更是冲破了主体赖以生存的最后的堡垒。正如安娜所说："我，我，我，我像机枪在均匀地扫射。我似听非听，仿佛那是我起草的讲稿而旁人在作演讲。是的，那就是我，那是每一个人，那个我。我。我。"② "我"在这里融化成了每一个人。接着，莱辛又通过安娜的口诉说了对语言的无奈。

> 文字。文字。我操作文字，希望某些组合，即使是难得一遇的组合，能表达我想说的话。或许用音乐来表达会好一些？然而音乐会像个敌手一样攻击我的内耳，那不是我的领域。事实是，真正的经历是

---

① 〔英〕多丽丝·莱辛：《金色笔记》，陈才宇、刘新民译，译林出版社，2000，第 644 页。
② 〔英〕多丽丝·莱辛：《金色笔记》，陈才宇、刘新民译，译林出版社，2000，第 664 页。

无法描述的。我无奈地想，一系列星号，像一部老式的小说，或许更管用。或者用某种符号，也许一个圆圈，或一个方块。无论什么都可以，但文字不行。[①]

很显然，莱辛又暗示了只有通过形式才能表达自己的真正意图。真正主体既是我，也是你，是每一个人，而这才是这部小说的真正主旨。

莱辛的形式世界和西绪弗斯神话

莱辛的话语世界（word/world）不是通过文字而是通过其独有的形式而构筑起来的。她借助了希腊西绪弗斯的神话传说。西绪弗斯是希腊神话中美丽的城邦科林斯（Corinth）的创建和统治者。宙斯诱拐了阿基娜（Aegina）。她的父亲河神来到科林斯找她，但是西绪弗斯却拒绝帮助他。后来他无奈之下答应西绪弗斯向科林斯城堡提供永不枯竭的泉水的条件，才得知了事情的真相。当宙斯知道西绪弗斯出卖了他之后，罚他死后入地狱接受惩罚。每天清晨，他都必须将一块沉重的巨石从平地搬到山顶去。每当他自认为已经搬到山顶时，石头就突然顺着山坡滚下去。西绪弗斯必须重新回头搬动石头，艰难地挪步爬上山去。这样日复一日，永不停息。[②] 在《金色笔记》中，无论从形式还是到内容，我们所得到的突出印象就是重复。小说的题目和"内金色笔记"完全相同。小说的排列顺序："自由女性"，黑、红、黄、蓝笔记，然后再是"自由女性"、黑、红、黄、蓝笔记，共重复四次。而其中所涉及的内容基本上都是同一件事情，只是叙述角度不同。而更为明显的是小说的结尾就是小说的开头。所有这一切，同西绪弗斯周而复始推动巨石的神话相吻合。不仅如此，莱辛在小说中还通过安娜和索尔的对话明确地说我们都是推圆石的人：

> "嚼啊，嚼啊，嚼啊。"我说。
> "你，我想，不会是个食人番吧？"
> "哦确实是的。但我已经给了别人大量的帮助和安慰。不，我不想成为圣徒，我只会成为一名推大圆石的人。"
> "那是什么？"
> "有一座黑暗的高山，那便是人类的愚昧。一群人正在推大圆石上

---

① 〔英〕多丽丝·莱辛：《金色笔记》，陈才宇、刘新民译，译林出版社，2000，第670页。
② 〔德〕施瓦布：《希腊神话故事》，刘超之、艾英译，宗教文化出版社，1996，第75页。

山。当他们刚往上推了几尺，却爆发了战争，或是荒唐的革命，石头便滚落下来——不是滚到底，总能停在比原先高几寸的地方。于是那群人用肩膀顶住石头，又开始往上推。与此同时，一些伟人站在山顶上。有时候他们往下俯瞰，点点头说：好，推石头的人仍在尽责。但同时我们也在思考人的生存空间的本质，当世上不再有仇恨、恐惧和谋杀，人们都很高兴的时候，这世界会是个什么模样。"

"呵。哎，我想成为一个站在山顶上的伟人。"

"我们两个运气都不好，我们都是推大圆石的。"①

根据基督教的教义，人类是因为偷吃了知识树的禁果而被上帝罚到地球上受苦受难，而且子子孙孙循环往复都是如此。西绪弗斯也是一个聪慧的罪人。那么作为一个声称从不信仰任何宗教的人，莱辛把人类比作西绪弗斯有什么深意呢？显然，莱辛并不是想表达人类存在的虚无和生存的无意义。并且在此，莱辛更显示了其高明之处。

在《金色笔记》中，莱辛用形式构筑了一个圆形的循环的世界。在这个世界中，人类过着周而复始、循环往复、平淡而又乏味的生活。从一方面来说，这正是大多数人的生存状态的真实写照，而从另一方面来说，正是他们的生活在书写着人类的历史。个人的线性历史和人类的循环往复相互交叉构成了生活的全部，而生命的意义就在于此。② 莱辛用形式作为叙述话语的另一层含义还在于：生活（形式）本身可以是支离破碎，充满悲调，但是叙述（写作）可以穿起生活中破碎的枝节。历史（history）本身就是"叙述"（story），就是话语。在叙述中，过去、现在连接起来通向未来。人类在叙述的路中间，回味过程，远眺未来，而生命的意义就在于自己书写自己的历史，编织自己的故事，叙说自己的话语，像西绪弗斯一样，同命运抗争，幸福地上演他的悲剧。

莱辛在这部小说中所涉及的主题繁多，总括起来大致可以分为：战争、政治、艺术与写作、语言问题、女性问题等。这部小说还有许多可以进一步探索的问题。

---

① 〔英〕多丽丝·莱辛：《金色笔记》，陈才宇、刘新民译，译林出版社，2000，第664页。

② 参见拙著《多丽丝·莱辛的艺术和哲学思想研究》，外语教学和研究出版社，2007。

第三章
"内空间小说"

在完成《暴力的孩子们》的最后两部之后，莱辛又创作了三部"内空间小说"：《简述地狱之行》（1971）、《黑暗前的夏天》（1973）、《幸存者回忆录》（1974）。莱辛从《金色笔记》和《四门城》开始的风格转变，到 20 世纪 70 年代发表"内空间小说"时已经有了明确的定位。虽然莱辛一直对作品被贴标签的事极度反感，但在 1971 年发表的诺普夫（Knopf）版精装本《简述地狱之行》封面上，写着："类别：内在空间小说——因为只剩下内部可进。"[1] 此时，莱辛更明确地把《简述地狱之行》和《幸存者回忆录》称为"非现实主义"小说，或是"空间小说"。她对读者把它们称作"科幻小说"感到"吃惊"。[2] 后来又把她 70 年代末开始发表的五部曲《南船座中的老人星档案》称为"外空间小说"。其实，莱辛这样做也是出于无奈，因为当时评论界对于这些小说的定位已经要么把它们都归入"科幻小说"（除《黑暗前的夏天》外），要么归入"心理戏剧"，并且就它们是否真实地反映现实或怎样反映现实展开了争论。[3] 这个问题直到现在也没有定论。不过，单纯就外在形式而言，用内在空间和外在空间相称还是很准确的，因为写于

---

[1] 转引自 Roberta Rubenstein. *The Novelistic Vision of Doris Lessing*：*Breaking the Forms of Consciousness*. Urbana：University of Illinois Press，1979，p. 177。

[2] Tan Gim Ean and others. "The Older I get，the Less I Believe." in *Doris Lessing*：*Conversations*. ed. Earl G. Ingersoll. New York：Ontario Review Press，1994，pp. 201 – 202.

[3] 参见 Katherine Fishburn. "Doris Lessing's 'Briefing for a Descent into Hell'：Science Fiction or Psycho - Drama?" *Science Fiction Studies*. Vol. 15，No. 1（May 1988）p. 48. http：//www. jstor. org/stable/4239858 Accessed：16/11/2009.

《暴力的孩子们》和《南船座中的老人星档案》之间的三部小说无疑是心理分析居多，而后面的五部曲论述的是发生在太空其他星球上的事情。吉恩·皮克林在谈到莱辛 70 年代前半期发表的三部小说时总结道："莱辛的兴趣已经从对个人的特点、个人之所以不同的方式转向他们在什么方面相似上来。所有三部小说都涉及内在空间的性质。正如玛莎·奎斯特的经历表明的，越进入这些区域，越发现这是所有人类居住的区域……暗示出同其他生物形式的亲缘关系的无意识感。"① 如果说莱辛 60 年代小说的主人公还是具有特殊情感和特点的个人的话（虽然许多其他人物已经不代表个人），那么在 70 年代，莱辛的小说主要人物已经完全具有了概念人物的特征。不过，莱辛的概念人物和狄更斯的概念人物已经有所不同。福斯特在《小说面面观》中对于类型人物或者说"扁平"人物是这样定义的："扁平人物也就是17 世纪所谓的'气质类型'，有时也称为类型人物，有时也叫漫画人物。其最纯粹的形式是基于某种单一的观念或品质塑造而成的……他本身就是这个观念。"② 显然，狄更斯作品的概念人物多是代表某一类人或某一个阶层。莱辛 60 年代的小说的概念人物大多具有这种特征，但在 70 年代，莱辛的概念人物在这层含义之外，还具有了西方古典道德戏剧或 17 世纪寓言小说中人物概念化的意味，并且还如皮克林所说的那样，具有了全人类的特点，具有了"每个人"的特征。就外在形式而言，这三部小说虽然都具有大量的心理描写，但它们所采用的叙述形式却大相径庭。毫无疑问，莱辛的三部小说都在内在空间这个广袤的天地里驰骋纵横，利用不同的叙述形式，揭示出了人世间的人生百态。实际上，莱辛的作品历来是不能按照传统的归类方式划分的。然而为了叙述的方便，我们姑且按照莱辛的意思划分章节。

第一节　《简述地狱之行》

评论概述

这三部小说中，《简述地狱之行》（*Briefing for a Descent into Hell*）和

---

① Jean Pickering. *Understanding Doris Lessing*, Columbia: University of South Carolina Press, 1990, p. 124.

② 〔英〕E. M. 福斯特：《小说面面观》，见《福斯特读本》，冯涛等译，人民文学出版社，2011，第 345 页。

《幸存者回忆录》可以被称为奇书，因为其形式不但前所未有，而且评论界一直对它们感到束手无策，不知该怎么评价，也不知怎样归类，对此争议不断。由于莱辛把《简述地狱之行》称为"内空间小说"，并且在接受采访时故意混淆视听，说正在写的这本书，"是一本疯狂的，像梦一样的书，和我以前写的完全不一样"，① 而它的主人公查尔斯·沃特金斯又是一个疯子，因而早期的许多评论要么把它主要看作是对查尔斯·沃特金斯的心理分析，要么从字面上理解它是疯子的言语，完全否认这部小说的艺术成就。有人在书评中认为前 1/3 "完全不可读"，后面就是"一个中产阶级的学者在疯人院的经历"，因而是一部"垃圾"之作。还有学者认为莱辛就是 R. D. 莱因的信徒，讲的是人格的精神分裂。还有一篇书评居然认为莱辛对于白色大鸟的描写证明了她对于神秘主义的痴迷使她丧失了对人的感觉。② 作家罗宾·麦克诺顿（Robin MacNaughton）在书评中写道："查尔斯·沃特金斯的困境具有普遍性。她对此的敏感性在文学上却证明是个错误。在她竭力试图从混乱的事件和意象中剥离出连贯的真知灼见的过程中，她被这种努力捆住了手脚。她的思想杂乱无章，常常湮灭在重复中。她没有给自己留出被认为是正确的艺术距离……莱辛女士殚精竭虑地试图确立自己的观点，这个过程使读者筋疲力尽。"③ 不过，随着时间的推移，对这部小说的评价也越来越高。许多学者对这部小说从心理意识、叙事结构和科幻等方面进行了分析。对这篇小说的结构分析最早的是道格拉斯·勃林（Douglass Bolling）。勃林认为这部小说是主题和形式紧密结合的典范，其核心是查尔斯的心路历程。沃特金斯的声音贯穿全书，引领着读者在无意识领地遨游。而其中穿插的医生和护士的记录、对话以及各种信件是为了不使读者迷路而提供的路标。因此，他把故事的结构归结为向下的螺旋运动，契合题目，表征一种"破坏"的力量，"暗示出小说观念背后的悲观主义"。最后沃特金斯回归"正常"状态实际上是一种病态的现代人状态。他赞誉《简述地狱之行》是一部在艺术成就和形式上可以和《金色笔记》相媲美，甚至超越了《金

---

① 转引自 Robert S. Ryf. "Beyond Ideology: Doris Lessing's Mature Vision." *Modern Fiction Studies*, Vol. 21, No. 2 (Summer 1975), p. 195.

② 转引自 Robert S. Ryf. "Beyond Ideology: Doris Lessing's Mature Vision." *Modern Fiction Studies*, Vol. 21, No. 2 (Summer 1975), pp. 193 – 195.

③ Robin MacNaughton. "And Now, Inner Space Fiction." *Nation*. Vol. 213, Issue 22 (1971), p. 699.

色笔记》的小说。① 罗贝塔·鲁宾斯坦则直接把主人公沃特金斯和莱因的病人沃特金斯进行了比较，认为这两个人的疯癫经历非常类似，因此，她认为莱辛是以小说的形式描述了精神病的经历，它和莱因的疯癫理论一样，都是对社会病症的反抗形式。② 不过，在后来发表的著作中，鲁宾斯坦从意识发展的角度对这本小说作了颇具启发意义的分析。她认为这部小说基于苏菲的意识发展理论和集体无意识的原型意象，梳理了小说的几条叙事线索，并内在地解构了生成的任何一种意义，从而综合起来使我们获得一种对整个宇宙的视角。因此，她认为小说是"总体来说思想和形式创造性并且有效地结合在一起"的典范。③ 1980 年，帕特里克·帕林德（Patrick Parrinder）对于小说中的理性和非理性辩证关系进行了分析。④同年，巴赞发表文章认为这本小说就是一个苏菲寓言。莱辛是在阐述生活中人和自然和其他人的"合一"性。⑤罗特劳特·斯皮格尔（Rotraut Spiegel）在他的博士学位论文中，通过异化和小说的形式的关系，阐述了莱辛的另类现代主义意义。⑥ 1983 年，赫伯特·玛尔德尔认为不同层次的"现实"之间的阐释和张力贯穿小说形式和主题。⑦ 1986 年琼·狄迪翁认为这部小说"完全是一部'观念'小说，不是在人物生活中玩弄观念，而是人物只是作为观念展示中的符号标记而存在的"。⑧克莱尔·斯普拉格和弗吉尼亚·泰格认为它颠覆了以往作品中疯狂总是和女人相联系的传统，而描写了一个疯男人的形

① Douglass Bolling. "Structure and Theme in *Briefing for a Descent into Hell*." *Contemporary Literature*. Vol. 14, No. 4 (1973), pp. 550 – 564.

② Roberta Rubenstein. "Briefing on Inner Space: Doris Lessing and R. D. Laing." *Psychoanalytic Review*. Vol. 63, No. 1 (1976), p. 92. http://www. pep – web. org/search. php? volume = 63&journal = psar&PHPSESSID = 1flub1bnopu8ereeabfm3uuo06.

③ Roberta Rubenstein. *The Novelistic Vision of Doris Lessing: Breaking the Forms of Consciousness*, Urbana: University of Illinois Press, 1979, p. 195.

④ Patrick Parrinder. "Descents into Hell: the Later Novels of Doris Lessing." *Critical Quarterly*. Vol. 22, Issue 4 (Winter 1980), pp. 5 – 25.

⑤ Nancy Topping Bazin. "Androgyny or Catastrophe: The Vision of Doris Lessing's Later Novels." *Frontiers: A Journal of Women Studies*. Vol. 5, No. 3 (Autumn 1980), pp. 10 – 15. http://www. jstor. org/stable/3346502.

⑥ Rotraut Spiegel. *The Problem of Alienation and the Form of the Novel*. Frankfurt am Main: Verlag Peter D. Lang GmbH, 1980.

⑦ Herbert Marder. "Borderline Fantasies: The Two Worlds of Briefing for a Descent into Hell." *Language & Literature*. Vol. 19, Issue 4 (Fall 1983), pp. 427 – 448.

⑧ Joan Didion. "Briefing for a Descent into Hell." *Critical Essays on Doris Lessing*. ed. Claire Sprague and Virginia Tiger. Boston: G. K. Hall, 1986, p. 193.

象①，从而解除了套在女人身上的紧箍咒。此外，除了大部分学者把它归结为探索小说以外，还有学者把它称为科幻小说。如凯瑟琳·费什伯恩就坚称它为科幻小说。她认为莱辛在五部曲中宣称她对物理学很感兴趣，因此，这部小说就是莱辛运用量子力学理论来表达她自己有关不确定、整体和变化的思想。② 1994 年，约瑟夫·海因斯按顺序把这部小说分成四个部分，认为莱辛通过这部小说说明了无论是现实主义小说还是这种"内空间小说"，都具有自己的局限性，真理是无法言说的。③ 1998 年，麦科马克（McCormack）在论文中直接把它称作"后现代文本"。④尽管莱辛自称这部小说是她"最好的小说之一"，⑤ 但这部小说却一直没有得到充分的关注，评论数量并不多。进入 21 世纪，仍只是间或有人注意到它，评论视角也没有更多的突破。唯一值得关注的是，大卫·沃特曼在 2006 年发表的著作中，从小说中主人公的身份入手，探讨了莱辛对社会主流意识形态的批判及其策略。⑥

故事梗概

夜晚 3 点，警察发现有一个衣衫不整，但穿着质地优良的男人在滑铁卢桥附近的堤岸上徘徊。他神志有些不清，失去记忆，大声自言自语，后被送入医院。这个人不停地自言自语，好像在海上航行之中。在晶体盘船接他的朋友，抛弃他之后，他仍然不放弃，历经千难万险，等待晶体盘船的第二次、第三次降临。期间，他遇到了暴雨，上岸后他在大鸟的帮助下飞越天堑。后在森林中遇到了食人的动物，最后终于被晶体船接走，接受了神要"记住"的教诲。期间穿插医生 X 和医生 Y 写下的对于恢复他记忆的不同治疗意见，护士护理他时的对话，以及医生 Y 和他的对话。后来警察在议会

① Claire Sprague and Virginia Tiger. "Introduction." *Critical Essays on Doris Lessing*. ed. Claire Sprague and Virginia Tiger. Boston：G. K. Hall，1986，p. 14.

② Katherine Fishburn. "'Briefing for a Descent into Hell'：Science Fiction or Psycho – Drama?" *Science Fiction Studies*. Vol. 15，No. 1 （May 1988），p. 50. http：//www. jstor. org/stable/4239858.

③ Joseph Hynes. "Doris Lessing's Briefing as Structural Life and Death." *Renascence*. Vol. 46，No. 4 （Summer 1994），pp. 225 – 245.

④ Mary Carolyn Gough McCormack. "*A new frontier*"：*The Novels of Doris Lessing and the Sciences of Complexity*". Ph. D.，University of South Carolina，1998，p. 153；UC Berkeley Library Database. Etext. 12 Dec. 2009. http：//proquest. umi. com/pqdweb? sid = 1&RQT = 511&TS = 1258510410&clientId = 1566&firstIndex = 120.

⑤ Stephen Cray. "Breaking Down These Forms." in *Doris Lessing：Conversations*. ed. Earl G. Ingersoll. New York：Ontario Review Press，1994，p. 116.

⑥ David Waterman. *Idendity in Doris Lessing's Space Fiction*. New York：Cambria Press，2006.

广场附近的街上见到了他的钱夹，里面有一张全家照。他原来是剑桥大学教古典文学课的教授查尔斯·沃特金斯。今年 50 岁，有妻子和两个儿子。小说后面是一些信件，包括他的妻子、朋友、情人、战友、学生等给医生的信，以及教授原来和他们的通信等。他这时还是记不得过去的事，但已经不再呓语了。接着他按照医生的嘱咐，写下了他自己的一些经历：如战争期间在南斯拉夫和游击队员一起的经历、医院里对于植物的观察等。期间穿插他的战友和医生的通信，记录在战争中和他共事的经历，以及第三人称叙述医院病房的病人和查尔斯之间的对话和交往。结尾是查尔斯同意做电击治疗，恢复记忆后分别写给朋友的信件以及和妻子的通信。最后作者在后记中还叙述了自己把这件事写成电影剧本分别寄给两个医生进行评议，结果他们的意见不一致。

创作缘由

莱辛说："因为一个朋友说没有人坐下来一块读犹太教、基督教和伊斯兰教的书。我就想，如果一个先知现在出现了会发生什么。所以我就在故事中采用了三个宗教中都共有的因素。"[1]

小说结构、主题等分析

这部小说完全打破了传统的现实主义小说的叙述形式，采用了一种疯人呓语、护士、医生诊疗记录、人物之间的通信、病人自述，以及叙述人叙事交叉进行的方式。全文没有章节，没有明显的分界线，只是偶尔有空格，以及不同的字体及排列显示出叙述人身份的不同。主人公查尔斯·沃特金斯又是一个疯子，因而早期的许多评论要么把它主要看作是对查尔斯·沃特金斯的心理分析，要么从字面上理解它是疯子的言语，完全否认这部小说的艺术成就。

实际上，这部小说的叙事结构是经过精心安排的。正如海因斯已经意识到的，这部小说是不可分割的，是莱辛为了"消除传统的界限，强制我们特别努力地同时观察、感觉和理解经验"。[2] 其实，准确地说，并置在传统叙事中不同的经验是莱辛这样做的主要手段，目的是为了让我们在对比中发现事物的真相，抑或是本质。不过，莱辛的对比手法和传统的静态对比手法

① Tan Gim Ean and others. "The Older I get, the Less I Believe." in *Doris Lessing*: *Conversations.* ed. Earl G. Ingersoll. New York: Ontario Review Press, 1994, pp. 200 – 203.

② Joseph Hynes. "Doris Lessing's Briefing as Structural Life and Death." *Renascence.* Vol. 46, No. 4 (Summer 1994), p. 225.

不同，她使用的是动态对比。我们可以看到：小说的对此结构实际上可以按叙述顺序分为四层：第一层是我们通常理解的现实，由护士的接诊记录、医生护士之间或和沃特金斯教授的对话、来往的信件，以及叙述人所描述的现实组成：即病房里病人的情况和沃特金斯与女病人斯托卡（Violet Stoke）的对话。护士与医生的客观记录逐渐向掺杂有主观意见的药物治疗过渡，正好和叙述人开始的隐身、沃特金斯教授的内心独白凸显，以及后来的叙述人的现身、沃特金斯放弃诉说，而转为笔述，直至完全由叙述人代替来描述沃特金斯的想法和书信内容相吻合——喻示客观的记录被主观的臆断所代替，自然向非自然过渡，直至被主观现实所吞没——现实的压力越来越大。第二层是沃特金斯的无意识呓语——讲述他的海上航行（此时药物还没有起作用，这是沃特金斯教授的现实）。而医生和护士表征的现实为他的梦境。它们交叉进行，形成对比。第三层是他讲述自己在陆地的噩梦，以及在晶体盘船上神决定下地狱去拯救人类的会议——这是他自己从天堂走向地狱的旅行；但从我们现实的角度看，此时药物在逐渐起作用，他已经不再胡言乱语，从无意识正在恢复到有意识的阶段——是从疯癫的地狱走向现实正常的天堂。第四层是被我们认为是"疯子"的内心情感和真实心理的流露与所谓社会承认的教授运用语言表达自己的经历对此。随着药物逐渐起作用，沃特金斯教授已经放弃直接述说，而诉诸于语言对事实的歪曲以及理性的介入。随着电击治疗的成功，沃特金斯教授完全恢复了记忆，写了几封感谢信，成为和我们一样的"正常人"。

小说的人物构成了一个五层的金字塔：叙述人：全能的"上帝"——掌控所有一切，位于金字塔顶端；警察——社会或国家，现有秩序的维护者，位于金字塔的第二层；医生——社会机构的权威，是金字塔的第三层；护士、妻子、朋友、情人、战友等——权威的拥护者或帮凶，是金字塔的第四层；沃特金斯教授、斯托克以及众病人——受压制者，位于金字塔的底部。显然，小说以倒金字塔开始。以沃特金斯教授为代表的位于底层的"病人"试图颠覆传统，颠覆几千年来理性统治的"正常"秩序，以无意识"呓语"对抗意识语言；梦境畅游抵制苏醒现实、以失忆和重构现在颠覆过去的历史、以性器官的裸露对抗虚伪的道德。

从小说整体结构来说，我们还可以看出：小说开始，作品是隐性的叙述，是现实中护士的接诊记录。而小说的最后，作品也是隐性的叙述，是沃特金斯和妻子及别人的几封通信。小说的开始和结尾在叙述形式上互相呼应，成为一个明显的圆形结构。这和作品中"环形""回路""旋转的水流""圆盘""监禁""圈套"等词高频率的重复使用遥相呼应，和沃特金斯被治愈疯病的境遇相辅相成。这一切形成一个巨大的圆形，喻示人被裹挟在现实中，无处可逃。这正好又呼应小说中沃特金斯地理位置的航行，正好环绕地球一圈。这种结构对应了福柯的规训惩戒理论中圆形监狱说。

此外，莱辛对时间的处理方式尚被评论界所忽视。小说开始给出的时间是夜班护士的接诊记录，写于 1969 年 8 月 15 日星期五清晨 6 点，记录的是凌晨 3 点警察发现沃特金斯在河堤徘徊。然后 X 医生和 Y 医生不时在接诊记录中分别给出具体的日期——8 月 17 日、18 日、24 日。有时他们给出的时间较长，如三天、一周或两个月不等。9 月 15 日警察找到沃特金斯教授的皮夹子，证实他的身份后，Y 医生第一次使用他的名字称呼他。这种具体时间的运用使我们有一种强烈的"现在"感。它和按照时间顺序叙述的现实主义文本所给出的"客观现实"相吻合。这是第一层的"现在"时间。

值得注意的是在小说中信件中都没有通常该注明的日期。我们注意到，所有这些信件有一点是共同的：都在讲述过去的沃特金斯，或者说是"正常"时的沃特金斯。所有写信的人，包括他的妻子，和他都有沟通障碍。因此，一方面，所有这些不同的人写的不同的信件都在试图为沃特金斯构筑一个"过去"。从他的妻子菲丽西蒂（词义为"幸福"）的信中，我们知道沃特金斯教授有一个外人看来非常幸福的家庭：他当初一见钟情的漂亮妻子和两个可爱的儿子，完全符合"菲丽西蒂"所包含的幸福含义。虽然他病后失忆了，不认识她了，但是她不离不弃，想尽一切办法使她丈夫康复。但是从信中，我们也觉察到了她和丈夫之间缺少点什么，因为她完全不知道她的丈夫在想什么，或者为什么他要做这件事而不是那件事。他们之间没有真正的交流和沟通，更谈不上理解。所以他们的真实关系就如同他们在医院相遇时的情景一样——像陌生人。正如沃特金斯所说，他们"不在同一个时间轴上"。①他和他的同事、朋友、战友、情人等的关系也是如此。他们都和教授相处过一段时间，但他们都觉得后来他变了，和开始不一样。同样，他们也不在一个时间轴上。他们处于过去，而教授是现在。所以信中缺失的时间正好说明了这一点。只有他的病友斯托克小姐可以和他沟通，因为"她是现在"。她是一个没有性别概念的"疯子"，在病房中不穿内裤到处乱跑。

---

① Doris Lessing. *Briefing for a Descent into Hell*. London：Jonathan Cape，1971，p. 57.

两个"疯子"可以正常交流，这里的讽刺非常明显：在这样一个疯癫的社会中，唯一清醒和理性的人是被社会所认为的"疯子"。

如果剖析小说的时间结构，我们还可以发现一个很容易被忽略的事实：那就是莱辛对于时间和空间的处理正好对应于上述的叙述结构图。小说刚开始是夜班护士的接诊记录，写于 1969 年 8 月 15 日星期五清晨 6 点，记录的是凌晨 3 点警察发现一个人（后来证实是沃特金斯）在河堤徘徊的事。小说结尾显示的时间是 1970 年 4 月。这记叙的大致是一个冬天的挣扎和斗争。严酷的季节也说明了斗争的严酷和危险。春天到了，花开了，教授恢复了正常。这是他的春天吗？我们耳边似乎回响起乔叟的诗歌："当四月的甘霖渗透了三月枯竭的根须……"① 然而，由于小说前面对沃特金斯疯癫的叙述和他同妻子及其他人的关系，我们禁不住想起了 T. S. 艾略特在《荒原》中的第一句："4 月是最残酷的月份……"② 艾略特的荒原景象隐隐在"正常"的生活中呈现。我们不禁要问，这是否是他人间荒原地狱之行的开始？在 20 世纪的今天，我们吟诵的到底是哪一首诗歌？"我们需要时间"，"时间在流逝"在小说中被重复了许多次，同阿尔弗雷德的"还有时间"以及"让我们，你和我，走吧"相呼应。莱辛对于人物在不同时间层的处理使我们都在思索当代人与人之间的沟通障碍及其原因。

如果我们随着线性叙述语言前行，我们会发现有一个隐含的时间序列。沃特金斯开始时所说的都是一些呓语，直到小说叙述到了中间，他才试图写下他所记得的事情。语言上从声音到字词运用的变化正好对应他从生到死的意识变化，象征着人的进化历史。在小说中表征为他从大海到陆地，再到天空的旅行。③ 不过，在这个线性进化历史背后，还隐藏着另一个容易被人忽视的平行线：那些无意义的呓语，不管是不是疯人的语言，都是他真实的内心表达，而他所写下来的回忆，却是不可靠的，因为在小说中它同他的战友麦尔斯·波维（Miles Bovey）对同一事件的叙述不一致。这种从事实到怀疑

①　Georphey Chaucer. "Canterbury Tales." *The Norton Anthology of English Literature*. Third Edition. Volume 1. ed. M. H. Abrams. New York. W. W. Norton & Company, Inc, 1974, pp. 103 – 104.

②　T. S. Eliot. "The Waste Land". In *The Norton Anthology of English Literature*. ed. M. H. Abrams. Fourth Edition. Volume 2. New York. W. W. Norton & Company, Inc, 1979, p. 2267.

③　有一些评论家注意到了小说中人的进化历史，参见 Roberta Rubenstein. "Briefing on Inner Space: Doris Lessing and R. D. Laing." *Psychoanal. Rev.*, Vol. 63, No. 1 (Spring 1976), pp. 83 – 93。

的转变正好对应于他的意识从记忆到失忆、从清醒到睡眠的变化,但正好同读者所看到的他从疯癫到正常,从失忆到重拾记忆的过程相反。因此,这里的叙事悖论具有很重要的意义:我们不禁要问:现实和疯癫的实质是什么,而且还要追问文明历史:我们应该忘掉什么?应该记住什么?

空间也是莱辛用来拓展内在空间的手段之一。沃特金斯的心理旅行中经过的地方包括海洋、陆地和天空。虽然表面上这些记叙属于疯言疯语,但却包含了各种意象,包括了地球、自然、人、动物、地狱和天堂。因此,一方面,旅行提供了整个宇宙的景象;另一方面,正如鲁宾斯坦所指出的那样,它"概括了起初的生命细胞从黏液到陆地生物的进化过程"。[①] 时间和空间相互映照,从而提供了一个完整的宇宙图景。如小说中,沃特金斯乘船经过了许多地方。如果把这条旅行线路连接起来,几乎正好绕地球一圈,因而代表了地球的意象。沃特金斯做了一个木筏,在大海上漂流。他描写道:"当我的木筏划到浪峰上时,鱼从水墙里和我面对面看着。它们想这就是那个飞行生物,正如它们接触并滑过的面庞和肩膀时,我想它们是水生物,它们属于湿湿的……如果人是飞行生物,鱼,不管大小,是海里的生物,那么什么是火生物?啊,是的,我知道,但是你没有看见我,你忽视了我,你把我的同志们抢走,让我吱吱叫着躺在我臭烘烘的毯子里……你不会告诉我说,当晶体盘旋转着把我和其他人罩住的时候,我们呼吸的是普通的空气,不,是一把酷酷的火,太阳的呼吸,太阳风……噢,现在我又是一个陆地生物了……"这里提到了大自然的四种元素,正如勃林也注意到的,"地球、自然、空气和水的意象贯穿在小说开始的运动中,令人回味"。[②] 而且,当沃特金斯依附在大岩石上,不知道怎么摆脱寒冷的北方水流时,一只海豚把他驮到了往南流的水里以及希望的岸上。在希腊神话中,海豚是把人从生活世界驮到死亡世界的动物,因此这里暗示了生活世界的存在。然后沃特金斯离开海洋,进入的陆地和伊甸园一样,丰衣足食、宁静安详。豹子像一只"家猫"一样。当它看到沃特金斯时,它只是半闭上眼,喵喵地叫了一下。因此,这里是天堂。但后来,他在森林里,又看到了我们人类非常熟悉的争斗和谋杀。显然这是地狱。晶体盘中神的会议明确说明他们是在天堂。他们

---

① Roberta Rubenstein. "Briefing on Inner Space: Doris Lessing and R. D. Laing." *Psychoanalytic. Review*. Vol. 63, No. 1 (Spring 1976), p. 84.

② Douglass Bolling. "Structure and Theme in *Briefing for a Descent into Hell*." *Contemporary Literature*. Vol. 14, No. 4 (1973), p. 556.

计划派使者下到地球这个地狱，为了挽救人类，从而和小说的题目相呼应。但是，这里地狱和天堂的观念并不意味着莱辛在强调宗教的救赎思想。沃特金斯作为使者被派到地球去拯救人类，但他回归"正常人"之时，也是他忘了自己的使命之时。因而这里显然又是莱辛的讽刺——宗教并不能拯救世界。

小说中提到的另一处空间是战场。南斯拉夫是沃特金斯叙述中与游击队一起作战的地方，但是自己的战友波维告诉 Y 医生是他在南斯拉夫打仗，沃特金斯是在北非打仗。这里的空间错位不仅表明了很多人参加了战争，而且它的波及面涉及众多的区域。从小说中，我们知道，沃特金斯教授参加"二战"后才发生了改变，有了许多不可思议的行为，因此，不难判断，如果他是真的疯子，那么罪魁祸首就是战争。

滑铁卢桥是警察第一次发现沃特金斯的地方。莱辛选择这个地方作背景意味深长。这座桥历史上很有名，第一，它是为纪念英国 1815 年滑铁卢战役的胜利而建；第二，它是电影《魂断蓝桥》中第一次世界大战期间情侣分手的地方；第三，旧桥被拆后，新桥又在"二战"期间被德军轰炸机炸毁。此外，它还由于每年有约 30 人跳桥自杀而赢得了"自杀拱门"和"情人跳"的名声。显然，这座桥就是莱辛"无言的话语"——他见证了几百年人类战争互相屠杀的历史，目睹了那些由于战争而遭受心灵创伤和社会压力而屈死的冤魂，所以，它是一座真正的"伤心桥"。值得注意的是，造旧桥的石头都献给了英联邦国家保存，[①] 目的很明显：人们应该记住他们并肩作战的日子，不应该忘记战争带给他们所有人的伤害。但是在小说中，这却成了沃特金斯忘记过去，忘记他自己的地方。因此他的失忆和疯癫至少有两层寓意：一是桥作为战争的象征可以使他回忆起过去战争的痛苦，所以为了避免痛苦，他用失忆保护自己，这就是故事的开始。二是虽然他拒绝从痛苦的记忆中醒来，但当他接受了电疗，不得不面对现实和痛苦的时候，他成为了"正常人"——实际上是一具行尸走肉：他虽然记得过去，但却忘了历史教训——那是他应该记得告诫世人的使命。正如他对斯托克小姐所说的："他们说我的失忆是因为我内疚……我认为我觉得内疚是因为我失忆了。"这里，我们可以看出莱辛的讽刺和对于"内疚"和"失忆"隐含的双语游

---

① Dianne Haworth. *Paddy the Wanderer*. Auckland：Harper Collins，2007，pp. 158 – 159. http：// en. wikipedia. org/wiki/Waterloo_ Bridge. Google. 5 Dec. 2011.

戏。对于像医生、写信的人以及读者这样的"正常人"来说，沃特金斯有许多理由觉得内疚，可能涉及他对情人、同事和教学，等等，所以失忆是一种逃避现实的方式。而对于沃特金斯来说，他觉得内疚是因为作为一个老兵，他有义务告诉人们战争的残酷；作为一个古典文学教授，他有义务教给人们历史的教训；作为同胞，他有义务警告人们不要忘了过去，否则就有历史重演的可能，但他却沉溺于正常生活的忘却之中。"是的，我们浑浑噩噩度过一生。是的，还有你们。"

神话原型人物的象征含义

沃特金斯教授在疯癫的心理旅行中，总是把自己和神话人物等同起来。他分别把自己想象成奥德赛、伊阿宋（Jason）、约拿（Jonah）、辛巴达（Sinbad），等等。表面上是教授的疯人呓语，但实际上这是莱辛经过精心选择的典故。

奥德赛或奥德修斯（Odysseus）是希腊神话中的人物，首次出现在荷马史诗《伊利亚特》和《奥德修斯》中。在特洛伊战争胜利后，奥德修斯在回家的路上，历经 10 年航海冒险，克服了无数困难，最终回到家。在《简述地狱之行》中，沃特金斯的心理航行和奥德修斯有许多平行的地方。如沃特金斯听到天神在开会，讨论把他作为使者派往地球，而这一幕和荷马史诗《奥德修斯》的开头是一样的：天神也在讨论同意他回家。但重要的不是情节的相似，而是相似的经历告诉我们的道理。奥德修斯是一个战场上的英雄，国家的功臣，和血雨腥风相连。西方文明自诩发源于希腊、罗马。多少个世纪以来一直在歌颂这位英勇的斗士。那么，过去，西方文明的历史就是不断战争的历史，今天，战场上的斗士仍然还是西方文明引以为自豪的英雄，那么，"来吧，我的朋友们，寻找更新的世界尚不晚，开船吧，坐成排，划破这喧哗的海浪；我决心驶向太阳落山的彼方，超越西方星斗的浴场，至死为止……"[①] 丁尼生的《尤利西斯》中，英雄不满现状，又要踏上新的征程，更使我们看到了未来战争的可能性。

沃特金斯还把自己想象成但丁"地狱"篇中的尤里斯（Ulisse），并通过朱庇特的女儿的口，问神王："父亲，你是不是该考虑一下可怜的

---

① 〔英〕A. 丁尼生：《尤利西斯》，何功杰/飞白译。http://zhan. renren. com/iceworldforever? gid = 3602888498036512698& checked = true（Yahoo，2013 – 03 – 05）。

处于困境中的人类了，可怜的奥德赛在女巫的怀抱里日渐憔悴，只希望回家。你还没有惩罚够他吗？"我们知道，在但丁的著作中，尤里斯由于追求超越人类界限的知识和忽视家庭而去冒险被打进地狱。在小说中，沃特金斯也在地球这个地狱中，忽略家庭和朋友，去执行他的任务。然后，沃特金斯又通过墨丘利的口把自己比作普罗米修斯："我想说的就是知识可以带来惩罚——当然，他很有创造力。他叫什么，伊阿宋，普罗米修斯，那个人——我要是他，我也会这么做。把水果吃了，尽管告诉我不要……"对普罗米修斯的认同把他提高到了一个为民取火的英雄地位，但却被宙斯惩罚。最后一句又把亚当拽了进来，表明他被惩罚是由于原罪。这里三个神话或圣经中人物的结合或混杂，一方面说明了沃特金斯的内心矛盾，因为他不知道他的任务到底是英雄行为还是罪恶行径，从而导致了他的犹豫不决，而另一方面，又表明了他为此所遭受的痛苦，暗示他的任务的艰巨性。这一点由于沃特金斯和另一个人物约拿的认同更得到了强化。

约拿（Jonah）在基督教《新约》、伊斯兰教经典《古兰经》和犹太圣经《塔纳赫》中都有提及，内容大同小异，都是叙述作为上帝的使者、先知，约拿被派去尼尼微城传递上帝的警告。这正好佐证莱辛所说："实际上，他们都是同一种宗教的不同版本而已。"[①] 由于困难巨大，约拿出逃海上，招致整个船遭遇狂风巨浪，后约拿主动要求被抛下大海，风暴停止。后约拿被上帝派来的鱼吞掉，再吐出，因而得救，并最终履行了自己的职责。犹太经典中约拿还是 12 先知之一。沃特金斯和约拿的相似之处也是显而易见的。沃特金斯也是上帝派来的使者，也在海上遇到了很多困难。和他一起的也是 12 个船员。在他的旅行中，"恐惧"也是他重复最多的词之一。他面对的任务非常艰巨，以致他拒绝醒来，并恳求护士再给他吃药让他睡觉。结合上述对滑铁卢桥的分析，我们知道，沃特金斯的任务是要告诉人们不要忘记战争，或者说，不要忘记历史的血的教训，但是他对战争的记忆太痛苦了，因而唯一的逃避的方法就是失忆。这也使我们想起了美国著名心理学家马斯洛提出的"约拿情结"（Jonah Complex）。"约拿情结"是一个心理学名词，简单地说，就是对成长的恐惧，或者说"惧怕自己身上最好的东西"

---

① Stephen Gray. "Breaking Down These Forms". In *Doris Lessing Conversations*. ed. Earl G. Ingersoll. Princeton: Ontario Review Press, 1994, p. 117.

(fear of one's greatness)①。它来源于心理动力学理论中的一个假设："人不仅害怕失败，也害怕成功。"其代表的是一种在机遇面前自我逃避、退后畏缩的心理，是一种情绪状态，并导致我们不敢去做自己能做得很好的事情，甚至逃避发掘自己的潜力。在日常生活中，约拿情结实际上表示为对社会中其他人承担责任的恐惧。

沃特金斯还把自己称为伊阿宋。伊阿宋（Jason）是希腊神话中一位勇敢的英雄。为了取回金羊毛，历尽千难万险，克服常人不可能克服的困难，终于成功的故事。他和奥德赛不同的是他为人民杀死了恶龙，而奥德赛杀死的是人类同胞。所以，这里的隐喻是，如果沃特金斯真是上帝派来的使者，他所面临的任务就是关系人类生死存亡的大事。这也和普罗米修斯的使命一致，是一个崇高的任务。他希望自己和伊阿宋一样勇敢，赢得胜利。但是，他所面临的困难和伊阿宋一样异常艰难。我们看到了医院里沃特金斯和其他病人的无助以及以医生为代表的权力机构的强大。这些医生们都没有名字，喻示他们代表着没有人性的、冷酷的社会权力机构。正如弗洛姆所说的那样："过去的危险是人成为奴隶。未来的危险是人成为机器人。"② 因此，沃特金斯在小说结尾放弃了自己的使命，选择做一个和大多数人一样的"正常人"，因为他不是神话中的神，而只是一个普通的人。

辛巴达是波斯神话中的人物，后来进入了阿拉伯神话《一千零一夜》。在故事中，一个叫辛巴达的年轻而贫穷的搬运工来到一个富商家干活。休息时，他抱怨社会的不公，让富人安逸，穷人却累死累活，不得温饱。房子的主人听到后，把他叫去，发现他们俩的名字一模一样。富有的辛巴达就给穷辛巴达讲了他七次海上冒险的故事。这些海上冒险的经历和沃特金斯的经历很多地方都一样，如白色的大鸟，那艘把主人公一人丢下的船只，等等。

著名的苏菲大师鲁米（Rumi）说："一个故事，无论是否是虚构，都阐释了真理。"③ "《一千零一夜》内容上就是苏菲的。"④ 辛巴达叙述的冒险故事就像苏菲的教育故事一样，每一次经历都教给了穷辛巴达某些人生的道

---

① 〔美〕马斯洛：《马斯洛人本哲学》，成明编译，九州出版社，2003，第 104 页。
② 转引自 Douglass Bolling. "Structure and Theme in 'Briefing for a Descent into Hell'." *Contemporary Literature*. Vol. 14, No. 4, Special number on Doris Lessing (Autumn, 1973), p. 551。
③ Idries Shah. *The Sufis*. New York: Anchor Books, 1971, p. 14.
④ Robert Graves. "Introduction to *The Sufis*." in *The Sufis*. by Idries Shah. New York: Anchor Books, 1971, p. x.

理。我们知道"7"在西方文学中是一个具有魔力的数字，表示多。所以辛巴达的七次旅行象征着生活中的诸多经验智慧。有同样名字的两个辛巴达进一步确定了这样的寓意，就是每个人，无论贫富，都是一样的，都需要从生活的旅途中获得智慧。根据沙赫的说法，苏菲认为人们总是在旅途中寻找到达真理的"道路"，但是人们需要时间消化教学材料，或是理解镶嵌在其中的道德寓意。① 这就是为什么辛巴达要讲七次，因为每一次都包含着一个需要年轻辛巴达理解的道德寓意。

　　除此之外，我们还可以看出：希腊神话影射政治；辛巴达说明哲理；伊阿宋代表社会和人民；约拿阐释心理。莱辛用神话人物不仅多角度地展示了沃特金斯性格的复杂性和矛盾性，而且也揭示了小说中蕴藏的多层内在寓意。从中不难看出莱辛非凡的驾驭文本的能力，以及在她广博的知识背后对于人性建构的良苦用心。沃特金斯正是通过心灵的旅行，希望找到人生的答案，而读者借助主人公的人生经验来获得人生的智慧。

第二节　《夏天前的黑暗》

主要评论概述

　　《黑暗前的夏天》（*The Summer Before the Dark*）（1973）由于其叙述形式主要是按时间顺序展开，因而一般被认为是传统现实主义小说。小说主人公凯特·布朗被认为是 20 世纪中年妇女的典型形象。大卫·洛奇（David Lodge）1973 年认为它是一部极为真实反映中产阶级中年妇女面对真实自己时的痛苦，因而必将成为逐渐扩大的妇女研究中一个固定教材。② 魏德曼（R. L. Widmann）在 1973 年书评中认为这部小说就是要教给读者怎么生活，教会我们怎么去看待平凡的自我，在心理反思中，对"膨胀的自我"进行透视，找出哪些是有价值的，哪些没有。③ 凯特对于自我和家庭责任的理解

---

① 转引自 Williams Pat. "An Interview with Idries Shah". In *The Diffusion of the Sufi Ideas in the West*. ed. L. Lewin. Boulder: Keysign Press, 1972, p. 28。

② David Lodge. "Keeping up Appearances: Review of *The Summer Before the Dark*." *New Statesman*. London（4 May 1973）in *Doris Lessing*. ed. Eve Bertelsen. Johannesburg: McGraw - Hill Book Company（South Africa）, 1985, p. 83.

③ R. L. Widmann. "Review: Lessing's *The Summer Before the Dark*". *Contemporary Literature*. Vol. 14, No. 4, Special Number on Doris Lessing（Autumn, 1973）, p. 585. http://www.jstor.org/stable/1207474.

无疑对广大的妇女以及丈夫们都极具启发意义。这也是为什么它刚出版就登上了畅销书榜单的原因之一。汉丁认为这是一部歌颂"中年解放和福音"的小说。它释放了中年妇女被压抑的情感。①马科夫（Alice Bradley Markow）则探讨了莱辛小说中妇女陷入困境和失败的原因，认为根源是女性没有认识到为自己承担责任的必要性以及对浪漫爱情寄予过高的期望。② 1975 年莱夫科维兹（Barbara F. Lefcowitz）认为小说有两种互相交织的结构：循环的叙述结构和线性的心理旅行结构，而后者是以小说中的梦来推进的。通过对梦的详细解读，她认为这两种结构对应于"勇敢地做自己"，还是"勇敢地做一个部分"的矛盾，认为这是莱辛提出的亟须解决的问题。③ 1979 年，布洛克（C. J. Bullock）等认为莱辛 70 年代的三部小说把马克思主义和心理分析理论结合起来，关注自我和社会之间的关系，同时，寻找合适的语言和结构来体现这一思想。他们认为这部小说中自我和社会的整合对于主人公来说没有成功。④ 1980 年赛德斯特伦称这部小说是迄今为止"遭受最大误解"的小说，因为它是一本具有斯威夫特风格的讽刺小说。凯特就是一个"可笑的娜拉"。他认为凯特·布朗和斯威夫特的格列夫一样见识短浅，莱辛选择这样的主人公和斯威夫特一样是为了讽刺她。⑤ 1980 年，拉夫·伯莱兹（Ralph Berets）试图运用荣格的理论来解读这部小说，认为凯特的梦具有积极的意义，预示着她的新生，⑥而巴赞认为这种新生就是实现了双性同体的理念。⑦ 1983 年贝特西·德雷恩认为这本小说和《简述地狱之行》在主题上

---

① Josephine Hendin. "Doris Lessing: The Phoenix 'Midst her Fires'." *Harper's*. Vol. 246, No. 1477 （June 1973）, pp. 83 – 86.

② Alice Bradley Markow. "The Pathology of Feminine Failure in the Fiction of Doris Lessing." *le Critique*, Vol. 16, Issue 1 （1974）, pp. 88 – 100.

③ Barbara F. Lefcowitz. "Dream and Action in Lessing's *Summer Before the Dark*." *Critique*, 17: 2 （1975）, pp. 107 – 120.

④ C. J. Bullock and Kay L. Stewart. "Post – Party Politics: Doris Lessing's Novels of the Seventies." *The Massachusetts Review*, Vol. 20, No. 2 （Summer 1979）, pp. 245 – 257. http://www. jstor. org/stable/25088948.

⑤ Lorelei Cederstrom. "Doris Lessing's Use of Satire in 'The Summer Before the Dark'." *Modern Fiction Studies*. Vol. 26, No. 1 （Spring 1980）, pp. 131 – 145.

⑥ Ralph Berets. "A Jungian Interpretation of the Dream Sequence in Doris Lessing's '*The Summer Before the Dark*'." *Modern Fiction Studies*. Vol. 26, No. 1 （Spring 1980）, pp. 117 – 128.

⑦ Nancy Topping Bazin. "Androgyny or Catastrophe: The Vision of Doris Lessing's Later Novels." *Frontiers: A Journal of Women Studies*. Vol. 5, No. 3 （Autumn 1980）, pp. 10 – 15. http://www. jstor. org/stable/3346502.

都是一样的，只不过沃特金斯寻求被遗忘的自我和宇宙的一致性失败了，而凯特却成功了。它是一部富有"教育意义的寓言"。① 1979 年鲁宾斯坦认为这是一部主人公凯特延伸的心灵之旅，讲述了她试图摆脱原有的女性角色和价值观所带来的内心成长羁绊，并终于"重新定义自我"，接受了"自由的局限"，勇敢地面对"年老或死亡的黑暗"，② 找到了自己。1985 年简·韦尔隆（Jan Verleun）则认为莱辛在这部小说中描写的世界是一个叶芝"第二次来临"的世界，而过去也并不乐观，充满了虚假的自我所扮演的与社会之间的关系的角色。③ 弗吉尼亚·泰格认为这部小说和《金色笔记》一样，"是一个当代聪明的——如果是困惑的——妇女对聪明的女人们的指南"。不仅如此，"莱辛总是把个人妇女狂暴的内心和严肃的政治、社会和生理压力链结合起来"。④ 艾瑞卡·琼（Erica Jong）说："当养育孩子不再是一种荣耀和必需时，那么，两性都要改变。思考这些变化的书就不是'女性的书'，而是'人们的书'。凯特不是每个女人，而是每个人。"⑤ 不过皮克林却不认为凯特是"每个女人"。相反，她认为凯特豪华无忧的生活正说明了她和普通人的不同。凯特的心灵之旅不是疗伤之旅，而是如贝特西·德雷恩所说，是获得新生之旅。⑥ 格林持不同的看法。她认为凯特在经过回忆，对过去进行梳理之后，无奈地接受了现实，去面对人类的未来的"黑暗"——灾难的结局。⑦ 2002 年克雷恩认为其他评论家尽管对小说的题目进行了很多解读，但都忽略了"夏天"其他的可能性。她以凯特回忆小时候的夏天为参照物，表明题目中的黑暗是指母亲角色使她陷入了失去自我的境地，而正是认识到这一点，最终凯特摆脱了这个角色的禁锢，有了一个可能

① Betsy Draine. *Substance under Pressure*: *Artistic Coherence and Evolving Form in the Novels of Doris Lessing*. Madison: The University of Wisconsin Press, 1983.

② Roberta Rubenstein. *The Novelistic Vision of Doris Lessing*: *Breaking the Forms of Consciousness*, Urbana: University of Illinois Press, 1979, pp. 215 – 217.

③ Jan Verleun. "The World of Doris Lessing's 'The Summer before the Dark'." *Neophilologus*, Vol. 69, No. 4 (Oct. 1985), pp. 620 – 639.

④ Virginia Tiger. " 'Woman of Many Summers': *The Summer before the Dark*." *Critical Essays on Doris Lessing*. ed. Claire Sprague and Virginia Tiger. Boston: G. K. Hall, 1986, pp. 86 – 93.

⑤ Erica Jong. "Everywoman out of Love?" *Critical Essays on Doris Lessing*. ed. Claire Sprague and Virginia Tiger. Boston: G. K. Hall, 1986, p. 199.

⑥ Jean Pickering. *Understanding Doris Lessing*, Columbia: University of South Carolina Press, 1990, p. 135.

⑦ Gayle Greene. *Doris Lessing*: *The Poetics of Change*. Ann Arbor: The University of Michigan Press, 1994, p. 123.

是美好的未来。① 小说的题目所指造成了许多困扰，至今仍是充满争议的话题之一。司马·阿加扎德（Sima Aghazadeh）也认为它遭受"最大误解"。她认为莱辛运用了讽刺和戏仿的手法作为叙事策略对"女性身份，特别是社会性别角色的'构造性'"提出了质疑，揭示了它们背后神话的虚幻性，解构了人们习以为常的社会角色的社会"规范"。②

故事梗概

45 岁的英国妇女凯特·布朗是一个贤妻良母，多少年来操持着家里的一切。她的丈夫麦克·布朗是个著名的神经科医生，经常出去开国际会议。他去年 7 月曾经去美国参加会议，并在波士顿一所医院工作了三个月，凯特曾经陪他开会，但由于要照顾家，又回来了。这年夏天，麦克又要去波士顿四个月，凯特决定不陪丈夫去美国了。正在读大学四年级、23 岁的大儿子斯蒂芬要和朋友去摩洛哥等地旅游；22 岁的女儿艾琳要陪父亲一起去，看望她去年在西班牙野营时认识的朋友。秋天就要上大学的二儿子詹姆斯应邀去苏丹考古旅行。19 岁的小儿子提姆要和朋友去挪威爬山。丈夫的朋友艾伦·普斯特在联合国机构工作，由于要召开全球食品会议，邀请凯特去做葡萄牙语翻译。凯特很有语言天赋，会讲法语、意大利语以及葡萄牙语。她的父亲在牛津大学讲授葡萄牙文学，因为他的祖父是葡萄牙人。她曾经在 1948 年在葡萄牙殖民地的东非和祖父母生活了一年。祖父非常严厉，重男轻女，她的葡萄牙语就是他教给她的。祖母是个典型的贤妻良母，她美丽，操持家务，但没有发言权。凯特非常聪明，从祖父家回来后，考上了牛津大学，但就在即将入住牛津大学时，遇到了麦克，就放弃了学业，结婚了。凯特在全球食品会议上表现出了出色的翻译和组织才能，因而原本不到一个月的兼职又延期了，而且凯特的薪水也有了大幅提高。男人们随着凯特的穿着、衣服款式和头发式样的改变而开始关注凯特。后来的伊斯坦布尔会议又交给由凯特安排和组织。在会议结束准备回国时，凯特在酒店遇到了比她小十几岁来旅游的美国青年杰弗瑞·莫尔顿。他们相爱了，并决定一起去西

① Susan M. Klein. "First and Last Words: Reconsidering the Title of *The Summer Before the Dark*." *Critique: Studies in Contemporary Fiction*. Vol. 43, No. 3 (Spring 2002), pp. 228 – 238. http://go. galegroup. com/ps/start. do? p = LitRC&u = ucberkeley.

② Sima Aghazadeh. "Lessing's Narrative Strategies in *The Summer Before the Dark*." *Doris Lessing Studies*. Vol. 29, No. 2 (Winter 2010/2011), p. 14.

班牙旅游。然而在路上，莫尔顿生病了，由于交通不便，医生短缺，只能被送入当地的修道院等待医生。同时，凯特也开始生病，因而她决定离开莫尔顿，回英国。她想起来，自己家的房子已经出租，孩子们和丈夫都没有回来。出租车把她拉到布鲁姆斯伯里的一个旅馆，凯特决定在这里休养一阵。等她病好了，已经是 9 月中旬了。凯特体重减了十几磅，回到家门口，好友和邻居玛丽·芬奇利居然认不出她了。后来凯特搬离了原来的旅馆，来到了伦敦街面一处非常便宜的家庭旅馆。房主是一个和她女儿年龄相仿的女孩，莫琳。莫琳看到凯特的生活状态，在要不要结婚上纠结着。凯特认识到自己一直都没有自我，只是扮演着母亲、家庭主妇的角色。她决定不再像以前那样替孩子们安排好旅游回来的生活，而是由他们自己先回家。在孩子们料理好一切之后，她再准备回家。

莱辛谈这部小说的创作

1972 年莱辛在纽约 WBAI 电台接受约瑟夫·汉丁采访中说，凯特的梦是她在寻求对于生活的答案。"我认为我并不是说凯特在谴责她自己过去所做过的什么，她只是到了她人生的另一个阶段，这真的完全是不同的一个阶段。你知道，我们都是生物动物。我们往往总是认为如果我们处于很强烈的感情需要的时候，这就是一种独特的感情需要。事实是，这也许只是一个 23 岁女孩的情感，是她的身体要求她应该生孩子了。有些人很难理解这一点，因为我们就是怀着对自己这样的幻觉长大的，认为我们感觉和思考的就是我们自己美妙的独特之处。实际上，90% 的这种独特和美妙的想法，是我们碰巧所处的那种状态的表达。""有很多女孩子考虑结婚时并不是因为她爱某个人，而是因为她要选择某种生活方式。莫琳有很多的选择，但她并不特别喜欢其中任何一个。"对于凯特来说，她是通过海豹的梦来找到走出困境的方法的。"这个女人的出路实际上就是通过她梦见她在这个山坡上找到了这个神奇的海豹之后……我自己认为是一种责任感——生活就是负担，就是责任，这就是是生存的价值。这就凯特领悟到的东西。"① 同年，在接受另一次采访时莱辛说，女人大半辈子养育孩子，管理家庭，到中年的时候，成为"最有能力"的女人，因为她们实际上可以耐心老练地处理无论任何局面。可是没有人意识到这一点，甚至她们自己也没有意识到。这就是这部

---

① Josephine Hendin. "The Capacity to Look at a Situation Cooly." in *Doris Lessing*: *Conversations*. ed. Earl G. Ingersoll. New York：Ontario Review Press，1994，pp. 46 – 59.

小说中想说的主题。①

小说结构、主题等分析

这本小说以中年妇女凯特在某一年夏天离开家庭，出去工作后的经历为主线，聚焦主人公对于自己过去生活的回忆和思考，在老一代与现代青年男女生活态度的对照中，有了新的感悟，最后以不同以往的心态回家。和故事情节一致，全书主要采用现实主义手法，按时间顺序，分别以在家、全球食品（会议）、度假、旅馆和莫琳的公寓为题展开故事的叙述。但和传统的现实主义不同的是，随着全知第三人称视角转动的场景成为透视政治社会背景的广角镜，在凯特的内视角在直接深入自己随着背景不同而不断变化的思想意识的同时，成为拷问家庭关系、婚姻关系、女性角色和地位等敏感问题以及记录女性不同阶段心理变化的时代解读器。正如弗吉尼亚·泰格所说："莱辛总是把单个妇女汹涌澎湃的内心生活和严肃的政治、社会和生理压力链联系在一起……凯特·布朗疯狂的内心旅程明显地和历史背景结合在一起：全球饥饿、掌管着世界逐渐减少的资源的国际经理人固定不变的不负责任、广泛的旅游业的灾难性的后果，以及邪恶时代普遍的麻木不仁。"② 这样，就形成了一个外在的实际旅行和内在的心理旅行同时进行，又互相映照的双层多辐射结构图，可以表示如下：

　　现实主义叙述层面：在家——全球食品——西班牙度假——英国旅馆——莫琳的公寓＿＿＿回家

　　心理意识叙述层面：妻子/母亲/祖父；职业道德和责任；情人与丈夫；孤独与家的含义；朋友/母亲/自我

这里，在现实主义的叙述层面中，从凯特一家中产阶级的生活方式向外延伸到邻居和朋友的婚恋；从英美职场上世界各国精英人群的关注焦点对照伊斯坦布尔、西班牙等地普通底层民众的生活现状；从过去老一代人传统的婚恋生活观到现在中年和青年一代的变化；从家庭俯瞰社会，从社

---

① Minda Bikman. "Creating Your Own Demand." in *Doris Lessing*: *Conversations*. ed. Earl G. Ingersoll. New York: Ontario Review Press, 1994, p. 59.

② Virginia Tiger. "Women of Many Summers: *The Summer Before the Dark*." *Critical Essays on Doris Lessing*. ed. Claire Sprague and Virginia Tiger. Boston: G. K. Hall, 1986, p. 86.

会反观家庭；从伦敦折射世界；从世界聚焦英国。在心理意识的叙述层面中，对应现实主义层面的地点转换，主人公从妻子和母亲的传统角色，回溯到代表男权传统的祖父母的教海；从职场女性的职业和身份，思考国际精英以及职业的道德和责任；从时尚的情人关系中的不和谐，对照落伍的婚姻关系中的和睦氛围；从孤独的患病中，体验爱的温暖和家的含义；从年轻人的恋爱教训，反观自我，寻求自己未来的希望。在这样两条互相映照，现实和反思同时交叉进行的线索和故事发展中，读者伴随着凯特一起回溯了女人在社会历史背景下从恋人、妻子和母亲等传统女性家庭社会角色的"构造"过程，获得了一种认识上的提升和对传统角色的新的理解，或者如阿加扎德所说："社会角色的多样性和多为性（multiplicity and performativity）。"[①]

关于海豹的梦和题目的多种解释

题目的含义：对于小说的题目有许多争议，特别集中在对于"黑暗"（dark）的解释上。根据克雷恩所说，由于小说故事讲述的是夏天凯特的经历，结合小说结尾凯特回归家庭，所以一些人认为"黑暗"的含义应该是指凯特回归家庭的无奈之举，因此基调是悲观的。如艾莉森·劳瑞（Alison Lurie）就认为这说明"大多数妇女是没有办法逃离社会和她们自己的性别弱势为她们建造的监牢的"。另有一些持乐观观点的人则认为这里的"黑暗"来源于东方的思想，具有特定的含义，和智慧相连，这说明了莱辛对苏菲主义的兴趣。如查梅因·威灵顿（Charmaine Wellington）就认为莱辛小说中的"黑暗"意象都是正面意思，代表了外在自我整合在一起的内在世界。但克雷恩认为，即使如此，他们的解读也都改变了题目的意思，变成了"在黑暗中"（in the dark），而不是题目所指的"黑暗前"（before the dark），因为凯特的领悟发生在夏天旅行的过程中。因此克雷恩认为，这里的夏天指的应该是她和祖父母在一起的 1948 年夏天。虽然书中凯特在祖父那里待了一年，但凯特记忆最深刻的是在祖父家阳台的那个夏日的情景。那么，"黑暗"看起来是指后来凯特没有自我的婚姻状态。不过，克雷恩认为，"黑暗"实际上是指为母之道或母亲的身份。小说中多次的回忆及前后的对比使凯特明白了为母之道对她生活的改变，也正是这种认识促使她最后

---

① Sima Aghazadeh. "Lessing's Narrative Strategies in *The Summer Before the Dark.*" *Doris Lessing Studies.* Vol. 29, No. 2 （Winter 2010/2011）, p. 14.

摆脱了为母之道的束缚，从而有了一个可能是光明的未来。[1] 鲁宾斯坦也认为题目是具有积极意义的。凯特在经过象征牺牲的秋天以及在经过心灵之旅的涤荡之后，可以勇敢地面对"老年或死亡的黑暗"了。[2] 但显然格林不以为然，她认为这里的"黑暗"不仅指凯特的灾难，也是世界的灾难。凯特最后在经过对过去的梳理之后，无奈地接受了这样的现实。[3] 目前对于小说题目的解释仍然众说纷纭，没有定论。

梦的含义

凯特所做的有关海豹的梦贯穿小说的始终，因此它的含义引起了评论界的注意。魏德曼在 1973 年的书评中说，这个梦出现了 15 次之多，显然具有弗洛伊德式的象征含义，海豹就是凯特的自我。每一次梦到海豹都是她审视自我的过程。海豹的回归大海意味着凯特回归生活本身。[4] 持类似观点的还有约瑟夫·汉丁。他认为海豹的状态就是凯特生活的真实写照。海豹最后被放入了大海意味着凯特的凤凰涅槃，浴火重生。[5] 最详细阐述这个梦的是莱夫科维兹。她说，"海豹光滑的皮肤，平整而无特色的脸以及它的小小的鳍状肢和足都特别暗示出人类早期进化的胚胎。" 因此，她认为海豹一方面象征孩子，另一方面象征内在的自我。后者和海豹作为稀缺物种一样，都处于危险之中。此外，她还考察了海豹的词源，得出了海豹和灵魂词源同一的结论，以及海豹的双关语义"sealed"，表示"封闭"与"囚禁"。凯特必须冲破传统社会角色的束缚，解放自我，但她最后放弃海豹，一方面，表示出海豹本来就生活于水中，代表着生命，而不是死亡；但另一方面，她历尽艰辛，试图把海豹带到北部的海洋，却最后放弃，又暗示出目标的不能实现性，体现了凯特回归现实生活的无奈。小说

[1] Susan M. Klein. "First and last words: Reconsidering the Title of *The Summer Before the Dark.*" *Critique: Studies in Contemporary Fiction.* Vol. 43, No. 3 (Spring 2002), p. 228. http://go. galegroup. com/ps/start. do? p = LitRC&u = ucberkeley.

[2] Roberta Rubenstein. *The Novelistic Vision of Doris Lessing: Breaking the Forms of Consciousness,* Urbana: University of Illinois Press, 1979, p. 215.

[3] Gayle Greene. Doris Lessing: The Poetics of Change. Ann Arbor: The University of Michigan Press, 1994, p. 123.

[4] R. L. Widmann. "Review: Lessing's *The Summer Before the Dark.*" *Contemporary Literature.* Vol. 14, No. 4, Special Number on Doris Lessing. (Autumn 1973), pp. 582 - 585 http://www. jstor. org/stable/1207474 Accessed: 07/02/2010.

[5] Josephine Hendin. "Doris Lessing: The Phoenix 'Midst her Fires'." *Harper's.* Vol. 246, No. 1477 (June 1973), pp. 83 - 86.

的结局并没有体现出凯特以后的生活和以前有多少不同。① 伯莱兹反驳了她的观点，认为莱辛对小说中主人公的心理和女性的作用的处理更多同荣格的观点相吻合，而不是弗洛伊德，因而凯特的梦具有更多的积极意义。虽然表面上她回归了原来的生活，但是在心理上，她已经和过去完全不同，意味着她的新生。② 韦尔隆认为海豹象征着凯特过去的自我，因而梦的旅行代表了她的旧自我的解放之旅。③

第三节　《幸存者回忆录》

《幸存者回忆录》（*The Memoirs of A Survivor*）（1974）形式独特，一出版就引起了很大争议，不过早期评论倾向于把它看作科幻小说，描写了人类灾难性的未来场景。梅尔文·马多克斯（Melvin Maddocks）直接把它称作"一部关于未来的鬼故事"。④ 在这部书 1974 年诺普夫版的封面上写着："多丽丝·莱辛的新书是一部描写黑暗前景的书。故事发生在不远的未来，男人、女人，甚至小孩都在一个正分崩离析的世界里为生存而战。"⑤苏珊·弗隆伯格·谢夫（Susan Fromberg Schaeffer）认为它是"我们时代的启示录"，记录了我们这个分崩离析的时代。它既令人生畏，又令人着迷，可以是年轻人的经典，但对成年人没有给出明智的判断，最后又留下了太多的问题。⑥鲁宾斯坦认为它是在描写"想象的未来"。⑦ 1979 年，布洛克（C. J. Bullock）和斯图尔特（Kay L. Stewart）认为在三部描写个人和个人影

---

① Barbara F. Lefcowitz. "Dream and Action in Lessing's Summer Before the Dark." *Critique*. Vol. 17, No. 2 (1975), pp. 107 – 120.

② Ralph Berets. "A Jungian Interpretation of the Dream Sequence in Doris Lessing's 'The SummerBefore the Dark'." *Modern Fiction Studies*. Vol. 26, No. 1 (Spring 1980), pp. 117 – 128.

③ Jan Verleun. "The World of Doris Lessing's 'The Summer Before the Dark'." *Neophilologus*. Vol. 69, No. 4 (Oct. 1985), p. 624.

④ Melvin Maddocks. "Ghosts and Portents." *Time*. 16 June 1975. http: //www. time. com/time/magazine/article/0, 9171, 947537 – 3, 00. html#ixzz0ZY516cyv.

⑤ 转引自 Lorelei Cederstrom. "'Inner Space' Landscape: Doris Leesing's 'Memoirs of a Survivor'." *Mosaic*. Vol. 13, No. 3/4 (Spring/Summer 1980), p. 116.

⑥ Susan Fromberg Schaeffer. "When Walls Tumble Down." *Chicage Review*. Vol. 27, No. 3 (Winter 1975/1976), pp. 132 – 137.

⑦ Roberta Rubenstein. *The Novelistic Vision of Doris Lessing: Breaking the Forms of Consciousness*. Urbana: University of Illinois Press, 1979, p. 220.

响社会的"内在空间"小说中,《幸存者回忆录》是最成功的。① 但它也遭遇到了许多批评。例如,马尔科姆·考利(Malcolm Cowley)和维多利亚·格兰丁尼(Victoria Glendinning)就都批评小说的结尾是一种"逃避"或一个"教母仙人"的解围之举。② 贝特西·德雷恩在文章中批评莱辛风格的转变实验是一个失败。她认为莱辛试图既使用现实主义技巧,又使用寓言或神话,并试图把它们结合在一起。"在《幸存者回忆录》中莱辛展示出对她幻想的结合意愿,但并不是手段。她自己可能感觉到了一个愿景和另一个愿景之间的连贯性,但不幸的是,她的叙述技巧对于读者却完全没有达到她所希望的框架转换。"③ 而后有些评论则倾向于把它和"内在空间"联系起来,从心理角度分析。赛德斯特伦将城市和房间作为心理象征,探讨意识和无意识、社会自我(ego)和内在自我(self)之间的沟通渠道,认为它绝对不是一部未来小说,而是"一幅准确的当代内景图"。④ 达夫振对这部小说的叙述形式从阅读的角度作了非常独特的分析,认为它就是典型的莱辛"无言述说"的文本。如果忽视了它的写作方式,就会对文本造成误读。⑤萨利文持类似的观点。他认为:"小说的意义就在于读者对片断意识的经历以及了解通过片断意识进行沟通,并最终达到一致的形式。"⑥马丁·格林(Martin Green)认为这部小说是《鲁滨孙漂流记》的翻版和倒置,它意味着大英帝国的结束,而不是开始。⑦ 斯普拉格等认为它是第一部采用智者作为小说人物的小说。它具有独特的形式,连电影导演都不知如何体现。⑧莫

---

① C. J. Bullock and Kay L. Stewart. "Post – Party Politics: Doris Lessing's Novels of the Seventies. " *The Massachusetts Review*. Vol. 20, No. 2 (Summer 1979), pp. 245 – 257. http://www. jstor. org/stable/25088948.

② 转引自 Alvin Sullivan. "'The Memoirs of a Survivor': Lessing's Notes Toward a Supreme Fiction." *Modern Fiction Studies*. Vol. 26, No. 1 (Spring 1980), p. 157。

③ Betsy Draine. "Changing Frames: Doris Lessing's 'Memoirs of a Survivor'." *Studies in the Novel*. Vol. 11, No. 1 (Spring 1979), pp. 51 – 62.

④ Lorelei Cederstrom. "'Inner Space' Landscape: Doris Leesing's 'Memoirs of a Survivor'." *Mosaic*. Vol. 13, No. 3/4 (Spring/Summer 1980), pp. 116 – 117.

⑤ Bernard Duyfhuizen. "On the Writing of Future – History: Beginning the Ending in Doris Lessing's 'The Memoirs of a Survivor'." *Modern Fiction Studies*. Vol. 26, No. 1 (Spring 1980), p. 148.

⑥ Alvin Sullivan. "'The Memoirs of a Survivor': Lessing's Notes Toward a Supreme Fiction." *Modern Fiction Studies*. Vol. 26, No. 1 (Spring 1980), p. 158.

⑦ Martin Green. "The Doom of Empire: *Memoirs of a Swruivor*." in *Critical Essays on Doris Lessing*. ed. Claire Sprague and Virqinia Tiqer. Boston: G. K. Hall, 1986, pp. 35 – 36.

⑧ Claire Sprague and Virginia Tiger. "Introduction." *Critical Essays on Doris Lessing*. ed. Claire Sprague and Virginia Tiger. Boston: G. K. Hall, 1986, p. 14.

娜·奈普认为这部小说通过神秘的幻景"悬置"，而不是解决了个人和社会的冲突。① 皮克林认为这部小说和《四门城》的结尾一样，描写了灾难的未来，但和《四门城》不一样的是，这次的灾难不是由核意外造成的，而是由于社会制度的逐渐衰败造成的。② 希拉·康巴以（Sheila C. Conboy）认为："主人公审视了公共和私人世界之间以及小说世界的过去和现在之间的二元对立，为了说明世界怎样达到了今天衰败的境地以及各种从毁灭中出现的创造性。"③ 面对这些评价，莱辛抱怨说没有人注意到她这部小说的副标题是："自传的实验"。④ 其实，还是有人注意到了这部小说的自传因素。艾伦·皮尔（Ellen Peel）认为莱辛打破了传统自传的界限，消弭了个人和集体之间的区别。⑤ 2005 年亚伦·罗森菲尔德（Aaron S. Rosenfeld）通过分析莱辛如何运用传统的未来历史书写类别来架构文本，并讲述个人历史，颠覆了通常的个人和历史关系，证明了它们的不足。这就是莱辛的自传实验。⑥ 2009 年，吉莉安·杜力（Gillian Dooley）认为这部小说是莱辛一次自传方面的新冒险。他对莱辛把个人等同于普遍的做法不以为然。⑦

故事概述

小说开始，"我"在写自己的回忆录，讲述世界末日到来之前她自己的经历。故事发生时，已经有许多人离开了"我"所居住的城市，往北边安全的地方搬迁。大家不知道东边和南边都发生了什么事，因为官方并没有发布任何消息，但每天各种传言很多，可以看到一批又一批的人离开那里，经过此地，往北而去。"我"居住在原本是有身份、有地位的私宅小区，但现

---

① Mona Knapp. *Doris Lessing.* New York：Frederick Ungar Publishing Co.，1984，p. 16.

② Jean Pickering. *Understanding Doris Lessing.* Columbia：University of South Carolina Press，1990，p. 135.

③ Sheila C. Conboy. "The Limits of Transcendental Experience in Doris Lessing's 'The Memoirs of a Survivor'." *Modern Language Studies.* Vol. 20，No. 1（Winter 1990），pp. 68. http：// www. jstor. org/stable/3195163.

④ Francois – Olivier Rousseau. "The Habit of Observing." In *Doris Lessing：Conversations.* ed. Earl G. Ingersoll，pp. 146 – 154. Princeton：Ontario Review Press，1994，p. 148.

⑤ Ellen Peel. "The Self Is Always an Other：Going the Long Way Home to Autobiography." *Twentieth Century Literature.* Vol. 35，Issue 1（Spring 1989），pp. 1 – 16.

⑥ Aaron S. Rosenfeld. "Re – membering the Future：Doris Lessing's 'Experiment in Autobiography'." *Critical Survey.* Vol. 17，Issue 1（2005），pp. 42 – 43.

⑦ Gillian Dooley. "An Autobiography of Everyone? Intentions and Definitions in Doris Lessing's 'Memoirs of a Survivor'." *English Studies.* Vol. 90，No. 2（2009），p. 157. http：//dx. doi. org/ 10. 1080/00138380902743401.

在由于许多人搬走了，空着的房子被各种人占据，公寓楼也已经明显破败。"我"的上层居住着一大家来自肯尼亚的印度人——梅塔先生、妻子以及众多的亲戚朋友们。在一层走廊对面住着30多岁的白教授和他的妻子、女儿。他们的厨房和"我"的厨房仅一墙之隔。在关注外面发生什么之前，"我"经常会觉得自己起居室的一堵墙后面会出现一间或多间房间，这在现实中并不存在，因为它后面就是走廊。"我"常常能清晰地看到房间里的情景，看到发生在里面的事情，很熟悉，只觉得墙后面发生的事情和现实中发生的事情一样重要。这种状况在我意识到自己也不得不撤离这座城市的时候，变得愈加强烈。有一天，"我"抽着烟，一下子就穿过墙，看到了许多房间。房间长期不用，没有家具，墙皮脱落，地板上都是脱落的漆皮和尘土。"我"看到有一个穿着工装的人站在梯子上正在用滚轴刷往脏兮兮、褪色的墙上刷漆。几天后，"我"站在起居室里，墙又消失了。"我"穿越过去，又看到了那些房间。我没有看到穿着工装的男人或女人，房间里空空荡荡。不是一间，而是许多屋子，只觉得要把它们修葺得可以住人，需要做多少工作啊！但它给"我"的印象是希望。

有一天，一个陌生的普通男人出现在了起居室里。他留下了一个名叫爱米莉·玛丽·卡特莱特（Emily Mary Cartright）的小女孩。他说，"我"有责任照顾她。在"我"想辩解，告诉他是否搞错了之前，他就走了。没有办法，"我"只好收留了爱米莉。等她从房间洗澡出来，身边又多了一条叫雨果的似猫似狗的动物。从此，他们成了"我"家的成员。她来了一两天后，"我"又穿越到了墙后面的房间，发现房间里已经有了家具，住上了人。"我"熟悉那些沙发、椅子，一切一切。虽然觉得并不对"我"的胃口，但觉得它们是"我"的。"我"不断地自言自语，需要把这些家具都清理掉或烧掉。空房间比这种衰败的豪华更好一些。"我"寻找那个有油漆工的空房间，但所有的房间都堆满了东西，一间间，没有尽头。日常生活中，"我"总能感觉到墙后另一个世界的存在。这两个世界互相排斥，但同时在进行。"我"从来没有想过它们会联系在一起。爱米莉约12岁，穿着有些过时。她对"我"非常顺从，有点像囚犯。"我"成了她的家长。在她面前，"我"有点过时了。

窗外的人行道上来了一些年轻人，杰拉德是他们的头领。爱米莉成为他们中的一员，但他们不接受那只似猫似狗的动物，并威胁要吃了它，因而爱米莉没有随他们而去。同时墙后面的房间里开始有了血迹，乱七八糟。这里和人行道上发生的事有关系。从这时起，"我"的叙述开始在墙后的世界和现实世界中交替进行：墙后的世界里，从爱米莉还是个哭泣的婴儿，母亲在照料她，一直到爱米莉四五岁，有了弟弟，描述了母亲的疲惫和父亲的严肃，以及令她窒息的游戏等；现实世界中爱米莉从一个孤独、胆怯的小姑娘变成了一个爱照镜子，开始和杰拉德恋爱的少女，后来又成为另一个流浪小女孩约娜·赖安的依靠，继而成为和杰拉德一样的一群年轻人的领袖。现实世界的局势在恶化，大批人撤离此地，粮食短缺，争抢水的斗争不时演变成恶战。这时，从地下出来一批更小的孩子，有的才四五岁，但他们却杀人放火、无恶不作，不懂善恶，没有任何规矩。杰拉德和爱米莉开始试图感化他们，教导他们，但最后他们自己的人身安全也受到了威胁。墙后的世界变得一片狼藉，"我"在拼命收拾，粉刷，但收效甚微，后来又有了尸体和军人。最后，墙消失了，两个世界融为一体。在小说的最后，世界末日到来时，"我"看到爱米莉和杰拉德以及雨果一起走向墙那边，穿过倒塌的房屋和森林，走向一片开阔地，我们一起走向远方。

创作缘由

莱辛在自传中说，这部小说以德黑兰育婴院的经历为背景，父母为原型，用梦的形式讲述了自己的经历。① 此外，她第一次婚姻时买了个二手房，但总觉得不合自己的口味。对这些房子的印象也写进了这本小说的梦里。莱辛在 1985 年的一次采访中详细解释了她写这部小说的方法和意图，"多少年来，我就有根据梦想写一部自传的计划。由于不可能把梦想组织成一个连贯的系列整体，它看上去太假了，所以我不得不放弃这个计划。在《幸存者回忆录》中，那个叙述者认为在墙后看到的世界，那个显然是梦幻的世界，实际上代表了她自己的生活，她自己的童年。在可触及的世界里，她看着长大的爱米莉代表着她的青春期形象。因此，用一堵墙隔开的梦想和现实，互相补充，组成了对于叙述者过去的完整图景。我已经说过，《幸存者回忆录》是我富有想象力的自传，但奇怪的是没有人注意到这一点"。② 后来，她在 1988 年的另一次采访中又详细进行了解释。莱辛说，这就是一部用梦写的自传，后来放弃了。"现在一部分我是用比喻写的自传——在可以消失的墙后面就是你可以找到的最古老的象征。我总是用这些古老的、陈

①　Doris Lessing. *Under My Skin*. London：Harper Collins Publishers，1994，p. 29.

②　Francois - Olivier Rousseau. "The Habit of Observing." in *Doris Lessing：Conversations*. ed. Earl G. Ingersoll. New York：Ontario Review Press，1994，p. 148.

旧的象征来撞击无意识。墙后面有三种不同的事情在进行：个人记忆和梦境，这许多是我自己的，第三种是非个人的东西。"此外，原来以为永无穷尽的事情实际上也会消失，如南罗德西亚的白人统治、希特勒、斯大林、战争——这就是书中那些人群想表现的——"你在看着愤怒和破坏性的人群走过去了。"① 莱辛坦言这部小说是一个比喻，她说这是因为只要一谈到"无意识""集体无意识""精神"和"灵魂"这些词，它们总是和一定的信仰团体相联系，如"集体无意识"就是荣格的，但你又不想和这些特定的含义相联系，所以就只能用比喻了。在这部小说中，莱辛说她想谈梦，但没有用到一个梦字就是这个原因。② 因此，这个梦绝对和弗洛伊德没有关系。这里的梦就是讲故事的另一种形式而已。"梦就是故事。"③ 莱辛不相信有代沟。她认为是经历的多寡不一样使人们不能互相沟通。小说中的中年妇女能够理解青少年，因为她已经经历了那个时期。"这个小孩本质上就是她自己。"④ 苏菲主义是莱辛探索非理性主义的开始。但她不愿意用那些弗洛伊德的传统术语。"语言受到了污染，充满了传统的联想，特别是在心理学、宗教这些内在世界领域。像'无意识''自我''本我'等词。这些词很少，而且又都和派别，和一些特定的群体相联系。因此，我觉得为了避免老套，不得不用类比来写作。《幸存者回忆录》就是我关于语言匮乏思考的直接结果。我就像在写传奇或童话故事时一样，用了比喻和类比，但是这样写必须很小心，因为写不现实的东西很危险。必须积累足够多的细节，读者才不会迷路，因为读者需要有普通的细节来对非理性的东西作出回应。"⑤ 莱辛自己在书的护封上写道，这本书是一次写自传的实验。⑥

小说结构、主题等分析

　　这部小说是以回忆录的形式写的。叙述人以"我"自称，没有名字，

---

① Claire Tomalin. "Watching the Angry and Destructive Hordes Go By." in *Doris Lessing*: *Conversations*. ed. Earl G. Ingersoll. New York: Ontario Review Press, 1994, pp. 174 – 175.

② Michael Dean. "Writing as Time Runs Out." in *Doris Lessing*: *Conversations*. ed. Earl G. Ingersoll. New York: Ontario Review Press, 1994, p. 92.

③ Christopher Bigsby. "The Need to Tell Stories." in *Doris Lessing*: *Conversations*. ed. Earl G. Ingersoll. New York: Ontario Review Press, 1994, p. 84.

④ Francois – Olivier Rousseau. "The Habit of Observing." in *Doris Lessing*: *Conversations*. ed. Earl G. Ingersoll. New York: Ontario Review Press, 1994, p. 147.

⑤ Nissa Torrents. "Testimony to Mysticism." in *Doris Lessing*: *Conversations*. ed. Earl G. Ingersoll. New York: Ontario Review Press, 1994, pp. 66 – 67.

⑥ Lorna Sage. *Doris Lessing*. London: Methuen, 1983, p. 73.

没有背景资料，和题目中的"一个"一样，显然她代表的是某个幸存者，是每个人，也是所有人。与此相对应，小说的时间跨度基本覆盖春夏秋冬四季，而地点虽集中于一个城市，但言论所及大约涉及东南西北。很明显，作者试图为小说提供一个跨越时代、跨越地域、跨越种族的背景。小说中的"我"以思考者自喻，记录了世界末日来临前，城市中所发生的事情和人们的境况，边写作边对之进行了评论，阐述了自己的感想。小说没有章节，只有用小四方块分开的13个单元。

　　粗看起来，小说没有什么贯穿始终的完整事件，各个单元之间在情节上也没有特别明确的界限。叙述人夹叙夹议，貌似随意。难怪斯普拉格称它的形式独特，连电影导演都不知如何体现。但仔细读来，我们仍然可以发现作者在结构安排上的匠心独运。首先，小说叙事由三个大的框架支撑：外围框架是回忆录形式，因而在时间上形成现在和过去的对比：过去的事件、当时的感受以及现在的反思交叉构成了张力。主体叙事框架是按照时间顺序展开的线性叙事，从爱米莉的突然到来，是个需要人照顾的小女孩，到她恋爱，交朋友，到成为照顾别人，希望建立一个理想小社会的领导者。虽然时间上比较模糊，跨度不大，但爱米莉的心理却从小孩成长为一个成熟女人，一个领导者。这个框架的作用显然是按照历史发展的规律，展示一个人的生命发展历程。而另两个人物杰拉德和约娜以及动物雨果，包括叙事人分别扮演了爱米莉成长过程中不可或缺的男性、孩子、自然世界和家长角色，从而构成了一个完整的人的世界。和主体叙事框架并列的是一个虚幻世界的描述。这个墙后的虚幻世界框架由叙事人引领穿插在主体叙事框架之间，形成了纵向的深度拓展和横向的对比，而爱米莉这个名字不仅把历史、现在、未来（莱辛的母亲也叫爱米莉，是根据外祖母的名字起的，同时又是叙事人收养的孩子，还扮演着约娜母亲的角色，而母亲又把我们和大地、世界、宇宙联系在了一起），也把个人历史和社会政治（莱辛的自传和虚幻世界中爱米莉的情景有诸多吻合；叙事人在运用回忆录形式记录公共事件，如官方的不作为；下一代的堕落所表征的教育问题；对于动物的残害；人们的杀戮；丑恶的人性；对于自然的破坏；对于女人的歧视等）联系在一起。其次，小说在类型上糅合了自传、回忆录和小说，采用科幻和纪实、电影蒙太奇转换和小说叙事相结合的手法，制造出了亦真亦幻、以假喻真的图景，使人在美妙的虚幻中感受历史的真实，在历史的回味中反思现在，在悲剧的人生中企盼理想。

第四章
"外空间小说"

第一节 《南船座中的老人星档案》评论概述

20 世纪 70 年代，莱辛开始创作她的"外空间小说"。在 1979 年到 1983 年四年间，连续出版了她称为"外在空间"的五部曲小说《南船座中的老人星档案》：包括《什卡斯塔》（1979）、《第三、四、五区间的联姻》（1980）、《天狼星试验》（1981）、《第八号行星代表的产生》（1982）和《沃伦帝国的情感代表》（1983）。这部系列小说一出版，就引起了评论界的注意，不过，争议颇大。乔治·斯塔德（George Stade）在《纽约时报》发表文章，完全不赞同《什卡斯塔》，认为莱辛放弃了现实主义，而成为一个"宗教极权主义者"①。柔兹·卡维妮（Roz Kaveney）则对其大加称赞，认为它是一部取得真正辉煌成果的特别雄心勃勃的书。② 1982 年伦纳德在《纽约时报》发表文章，为莱辛放弃现实主义，使她的忠实读者感到无所适从而惋惜。③ 1983 年施吕特认为《什卡斯塔》"是说教性最强、最冗长乏味的小说……莱辛在《什卡斯塔》中所综合起来的与其说令人信服的小说，不如说是一个拙劣的寓言。其中，上帝在某种无可名状的加尔文教意义上决定着人类的命运，而人类所能做的就是在拒绝神灵指引之后，从一个灾难走向

---

① George Stade. "Fantastic Lessing." *The New York Times.* November 4, 1979. http://www. nytimes. com/books/97/09/14/reviews/lessing – shikasta. html.

② 转引自 Nancy Topping Bazin. "British Reviews of Shikasta." *Doris Lessing Newsletter.* Vol. 4, No. 2 (Winter 1980), pp. 8 – 9。

③ John Leonard. "The Spacing Out of Doris Lessing." *New York Times.* February 7, 1982. http://www. nytimes. com/1982/02/07/books/the – spacing – out – of – doris – lessing. html? sec = & spon = &pagewanted = all.

另一个灾难"。不过，在读完其他几部小说之后，他认为五部曲系列"重新讲述了宇宙和地球的历史"，在这方面"比近来大多数小说或科幻小说都更有野心。尽管这个系列平淡乏味、书写错误，写作重复，需要严肃地校对，但它绝对不是逃避现实的小说或其他什么传统的空间叙事，而是提供了作者对人类历史的进一步预见"。① 关于其结构，许多学者都认为太庞杂，线索混乱。贝特西·德雷恩认为它是一种"复合文本"，最接近罗兰·巴特所描述的"作者型文本"，把混乱的片段组成整体的艰巨任务留给了读者。贝特西·德雷恩实际上是第一个对于这部小说的叙事结构进行梳理的学者。她认为，这是一部在哲学上、风格上和承继传统上都充满张力的小说。例如莱辛按照科幻小说的一般要素安排叙事，使用了科幻小说中特有的词汇和语句，例如外星人对于地球的造访、星球帝国以及它们之间的竞争等，但同时又违犯了科幻小说的基本规则，不仅减弱了小说中的"科技含量"，而且使小说充满了超自然的、神秘的话语和启示，甚至"行使圣经文学的部分功能"，完全同科幻小说的宗旨相悖。神奇的是，在小说中这种矛盾非但没有削弱彼此，反而大大扩展了其原来的功能。莱辛实际上是在科幻小说的框架内重新书写达尔文进化史和人类堕落的圣经史，从而让读者对传统的分类观念、科学观念和思想观念从新的角度进行重新思考。② 1986 年朱迪斯·斯蒂资尔认为五部曲"视野狭窄""内容平淡""写作丑陋"。③但斯普拉格和泰格则把它称为世界简史，称为反对人类杀戮的宣传册，是地球壮美的大自然赞歌，也是宇宙家园音乐的赞美诗。④ 尽管争议颇多，但有一点评论界却基本一致，那就是它们属于科幻小说，也有人说是寓言小说。对此，莱辛付出的代价是，失去了一部分喜欢她的读者，因为这些小说被认为冗长、费解以及似乎其背景远离现实。不过，90 年代对莱辛五部曲的评价有了突破性的改变。1990 年，帕拉吉斯发表文章详细分析了五部曲的叙事结构和主题的关系，

---

① Paul Schlueter. "Doris（May）Lessing." *British Novelists*，1930 – 1959. Ed. Bernard Stanley Oldsey. *Dictionary of Literary Biography*. Vol. 15. Detroit：Gale Research，1983. Literature Resource Center. Gale. UC Berkeley. 21 Sept. 2009. http：//go. galegroup. com/ps/start. do？p = LitRC&u = ucberkeley.

② Betsy Draine. *Substance under Pressure*：*Artistic Coherence and Evolving Form in the Novels of Doris Lessing*. Madison：The University of Wisconsin Press，1983，pp. 144 – 148.

③ 转引自 Mona Knapp. "Canopuspeak：Doris Lessing's 'Sentimental Agents' and Orwell's '1984'." *Neophilologus*. Vol. 70，No. 3（July 1986），p. 453.

④ Claire Sprague and Virginia Tiger. "Introduction." *Critical Essays on Doris Lessing*. ed. Claire Sprague and Virginia Tiger. Boston：G. K. Hall，1986，p. 15.

认为莱辛在小说中不仅通过高明的叙事策略阐述了自己的观点，而且还创造了一种阅读经验使读者在阅读中得到教益并发生认识改变。① 同年，皮克林认为莱辛延续了早期作品中就已经出现的"必然性"主题。不过，在五部曲中，由于人类都是"星球和其力量的生物"，从而使这个主题作为"自然本性的宇宙延伸"而把自然和文明完美地结合了起来，进一步揭示了莱辛小说的核心概念自然、文明、历史、必然之间的联系。② 格林认为《什卡斯塔》采用了多种文类和语气，是"一部具有弥尔顿式辉煌和力量的史诗"，可以和《失乐园》相媲美，因为它也是谈人类"罪恶和'我们一切悲伤'的起源"，所不同的是，"弥尔顿写作是为了说明上帝处置人类的正当性，而莱辛写作是为了说明人类值得上帝关注的正当性"。无论小说展示给我们多少人类的弱点，但以莉迪亚·科尔里奇为代表的人"不仅体现了'人所具有……的可能性，而且展示了人的本质——耐心、坚韧和责任'"，在通向勇气和信念的高度。③ 此外，还有一些学者试图从苏菲主义理论视角等来解读这些小说，如莫西尔（M. P. Mosier）认为评论界忽视了五部曲中的苏菲因素，而这对于理解小说人物的意识层次具有重要意义，④ 而沃特曼也认为苏菲主义思想和马克思主义理论一样都是莱辛使用的工具，以帮助读者获得一种整体视角。他对空间小说中的集体身份和异化等进行了分析。⑤

第二节 莱辛五部曲的创作背景

对于莱辛从现实主义小说转向科幻小说，当时许多人表示惊讶，但实际上看一下马克思主义理论和英国科学的关系、莱辛的生活圈子以及科幻小说的创作环境，就会明白莱辛转向科幻小说的写作，并不是心血来潮。罗伯兹在《盎格鲁马克思主义者：意识形态和文化研究》中对马克思主义理论和

---

① Phyllis Sternberg Perrakis. "The Marriage of Inner and Outer Space in Doris Lessing's "Shikasta." *Science Fiction Studies*. Vol. 17, No. 2（Jul. 1990），pp. 221–238. http：//www. jstor. org/stable/4239993.

② Jean Pickering. *Understanding Doris Lessing*. Columbia：University of South Carolina Press，1990，p. 143.

③ Gayle Greene. *Doris Lessing：The Poetics of Change*. Ann Arbor：The University of Michigan Press，1994，pp. 159–162.

④ M. P. Mosier. "A Sufi Model for the Teacher/ Disciple Relationship in The Sirian Experiments." *Extrapolation*. Vol. 32，Issue 3（Fall 1991），pp. 209–221.

⑤ David Waterman. *Idendity in Doris Lessing's Space Fiction*. New York：Cambria Press，2006.

英国科技界的联系和发展作了详细的阐述。他认为 1931 年在伦敦召开的国际科技历史大会对 20 世纪 30 年代出现的英国"红色科学家"和英国科学左派所掀起的科学社会关系运动（SRS）具有重要意义。在大会上，苏联代表团作了三场报告，后来以《处于十字路口的科学》为名出版。这本书对英国科技界产生了巨大影响，使英国科学家第一次了解到恩格斯的《自然辩证法》。一些著名科学家如朱利安·赫胥黎（Julian Huxley）、J. G. 克劳德（J. G. Crowther）等陆续发表有关实地考察苏联科技情况的文章，赞扬苏联的科学成就，批评英国的科技落后。1934 年，朱利安·赫胥黎又发表了《科学研究和社会需要》。1938 年《自然》杂志刊登社论，40 名著名科学家呼吁成立联合会来研究科学的社会关系。与此同时，英国科学家左派的科学社会关系运动也蓬勃开展起来。虽然当时的英国科学家并不都相信马克思主义理论是一门科学，但运动的几个领导人都是马克思主义者，许多和运动相关的科学家都在政府和学界担任要职，如生物学家霍尔丹（J. B. S. Haldane）和物理学家伯纳尔（J. D. Bernal）都在"二战"期间任英国政府的科学顾问。他们在 30 年代到 40 年代活跃在英国的科学界和政界，进行了一系列旨在推广马克思主义辩证唯物主义和历史唯物主义等科学观的行动。如 30 年代中叶，数学家利维（Hyman Levy）在 BBC 作了一系列有关马克思主义的演讲《变化世界中的科学》。当时担任伦敦波尔贝克（Berbeck）学院物理教授和皇家协会成员的伯纳尔在 1939 年发表了《科学的社会作用》，梳理了这场运动的主要观点，提倡科学研究的相关性，并主张把苏联社会主义当作进行科学工作的模范社会。1939 年，运动中的激进的年轻科学家接收了原来非政治的科学工作者协会。至此，马克思主义和科学的关系完全建立了起来。据 1972 年访谈中一位古代科学史家和经典文学教授法灵顿（Benjamin Farrington）回忆，科学家左派当时主导了整个英国马克思主义方向。在 30 年代他所遇到的马克思主义者中，至少一半马克思主义知识分子都是科学家。科学家已经成为英国共产主义运动的文化先锋。[①] 50 年代末，在英国，虽然伯纳尔等在政治上的影响减弱，但他所主张的自然科学和社会科学应该结合起来，科学意味对于人类整体的责任，以及应该在纯粹人文主义和纯粹的科学发展之间寻找第三条道路的观点一直具有巨大的影响力。英

---

① Edwin A. Roberts. *The Anglo - Marxists*: *A Study in Ideology and Culture*. Lanham: Rowman & Littlefield Publishers, INC., 1997, p. 154.

国的马克思主义科学家也在反核扩散、种族主义、污染和世界贫困的组织中越来越活跃。伯纳尔后来还担任了由苏联支持的世界和平大会的领导人。1969 年英国社会科学责任协会成立。[①]

莱辛在 20 世纪 50 年代初，作为英国共产党的成员，显然也受到了当时英国马克思主义科学家的影响。在《在阴影下行走》这本自传中，莱辛谈到在当时这样的大环境中，自己读了大量科幻小说以及和科学家们频繁接触。如被邀请去作家娜奥米·米奇森（Naomi Mitchison）在苏格兰的家参加聚会，做客的人来自社会各个阶层：有渔夫、政治家、美国来的哲学家、记者、作家、科学家和医生等。米奇森的丈夫和儿子都是科学家。莱辛在这里还遇到了后来发现了 DNA 结构的著名科学家之一的詹姆斯·沃森（James Watson），当时他还默默无闻，不爱讲话。[②] 他们有关科学的谈话对莱辛来说具有"不可抗拒的"的吸引力。[③] 莱辛还曾经在访谈中提到了当时参加清一色由男性组成的科幻作家酒馆聚会的情景，并称在那里可以了解到世界最先进的科技发展。[④] 莱辛的这些经历和感受也在小说《四门城》中得到了体现。莱辛借玛莎的经历谈到了科幻小说在当时流行的前因后果。她还塑造了一个沉迷科学实验，试图控制人脑的人物吉米·伍德，描述了他的充满世界各国，特别是东方的神秘故事、神秘的宗教等奇思妙想的书籍的图书馆、男主人公马克·科尔里奇的理想城，以及桑德拉预言莉迪亚要被阿尔这个太空船船长接走，为后来莉迪亚出现在莱辛的太空五部曲中埋下了伏笔。

莱辛和 20 世纪科学的关系被大多数批评家所忽视，[⑤] 这和莱辛没有受过正规的教育有关，也和科幻小说领域由男性作家一统天下的情形不无关系。其实正如克莱尔·汉森（Clare Hanson）所说："莱辛是少数几个主要作家中了解 20 世纪生物科学转变能量的人。由于她的马克思主义背景，这

---

① Edwin A. Roberts. *The Anglo - Marxists: A Study in Ideology and Culture.* Lanham: Rowman & Littlefield Publishers, INC., 1997, p. 171.

② Doris Lessing. *Walking in the Shade.* London: Flamingo, 1998, pp. 111 - 114.

③ Clare Hanson. "Reproduction, Genetics, and Eugenics in the Fiction of Doris Lessing." *Contemporary Women's Writing.* Vol. 1, No. 1/2 （December 2007）, p. 172.

④ Earl G. Ingersoll. "Describing This Beautiful and Nasty Planet." in *Doris Lessing: Conversations.* ed. Earl G. Ingersoll. New York: Ontario Review Press, 1994, pp. 228 - 240, 231. 莱辛的自传中也谈到过这一点，参见 Doris Lessing. *Walking in the Shade.* London: Flamingo, 1998, pp. 30 - 31。

⑤ 参见 Clare Hanson. "Reproduction, Genetics, and Eugenics in the Fiction of Doris Lessing." *Contemporary Women's Writing.* Vol. 1, No. 1/2 （December 2007）, p. 171。

同样也不奇怪，她认为自然世界和科学进步同社会文化领域紧密结合。"①
莱辛认为科幻小说作家抓住了我们文化对于未来的感觉。她说，传统的科幻
小说〔凡尔纳、威尔斯、奥拉夫·斯特普尔顿（Olaf Stapledon）〕非常优
秀，有思想深度，有对社会的批判，具有广度和宽度，但缺乏人物塑造，没
有细腻和微妙的情感。② 当今复杂的现实，传统的现实主义已经不能涵盖，
她必须寻找一种新的形式去展示。"这是一个你想写什么的问题。如果你想
写一本涵盖几百万年的小说，你必须找到一个新的形式，不可能写成现实主
义小说。"③ 但显然这五部曲蕴含着莱辛对人类盲目发展科技的担忧和思考。
五部曲只是她揭示现实的另一种苏菲故事，具有托马斯·莫尔和柏拉图深厚
的哲学意味，更具有哲学世界观上的指导意义。在这部系列小说中，她综合
了人类面对的各种现实问题和危机，力图囊括所有可能的社会现实问题。这
部系列小说，可以看作是她对人类从现实物质层面到精神现状，包括心理问
题的总调查和总思考。难怪有评论家说，它是一部世界简史。在此基础上，
还应该加上是一部人类心理现状的精神史。

　　莱辛不愿意把她的小说称为科幻小说，据她自己说，是因为她接受的正
规教育太少，写得不够"科学"。"因为他们和'科学'也就是科学知识和
技术没有什么关系……我对今天的科技有点怀疑。今天实行的科技很短视，
只看明天，不看后天。我的小说应该被称为幻想小说，或真正意义上的乌托
邦，与其说接近奥威尔、赫胥黎，不如说更接近托马斯、莫尔和柏拉图。它
们是从今天发生的事情中提炼出来的寓言。比如，在这部系列小说的第三
部，《天狼星实验》中的基因实验实际上就有我们今天科学家'克隆'实验
的影子。但尽管这些遥远星球的居民比地球人在精神和道德上更优越一些，
但他们和我们一样是人。"④ 莱辛在1982年接受采访时称，过去20年中人
类登上了月球，科学家在谈太阳系，讨论太阳和月球以及其他星球对我们地
球的影响。小孩子在学校学习人类几百万年的进化史，这就是我们的现实。

① 参见 Clare Hanson. "Reproduction, Genetics, and Eugenics in the Fiction of Doris Lessing."
Contemporary Women's Writing. Vol. 1, No. 1/2（December 2007），p. 182。

② Earl G. Ingersoll. "Describing This Beautiful and Nasty Planet." in *Doris Lessing*:
Conversations. ed. Earl G. Ingersoll. New York: Ontario Review Press, 1994, p. 231.

③ Sedge Thomsom. "Drawn to a Type of Landscape." in *Doris Lessing*: *Conversations*. ed. Earl
G. Ingersoll. New York: Ontario Review Press, 1994, p. 181.

④ Margarete von Schwarzkopf. "Placing Their Fingers on the Wounds of Our Times." in *Doris
Lessing*: *Conversations*. ed. Earl G. Ingersoll. New York: Ontario Review Press, 1994, p. 107.

所以自己写这样的小说并不奇怪。① 莱辛 2007 年接受采访时更肯定地说，他们把这个系列称作科幻小说是用了"一个非常错误的标签"。② 实际上莱辛从来没有脱离现实，她只是找到了用比喻表达她对当代问题思考的途径。她把自己的小说称为"外空间小说"，是因为"内空间和外空间是相互映衬的，而不是对立的。正如我们研究亚原子微粒和行星系的外在局限一样，大小要同时说，所以内在和外在是互相关联的"。③

莱辛曾作为特邀贵宾参加了 1987 年在英国布莱顿举行的"世界科幻小说大会"。参加这次大会的有当时世界最先进的思想家、科学家和科幻小说家，据说她也是第一个获得诺贝尔文学奖的特邀嘉宾。④ 莱辛说她自己写的并不是真正意义上的科幻小说，她自己写《什卡斯塔》时，也并没有意识到当时在写科幻小说，所以邀请她本身就表明科幻小说和现实主义小说之间的"界限被打破了"。⑤

莱辛对现在缺乏现代科幻小说感到悲哀。显然，就像对现实主义的态度一样，莱辛也是把科幻小说或者说"外空间小说"作为一种手段来揭示世界上普遍存在的社会问题，以及阐释自己对人类滥用科技成果的担忧。莱辛说，"我的确认为我们的脑子已经被技术损坏了。"⑥ 根植于内心的仍然是莱辛的人文主义思想，那就是提醒人类，在进化的过程中，要注意到我们和宇

---

① Lesley Hazelton. "Doris Lessing on Feminism, Communism and 'Space Fiction'." July 25, 1982, Sunday, *Late City* Final Edition Section 6; p. 21, Column 1; Magazine Desk. http://mural. uv. es/vemivein/feminismcommunism. htm.

② Adam Smith. "The Story Dictates the Means of Telling It." Telephone interview with Doris Lessing following the announcement of the 2007 Nobel Prize in Literature, 11 October 2007. The interviewer is Editor – in – Chief of Nobelprize. org. http://nobelprize. org/cgi – bin/print? from =/nobel_prizes/literature/laureates/2007/lessing – interview. html.

③ Lesley Hazelton. "Doris Lessing on Feminism, Communism and 'Space Fiction'." July 25, 1982, Sunday, *Late City* Final Edition Section 6; p. 21, Column 1; Magazine Desk. http://mural. uv. es/vemivein/feminismcommunism. htm.

④ Alice Ridout and Susan Watkins. "Introduction: Doris Lessing's Border Crossings." In *Doris Lessing: Border Crossings*. ed. Alice Ridout and Susan Watkins. London: Continuum International Publishing Group, 2009, p. 1.

⑤ Thomas Frick. "Caged by the Experts." in *Doris Lessing: Conversations*. ed. Earl G. Ingersoll. New York: Ontario Review Press, 1994, p. 158.

⑥ Doris Lessing and Jonah Raskin. "An Interview with Doris Lessing." *Progressive*. 63. 6 (June 1999), pp. 36 – 39. Rpt. in *Contemporary Literary Criticism*. Ed. Janet Witalec. Vol. 170. Detroit: Gale, 2003, pp. 36 – 39. Literature Resource Center. Gale. UC Berkeley. 21 Sept. 2009. http://go. galegroup. com/ps/start. do? p = LitRC&u = ucberkeley.

宙其他星球的关联，和其他生物之间相互依存的关系。科技只有和人文关怀紧密结合才会使我们的进化更加适度。

第三节　《什卡斯塔》

《什卡斯塔》（*Shikasta*）故事梗概：

宇宙中，老人星和天狼星在战争后达成协议，把什卡斯塔作为双方的实验基地，分别占据什卡斯塔的北部和南部。环绕着什卡斯塔，有六个卫星区。老人星从 10 号基地派了几个巨人和什卡斯塔的人种交配就有了人类的祖先，猴子。由于实验很成功，因此，它和老人星建立了一种联系。在老人星的光辉普照下，鲜花盛开，五谷丰登，人与动物和谐相处，其乐融融。什卡斯塔当时的名字是"荣达"（Rohanda）。但是，南部的天狼星很嫉妒，邪恶星球沙麦特（Shammat）也派出了间谍到什卡斯塔暗中进行破坏。什卡斯塔因此逐渐发生变化。从远古圣经所记载的大洪水时期一直到现在，老人星陆续派出一些使者去什卡斯塔查看情况，帮助那里的居民抵御邪恶星球的影响。其中一个名叫约合（Johor）的使者跨越几百万年几次去什卡斯塔，在报告中汇报说那里的情景越来越糟糕。现在，那里土地沙化，河流污浊，烽烟四起，哀鸿遍野，正面临着彻底毁灭的命运，并且已经改名叫什卡斯塔。从他的描述看，我们得知现在的什卡斯塔就是 20 世纪的地球。为了挽救什卡斯塔，老人星相继派出了多名使者，进行考察，其中有的使者失踪了，有的使者，如约合化身为什卡斯塔人，投胎于舍尔班家庭，成为乔治·舍尔班，亲身体验，并带回了有关什卡斯塔人的报告和蕾切尔·舍尔班的日记等等。小说后半部大部分以乔治·舍尔班的妹妹蕾切尔·舍尔班日记的视角叙述。虽然老人星统治者采取了各种措施，但终究没有办法改变什卡斯塔毁灭的命运。什卡斯塔在经历了第三次世界大战毁灭之后，少部分人留存下来，重新过起了平等、人兽和睦相处的生活，对过去的杀戮争斗已经没有记忆。

创作缘由

莱辛最初是想写一本书，而不是五本。"我想把圣经用科幻的形式写出来，因为有人对我说，还没有人做过这么简单的一件事，即把旧约、新约、外典以及古兰经通读下来。它是一个连续的故事，同样的剧本，同样的演员……这三个宗教被拆得零零碎碎……简直胡说八道。他们是同一个宗教的不同分集而已。所以，我就想，假如我编了这本科幻小说，因为他们都有

'使者'或'先知'来对人类说，'你们这帮令人讨厌的坏家伙，穿好衣服，干点正事，否则……'我想，如果从这样一个或一些来访者的角度写会怎么样？当《什卡斯塔》我写了一半的时候，我才明白我创作了一个美妙的档案格式。我如果放弃它就是疯了。写了一半我就意识到还要用这个格式……它不是连贯的，因为《第三、四、五区间的联姻》就和其他的几本没有关系。"① 除此之外，莱辛在这部小说的扉页写上把它献给了自己的父亲，因为在农场父亲经常仰望天空，充满了浪漫的幻想。今天的故事就是再现父亲的梦。② 莱辛不无幽默地说，这部小说就是一堆乱七八糟的东西，但不管怎样都是一堆新东西。③ 不过，有人对这部小说信以为真，在美国还建了一个社区，兴起了宗教式的狂热。他们给莱辛写信问神什么时候会光顾我们。莱辛回信说，这不是宇宙学，是编造的，但他们回信说，你在考验我们。④

小说结构主题等分析

莱辛的小说虽然看起来混乱，没有头绪，但实际上所有的小说都经过仔细设计。这本小说也不例外。从叙述方式和文体的选择上来看，这部小说的外部结构是由一系列文件，包括报告、历史记录、日记、信件等组成。按作者的说法，是专门从档案中选出来给学习老人星殖民统治专业的历史系一年级学生的，以便让他们了解什卡斯塔星球的整体情况。从这些文件的类别来看，它们既包括代表了客观立场的历史记录，又有最隐秘情感的个人日记；既有外星人对什卡斯塔，也就是地球的描述，也有什卡斯塔人自己看幻化为什卡斯塔人的外星人使者的感受；既有外部宇宙星球间的实验和阴谋斗争，又有内部什卡斯塔人民在不同政治派别斗争下的挣扎生存；既有宇宙历史发展的前因后果，也有单个家庭几代人的来龙去脉和自然更替；既有灾难和死亡，又有幸福和重生。在这里，看似互不相干的报告记录和信件、日记既相互对照，又相互印证和补充，具体来说，或互为背景与事件，或互为原因和

① Stephen Cray. "Breaking Down These Forms." in *Doris Lessing: Conversations*. ed. Earl G. Ingersoll. New York: Ontario Review Press, 1994, pp. 116 – 117.

② Lesley Hazelton. "Doris Lessing on Feminism, Communism and 'Space Fiction'." July 25, 1982, Sunday, *Late City* Final Edition Section 6; p. 21, Column 1; Magazine Desk. http://mural. uv. es/vemivein/feminismcommunism. htm.

③ 转引自 Gayle Greene. *Doris Lessing: The Poetics of Change*. Ann Arbor: The University of Michigan Press, 1994, p. 160。

④ John Freeman. "Flipping Through her Golden Notebook." Interview in *The San Francisco Chronicle*. Sunday, January 15, 2006. http://www. sfgate. com/cgi – bin/article. cgi? f = /c/a/2006/01/15/RVG4BGGOUM1. DTL&feed = rss. books. Cf.

结果。絮叨重复的报告、历史记录或信件、日记不仅述说着古往今来历史悲剧的一再重演，而且它暗含着从宇宙到人类社会到人与人的交往，以及个人对于所发生事件的关注，也彰显着宇宙中万事万物从大到小，从物到人息息相关的事实。在貌似凌乱或无序的叙述风格转换中，既有世事纷争，变幻莫测的寓意，又透露着大中见小，小中见大，视角不断转换的智慧；既展示出宇宙统领万物，一览众山小的视野，又描绘出海纳百川，心存宇宙的胸怀。可以看出，整个宇宙就像一个巨大的磁场，万事万物，有序排列；又像一个高速运转的球体，变化多端；星球和地球息息相通，宇宙事件和个人命运紧密相连；地球上发生的事情在整个宇宙大家庭中既微不足道，又牵动着整个宇宙的神经。

　　除此以外，莱辛在叙述视角和情节的设计上也颇具匠心。小说前半部分主要描述老人星的使者约合，作为一名派往什卡斯塔进行"拯救行动"的"天外来客"，将在什卡斯塔的访问经历写成报告。这些报告里除了他自己的所见所闻，还穿插着其他人的报告，他自己当时当地的感想、评价，事后的感受，等等。根据他的报告，读者对整个宇宙星球系统的运行状态以及什卡斯塔在宇宙中的位置和现状都有了清晰的印象。更重要的是，通过约合的报告，读者还具有了一种居高临下的外在观察视角，对什卡斯塔上所发生的各种事件、各种类型人（包括穷人、富人，包括不同性格、不同种族、不同阶层的人）的命运有了宏观的解读。约合既是圣人、预言家，也是有责任的历史学家，更是普通有爱心的使者，他的多重身份转换也使读者随着他的叙述而感同身受，体验到不同视角下的认识冲击。后半部约合化身为什卡斯塔人乔治·舍尔班，降生在一户具有爱心的普通医生家庭，从而开始了围绕着乔治一家的叙述，从什卡斯塔人的平行视角来看世界的经历。叙述方式主要采用了乔治妹妹的日记、乔治弟弟和乔治恋人、组织同事（包括居心不良的间谍等）之间的通信，以及间谍个人给组织、什卡斯塔领导人给沙麦特（Sharmmat）星球领导人的保密信件，同时还穿插着一些什卡斯塔历史记载等。和前半部报告的公开、透明相反，后半部的日记、信件等都具有很强的私密性和主观性，因而使读者可以直观人的内心，看到其情感的波动。由于有了前半部的宇宙视角，就多了一层观察外在宇宙事件对什卡斯塔人、地球人家庭乃至个人心理和个人命运的影响的视角，也因此打通了上至宇宙，下至个人，从天道到人道，从"天意"到人心的所有关节，使宇宙间天地人融合为一个整体。

除了阐述人、地球、宇宙浑然一体，相互关联的主题之外，莱辛还借宇宙星球之间的争斗揭示战争对地球资源和环境的破坏、对人与人之间关系的巨大伤害以及对人性的扭曲。

在莱辛1987年夏天接受托马斯·福瑞克在伦敦的采访（1988年刊登在《巴黎评论》106期）时说："当我在写《什卡斯塔》时，我突然强烈地意识到那里有多少受伤的退伍军人，既有英国人也有德国人。他们都受过伤，都像他们的配偶一样，幸运地没有死。"[1] 战争伤害的不仅是人们的躯体，更伤害了人们的精神和心灵。我们看到由于邪恶星球破坏了什卡斯塔和老人星之间联系的纽带，从而造成了什卡斯塔上一系列，包括环境、人、动植物等巨大的改变。虽然老人星不断派去具有神灵意味的使者，采取包括优化基因等挽救措施，阻止事态的恶化，但是终究还是不能避免什卡斯塔最后毁灭的命运。在这里莱辛将人与神（使者）的关系描述成一种互相依赖的关系。虽然表面上是人受神的控制，但实际上神也对于人的堕落无能为力，人还需要自己努力，因为世间万物互相牵制、互相制约才能维持生态平衡。地球的堕落也直接威胁到了老人星在太空中的平衡。而战争对人身心的伤害在小说的后半部，通过乔治一家的经历体现得淋漓尽致：父母为了挽救由于战争致贫、致病的人而没日没夜地忙碌，最终累死，而乔治的妹妹蕾切尔也为了保护哥哥，成为政治斗争的牺牲品。弟弟本杰明、恋人以及同事等也在战争的影响下直接加入了青年暴力组织，卷入了政治斗争的旋涡而死去或坐牢。当最后的毁灭来临时，医院的医生和被诊断为"疯子"的莉迪亚·科尔里奇为了保护大家而留守家园，勇敢地面对死亡，最后只剩下几个孩子成为最后的幸存者。小说的结尾颇耐人寻味：叙述人借用卡斯姆·舍尔班的话，告诉大家那些幸存的人已经完全忘记了过去所发生的事情，对于争斗和杀戮茫然不知，也不相信曾经发生过这些事情。

小说题目的寓意

根据维基百科的解释，老人星是宇宙南船星系中最亮的一颗星，也是整个太空中夜晚亮度仅次于天狼星的星星。因此，老人星在当代也通常被认为具有空间导航作用。[2] 莱辛显然希望借此寓意来阐明自己小说的引领作用，

---

[1] Thomas Frick. "Caged by the Experts." in *Doris Lessing: Conversations*. ed. Earl G. Ingersoll. New York: Ontario Review Press, 1994, p. 155.

[2] Wiki. "Canopus." http://en.wikipedia.org/wiki/Canopus.

促使读者从宇宙的角度重新来思索我们所居住的星球的问题，重新思考历史，而不是再以小我的利益为准，因为这是关系到人类生死存亡的大问题。而南船星座，根据希腊神话传说，原是英雄伊阿宋历经千难万险为取得金羊毛乘坐的阿尔戈号船，在成功之后，被送入天空形成。莱辛借希腊神话，一方面，揭示我们人类现在所面临的巨大困难如伊阿宋当时所遇到的一样；另一方面，运用阿尔戈号的传说也力图表明人类可以克服困难以及必胜的决心。因此，精心选择的题目蕴含着莱辛的良苦用心。

象征和比喻

建筑：这部小说中描写了各种几何形状的建筑。对此，莱辛在 1980 年接受采访时说，自己设计了一系列的问题，问自己，也问他人，这里描写的建筑就是在探寻：是不是建筑的形态会对住在里面的人产生影响，会产生某种心理或生命的态势。[1] 莱辛曾明确地指出建筑是她作品中一个非常重要的象征。实际上，莱辛借这里的建筑也许想表达这样的思想：即人的思想会受到社会形态的影响，而形成一定固有模式。或者说，建筑的模式就像笼子一样束缚了人的思想，从而形成了某种固定的思维模式。这也是莱辛所一贯批评的故步自封、迷信权威的模式，是莱辛所说的非此即彼、贴标签式的机械思维。至于小说最后新的城市建筑表示新生活的开始是否与此矛盾，笔者认为，莱辛借此更多的是呼应几百万年前最早的巨人建筑，从而暗示历史的重复，也是表示如果囿于既定的思维，历史的脚步只会倒退，而不会前进。

这部小说和基督教等宗教的对应很明显，如小说的整体框架就采用了犹太教和基督教中关于人类的堕落、上帝派使者在沙漠中显形，率领人类走出困境的圣经故事以及耶稣化身为人去拯救人类的描述；伊斯兰教中除了同样有真主派使者去传达真主旨意的描述外，还有对家庭和建筑的重视，这和小说中的许多描述，特别是后半部的描述密切相关。然而，莱辛对于宗教的借用并不只是表面的相似。莱辛就曾明确说，在五部曲中，她把三大宗教的思想都综合了起来。[2] 她还在另一次访谈中也谈到了这一点。她说自己并不相信灵魂转世说，《什卡斯塔》中的灵魂转世说只是一个比喻，或是一个文学观点，是一种讲故事的手段，用来整合宗教中的思想。宗教中有许多一样的

---

①　Minda Bikman. "Creating Your Own Demand." in *Doris Lessing*: *Conversations*. ed. Earl G. Ingersoll. New York: Ontario Review Press, 1994, p. 61.

②　Stephen Cray. "Breaking Down These Forms." in *Doris Lessing*: *Conversations*. ed. Earl G. Ingersoll. New York: Ontario Review Press, 1994, p. 117.

观点，在这部小说中，她就是想发展这个观点，所以把它称为"空间小说"，① 意味着开拓思想的空间。评论家们也大都就这一问题进行了探讨，如盖尔·格林和贝特西·德雷恩都认为莱辛重新书写了基督教的创世和人类堕落史，以及达尔文的进化史。显然，莱辛在借用现有的宗教观点来阐释自己的思想观点。其中最重要的是：无论宗教或科学所描述的历史怎样发展，人类怎样进化，人类所面临的问题都是一样的。宗教中无论是真主还是上帝，所关注的都是人类的过去、现在和未来，说到底，还是莱辛所说的：所有的宗教其实都是一种宗教，只是不同的分册而已。通过借用宗教的比喻，莱辛还要说明的是，外来的神虽然可以干预人类的生活，然而最终还是要靠人类自己的努力。人类以为自己可以控制一切，其实不然。"事实上，我们对于事件的发生没有什么影响，但是我们以为是这样，我们想象自己有能力……我不认为人类是所有创造物中的王者。"② 科学技术也是一种宗教，对它的滥用同样会造成灾难。因此，在莱辛看来，没有必要局限在某个宗教或某个政治派别内，而应该取人之所长，补己之所短，为人类共同的利益奋斗。也不能盲目崇拜科学，其结果必然是害人害己，而后者是莱辛五部曲中的其他小说要进一步深化的主题。

---

① Thomas Frick. "Caged by the Experts." in *Doris Lessing*: *Conversations*. ed. Earl G. Ingersoll. New York: Ontario Review Press, 1994, p. 160.

② Christopher Bigsby. "The Need to Tell Stories." in *Doris Lessing*: *Conversations*. ed. Earl G. Ingersoll. New York: Ontario Review Press, 1994, p. 71.

第五章
80 年代小说

第一节 《简·萨默斯的日记》

小说创作背景和评论概述

20 世纪 80 年代连续出版的现实主义风格的作品《一个好邻居的日记》（*Diary of a Good Neighbour*）（1983）和《如果老人能够……》（*If the Old Could…*）（1984）使莱辛的读者们大呼那个他们熟悉的莱辛又回来了。不过，在出版时，莱辛同她的出版商和书评家们开了一个不大不小的玩笑。她以化名向伦敦的出版商乔纳森·凯普和格拉纳达（Granada）寄去了《一个好邻居的日记》，但立刻被退回，后者评论说"太令人沮丧而不能出版"。但纽约的出版商诺普夫和迈克尔·约瑟夫立刻猜到了真相，说从中看到了当年莱辛的影子，并买了下来。莱辛紧接着写了《如果老人能够……》，出版商还是没有认出她来。莱辛在 1984 年以《简·萨默斯的日记》（*Diaries of Jane Sommers*）为题结集出版的前言中，阐述了自己这样做的意图，希望"作为新作家，按照质量得到评价，而不是借助名声"，并想借此"鼓励年轻新作家"，表达了对出版界潜规则的不满。① 毫无疑问，莱辛的玩笑惹怒了一些人，影响了人们对于它的评价。阿曼达·塞巴斯蒂安（Amanda Sebestyen）曾经愤怒地说她受一些评论家影响，把这本优秀小说放在抽屉里一年没有读。② 大多数早期评论的措辞都不温不火。1985 年罗斯在书评中

---

① 〔英〕多丽丝·莱辛：《简·萨默斯的日记·前言》，外语教学与研究出版社，2000，第 9 页。

② Amanda Sebestyen. "Mixed Lessing." *The Women's Review of Books.* Vol. 3, No. 5 (Feb. 1986), p. 15.

说，虽然这部小说没有办法和《金色笔记》相比，但作为现实主义小说，"它仍然是一部可读性很强的书"。① 同年，奈普在书评中认为莱辛探讨了生活的三个方面：疏离的青年、中年、老年——以及连接他们的意识变化。② 关于这两本小说的风格，评论界也存在截然不同的看法。露丝·维特克认为莱辛"回归了现实主义"；汉森认为"它体现了莱辛作为一个后现代作家对风格相对性的敏锐感知"；戴安娜·华莱士（Diana Wallace）则认为：尽管它表面上看是一部现实主义作品，但实际上"它是一部元小说，因为它把注意力集中在了表现形式和结构上，尤其是因为它的叙述人是个以各种形式写作的职业作家：妇女杂志文章、浪漫历史小说和严肃的社会学著作"。③ 斯普拉格和泰格认为这两部小说"体现了莱辛一贯的对复杂距离策略的需要"，不过，却更贴切地反映了她本人的生活。而第二部小说"几乎完全是一个失败"。④另外，他们还提到了《简·萨默斯的日记》有可能是和科幻五部曲系列是一起写的，作为对《第三、四、五区间的联姻》所描写的老年和死亡问题的互相参照。⑤维特克认为"除了穆里尔·斯帕克以外，很少有当代作家如此强烈地涉及过变老这个禁忌话题"。⑥ 皮克林认为这是关于"个人死亡和个人责任"的小说，不过仍然和《金色笔记》《南船座中的老人星档案》等构成了对话关系和互文关系，仍然是关注现实的个人观点和宇宙的超验视角之间的关系。⑦ 格林像以往一样对这两部小说大加赞赏，认为它们并不是如有些评论所说的那样很简单，而是"比看上去要复杂得多……它们提出了家庭价值观、母亲角色、婚姻男女关系、女人之间的友情、人生价值等问题"，以及有关文学表达形式和记忆、语言和风格等问

---

① Ellen Cronan Rose. "Review：A Lessing in Disguise." *The Women's Review of Books*. Vol. 2，No. 5（Feb 1985），p. 7. http：//www. jstor. org/stable/4019636.

② Mona Knapp. "Review of *The Diaries of Jane Somers*." *World Literature Today*. Vol. 59，No. 4. 10th Puterbaugh Conference Issue.（Autumn 1985），p. 595.

③ Diana Wallace. "'Woman's Time'；Women，Age and Intergenerational Relations in Doris Lessing's *The Diaries of Jane Somers*." *Studies in the Literary Imagination*. Vol. 39，Issue 2（Fall 2006），p. 51.

④ Claire Sprague and Virginia Tiger. "Introduction." *Critical Essays on Doris Lessing*. ed. Claire Sprague and Virginia Tiger. Boston：G. K. Hall，1986，pp. 17 – 18.

⑤ Claire Sprague and Virginia Tiger. "Introduction." *Critical Essays on Doris Lessing*. ed. Claire Sprague and Virginia Tiger. Boston：G. K. Hall，1986，p. 5.

⑥ Ruth Whittaker. *Modern Novelists*；*Doris Lessing*. New York；St. Martin's Press，1988，p. 122.

⑦ Jean Pickering. *Understanding Doris Lessing*. Columbia；University of South Carolina Press，1990，pp. 180 – 184.

题。① 玛格丽特·M. 罗威（Margaret Moan Rowe）认为这是另一个"更普通版本的《幸存者回忆录》"，② 涉及母女关系和社会责任等问题。1999 年，弗吉尼亚·泰格认为这两部小说标志着莱辛对自传态度的"新转向"，并和莱辛的两部自传一起构成了"对过去非情感回忆的三联画版"。③ 苏珊·沃特金斯认为莱辛通过匿名出版，以及小说的形式和内容的改变等策略，引导读者去"追问作者、商业文学文化、年龄和性别"等问题，揭示了隐匿在小说表面简单现实主义手法背后的多元意义。④

创作缘由

1987 年莱辛在访谈中谈到了简·萨默斯这个人物。她是一个英国的中产阶级，经历不广、视野狭窄、见解武断，是许多妇女的集合体，有莱辛朋友的影子，也包括她的母亲。⑤ 关于小说之所以匿名的问题，1985 年莱辛接受采访时称，一是因为有些激发她塑造人物的原型还活着；二是想看看这样的效果会怎样。这里莱辛详细介绍了这本小说虽然被通常出版自己作品的出版商拒绝了，但她发现他们根本就没有读它，可法国的出版商却买下了它的版权，美国的出版商接受了它，但却没有办法去宣传，因为作者是个无名的人。⑥ "我对出版业非常了解，所以我知道会发生什么——我只是想证明给自己看我是对的。"⑦ 在 20 世纪 80 年代，老人和临终关怀的问题已经成为工业化国家的主要社会问题。关于日记的书名："如果老人能够……"莱辛说，因为平时我们对老人的看法都是陈腐的，没有亲身体验，不相信自己会老。但人老得很快，事情变化得太快

---

① Gayle Greene. *Doris Lessing*；*The Poetics of Change*. Ann Arbor；The University of Michigan Press，1994，p. 191.

② Margaret Moan Rowe. *Doris Lessing*. New York；St. Martin's Press，1994，p. 94.

③ Virginia Tiger. "Age of Anxiety；*The Diaries of Jane Somers*." In *Spiritual Exploration in the Works of Doris Lessing*. ed. Perrakis，Phyllis Sternberg. Westport；Greenwood Press，1999，p. 1.

④ Susan Watkins. "The 'Jane Somers' Hoax；Aging，Gender and the Literary Marketplace." In *Doris Lessing*；*Border Crossings*. ed. Alice Ridout and Susan Watkins. London；Continuum International Publishing Group，2009，pp. 88 - 89.

⑤ Thomas Frick. "Caged by the Experts." in *Doris Lessing*；*Conversations*. ed. Earl G. Ingersoll. New York：Ontario Review Press，1994，pp. 162 - 163.

⑥ Francois - Olivier Rousseau. "The Habit of Observing." in *Doris Lessing*；*Conversations*. ed. Earl G. Ingersoll. New York：Ontario Review Press，1994，p. 146.

⑦ Michele Field. "Doris Lessing：Why Do We Remember？'" *Publishers Weekly*. Vol. 241，No. 38 (19 Sept. 1994)，p. 47. Literature Resource Center. Gale. UC Berkeley. 21 Sept. 2009 http：// go. galegroup. com/ps/start. do？ p = LitRC&u = ucberkeley.

了。① 正如有学者所说："老人身上有更多的历史积淀……他背着历史走向坟墓。"②

小说结构主题等分析③

纵观国内外评论，对《简·萨默斯的日记》④（以下简称《日记》）都有不同程度的忽略，而对她作品中所体现出的对生命的关注更是鲜有提及。实际上，这是贯穿于她作品乃至一生的主旨。

对生命现象的研究和阐释在西方哲学界由来已久。从最早的古希腊米利都学派的"泰勒斯的水""万物都充满着神灵"对生命的意指，阿那克西美尼等同于灵魂的"气"，到毕达哥拉斯派的"灵魂转世"；从柏拉图对宇宙生成的探讨到近代哲学对唯心唯物的争辩，都从不同角度对心物关系进行了研究，成为对生命现象研究的最初的蓝本。"哲学直接进入生命领域，或者说，作为生命意义的哲学，从叔本华正式开始。随后尼采给予了极大的弘扬。"⑤ 作为一种影响较大的哲学思潮，生命哲学始于 19 世纪末 20 世纪初以狄尔泰、柏格森为代表的德国、法国。"它把揭示人的生命的性质和意义作为全部哲学研究的出发点，进而推及人的存在及其全部认识和实践，特别是人的情感意志等心理活动，再由人的生命和存在推及人的历史和文化，以及人与周围世界的关系。"⑥ 在文学界，对个体人的关注始于文艺复兴。自此以后，对人的关注经历了从外部（人与社会）到内部（人的意识）及后来的内外融合的视角转换，但焦点仍是人之为人本身。不过，莱辛对个体人的关注是站在了一个更高的基点上，包孕着她对生命整体的理解。其实，莱辛在谈到小说的作用时就有过暗示："我不停地重读托尔斯泰、司汤达、巴尔扎克以及其他巨匠的作品，我认识的大多数人也是这样做的，无论他们是左派，还是右派，是否有责任心，信仰宗教与否。他们重读这些名著的目的至少有一个共同点——而我认为应该如此——就是为了得到启迪，提高对生

---

① Thomas Frick. "Caged by the Experts." in *Doris Lessing*; *Conversations*. ed. Earl G. Ingersoll. New York：Ontario Review Press，1994，p. 168.

② 李杭育：《答友人问》，《青年评论家》1985 年 9 月 10 日。转引自吴士余《中国小说美学论稿》，复旦大学出版社，2006，第 391 页。

③ 以下分析摘自拙文《从〈简·萨默斯的日记〉看多丽丝·莱辛约生命哲学观》，《当代外国文学》2005 年第 3 期，第 35 ~ 39 页。

④ 〔英〕多丽丝·莱辛：《简·萨默斯的日记》，外语教学和研究出版社，2000。

⑤ 雷体沛：《存在与超越：生命美学导论》，广东人民出版社，2001，第 46 页。

⑥ 刘放桐等：《新编现代西方哲学》，人民出版社，2000，第 119 页。

命的感悟力。"① 而且，她一再强调"她的主题自从创作初期写作《野草在歌唱》以来就没有改变过"。② 她对生命的理解和对生命哲学的阐释在她后期的小说《简·萨默斯的日记》中通过其时空结构、人物关系的对应等艺术形式得到了完满的体现。

生命的流动

狄尔泰在具体解释生命概念的含义时，特别强调其时间性和历史性。"生命历程是某种具有时间性的东西"，"我们的生命所具有的特征，就是存在于现在、过去和未来之间的关系"。③ "生命的首要特征是它的时间结构。"④ 莱辛在《日记》中首先正是通过时间结构来表达她对生命的理解。我们注意到，两部小说都是以日记的方式写成的。然而，和一般意义上的日记不同的是，它们并没有特别清晰的日期标志。《一个好邻居的日记》以四年的总结开始，后以星期划分时间，再后来至十天，继而是叙述视角的转换，以某一天为时间单位，直至具体时间的消失，以空格或星号作为每一篇日记的分隔符号。到了后一篇小说《如果老人能够……》中，日期已完全没有了，只有空格、星号等。单从整体形式看，《日记》与其说是小说，不如说是散文更合适。那么，作者把小说冠以"日记"，却以散文的形式写就，难道仅仅是兴之所至，不再拘泥于形式了吗？非也。实际上，在日期上的模糊性是莱辛的故意所为。我们再看一下她对时态的运用，也许对她的用意就会一目了然。

《一个好邻居的日记》是以主人公简的日记体自述开始，中间穿插了莫德等人对自己过去的叙述、简同莫德等人的交往和对话等。其中，简的叙述部分大都采用过去时，但是当描写对话时，作者又直接使用了现在时和将来时。有时甚至在一个句子里，前面用过去时，后面用现在时或将来时。这样的例子在书中比比皆是。而这种时态上的交叉同以往意识流小说中人物意识的流动和跳跃显然是不一样的。它更像是一种时态上的任意行为。实际上，这种把过去、现在与未来融合为一体，消除其人为的划分，正是莱辛要达到的目的。狄尔泰在谈到生命的时间结构时说道："具体的时间是由现在的持

---

① Doris Lessing. "The Small Personal Voice." in *A Small Personal Voice*. ed. Paul Schlueter. New York；Vintage Books，1975，p. 5.

② Jean Pickering. *Understanding Doris Lessing*，Columbia；University of South Carolina，1990，p. 6.

③ 〔德〕狄尔泰：《历史中的意义》，艾彦、逸飞译，中国城市出版社，2001，第45～47页。

④ 刘放桐等：《新编现代西方哲学》，人民出版社，2000，第126页。

续不断的进程构成的，曾经存在的东西持续不断地变成过去，而未来则持续不断地变成现在。"[1] 柏格森也说："绵延乃是一个过去消融在未来之间，随着前进不断膨胀的连续过程。"在绵延中，过去包容在现在里，并且向未来"持续地涌进"。[2] 现在既包容着过去（记忆），又包容着未来（期待），现在通过记忆同过去相连，而又通过记忆的筛选把现在的观念注入过去；现在通过期待同未来相连，又通过期待的行为和选择影响或决定着未来的方向。莱辛在《日记》中，正是试图通过时态的交叉和日期的模糊性来表达这种生命的流动，表达自己对生命的理解。"在这种连成一气的过程里，才有生命的永恒性。"[3]

在对生命进行时间的把握的同时，莱辛还有意识地从空间上对这种生命的时间特点加以强化。读完这两部小说，我们得到的突出印象就是简在三地之间的奔波和忙碌。在《一个好邻居的日记》中，她总是从住的公寓赶去办公室上班，然后去莫德家，再回住处。莫德住院后，改为上医院，然后去莫德家再回住处。三点一线，周而复始。在《如果老人能够……》中，简也是如此，只是，去莫德家改为去咖啡馆等地同理查约会，空间结构几乎完全一样。而且，绝妙的是，如果我们稍加留意就会发现，这里的三点正好同时间结构中的现在、过去与未来相对应。我们看到：简的住所同写日记紧密相关，因而是现在。莫德总是在讲述自己过去的故事或是简在日记中讲述她同莫德的故事，因而同过去相对应。而办公室是简工作的地方，是为下一期杂志作计划、编辑文章的场所，因而预示着未来。同时办公室的人员更替、不断地补充新人也强化了这一印象。在《如果老人能够……》中，虽然简和理查约会并不谈论彼此的过去，但正是这种刻意的回避使两人的过去像影子一样伴随着他们，为他们的关系蒙上了一层阴影，并最终导致分手。至此，莱辛成功地完成了时间和空间的对应。

为了进一步丰富这种时空的对应关系，莱辛还对小说中的人物进行了精心的安排，使过去、现在和未来的简同时出现在同一时空中。在《一个好邻居的日记》中，作者多次暗示，简的侄女吉尔和简年轻时的相似。首先，是外形的相像：吉尔有着"大大的灰色的眼睛：我的眼睛"。其次，她有和

① 〔德〕狄尔泰：《历史中的意义》，艾彦、逸飞译，中国城市出版社，2001，第46页。
② 转引自刘放桐等《新编现代西方哲学》，人民出版社，2000，第135页。
③ 转引自刘放桐等《新编现代西方哲学》，人民出版社，2000，第135页。

简一样的性格：精明，反叛。"我坐在那里看着——就像看着那时的我自己，像她一样大，全身洋溢着快乐、自信和希望。"此外，简还多次提到吉尔的工作作风，包括服装都是跟她自己一样的。总之，作者的目的就是为了塑造一个年轻的简的形象。

同时，莫德的形象就是简的未来的写照。莫德虽然年纪大，身体不好，但我们在字里行间却时时可以感受到她的自尊、倔强，从她的叙述中，感受到她年轻时的能干和坚强。作为一个同样能干和倔强的单身女性，简的老年生活谁能保证不是像年轻的简一样呢？实际上，作者在《一个好邻居的日记》结尾对简的描写和吉尔对她的照顾就活脱脱是简和莫德的翻版。至此，简和老年莫德的形象完全重叠起来，作者完成了青年、中年和老年简在同一时空的塑造，从而更生动地为生命的流动定格。

生命的循环

作为一个个体，生命的历程是从生开始到死结束。而个体的生命只是整个生命历史发展过程中的一个点。无数的个体生命汇总成一条生生不息的生命之流。"而生命本身就在他们中间实现社会的历史的实在。"① 在《日记》中，莱辛正是通过社会、历史中的几对人物关系来隐喻这种生命的循环性。《一个好邻居的日记》一开始，主人公简就讲述了丈夫和母亲相继去世给她自己带来的情感的震撼和悔悟。正是有了此时的悔悟才有了简同莫德的友谊。因此，在某种意义上说，简的丈夫和母亲肉体的死意味着简的情感的"生"，否则很难想象，一个对母亲的死都无动于衷的人会竭尽全力去照顾一个萍水相逢的陌生老人。在同莫德的交往中，简克服了厌恶的情绪，从被动转为主动，最后到了无微不至地照顾她。实际上，莫德成了简的母亲的化身。我们甚至可以这样说，是简母亲的死成就了莫德的"生"。生与死在这里具有了同等重要的意义。生意味着死，死意味着生。最后经历了同莫德友谊的简，在莫德死后，已成为和小说开始时冷漠、自私的简完全不同的一个人，因此，莫德肉体的死同样意味着简的全新人生的开始，因为她对人生的理解已完全不同于以往。

同样，在《如果老人能够……》中，理查的出现也意味着简的丈夫弗雷迪的再生。在简和理查约会时，简经常想起自己的丈夫，或是把理查和弗雷迪混同为一人。"当恢复理智时，我感到了他（理查）对我的担忧，而我

---

① 刘放桐等：《新编现代西方哲学》，人民出版社，2000，第126页。

却不能回视他，因为我想的是弗雷迪，要是我能把弗雷迪和理查分开就好了。"其实，正是由于弗雷迪的死使简意识到了自己过去的错误，从而才有了对理查的理解、依恋和体贴。也正是因为理查只是弗雷迪的替身和影子，简同理查最后的分手安排也就在情理之中了。

对于生命的循环和重复性，莱辛还从人物关系的另一个角度作了进一步的阐释。《日记》主要描写了三代人之间的关系：简，简的侄女吉尔和莫德。表面上看，这三代人之间的关系并没有什么特别之处，但是细读之下，我们就会发现她们三人身上具有一个共同点——孩子气和母性共存。从小说一开始，简就多次告诉我们她自己是"孩子似的妻子"和"孩子似的女儿"。在母亲和丈夫眼里，她是一个不懂事的女儿和妻子。但在简同莫德的关系中，我们却看到了简母性的一面：她就像母亲一样无微不至地照顾着莫德。同时她又是吉尔和凯特的姨妈，实际上担当了她们母亲的角色。而莫德对简既像个任性的孩子一样可以乱发脾气，同时又像母亲对女儿一样讲述自己过去的故事（莫德的名字又奇妙的同莱辛母亲的名字相似）。吉尔对简既像女儿对母亲一样依恋和信赖，同时我们又看到在《一个好邻居的日记》的结尾，像母亲一样安慰、照顾受了委屈的简。三代人在这方面如此惊人的相像和重复绝非偶然的巧合。母亲和孩子意味着生命的延续和流动，意味着生命的循环。《日记》是莱辛成熟时期的作品，这时的莱辛已从早期的现实主义手法转向了后期的象征和隐喻。它远不像有些人认为的那样简单。① 它巧妙的构思蕴含着莱辛对生命的深度思考。这也是为什么莱辛对自己的这部作品如此自信，"希望不借助'名气'，而是作为一个新人，按质量评审"的原因。②

生命的同一性

莱辛的作品大多以女性为主人公，在作品中，她又详细地描写了女性细微的思想、情感和矛盾，因而她被认为是一个女权主义或女性主义作家。然而，莱辛却并不领情，她对此表示了强烈的不满。"我对《金色笔记》的评论感到很生气。""这本书被贬低为……是关于性别战争，或是被妇女当作是性别战争中一个有力的武器……但是这本书不是为妇女解放吹响的号

---

① 参见 Grayle Greene. *Doris Lessing*；*The Poetics of Change*，Ann Arbor；The University of Michigan Press，1994，p. 191。

② 〔英〕多丽丝·莱辛：《简·萨默斯的日记·前言》，外语教学与研究出版社，2000，第 9 页。

角。"① 是的，莱辛远不是一个把自己局限于某种"主义"的人。当我们深入到《日记》的内涵的时候，我们对此才有了更深的理解。

　　《日记》为我们描述了一个传统意义上男女性格颠倒的世界。女主人公简是一个成功的单身女性。她担任一家时尚妇女杂志的主编。她独立、能干、精明，做事干脆利落，说话直截了当。虽然对丈夫和母亲过分冷漠和自私，但这一点也被她的好朋友乔伊丝由于儿女情长沦落为丈夫的可怜附属品所抵消。书中的第一个男性人物——简的丈夫，根本没有出场就死去了。而后面出现的另一个查尔斯也使大男子主义者们大跌眼镜。查尔斯虽然后来担任了杂志的主编，但却全然没有一个主编的才能和魄力。"可怜的查尔斯到了办公室，等着别人的吩咐。"在《如果老人能够……》中，查尔斯更沦落为整天在办公室絮絮叨叨、津津乐道于孩子、老婆的一个小男人。"他禁不住一直要笑。他一半时间都在同好友通电话，给他们讲孩子、菲莉丝身体好坏的状况、奶水的情况以及他为此整夜不睡，担负起该负的责任等。显然他为此感到骄傲。"在《如果老人能够……》中，还出现了一个重要的男主人公——理查，但他仍不是一个传统意义上的男子汉。他在事业上不如自己的妻子成功。他对简说："我不如他，而且只能是这样。"他的妻子是个只知道工作的冷美人，甚至过夫妻生活都要考虑对工作的影响。"如果我们上床，她就会考虑这样太疲劳，早上她太累。有的时候，我在她生活中有一个确切的位置，但仅此而已，而且——我真可以为此而杀了她。"而正是这种不平衡导致了他同简的婚外情。

　　从以上事例的表象看，无论莱辛的态度如何，《日记》又逃不掉女性主义的窠臼了。但是如果我们把这两本小说作为一个整体来看，情形就会发生变化。莱辛曾说过，她更喜欢别人把她的作品作为一个整体来读，"她建议对她的著作进行整体的，也可以说是同时的思考，拒绝任何形式的分期、发展或测算。"②从这两本小说的整体来看：《如果老人能够……》中理查和他妻子的关系，实际上正是《一个好邻居的日记》中简和丈夫关系的翻版，是从简到其丈夫的视角转换，正如我们在前面说过的，理查是弗雷迪的化

①　Doris Lessing, "The Small Personal Voice." in *A Small Personal Voice*. ed. Paul Schlueter. New York; Vintage Books, 1975, p. 19.

②　Jean Pickering. *Understanding Doris Lessing*, Columbia; University of South Carolina, 1990, p. 6.

身，而他的妻子也是简的化身。正是由于简对其丈夫的悔悟，这种悔悟又通过她同莫德关系的体验升华为理解，才有了简对理查的宽容以及他们关系的融洽。生命的过程就是体验，就是理解。狄尔泰说："理解过程所提供的东西从来就是对于生命的各种表达。"①在莱辛创作的世界里，男人可以有女人的性格和情感，女人可以有男人的性格和情感，这只是视角的不同而已。实际上他们都是具有生命的个体，而生命具有同一性。只有互相的理解和视角的转换才能使我们更深刻地洞察生命的奥秘，体验生命的魅力。而这正是这种角色的对应和男女性格倒置的世界所带给我们的对生命的感悟，也是莱辛的苦心所在。

在《日记》中，莱辛用剥笋式的方法，从时间结构入手，逐层剥离，穿越时空，透过人物关系的精髓，直达生命的中心。她把小说的结构同她对生命的理解巧妙地糅合在一起，环环紧扣，层层相连，使我们在读小说的同时，时时感到有一种奔涌不息的生命力贯穿其中。她以"日记"作为小说的标题，除突出时间的重要性之外，还暗示着以此作为入口就可以洞悉生命的奥秘。而这正是莱辛的小说长久不衰之魅力所在。

第二节 《好恐怖分子》

一直以来，在围绕爱尔兰独立问题上，英国和爱尔兰各派之间争论不休，引发了一系列的冲突和矛盾。爱尔兰的极端民族主义组织爱尔兰共和军（IRA）自 20 世纪初成立以来，不断制造恐怖流血事件，来反抗英军的统治。到了 70 年代，暴力波及英国本土。1974 年 10 月和 11 月，爱尔兰共和军分别制造了吉尔福特（Guildford）酒吧和伯明翰酒吧的爆炸案，造成大量无辜人士伤亡。② 1979 年，著名的保守党下院议员艾蕾·尼夫（Airey Neave）被谋杀。1984 年，爱尔兰共和军在保守党大会上引爆了一颗炸弹，导致 5 人身亡，两名高官诺曼·特比特（Norman Tebbitt）和约翰·魏克厄姆（John Wakeham）重伤，撒切尔夫人幸免于难。1991 年，约翰·梅杰及

① 〔德〕狄尔泰：《历史中的意义》，艾彦、逸飞译，中国城市出版社，2001，第 73 页。
② 参见维基百科。"Guildford pub bombings"．http：//en. wikipedia. org/wiki/Guildford_ pub_ bombings；"Birmingham pub bombings"．http：//en. wikipedia. org/wiki/Birmingham_ pub_ bombings。

其内阁在一次针对唐宁街十号的榴弹炮袭击中死里逃生。[①]在这种背景下，莱辛出版的《好恐怖分子》（*The Good Terrorist*）（1985）颇获好评，获得当年布克奖提名。评论界基本上认为这是一部有关当代恐怖主义的现实主义作品。塞巴斯蒂安对一贯政治"左"倾的莱辛这回向保守阵线靠拢的行为感到吃惊。她认为莱辛和当时许多妇女作家一样都表达了同一种观点："我们的文化在培养孩子的方式上一定出了很大问题。"[②] 乔治·卡恩斯（George Kearns）认为这部小说反映了当今英国各式各样的女激进分子和恐怖主义分子出于各种不同目的所进行的疯狂行动。和《什卡斯塔》中的"恐怖分子个人"相呼应。[③]1986 年奈普在书评中认为："这是莱辛自从《金色笔记》以来第一次聚焦于世俗政治，而没有非理性或外星幻想因素进行抗衡的小说。"她指出莱辛并没有试图抹平社会矛盾或对恐怖主义抑或是社会进行剖析，而是对国家的支持者和它的敌人的腐败行为进行"报告"，并且坚信如此。[④] 1989 年，帕特里夏·埃尔德里奇（Patricia R. Eldredge）发表文章认为莱辛在小说中探索了妇女的主体体验。她运用心理分析学家卡伦·霍尼（Karen Horney）的理论分析了小说中的主人公，认为爱丽丝对别人的关爱"很大程度上是她自己对保护和爱迫切需要的凸显。"[⑤] 1990 年，玛格丽特·斯坎伦（Margaret Scanlon）对于现实中的恐怖主义事件和小说的关系，特别是语言对恐怖主义分子和小说家的相似关系进行了分析，认为莱辛的这部小说是一部优秀的运用当代恐怖主义素材创作的一部现实主义案例分析小说，具有示范意义。[⑥] 1994 年，罗伯特·波士曼（Robert Boschman）发表文章，通过比较爱丽丝和她的革命朋友，说明了莱辛是怎样把社会中的各种人身体的真实隐藏在唯美的理想背

① 〔英〕比尔·考克瑟等：《当代英国政治》（第 4 版），孔新峰等译，北京大学出版社，2009，第 292 页。

② Amanda Sebestyen. "Mixed Lessing." *The Women's Review of Books*. Vol. 3, No. 5 （Feb 1986）, pp. 14 – 15. http：//www. jstor. org/stable/4019871.

③ George Kearns. "Doris Lessing, Carlos Fuentes, Gilbert Sorrentino and Others." *Hudson Review*. Vol. 39, No. 1 （Spring 1986）, p. 121.

④ Mona Knapp. "Review of The Good Terrorist." *World Literature Today*. Vol. 60, No. 3 （Summer 1986）pp. 470 – 471. http：//www. jstor. org/stable/40142299.

⑤ Patricia R. Eldredge. "A Granddaughter of Violence; Doris Lessing's Good Girl as Terrorist." *The American Journal of Psychoanalysis*. Vol. 49, No. 3 （1989）, pp. 225 – 238.

⑥ Margaret Scanlan. "Language and the Politics of Despair in Doris Lessing's *The Good Terrorist*." *Novel*; A Forum on Fiction. Vol. 23, Issue 2 （Winter 1990）, pp. 182 – 198.

后。① 1994 年格林认为这部小说是"莱辛最令人不安的小说"。莱辛似乎用"最野蛮的漫画形式反击了自己以前的信念"，因此，她把它看作莱辛"新的令人沮丧的时期"，即对于社会不断堕落的斯威夫特式的愤怒。② 艾丽斯·劳瑞（Alison Lurie）称它为自从康拉德的《密探》以来最有趣的政治小说。③ 2005 年，简·罗杰斯（Jane Rogers）认为"它是一本睿智而充满愤怒的书，对于体制内和体制外人类的愚昧和破坏性感到愤怒"。④桑德拉·辛格认为，在"9·11"事件之后，重新审视莱辛的这部小说，重新了解莱辛对真正的恐怖主义分子和自由战士的区别具有很重要的意义。⑤

故事梗概

大学毕业生、36 岁的爱丽丝和她的男朋友——实际上是同性恋的贾斯珀在爱丽丝母亲家"啃老"4 年后，和母亲闹翻，来到了一处政府要拆的空置房子 43 号。房子的状况很差，水电都断了，到处都是垃圾和污物，警察限这里的人 4 天内搬走。已经住在这里的波尔特和派特，向他们俩介绍了他们这个"共产主义中心联盟"的情况。罗贝塔和费伊也是住在这里的一对同性恋人。他们打算向爱尔兰共和军领导人申请，加入他们在英国的分部。而第一个来此居住的黑人吉姆只想活着，不想参加政治。爱丽丝看到房子的现状，气得直哭，自愿承担起和政府机构沟通，以求政府允许他们居住在此，并准备请求母亲做恢复供应水电后交费的担保人。母亲以她父亲不付自己的账单为由，拒绝了。原来的朋友特里萨答应给她 50 元。爱丽丝运用自己的才能，和警察、水电办公室、房管部门成功交涉，终于得到政府暂时延缓拆迁，允许居住的通知。之后，爱丽丝想尽一切办法筹钱去修缮房子。在被父母拒绝后，她几次采取偷父亲的钱、偷母亲家里的窗帘、地毯等物品变

① Robert Boschman. "Excrement and 'Kitsch' in Doris Lessing's 'The Good Terrorist'." *Ariel*: *A Review of International English Literature*. Vol. 25, No. 3 （July 1994）. 转引自 Harold Bloom. *Doris Lessing*. Philadelphia; Chelsea House Publishers, 2003, p. 89。

② Gayle Greene. *Doris Lessing*; *The Poetics of Change*. Ann Arbor; The University of Michigan Press, 1994, p. 205.

③ 转引自 William H. Pritchard. "Review; Looking Back at Lessing." *The Hudson Review*. Vol. 48, No. 2 （Summer 1995）, p. 323. http：//www. jstor. org/stable/3851830.

④ Jane Rogers. "Dark Times." *The Guardian*. Saturday December 3, 2005. http：//www. arlindo - correia. com/doris_ lessing1. html. （Accessed Google, Feb. 22, 2012）

⑤ Sandra Singer. "London and Kabul; Assessing the Politics of Terrorist Violence." in *Doris Lessing*: *Interrogating the Times*. ed. Debrah Raschke, Phyllis Sternberg Perrakis, and Sandra Singer. Columbus; The Ohio State University Press, 2010, p. 93.

卖的方式，请工人菲利普来修水电，填埋垃圾等，直到把房子整修一新。大房子里陆续又住进菲利普、在房管部门工作的玛丽和她的男友等人。在爱丽丝、菲利普和黑人吉姆修房子的过程中，她的男友贾斯珀和波特等人从不帮忙，而是在外面忙于"政治活动"。他们先是很神秘地和45号里的人交往，后来先后去爱尔兰和苏联，申请加入爱尔兰共和军，和争取获得苏联的支持，但都被拒绝，因为他们"太业余"了。罗贝塔和费伊经常参加妇女组织召集的游行、集会等。由于费伊的童年受过很大的刺激，因而经常会歇斯底里，并试图自杀。罗贝塔也有过不堪回首的童年，因而对费伊关怀备至。爱丽丝无意中发现了45号的秘密，有人在偷送"武器"。45号的苏联人安德鲁认为爱丽丝应该去找工作，过更有意义的生活，而不是把精力浪费在照顾这样一群"业余"的人身上。爱丽丝介绍吉姆去父亲的工厂工作，但吉姆却被诬陷偷了钱而被解雇，离开了43号。菲利普贫病交加，后因车祸而死。派特由于不能容忍这样的生活也离开了。原来住在45号的杰斯林和凯瑟琳也搬来房子里同住。杰斯林在学习怎么做恐怖分子，后照着书本学做炸药。贾斯珀、波特、罗贝塔、费伊、爱丽丝等决定行动，以证明自己不是业余的。爱丽丝参加了第一次炸弹的实验，但是由于没有造成什么大的破坏，媒体和公众并没有给予太多的注意。他们决定再搞一次大的破坏，选在人群密集的闹市区，一个旅馆门口。玛丽找到了新的公寓要搬走了，所以房子又被房管局认定计划拆除。爱丽丝由于忙于菲利普的葬礼，没有参与第二次爆炸计划的制订，但和凯瑟琳一样反对波及无辜的人群，但没有用。爱丽丝在最后一刻打电话告诉媒体，爱尔兰共和军要有一次爆炸行动，但已经来不及阻止了。在执行爆炸任务中，费伊被炸死，贾斯珀受伤，但他们觉得很成功，因为媒体都在播这个新闻——有5个人被炸死，20多人受伤。不过，这样的结果也是他们没有预料到的，心灵都受到了不同程度的震撼，最后都各自离开了。爱丽丝走之前，要去会见可能是"专业"的革命者，中午去见自称是美国人，但爱丽丝怀疑是爱尔兰共和军的皮特，晚上要去见原来送过"武器"的一个苏联人。

创作缘由

莱辛在1985年接受法国记者采访时，谈到了创作《好恐怖分子》的缘由：莱辛一个朋友的女儿就和小说主人公有相似的经历，是不良少女，参加了好几个处于犯罪边缘的团体，在组织中经常为他们做饭，等等。她的男朋友是一个自诩为信奉中产阶级是剥削阶级的革命者。他们俩有好几年都是靠莱辛的朋友生活，直到有一天被她赶了出去。他们扬言要参加当时的一个恐怖组织爱尔兰共和军（IRA）来报复。后来很快就发生了由爱尔兰恐怖组织制造的哈罗兹（Harrods）百货商店炸弹爆炸事件。这次爆炸显然是业余者干的。而莱辛朋友的女儿和她的男友也是可以做出这样的事情的。① 另外，莱辛还提到自己收到的读者来信中，有一位妇女讲述了她去罗马监狱，看那些杀死她丈夫的恐怖分子，发现他们都是受过良好教育的人，好像被人操纵一样身不由己。② 莱辛的孙女因为好奇而在体验擅自占据空屋的人（squat）的生活。关于《好恐怖分子》中描写的擅自占据空屋的人的生活场景，莱辛说今天伦敦还有类似的情况存在。伦敦市政厅有个政策就是，只要他们纳税和付煤气，就允许存在。莱辛曾经收到许多曾经在恐怖组织待过的人的信件，特别是"红色旅"。他们后来都说她在小说中描写的正是红色旅成为有组织的杀人犯之前的情景。"他们被自己所使用的语言控制了。"③ 再加上平时听到的其他人的一些经历，就写了这样一个故事。另外，莱辛说她的故事情节的直接来源是 1983 年的哈罗兹（Harrods）爆炸事件。媒体报道的口气好像说是业余的恐怖分子干的。此外当 1979 年维多利亚女王的曾孙蒙巴顿勋爵（Lord Moimtbatten）被爱尔兰极端分裂主义分子暗杀的时候，她正好在爱尔兰。当时在河边有许多十几岁的孩子兴奋地跑来跑去，因为他们非常崇拜爱尔兰共和军。莱辛认为，这些还不懂自己在做什么的孩子，很容易陷入恐怖主义。④此外，关于这部小说，莱辛宣称"它是一本没有政治言论的书"。⑤

小说结构、主题分析

这部小说从整体叙事结构上看，是对刘易斯·卡罗尔《爱丽丝梦游仙境》的戏仿。作者模仿童话故事的叙事口气，来叙述已经 36 岁的爱丽丝在离开母亲之后，和一群由于种种原因被社会和家庭抛弃，心智同样不成熟的

---

① Francois - Olivier Rousseau. "The Habit of Observing." in *Doris Lessing*；*Conversations*. ed. Earl G. Ingersoll. New York：Ontario Review Press，1994，p. 149.

② Claire Tomalin. "Watching the Angry and Destructive Hordes Go By." in *Doris Lessing*：*Conversations*. ed. Earl G. Ingersoll. New York：Ontario Review Press，1994，p. 175.

③ Michael Upchurch. "Voice of England, Voice of Africa." in *Doris Lessing*：*Conversations*. ed. Earl G. Ingersoll. New York：Ontario Review Press，1994，pp. 226 – 227.

④ Denis Donoghue. "Alice, the Radical Homemaker." Rev. of *The Good Terrorist* by Doris Lessing. New *York Times Book Review*. 22 Sept. 1985. http：//lib. njue. edu. cn/newhttp：//www. nytimes. com/s/list. php？id = 153.

⑤ 转引自 Margaret Scanlan. "Language and the Politics of Despair in Doris Lessing's The Good Terrorist." *Novel*；*A Forum on Fiction*. Vol. 23，Issue 2（Winter 1990），p. 183。

年轻人，为了博取社会和公众的注意，铤而走险，走上"恐怖"道路的冒险故事。他们身无分文，没有工作，但爱丽丝却通过各种手段，包括欺骗、偷盗、变卖等获得钱财，在菲利普、吉姆、罗贝塔等人帮助下，奇迹般地克服了各种困难，把一个濒临拆迁、垃圾污物遍地、破败的房子修葺成一个温暖的、像样的居住房屋，并维持着近十人左右的生活，还吸引了越来越多的人。期间，爱丽丝的种种表现和举动，不管是天性善良帮助吉姆、同情菲利普，还是对于革命或恐怖行为的好奇，抑或是对于父母亲等中产阶级的仇恨，以及偷盗和报复的行为，在困难面前生气和哭泣等情绪变化，对于男朋友不断索取钱财的无奈和纵容，无不显示出其天真、无知和心智的不健全，完全和 36 岁的年龄不相符。作者在故事的最后，把爆炸案对爱丽丝的影响描述为：她就像一个 9 岁的孩子做了一场噩梦醒来，又微笑着准备去见专业革命者了。除了结构上的戏仿之外，小说的内视角，也主要是从爱丽丝的视角出发来看外部世界的。她对父母的不理解并扔石头加以报复的行为、对周围人的评判、对 45 号的好奇以及对于革命和恐怖活动的理解等，都囿于一个小孩子的智力发展程度。与此呼应，爱丽丝周围的年轻人几乎全都是有着这样天真、好奇、渴望得到社会承认、渴望得到爱，但性格和心理被社会和家庭、磨难扭曲的孩子。他们就像童话中的爱丽丝所遇到的人一样，一起创造了令人奇怪和令人疯狂的"奇迹"，而这些只不过是他们的"玩笑"而已。莱辛通过对《爱丽丝梦游仙境》童话故事的戏仿，深刻地讽刺了英国现行的社会制度，揭示了它所存在的种种弊病，包括政府机构的官僚主义、官员的自私自利、家庭的不负责任、教育制度的缺失、对失业和失学年轻人的放任不管，等等。同时，莱辛也一针见血地指出了恐怖主义的根源，正是政府的不作为和教育方式的失败所造成的！此外，莱辛还通过自由和责任的辩证解读揭示了社会权力机构制造"问题青年"的过程以及政治组织对于他们的思想控制和利用。

此外，正如小说的题目"好恐怖分子"充满矛盾一样，小说中的一切都充满了矛盾。如主人公爱丽丝为了使居住的房子获得合法的暂居权不惜一切代价搞钱，一次次和政府部门的官员交涉水电煤气等问题，找人修理房间，清除垃圾，甚至亲自粉刷，还帮助黑人吉姆找工作，帮助失业的工人菲利普挽回金钱损失，照顾房间里的人的生活，等等，然而住在这里的人却没有人领她的情。她自称是母亲的"好女儿"，但 30 多岁了却和男朋友在母亲家白吃白住 4 年，偷母亲的窗帘和地毯变卖，偷父亲的钱，间接导致他们各自的经济状况的衰退。她心地善良，同情弱者，任劳任怨帮助别人，但最终却参与了恐怖行动，造成无辜者的丧生。这所大房子被称为所谓的"共产主义中心联盟"，但他们"既没有中心，也没有联盟"。① 为了自己的目的，有的参加游行，有的试图参加爱尔兰共和军，有的参加绿色和平组织，只是为了攒钱买自己的房子。他们自称社会主义者，却从没读过马克思或列宁的著作。他们都对社会制度不满，说要为改变这个社会努力，但除了爱丽丝，大多数人对身边的人或事，如对身边吉姆的遭遇和菲利普的死，漠不关心，对爆炸死去的无辜者满不在乎。这些聚集着众多矛盾和悖论的人群却像一个大家庭一样生活在一所大房子中，这本身有着非常深刻的寓意，揭示了所谓政治的游戏性和不切实际性。

　　就象征意义来说，小说中的大房子是一个社会的缩影。在这个因为大房子而聚集起来的群体中，有以贾斯珀、波尔特等为代表的"上流社会"；爱丽丝、罗贝塔等所代表的"中层阶级"，以及以菲利普和吉姆为代表的工人"底层阶级"。玛丽和她男朋友代表着政府机构官员，而杰斯林代表着科技知识阶层的聪明和冷酷。贾斯珀和波尔特过着衣来伸手、饭来张口的日子。爱丽丝用各种手段挣来的钱，只要没有花掉就进入了贾斯珀的腰包。他们对于创造真正的生活和财富的爱丽丝、菲利普和吉姆等人毫无关心和同情之心，只沉醉于自己的"事业"——追求社会中自身形象的完美。爱丽丝所代表的中层阶级则不择手段，依靠坑蒙拐骗和偷盗来获得钱财，除了供养贾斯珀等"上流社会"的开支之外，竭力维持外表的体面和生活的舒适。虽然她们对下层社会的疾苦，如吉姆和菲利普的处境深表同情，也力图有所帮助，却对腐朽的官僚阶层无能为力。菲利普和吉姆所代表的下层民众虽然竭尽全力地付出，辛苦劳作，却得不到应有的尊重。吉姆被冤枉偷窃而出走，菲利普诚实工作，却一再被人克扣工资，最后悲愤自杀而死。玛丽作为政府官员帮助爱丽丝他们争取到了房子的暂时居住权，原来是出于私利，为了在自己无房居住期间作为暂时免费的落脚之处。一旦自己的房子有了着落，利用完他们，立即搬走，重新下达了房子的拆迁通知。杰斯林聪明、能干、潜心研究自己的爆炸装置。她只关心爆炸的威力和效果，而对于无辜的人被炸死，对朝夕相处的伙伴费伊的死无动于衷。通过这个人物，莱辛表达了对于

① Gayle Greene. *Doris Lessing*；*The Poetics of Change*，Ann Arbor；The University of Michigan Press，1994，p. 210.

科技阶层一味追求高科技，无视人的生命，而被恐怖分子利用的担忧。罗贝塔和凯瑟琳则代表了社会中仍然有良知的人群，但他们对群体组织的决定却无能为力。费伊和菲利普、吉姆一样，在被社会和家庭抛弃之后，又被所谓的"组织"利用，成了无辜的牺牲品。莱辛通过大房子这个整个社会的缩影，揭示了英国社会各阶层之间的矛盾和问题，鲜明地突出了他们各自的生存本质，用另一种方式，对英国社会进行了剖析。这部小说和《第五个孩子》一起构成了社会批判的姐妹篇。

第三节　《第五个孩子》

1988 年，莱辛的《第五个孩子》（*The Fifth Child*）问世，又激起了评论界的强烈反响。小说中大卫和哈丽特一家由于本的出生而遭遇的不幸强劲地冲击着人们的心，但同时也由于其人物明显的寓言化而使人们对其真实意图充满了猜测。有学者从圣经和心理学的角度分析其寓言性，也有人把它类比于《弗兰根斯坦》，认为它是一部家庭恐怖小说。①凯瑟琳·斯丁普森（Catharine R. Stimpson）认为莱辛的这部小说运用传统的现实主义手法是"为了让我们超越现实主义，让我们注意到那些我们盲目地希望和我们一样的'非我们'以及'和我们不同物种'存在的可能性"。②角谷美智子（Michiko Kakutani）认为莱辛在小说中"审视了自由和责任，个人痛苦和社会混乱之间的关系"。③著名的莱辛批评家简·皮克林认为它同莱辛其他的小说一样，探讨的仍是有关人类进化中遇到的问题，是 20 世纪人类状况的记录。④沙伦·迪恩（Sharon L. Dean）对"第五个"这个数字进行了独到的分析。他认为，"五"这个数字和神话有关。他根据《高文爵士和绿衣骑士》

---

① 前者的分析见 Jerre Collins & Raymond Wilson. "The Broken Allegory; Doris Lessing's *The Fifth Child* as Narrative Theodicy." *Analecta Husserliana*. Vol. 41（1994），pp. 227 - 291. http：// link. springer. com/content/pdf/10. 1007/978 - 94 - 011 - 0898 - 0_ 19. pdf#page - 2；后者见 Norma Rowen. "Frankenstein Revisited; Doris Lessing's *The Fifth Child*." *Journal of the Fantastic in the Arts*. Vol. 2，No. 3（1990），pp. 41 - 49。

② Catharine R. Stimpson. "Lessing's New Novel." *Ms*. Vol. 16，No. 9（May 1988），p. 28.

③ Michiko Kakutani. "Books of the Times; Family Relations, Society and a Monstrous Baby." *The New York Times*. March 30, 1988, Wednesday, Late City Final Edition. http： // www. lexisnexis. com/us/lnacademic/returnTo. do? returnToKey = 20_ T7509514982.

④ Jean Pickering. *Understanding Doris Lessing*. Columbia; University of South Carolina, 1990, pp. 191 - 196.

以及托马斯·布朗爵士的《居鲁士花园》，认为"'五'代表了不间断的繁衍和进化链"，在读者身上唤起的是一种"原型恐惧"。①特鲁迪·布什（Trudy Bush）认为这部小说主要讲怎样看待和我们不同的人。读了这本书，使读者改变了以前看待和自己不同人的方式。②迈克尔·派伊（Michael Pye）认为它描写了大自然对于人类狂妄自大的报复，是精神警示。"monster（怪物）"的词根拉丁文就是表示"警示"。③苏珊·沃特金斯认为小说对 20 世纪 80 年代的英国文化做出了回应。莱辛运用了"都市哥特"的形式，批评了当时"辩护式家庭价值观和对于社会动荡恐惧"的交织。④理查德·布洛克（Richard Brock）认为莱辛在这篇小说中反映了英国在英阿马岛战争影响下的仇外情绪，讽刺性地揭示了撒切尔主义不能持久，注定失败的内在矛盾性。⑤

故事梗概

大卫和哈丽特结婚后，一连生了四个孩子，在大卫父母的资助下，过着幸福的生活。然而随着第五个孩子本、一个怪胎的降生，灾难也随之来临。在亲友们的建议和安排下，本被送进了一个医疗机构终其一生。然而，哈丽特在看到本在医疗所遭受的虐待之后，出于母亲的本能，又把本抱了回来，最后导致了整个家庭的解体。哈丽特无奈对本放任自流，任其到社会上和不良青年在一起，不闻不问。本成了一个不回家的孩子，经常同街头惹是生非的问题少年在一起。

创作缘由

莱辛 1988 年接受伦敦记者采访时，谈到了创作这部小说的原因，"首先是我对那些侏儒感兴趣。世界上每个国家都有关于侏儒的传说。所以这些人有可能存在。然后我读了美国的散文家和考古学家劳伦·埃斯利（Loren

---

① Sharon L. Dean. "Lessing's *The Fifth Child*." *Explicator*. Vol. 50, No. 2 （Winter 1992）, p. 122.

② Trudy Bush. "Many Faiths, Many Stories." *Christian Century*. 117. 35 （13 Dec. 2000）; 1310. Rpt. in *Contemporary Literary Criticism*. Ed. Janet Witalec. Vol. 170. Detroit; Gale, 2003, p. 1310. Literature Resource Center. Gale. UC Berkeley. http：//go. galegroup. com/ps/start. do? p = LitRC&u = ucberkeley.

③ Michael Pye. "The Creature Walks Among Us." *New York Times Book Review*. Aug. 6, 2000. http：//lib. njue. edu. cn/new. http：//www. nytimes. com/s/list. php? id = 153.

④ Susan Watkins. "Writing in Minor Key." *Doris Lessing Studies*. Vol. 25, No. 2 （2006）, p. 7.

⑤ Richard Brock. "'No Such Thing as Society': Thatcherism and Derridean Hospitality in *The Fifth Child*." *Doris Lessing Studies*. Vol. 28, No. 1 （Winter – Spring 2009）, p. 7.

Eiseley）的书，描写看到的一个石器时代的尼安德特女孩的事情。那为什么我不能写一个丑妖怪呢？又回到侏儒人中？然后看到报纸上登了一封信，讲一个妇女生了许多孩子，其中一个被她称为魔鬼，毁了一家人的生活。所有这一切合在一起，形成了这本书。"① 1997 年再次谈起这一话题，莱辛补充说，这本小说是根据偷换孩子这个古老的神话故事以及一封妇女的来信编的。神话中仙人用一个怪物取代了原来的孩子，从而带来了灾难。"这是一个典型的说明英国的主题。"② 不过，最初导致莱辛写这本书的缘由却是对于阿富汗战争的愤慨。莱辛看到阿富汗被苏联侵略感到气愤，为什么不同民族之间会因为差异导致这么大仇恨呢？为什么不能和睦相处呢？所以才写了这部小说。1989 年 11 月在旧金山塞基·汤姆森对莱辛的录音采访中，莱辛还说道："写那本书的导火索是一种挫败感和愤怒——面对恐怖和恐惧无能为力的不妥协态度。那个主题进入了《第五个孩子》，但有点不一样。我们无能为力。我们是同谋。"③

小说结构和主题分析④

如果说利奥塔、德里达、福柯等后现代大师们从理论上阐述了 20 世纪后半叶人类的后现代状况的话，那么莱辛就在《第五个孩子》⑤ 中，从文本上对人类后现代状况作了寓言式的符码解读。

总体性的怪胎

法国著名后现代哲学家利奥塔认为，西方近代以来的哲学是以理性、主体、启蒙主义和对总体性的追求为前提的，其历史发展是总体性的思想特征。他在闻名于世的《后现代状况》一书中，具体考察了当代社会的知识状况。他认为，在西方存在着两种最重要的宏大叙事：法国的启蒙叙事和德国的思辨叙事。法国启蒙叙事的核心是人道主义，主张人人平等，自由。而德国的思辨叙事就是把科学的目的与意义纳入精神和道德的培养上。不同的

---

①　Claire Tomalin. "Watching the Angry and Destructive Hordes Go By." in *Doris Lessing*: *Conversations*. ed. Earl G. Ingersoll. New York: Ontario Review Press, 1994, pp. 175 – 176.

②　Jean – Maurice de Montremy. "A Writer is not a Professor." in *Doris Lessing*: *Conversations*. ed. Earl G. Ingersoll. New York: Ontario Review Press, 1994, p. 197.

③　Sedge Thomsom. "Drawn to a Type of Landscape." in *Doris Lessing*: *Conversations*. ed. Earl G. Ingersoll. New York: Ontario Review Press, 1994, p. 190.

④　这里部分内容摘自拙文《寓言与符号：莱辛对人类后现代状况的诠释》，《当代外国文学》2008 年第 1 期，第 139～145 页。

⑤　Doris Lessing. *The Fifth Child*. New York: Vintage, 1989. 书中的引文只标注出页码。

宏大叙事用不同的方式表达了同一个思想：即人类最终要达到一种自由、平等、理性和进步的生存状态。宏大叙事就是为各种知识提供理性标准的话语，意味着用一种普遍原则统合不同的领域，这种统合必然导致总体性的产生，而后现代哲学的任务就是向总体性开战。① 当利奥塔等后现代理论家以恢宏的气势在思想文化界对总体性和宏大叙事展开批判的时候，莱辛以她对西方文化特有的历史联系性，以深邃的目光在文本创作中对总体性进行了后现代主义的寓言式描绘。

小说中的人物表征了四个阶层的人。第一个阶层是以小说主人公大卫的父亲詹姆斯和继母杰西卡为代表的上流社会人物。詹姆斯是个造船主，在海内外都有自己的产业，而杰西卡从来都"没有在乎过钱"。他们对大卫一家慷慨大方，不仅为他们的房子付了抵押贷款，而且资助他们的孩子上学，还时不时地接济一下他们的日常生活。他们是试图用经济话语来统合一切的代表。第二个阶层是以大卫的生母莫莉和她的丈夫弗雷德里克——一位牛津的历史学家为代表的中层阶级。他们冷漠、孤傲，拒人于千里之外，又乐于对人对事评头品足，承担着社会评判人和理论话语决策者的角色，代表着保守的英国传统。大卫的岳母、哈丽特的寡居母亲多萝西属于第三阶层。她勤劳、热情，任劳任怨，无偿帮助大卫一家料理家务，照看孩子，是传统的贤妻良母。她是宏大叙事实践话语的表征。如果说这三个阶层是宏大叙事不同方式的表征的话，那么大卫和哈丽特夫妇这第四个阶层就寄寓了各种不同宏大叙事的历史承继的复杂性，表征后现代社会中宏大叙事的现代具象。他们俩都是同时代格格不入的"怪人"。大卫鄙视父亲的唯利是图和母亲的孤傲冷漠，但却继承了父亲的个性和母亲的孤傲。他崇尚自由，不断强调"每个人都要拥有自己的房间"。他行为保守，但喜欢幻想。哈丽特像她母亲一样观念传统，穿着落伍。在 20 世纪 60 年代性解放大行其道之时，仍然保持着处女之身。显然大卫和哈丽特分别继承了各自父母亲具有传统意味的品质，而他们对家庭的重视和渴望以及他们房子的维多利亚老式建筑风格和复古的家具摆设，更进一步表明他们对传统价值观的认可，因而他们的结合也表征着各种不同宏大叙

---

① 参见 Jean - Francois Lyotard. *The Postmodern Condition*：*A report on knowledge.* Minneapolis：University of Minnesota Press，1984。这里的总体性和莱辛的总体性思想不一样。这里的总体性是把一切纳入一个同一性或一致的框架中。而莱辛的总体性思想是用整体的眼光来看问题。

事在继承传统道路上的同一。这一点在莱辛对他们的生活方式作进一步的描绘中更加清楚。

大卫和哈丽特是在公司举行的一次年终晚会上一见钟情的。他们依靠大卫父亲詹姆斯的资助，购买了一套硕大的维多利亚式房子。他们计划在这栋房子里生养 6~8 个孩子，对设计中未来的理想幸福生活充满了憧憬。每年的传统节日，他们都会邀请所有的亲戚朋友来自己的大房子中做客。这里有足够的空间，而经济上的开支有詹姆斯的支持，实际的事务有多萝西操劳。这里汇集了来自世界各地、最"不可能聚在一起"的不同阶层的各色人等，大家其乐融融，各得其所。虽然他们本身既没有经济能力，也没有实际管理能力来维持这种大家庭的聚会。伴随着孩子接二连三地出生，他们也逐渐感到力不从心。然而他们却坚持着自己的信念，坚持这样传统的大家庭聚会，把一切差异统一到一个整体中来，追求传统的理想家庭，追求完善，这是他们一贯的理想，哈丽特辩解说，"也是每个人都真正想要的生活"。而他们俩是"家庭的中心"，他们如胶似漆，疯狂做爱，第一个孩子就在众人的祝福声中不期而至了。这是一幅多么幸福的大家庭的图画啊！大卫和哈丽特满足地看着这一切，觉得这真是一个"奇迹"。然而，奇迹和幸福的背后却潜藏着危机，因为这种统合一切的"宏大叙事"必然导致"总体性"的产生，而在后现代社会，这种总体性只能是一个不合时宜的怪胎。

本出生了。这里我们注意到，从哈丽特孕育本的开始，她就一直在用"它"，或指物的指示代词"that"，或"物体"来指本这第五个孩子，并把"它"比喻为"妖怪""妖魔"或"妖人"。而本作为五个孩子中唯一一个在医院出生，同科学机构挂钩的孩子，最终完成了它作为多种宏大叙事结合而成的第五个阶层——总体性怪胎的寓言性使命。如同利奥塔在他的著作中一再指出总体性的虚妄本质一样，莱辛以本的怪诞为总体性画了一个令人震惊的句号。本的出生导致了大家庭聚会的终结，也消解了大卫和哈丽特的家庭中心。而本的外貌和言行举止所导致的家庭的最终分崩离析既是莱辛对后现代社会思想状况的精辟的分析和展示，其寓言性也体现了莱辛对思想文化界后现代理论之争的深刻理解。

上帝的骗子

如果说莱辛对社会阶层的划分是从历史的高度在社会层面对总体性解体过程的寓言性描述的话，那么，大家庭聚会被安排在圣诞节和复活节这样的宗教节日里，就是莱辛对于精神层面信仰失落的后现代状况而作的进一步寓言式解读。我们注意到，从大卫和哈丽特的第一个孩子卢克降生，每一次大家庭聚会都安排在圣诞节和复活节。而提到的最后一次家庭聚会是在本三岁过后的圣诞节。根据基督教教义，耶稣是在死去的第三天后复活的。因此这里复活节家庭聚会的缺失蕴含着深刻的寓意。家庭中除本以外的四个孩子分属于四个阶层的亲戚，三个相继离开家庭，不仅意味着大家庭的解体和总体性的失败，更由于其和宗教节日的联系表明人们精神信仰这种宏大叙事的不再。从尼采的上帝之死对宗教信仰的动摇，到巴尔特的作者之死，再到德里达的主体的消失，包括宗教信仰在内的宏大叙事到了后现代已失去了以往的精神凝聚力。在后现代，基督已不再是上帝的儿子，那么他变成了什么？

莱辛在小说中利用人物同圣经中人物的对应和颠覆对人们的精神状况做了更进一步的揭示。小说伊始，莱辛就对主人公大卫和哈丽特购买了大房子之后的幸福生活进行了详尽的、夸张的渲染。"多么幸福啊！当……他俯下身子吻着她，轻抚卢克的头发，向她说再见时，他带有一种强烈地拥有感。对此她理解，也喜欢，因为他拥有的不是她自己或孩子，而是幸福，她和他的幸福。"举行家庭聚会时，"听着传来的人们的欢声笑语，孩子们的嬉戏声，哈丽特和大卫或是在卧室，或是在下楼梯，他们总是不由自主地牵起对方的手，微笑着，觉得空气中都充满了幸福"。所有这一切似乎都表明，他们如同生活在伊甸园里的亚当和夏娃，对于他们所要面临的危险和困境一无所知。而作者屡次暗示了危险的存在和结局。"花园一直没人照料，似乎永远没有时间来管它。"就像亚当违背上帝的意愿偷吃禁果一样，大卫随情而至，在还没有经济能力及一切均未安顿好的情况下，违背初衷，一再使哈丽特怀孕，终于酿成了不可挽回的后果。本的降生终于把他们逐出了自己的伊甸园。哈丽特也一直有种负罪感。她说："我是一个罪人。""问题是，你会习惯了地狱的生活……同本待一天后，我觉得除了本，一切都不存在了。"

本的降生更是具有强烈的宗教寓意。本刚生下来，就"用腿蹬她的肋骨"，"好像试图站起来"。他长得像神话中的"巨人"或"妖怪"。当哈丽特第一次给他喂奶时，他"看着她，狠狠地咬下去"。后来本的一系列行为，诸如，杀死狗和猫，扭伤保罗的手臂等，逐渐破坏了家庭的幸福。作者显然是把他作为一个撒旦式的人物来描绘的。这不禁使我们想起了英国著名诗人叶芝的《第二次来临》：

>　……
>
>　第二次来临！这几个字还在口上，
>　出自世界之灵的一个巨大形象，
>　扰乱了我的视线：沙漠中的某个地点，
>　一具形体，狮子的身，人的面，
>　像太阳光一般，它那无情的凝视
>　正慢慢地挪动它的腿，到处是
>　沙漠中鸟儿的影子，翅膀怒拍，
>　黑暗又降临了，但我现在已明白，
>　20 世纪的死气沉沉的睡眠
>　给晃动的摇篮摇入恼人的梦魇。
>　什么样的野兽，终于等到它的时辰，
>　懒洋洋地走向伯利恒，来投生？①

　　《圣经》中预言耶稣将"第二次来临"，带来太平盛世，又预言会有一个"伪耶稣"到来，在人间作恶。叶芝在这首诗中，借用《圣经》，表达了对现代社会的忧虑。莱辛在小说中，以寓言的方式把叶芝的忧虑变成了现实。本对这个家庭而言就是一个"伪耶稣"，而真正的耶稣，上帝的儿子，由于复活节的缺失，寓意没有复活。本是降临这个家庭的"野兽"，给这个家庭带来了巨大的灾难并使之解体。但是莱辛所要表达的寓意远远不止于此。

　　本的降生使原本幸福的家庭即将解体。在亲友们的建议和安排下，本被送进了一个医疗机构终其余生。然而，出于母亲的本能，哈丽特在看到本在医疗所遭受的虐待之后又把本抱了回来。我们注意到，尽管哈丽特不愿本就这样被虐待致死，但她并不是出于爱这个孩子，她只是不愿意自己背负一个杀害自己孩子的罪名而已。她宁愿支付高额费用，使他远离自己的视线。她放任本跟社会上的不良青年一起为非作歹，强奸抢劫，最后不知去向，而心中居然没有一丝愧疚。而我们还注意到，从本的孕育到本的降生和成长的过程中，不管是哈丽特的家庭医生布雷特，还是为本做鉴定的医生吉利，以及

---

　　① 〔英〕叶芝：《第二次来临》，裘小龙译，《丽达与天鹅》，漓江出版社，1987，第 161 页。

学校的老师，都拒绝公开承认或证明本是一个异常儿童。然而，他们却直接或间接地支持或导致本的自生自灭。医生布雷特在哈丽特怀孕期间就大量地给她吃镇静药，而本也是在亲人和医生的合谋下，被送入了必置人于死地的所谓的医疗所。学校的教师对本的教育也明显放任自流。很清楚，莱辛通过他们公开的言行和实际行为之间的不一致，深刻地揭示了他们同哈丽特一样，让本活着，只是为了摆脱自己应负的责任而已。本，这个"伪基督"已成为人们粉饰自己，逃脱责任的幌子。本已成为人们的心魔。在这里，莱辛用寓言的方式一针见血地指出了宗教信仰在后现代已沦为一种装饰的本质。而上层社会对本表面的承认和下层社会对本所谓的接纳，表明本已成为某些人达到自己目的所利用的工具或借口。上帝的儿子在后现代已成为了上帝的骗子。这一点在《第五个孩子》的姐妹篇《本，在人间》中得到了更淋漓尽致的揭示和论证。

符号的世界

莱辛在《金色笔记》的前言中说："我的主要目标是创作一部能够不言自明的作品，一个无言的声明：通过它创作的形式来说话。"[①] 的确，莱辛的几乎每一部书都是在用形式述说着她所要表达的主题。而《第五个孩子》也不例外，不过在这部小说中她的技艺更高一筹。如果以前的小说是在用外在的形式说话，那么这部小说就是用内在的寓言本身，用更隐蔽的方式意指后现代符号化的世界。波德里亚认为，在后现代消费社会，物品已不单是商品，而已成为符号，符号价值高于交换价值和使用价值。[②] 而莱辛认为，不仅如此，在后现代社会，人也沦为符号了。实际上，德国哲学家卡西尔在符号学理论研究中，早就把人定义为"符号的动物"，并把人类文化的各个方面看成是符号化行为的结果。在当代符号学理论的研究中，意大利符号学家艾柯和苏联塔尔图学派的洛特曼又把符号形式同文化和意识形态内涵联系起来。[③]莱辛认为人的符号化是意识形态权力机构对人的社会化结果。在这本小说中，成人是社会阶层所代表的文化和意识形态权力机构的符码，而小孩的成长过程实际上就是这种机构对孩子进行权力控制和社会符码化的过程。

大卫的父亲詹姆斯是上流社会文化和意识形态权力机构的符码象征。大

---

① Doris Lessing. "Preface." *The Golden Notebook*. Frogmore；Panther，1973，p. 14.

② 转引自张法《二十世纪西方美学史》，四川人民出版社，2003，第299～303页。

③ 参见朱立元《当代西方文艺理论》第2版，华东师范大学出版社，2005，第249～250页。

卫和哈丽特的大儿子卢克刚出生，他就通过经济的手段控制着这个孩子的成长。卢克从婴儿时期开始享受的优越条件到后来接受良好教育，包括假期在祖父家度过，一直处于祖父的直接影响下，所以最后卢克离开家，直接住到了祖父家，成为上流社会的一员，表明了这种意识形态权力机构对他社会化、符码化的成功。大卫的母亲莫莉和继父表征的是英国的精英文化传统。他们具有典型的英国人的特征：高傲、冷漠而又一毛不拔。他们的人生是由字符引导，而不是由实际行动来书写的。他们对其他人的行为进行社会评判和权威性的指导，凸显于电话遥控詹姆斯对大卫一家提供经济援助和直接操纵把本送入医疗所。大卫和哈丽特的第二个孩子海伦就是在他们的直接控制下成长的。海伦不仅享受到和卢克一样的祖父的金钱资助和良好的教育，而且在假期大多是和祖母一家待在一起，直到最后和他们住在一起，成为他们这个阶层的继承人符号。而大卫的第三个孩子简由于出生时已显多余而不受祖父母宠爱，因而得到外婆多萝西的更多照顾。在外婆的直接影响下，她和外婆一样具有同情心，最后离开家同外婆住在一起，共同照顾姨妈家的智障妹妹，成为劳动阶层的符码。

大卫和哈丽特所代表的文化和意识形态符号比较复杂。他们既表征保守的维多利亚文化传统，崇尚家庭和谐和试图沟通一切差异，又是家庭破碎的直接受害者，从而造成古怪和不合时宜的性情。因而，他们兼具宏大叙事的总体性思想特征在小说中的双重含义：统合一切差异的"大家庭"式理想和后现代社会中它的不合时宜。前者由来他们家做客的小学生布丽奇特所表征，而后者由他们的第四个孩子保罗代表。布丽奇特由于生活在一个破碎的家庭，对家庭的温暖充满了渴求。她的英文名字 Bridget 是"桥梁"的意思，本身就带有很强的寓意。她希望在父母之间以及不同的人们之间架起一座沟通的桥梁，试图融合差异，搞社会大同，是大卫和哈丽特总体性理想的翻版。而保罗表征的是他们同现实格格不入的一面。保罗出生后不久，哈丽特就怀上了本。哈丽特在怀孕期间由于身体的种种不适而性情反常、脾气乖张，和大卫以及其他人关系异常紧张，这直接导致了对保罗的忽视，影响了保罗的成长。作者几次描写道："保罗躺在小床上哭，没有人管。"在本出生后，保罗几次试图对本表示友好，但身心却备受伤害并险遭不测。从此，他变得任性、敏感、多疑，成了比本心理问题"更糟糕"的孩子。从保罗的身上，我们不难看出哈丽特和大卫心理扭曲的影子。

而本的寓言性和符号化更像一面多棱镜，不仅折射出后现代社会中宏大叙事本身的碎片化过程，而且更重要的是，揭示了社会意识形态权力机制对人的社会化控制过程和新的走向。从哈丽特怀上本伊始，权力机制对人的社会化控制实际上就已开始。为了抗拒体内的不适，哈丽特就以不停地走动或吃镇静药来控制本的躁动。她把本看作自己的"敌人"，同体内的本对话、"战斗"，并不断用吃药来威胁"它"，而"它"似乎都能听懂。当本"同整个世界搏斗"着顽强地出生了以后，哈丽特使用了一切办法来规范他，教化他，但她的努力一次次都失败了。最后在莫莉等亲戚的策划和帮助下，本被强制送进了某个医疗所。当哈丽特出于母亲的本能驱车去看本时，哈丽特被医疗所的情景惊呆了。"她站在一个长诊室的尽头，沿墙是一溜婴儿床和小床。婴儿床上是——一些怪物。当她大步穿过诊室，走到诊室另一头的门口时，她可以看到每个婴儿床或小床上都有一个严重或轻度变形的婴儿或小孩。有个婴儿像个逗号，肉桩似的身体上有一个硕大的头低垂着……还有一个像长虫子似的东西，僵硬脆弱的四肢上有一对巨大的眼球向外突出……一个小女孩整个看不清模样，肉翻着，脓水横流……一个四肢肿胀、皮肤灰白的像木偶似的孩子睁着大而无神的蓝眼睛，如池塘般幽深。它嘴巴张着，露着肿胀的小舌头……他们都吃了药，神志不清……弥漫着一股比消毒水还浓烈的粪臭味。"而本在另一个房间"躺在铺着绿色海绵床垫的地上，已失去知觉。他浑身赤裸，被捆在一个囚衣里。淡黄色的舌头从嘴里伸出，耷拉着。他的皮肤呈死样的灰白和青紫色。所有的一切——墙壁、地板和本——到处都涂满了粪便。一滩深黄色的尿从地铺上流出来，地铺已湿透了"。与其说这是治病的场所，不如说是折磨人的魔窟。这里，莱辛以寓言的形式揭示出权力机构对人的社会化控制已经到了摧残人性的程度。当本回到家里，只要他有任何不合社会规范的行为，哈丽特就用再一次把他送进医疗所进行威胁。就这样，在家庭和社会机构的双重压力下，本逐渐开始规范自己的行为。他不再大喊大叫，甚至学会并牢记住以"红灯停，绿灯行"为象征的社会规范符码，成为一个"半社会人"。

然而，本的符号意义折射出的还远不止如此。在后现代社会，传统的价值观、道德观等传统意义上的宏大叙事等都已被打碎，但它并没有消失。它已经转化为权力机构在对人的社会化控制过程中的一件合法外衣——就像哈丽特以"母爱"的名义把本接回家却放任不管，学校以高尚的教育名义要求像本一样的孩子接受教育而不作为，医疗所以人道的名义治病却干着非人道的勾当，等等。莱辛试图证明：在后现代社会，社会权力机构在把人规训为意识形态符号的同时，也为宏大叙事披上了一层合法而高尚的外衣，成为更光明正大控制人们所利用的工具。宏大叙事在新时期的这种走向更值得关注。本最后沦为危害社会的"问题青年"使我们想起了福柯的命题：到底谁才是真正的疯子？

莱辛以她的睿智把她对时代的理解化成了寓言，以寓言所承载的符号形式和寓意天衣无缝的契合对人类的后现代状况作了淋漓尽致的揭示。她以文本寓言这种不同于后现代理论家们的方式提出了宏大叙事的合法化问题，振聋发聩，又发人深思。她的游牧者思维使她能够徜徉于时代之中，又具有俯瞰世界和历史的眼光，超越时代。她以寓言的象征符号应对后现代的符号世界，对人们后现代社会文化心理状况的解读既入木三分，又合情合理，不露丝毫人工雕琢的痕迹。而这正是她有别于其他寓言小说家的高明之处

莱辛实际上通过这篇寓言小说谈了多层次非常普遍的问题：一是怎样对待异质文化的问题：世界上的战争缘由都是由于各种不同种族、不同文化之间的差异而导致的争端引起的。实际上，人类是一个大家庭，无论何种民族都是家庭的一个孩子。如果不善待它，就会导致整个家庭的解体。我们不能把一切具有不同个性的孩子全部都按照一个模式或既定的模式来培养或看待，否则必然会导致整个世界不同文化间的冲突和战争。二是过度的对于大自然母亲的开发和滥用导致了自然怪胎的产生。自然的过度开发必然导致质量的下降和自然的报复（本的报复）。三是科学家的急功近利；电影人的唯利是图，等等。"如果你是一个文明的民族……然后，我们就有责任做一些事。然而我们所做的事情经常会产生我们不会必然预见到的不幸的后果。"①

---

① Claire Tomalin. "Watching the Angry and Destructive Hordes Go By." in *Doris Lessing*: *Conversations*. ed. Earl G. Ingersoll. New York: Ontario Review Press, 1994, p. 177.

第六章
90 年代小说

第一节　《又来了，爱情》

评论概述

1996 年莱辛发表长篇小说《又来了，爱情》（*love，again*）。评论界一般来说把它归类为有关老年妇女爱情的故事。莫琳·克里根（Maureen Corrigan）认为这是一本"思考老年和浪漫爱情的令人激动又使人不安"的小说。[①] 而《华尔街日报》声称"多丽丝·莱辛创造了迷离复杂而清晰的结构，优美地诠释了像恋爱这样一种熟悉而又深度陌生现象的方方面面"。[②] 露丝·布莱登（Ruth Brandon）也认为它的主题就是爱情。[③]施吕特对小说评价颇低，认为有些情节如最后公园的的情景虽然"很吸引人"，但却是"随意的装饰"。[④] 米莉森特·贝尔（Millicent Bell）指责莱辛放弃了她一贯涉及的传统宏大政治和社会问题，陷入"一种迷恋爱情的偏狭之

① Maureen Corrigan. "Improbably Star – Crossed." *The Nation*. Vol. 262，No. 18（6 May 1996），pp. 62 – 63. Rpt. In *World Literature Criticism Supplement*. 2. Rpt. in *World Literature Criticism*，*Supplement* 1 – 2；*A Selection of Major Authors from Gale's Literary Criticism Series*. ed. Polly Vedder. Vol. 2. Detroit；Gale，1997，pp. 62 – 63. Literature Resource Center. Gale. UC Berkeley. 21 Sept. 2009. http：//go. galegroup. com/ps/start. do？p = LitRC&u = ucberkeley.

② Doris Lessing. *love*，*again*. New York；Harper Perennial，1995. Flypage.

③ Ruth Brandon. "Venus Observed." *New Statesman and Society*. Vol. 9，No. 398（12 Apr. 1996）pp. 38 – 39. Rpt. in *Contemporary Literary Criticism*. Ed. Janet Witalec. Vol. 170. Detroit；Gale，2003，pp. 38 – 39. Literature Resource Center. Gale. UC Berkeley. 21 Sept. 2009. http：//go. galegroup. com/ps/start. do？p = LitRC&u = ucberkeley.

④ Paul Schlueter. "Review of *love*，*again*." *Doris Lessing Newsletter*. Vol. 18，No. 1（1996），p. 1.

见"。①安娜·莱兹（Anna Latz）认为萨拉在经历了爱情的失败后，最终不得不承认自己年老的事实，并认识到只有死亡才能带给她真正的自由。② 朱丽叶·奥法兰（Julia O'Faolain）从艺术的角度来探讨这部小说，认为它是一本"具有层层主题和模式"的小说。"虽然她充满感情，但是她用冷静的眼神看自己的小说，'仿佛简·奥斯汀在重新书写《简·爱》'"，同时，她又批评说，"虽然它集智慧的评论与贴切的说明于一体，但却缺少小说的第一或基本要素：它没能吸引、煽情或感动。或许它本来就没有打算这样做。"③希拉里·曼特尔（Hilary Mantel）认为在萨拉这个人物身上，我们可以看到许多版本、各个年龄段的莱辛。④ 1999 年，帕拉吉斯认为莱辛小说中除了强制性的社会机构阻碍人们之间的理性交往和对社会的改良之外，还存在着"婴儿和童年时期就已经形成的潜意识思维或感觉模式"并形成障碍，因此，人们必须要先认识到这些阻碍，然后才能超越这些既定的思维模式，重新认识自我和现实。"两种主题模式不断伴随着这种精神上的发展：漩涡和喷泉。"漩涡指的是在一种强烈情感支配下，具有自我毁灭性质的向下或向内的吸引力，而喷泉指的是脱离自我沉溺，从而敞开接受其他知识，从而获得精神上客观观察世界的力量。隐藏在喷泉意象中的是第二次水流回中心运动，象征着不再沉溺自我，而是理性和客观地对自我的重新认识和感悟。在小说中，主人公萨拉就经历了这样精神上的"感情堕落"和重新认识自己的过程。⑤鲁宾斯坦认为它展示了"强

① Millicent Bell. "Possessed by Love." *Partisan Review*. Vol. 64, No. 3 （Summer 1997）, pp. 486 – 488. Rpt. in *Contemporary Literary Criticism*. Ed. Janet Witalec. Vol. 170. Detroit; Gale, 2003, pp. 486 – 488. Literature Resource Center. Gale. UC Berkeley. http：//go. galegroup. com/ps/start. do? p = LitRC&u = ucberkeley.

② Anna Latz. "The Quest for Freedom in *Love*, *Again*." *Doris Lessing Newsletter*. Vol. 18, No. 2 （1997）, p. 13.

③ Julia O'Faolain. "Objects of Eros." *Times Literary Supplement*. 4853 （5 Apr. 1996）, pp. 27 – 29. Rpt. in *Contemporary Literary Criticism*. Ed. Janet Witalec. Vol. 170. Detroit; Gale, 2003, pp. 27 – 29. Literature Resource Center. Gale. UC Berkeley. http：//go. galegroup. com/ps/start. do? p = LitRC&u = ucberkeley.

④ Hilary Mantel. "That Old Black Magic." *New York Book of Review*. Vol. 43, No. 7 （April 18, 1996）. http：//www. nybooks. com/articles/664.

⑤ Phyllis Sternberg Perrakis. "The Whirlpool and the Fountain; Inner Growth and *Love*, *Again*." In *Spiritual Exploration in the Works of Doris Lessing*, ed. Phyllis Sternberg Perrakis Westport; Greenwood Press, 1999, pp. 83 – 84.

大的内外势力，去阻止妇女朝着真正爱欲平等的进步"。① 进入 21 世纪，对这部小说的解读仍然没有什么突破，学者们只是拓展了横向比较的研究维度。露丝·奥·萨克斯顿（Ruth O. Saxton）和泰格都从结构和主人公的角度比较了莱辛的《又来了，爱情》和《最甜的梦》。前者主要聚焦于老年妇女、年龄和性快乐，② 而后者则历数了主人公萨拉和小说中戏剧女主角朱莉的许多类似，详细分析了嵌在结构中的心理呼应。她还对小说副标题进行了解读。③《泰晤士报》网上刊登文章说："《又来了，爱情》是一部优秀的令人困惑的对浪漫爱情进行分解剖析的书。"④

故事概述

女作家萨拉·达勒姆今年 65 岁，是一个能干、精力旺盛的"青鸟剧团"经理。虽然剧团不大，但汇集了包括萨拉在内的四位精兵强将：约 40 岁负责公关的单身玛丽·福德，已婚且有一个孩子的罗伊·施特劳斯，以及忧郁、敏感、聪明、多才多艺的大男孩，同性恋者派垂克·斯迪尔。来自加州的美国人斯蒂芬·艾灵顿-史密斯是"青鸟剧团"的赞助商，现居住在离伦敦不远的牛津郡乡下一所"女王御赐"的大庄园中。萨拉和斯蒂芬根据传说的发生在 19 世纪末 20 世纪初法国的一个悲惨的爱情故事各自写了一个剧本，后结合成一个剧本准备上演。传说故事的女主角朱莉·韦龙原本是法属殖民地马蒂尼格岛上一个白人种植园主和当地情妇的混血儿。接受了良好教育的朱莉美貌才艺兼备，和一个法国军官保罗相爱，但回到法国，却被其家庭拒绝。朱莉在小镇旁的森林小屋独居。一年之后，保罗被迫和别人结婚离开了她。此后，朱莉又爱上了当地的名门望族罗斯唐家的公子雷米，并生育了一个孩子。在孩子不幸夭折之后，雷米又被迫抛弃了她。此后，朱莉以

①　Roberta Rubenstein. "Feminism, Eros and Coming of Age." *Frontiers*. Vol. 22, No. 2（June 2001），p. 19. Rpt. in *Contemporary Literary Criticism*. Ed. Janet Witalec. Vol. 177. Detroit；Gale, 2004，pp. 1 – 19. Literature Resource Center. Gale. UC Berkeley. http：//go. galegroup. com/ps/start. do？p = LitRC&u = ucberkeley.

②　Ruth O Saxton. "Sex after Sixty；*love again* and *The Sweetest Dream*." in *Doris Lessing*：*Interrogating the Times*. ed. Debrah Raschke, Phyllis Sternberg Perrakis, and Sandra Singer. Columbus；The Ohio State University Press，2010，pp. 202 – 210.

③　Virginia Tiger. "*love*, *again* and *The Sweetest Dream*；Fiction and Interleaved Fictions". In *Doris Lessing*：*Interrogating the Times*. ed. Debrah Raschke, Phyllis Sternberg Perrakis, and Sandra Singer. Columbus；The Ohio State University Press，2010，pp. 133 – 148.

④　Anonymous. "Doris Lessing." *The Times*. January 5，2008. http：//entertainment. timesonline. co. uk/tol/arts_ and_ entertainment/books/article3084472. ece.

教音乐和绘画为生，在当地人鄙视而又好奇的眼光中独立谋生。几年后，当地的印刷铺老板向她求婚。就在结婚前夕，朱莉自杀身亡。数年后，朱莉的音乐被罗斯唐后人发现，重新演奏，一举成名。她的日记和画册也得以出版。在剧本的排练、彩排、改编和在法国、斯蒂芬家的庄园以及伦敦的演出过程中，剧组负责人、来自世界各地的赞助商、外聘导演和各地负责演出事宜的人、几次演出招聘的不同演员，以及一系列相关人物像剧本中的朱莉一样纷纷卷入爱情的旋涡。斯蒂芬爱上了剧本中的朱莉不能自拔，最后自杀身亡。萨拉前后爱上了扮演保罗的年轻男演员比尔和 30 多岁的已婚导演亨利，痛苦不堪，最后终于抵制住诱惑，但不再主管剧团的事务，而由索尼娅·罗杰斯接替。索尼娅·罗杰斯把朱莉爱情的剧本改编成了悲剧结局的浪漫音乐剧《幸运乐章》，也叫作《朱莉》，大获成功，开始在世界各地巡演。

创作缘由与故事原型

莱辛在 1998 年接受采访时承认自己在 65 岁时真的陷入了爱河。她说："我感兴趣的是，到底爱情的演变功能是什么？它显然没有什么目的，和生殖也没有什么关系。我谈的不是被吸引或决定结婚，我谈的是坠入爱河，谈得是欲念。这是吸引我的地方。我看不出它的意义，看不出它有什么用处，然而它是如此强烈，破坏性如此之强，如此狂暴——这是在写《又来了，爱情》时吸引我的。"莱辛虽然承认自己陷入了爱河，但她不认为这有什么关系。老年人常常陷入爱情，爱上比自己小很多的年轻人。陷入爱情之后，非常伤心，这是原来从来没有体验过的，非常痛苦，明白为什么有人会自杀。这是身体上的一种痛苦。她说："我们的文化是一种崇尚痛苦的文化。"[①] 在实际生活中，莱辛在自传中还提到，她和 20 世纪 30 年代到 60 年代以演喜剧电影闻名的英国戏剧家、演员麦勒森（William Miles Malleson，1888－1969）是好朋友。他的爱情生活非常丰富，曾结过三次婚，是莱辛短篇小说《爱的习惯》（*The Habit of Loving*）中人物的原型。[②] 这有可能是《又来了，爱情》情节的依据。另外，莱辛在《我的皮肤下》提到，当年在南罗德西亚玛兰德拉（Marandellas）区居住期间［莱辛家住班克特（Banket）区］，那家的男主人非常孤独，他负责照顾莱辛。他家的两个女

---

① Cathleen Rountree. "A Thing of Temperament; An Interview with Doris Lessing." London, May 16, 1998. *Jung Journal: Culture & Psyche*. Vol. 2, No. 1 (2008), pp. 67–68.

② Doris Lessing. *Under My Skin*. London: Harper Collins Publishers, 1994, p. 215.

人，包括他的妻子是女同性恋。① 这应该就是斯蒂芬的原型。

小说的题目蕴意与结构、主题分析

这部小说的题目原文是 *love，again*，被翻译成《又来了，爱情》。的确，从表面看，爱情是这部小说情节的关键词。从人物层面上看，不论是小说的主人公萨拉，男主人公斯蒂芬，小说中出现的所有主要人物，乃至剧本本身的人物都卷入了一段或几段爱情旋涡。在这些情感纠葛中，剧本中一百年前的人物，主人公朱莉的感情经历成为一个参照物，和现代社会中发生的故事形成了多重对照。这种对照不是静态的、机械的，而是动态的和能动的，因而成为小说人物生活的一部分，并互为说明。它和萨拉的感情经历构成了第一个参照组，和斯蒂芬的感情经历构成了第二个参照组，并且也是所有其他人情感经历的参照物。从社会层面看，围绕日记中和博物馆原创乐谱里的朱莉，小说中前后出现了两个剧本：一个是萨拉与斯蒂芬共同改编并上演的剧本《朱莉·韦龙》，另一个是后半部分索尼娅·罗杰斯主管的剧组演出的音乐剧《幸运乐章》或《朱莉》。这两个剧本构成了第一个社会参照组。剧中出现的作为孩子的朱莉和小说中出现的几对孩子构成了第二个社会参照组。如萨拉的侄女乔伊斯以及她的那些朋友们、萨拉的弟弟、公园的母亲和两个孩子等。

我们注意到，莱辛的这部小说题目中的英文原文都是小写，而且两个字中间还有一个明显的逗号。这看似随意，但实则富有深意。我们知道，love并不是"爱情"的专利，它更广泛的意思是"爱"，也就是包含了世界上各种"爱"的情感。从这个意义上，再看书中的人物和经历，我们的视野就扩大到了书中所有的人，包括书中的次要人物，萨拉的弟弟一家、导演亨利一家、斯蒂芬一家、同性恋者、妓女、萨拉的侄女乔伊斯和她街上的混混朋友等。这里表现的就不仅是一个人或几个人的爱情，而是众多人的爱情（传统的爱情、畸形的恋母之情、调情、同性恋情等），而且不仅是爱情，还有友情、亲情〔母子之爱（公园的女人）、母女之爱（乔伊斯和母亲安妮）、父子之爱（斯蒂芬和儿子；亨利和儿子）、萨拉和侄女之间、姐弟之间的亲情、同事之间的友情〕。此外，剧团里的人来自五湖四海，有的来自美国，有的来自法国，有的有意大利血统等，表明了这是一个世界的缩影——世界上所有的人都需要爱。这就是小写"爱"所包含的广义之情。再

---

① Doris Lessing. *Under My Skin*. London：Harper Collins Publishers，1994，p. 139.

结合用逗号隔开的"又，再"，莱辛显然写的是《再谈爱》。莱辛实际上想说的是：爱是人生俱来的一种需要，就像吃奶一样。"食色，性也"。无论种族、地域，任何人都需要爱的滋养。"恋爱就是记住一个人就是流亡之人。"[①] 莱辛的这句话颇有深意。人孤独的生活在这个世界，需要爱就像流亡的人需要家的温暖。没有爱的人类就会产生罪恶，就会有杀戮、仇恨和战争。有了爱就会避免仇恨，就像小说中的索尼娅和罗杰斯从仇敌化为情侣，并创造出了大受欢迎的新剧。小说中人物来自世界各地的背景实际上已经告诉大家，这就是现实世界的缩影。"又"或"再"所表达的含义是：重温我们人类充满了仇恨和战争，充满了杀戮和血腥的历史，今天有必要重新审视爱这个古老而永久的话题。莱辛在此借助于"love"的多义语，通过貌似爱情的故事来阐释最宏大的哲学主题：爱的不可或缺性。而"爱"就像一把钥匙，可以打开人们心灵的窗户，使人们敞开胸怀。这样就没有解决不了的社会矛盾和问题。

不仅如此，莱辛运用剧本套剧本这种古老的技巧，把历史和今天结合起来，借古喻今，在阐释这古老而又现代的话题过程中，通过多项参照组的比对，展开了对于各种社会问题的探讨。莱辛认为，爱的缺失是造成现代各种社会问题的罪魁祸首。

首先，就剧本中朱莉的爱情故事和小说中的主人公萨拉这第一参照组来说，100 年前朱莉由于出身卑微，从而遭到两个恋人家庭的反对，最后绝望自杀。她的悲剧可以说是欧洲白人社会长久以来所形成的种族和等级偏见所造成的。小说中生活在 20 世纪 80 年代末的萨拉爱上了比自己年轻许多的两个男人，但却在社会普遍的对于老年女性在年龄上的歧视，而深陷犹豫和痛苦之中。对于 65 岁的老人来说，谈情说爱本身就是不可思议的，而爱上和自己儿子年龄相当的男性似乎更是一件可耻的事情。朱莉和萨拉的日记都真实记录了他们在社会压力下那种极度痛苦的心理活动。莱辛把一个长久被人忽视的有关老年人的情感问题不仅真实地揭示出来，而且把现代社会的偏见和 100 年前的种族歧视和等级制糟粕并置，更凸显了现代社会这种偏见的落后、荒谬和愚蠢。

其次，就朱莉的爱情和小说中剧团赞助商斯蒂芬的爱情这第二参照组来说，原来剧本《朱莉·韦龙》中朱莉的两任男友都屈服于社会的压力而背

---

① Doris Lessing. *love*, *again*. New York：Harper Perennial，1995，p. 350.

弃了自己的爱情。那么，他们后面的婚姻状况会怎么样呢？现代乡绅斯蒂芬的婚姻经历更像是《朱莉·韦龙》的续集。在外人眼里，他拥有门当户对的婚姻和维多利亚女王御赐的豪华庄园。妻子伊丽莎白美丽知性，举止高雅，三个孩子聪明可爱。他和妻子还有相同的对艺术的爱好，庄园里经常高朋满座，或举行盛大的音乐会，或戏剧表演，热闹非凡。但不管来多少客人，不管怎样复杂的事务，在拥有非凡能力的伊丽莎白管理下，一切都显得井井有条，有条不紊，呈现一片欢乐祥和夫妻琴瑟和谐的图景。然后这种幸福生活的背后却隐藏着巨大的秘密：伊丽莎白和他们的女管家是同性恋恋人！伊丽莎白原来有过一段刻骨铭心的恋情，然而为了斯蒂芬的金钱却背弃了自己的爱人，嫁给了一个自己不爱的人。其后果就是发展出了这种畸形的恋情，并且深深地伤害了斯蒂芬。斯蒂芬在极度的痛苦中把剧中美丽的朱莉作为自己的爱恋对象，但就像朱莉被两个爱人抛弃，在第三个恋人爱上她并坚持娶她的最后时刻自杀了一样，斯蒂芬也经历了和死去的朱莉以及扮演朱莉的两任演员的情感纠葛，并在被前两者抛弃，被后者苦苦追求中，精神崩溃，自杀身亡。通过这组对比，莱辛试图揭示出无论古今，没有爱情的婚姻终究会产生蝴蝶效应，导致社会更大的悲剧，伤害更多的人。

　　莱辛并没有停留在通常的个人情感上面，而是把目光投向了更广泛的社会层次。从社会层面看，小说中前后出现了两个剧本：一个是萨拉与斯蒂芬共同改编并上演的剧本《朱莉·韦龙》，另一个是后半部分索尼娅·罗杰斯负责的剧组演出的音乐剧《幸运乐章》或《朱莉》。这两个剧本构成了第一个社会参照组。前一个剧本中朱莉·韦龙，作为一个黑白混血儿是一个勇敢追求自己爱情的女性。虽然她出身卑微，但她立志不依赖别人，刻苦学习，勤奋努力，成为一个才华横溢、自食其力的美丽女子。虽然她的爱情遭到男子家庭的反对，但她依然不灰心、不气馁，努力去追求纯洁的爱情。她的日记记录了她爱情的甜蜜、痛苦和自强不息的精神，剧本的民族音乐也体现出黑人争取自由和独立的独特特点。然而在遭到几次爱情打击、孩子夭折之后，她最终对社会感到绝望。虽然第三个男人承诺要娶她，但她却不愿得到同情和怜悯。她宁愿自杀，也不要没有爱情的婚姻。音乐剧《幸运乐章》中的朱莉却完全不一样。她是社会的幸运儿，拥有美貌和才华，又得到了法国军官的青睐和浪漫爱情的眷顾。但是她却遭到男人的抛弃，成为受命运摆布的弱女子，最终被社会逼迫自杀身亡。朱莉成为过去妇女遭受男权社会压迫的典型，因此这部剧引起了社会广泛的同情，从而获得巨大成功。这两部剧虽然剧情一致，但塑造的人物形象却大相径庭：一个是自立自强的女强人，一个是受命运摆布的弱女子。她们是女性形象的两个极端，正如莱辛借叙述人之口说她们是"姐妹"。① 不过无论什么样的女子，最终的结局都是一样的，都逃脱不掉社会的偏见和阶级等级制的禁锢。不过，最深刻的讽刺来自对这两个剧本的女主人公和现代执笔剧本的两个女性之间的对比。萨拉和自己执笔的剧本中的朱莉一样，也是一个自强自立的女人。虽然她自己也希望争取属于自己的爱情，但是社会的偏见仍然带给她和恋人极大的困扰。她的两个恋人和朱莉的恋人一样，都因为社会偏见而踌躇不前，并最终退缩。而第三个恋人是她不爱的，因而也是不能接受的。而索尼娅和她执笔剧本中的朱莉在性格上完全不同。索尼娅是典型的女强人，敢以武力威胁男性对手，后又以爱情要挟男友放弃自己的工作。而朱莉是可怜的受命运摆布的底层女人。不过她们俩都有一个共同点，那就是希望赢得社会的注意和同情，不过，朱莉的方式是通过自己的死，而索尼娅是通过揭示像朱莉这样女性的悲惨遭遇，试图唤起社会对女性悲惨遭遇的关注和同情。萨拉、索尼娅和各自剧本中朱莉的对比凸显了两个令人震惊的事实：一个是 100 年来社会的现代化程度提高了很多，人类"文明"的步伐似乎和 100 年前不可同日而语，但莱辛让我们看到，社会的偏见却以不同的形式依然禁锢着妇女，禁锢着人们的心灵。现代社会对老年妇女年龄上的偏见和过去人们的财产及门第观念一样根深蒂固。萨拉为此痛苦不堪，但和朱莉不同的是，没有自杀身亡。也许是因为她认识到除了爱情，她还有友情（她还要帮助斯蒂芬——过去女性的悲剧替换成现代男性的悲剧，其社会意义的涵盖面更广，这也许是和剧本的社会意义最大的不同），有社会责任（需要拯救那些像她的侄女一样没有父母关爱的孩子们）。另一个是现代妇女在经过百年妇女解放运动之后，社会地位和过去妇女相比已经大大提高，然而，莱辛告诉我们，妇女解放并不是要把性别优势颠倒过来。像索尼娅这样的现代女权主义者不仅在恋爱中占据优势，而且希望通过过度消费过去妇女的悲惨遭遇（这里指的是索尼娅通过改编剧本）而赢得自己的利益——剧本的成功。这样完全为了自身利益而攻击男性、利用女性的人同样是不可取的。

　　剧中朱莉作为孩子和小说中出现的几对孩子构成了第二个社会参照组。

---

① 　Doris Lessing. *love*, *again*. New York：Harper Perennial，1995，p.338.

剧本中，朱莉是白人种植园主父亲和当地黑人妇女的私生女，因而出生后不仅备受社会歧视，而且自己的父亲拒绝承认她。她刺破父亲送来的洋娃娃的情景象征着她内心情感上受到了极大伤害。得不到父亲的爱成为她一再力争试图得到爱情的诱因，也成为她最后绝望自杀的根本原因。小说中乔伊斯是萨拉的侄女。她的父亲，也是萨拉的弟弟，是一个地位很高，在外受人尊敬的医生。然而他却是一个极为不负责任的父亲和丈夫。他背叛妻子，对孩子们没有关爱，并且也从来不管不问。乔伊斯在这样的家庭氛围中成为一个吸毒、卖淫、酗酒的问题少女。剧中的朱莉和现代的乔伊斯虽然相隔百年，性格各异，一个才华横溢、自强自立，另一个自暴自弃，然而家庭中父爱和父亲责任的缺失却都是造成她们悲剧的主要原因。莱辛通过时隔百年的悲剧溯源和重演，告诉我们，今天的家庭教育仍然存在严重的问题。小说中那些和乔伊斯一样的孩子们表明，这绝不是一家的问题。爱的缺失会造成问题少年，但母亲的溺爱也会造成同样的问题。萨拉的弟弟哈尔自小受到母亲的宠爱。结果他成为一个极端自私、极端不负责任的人。在乔伊斯成为问题少年之后，他依然不思悔改，厚颜无耻地把乔伊斯推给了自己的姐姐萨拉。在小说的剧组中，还有许多像这样童年时期有过心理创伤或心理不健全的孩子，而且这样的情景还在进行：导演亨利和妻子对小儿子的溺爱和纵容；斯蒂芬对儿子们不适当的打猎杀戮的教育；等等。小说最后萨拉在公园里目睹一位妇女和自己儿女的一幕更是意味深长：她正在苛责，并忽视自己的女儿，呵护、宠爱儿子。她的无名象征着这种情形的普遍性和社会对它的忽视。

人生就是一个大舞台。剧中人和局外人互相映照，互为说明。莱辛运用高超的形式技巧阐释了严肃的社会问题。

这部小说还以塞尚的画作为开始和结尾的呼应，有着深刻的象征意义。塞尚是19世纪著名的印象派画家。作为"新艺术之父"，他对现实的表现有着独特的见解，追求形式表现和色彩的真实。他的画作在现代绘画史上具有革命性意义。萨拉把塞尚的画挂在墙上，暗示着小说形式的重要性意义。剧中朱莉和塞尚的家乡相隔不远，暗示着小说中关于朱莉故事的剧本具有历史性的参照意义。小说最后，萨拉清理房间，但是却把塞尚的画和朱莉的照片都保留下来，更意味着两者之间的联系——以历史为镜，承继其革新精神。最后莱辛的孙子们在塞尚的画上填上胡子和眼镜，象征新的一代以历史为镜，对历史的续写和革新。

第二节 《玛拉与丹恩历险记》

评论概况

1999 年莱辛发表带有科幻色彩的小说《玛拉和丹恩历险记》（*Mara and Dann：An Adventure*）。评论界并不看好这本书。迈克尔·厄普丘奇在《纽约时报书评》中认为这本小说具有神话或民间故事的形式，但长度却像史诗，超过了 400 页，因此感觉夸张、重复，也没有惊奇。[①] 莫娜·奈普在书评中也同样表达了一种不解。她说："那些具有奇特趣味的冒险本身使我们的主人公在转圈圈，并令人沮丧地重复。""玛拉和 50 年前《青草在歌唱》中的玛丽一样，没有能力挑战环境。"[②]许多书评把它看作科幻小说，但却认为它并不成功。理查德·埃德尔（Richard Eder）认为："作为预言，它有点意思，但却没有力量，完全缺乏梦想的技巧。"[③]角谷美智子认为它比五部曲《南船座中的老人星档案》更加没有想象力。[④]阿莱克斯·克拉克（Alex Clark）直接把它看作"不同凡响的作家写的一本不重要的书。它最大的问题是写作的拖沓。长达几页的描写缺乏存在的必要说服力。冗长的描写一直写下去到结尾，似乎也没有刻意去避免"。[⑤]但也有学者持不同意见。约翰·洛克威尔（John Rockwell）称它为"宇宙寓

① Michael Upchurch. "Back to Ifrik." *New York Times Book Review*. Jan. 10，1999. *New York Times*. pp. 10 – 11. http：//proquest. umi. com/pqdweb？ sid ＝ 1&RQT ＝ 511&TS ＝ 1258510410&clientId ＝ 1566&firstIndex ＝ 120.

② Mona Knapp. "Review of Mara and Dann." *World Literature Today*. Vol. 74，No. 2. English – language Writing from Malaysia，Singapore and the Philippines（Spring，2000）. p. 366. http：// www. jstor. org/stable/40155635.

③ Richard Eder. "Conjuring a Tense Future，Imperfectly." *Los Angeles Times*. Los Angeles，Calif. ；Jan 19，1999，p. 1 http：//proquest. umi. com/pqdweb？ sid ＝ 1&RQT ＝ 511&TS ＝ 1258510410&clientId ＝ 1566&firstIndex ＝ 120.

④ Michiko Kakutani. "Where Millenniums Are Treated Like Century." *New York Times*. Late Edition （East Coast）. New York；Jan 26，1999，p. E. 8. http：//proquest. umi. com/pqdweb？ sid ＝ 1&RQT ＝ 511&TS ＝ 1258510410&clientId ＝ 1566&firstIndex ＝ 120.

⑤ Alex Clark. "Basic Human Instincts." *Times Literary Supplement*. 4940 （2 Apr. 1999），pp. 21 – 25. Rpt. in *Contemporary Literary Criticism*. Ed. Janet Witalec. Vol. 170. Detroit；Gale，2003，pp. 21 – 25. Literature Resource Center. Gale. UC Berkeley. 21 Sept. 2009. http：//go. galegroup. com/ ps/start. do？ p ＝ LitRC&u ＝ ucberkeley.

言"。①朱迪斯·切特尔（Judith E. Chettle）认为："莱辛是仍然照亮心灵黑暗角落以及她的人物生活时代的少数几个作家之一……她最近的小说《玛拉和丹恩历险记》就是把她和许多同时代男女小说家区别开来的典型。在这部小说中，她又探讨了在其他小说中一贯关注的思想：讲故事的价值、文明的脆弱，以及那些在经历了混乱和大海的变化之后生存下来的，足够坚强和睿智的人物。"② 进入 21 世纪，这部作品不仅依旧被归类为科幻小说，而且还被认为表达的"信息极为简单"，③ 甚至被说成"科幻童话。"④ 莱辛也被认为比威尔斯等传统科幻小说家"思考较少而幻想居多"。⑤

故事梗概

在非洲，未来新冰河世纪的最后几年，一个叫玛拉和丹恩的姐弟俩懵懵懂懂中遭人追杀，又被人救走，踏上了逃亡之路。他们一路向北，途中目睹了干旱和水患给各地人民所带来的灾难：饥饿、战争等，同时，也看到了被冰河覆盖，挖掘出来的以前高科技遗迹。他们在旅途中经历了各种难以想象的自然的和人为的危险：饥饿、疾病、被囚禁、做俘虏、遭暗杀、姐弟分离的痛苦、被迫吸毒的折磨、性和爱情的诱惑，等等，但他们都在别人的帮助下，姐弟携手，顽强地生存下来，并最终来到了他们自己的领地。原来他们是古老王国的公主和公子。由于宫廷内斗等原因，父母被杀。他们在国人的保护下，历经千难万险，终于脱离了危险，来到了目的地：中心城市，面临着继承大统的重任。为此，他们姐弟俩只有结婚，才可以保证皇家血统的纯正，后继有人。但他们最终放弃了成为统治者的机会，在一个农场准备和各自相爱的人度过余生。不过小说最后，玛莎已

① John Rockwell. "The Life of the Party." *New. York Times Book Review*. Feb 10, 2002. *New York Times*. pp. 9 – 10. http：//proquest. umi. com/pqdweb? sid = 1&RQT = 511&TS = 1258510410&clientId = 1566&firstIndex = 120.

② Judith E Chettle. "Lessons in Survival." *World & I*. Vol. 14, No. 5 (May 1999), pp. 246 – 255. Rpt. in *Contemporary Literary Criticism*. Ed. Janet Witalec. Vol. 170. Detroit: Gale, 2003, pp. 246 – 255. Literature Resource Center. Gale. UC Berkeley. 21 Sept. 2009.

③ Ann Snitow. "The Long Version." *Women's Review of Books*. Vol. 25, No. 6 (November/December 2006), p. 31. http：//www. wcwonline. org/WRB – Issues/the – long – version. (Google, Aug. 23, 2013)

④ 舒伟：《从〈西方科幻小说史〉看多丽丝·莱辛的科幻小说创作》，《当代外国文学》2008 年第 3 期，第 80 页。

⑤ 参见 Brian Aldis. *The History of Science Fiction*. London：The House of Stratus, 2001. 转引自舒伟《从〈西方科幻小说史〉看多丽丝·莱辛的科幻小说创作》，《当代外国文学》2008 年第 3 期，第 80 页。

经怀孕，留在了农场，而丹恩却不甘心待在此处，又准备独自踏上新的北上旅途。

创作缘由

在"作者的话"里，莱辛谈到创作这个故事的缘由："对北半球将会被埋藏在数英里之厚的冰层下的说法，不止我一个人会感到不寒而栗……我们之所以不寒而栗是因为想到，几千年后，我们的后代也许会说：'在一万二千年的冰川间隔期中，曾经存在一段人类发展的历史，从原始荒蛮发展到高度文明。'——我们曾经极力保护的所有文明、语言、城市、技术和发明、农场、花园、森林、小鸟及野兽，将在漫长的历史中变成一句话或一段描述。"① 莱辛 1999 年出版这部小说后，第一时间，也是首次在线接受网友提问时就强调"如果人们认为莱辛又转向什么科幻或空间小说了的话，那我会感到很遗憾"，并特意指出了它在环境和气候方面同现实的关联。②

小说主题等分析③

这部小说从出版至今，评论家大都把它归类于科幻小说，对它的评价远逊于莱辛的科幻五部曲。其实，仔细研读，不仅那些泥坑中争抢泥水的动物，贫苦潦倒、骨瘦如柴的人们，天气的异常和沙化干裂的土地，战争和瘟疫——那一幕幕恍若现在，抑或是未来，又俨然类似原始过去的场景让我们感受到一种异常强烈的震撼，而且，在貌似简略的叙述背后，隐藏着莱辛别出心裁的设计和颇具匠心的安排。实际上，莱辛的"科幻"小说不仅是对现实的批判，而且她运用时间和空间的倒置、人物身份的追问和纠缠其中的人物关系构建了一组悖论，从哲学层面对关乎人类生存的问题进行更深层次的思考。实际上，就莱辛的小说归类问题历来是评论界争论的问题，因此，只有超越类型解读的误区才能真正理解莱辛。

时空错置中的历史悖论

"人只有通过历史才能认识自己。"④ 历史是对过去的描述，而时间是历

① 〔英〕多丽丝·莱辛：《玛拉和丹恩历险记》，苗争芝、陈颖译，译林出版社，2007。

② Doris Lessing online chat about Mara and Dann at Barnes and Noble. Com，Wednesday，January 20，1999 -7pm. http：//www. dorislessing. org/interviews. html.

③ 这里分析部分摘自拙文《莱辛的悖论："一个冬天的意识"》，《外国文学研究》2009 年第 2 期，第 24～29 页。

④ Wilheim Dilthey. "The Historical Concept." in *Meaning in History：W. Dilthey's Thoughts on History and Society.* ed. by H. P. Rickman. London：George Allen & Unwin LTD. ，1961，p. 102.

史长河中连缀过去、现在和未来的桥梁，空间是放大与定格历史瞬间的场所。时间和空间相辅相成，共同构成了我们历时性和共时性的历史视角。这本小说的故事发生在相隔数千年的未来，地点是艾弗克里州（取非洲的谐音）。这时北半球已经被冰层覆盖，而南半球却是干旱肆虐，洪水泛滥。故事中的人们仿佛生活在原始的史前的蛮荒中，对过去曾经有过的文明一无所知，只在一些残存的文明碎片和已经坍塌的博物馆遗迹中能够窥见一点文明曾经的辉煌。小说中历史上文明繁荣的"今日"欧洲已经成为过去，不复存在，而它的"未来"却身处我们遥远的蛮荒过去，回到了人类的发源地非洲。这里，小说中过去与今天的关系成了现实中今天和过去的倒置，一个今天所谓文明发达的欧洲和落后愚昧的非洲的对立在小说中前者成了被自然的冰层覆盖，消失得无影无踪的地下都市，只剩下后者成为人兽、自然一体顽强生存的唯一一块陆地。在时间中，消失的"今天"使"未来"和"过去"重叠，呈现出触目惊心的可能性；空间中，"未来"和"过去"在重叠中更强烈地映现出"今天"退化的景象。在时间的断裂和空间的错置中，我们更深切地领悟到了被永恒迈进的形上时间所遮蔽的意义。对时间的追问历来是关乎本体论的一个核心问题。形上时间中，过去、现在和未来永远呈线性、不间断地向前发展，而物理时间在科学的掩护下则加深了形上时间在我们对人、宇宙和历史思考中的永恒性。如果说是德里达的"延异""踪迹"，福柯的"考古学"等使我们看到了形上时间断裂背后的真相，那么莱辛在这里无疑利用时间的重叠和消失，以及和空间错置之间所形成的张力，诠释了现在与历史的关系。

看着动力不足，伸手就可拽下的飞行器，躺在铁轨上，需要靠人拉动才能行走的"火车"，人们吃草根，饮泥水，为水源、为生存而进行的杀戮和战争，我们除了不寒而栗还有什么呢！土地沙化严重，大地一片荒芜，树木凋零或枯萎，动物变异或灭绝，婴儿老人饿死，妇女生育能力降低，男人为争夺生育机器的女人和地盘操戈相对，当地球上资源枯竭、能源耗尽的时候，哪里才是人类的生存之地？小说把故事的背景设置在艾弗克里州绝非偶然。非洲据称是人类的发源地。非洲广袤的土地，繁盛的森林，湍急的河流曾经孕育了我们的祖先，留下了他们生活的足迹。在向文明社会进发的旅途上，历经数万年，开拓疆土，发展科技，终于到达如今据称是最先进、最文明的欧洲。非洲成为世界上最落后、最原始的蛮荒之地。然而，小说中，象征发达、文明的欧洲却被覆盖在数公里之厚的冰层下面，而象征原始之地的非洲却成了人类唯一幸存的地方。而人类又一次高举起文明的大旗，开始了历经千难万险的迁移之旅。历史在小说中重演，我们和玛拉与丹恩一样困惑，怎样的社会才是适合我们安居的社会，象征着希望的"北方"到底在哪里？莱辛利用所谓科幻小说的形式，运用时空的错置，试图唤醒世人的历史意识：追忆过去的教训，审视今天的行为，重视未来的发展，否则历史的悲剧就会重演。传统观念中有两种对立的历史观。一种认为历史是一种线性发展的历史，而另一种观点认为历史是循环的历史。对于莱辛来说，重要的不是历史的发展形式如何，而是在历史的线性发展中，看到并如何避免历史恶性循环的可能性。莱布尼兹曾经说过："现在包孕着未来而负担着过去。"① 立足不能忘却过去的现在，才真正孕育着未来的希望。

自我与身份纠缠中叙事的悖论

追忆过去是为了说明现在，而对现在的清晰认识又基于对自己身份的肯定。从笛卡儿的理性自我诞生以来，无论是在弗洛伊德的无意识自我的黑暗中，还是在女性主义性别自我的呐喊声中，自我与身份就成为 20 世纪文学中使用频率最高的词汇之一。地域的边缘由于移民的浪潮而模糊不清，文化的差异由于经济的全球化而彼此渗透。文化的"震惊"和身份的困扰更使"我是谁"成为当代文学中一个孤独的主题，一个文化世界游荡的幽灵。然而，自我注定要在众多纷繁复杂的社会身份的广阔疆域中迷失方向，在所有可能认同的宗族传统和血缘亲情面前沉沦塌陷，"我"与身份成为相互纠缠而解不开的死结。因为这个世界原本就是"我中有你"，"你中有我"，人只能是社会中人，如何能把"自我"由社会中人单独抽取出来，自成一体，孤独生存？海德格尔曾说过：我们既在这个世界，也是这个世界的一部分。② 莱辛在这部小说中，运用叙事的悖论对此做了精彩的解读。

小说一开始，她就一反传统的命题规则，让孩提时代的主人公被迫为了自我的生存，忘掉自己的真实姓名和身份而以玛拉和丹恩自称。每当他们试图说出自己的姓名时，总会有人立刻捂住他们的嘴。他们被迫穿上他人的衣服，假扮成他们的敌人模样，从而成功地逃脱追杀，藏匿在一个小村庄，混迹于他们的敌人之中。这里，自我声音的窒息换取了自我生命的延续，自我

---

① 转引自李珩柱《西方美学经典文本导读》，北京大学出版社，2006，第 248 页。

② Charles Guignon. ed. *The Cambridge Companion to Heidegger*. Cambridge：Cambridge University Press，1993，p. 155.

身份置换为他人，成就了自我的长大。然而，一旦有人觉察到了他们的真实身份，危险就会降临。

青年时期的玛拉和丹恩由于山火和干旱离开了人已经死绝的村庄，向北边有水的地方迁移，来到了切洛普斯城。在这里，他们终于见到了自己的族人——莫洪迪人，表面上是哈得隆人的奴隶，但却是实际的统治者。他们热切地欢迎他们"回家"，提供给他们充足的食物和水，舒适的房间和悠闲但幽闭的生活。然而从一开始，玛拉和丹恩这对生死姐弟就被迫分离，玛拉不得不时时刻刻生活在赶快养好身体，以便传宗接代的对男人的恐惧中。而丹恩却被诱使染上了毒瘾，遭到追杀，奄奄一息于废弃的大楼里。这里，自我身份的归属意味着自我的囚禁，自我心灵的自由却预告着自我身体的羁绊。

他们又一次逃了出来。但青春带给了他们成熟的身体，也带给了他们性别造成的分离。在查比斯，玛拉又一次成了男人和女人关系中的牺牲品，被绑架进了敌军的阵营。而丹恩成了另一边战争的杀人机器。自我就这样在身份的认同和转换中一次次遭遇危机，面临死亡。

当他们历经千难万险，终于来到位于"中心"的"家"时，他们的皇室后裔的身份再一次把他们推向了尴尬的境地。他们可以重新做家族至高无上的领导人，但为了保持家族血缘的纯净，必须要组成姐弟乱伦的婚姻。这里，自我身份的认同标志着自我的彻底毁灭。自我也即将完成从生到死的成长悖论。这里，其实孕育着莱辛对单一文化认同的危险的担忧。然而小说并未在此戛然而止，姐弟俩毅然放弃荣华富贵，重新踏上旅途，虽然最后在农场暂时安顿下来，但结尾却是丹恩向玛拉意味深长的追问。而自我的归宿也成为莱辛所设置的最大的悖论悬念。

"我"朝向"我们"的追问中性别的悖论

女性主义在自我的追寻中发现了性别的秘密。诺贝尔委员会的老人们也在莱辛作品的迷宫中找出了"性别失调"的证据，从而赋予她以"女性历史诗作者"的桂冠。莱辛的作品历来多以女性为主人公，而就这些女主角相对于男性人物在叙事上的优势，从而凸显其聪慧和强势而言，不免给人以这么说的口实。然而，细细品味、咀嚼，就会发现其中暗藏玄机。在这部小说里，玛拉同样是叙述的主体，我们是追随着玛拉的视线和脚步去观察和经历事件的始末。然而，在玛拉"我"的意识里，却始终存在着一个她不能没有的"他"。无论是在最初被人推搡进的黑屋子里，还是在面临死亡威胁的村庄中，抑或是在绝望中等待的监狱，她都不曾忘记有一个弟弟。在他们分离的时刻，是彼此的存在信念给了他们生存下去的勇气。在这里，我们发现了这部小说同莱辛其他小说的不同。其他小说中，同女主角有关系的男人一般是情人或丈夫，而这部小说中和她形影不离的却是弟弟，而所谓的勉强可以称得上是情人或丈夫的男人只是她旅途中微不足道的过客而已。实际上，揭开莱辛作品发展中男女关系更换的秘密对于我们理解莱辛不无裨益。

女性主义的意识最初起源于对家庭内部夫妻的不平等关系的思考，进而深入社会的各个层面，探讨由性别的差异带来的一系列社会不平等关系。在莱辛开始创作的 20 世纪 50 年代到七八十年代，正是女性主义从政治、经济领域转向女性经验自身，进入理论成熟期的时代。莱辛的作品也主要从婚姻男女的关系入手来探索社会等问题。这种和女性主义思想的契合其实并不奇怪，因为家庭是社会的最小的基本单位，它折射了社会中各种复杂的关系和利益。然而，当这种契合被放大，从而把莱辛简单归于女性主义却违背了她本人的初衷。所以，在 70 年代初，莱辛曾尝试改用男性做主人公，但后来却一如既往又坚持从女性的视角来叙述故事。也许，这是因为她觉得作为女性她具有天生的优势，但也许是她觉得重要的并不是性别的视角。实际上，在《玛拉和丹恩历险记》中，她设置了相互平行的姐弟关系取代了以前相互交叉的婚姻或情爱关系，就是想摆脱那种一谈男女就是男女情爱的旋涡，而着眼于更广阔的人与人之间的根本关系。其实人与人的关系就是人与社会的关系，就是人与世界或自然的关系。从古希腊柏拉图的理式论到 20 世纪海德格尔的"存在"论；从模仿说到表现说，从精神和物质等孰先孰后的争执无一不是就人与世界的关系作本体论上的探索。海德格尔在《存在和时间》中曾说过：世界性是此在的本体性，而世界性就是指我们"处于关系中"。①

玛拉的"我"和丹恩的"他"的关系从一开始就孕育着不可分割的"我们"的内在联系。如果说在最初的逃亡中玛拉时时刻刻都极力呵护和保护丹恩，丹恩冒着生命危险跋涉千里，回头去寻找玛拉，并救她出来是出于姐弟亲情的话，那么在后来几次分离，又几次互相舍命救助的经历中，在那种可以裸体相示而几乎无男女之念，而后又克制乱伦欲念，但冥冥之中又生死相依的情感就决不仅仅是亲情所能诠释的。它包含有亲情、爱情、友

---

① Charles Guignon. ed. *The Cambridge Companion to Heidegger*. Cambridge：Cambridge University Press，1993，p. 155.

情……这是一种能感动上苍的，超越男女，超越亲情，在灾难面前，相互依存的人与人之间的大爱。玛拉和丹恩之间的爱试图表明，世界上孤立的男女性别并不重要。只有抛弃性别之念，才能有性别的生存和意义。只有抛弃"我"，进行相互的救助，才能有"我"的存在。只有"我们"的共同努力，才能有或男人或女人的生存。强调自我独立的狭隘意识意味着生存的毁灭。从这里，我们懂得了莱辛为什么不愿意被称为女性主义作家的缘由。

美国著名诗人华莱士·史蒂文森说，人要有"一个冬天的意识"，才能抛弃幻觉，真正看到冬天的"霜和挂满雪的松树枝"。① 人只有把自己真正当作自然的一部分，你才会感受到自然被破坏的滋味，你只有回归原始，才会体会到与自然同呼吸，共命运，息息相关的关系。置身于虚构的世界中，抛弃真实世界的遮蔽，才能透视到现实世界人类的危机；抛弃文明，回归原始，才能更清楚地看到现代的文明的进程和发展。胡塞尔曾经说过："时间是一切经验的基本形式。"② 莱辛以时间和空间的悖论作为小说的经纬线，构建在生活经验世界中自我与身份的纠缠这个悖论的迷宫，进而揭示出人与世界不可分割的关系。小说层层递进，步步深入，从而引导读者由表及里，由科幻到现实，再到更高一级的哲学层面对人类的现在和未来进行思考，体现了其高超的艺术技巧和哲理运思，完全超越了传统类型的窠臼。

也许这正是莱辛想要达到的效果：人类就像玛拉和丹恩一样（又有血缘关系，又有男女关系，是人类的始祖，就像亚当和夏娃具有初始和警示意义一样），没有道理，向着灾难走去，不知规避，不知教训。也许这是命运使然，也许是人类不懂怎样吸取教训，只是重复前人的悲剧。

---

① Wallace Stevens. *The Snow Man*. http：//www. english. uiuc. edu/maps/poets/s _ z/stenens/ snowman_ htm. The poem；One must have a mind of winter/To regard the frost and the boughs/of the pine – trees crusted with snow；/And have been cold a long time/To behold the junipers shagged with ice，/The spruces rough in the distant glitter/of the January sun；and not to think/of any misery in the sound of the wind，/In the sound of a few leaves，/Which is the sound of the land / Full of the same wind /That is blowing in the same bare place/For the listener，who listens in the snow，/And，nothing himself，beholds/Nothing that is not there and the nothing that is.

② Charles Guignon. ed. *The Cambridge Companion to Heidegger*. Cambridge：Cambridge University Press，1993，p. 145.

第七章
21 世纪小说

第一节 《本在人间》

评论概述

　　莱辛 2000 年出版了《第五个孩子》的姊妹篇《本，在人间》（*Ben，in the World*）。① 它延续了本的故事，只是叙述焦点从本出生后对本的家庭影响转向了本离开家之后的遭遇。虽然人们对本（Ben）的悲惨结局唏嘘不已，但这部小说却没有引起评论界应有的重视。从它出版至今，有关这部小说的评论文章并不多见。现有的大多数评论都认为本的故事意在探讨怎样对待差异问题。特鲁迪·布什说："莱辛对一个古老的观念进行了重新改造：我们的世界在异类眼里是怎么样的，以及我们对这样的人会有什么反应？"② 米兰达·弗朗斯（Miranda France）认为"它读起来像寓言"，是一个"奇怪的道德故事"。③ 角谷美智子认为这本小说艺术方面就是一个失败，"读起来整个就是一个神话故事，并且是一个不怎么吸引人的故事"。④ 不过，也有

① Doris Lessing. *Ben，in the World*, London：Flamingo，2000. 以下书中的引用只标注页码。
② Trudy Bush. "Many Faiths，Many Stories." *Christian Century*. Vol. 117，No. 35 （13 Dec. 2000），p. 1310. Rpt. in *Contemporary Literary Criticism*. Ed. Janet Witalec. Vol. 170. Detroit：Gale，2003，p. 1310. Literature Resource Center. Gale. UC Berkeley. 21 Sept. 2009. http：//go. galegroup. com/ps/start. do？ p = LitRC&u = ucberkeley.
③ Miranda France. "A Truly Beastly Hero." *Spectator*. Vol. 284，No. 8968 （24 June 2000），p. 38. Rpt. in *Contemporary Literary Criticism*. Ed. Janet Witalec. Vol. 170. Detroit：Gale，2003，p. 38. Literature Resource Center. Gale. UC Berkeley. 21 Sept. 2009. http：//go. galegroup. com/ps/start. do？ p = LitRC&u = ucberkeley.
④ 转引自 Susan Watkins. "Writing in Minor Key." *Doris Lessing Studies*. Vol. 25，No. 2 （2006），p. 6。

的评论对这部小说持赞赏态度。迈克尔·派伊认为这是具有更深刻寓意的一部优秀小说，"本的故事实际上非常棒，可以有多种读法——作为社会评论、初始寓言或精神警示——在这方面，它比莱辛有些说教的科幻小说更加精妙"。① 苏珊·沃特金斯则把这部小说放在流浪汉传统中解读，认为莱辛"迫使我们就人和动物区别的意义进行一系列的追问"。② 汉森从基因科学的角度分析了这本小说，认为莱辛探讨了"人类和其他种类基因重叠的含义"。他认为本代表了我们身上那些被压抑的动物或"它者"特性的回归，颠覆了现代社会秩序赖以存在的分类，因而自然要被当作科学实验的对象来确定其归属。莱辛强调了这种界限的人为性，从而挑战了那种坚持人和其他类别不同的后期现代性观念。③ 而谢孟聪（Meng – Tsung Hsieh）认为运用流散理论能更好地揭示本的生存困境。在希伯来语中，"Ben"是"儿子"的意思，所以使人想起一个在寻找家的孩子。④

故事梗概

本已经 18 岁，从家里跑出来到现在有几年时间了。他曾受尽屈辱，如在工地被人欺负，饿得吃鸽子食等，后被老爱伦·比格斯太太救回家。比格斯太太生病住院后，本又一次流落街头。他认识了妓女莉塔，得到一点温暖，但不久被莉塔的嫖客朋友利用，被送往法国走私毒品，并遗弃在那里。由于不会外语以及眼睛怕光等，本受尽歧视，后认识了电影制片人阿历克斯。本被当成一个电影明星，因而他决定用本来拍一部电影。阿历克斯的女朋友特莉莎曾经做过妓女，经历悲惨，因而非常同情本，但却不把他当作男人，而是把他看作宠物。他们一起来到了巴西，认识了伊内兹，一个貌似善良的女孩。他们瞒着本，把他介绍给了实验室助手阿尔弗雷德。本得知山中曾出现过类似的岩石画影。本随后被骗，并被当地世界著名科学家斯蒂芬·格姆莱克教授当作试验品绑架，关进了类似监狱的实验研究所。本被特莉莎等朋友解救出来，但被追杀。本跑到山中，在看到岩石画影的地方跳崖身亡。

---

① Michael Pye. "The Creature Walks Among Us." *New York Times Book Review*. Aug. 6, 2000. http://lib.njue.edu.cn/newhttp://www.nytimes.com/s/list.php?id=153.

② Michael Pye. "The Creature Walks Among Us." *New York Times Book Review*. Aug. 6, 2000. p. 8.

③ Clare Hanson. "Reproduction, Genetics, and Eugenics in the Fiction of Doris Lessing." *Contemporary Women's Writing*. Vol. 1, No. 1/2（December 2007）, p. 176.

④ Meng – Tsung Hsieh. "Almost Human But Not Quite?: The Impenetrability of Being in Doris Lessing's *Ben, In the World*." *Doris Lessing Studies*. Vol. 29. No. 1（2010）, p. 15.

创作意图

这部小说的创作仍然是延续了《第五个孩子》的故事。莱辛在发表了《第五个孩子》后接受采访时说，她从来没有打算把本描写成恶人，只是说他来错了地方。"如果他真是许多世纪传下来的基因（变异）的结果的话，他实际就是降生在我们有点复杂的社会的一个不同人种。在写这本书的时候吸引我的是：如果这样的事真的发生了，我们该怎么应对？"① 依此可以看出莱辛创作这两部小说的不同意图：如果说《第五个孩子》的着眼点是"我们"如何应对差异的问题，那么《本，在人间》就是透过本的遭遇，让我们亲身体验作为一个"异类"，一个和我们不一样的弱势人的感受。

小说叙事结构、主题等分析

这部小说和《第五个孩子》相比，最显著的特点是叙事视角的转换。如果说《第五个孩子》是着眼于"我们"对于像本这样的"异类"的不安，甚至恐惧，以及各个阶层、各种人、各种关系之人应对本的措施和态度的话，那么，这部小说大部分采用的是本的内视角，透过本单纯、无知、渴求爱和理解以及最简单的生存需求，展现了本在人世间被欺凌、欺骗、遭追杀的恐怖遭遇。这种视角的转换在小说主题的揭示上起着极为重要的作用。它描绘了一个从我们自己的视角所看不见的"颠倒的世界"，从而引导我们思考和关注被忽视的问题。在这里，莱辛巧妙地利用玛丽·雪莱（Mary Shelley，1797 - 1851）小说《弗兰根斯坦》② 作为桥梁，颠覆性地把经典神话普罗米修斯（Prometheus）改写成了一个后现代的悲剧。追寻人类的创造者普罗米修斯从神话中的"英雄"到这部小说的"怪物"的形象转化的轨迹，我们发现这两部悲剧之间跨越时空的联系不仅让我们惊叹莱辛借助经典神话高超的结构运思，更让我们看到了这种精巧安排背后借神—人角色的转换所折射出的人性的退化和人类文明今天的悲剧以及莱辛对人类命运深切的忧虑和思考。

神、人、"狗"③

普罗米修斯历来以造福人类的伟大的神的形象而流传于世。在古希

---

① 转引自 Linda Simon. "The Alien." *World & I*. Vol. 16, No. 2 (Feb. 2001), pp. 235 - 240. Rpt. in *Contemporary Literary Criticism*. Ed. Janet Witalec. Vol. 170. Detroit：Gale, 2003, pp. 235 - 240. Literature Resource Center. Gale. UC Berkeley. 21 Sept. 2009. http：// go. galegroup. com/ps/start. do？ p = LitRC&u = ucberkeley.

② Mary Shelley. *Frankenstein or The Modern Prometheus*. London：Simon & Schuster, Inc. 2004.

③ 这里的内容摘自拙文《后现代普洛米修斯的悲剧》，《英美文学研究论丛》2008 年第 8 辑，上海外语教育出版社，2008。

腊神话中，据说普罗米修斯是人类的创造者。他盗取了天火，并把它送给人间，使人类从此摆脱了黑暗，走上了文明之路，为此，宙斯（Zeus）把他钉在高加索山上，每天派苍鹰啄食他的肝脏。在埃斯库罗斯（Aeschylus，BC 525？－456）的悲剧《普罗米修斯》三部曲中，普罗米修斯的形象进一步升华。他拒绝向宙斯吐露秘密，誓死也不屈从宙斯的王权。他从赫希俄德（Hesiod，BC 700）的《神谱》（*Theogony*）中一个不被人注意的小神，变成了一个敢于斗争、不畏强暴、不怕牺牲的伟大的神。[①] 在 P. B. 雪莱的长诗《被解放了的普罗米修斯》（*Prometheus Unbound*）中，普罗米修斯的崇高形象得到了进一步的强化和深化。他把埃斯库罗斯悲剧中普罗米修斯同宙斯的和解改变成了宙斯最终被推翻，普罗米修斯被希腊大力神赫拉克勒斯（Heracles）解救的结局。无论是神话本身，还是在这一系列以神话为基础的创作中，普罗米修斯都是一个高尚、无私的英雄形象。而值得注意的是，他盗取天火的动机是出于对人类生存处境的同情和怜悯。他不仅为处于绝境的人类带来了光明，而且还教会了人类各种有关农耕、生产、航海等生存必备的知识。在普罗米修斯的身上，寄托着人类对生命和生存的敬畏，也记录着人类最初的感恩之心。

如果说雪莱在普罗米修斯的悲剧中看到了反抗权威、追求自由的力量，那么他的夫人，玛丽·雪莱则恰恰相反，在《弗兰根斯坦》中，以"现代普罗米修斯"的命题，把舍身救人的英雄拽下了神坛。学习自然科学的弗兰根斯坦，一时心血来潮，要探寻生命的奥秘。他创造出了一个丑陋的似人的怪物，然后却抛弃了它。在古希腊神话中创造了人的普罗米修斯，在玛丽的笔下变成了一个不负责任的人。他创造了怪物，却任它在世界上流浪、受苦，并最终成了报复杀人的恶魔。

如果说弗兰根斯坦的故事还只是近200年前一个年轻姑娘的浪漫幻想的话，那么到了21世纪，这个"怪物"在莱辛笔下的人类生活中真的诞生了，所不同的是，这个"怪物"没有杀人，但却被人类所追杀。

早在《第五个孩子》中，莱辛就多次提到本是个"怪物"或"妖魔"。在《本，在人间》，她对本在社会中流浪的经历的描述更令人不得不想到弗兰根斯坦所创造的怪物，有的学者就这一话题已有过评

---

① Stephanie Nelson. *Hesiod*：*Theogony*：*Works and Days*. Boston：Boston University，2009.

论。① 这种相似的联想与其说是巧合，不如说是莱辛有意精巧的安排。在《弗兰根斯坦》中，玛丽把弗兰根斯坦同普罗米修斯相提并论，除了其他的原因之外（这点不在本书的讨论范围之内），主要是从普罗米修斯和弗兰根斯坦都是创造者的角度来看的。从本在《第五个孩子》的孕育起，莱辛就不惜笔墨，竭力描绘本的母亲对意外怀孕的沮丧、气愤，甚至通过跑步，吃药试图终止怀孕的情景。当本终于降生后，又因为其外形而遭到家人、亲戚冷落，甚至抛弃。在《本，在人间》，本这个有着酷似其祖先躯体的"怪物"，在他人的眼中更进一步成为一个名副其实的"非人"。同弗兰根斯坦似人的怪物不同的是，本原本只是一个像动物的人，然而在他人眼中，却成为一个乞求最简单生存权的"狗"。

　　我们看到，他蜷缩在老妇人爱伦·比格斯太太的脚下睡着了。"这是一条狗躺下，紧靠着（她）寻求伙伴的方式。"虽然在本心目中，比格斯太太是世界上对他最好的人，然而她没有把本当作人看待，而只是把他看作一条可怜的狗。这在她给本洗澡的时候展示的更加明显。"在她的手下，是一个结实、宽阔的脊背，脊椎骨两旁是一圈棕色的毛，肩膀摸起来像一块湿乎乎的垫子，像洗一条狗一样……她喜欢听他笑，像狗叫声。很久以前，她有一条狗也是这样叫。"在故事其后的发展中，我们看到，在本短暂一生的旅途中所遇到的人，无论是骗他的约翰逊、阿历克斯、农场的玛丽、建筑工地的工人、科学家，还是同情他的莉塔、特莉莎，都不把本看作人，而是动物。他是玛丽眼中的"牲口"，工人的"雪人"，约翰逊和莉塔的"狗"，连做爱的方式也是"狗"式的。年轻的姑娘特莉莎给本洗澡时，没有一丝一毫的羞涩，因为在她眼中，本不是一个男人。在那个所谓的科学家的眼里，本更是一个可提供实验躯体的动物。他和那些要进行试验的动物一起被关在笼子里。甚至在叙述人的描述中，他也被理所当然地被看作一个动物。"他总是抓小动物或鸟吃。""一只画眉正在陈树叶中觅食。他很容易一下就把它抓住了。把毛扯掉，几口就吃了。"

　　而本的内心需求已简化到最基本的生存所需。由于他自己特殊的外形，本深知来自外界人的危险时刻威胁着自己的安全。然而本没有任何奢求，他只想填饱肚子。从全书开篇本试图领救济开始，无论是在农场、工地，抑或

---

① 请参见 Norma Rowen. "Frankenstein Revisited：Doris Lessing's *The Fifth Child.*" *Journal of the Fantastic in the Arts.* Vol. 2，No. 3（1990），pp. 41 – 49。

是到法国和巴西，本懵懂之中，唯一的要求就是人们能给他一顿饱饭吃。为此，他被欺骗、被打，他知道他能打过他们，然而，他控制着自己杀人的欲望。"他总是不够吃""……他的肚子，哦，他的肚子饿得呱呱直叫。"他捡鸽子食吃，甚至生吃鸟。在全书的字里行间，在本旅途的每一步都透着"饥饿"二字。可是，就是这样简单的生理要求，本都没有办法平安地实现。他被周围的人们抛来扔去，从英国被骗到法国，再到巴西。但最后仍逃脱不了被人追杀的命运，只好一死了之。在人的世界中，别说做人的活路，本甚至没有做一只乞求活命的狗的权利。

在莱辛的笔下，本原本是可以做"人"的，但他却被逼成了一条狗，一个"怪物"。是本的父母，本周围他的所谓朋友们共同创造的一个"怪物"。"许多人对我说，那些对本不好的人才是怪物……本是无辜的，其他人是怪物。"① 是的，本是一面镜子，映照出了周围"怪物"们的嘴脸。在莱辛的笔下，普罗米修斯完成了他从一个施惠于人的伟大的神到后现代怪物的剧变。普罗米修斯因为盗火给人而被宙斯抛进深渊，可是他创造的后代本却被人逼迫，跳进了山涧。普罗米修斯因为施惠于人而被锁链锁在高加索的山上，任苍鹰啄其肝脏，而本却被所谓的人锁在动物笼中，任人宰割。在神人关系的颠倒中，在普罗米修斯从神—人—"怪物"的"退化"中，映现了人类从感恩—不负责任—恩将仇报的"怪物"的"进化"过程。人变成了创造"非人"的"怪物"，成了"后现代的普罗米修斯"。

火、科学、人性

神话是人类在文明初期对不能理解的自然现象和社会现象进行想象的产物。德国哲学家赫斯·布鲁门博格（Hans. Blumenberg，1920 - ）在《神话研究》（*Work on Myth*）中进一步明确指出，神话是人类为了克服"现实绝对主义"（absolutism of reality）而创造的。现实绝对主义，他进一步解释说，就是"人类已接近于对他的生存状况失去控制，并且更重要的是，他认为他完全缺乏控制它们（的能力）"。② 在这种状态下，人类对现实产生了一种恐惧或是"焦虑"。这种恐惧的力量转化成了一个未知的、大写的"它"。当"它"变成"它者"时，"它"就有了对立面，从而也有了约束

---

① 请参见多丽丝·莱辛 2000 年 8 月 23 日在线谈《本，在人间》。at BarnesAndNoble. Com，http：//www. dorislessing. org/chat - ben. html.

② Hans Blumenberg. *Work on Myth*. Cambridge：The MIT Press，1985，pp. 3 - 4.

"它"的力量。当"它"和神等同起来的时候，人类也因此而有了神灵世界的朋友和敌人。然而，不管怎么说，在人和神的关系中，人类是弱者。他需要求助于神灵以消除心目中恐怖的魔鬼，创造出一个可以控制的现实，掌握一个未来的理想世界，以达到内心的平衡。

如果说神话创作的初始是由于人类对未知现实的恐惧，那么同样，莱辛在后现代通过对希腊神话颠覆性的重写表达了对已知现实的"恐惧"和对未知将来深深的担忧。

普罗米修斯为了消除人类对黑暗的恐惧，盗来了天火。正是因为有了火，人类才得以生存。然而，火在带给人类光明，推动文明巨大发展的同时，也带来了科学这把双刃剑。人类成了恐惧的制造者。弗兰根斯坦这个现代的普罗米修斯利用科学知识创造出了令人恐怖的杀人的"怪物"。20世纪的战争中，人类创造的科学产品炸药和原子弹摧毁了多少人的生命。

在《本，在世界上》中，神话中普罗米修斯带给人类象征光明的火，在莱辛笔下成了本恐惧的对象。本不得不时时刻刻戴一付墨镜以抵挡光亮对他眼睛的损害。象征光明的火在这里成了制造黑暗的源泉。其实与其说本对光有特殊恐惧，不如说本对光所代表的人类文明的恐惧。神话中对普罗米修斯感恩戴德的人类，在本的世界里，成了创造并利用科学或假借科学的名义不惜一切代价以达到个人唯利是图的目的小人。斯蒂芬·格姆莱克教授的科学实验室阴森恐怖，是令本发抖战栗的地方，也是使人惨不忍睹的囚笼。

> 一股难闻的气味飘出来……一层层笼子里是大大小小的猴子，这些笼子互相摞着，上面的粪便会掉到下面的动物身上。一堆兔子，脖子被固定着，化学药水正在往眼睛里面滴。一条从肩到胯开过膛，又粗粗缝上的杂种狗，躺在肮脏的草垫子上痛苦地呻吟，边上沾满了粪便（这条狗是半年前被刨开膛的，然后伤口不时地被拆开，看一看里面器官的运动，因为它在吃这药那药。然后再像麻袋那样缝起来。实际上，伤口只是一部分愈合结痂了，因为透过去可以看到里面蠕动的器官）。

然而，最令我们震惊的却不是这种所谓的"科学机构"。

在《本，在人间》，无论是最底层的工人，还是上层知名的所谓"科学家"，没有人把本当作"人"来对待。男人们，从工地的工头、工人，农场的马修，出租车老板约翰斯顿，他的朋友里查，到电影制造商阿历克斯，实验室助手阿尔弗雷多，教授斯蒂芬·格姆莱克，每个人都在欺骗本，都在不同程度上成为促成本最后死亡的帮凶。普罗米修斯用欺骗的手段为人类带来了赖以为生的火，而后现代的普罗米修斯们把欺骗作为他们赖以为生的手段，也许，这就是宙斯对普罗米修斯的惩罚和对人类的报复吧。在对经典神话颠覆性的改写中，在这种神—人角色转换的强烈对比中，莱辛对人性的"进化"进行了绝妙的讽刺。

在普罗米修斯的神话中，为了报复人类，宙斯还把潘多拉（Pandora）送给普罗米修斯的弟弟为妻，并送她一个盒子做礼物。出于好奇，潘多拉打开了盒子，因而所有的灾难从盒子里飞出来降临了人间，盒子里只剩下空洞的希望。《本，在世界上》的女人们表面上都秉性善良，并试图以各种方式帮助本。然而，她们不仅没有把本作为一个正常人来对待——本是耄耋老人爱伦·比格斯太太的一条忠实的"狗"友；是莉塔具有特别刺激体验的性伙伴；是特莉莎需要照顾的"宠物孩子"；是伊内兹科学实验的工具——而且更糟糕的是，她们和潘多拉一样，都间接地成了本悲惨命运的始作俑者。比格斯太太点燃了本对爱和生命的渴望，而她的死也使本丧失了回归家乡的最后一点希望；莉塔唤醒了本作为正常人的生理本能，却使本为此被骗到了异国他乡；特莉莎执着地照顾本，却把本先是导向了所谓科学实验的魔窟，继而又把本推向了一个美丽梦幻的悬崖。本最终带着他潘多拉的"希望"纵身跳下了悬崖。在本的世界中，人成为最令本恐怖的动物。人类成了恐怖的化身。

悲剧、生存、死亡

卢梭曾经说过："人的最原始的感情就是自我生存的感情，最原始的关怀就是对自我保存的关怀。"[①] 古希腊人在对大自然的困惑和不解中，创造了普罗米修斯的神话，合理解释了人类自我生存的现状，并借助神灵的争斗为自己的生存困惑寻找想象的支点。当人类在现实世界中一再被命运捉弄，遭受悲苦的时候，悲剧就诞生了。"远古人类陷入危机，尤其是重大危机的生存困境引发了以献祭为核心的宗教仪式，在这种仪式中激荡的悲之情绪、悸动、节奏、旋律，因某一机缘而促发了悲剧的萌芽。"[②] 神话和悲剧的结合使神—人的关系更加紧密，也使人类的命运困境在和神的相似境遇中具有了更加悲壮的意味和隐忍的理由。亚里士多德在《诗论》中，曾对悲剧的作用作了明确的论述。他说，悲剧"应该展示能够引起同情和恐惧的行

---

① 转引自任生名《西方现代悲剧论稿》，上海外语教育出版社，1998，第11页。
② 转引自任生名《西方现代悲剧论稿》，上海外语教育出版社，1998，第17页。

为……在这个表达中，同情和恐惧应该被认为是互相影响的。所要引起的是一种带有恐惧的同情，而不是感伤的同情；所要引起的是一种带有同情的恐惧，而不是以自我为中心的恐惧。带有同情的恐惧很可能包括敬畏和一种对'令人生畏事物'的感知"。① 几千年来，普罗米修斯的悲剧在我们人类的心中引起的正是这样一种情感。他不惜背叛天神，为人类的生存盗取天火，忍受巨大痛苦的精神使他的形象震撼人心，像巨人一样矗立在人间。我们对他充满了敬畏和同情。而本的悲剧所引起的是一种什么样的情感呢？

在《第五个孩子》中，本被亲生父母所抛弃，本被迫离家出走而流浪。在《本，在人间》的开始，为了获得出生证，领取救济金，本找到了自己的家，找到了母亲。然而，他却有家不能回，有母不能见。只为了吃一顿饱饭，他屡遭毒打和欺骗，并被人囚禁和追杀。而造成这一切的正是自己的亲生父母，他的所谓的"朋友"！如果说，这时我们对本的父母等人充满谴责、对本满怀同情的话，那么，当本怀抱着他认祖归宗的"希望"纵身跳下悬崖的时候，当特莉莎和阿尔弗雷多为本的死去而"很高兴"的时候，我们感到的是一种更深层次的震撼！

亚里士多德认为，悲剧能帮助人类了解人性的真相。② 古希腊时期，生产力和生产方式落后，但民风淳朴。据说火是人类在闪电劈树的自然现象中偶然发现的。在对大自然产生敬畏，由对自己命运的不可知而产生恐惧的同时，创造了神话，也创造了悲剧。古典普罗米修斯的悲剧既体现了人们对自己生存景况的关注，也反映了人类善良美好的愿望和知恩图报的纯朴意识。雪莱在《被解放了的普罗米修斯》中，通过改写经典悲剧的结尾，使普罗米修斯的悲剧具有了高昂的战斗精神，同时通过宙斯的失败和普罗米修斯最终被解救也反映了人类对未来的美好愿望和积极向上的乐观主义精神。而玛丽·雪莱却在浪漫主义的美好想象中，看到了现实的阴影。她根据普罗米修斯创造人类的神话，通过弗兰根斯坦，这个"现代普罗米修斯"的悲剧，揭示了人的善良的愿望并不总是会结出美好的果实这样残酷的现实，预示了科学在人类生活中的双重作用，同时也通过弗兰根斯坦的死展示了人类在生活的道路上为此所必然要付出的代价。实际上，在这里，我们已看到了玛

① 〔澳〕理查德·哈兰德：《从柏拉图到巴特的文学理论》，外语教学与研究出版社，2005，第 13 页。

② 〔澳〕理查德·哈兰德：《从柏拉图到巴特的文学理论》，外语教学与研究出版社，2005，第 17~18 页。

丽·雪莱对造物主和创造物之间关系的疑虑，对创造我们的文明和对人性的怀疑。不论她的真实意图如何，客观上，通过"现代普罗米修斯"的悲剧，她揭示了人类科学文明发展中的危机，揭示了人性的脆弱。

我们看到：在《本，在人间》中，神话中叱咤风云、勇斗天神宙斯的普罗米修斯所创造的人类变成了互相钩心斗角、互相欺诈、面对死亡麻木不仁的"怪物"。本成了提心吊胆、时时刻刻提防人类的"狗"。普罗米修斯面对苦难坦然应对、坚韧不屈的悲情，变成了后现代苦涩的黑色幽默。在这场英雄变怪物的悲剧中，映现着人性从知道感恩到不择手段，互相欺骗，或残忍对待同类的"退化"过程。莉塔在给本下了"他是个动物"的结论后自嘲地说："难道我们不都是动物吗？"是的，在这本小说中，人已不仅成为欺骗他人的人，而且已退化成了名副其实的"动物"，成为"非人"的怪物。当莱辛把本的悲剧同经典神话普罗米修斯的悲剧跨越时空地联系起来的时候，在它们交汇的巨大回声中鸣响着人性的死亡，回荡着宙斯对人类报复成功的笑声：潘多拉的盒子打开了，"数不清的灾难在人类中间游荡"。① 我们感到了前所未有的恐惧。

20世纪经历了两次世界大战的浩劫。随着科学技术的飞速发展和信息时代的到来，我们的文明也经历了前所未有的考验。新的细菌、病菌的发现以及各种新的技术，例如，克隆技术的发明使人的生存本身遇到了前所未有的挑战。生存和死亡成了后现代文学作品关注的焦点，道德和人性也成为人们探讨的中心。布鲁门博格说过，神话历经几千年而不衰的原因之一，就是因为它是为了"制服现实"，解决现实失控的问题。② 莱辛作为一个具有全人类视野的作家，深切关注现实中存在的问题。她在《第五个孩子》中已对人类的后现代思想状况用寓言的形式作了淋漓尽致的展示，在《本，在人间》她又通过对经典神话的颠覆性的借用和改写，对人性现状作了触目惊心的揭示，试图唤醒人类业已麻木的心灵。亚里士多德说过："悲剧具有净化人心灵的作用。"③《本，在人间》就是一出后现代普罗米修斯——人类人性丧失的悲剧。我们在神—人角色转换的巨大反差中，在古典神话映现人

---

① Hans Blumenberg. *Work on Myth*. Cambridge：The MIT Press，1985，p. 309.

② 转引自 E. F. Beall. "Hesiod's Prometheus and Development in Myth". *Journal of the History of Ideas*. Vol. 52，No. 3（Jul. – Sep 1991），p. 355.

③ Richard Harland. *Literary Theory from Plato to Barthes：An Introductory History*. Beijing：Foreign Language and Research Press & Palgrave Macmillan Limited，2005，pp. 17 – 18.

类内心的镜像面前，感到了自己灵魂的颤抖，听到了自己心灵的挣扎，它振聋发聩，发人深省。同时，透过本的悲剧，我们看到了人性恶的深渊，感到了人类生存的巨大危机。正如阿兰·戴维斯（Alan Davis）所说，"本是……一面社会的镜子"，"象征着人类的生存状况"。①

第二节 《最甜的梦》

评论概括

莱辛在 21 世纪出版了五部长篇小说。发表于 2001 年的《最甜的梦》（*The Sweetest Dream*）一般被认为是莱辛在《第五个孩子》的寓言和《玛拉和丹恩历险记》科幻实验之后的"回归现实主义"之作。但是洛克威尔却认为这只说对了一半。他称它为"另一部现实主义和想象的混合体"。他认为这本小说揭示了狭义上的共产主义理想和广义上 20 世纪 60 年代的伦敦，人们希望帮助别人、做善事的梦想。② 安东尼·奇乃尔斯（Anthony Chennells）认为这是一部长篇"家世小说"，"探讨了依附于家庭之上的信仰、信念以及社团是怎样随着每代人而改变的"。它也是莱辛对于这一种类小说的第一次尝试。③ 实际上，这本小说原本计划是她的第三本自传，后来却改成了小说。据莱辛小说出版的"作者的话"中说，是因为"怕伤害那些脆弱的人"。④菲利普·汉修（Philip Hensher）盛赞它是一本"思想的旅行"。⑤ 保罗·霍兰德尔（Paul Hollander）认为莱辛在这部小说中延续了以前对于个人和政治紧密联系的关注，是莱辛"进一步脱离自己原有的极左思想和激进的乌托邦信念旅途最清晰的阶段"。她试图"重新捕捉 60 年代

---

① Alan Davis. "Not Responsible for Items Forgotten or Lost". *The Hudson Review*, Vol. 54, No. 1 (Spring 2001), p. 141.

② John Rockwell. "The Life of the Party." *New York Times Book Review*. Feb 10, 2002. *New York Times*. p. 10. http: //proquest. umi. com/pqdweb? sid = 1&RQT = 511&TS = 1258510410&clientId = 1566&firstIndex = 120.

③ Anthony Chennells. "From bildungsroman to Family Saga." *Partisan Review*; Boston; Vol. 69, Issue 2 (Spring 2002), pp. 297 – 301.

④ Doris Lessing. "Author's Note." *The Sweetest Dream*. London: Flamingo, 2002.

⑤ Philip Hensher. "A Brave Journey in Thought." *Spectator*. Vol. 287, No. 9030 (1 Sept. 2001), pp. 33 – 34. Rpt. in *Contemporary Literary Criticism*. Ed. Janet Witalec. Vol. 170. Detroit: Gale, 2003, pp. 33 – 34. Literature Resource Center. Gale. UC Berkeley. 21 Sept. 2009. http: // go. galegroup. com/ps/start. do? p = LitRC&u = ucberkeley.

的精神"。"这部影响巨大的小说最大的优点是它聚焦于理想的社会政治追求和人性黑暗面那超越时空的张力。"①苏珊·沃特金斯从后殖民理论的角度对这部小说进行了分析，认为莱辛对"家""记忆"等概念进行了"修正"，把阶级、性别以及民族身份和种族结合在一起，"意图探讨类别的区分，模糊不同书写个人和政治历史方法的界限"。② 汉森则运用基因科学等理论，认为这本小说"强调了母亲们和女儿们的分离和差异，特别是强调了'收养'或'社会'的母亲角色"，解构了"亲缘和家庭纽带"。③ 罗宾·费泽尔（Robin Visel）对这部小说的"现实主义"特征进行了极为独到的分析，认为莱辛的这部作品不仅对20世纪中叶各种流行的主义和意识形态乌托邦的假说进行了在日常生活经验中的实验性展示，而且莱辛通过个人家庭生活透视重大的社会政治事件，创造性地恢复了19世纪现实主义的伟大传统。④

故事梗概

小说讲述了雷诺士家族三代妇女的故事。婆婆朱丽娅是德国外交官的女儿，和一个英国人菲利普相爱。第一次世界大战中她的兄弟两死一伤，情人成了残废。他们是战场上的敌人。战后朱丽娅和菲利普结婚。但结婚后，菲利普的职业生涯受到德国妻子的影响，儿子约翰尼也因为德国母亲遭受歧视，留下心理阴影。菲利普心理受到战争的创伤，非常冷漠，后去世。媳妇弗朗西斯·雷诺士是一位两个儿子的母亲，兼职做演员和杂志专栏作家养家。她的丈夫约翰尼伊顿公学未毕业，就去参加了西班牙内战，并成为共产党员。在第二次世界大战期间，参加了英国皇家空军。由于表现优秀，升为军官。战争结束后，他拒绝了良好的工作机会，投身革命活动。弗朗西斯对丈夫的政治活动不感兴趣，因而两人产生分歧。她拒绝了婆婆朱丽娅的帮助，一人带着孩子艰难度日。但后来由于约翰尼完全不管家庭，弗朗西斯不

① Paul Hollander. "Aspiration and Reality." *New Criterion*. Vol. 21, No. 7 (Mar. 2003), pp. 71 – 74. Rpt. in *Contemporary Literary Criticism*. Vol. 254. Detroit: Gale, pp. 71 – 74. Literature Resource Center. Gale. UC Berkeley. 21 Sept. 2009. http://go.galegroup.com/ps/start.do? p = LitRC&u = ucberkeley.

② Susan Watkins. "Remembering Home: Nation and Identity in the Recent Writing of Doris Lessing." *Feminist Review* 85. London: Mary 2007, p. 97.

③ Clare Hanson. "Reproduction, Genetics, and Eugenics in the Fiction of Doris Lessing." *Contemporary Women's Writing*. Vol. 1, No. 1/2 (December 2007), p. 175.

④ Robin Visel. "House/Mother: Lessing's Reproduction of Realism in *The Sweetest Dream*." in *Doris Lessing: Interrogating the Times*. ed. Debrah Raschke, Phyllis Sternberg Perrakis, and Sandra Singer. Columbus: The Ohio State University Press, 2010, pp. 58 – 74.

得不接受婆婆的建议，住进了婆婆的大房子中。大儿子安德鲁森也由婆婆资助而上了伊顿公学，而小儿子科林去了一所进步学校。约翰尼频繁外遇，后离婚，又借口为党工作，一再食言，拒绝支付孩子的抚养费。他又在情人离开后，厚颜无耻地回到弗朗西斯身边。在第二次从情人身边回来时，弗朗西斯拒绝了他，并让他"滚出去"。后来约翰尼和菲丽达结了婚，说要把菲丽达培养成一个共产主义者。弗朗西斯每天要为住在朱丽娅大房子里的所有的人做饭：包括最高一层的朱丽娅，第二层的两个儿子，第三层是弗朗西斯自己，下面还住着许多年轻人，有儿子的新女友、前女友、同学、朋友，朋友的女朋友，等等。他们大部分都是因为和父母相处不好而离家出走，住到这里来了。有的还是小偷。约翰尼把自己和现任妻子的女儿，一个问题少女——西尔维娅也推给了弗朗西斯。西尔维娅在大家的关心和帮助下，逐渐恢复了健康，并成为一名医生。后来她来到新独立的非洲国家金利亚（Zimlia）（暗指津巴布韦），帮助当地人治疗艾滋病。由于缺医少药以及政府的不作为，她和她的助手生活条件异常艰难，许多人死去，医院也被迫取消，最后西尔维娅居然遭到诽谤，并不幸染病身亡。在去世之前，西尔维娅带着两个幸存的黑人孤儿回到了伦敦，把孤儿交给了弗朗西斯的大家庭抚养。

创作缘由

　　莱辛在小说前言中说，原来她打算写她的第三部自传，但后面改成了小说，因为她怕"伤害那些脆弱的人"。① 20 世纪 60 年代她本人曾经是许多问题少年的"家居母亲"（house mother），家里有过许多辍学的孩子，他们心理受过严重创伤。"我家住的孩子们都是和警察有过麻烦的人。"② 现在她照顾过的孩子们已经人到中年，她不想让他们再受到伤害，因而不写自传。不过她想在小说中"重新捕捉到 60 年代的精神"，③ "创造出"当时年轻人的那种心理受过创伤，但又"自得其乐的感觉，以及整个时代疯狂的慷慨"。④莱辛还在访谈中谈到了目前非洲乌干达和津巴布韦以及其他地区缺少

---

①　Doris Lessing. "Author's Note." *The Sweetest Dream*. London：Flamingo，2002.

②　Doris Lessing. Interview. *Bill Moyers talks with Doris Lessing* on Now on PBS，Jan. 24，2003. http：//www. pbs. org/now/transcript/transcript ＿ lessing. html （accessed March 11，2011）.

③　Doris Lessing. "Author's Note." *The Sweetest Dream*. London：Flamingo，2002.

④　Doris Lessing. Interview. *Bill Moyers talks with Doris Lessing* on Now on PBS，Jan. 24，2003. http：//www. pbs. org/now/transcript/transcript ＿ lessing. html （accessed March 11，2011）.

书籍、政府腐败、艾滋病猖獗的情景。许多村庄由于艾滋病而整个消失。①
因而这也是她试图在小说后半部所反映的非洲现实。

小说结构、主题分析

从空间结构来说，这部小说可以说是一种层层递进的扩散式结构。首
先，按故事场景可以分为两个大部分：前面部分的场景在伦敦，主要讲述了
婆婆朱丽娅、媳妇弗朗西斯两代女性的家庭背景和当下的大家庭生活；后面
部分场景转到了非洲，主要谈孙女西尔维娅作为医生，从事慈善事业，治病
救人的职业生涯。其次，从三代人的人物背景来说，空间范围则逐渐在扩
大。婆婆朱丽娅是德国人，嫁到了英国。她的儿子，弗朗西斯的丈夫约翰尼
参加过西班牙内战，在加拿大受过皇家空军的训练，后穿梭在许多国家之
间，包括古巴等。媳妇弗朗西斯虽然是英国人，但她家里居住的孩子们有不
同种族的人，包括后来成为非洲新独立国家金利亚国家部长的黑人富兰克林
等。第三代的人物背景更为复杂。两个儿子和一个女儿西尔维娅本身就来自
不同的家庭，其朋友们更是来自世界各地。从时间结构来看，故事按历史线
性发展，涵盖整个 20 世纪：婆婆朱丽娅涉及世纪初的第一次世界大战前到战
后，媳妇弗朗西斯涵盖"二战"和 60 年代，西尔维娅则主要涉及 20 世纪后
半叶。从主题来看，莱辛采用以点带面、以小见大的方法，通过单个家庭和
个人命运透视宏大社会和政治事件，通过家庭聚会和观点交锋折射重大社会
思潮和国际潮流。它所嘲讽的对象，包括马克思主义的乌托邦理想、心理分
析、非洲民族解放运动、女性主义、殖民主义，等等。它所涉及的话题从 19
世纪传统的维多利亚家庭价值观，到 20 世纪的"自由女性"、性解放、职
业道德、政府职能、教育、社会责任等等。因而，这部小说既是一部宏大的
承前启后的 20 世纪历史记录，又是它所聚焦的 60 年代到 90 年代 30 年间英
国断代史，亦是一部揭示历史大潮下，妇女作为"地球母亲"肩负传宗接
代和教育下一代的重任，忍辱负重、包容宽厚、前赴后继，追求社会改良、
不断进取的女性主义运动发展史。小说中三位女性身上集中体现了《暴力
的孩子们》中玛莎、《金色笔记》中的安娜和《简·萨默斯的日记》中的简
等的女性形象，完美概括了她们在世事变迁中的社会和心理发展历程。

题目的象征含义

题目"最甜的梦"有几层象征含义。就个人层面来说，一是两个女主

---

① Michael Upchurch. "Voice of England, Voice of Africa." in *Doris Lessing: Conversations*. ed. Earl
G. Ingersoll. New York: Ontario Review Press, 1994, pp. 225 – 226.

角朱丽娅和弗朗西斯怀揣着对于美好爱情的向往，走向了婚姻。然而这只是甜美的梦想而已。朱丽娅的幸福爱情被战争打断，而战争带来的心理伤害和制造的敌对国之间的情感隔阂也彻底改变了她的婚姻。她为了摆脱德国出身所带来的嫌疑，证明自己，忍辱负重，不仅收留了陷入绝境的弗朗西斯和孩子，还资助了她的孙子孙女们的学费。然而，最终还是在德国间谍的嫌疑声中孤独地死去。弗朗西斯同样被丈夫英俊的外貌、过人的口才和辉煌的战争经历所吸引，步入了婚姻。然而丈夫却是一个政治上的狂热派，空喊理想的虚伪分子，在实际生活中不仅无能、厚颜无耻地屡次出轨，而且极端不负责任，带给弗朗西斯无尽的伤痛。虽然离了婚，但她不仅要抚养自己的两个儿子，还被迫抚养前夫的女儿和被抛弃的另一个妻子，还不得不接纳许多被家长抛弃或逃离父母的辍学问题少年。她对美好婚姻的梦想转变成对前夫提供一点抚养费的希望，直至最后变成前夫不要再来蹭饭的期望。二是指西尔维娅怀揣着慈善之心，来到非洲金利亚，梦想通过治病救人，使当地百姓解脱疾病的困扰。然而她的善良愿望却并没有换来政府的支持，而是遭到诽谤，最终染病去世。

　　就社会层面来说，一是指约翰尼所代表的政治理想的破灭。在小说中，约翰尼所鼓吹的美好社会和男女平等的政治理想与其实际生活行为构成了强烈的反差，从而对其宣扬的理论的空洞性和理论与实践的脱节具有了强烈的反讽效果。二是对于非洲解放运动理想的破灭。在推翻白人种族主义统治之后，人民对黑人自己的政府充满了希望。然而，通过西尔维娅在非洲腹地艰难行医的经历，通过对不少村庄被疾病侵袭而无人过问的悲惨场景的描写，作者对于新政府官员的腐败和浮夸作风进行了入木三分的揭露。三是对通过女性主义运动改善妇女地位的梦想的破灭。作者通过雷诺士家族三代妇女不尽相同的自我牺牲精神的展示，对整个 20 世纪的妇女解放运动作了一个梳理，揭示出通过女性主义运动来改善妇女地位是没有出路的。朱丽娅作为 20 世纪初已经争取到"一间自己的房间"和"500 英镑"收入的中上层阶级的妇女，有了安身立命的本钱，还可以为自己的子女提供殷实的生活条件和教育，却依然得不到晚辈的理解和尊重。所有人都在依靠她而生活，但她却得不到爱，孤苦伶仃度过余生。弗朗西斯是一个有两个孩子的单身母亲。作为新时代的"自由女性"，她渴望独立，同时做两份兼职，一是戏院演戏，一是写作，努力赚钱养家。但即便如此，高昂的孩子教育学费和生存压力迫使她不得不接受婆婆的资助。

在婆婆朱丽娅的帮助下，她才能勉强维持一大家人的生活开支。虽然孩子们都长大了，她依然没有自由，整天忙于为大家做饭、整理家务。在她竭力要求下，准备独自过一个圣诞节的梦想，也最终流产。经过女性主义运动熏陶的西尔维娅，不仅有自己的职业，还有自己的理想。她善良、聪慧，希望通过自己的努力和善行改变社会。她来到了最需要医生的地方，非洲艾滋病流行的贫困地区。她虽然尽了全力，救助了许多病人，并付出了自己的生命，但并没有根本改变那里缺医少药的状况，更没有阻止艾滋病的流行，大批的病人在她眼前死去，包括自己的助手。女性主义运动的狭隘性至此暴露无遗。女性和社会紧密相连。脱离开整个社会的"自由"和解放，女性的解放只是一句空话。它呼应了《金色笔记》中朱丽娅对安娜所说的："如果男人不自由，我们女人还谈什么自由？"

不过，最令人奇怪的是，在《最甜的梦》解构了这些主要宏大叙事构筑的梦想之后，却并没有给读者带来失望或绝望，而恰恰相反，读者在阅读过程中，有了自己的独立思考；在经过阅读的解构洗礼之后，有了更清晰的对未来的梦想。也许这就是莱辛和其他作家最大的不同：她的作品总是带给我们新生的希望。

朱丽娅的大房子是贯穿整部小说的主要意象。它不仅是整个社会的缩影：其中楼房的每一层都是不同阶层、不同年龄、不同性别、不同思想的代表，而且还是各种社会思潮和政治观点交锋的平台，是过去的历史，现在的政治、经济和社会状况，以及未来的设想共同汇集的场所。它深刻而完美地诠释了莱辛"没有什么问题是个人的问题"① 的思想理念。

第三节 《丹恩将军和玛拉的女儿，格里奥以及雪狗的故事》

评论概述

2005 年莱辛出版《玛拉和丹恩历险记》续集《丹恩将军和玛拉的女儿，格里奥以及雪狗的故事》（*The Story of General Dann and Mara's Daughter, Griot and the Snow Dog*）。这本书虽然延续了前一本的叙事风格，描述丹恩在

---

① Doris Lessing, "Preface to *The Golden Notebook.*" in *A Small Personal Voice.* ed. Paul Schlueter. New York: Vintage Books, 1975, p. 32.

玛拉死后的旅行经历，但并没有引起评论界的过多关注。不过，对于这本书的书名，加拿大图书俱乐部的书评论坛有过精辟的解读，文章说，这本小说啰唆的书名体现了人与人之间的血亲关系、人与他人之间的关系以及人与动物之间的真诚，正是这个生物圈给予人类以未来的希望。①弗吉尼亚·泰格认为这部小说是"我们时代的寓言……也是民间故事的重新发掘、创造和编年史"。② 她还指出，格里奥（Griot）这个名字原本是西部非洲文化中睿智的讲故事的人，这里他是小说后面约 2/3 部分的叙述人。在小说中发现的图书馆遗址，使我们想起了在古埃及沙漠中发现的传说中的俄克喜林库斯古卷（Oxyrhynchus Papyri）。格里奥的歌唱代表了莱辛在运用非洲赞歌传统，歌颂国王、神、斗士，在合唱和诗歌中纪念他们的英勇事迹。小说用这么长的名字，通过故事来怀念逝去的古代文明，歌颂过去的辉煌。③

故事梗概

丹恩离开了怀孕的妻子基拉和同样怀孕的玛莎，从农场来到了中心。这里地处中海（地中海）边，下边是艾弗州（非洲），北边是优州（欧洲），已经被冰雪覆盖。中心原来的城市已经被水淹没。空旷的中心里每天都有从各地逃离战争、洪水、干旱而来此避难的难民。他原来任将军时的一个忠实部下格里奥追随他来到此处，对这些难民进行组织和训练。他下决心要离开中心一段时间，试图逃离自己的过去。他沿着中海边往东，隐隐感觉沿岸的海底过去都曾经是城市，如今已经被海水淹没。路上遇到一群饥饿的难民。他告诉了他们去中心的路。玛拉分娩时死了，但丹恩还不知道。丹恩总是想起过去，想起和玛拉在一起的日子。他对所发生的事情的原委不知道，对自己的无知感到非常痛苦。很久以前，人们都了解，可他现在却什么也不知道。他一路上又遇到了许多逃离战争的饥饿难民。有些居然是他原来当将军时敌对阵营的人。看到了一对像他和姐姐当年一样饥饿的姐弟。一天他在沼泽地救了一只濒临死亡的雪狗崀拉弗，并把它安置在一个女人凯斯家里。他离开她们继续前行，遇到了一个叫阿里的人，似曾相识（在《玛拉和丹恩

---

① Anonymous. Book Reviews Forum. Canadian Book Clubs Book Reviews. http://www.canadianbookclubs.com/bkrv/topic.php? id=12 (accessed Google, 2012-02-25).

② Virginia Tiger. "'Our Chroniclers Tell Us': Lessing's Sequel to *Mara and Dann.*" *Doris Lessing Studies.* Vol. 25, No. 2 (Winter 2006), p. 24.

③ Virginia Tiger. "'Our Chroniclers Tell Us': Lessing's Sequel to *Mara and Dann.*" *Doris Lessing Studies.* Vol. 25, No. 2 (Winter 2006), p. 25.

历险记》中丹恩姐弟曾被阿里的军队抓住并善待），然后给他吃的，并了解到那里曾有几场战争，包括内战。有的已经结束，有的还在进行。丹恩继续前行，因为他想亲眼看一看优州冰崖。他在底海看到一些美丽的岛屿。德克作为艄公为他摆渡去了这些海岛。这里的居民过着自得其乐的日子，最典型的特征是没有好奇心，对自己的无知不自知。在岛上的三年里，丹恩和德克成了好朋友，玛丽安斯成为他的情人。他给居民们讲他自己和姐姐冒险的故事，但人们并不相信。他说服德克和其他5个青壮年一起跑遍了所有的岛屿，并去了优州的冰崖。巨大的冰崖正在坍塌，洪水在威胁着这里的村庄。但人们不知道，也不相信，没有一点危机意识。途中，他们帮助一群雪狗摆脱了危险的境地。丹恩踏上了回中心的旅途。一路上都是逃难的饥饿人群，看到了原来那对姐弟的白骨。他来到了凯斯家，雪狗认出他来，高兴地迎接他。凯斯的丈夫诺尔回来了。他有一种新感觉——对凯斯的柔情。他带着雪狗离开了。一路上有许多饥饿的难民（怕狗）来到一对阿拉伯老夫妇家。狗吓走了许多登门的难民。丹恩终于回到了中心。得知了玛拉的死讯，巨大的悲痛使他心神崩溃，陷入了自我封闭状态。格里奥以丹恩的名义在管理中心的事务，不断接收难民，并组建红毯军队。中心有600名士兵，有一些受训的雪狗。格里奥回忆自己之前的经历，9岁就成了孤儿，父母死于战乱。后追随丹恩。没有文化。在丹恩离开的三年里，发现了中心的秘密——很久以前的沙子图书馆。保存在密闭的有机玻璃柜中的各种书籍。丹恩被优州后裔、懂医术的阿尔伯妓女丽塔治疗痉瘵。找来阿里等进行解密工作。从东方来的阿里懂得很多，从一些书中，他们了解到这些残缺的书籍记载了优州被冰层覆盖前的历史。阿里他们的口述故事所讲述的历史比优州的历史还早许多。这些知识需要保存和流传下去。军营里有世界各地来的人，知道不同的东西。丹恩认为彼此互通消息，知识就会更多。格里奥意识到自己的无知。丹恩和阿里从图书馆和机械博物馆中知道了历史总是在重复。人类不断战争，毁灭已有的文明，只好从头再来。由于战乱，难民不断，但中心的粮食不够了，格里奥只好命令抢劫。丹恩下令不再接收难民，因为他不愿意抢劫和再进行战争。但丹恩原来的妻子基拉已经在秘密组建部队，她仇恨丹恩。中心不收留的难民将会去基拉那里。所以丹恩很矛盾，总是不能走出悲伤的阴影，他受"另一个他"——毒品所控制。格里奥来到农场，找玛拉的丈夫沙比斯。他和玛拉6岁的女儿塔玛尔逃到了中心。基拉仿照格里奥的办法组建了黑毯军队，正在伺机进攻塔城，同时把中心作为司令部。中心的图书馆已经面临被洪水淹没的危险。沙比斯要去阿古斯自己的军队那里统一自己的国家。雪狗拉弗和阿里承担起保护塔玛尔的重任。丹恩要塔玛尔把所有博物馆和图书馆的秘密都记在脑子里，学会各种语言。雪狗拉弗成为丹恩和塔玛尔的守护神。基拉和丹恩的女儿雷亚都很坏，威胁来占领中心。最后，丹恩和格里奥率领部队试图抢救图书馆里的书，但所有的书都化为灰烬，博物馆也被淹没。他们离开了中心，来到了苔原城。雪狗拉弗死了，阿里回家乡了。丹恩、格里奥以及塔玛尔在这里建起了知识中心，并使这里人民安居乐业，丰衣足食，成为一片乐土。但基拉和雷亚威胁要来接管这里，还传说有人要来侵略此地。

创作缘由

莱辛在 2006 年接受采访时，谈到了创作缘由。她刚刚去非洲看过自己的儿子，一个咖啡农场主。他刚刚经历过一场大旱。"人们在死亡，树也死了，非常可怕。"鸟都从树上掉了下来。1980 年莱辛曾去阿富汗看到了许多阿富汗难民因为战争逃离家园。莱辛说："书中的每一个人都是难民。每一个人都在逃离干旱、洪水或内战。"自己并不是在挑战什么观点，而只是描写事实，就像当年写《金色笔记》时并没有意识到在写和女性主义有关的事情，而是"记录下妇女们在厨房的谈话"。莱辛同意说《丹恩将军和玛拉的女儿，格里奥以及雪狗的故事》是一个警告。人类总是重复过去，而不知道吸取教训，所以还会有冰河世纪。①

小说结构和主题分析

这部小说作为《玛拉和丹恩历险记》的续篇，延续了丹恩在未来一个冰河世纪之后的旅行故事。但是，和前一篇不同的是，这种旅行并不完全是一次字面含义的旅行，而是一种对古老历史的追溯、探索和反思的心理旅行。小说在结构上可以分为两个部分：前半部分是从丹恩的视角讲述对大自然生态环境改变及其奥秘的追寻和思考。丹恩旅途中的所见所闻：大量逃离洪水、干旱和战乱的饥饿人群，同样被饥饿和洪水威胁的雪狗，河两岸被淹没的城市文明与隐居海底岛的岛民自得其乐、对外在威胁一无所知的快乐生活形成了鲜明对比。后半部通过丹恩的手下格里奥的视角，讲述了在

①　John Freeman. "Flipping through her Golden Notebook." ScienceFictionGate. com. Sunday, January 15, 2006. http://www.sfgate.com/cgi - bin/article.cgi? f =/c/a/2006/01/15/RVG4BGGOUM1. DTL&feed = rss. books.

中心重新发现历史遗留的图书馆和博物馆的过程，以及围绕生病的丹恩、保护处于危险之中的玛拉的女儿所展开的他们和格里奥、阿里以及忠诚的雪狗拉弗之间的深厚情谊、传承历史知识财富的努力，以及战胜外来仇恨和战争威胁的勇气。塔玛尔的善良和雷亚的邪恶，他们作为玛拉和丹恩的后代，代表了人世间善恶两种势力对人类后代的争夺，以及母亲作为肩负繁衍生育重任的女性在其中所起的至关重要的作用。如果说前半部是一种见证外在人类纷争杀戮、破坏环境的历史过程，辅以对不同社会形态的动态变迁的描述，那么，后半部则是由博物馆遗址内生锈的机器和残缺的书页所讲述的人类内部血腥纷争、大自然报复人类的历史，辅以对家庭、城市、组织以及军队内部暗流涌动、危机四伏的历史横截面的展示。格里奥本身跌宕起伏、九死一生的经历使他既是历史的参与者，又是历史的见证人，同时也是历史的讲述者。他的心理成长过程既象征着人类的无知，也代表着人类的探索和成长。

题目的象征含义

题目蕴含着丰富的含义。首先，它通常是叙述一个古老故事的开端。其次，它是一个关于男人、女人、动物之间的故事；是一个上级与下属之间的故事；是上一代人和下一代人之间的故事；是人与人，人与自然之间的故事；是直系血缘关系和非直系血缘关系的故事；是爱情、亲情和友谊的故事；是经过战争和没有经过战争的人之间的故事；是历史的参与者和历史的讲述者之间的故事；是民间传说、现代故事、未来预测的故事，等等。莱辛用这样一个含义丰富的题目，串起了人类历史发展的诸多关系和片段，讲述了人类从古至今的整个历史：人类生老病死、繁衍生息，有杀戮和争斗，也有友情和爱情；而留给读者的是教训，是反思……

第四节 《裂缝》

评论概述

2007年长篇小说《裂缝》（*The Cleft*）出版，正值莱辛获得诺贝尔文学奖之际，因此备受瞩目。这本小说涉及人类起源的远古传说、荒诞不经的情节、采用历史记载和罗马历史学家自述相互交织的叙述形式，都使评论界困惑不已。南希·克莱恩（Nancy Kline）在《纽约时报》书评上直接称它为

"没有意思"。①鲁宾斯坦在《妇女书评》评论说，这部小说是一个"寓言"，是莱辛为了弥补这代人历史感缺乏而写的。那些喜欢莱辛现实主义小说的人会感到失望。②朱莉·菲利普斯（Julie Phillips）则认为，"尽管莱辛在《裂缝》中有关时间和叙事的思想使人着迷，但是她关于男人和女人的看法却令人困惑不解，平淡无奇"。③ 索菲·哈里森（Sophie Harrison）直言："这个故事并不是太好，只是莱辛伟大的才能使它免于灾难。"④ 迈克尔·阿尔迪提（Michael Arditti）认为它既不是一本传统小说，也不是一本很容易懂的小说。⑤大卫·罗伯森（David Robson）认为它纯粹是"娱乐"小说：是由一系列有趣的"如果……就……"组成的。⑥ 凯罗琳·麦克基恩（Caroline McGinn）认为小说中"每一个场景的设计都是'为了总结男人和女人关系中的一个真理'"。⑦弗吉尼亚·泰格对这部小说评价颇低，认为它在许多地方表现出了"想象力的失败"，如当时人所说的话并不是那时就有的字词，等等。⑧

故事梗概

罗马历史学家特兰斯特（Transit）已经积累了从古至今的许多历史资料。其中有份材料，是一个叫梅蕊的人在叙述她所看到的新世界：怪物（男人）的诞生。她回忆起历史的开始，只有洞穴中被称为"裂缝守护者"的女人。她们神奇地自然怀孕，生下了同样的女人。但突然有一天却生出了不一样的怪物，男孩。她们开始杀死他们，后男孩子们被老鹰救走，到了山

① Nancy Kline. "Of Fish and Bicycles." *New York Times Book Review*. Sep. 2, 2007. *New York Times*. p. 18.

② 莱辛在华盛顿特区一次笔会——福克纳读书会上说过，现在这代人缺乏历史感。她试图通过《裂缝》来补上这一课。参见 Roberta Rubenstein. "The Origins of Sex." *Women's Review of Books* Vol. 25 IVo. 2（March/April 2008），pp. 5 – 6。

③ Julie Phillips. "Eden Undone." *Ms.* Vol. 17 No. 3（Summer 2007），pp. 73 – 75.

④ Sophie Harrison. "Between a Rock and a Hard Place." *The Sunday Times. The Times.* Jan. 7, 2007.

⑤ Michael Arditti. "Sex and Schism at the dawn of Time." *Independent.* Jan. 12, 2007. http：//www. arlindo – correia. com/doris_ lessing1. html. accessed Google 2013 – 02 – 19.

⑥ David Robson. "Lured into Her Toils. *Independent.* Jan. 28, 2007. http：//www. arlindo – correia. com/doris_ lessing1. html. accessed Google 2013 – 02 – 19.

⑦ Caroline McGinn. "A Community of Shes." *TLS.* January 12, 2007. http：//www. arlindo – correia. com/doris_ lessing1. html. accessed Google 2013 – 02 – 19. .

⑧ Virginia Tiger. "'Crested, not Cloven': The Cleft. *Doris Lessing Studies.* Vol. 27, No. 1 – 2（Winter – Spring 2008），p. 35.

那边。年轻裂缝女人们偷跑过去，和男孩子们交配，从而失去了自主生育能力，而必须和男孩交配才能生育。特兰斯特依据现在的老鹰崇拜等现象，认为这段历史具有可能性。另一份材料是男人写的，就是我们日常教学用的历史，讲先有了男人，而女人是男人的创造物，没有记载杀戮怪物的说法。特兰斯特依据现有的历史材料，认为自己有责任把没有进入主流历史中的梅蕊的故事重新讲述出来。他从人最初是海生物讲起，详细讲述女人怎样自然生育女人，怎样生育出令人恐惧的怪物，杀死他们。老鹰救走怪物男孩之后，年轻女孩和男孩偷偷约会。从群奸行为到固定性伙伴的发展。最后男孩和女孩们联合起来：女人养孩子，男人外出打猎。同时，他描述了人类从老鹰、母鹿等动物身上，学会了情感和交配等，从而有了爱恨情仇等情感和繁衍生息的能力。火的出现、部落分工的出现，老女人和年轻女人的争吵和战争，大自然的威力，等等。期间，特兰斯特穿插讲述了自己的两次婚姻。第一次婚姻妻子很好，生了两个孩子，后战死。第二次婚姻他和妻子的角色颠倒了。自己在家照顾孩子，妻子不履行母亲的职责，不管孩子。在罗马人的血腥斗兽表演中，他们竟然为儿子是参加斗兽的罗马战士而自豪。特兰斯特认为自己讲述的历史中英勇的男人是罗马人的祖先，因而优于希腊人。他夹叙夹议，展现出了人类具有很多认识的局限性。

创作缘由

根据莱辛在小说前面的话中所说，她读到一篇科技文章，说人类最早可能是先有女性，而后才有了男性。这引发了她的猜想，因为她一直认为男性不如女性稳重，并且经常犯错误，女性有一种天然的同世界融为一体的特性。[①] 据此，她创作了这个故事，并让一个罗马议员，一个贵族来评判所发生的"激烈的革命和进化变革"。她说，她非常急切地想知道人们会怎么说，"有些人可能会一个字都不喜欢。它政治上不正确"。[②]

小说结构和主题分析

莱辛多次谈到她喜欢把事情并置起来看。这篇小说正是这样并置的典范。全书没有分章节，而是用鹰的图标来区分场景的置换。小说的叙述人是一个罗马参议员、历史学家。他在叙述自己收集的有关人类起源

---

① Doris Lessing. *The Cleft*. New York：Harper Collins，2007.

② 转引自 Hillel Italie. "Style & Culture." *Los Angeles Times*. Los Angeles，Calif.：Oct 20，2006. p. E. 22. http：//proquest. umi. com/pqdweb? sid = 1&RQT = 511&TS = 1258510410&clientId = 1566&firstIndex = 120.

的史料中，有女性叙述人梅蕊对女性"裂缝守护者"作为最早人类的叙述，还有男性主流历史史料，不过大部分是他自己依据史料对人类创世的历史叙述和阐释。引人注意的是他同时还有对自己婚姻及现在生活的叙述。这些不同层次的历史叙述被鹰的图标分割，从而并置在一起，并穿插着罗马历史学家叙述人的评论和解读，自然形成了不同层次的对历史建构过程的映照：历史到底是谁在书写？哪些才是真实的历史？罗马和今天的时间距离又使叙述人的阐释和解读成为读者进行隐形历史比较的又一个参照物，从而使读者在阅读中获得了一种错层的不断转换的历史视域。

本杰明曾经对历史学家和编年史学家进行区别。一个是写历史的人，一个是讲历史的人。"历史学家一定要以某种方式对他所涉及的发生的事情进行解释。在任何情况下，他都不能满足于把它们作为世界进程的范本，而这恰恰是编年史的人所要做的。"① 莱辛在某种程度上就是一个编年史学家，把古老的历史放在人类发展的进程中进行诠释、比较，让读者看到历史的形成过程。不仅如此，莱辛在并置的历史构建进程中还揭示了多种主题：人与自然的依存关系；男人和女人的依存关系；偏见的形成；等等。同时，莱辛还试图让读者在阅读的过程中重新发现被现代文明所遮蔽的美好：人与人、人与动物、人与自然之间简单、纯粹、相互依存、相互帮助的美好情感。历史由人类来述说，也为人类自己服务。莱辛通过重新书写历史的故事，进一步证明，人类的生存和繁衍靠人与自然、动物和人与人之间的互相依存。先有女人的荒谬暗示了对于流传几千年的男权思想的嘲讽和对于女权主义狭隘思想的鄙视，甚至争论这一问题本身的荒谬性。罗马历史学家和古代历史的叙述渗透着偏见和认识的局限，表明了人类的认识局限。罗马人和读者现代思想的重合和距离，更证实了传统偏见的顽固性、人类的自以为是和时代的局限性。莱辛力图说明的，其实正如萨顿所说："在我们的实践中，最有价值的部分不是我们的科学知识，而是我们为得到它而付出的持续不断的努力。"②

---

① Walter Benjamin. "The Storyteller." In *The Theory of the Novel: A Historical Approach*. ed. Michael McKeon. London: The John Hopkins UP, 2000. p. 85.

② 〔美〕乔治·萨顿：《科学史和新人文主义》，陈恒六、刘兵、仲维光译，上海交通大学出版社，2007，第 28 页。

第五节 《阿尔弗雷德和爱米莉》

评论概述

2008年莱辛出版《阿尔弗雷德和爱米莉》。由于莱辛公开承认这部小说是依据自己父母的性格和经历所写，并且宣称这是自己的最后一部小说，因而许多评论都是围绕此话题展开。威廉姆斯·李·亚当（William Lee Adams）认为这是莱辛叛逆一生而作为女儿的"补偿行为"。[①] 马丁·鲁宾（Martin Rubin）认为它是一部"极为令人感动的回忆录。"[②]凯琳·詹姆斯（Caryn James）认为"它对莱辛的自传是特别的、非传统的补充"。[③]海勒·麦克阿尔宾（Heller McAlpin）极富洞见地指出，莱辛的这部小说"推进了回忆录形式的界限"，提出了"随着年龄的变化我们对回忆录的态度的改变，在探讨性格上，小说和非小说不同的优势，以及回忆录内在的主题形式"等问题。[④] 汤姆·斯伯林格（Tom Sperlinger）认为这本小说"延续了莱辛对过去经历的想象并再一次目睹了她与它'可怕后果'的斗争"。[⑤]弗吉尼亚·泰格在书评中认为这部小说"既令人吃惊，又令人恼怒"。它是一部"生活故事"，也是"校正生活"的故事，"有许多令人不解的地方"。[⑥] 莫莉·普尔达（Molly Pulda）认为在这部小说中，莱辛运用了一种"属性脱离"（generic detachment）的形式，把小说和回忆录区分开来，从而把自己从一些权力关系中解脱出来，如父母/子女、帝国/殖民地、国家/敌人。莱辛也把自己从历史中脱离出来，从而重新思考个人的关系，进而对旧的

---

① William Lee Adams. "Doris Lessing's Battle Scars." *Time*. Wednesday，July 9，2008. http：//www. time. com/time/magazine/article/0，9171，1821197，00. html.

② Martin Rubin. "Review：Reimagined Lives." *Wall Street Journal*（Eastern edition）. New York：Aug 9，2008. pg. W. 9. http：//proquest. umi. com/pqdweb? sid ＝ 1&RQT ＝ 511&TS ＝ 1258510410&clientId ＝ 1566&firstIndex ＝ 120.

③ Caryn James. "They May Not Mean to，but They Do." *New York Times Book Review*，Aug 10，2008；*New York Times*. p. 14.

④ Heller McAlpin. "Under her skin." *Los Angeles Times*. Los Angeles，Calif. ：Jul 27，2008，p. R. 1. http：//proquest. umi. com/pqdweb? sid ＝ 1&RQT ＝ 511&TS ＝ 1258510410&clientId ＝ 1566&firstIndex ＝ 120.

⑤ Tom Sperlinger. "Doris Lessing's Work of Forgiveness." *The Cambridge Quarterly*. Volume 38，Number 1（2009），p. 71.

⑥ Virginia Tiger. "Life Story：Doris，*Alfred and Emily*." *Doris Lessing Studies*. Vol. 28，No. 1（Winter – Spring 2009），pp. 23 – 24.

关系进行自觉的、新的审视和研究。她认为脱离是为了再重新相连，但是用另一种平等的兄弟姊妹关系形式，而不是原来的祖父母、父母、孩子的等级关系。此外，莱辛还把母亲作为一种"文学遗产"，或文学影响来探讨。①

故事梗概

第一部分：阿尔弗雷德和爱米莉：一个中篇小说。它分为四个小节。第一个小节的故事从1902年夏天阿尔弗雷德和爱米莉在球场认识开始。阿尔弗雷德是一个优秀的板球手，是很多女性，包括爱米莉、爱米莉的好友黛西，以及黛西母亲雷恩夫人等心目中的英雄。阿尔弗雷德违背自己父母的意愿，没有做银行职员，而是去好朋友波特·瑞德威的农场，当了农民。爱米莉的继母不喜欢她，但雷恩夫人却像母亲一样爱爱米莉。爱米莉和黛西一起到伦敦做了实习护士。虽然生活和工作艰苦，但她们非常热爱自己的工作。阿尔弗雷德经常去伦敦看戏，也常到医院找黛西玩。爱米莉和黛西也常常回来，偶尔能遇到阿尔弗雷德。第二小节题目是最好的年月，继续讲述阿尔弗雷德和爱米莉的故事，但和第一小节不同的是，作者时常直接插入现在父母的话语或生活，抑或用括号的形式同所讲述的故事中的事件进行对比，告诉实际情况和故事中情况的不同。阿尔弗雷德和一个护士结婚，生育了两个孩子。虽然生活平淡，但不乏快乐。爱米莉也和一个心脏科医生结婚了，但由于不再工作，每日陷于家务琐事，感到生活无聊，并不幸福。他们都由于各种原因，没有参加彼此的婚礼。爱米莉在丈夫死后，致力于贫困孩子的教育，建立了许多连锁学校，非常成功，但错过了又一次真挚的爱情。阿尔弗雷德最终老死，而爱米莉在看到一群年轻人虐待狗后去阻止，头部遭到打击，随后死于心脏病发作。第三小节是作者对于故事创作的缘由和人物原型的解释。最后一个小节是从《大英百科全书》上摘录下来的对皇家免费医院的历史介绍。

第二部分：阿尔弗雷德和爱米莉：两种生活。共分为十个小节。第一小节主要讲述战争对父母心理的伤害。正如作者所说："父亲和母亲对战争的倾述像两条洪流，互相印证着战争的罪恶。多少年之后，我才明白，母亲没有可见的伤疤，但和父亲一样，也是战争的受害者。"第

二小节是以"一个非正式的休闲妇女团体"为题，仍是讲述"二战"时期，"我"和许多叛逆女孩参加政治活动，母亲对"我"的关心、教导和无奈；对过去的怀恋；父亲对自然的热爱和对历史的关注。第三小节讲母亲为村民看病、自己掏钱买药的经历。第四和第五小节分别以"昆虫"和"古老的'麻望咖'（Mawonga）树"为题，通过对大自然的爱和今昔的变迁的描述，讲述了对穆加贝统治的不满。第六、七小节通过食物的话题，既有对过去父母关于维持食物水平标准、不准浪费粮食的告诫的回顾，又有对善良的母亲给予黑人食物、具有慈悲胸怀的父亲提及饥饿的印度孩子的深情回忆，更有对今天绿色食品不再存在的悲哀。第八小节主要讲述了作者的弟弟哈里·泰勒参加"二战"，耳朵失聪，而后又参加解放战争，最后由于不能容忍黑人统治去了南非，死于心脏病的经历。第九小节讲述了父亲在儿子参战后，在病床上度过的最后时光，包括父亲对战争的痛苦记忆、对母亲的折磨，以及周围人由于战争而遭受的悲惨境况，等等。最后一个小节是"仆人问题"，讲述白人以有用与否为标准雇用仆人，并决定是否允许他们在城市逗留；黑人不愿读书学习、更愿意跳舞；母亲对于"我"政治活动的担忧。同时，作者还叙述了战后到处都是难民，母亲、弟弟和其他等待回国的英国空军士兵们在家里高唱战争赞歌的情景；母亲在弟弟结婚之后，和一些寡妇一起打桥牌消磨时光。

创作缘由

在采访中被问到写作缘由时，莱辛说："第一次世界大战和第二次世界大战沉重地压在我的身上，我想和我一样年龄的人也会这样认为。和我一样年龄的人活着的已经不多了。它们非常沉重地压在我的身上，我必须得写出来。"① 莱辛在获得诺贝尔文学奖之后第一次和读者的见面会上，就把这部小说的一些情况作了介绍。她说，这部小说前一部分是根据她父母的性格，为自己父母想象没有战争的生活经历，后一部分是她对父母真实经历的回忆录。它是一部"反战小说，令人肝肠寸断"的书。她说通过小说，她给了父亲一直渴望得到的农场生活。而母亲一辈子精力旺盛，才华横溢，但在现

---

① *Emily Parker.* "Interview with Doris Lessing." *Wall Street Journal* (Eastern edition). New York. Mar 15, 2008, p. A. 11. http://proquest. umi. com/pqdweb？sid = 1&RQT = 511&TS = 1258510410&clientId = 1566&firstIndex = 120.

实生活中没有机会施展。"所以我给了她一种充满成就感的生活，和她的才能匹配。"① 要"给予她真正有品质的生活"。② 第二部分，莱辛说是完全真实的，没有一点编造的事实。莱辛承认，虽然写这本书对父母已经没有什么益处，但肯定对她自己有益，她"肯定感到好多了"。③

小说结构和主题分析

这是一部极具实验性质的小说。在形式结构上，它通过总体的回忆录形式，以及刻意地把小说分成对父母生活的虚构想象和真实生活记录两个部分，打破了回忆录、自传和小说的界限。我们可以看到，在第一部分的虚构生活中，有作者对父母真实生活的对比和反思的插入，之后还有虚构这些人物的原型和根据；在第二部分真实的记录中，有现在对当时不理解父母心理状况的忏悔和反思。莱辛所采用的叙述手法不仅前所未有，而且含义深刻。透过这样各种体裁交织的形式，莱辛不仅揭示了战争对父母和自己几代人造成的巨大身体摧残和长久的心理创伤，对几代人生活的改变，而且还提出了一系列有关真实与虚构、记忆与遗忘、历史现实与文学想象的关系、创作素材的选择、虚构和非虚构文学中人物性格的塑造和展示等问题，同时提供了一系列鲜明的对照：帝国和殖民地、城市和乡村、不同阶级等级、代际关系、朋友和敌人、个人和时代大潮的关系，等等。

在内容上，这部小说披露了莱辛父母生活中不为人知的一些细节，一方面是作为对以前两部自传的补充，另一方面透过对貌似无足轻重的生活细枝末节的描写，展示了战争对千千万万个像自己父母这样的普通人原本平静、单纯生活的改变，特别是心理的伤害和摧残，突出了小人物在时代大潮面前的无助、无奈，反衬出对尊重生命和担当社会责任的强烈诉求。

作为莱辛的最后一部小说，它的题目和寓意也意味深长。表面上它讲述了莱辛父母的一生，但除此之外，"阿尔弗雷德和爱米莉"既是莱辛的父母，也是人世间所有普通男人和女人的缩影。男人和女人构成了人类世界。男女之间的关系也是人类世界的基本关系。从形式上说，小说的虚构和真实

---

① Hermione Lee. "A Conversation with Doris Lessing," *Wasafiri*, 24：3（September 2009）, p. 19. http：//www. tandf. co. uk/journals. Retrieved Jan. 22，2010.

② 转引自 Deborah Solomon. "A Literary Light." *The New York Times*. July 27，2008. http：//www. nytimes. com/2008/07/27/magazine/27wwln－Q4－t. html?＿r＝1&ref＝magazine。

③ Hermione Lee. "A Conversation with Doris Lessing," *Wasafiri*, 24：3（September 2009）, p. 19. http：//www. tandf. co. uk/journals. Retrieved Jan. 22，2010.

的结合也是我们日常生活世界的准确反映，因为信息化社会已经更真切地模糊了虚拟世界和现实世界的界限。小说中的各个小节涉及家庭、邻里、朋友、不同阶层、不同代际之间的各种人物关系；也触及整个 20 世纪的时代的变迁、战争、黑人解放运动等对人类的影响，包括食物、生活条件、自然生活条件的改变、污染，等等；地理空间也从城市到乡村，从英国到南非。因而，可以毫不夸张地说，这部小说是莱辛对 20 世纪历史的梳理、对人类社会关系的总结，以及对现实世界的准确描述。在此意义上说，它也是对莱辛一生创作的总结和对她人生经历画上的完美句号。

结　语

作为一个横跨两个世纪的作家，莱辛高瞻远瞩，以人文主义为基石，用总体性的眼光俯瞰整个宇宙和世界，用独特的作品形式阐释了自己的创作思想和人文历史价值观。纵向，她为我们展示了一幅人类 20 世纪历史辩证发展变化、起伏跌宕的历史画卷；横向，她以非凡的勇气和洞察力，对流行的各种社会思潮进行了无情的解构；对人类的各种社会关系进行了条分缕析式的解剖，引领读者在质疑和反思中建构新的思维方式，从而使读者重新认识现实、认识自己、认识社会、认识他人。她是历史和时代的记录者，更是现实真谛的传递者和指引人类健康前进的导航员。

除了长篇小说，莱辛还出版了大量的短篇小说、自传、戏剧和诗歌。由于篇幅有限，这里对她的这些作品只做简单介绍。

从 1951 年发表第一部短篇小说集《一个老酋长的故事》起，莱辛一共写了 100 多篇短篇小说，分别收录在 21 个短篇小说集中（据维基百科统计）。据莱辛自己说，她的第一部短篇小说 1948 年发表在约翰内斯堡一个被称为《旅途》（*Trek*）的杂志上。[①] 她的短篇小说创作基本和长篇小说创作同步，贯穿整个写作生涯，大多是在长篇小说创作的间隙抽空写作，可以称为她长篇小说的补充。实际上，不仅在时间上是这样，而且在内容上，她的短篇小说中有许多情节既可以看作长篇小说中情节的扩展，又可以看作长篇小说的先声，还有许多是对同一问题的不同角度的阐述，包括不同层次、不同深度的重复。其实，这些复杂多变的互文关系早就引起了评论界的注意。克莱尔·斯普拉格在《多丽丝·莱辛的类别翻转：如长篇的短篇与如短篇

---

① Stephen Cray. "Breaking Down These Forms." in *Doris Lessing: Conversations*. ed. Earl G. Ingersoll. New York: Ontario Review Press, 1994, p. 109.

的长篇》中就《金色笔记》和短篇小说的呼应关系作了详尽的研究。① 艾伦·科罗娜·罗斯在《晶体、碎片和金色的整体：〈金色笔记〉中的短篇故事》中认为短篇小说集《一个男人和两个女人》中，"几乎一半的故事都在长篇小说中主动呼应或得到了呼应"。② 莱辛的短篇小说在评论界虽然并没有像长篇那样更引人注意，不过，许多学者认为她的短篇小说一点也不比长篇逊色，甚至更好。莫娜·奈普就认为莱辛的短篇小说"最好地体现了她的叙事才能"，并且即使没有她的长篇小说，单是短篇小说就"足以确立她作为现实主义散文大师的地位"。③ 著名文评家和作家玛格丽特·德拉布尔也给予了高度评价。她在 2008 年 12 月 6 日接受《卫报》采访时认为，莱辛的短篇小说在英语创作短篇小说中占据着极为重要的位置。这些短篇小说"开辟了新领域…… 它们激进、质疑、解放、极为多样化，有时令人非常不安，对于养育莱辛的国家，英国以及南部非洲和战后的欧洲提供了无与伦比的画面"。④ 实际上，莱辛的短篇小说结构独特、行文往往别出心裁、语言精练，寓讽刺和幽默于一体，是人性的镜子、社会历史画面的浓缩，是以小见大的典范。莱辛的短篇小说按故事背景可以分为三类：非洲、伦敦以及其他。

　　非虚构作品从广义来讲，包括一切非小说、戏剧和诗歌作品。从狭义上说，它通常指基于真实历史事实和个人经历所进行的写作类型，包括新闻报道、纪实散文、报告文学、传记、游记，等等。根据以上定义，莱辛重要的非虚构作品可以分为两类，一类是广义上的，包括她自己的重要文章《个人微小的声音》、演讲集《我们选择居住的监牢》《金色笔记》等一些小说的序言、访谈集《多丽丝·莱辛谈话集》以及评论文集《时间碎片》等。第二类是狭义上的，包括纪实散文《回家》《追寻英国特性》《非洲笑声》《特别的猫》等。这些作品在莱辛整个创作生涯中占据着重要的地位。一

---

① Claire Sprague. "Genre Reversals in Doris Lessing: Stories Like Novels and Novels Like Stories." in *Rereading the Short Story*. ed. Clare Hanson. London: The Macmillan Press, 1989, pp. 110 – 125.

② Ellen Cronan Rose. "Crystals, Fragments and Golden Wholes: Short Stories in *The Golden Notebook*." In *Rereading the Short Story*. ed. Clare Hanson. London: The Macmillan Press, 1989, p. 127.

③ Mona Knapp. *Doris Lessing*. New York: Frederick Ungar Publishing Co., 1984, p. 75.

④ Margaret Drabble. "Ahead of her Time." *The Guardian*. Saturday 6 December 2008. http://www. guardian. co. uk/books/2008/dec/06/margaret – drabble – doris – lessing.

方面，由于莱辛没有专门的理论著作，它们是对莱辛重要思想的集中阐述；另一方面，这些作品展示了莱辛生活中几个重要阶段的时代真实和个人经历，莱辛以及一些评论家干脆把它们称作自传；不仅如此，它们也是莱辛观点的另类表达。这并不只指在作品中莱辛阐述了自己的某些观点——这是许多作者通常所做的。这里的"另类"表达，其实是指莱辛"有意"地通过某些非虚构的作品来阐述自己的思想，或者说，通篇都是莱辛为阐述自己的思想而创作的作品，如第二类的作品，而这才是莱辛最与众不同的地方。因此，在本书中，谈到莱辛的思想观点，不可避免地会涉猎第一类中的大部分，但对其他部分和第二类作品，则由于篇幅关系，只偶尔有所涉猎。其实，莱辛的这些作品不仅主题和她的小说互相呼应，而且其艺术价值颇具挖掘潜力，如莱辛 1956 年写的《回家》。这篇纪实散文从莱辛进入非洲境内的航班上开始写起，一直到 7 周旅行结束，按照时间顺序娓娓道来。全篇既有感情的抒发，又有冷静的陈述，夹叙夹议；既不是报道，也不是旅行札记，而是集叙述、评论、回忆、逸事、议论等于一体的杂文体。在空间上，涉及肯尼亚、南罗德西亚等中非国家，以及南非，甚至美国等。在时间上，有童年的回忆，有历史事实的陈述，还有对未来的期许。该文一共分为 13 个部分，但并没有明显的地理或时间界限，也没有明确的话题划分。不过，就主题而言，涉及爱、家庭、种族问题、社会制度，等等。全文舒缓流畅，情感自然真切，令人动容。题目充满了反讽和悲凉意味。1960 年出版的《追寻英国性》描绘了莱辛从启程回英国在开普敦住旅馆、船上经历、一直到在伦敦寻找住处，和下层人住在一起时的情景，生动记录了 20 世纪 50 年代初南非以及伦敦战后的人情百态和社会历史。全文视角独特，既有纪实文学的真实，又有小说的节律，寓讽刺于幽默之中，对于"英国性"和所谓"英国人"的解剖可谓入木三分，令人在忍俊不禁当中，不得不深刻反思单一思维的荒谬性。在1992 年的《非洲笑声》中，莱辛主要谈到了生存环境的恶化，包括自然环境污染，以及艾滋病等问题。而《特别的猫》则生动地描写了莱辛饲养的猫们。在莱辛的笔下，这些猫不仅聪慧，而且具有丰富的情感。它堪称是一曲生命的赞歌。2004 年的《时间辣味》收集了莱辛自 70 年代以来发表或未曾发表过的 65 篇文章。它们有对作家，如伍尔夫、劳伦斯等的生动评述，也有对诸如"9·11"事件的坦诚看法，还有读书笔记等。话题涉及苏菲主义、对穆加贝的看法等严肃的哲理或政治问题，也有对猫的思考。从中既可以看出莱辛广博的兴趣，也可以洞见伟大作家的智慧之光，以及作为人的赤诚和真性情。

除了政治，戏剧也是英国 20 世纪 50 年代末 60 年代初有才能的年轻人另一种针砭时弊的表达方式。这也是戏剧在英国的黄金时期。当时，《愤怒的回顾》正在上演，大获成功。莱辛本来就对戏剧着迷，又加上当时和戏剧演员琼·罗德克尔（Joan Rodker）住在一起，因此她经常去剧院排队买票看戏。"我最大的享受和最奢侈的事情就是上非常好的剧院和得到歌剧票。"[1] 1958 年，莱辛还为伦敦报纸《观察家》担任了几个星期的周日戏剧评论员。[2] 莱辛的剧本鲜为人知，主要原因一是她很快就放弃了剧本创作，二是因为只有两部《每个人都是自己的荒野》（*Each His Own Wilderness*）和《玩虎》（*Play with a Tiger*）得以出版。其中 4 部在 1958 年和 1962 年间上演。1958 年，她的《每个人都是自己的荒野》在伦敦皇家宫廷剧院上演，大获成功，被称为和《愤怒的回顾》一样优秀。但由于剧院不喜欢传统的佳构剧（well – made play），所以只上演了一天。[3]克鲁斯（Agate Nesaule Krouse）认为这部剧描写了妇女的解放，是"莱辛的《玩偶之家》"。[4] 她的另一个剧本《玩虎》（*Play with a Tiger*）1958 年写完，但由于演员的原因，一直等了四年，直到 1962 年才在伦敦喜剧大剧院上演，历时两个月。据莱辛说，当时著名的评论家哈罗德·霍伯森（Harold Hobson）称它是，"伦敦内容最丰富复杂的诗剧"。沃斯利（T. C. Worsley）说："所有对当代戏剧，并且的确对当代生活感兴趣的人都应该看它。"米尔顿·舒曼（Milton Shulman）认为它"敏感、同情、感人"。罗伯特·穆勒（Robert Muller）认为它是用"撕裂的情感和真实写出来的"。不过，莱辛自己对此剧的演出却并不满意。莱辛认为它被女权主义者歪曲成了反对男人的炸弹，因此幽默就没有了。这个剧成了歇斯底里的尖叫。演员也演得不好——男主角是一个有性别歧视的风流男子。她等待了四年却是这样的结果，使她"很受伤"。[5]

① Cathleen Rountree. "A Thing of Temperament: An Interview with Doris Lessing. " London, May 16, 1998. *Jung Journal: Culture & Psyche*. Vol. 2, No. 1 (2008), p. 73.

② Malcom Page. "Doris Lessing as Theatre Critic, 1958. " *Doris Lessing Newsletter*. Vol. 4, No. 1 (Summer 1980), pp. 4 – 13.

③ Doris Lessing. *Walking in the Shade*. London: Flamingo, 1998, pp. 205 – 206.

④ Agate Nesaule Krouse. "Doris lessing's Feminist Plays. " *Journal of Fostcolonial Writing*. Vol. 15, No. 2, 1976, p. 305. http://dx. doi. org/10. 1080/17449857608588411.

⑤ Doris Lessing. *Walking in the Shade*. London: Flamingo, 1998, p. 232.

莱辛的另两部剧《多林格尔先生》和《关于比利·牛顿的真相》，在莱辛看来，已经"过时"和"毫无希望"。在这种情况下，莱辛认为，"应该忘掉"它们。① 后来，莱辛又试图写了几个剧本，但由于这样或那样的原因而搁浅，最后，由于剧本受演员等限制太多，莱辛彻底放弃了剧本写作，而专注于小说创作，因为小说"可以随心所欲"。② 她把自己对戏剧的热爱最后都倾注在了《又来了，爱情》中。她还为国家大剧院翻译了亚历山大·奥斯特洛夫斯基的《暴风雨》，写了 4 部电视剧本，其中两部改编自她的小说。③

　　莱辛的诗歌大部分发表于 20 世纪四五十年代，而且产量较少，约有 40 首左右，④ 因此，还没有引起评论界太多的注意。唯一的诗歌集是 1959 年发表的《十四首诗歌》。根据罗宾·格莱汉姆（Robin Graham）的研究，莱辛的新罗德西亚诗歌大致可以分为四类：自然诗、政治诗、寓言诗和人物讽刺诗，改变了罗德西亚诗歌艺术和主题上的狭隘性。⑤ 但莱辛认为这些诗歌只不过是初学者的练笔之作，和《十四首诗歌》的艺术成就不可同日而语。不过，莱辛谦虚地说，自己并不是一个真正的诗人。⑥ 莱辛读过艾略特、叶芝和霍普金斯的许多诗歌，但很难说受谁的影响更大。

　　莱辛在 1994 年和 1997 年发表了《我的皮肤下》和《在阴影下行走》两本自传，分别回忆了她从出生到 1949 年、1949 年到 1962 年的经历。在哈珀·柯林斯出版社出版的这两本书的封面上分别写着"这是一本独特的书，和莱辛的其他作品一样充满挑战和完全的创新"，"它既是莱辛的情感教育的书，也是一本无价的社会历史"。对于这两本自传的出版，评论界的反应不太一样。大多数评论认为《我的皮肤下》比《在阴影下行走》更为真实。希拉里·曼特尔（Hilary Mantel）1996 年在《纽约书评》中说：

---

① Agate Nesaule Krouse. "Doris lessing's Feminist Plays." *Journal of Postcolonial Writing*. Vol. 15, No. 2, 1976, pp. 321 – 322. http://dx. doi. org/10. 1080/17449857608588411.

② Tan Gim Ean and others. "The Older I get, the Less I Believe." in *Doris Lessing: Conversations*. ed. Earl G. Ingersoll. New York: Ontario Review Press, 1994, p. 201.

③ Mona Knapp. *Doris Lessing*. New York: Frederick Ungar Publishing Co., 1984.

④ Robin Graham. "Twenty 'New' Poems by Doris Lessing," *Journal of Postcolonial Writing*. Vol. 18, No. 1 (1979), pp. 90 – 98. http://dx. doi. org/10. 1080/17449857908588587.

⑤ Robin Graham. "Twenty 'New' Poems by Doris Lessing," *Journal of Postcolonial Writing*. Vol. 18, No. 1 (1979), p. 91.

⑥ Eve Bertelsen. "Acknowledging a New Frontier." in *Doris Lessing: Conversations*. ed. Earl G. Ingersoll. New York: Ontario Review Press, 1994, p. 127.

"《我的皮肤下》是一本直率的、没有辩解的文献。"① 经过了 10 年时间的检验，2007 年辛西娅·克罗森（Cynthia Crossen）在《华尔街杂志》上撰文说："《我的皮肤下》最好地体现了成熟这个词的含义，是自信和疑虑、快乐和痛苦、幽默和庄严的完美结合。"② 这本书获得了英国詹姆斯·泰特·布莱克优秀自传奖和 1995 年的洛杉矶时代图书奖。而《在阴影下行走》主要集中在莱辛到伦敦后和英国共产党以及左派等激进团体的接触上。由于涉及一些敏感话题而使评论界的意见出现分歧。正如伊丽莎白·鲍沃斯（Elizabeth Powers）所说的，一些评论家对于她政治立场的转变感到欣慰，而另一些却对这种说法很难接受，认为是对历史的不公平。他自己认为莱辛把自己加入共产党的原因归结为"对于文学的共同爱好"，"白人统治注定灭亡"等是"坦率的，却不真诚"。此外，他认为对这本自传的分析"平淡无味"，无论是作为个人的回忆录，还是作为对"冷战"期间英国知识分子生活的描绘都是一个"失败"。③ 约翰·奈特（John Knight）却认为，莱辛的这两部自传都是"伟大"的作品，"充满了睿智的洞察力和观察"。④《在阴影下行走》获得了当年美国国家图书评论界奖提名。关于自传，莱辛有自己独特的见解。她在《我的皮肤下》开始就说："说不说真话以及说多少真话不如叙事变化的视角更重要。"⑤ 莱辛在这里非常明确地指出，写作自传重要的不是真实，而是叙事视角。是选择什么来叙述，因为这体现着你的态度、立场、价值观和世界观。莱辛自传的叙事视角采用了过去的自我和现在自我的对比。在不同的时空中，两个自我相互穿梭，互相映照。"我认为自传小说比自传更真实，即使小说有一半都是虚构的。《玛莎·奎斯特》中都是虚构的人物和场景，但实际上比《我的皮肤下》更多地体现了那个时

① Hilary Mantel. "That Old Black Magic." *New York Book of Review*. Vol. 43, No. 7 (April 18, 1996). http://www.nybooks.com/articles/664.

② Cynthia Crossen. "In Her Own Words." Online edition *Wall Street Journal* (Eastern edition). New York: Oct 19, 2007. http://online.wsj.com/article/SB119265380565562408.html#printMode (Google, 2013-09-10)

③ Elizabeth Powers. "The Unexamined Life." *Commentary*. Vol. 106, No. 3 (Sept. 1998), pp. 56-59. Rpt. in *Contemporary Literary Criticism*. ed. Janet Witalec. Vol. 170. Detroit: Gale, 2003, pp. 56 – 59. Literature Resource Center. Gale. UC Berkeley. 21 Sept. 2009 http://go.galegroup.com/ps/start.do? p = LitRC&u = ucberkeley.

④ John Knight. "Autobiographical Lessing." *Social Alternatives*. 01550306. Vol. 18, Issue 1 (Jan1999), p.86. Academic Search Complete. UC. Berkeley Lib. data base.

⑤ Doris Lesing. *Under My Skin*. London: Harper Collins Publishers, 1994, p. 12.

代（从 1919 年到 1949 年）的气氛。我现在年龄太大了，没有办法把所有的激烈的情感都写进去。"① 莱辛的《我的皮肤下》生活经历多一些，而《在阴影下行走》则更多围绕她的政治活动展开。其实，莱辛的自传更多的是在借自传写社会，在传达自己的思想。此外，她的自传和别人最大的不同，正如夏洛特·英尼斯（Charlotte Innes）所说，莱辛不仅把自传当作事实的记录，而且作为质疑自传的工具，② 因而在自传的写作形式上也颇有创新。

　　实际上，莱辛的思想和创作还有许多领域没有开拓出来。她的短篇小说、自传、散文以及戏剧等都是值得我们以后深入研究的课题。

　　莱辛在长达半个多世纪的创作生涯中，调动了各种文学形式和手段，讲述了各种故事和寓言，目的不是为了使我们相信什么，而是通过独特的阅读体验让我们懂得如何相信；不是为了让我们不再接受现实，而是帮助我们调整和拓展审视现实的角度。她力图改变我们现有的单一思维方式，使我们自觉对自己接受真理的方式提出质疑。她的作品能够帮助我们消除偏见，正确认识自己、认识他人、认识整个人类在历史中的位置。从整体和全局出发，在非理性的洪流中保持理性，在历史的碎片中反思。她不仅是我们的文化偶像，更是我们的精神导师。她对时代极度敏感的想象力、超人的智慧以及内涵广博丰富的作品使她不仅成为和 19 世纪欧洲伟大现实主义作家巴尔扎克、司汤达、狄更斯、托尔斯泰、普鲁斯特等比肩的伟大作家，而且也是 20 世纪那些伟大作家星群中，如乔伊斯、伍尔夫、福克纳、海明威、默多克、福尔斯、奈保尔等人中最耀眼的之一。

---

① 转引自 Michele Field. "Doris Lessing: 'Why do We Remember?'" *Publishers Weekly*. Vol. 241。No. 38 （ 19 Sept. 1994 ）, p. 47. Literature Resource Center. Gale. UC Berkeley. 21 Sept. 2009. http：// go. galegroup. com/ps/start. do? p = LitRC&u = ucberkeley。

② Charlotte Innes. "A Life of Doing It Her Way." *Los Angeles Times*. Dec 8，1994，p. 1. http：// proquest. umi. com/pqdweb? sid = 1&RQT = 511&TS = 1258510410&clientId = 1566&firstIndex = 120.

参考文献

一　多丽丝·莱辛（Doris Lessing）[①]

小说（Novels）

1. *Alfred and Emily*. New York：Harper Collins，2008.

2. *A Proper Marriage*. London：Flamingo，1993.

3. *A Ripple from the Storm*. London：Flamingo，1993.

4. *Ben，in the World*，London：Flamingo，2000.

5. *Briefing for a Descent into Hell*. London：Jonathan Cape，1971.

6. *The Cleft*. New York：Harper Collins，2007.

7. *Landlocked*. London：Flamingo，1993.

8. *love，again*. New York：Harper Perennial，1995.

9. *Mara and Dann：An Adventure*. London：Flamingo，1999.

10. *Martha Quest*. New York：New American Library，1970.

11. *Shikasta*. NewYork：Vintage，1981.（*Canopus in Argos：Archives Series*）

12. *The Diaries of Jane Somers*. Beijing，Foreign Language Teaching and Researching press，2000.（including *The Diary of a Good Neighter* and *If the Old Could…*）《简·萨默斯的日记》，外语教学与研究出版社，2000。（包括《好邻居的日记》和《如果老人能够……》）

13. *The Fifth Child*. New York：Vintage，1989.

14. *The Four - Gated City*. London：Harper Collins Publishers，1993.

15. *The Golden Notebook*. Herts：Panther，1973.

---

①　本书所列英文参考文献，特别是国外刊物文章，除非另外标出，大部分来自美国加州大学伯克利分校图书馆（2009，9～2010，2）、剑桥大学图书馆（2005，9～2006，2）和香港大学图书馆（2003，11）以及他们的电子数据库。2000～2008年部分 *Doris Lessing Studies* 刊物在美国加州奥克兰 Mills College 复印，在参考文献中不再一一标出，在此一并说明。

16. *The Good Terrorist.* London：Flamingo，1993.

17. *The Grass is Singing.* London：Michael Joseph LTD，1950.

18. *The Memoirs of a Survivor.* New York：Vintage，1988.

19. *The Story of General Dann and Mara's Daughter, Griot and the Snow Dog.* New York：Harper Perennial，2007.

20. *The Summer Before the Dark.* London：Flamingo，1995.

21. *The Sweetest Dream.* London：Flamingo，2002.

非虚构类小说和文章（Non – Fictions and Articles）

22. "A Book That Changed me. " In *Time Bites：Views and Reviews.* London：Harper Collins Publishers，2004. pp. 212 – 213.

23. "After 911. " in *Time Bites：Views and Reviews.* New York：Harper Collins，2004. pp. 293 – 294.

24. "An Ancient Way to New Freedom. " In *The Diffusion of Sufi Ideas in the West：An Anthology of New Writings by and about Idries Shah.* ed. L. Lewin. Boulder：Keysign Press，1972. pp. 44 – 54.

25. "Author's Note. " *The Sweetest Dream.* London：Flamingo，2002.

26. "D. H. Lawrence's 'Fox'. " in *Time Bites：Views and Reviews.* by Doris Lessing. London：Harper Collins Publishers，2004. pp. 13 – 20.

27. *Going Home.* New York：Popular Library，1957.

28. *In Pursuit of English, A Documentary.* London：Panther，1960.

29. "In the world, Not of It. " in *Doris Lessing：A Small Personal Voice.* ed. Paul Schlueter. New York：Vintage Books，1975. pp. 129 – 137.

30. "On Sufism and Idries Shah's The Commanding Self. " 1994. http：// www. sufis. org/lessing_ commandingself. html.

31. "On the Death of Idries Shah. " November 23，1996. *London Daily Telegraph.* http：//www. dorislessing. org/londondaily. html.

32. "Preface. " *African Stories.* New York：Fawcett Popular Library，1965. pp. vii – x.

33. "Preface to *The Golden Notebook.* " in *A Small Personal Voice,* Paul Schlueter, ed. , New York：Vintage Books，1975. pp. 23 – 43.

34. "Preface. " *The Diaries of Jane Somers.* Beijing：Foreign Language Teaching and Research Press，2000. p. ix.

35. *Prisons We Choose to Live Inside.* New York：Harper & Row，Publishers，1987.

36. "The Sufis and Idries Shah." 1997. http：//www. serendipity. li/more/lessing_ shah. htm. （accessed Google，2011 – 10 – 05）.

37. "The Sufis and The Idries Shah." 1997. http：//www. serendipity. li/more/lessing_ shah. htm. 2011 – 10 – 05.

38. "The Small Personal Voice." in *A Small Personal Voice.* ed. Paul Schlueter. New York：Vintage Books，1975. pp. 3 – 21.

39. *Time Bites：Views and Reviews.* London：Harper Collins Publishers，2004.

40. *Under My Skin，Volume One of My Autobiography to* 1949. London：Harper Collins Publishers，1994.

41. *Walking in the Shade，Volume Two of My Autobiography* 1949 *to* 1962. London：Flamingo，1998.

其他（Others）

42. Collection of the Whitehorn letters，1944 – 1949. http：//www. uea. ac. uk/is/archives. Doris Lessing Archives. University of California，Berkeley Lib （Accessed Jan. 13，2009）.

二　英文参考文献

1. Adams，William Lee. "Doris Lessing's Battle Scars." *Time.* Wednesday，July 9，2008. http：//www. time. com/time/magazine/article/0，9171，1821197，00. html.

2. Afnan，Elham. "Names in Doris Leesing's *The Marriage Between Zones Three，Four，and Five.*" *Doris Lessing Newsletter.* Vol. 19，No. 1，1998. p. 4.

3. Aghazadeh，Sima. "Lessing's Narrative Strategies in *The Summer Before the Dark.*" *Doris Lessing Studies.* Vol. 29，No. 2 （Winter 2010/2011）pp. 14 – 19.

4. Alcorn，Noeline Elizabeth. "Vision and Nightmare：a Study of Doris Lessing's Novels." Unpub. doct. diss.，University of California，Irvine. 〔Abstr. in Dissertation Abstracts International （Ann Arbor，MI）（32），1500A.〕1971.

5. Alther，Lisa. "Review：The Writer and Her Critics." *The Women's Review of Books.* Vol. 6，No. 1 （Oct. 1988），pp. 11 – 12. http：//www. jstor. org/stable/4020312.

6. Althusser, Louis. "Marxism and Humanism." in the *Cahiers de l' I. S. E. A.* June. 1964. http: //www. marxists. org/reference/archive/althusser/1964/marxism - humanism. htm.

7. Altman, Meryl. ["Before We Said 'We' (and after): Bad Sex and Personal Politics inDoris] Lessing and Simone de Beauvoir." *Critical Quarterly.* Vol. 38, No. 3 (1996), pp. 14 - 29.

8. Anonymous. "Doris Lessing." *The Times.* January 5, 2008. http: // entertainment. timesonline. co. uk/tol/arts_ and_ entertainment/books/article 3084472. ece.

9. Anonymous. Book Reviews Forum. Canadian Book Clubs Book Reviews. http: // www. canadianbookclubs. com/bkrv/topic. Php? id = 12 (accessed Google, 2012 - 02 - 25)

10. Anonymous. "Not 1st, Perhaps 24th" *Science Fiction Stuolies.* Vol. 19, No. 2 (Jul. 1992), pp. 279 - 280. http: //www. jstor. org/stable/4240174.

11. Arditti, Michael. "Sex and Schism at the dawn of Time." *Independent.* Jan. 12, 2007. http: //www. arlindo - correia. com/doris_ lessing1. html (accessed Google Feb. 19, 2013).

12. Arlett, Robert. "The Dialectical Epic: Brecht and Lessing." *Twentieth Century Literature.* Vol. 33. No. 1 (1987), pp. 67 - 79.

13. Baer, Elizabeth Roberts. "'The Pilgrimage Inward': the Quest Motif in the Fiction of Margaret Atwood, Doris Lessing, and Jean Rhys." Unpub. doct. diss., Indiana University, [Abstr. in Dissertation Abstracts International (Ann Arbor, MI) (42) 3606A.], 1981.

14. Barnouw, Dagmar. "Disorderly Company: From *The Golden Notebook* to *The Four - Gated City.*" *Contemporary Literature.* Vol, 14. No. 4 (1973), pp. 491 - 514. http: //www. jstor. org/stable/1207469.

15. Bazin, Nancy Topping. "Androgyny or Catastrophe: The Vision of Doris Lessing's Later Novels." *Frontiers: A Journal of Women Studies.* Vol. 5, No. 3 (Autumn 1980), pp. 10 - 15. http: //www. jstor. org/stable/3346502.

16. Bazin, Nancy Topping. "British Reviews of Shikasta." *Doris Lessing Newsletter.* Vol. 4, No. 2 (Winter 1980), pp. 8 - 9.

17. Bazin, Nancy Topping. "Madness, Mysticism, and Fantasy: Shifting

Perspectives in the Novels of Doris Lessing, Bessie Head, and Nadine Gordimer." *Extrapolation.* Vol. 33, No. 1 (1992), pp. 73 – 87.

18. Bazin, Victoria. "Commodifying the Past: Doris Lessing's The Golden Notebook as Nostalgic Narrative." *The Journal of Commonwealth Literature.* Vol. 43, No. 2 (2008), pp. 117 – 131.

19. Beall, E. F.. "Hesiod's Prometheus and Development in Myth." *Journal of the History of Ideas.* Vol. 52, No. 3 (Jul. – Sep. 1991), pp. 355 – 371.

20. Beard, Linda Susan. "Lessing's Africa: Geographical and Metaphorical Africa in the Novels and Stories of Doris Lessing." Unpub. doct. diss., Cornell University [Abstr. in Dissertation Abstracts International (Ann Arbor, MI) (39) 6770A – 1A.], 1979.

21. Bell, Millicent. "Possessed by Love." *Partisan Review.* Vol. 64, No. 3 (Summer 1997), pp. 486 – 488. Rpt. in *Contemporary Literary Criticism.* Ed. Janet Witalec. Vol. 170. Detroit: Gale, 2003. pp. 486 – 488. Literature Resource Center. Gale. UC Berkeley. http://go. galegroup. com/ps/start. do? p = L itRC&u = ucberkeley.

22. Benjamin, Walter. "The Storyteller." *The Theory of the Novel: A Historical Approach.* ed. Michael McKeon. London: The John Hopkins UP, 2000. pp. 77 – 93.

23. Berets, Ralph. "A Jungian Interpretation of the Dream Sequence in Doris Lessing's 'The Summer Before the Dark'." Modern Fiction Studies. Vol. 26, No. 1 (Spring 1980), pp. 117 – 129.

24. Bergonzi, Bernard. "In Pursuit of Doris Lessing." *New York Review of Books.* Vol. 4, No. 1 (February 11, 1965). http://www. nybooks. com/ articles/664.

25. Bernstein, Edgar. "A Notable S. A. Novel." in *Doris Lessing.* ed. Eve Bertelsen. Islando: McCraw – Hill Book Company, 1985. pp. 73 – 74.

26. Bertelsen, Eve. "Doris Lessing's Rhodesia: History into Fiction." *English in Africa* Vol. 11, No. 1 (1984), pp. 15 – 40.

27. Bertelsen, Eve. ed. *Doris Lessing.* Johannesburg: McGraw – Hill Book Company (South Africa), 1985.

28. Bertelsen, Eve. "Interview with Doris Lessing." in *Doris Lessing.* ed. Eve

Bertelsen. Johannesburg: McGraw – Hill Book Company (South Africa), 1985. pp. 93 – 118.

29. Bloom, Harold. *The Anxiety of Influence: A Theory of Poetry*. Oxford: Oxford Press, 1997.

30. Bloom, Harold. ed. *Doris Lessing*. Philladelphia: Chelsea House, 2003.

31. Blumenberg, Hans. *Work on Myth*. Cambridge: The MIT Press, 1985.

32. Bolling, Douglass. "Structure and Theme in Briefing for a Descent into Hell." *Contemporary Literature*. Vol. 14, No. 4 (1973), pp. 550 – 564.

33. Boschman, Robert. "Excrement and 'Kitsch' in Doris Lessing's 'The Good Terrorist'." Ariel: *A Review of International English Literature*. Vol. 25, No. 3 (July 1994) qtd. Harold Bloom. Doris Lessing. Philadelphia: Chelsea House Publishers, 2003. pp. 87 – 106。

34. Boyd, William. "Twitching Townie." in *Doris Lessing*. ed. Eve Bertelsen. Islando: McCraw – Hill BooknCompany, 1985. pp. 89 – 90.

35. Bradbury, Malcolm. *The Modern British Novel*. London: Penguin Books, 1994.

36. Brandon, Ruth. "Venus Observed." *New Statesman and Society*. Vol. 9, No. 398 (12 Apr. 1996), pp. 38 – 39. Rpt. in Contemporary Literary Criticism. Ed. Janet Witalec. Vol. 170. Detroit: Gale, 2003. pp. 38 – 39. Literature Resource Center. Gale. UC Berkeley. 21 Sept. 2009. http: // go. galegroup. c-om/ps/start. do? p = LitRC&u = ucberkeley.

37. Brewster, *Dorothy. Doris Lessing*. New York: Twayne Publishers, 1965.

38. Bridgman, Joan. "Doris Lessing: A Biography." *Contemporary Review* (London) Vol. 277, No. 1615 (2000), pp. 121 – 122.

39. Briggs, Marlene A.. "Born in the Year 1919: Doris Lessing, the First World War, and the *Children of Violence*." *Doris Lessing Studies*. Vol. 27, Issue 1/2 (Winter/Spring2008). pp. 3 – 10.

40. Brock, Richard. "'No Such Thing as Society': Thatcherism and Derridean Hospitality in The Fifth Child." *Doris Lessing Studies*. Vol. 28. No. 1 (Winter – Spring 2009), pp. 7 – 12.

41. Brooks, Ellen W. "Fragmentation and Integration: A Study of Doris Lessing's Fiction." Unpub. doct. diss., New York University, 1971. [Abstr. in Dissertation Abstracts International (Ann Arbor, MI) (32) 3989A –

90A.], 1971.

42. Bullock, C. J. and Kay L. Stewart. "Post – Party Politics: Doris Lessing's Novels of the Seventies. " *The Massachusetts Review*. Vol. 20, No. 2 (Summer 1979), pp. 245 – 257. http://www. jstor. org/stable/25088948.

43. Burkom, Selma R. "'Only Connect': Form and Content in the Works of Doris Lessing". *Critique: Studies in Modern Fiction*. Vol. 11, No. 1 (1969), pp. 51 – 68.

44. Burkom, Selma Ruth, "A Reconciliation of Opposites: a Study of the Works of Doris Lessing", Unpub. doct. diss. , University of Minnesota, 1970. [Abstr. in Dissertation Abstracts International (Ann Arbor, MI) (31), 5390A.], 1970.

45. Bush, Trudy. "Many Faiths, Many Stories. " *Christian Century*. Vol. 117, No. 35 (13 Dec. 2000), p, 1310. Rpt. in *Contemporary Literary Criticism*. Ed. Janet Witalec. Vol. 170. Detroit: Gale, 2003. p. 1310. Literature Resource Center. Gale. UC Berkeley. 21 Sept. 2009. http://go. galegroup. com/ps/start. do? p = LitRC&u = ucberkeley.

46. Byrne, Jennifer. "An Interview with Doris Lessing. " Oct. 24, 2001. http://www. abc. net. au/foreign/stories/s390537. htm. Retrieved March 5, 2013.

47. Cairnie, Julie. "Doris Lessing, Socialist Realism, and Plaasroman. " *Doris Lessing Studies*, Vol. 26, Issue 2 (Fall 2007), pp. 20 – 22.

48. Carey, John L. . "Art and Reality. " In *Doris Lessing: Critical Studies*. ed. Annis Pratt and L. S. Dembo. Madison: The University of Wisconsin Press, 1974. p. 29.

49. Carole, Klain. *Doris Lessing: A Biography*. London: Duckworth, 2000.

50. Cederstrom, Lorelei. "'Inner Space' Landscape: Doris Leesing's 'Memoirs of a Survivor'". *Mosaic*. Vol. 13, No. 3/4 (Spring/Summer 1980), pp. 115 – 132.

51. Cederstrom, Lorelei. "Doris Lessing's Use of Satire in 'The Summer Before the Dark'. " *Modern Fiction Studies*. Vol. 26, No. 1 (Spring 1980), pp. 131 – 145.

52. Chaucer, Georphey. "Canterbury Tales. " *The Norton Anthology of English Literature*. Third Edition. Volume 1. ed. M. H. Abrams. New York. W. W. Norton

& Company, Inc, 1974. pp. 103 – 104.

53. Chennells, Anthony. "From bildungsroman to family saga." *Partisan Review*; Boston; Vol. 69, Issue 2, (Spring 2002), pp. 297 – 301.

54. Chennells, Anthony. "Doris Lessing and the Rhodesian Settler Novel." In *Doris Lessing*. ed. Eve Bertelsen. Johannesburg: McGraw – Hill Book Company (South Africa), 1985. pp. 31 – 43.

55. Chettle, Judith E. "Lessons in Survival." *World & I.* Vol. 14, No. 5 (May 1999), pp. 246 – 255. Rpt. in *Contemporary Literary Criticism*. Ed. Janet Witalec. Vol. 170. Detroit: Gale, 2003. pp. 246 – 255. Literature Resource Center. Gale. UC Berkeley. 21 Sept. 2009.

56. Chiu, CHi – Yue & Angela Ka – yee Leung. "Do Multicultural Experiences Make People More Creative?" *In – Mind Magazine*. Issue 4. 2007. http: // beta. in – mind. org/issue – 4/do – multicultural – experiences – make – people – more – creative – if – so – how?

57. Clark, Alex. "Basic Human Instincts." *Times Literary Supplement*. 4940 (2 Apr. 1999), pp. 21 – 25. Rpt. in Contemporary Literary Criticism. Ed. Janet Witalec. Vol. 170. Detroit: Gale, 2003. pp. 21 – 25. Literature Resource Center. Gale. UC Berkeley. 21 Sept. 2009. http: //go. galegroup. com/ps/ start. do? p = LitRC&u = ucberkeley.

58. Clarke, John J.. *Jung and Eastern Thought: A Dialogue with the Orient.* Florence: Routledge, 1994. http: //site. ebrary. com/lib/berkeley/ Doc? id = 5001566&ppg = 2.

59. Coetzee, J. M. "The Heart of Me." *New York Review of Books*. Vol. 41, No. 21. December 22, 1994. http: //www. nybooks. com/articles/archives/ 1994/dec/22/the – heart – of – me.

60. Collins, Jerre and Raymond Wilson. "The Broken Allegory: Doris Lessing's The Fifth Child as Narrative Theodicy." *Analecta Husserliana*. Vol. 41 (1994), pp. 227 – 291. http: //link. springer. com/content/pdf/10. 1007/ 978 – 94 – 011 – 0898 – 0_ 19. pdf#page – 2.

61. Collins, Jacquelyn Diane. "Architectural Imagery in the Works of Doris Lessing." Unpub. doct. diss., Univ. of Notre Dame, 1983. [Abstr. in Dissertation Abstracts International (Ann Arbor, MI) (44) 3387A.], 1983.

62. Conboy, Sheila C. "The Limits of Transcendental Experience in Doris Lessing's ' The Memoirs of a Survivor. ' " *Modern Language Studies.* Vol. 20, No. 1 (Winter, 1990), pp. 67 – 78. http: //www. jstor. org/stable/3195163.

63. Connor, Steven. *The English Novel in History, 1950 – 1995.* London: Routledge, 1996.

64. Corrigan, Maureen. "Improbably Star – Crossed. " *The Nation.* Vol. 262, No. 18 (6 May 1996), pp. 62 – 63. Rpt. In *World Literature Criticism Supplement.* 2 Literature Resource Center. Gale. UC Berkeley. 21 Sept. 2009. http: // go. galegroup. com/ps/start. do? p = LitRC&u = ucberkeley.

65. Courtland, Lewis F. " A Visit toIdries Shah. " In *The Diffusion of Sufi Ideas in the West: An Anthology of New Writings by and about Idries Shah.* ed. L. Lewin. Boulder: Keysign Press, 1972. pp. 55 – 128.

66. Cousins, Mark and Athar Hussain. *Michel Faucault.* Hampshire: Macmilian, 1984.

67. Crossen. Cynthia. "In Her Own Words. " Online edition *Wall Street Journal* (Eastern edition) . New York: Oct 19, 2007. http: //online. wsj. com/article/ SB119265380565562408. html#printMode. (Google, 2013 – 09 – 10) .

68. D, B. G. Review. *Books Abroad.* Vol. 25, No. 2 (Spring 1951), pp. 174 – 175. http: //www. jstor. org/stable/40090071.

69. Davis, Alan. " Not Responsible for Items Forgotten or Lost" . *The Hudson Review.* Vol. 54, No. 1, (Spring 2001), pp. 141 – 147.

70. Daymond, M. J. . "Areas of the Mind: *The Memoirs of a Survivor* and Doris Lessing's African stories. " *Ariel.* Vol. 17, No. 3 (1986), pp. 65 – 82.

71. Dean, Sharon L. . " Lessing's *The Fifth Child.* " *Explicator.* Vol. 50, No. 2 (1992), pp. 120 – 122.

72. Didion, Joan. " *Briefing for a Descent into Hell.* " *Critical Essays on Doris Lessing.* ed. Claire Sprague and Virginia Tiger. Boston: G. K. Hall, 1986. pp. 192 – 196.

73. Dilthey, Wilheim. " The Historical Concept. " in *Meaning in History: W` Dilthey's Thoughts on History and Society.* ed. by H. P. Rickman. London: George Allen & Unwin LTD. , 1961.

74. Dinnage, Rosemary. "Doris Lessing's Double Life. " *The New York Review*

of Books. Vol. 45, No. 18. Nov. 19, 1998. http: //www. nybooks. com/ articles/664.

75. Dooley, Gillian. "An Autobiography of Everyone? Intentions and Definitions in Doris Lessing's 'Memoirs of a Survivor'. " *English Studies.* Vol. 90, No. 2 (2009), pp. 157 – 166.

76. Donoghue, Denis. "Alice, the Radical Homemaker. " *New York Times Book Review.* Vol. 3, No. 29 (22 Sept. 1985), p. 3.

77. Drabble, Margaret. "Doris Lessing: Cassandra in a World under Siege. " In *Critical Essays on Doris Lessing.* ed. Claire Sprague and Virginia Tiger. Boston: G. K. Hall, 1986. pp. 183 – 190.

78. Drabble, Margaret. "Ahead of her Time. " *The Guardian.* Saturday 6 December 2008. http: //www. guardian. co. uk/books/2008/dec/06/margaret – drabble – doris – lessing.

79. Draine, Betsy. "Nostalgia and Irony: The Postmodern Order of 'The Golden Notebook' . " *Modern Fiction Studies.* Vol. 26, No. 1 (Spring 1980) ,pp. 31 – 48.

80. Draine, Betsy, "Changing Frames: Doris Lessing's 'Memoirs of a Surviv or' . " *Studies in the Novel.* Vol. 11, No. 1 (Spring 1979), pp. 51 – 62.

81. Draine, Betsy. *Substance under Pressure: Artistic Coherence and Evolving Form in the Novels of Doris Lessing.* Madison: The University of Wisconsin Press, 1983.

82. Dugan, Emily. "Lessing Angers America by Sanging September 11 'Was Not That Terrible' . " *The Independent.* Wednes day, 24 October, 2007. http: //www. independent. co. uk/news/uk/politics lessing – angers – america – by – saying – september – 11 – was – not – that – terrible – 397704. html (accessed Google, 2013 – 07 – 18) .

83. Duyfhuizen, Bernard. "On the Writing of Future – History: Beginning the Ending in Doris Lessing's 'The Memoirs of a Survivor. '" *Modern Fiction Studies.* Vol. 26, No. 1 (Spring 1980), pp. 147 – 156.

84. Eaden, James and David Renton. *The Communist Party of the Great Britain since 1920.* Gordonsville: Palgrave Macmillan, 2002.

85. Eder, Richard. "Conjuring a Tense Future, Imperfectly. " *Los Angeles*

Times. Los Angeles, Calif. : Jan. 19, 1999. p. 1. http：//proquest. umi. com/ pqdweb? sid = 1&RQT = 511&TS = 1258510410& clientId = 1566&firstIndex = 120.

86. Edar, Richard. "Take My Mom … Please: Four Novellas illustrate Doris Lessing's Varied Themes." *New York Times Book Review*, Jan. 25, 2004. *New York Times*. p. 6. http：//proquest. umi. com/pqdweb? sid = 1&RQT = 511&TS = 1258510410&clientId = 1566&firstIndex = 120.

87. Eldredge, Patricia R.. "A Granddaughter of Violence: Doris Lessing's Good Girl as Terrorist." *The American Journal of Psychoanalysis*. Vol. 49, No. 3 (1989), pp. 225 – 238.

88. Eliot, T. S. "The Waste Land". In *The Norton Anthology of English Literature*. ed. M. H. Abrams. Fourth Edition. Volume 2. New York. W. W. Norton & Company, Inc, 1979. pp. 2267 – 2283.

89. Ernst, Carl W. *The Shambhala Guide to Sufism*. Boston: Shambhala Publications, Inc. , 1997.

90. Fahim, Shadia S. *Doris Lessing*: *Sufi Equilibrium and the Form of the Novel*. London: St. Martin's Press, 1994.

91. Famila, Mercy. "Humanism in Doris Lessing's Novels: an Overview." *IRWLE* Vol. 7, No. 1 (January 2011), pp. 1 – 6. http：//worldlitonline. net/humanism – in. pdf. (accessed Yahoo, April 23, 2012)

92. Fand, Roxanne Joyce. "The Dialogic Self in Novels by Virginia Woolf, Doris Lessing and Margaret Atwood." Unpub. doct. diss. , Univ. of Hawaii, 1995. [Abstr. in Dissertation Abstracts International (Ann Arbor, MI) (56) 1995, 1789a.], 1995.

93. Ferguson, Suzanne. "The Rise of the Short Story in the Hierarchy of Genres." In *Short Story Theory at a Crossroads*. ed. Susan Lohafer and Joellyn Clarey. Baton Rouge and London: Louisiana State University Press, 1989. pp. 176 – 192.

94. Field, Michele. "Doris Lessing: 'Why do We Remember? '" *Publishers Weekly*. 241. 38 (19 Sept. 1994) p 47. Literature Resource Center. Gale. UC Berkeley. 21 Sept. 2009. http：//go. galegroup. com/ps/start. do? p = LitRC &u = ucberkeley.

95. Fishburn, Katherine. *The Unexpected Universe of Doris Lessing*: *A Study in*

Narrative Technique. London: Greenwood Press, 1985.

96. Fishburn, Katherine. "The Manichean Allegories of Doris Lessing's The Grass Is Singing." *Research in African Literatures.* Vol. 25, Issue 4 (Winter 1994), pp. 1 – 15.

97. Fishburn, Katherine. "Wor (1) ds Within Words: Doris Lessing as Meta – fictionist and Meta – physician." *Studies in the Novel.* Vol. 20, No. 2 (1988), pp. 186 – 205.

98. Fishburn, Katherine. "The Nightmarish Repetition: The Mother – Daughter Conflict inDoris lLessing's *Children of Violence.* " In *The Lost Tradition: Daughters in Literature,* ed. Cathy N. Davidson and E. M. Broner. New York: Ungar, 1980. pp. 207 – 216.

99. Fishbure, Katherine. "Teaching Doris Lessing as a Sbuversive Activity: A Response to the Preface to *The Golden Notebook.* " *Doris Lessing: The Alchemy of Survival.* ed. Carey Kaplan and Ellen Cronan Rose. Athens: Ohio University Press, 1988. pp. 81 – 92.

100. Fishburn, Katherine. "Back to the Preface: Cultural Conversations with *The Golden Notebook.* " *College Literature.* Vol. 17, Issue 2/3 (June 1990), pp. 183 – 195.

101. Fishburn, Katherine. "Doris Lessing's 'Briefing for a Descent into Hell': Science Fiction or Psycho – Drama?" *Science Fiction Studies.* Vol. 15, No. 1 (Mary 1988), pp. 48 – 60. http://www.jstor.org/stable/4239858.

102. France, Miranda. "A Truly Beastly Hero." *Spectator.* Vol. 284, No. 8968 (24 June 2000), p. 38. Rpt. in *Contemporary Literary Criticism.* ed. Janet Witalec. Vol. 170. Detroit: Gale, 2003. p. 38. Literature Resource Center. Gale. UC Berkeley. 21 Sept. 2009. http://go.galegroup.com/ps/start.do? p = LitRC&u = ucberkeley.

103. Franko, Carol. "Authority, Truthtelling, and Parody: Doris Lessing and 'the Book'. " *Language & Literature.* Vol. 31, No. 3 (1995), pp. 255 – 85.

104. Freeman, John. "Flipping Through her Golden Notebook." Interview in *The San Francisco Chronicle.* Sunday, January 15, 2006. http://www.sfgate.com/cgi – bin/article.cgi? f =/c/a/2006/01/15/RVG4BGGOUM1.DTL&feed = rss.books.

105. Fromm, Erich. ed. *Socialist Humanism: An International Symposium*. Garden City: Doubleday, 1965.

106. Fuoroli, Caryn. "Doris Lessing's 'Game': Referential Language and Fictional Form." *Twentieth Century Literature*. Vol. 27, Issue 2 (Summer 1981), pp. 146 – 165.

107. Galin, Müge. *Between East and West: Sufism in the Novels of Doris Lessing*. Albany: State University of New York Press, 1997.

108. Galin, Müge N., "The Path of Love: Sufism in the Novels of Doris Lessing", Unpub. doct. diss., Ohio State University, 1992. [Abstr. in Dissertation Abstracts International (Ann Arbor, MI) (53) 1992, pp. 489 – 490a.]

109. Gilbert, Sandra and Susan Gubar. *The Madwoman in the Attic*. New Haven: Yale University Press, 1979.

110. Graham, Robin. "Twenty 'New' Poems by Doris Lessing," *Journal of Postcolonial Writing*. Vol. 18, No. 1 (1979), pp. 90 – 98. http://dx.doi.org/10.1080/17449857908588587.

111. Graves, Robert. "Introduction." *The Sufis*. by Idries Shah. New York: Anchor Books, 1971. pp. vii – xxii.

112. Gray, Stephen. "An Interview with Doris Lessing." *Research in African Literature*. Vol. 17, No. 3, Special Focus on Southern Africa (Autumn, 1986) pp. 329 – 340. http://www.jstor.org/stable/3819219.

113. Green, Martin. "The Doom of Empire: *Memoirs of a Survivor*." in *Critical Essays on Doris Lessing*. ed. Claire Sprague and Virginia Tiger. Boston: G. K. Hall, 1986, pp. 31 – 37.

114. Greene, Gayle. *Doris Lessing: The Poetics of Change*. Ann Arbor: The University of Michigan Press, 1994.

115. Greenblatt, Stephen and Giles Gunn. ed. *Redrawing the Boundaries: the Transformation of English and American Literary Studies*. New York: The Modern Language Association of America, 1992.

116. Guignon, Charles. ed. *The Cambridge Companion to Heidegger*. Cambridge: Cambridge University Press, 1993.

117. Haas, Joseph. "Doris Lessing: Chronicler of the Cataclysm." *Chicago Daily*

News. 14 June 1969.

118. Hanson, Clare. ed. *Rereading the Short Story.* London: The Macmillan Press, 1989.

119. Handy, William J., and Max Westbrook. *Twentieth Century Criticism.* New York: The Free Press, 1974.

120. Hanley, Lynne. "Writing across the Color Bar: Apartheid and Desire." *The Massachusetts Review.* Vol. 32, No. 4 (Winter 1991), pp. 495 – 506. http://www. jstor. org/stable/25090297. Accessed: 13/10/2009.

121. Hanson, Clare. "Reproduction, Genetics, and Eugenics in the Fiction of Doris Lessing." *Contemporary Women's Writing.* Vol. 1, No. 1/2 (December 2007), pp. 171 – 184.

122. Hardin, Nancy Shields, "The Sufi Teaching Story and Doris Lessing." *Twentieth Century Literature.* Vol. 23 (1977), pp. 314 – 326.

123. Hardin, Nancy Shields. "Doris Lessing and the Sufi Way." *Contemporary Literature.* Vol. 14, No. 4, Special Number on Doris Lessing (Autumn, 1973), pp. 565 – 581.

124. Harrison, Sophie. "Between a Rock and a Hard Place." *The Sunday Times. The Times.* Jan. 7, 2007.

125. Haworth, Dianne. *Paddy the Wanderer.* Auckland: Harper Collins, 2007. http://en. wikipedia. org/wiki/Waterloo_ Bridge. (Google, 5 Dec. 2011).

126. Hazelton, Lesley. "Doris Lessing on Feminism, Communism and 'Space Fiction'." July 25, 1982, Sunday, *Late City Final Edition* Section 6; p. 21, Column 1; Magazine Desk. http://mural. uv. es/vemivein/feminismcommunism. htm.

127. Hendin, Josephine, "Doris Lessing: ThePhoenix 'Midst her Fires.," *Harper's.* Vol. 246, No. 1477 (June 1973), pp. 83 – 86.

128. Hensher, Philip. "A Brave Journey in Thought." *Spectator.* 287. 9030 (1 Sept. 2001), pp. 33 – 34. Rpt. in *Contemporary Literary Criticism.* ed. Janet Witalec. Vol. 170. Detroit: Gale, 2003. pp. 33 – 34. Literature Resource Center. Gale. UC Berkeley. 21 Sept. 2009 http://go. galegroup. com/ps/start. do? p = LitRC&u = ucberkeley.

129. Hidalgo, Pilar. "Doris Lessing and A. S. Byatt: Writing 'The Golden Notebook' in the 1990s." *Doris Lessing Studies.* Vol. 25, Issue 1 (Spring

2005）,pp. 22 – 25.

130. Hines, Nico. "Doris Lessing 'Delighted' to Win Nobel Prize." *The Times Online*. October 11, 2007. http://www. timesonline. co. uk/tol/news/uk/article2638056. ece.

131. Hite, Molly. "Doris Lessing's *The Golden Notebook* and *The Four – Gated City*: Ideology, Coherence, and Possibility." *Twentieth Century Literature*. Vol. 34, Issue 1 (Spring 1988), pp. 16 – 29.

132. Hite, Molly. "Subverting the Ideology of Coherence: *The Golden Notebook* and *The Four – Gated City*." in *Doris Lessing: The Alchemy of Survival*. ed. Carey Kaplan and Ellen Cronan Rose. Ohio University Press, 1988. pp. 61 – 70.

133. Hollander, Paul. "Aspiration and Reality." *New Criterion*. Vol. 21, No. 7 (Mar. 2003), pp. 71 – 74. Rpt. in *Contemporary Literary Criticism*. Vol. 254. Detroit: Gale, pp. 71 – 74. Literature Resource Center. Gale. UC Berkeley. 21 Sept. 2009. http://go. galegroup. com/ps/start. do? p = LitRC&u = ucberkeley.

134. Holmquist, Ingrid. *From Society to Nature: A Study of Doris Lessing's "Children of Violence."* Gothenburg: University of Gothenburg, 1980.

135. *The Holy Bible*. Lowa Falls: World Bible Publishers.

136. Hsieh, Meng – Tsung. "Almost Human But Not Quite?: The Impenetrability of Being in Doris Lessing's *Ben, In the World*." *Doris Lessing Studies*. Vol. 29, No. 1 (2010), pp. 14 – 18.

137. Hunter, Melanie and Darby McIntosh. " 'A Qestion of Wholes': Spiritual Intersecting, Universal Re – Visioning in the Works of Doris Lessing." In *Spiritual Exploration in the Works of Doris Lessing*. ed. Perrakis, Phyllis Sternberg. Westport: Greenwood Press, 1999. pp. 109 – 119.

138. Hynes, Joseph. "The Construction of *Golden Notebook*." *Iowe Review* 4 (1973), pp. 100 – 113.

139. Hynes, Joseph. "Doris Lessing's Briefing as Structural Life and Death." *Renascence*. Vol. 46, No. 4 (Summer 1994), pp. 225 – 245.

140. Innes, Charlotte. "A Life of Doing It Her Way." *Los Angeles Times*. Dec. 8, 1994. p. 1. http://proquest. umi. com/pqdweb? sid = 1&RQT = 511& TS = 1258510410&clientId = 1566&firstIndex = 120.

141. Italie, Hillel. "Style & Culture." *Los Angeles Times*. Los Angeles, Calif. : Oct. 20, 2006. p. E. 22. http: //proquest. umi. com/pqdweb? sid = 1&RQ T = 511&TS = 1258510410&clientId = 1566&firstIndex = 120.

142. James, Caryn. "They May Not Mean to, but They Do." *New York Times Book Review*. Aug 10, 2008. http: //www. nytimes. com/s/list. php? id = 153.

143. Jay, Martin. *Marxism and Totality*: *The Adventures of a Concept from Lukács to Habermas*. Berkeley: University of California Press, 1984.

144. Joannou, Maroula. *Contemporary Women's Writing*: *from The Golden Notebook to The Color Purple*. Manchester: Manchester University Press, 2000.

145. Johnson, Sally Hickerson. *Form and Philosophy in the Novels of Doris Lessing*. The University of Connecticut, PhD. , 1976. Xerox University Microfilms, Ann Arbor, Michgan 48106.

146. Jong, Erica. "Everywoman out of Love?" *Critical Essays on Doris Lessing*. ed. Claire Sprague and Virginia Tiger. Boston: G. K. Hall, 1986. pp. 197 – 199.

147. Kabir, Ananya Jahanara. "Gender, Memory, Trauma: Women's Novels on the Partition of India." *Comparative Studies of South Asia, Africa and the Middle East*. Vol. 25, No. 1 (2005), pp. 177 – 190.

148. Kakutani, Michiko. "Books of the Times: Family Relations, Society and a Monstrous Baby." *The New York Times*. March 30, 1988, Wednesday, Late City Final Edition. http: //www. lexisnexis. com/us/lnacademic/returnTo. do? returnToKey = 20_ T7509514982.

149. Kakutani, Michiko. "Where Millenniums Are Treated Like Century." *New York Times*. Late Edition (East Coast) . New York: Jan. 26, 1999. pg. E. 8. http: //proquest. umi. com/pqdweb? sid = 1&RQT = 511& TS = 1258510410&clientId = 1566&firstIndex = 120.

150. Kalliney, Peter J. . *Cities of Affluence and Anger*: *A Literary Geography of Modern Englishness*. Charlottesville: University of Virginia Press, 2006.

151. Kaplan, Carey and Ellen Cronan Rose. "Introduction." *Doris Lessing*: *The Alchemy of Survival*. ed. Carey Kaplan and Ellen Cronan Rose. Athens: Ohio University Press, 1988. pp. 3 – 41.

152. Kaplan, Carey and Ellen Cronan Rose. Ed. *Doris Lessing*: *The Alchemy of*

Survival. Athens: Ohio University Press, 1988.

153. Kaplan, Carey & Ellen Cronan Rose. ed. *Approaches to Teaching Lessing's The Golden Notebook.* New York: The Modern Language Association of America, 1989.

154. Kaplan, Sydney Janet. "The Limits of Consciousness in the Novels of Doris Lessing." *Contemporary Literature.* Vol. 14, No. 4, Special Number on Doris Lessing (Autumn 1973),pp. 536 – 549. http://www. jstor. org/stable/1207471.

155. Karl, Frederick R.. "Doris Lessing in the Sixties: The New Anatomy of Melancholy." *Contemporary Literature.* Vol. 13, No. 1 (Winter 1972), pp. 15 – 33. http://www. jstor. org/stable/1207417.

156. Karl, Frederick R. *A Reader's Guide to the Contemporary English Novel.* London: Thames and Hudson, 1972.

157. Kearns, George. "Doris Lessing, Carlos Fuentes, Gilbert Sorrentino and Others." *Hudson Review.* Vol. 39, No. 1 (Spring 1986), pp. 121 – 134.

158. Kellermann, Henry and Hans – Peter Rodenberg. "*The Fifth Child*: An Interview with Doris Lessing." *Doris Lessing Newsletter.* Vol. 13, No. 1 (Summer 1989), p. 4.

159. Kenyon, Olga. *Writing Women.* Concord: Pluto Press, 1991.

160. King, Jeannette. *Doris Lessing.* London: Edward Arnold, 1989.

161. Klein, Susan M.. "First and Last Words: Reconsidering the Title of *The Summer Before the Dark.*" *Critique: Studies in Contemporary Fiction.* Vol. 43, No. 3 (Spring 2002), pp. 228 – 238. http://go. galegroup. com/ps/start. do? p = LitRC&u = ucberkeley.

162. Kline, Nancy. "Of Fish and Bicycles." *New York Times Book Review.* Sep. 2, 2007. *New York Times.* p. 18.

163. Knapp, Mona. *Doris Lessing.* New York: Frederick Ungar Publishing Co., 1984.

164. Knapp, Mona. "Canopuspeak: Doris Lessing's 'Sentimental Agents' and Orwell's '1984'." *Neophilologus.* Vol. 70, No. 3 (July 1986), pp. 453 – 461.

165. Knapp, Mona. "Review of*The Diaries of Jane Somers.*" *World Literature Today.* Vol. 59, No. 4. 10th Puterbaugh Conference Issue. (Autumn 1985), pp. 594 – 595.

166. Knapp, Mona. "Review of *The Good Terrorist*." *World Literature Today*. Vol. 60, No. 3 (Summer 1986), pp. 470 – 471. http://www. jstor. org/stable/40142299 Accessed: 01/10/2009.

167. Knapp, Mona. "Review of Mara and Dann." *World Literature Today*. Vol. 74, No. 2. English – language Writing from Malaysia, Singapore and the Philippines (Spring 2000), p. 366. http://www. jstor. org/stable/40155635.

168. Knight, John. "Autobiographical Lessing." Social Alternatives. 01550306. Vol. 18, Issue 1 (Jan 1999), p. 86. Academic Search Complete. UC. Berkeley Lib. data base.

169. Krouse, Agate Nesaule. "Doris lessing's Feminist Plays." *Journal of Postcolonial Writing*. Vol. 15, No. 2 (1976), pp. 305 – 322. http://dx. doi. o rg/10. 1080/17449857608588411.

170. Krouse, Tonya. "Freedom as Effacement in 'The Golden Notebook': Theorizing Pleasure, Subjectivity, and Authority." *Journal of Modern Literature*. Vol. 29, Issue 3 (Spring 2006), pp. 39 – 56.

171. Kumar, Krishan. "Preface." *The Making of English National Identity*. Cambridge: Cambridge UP, 2003.

172. Lankshear, Colin. "On Having and Being: the Humanism of Erich Fromm." In "Critical Theory and the Human Condition: Founders and Praxis." ed. Michael A. Peter, Colin Lankshear and Mark Olssen. New York: Peter Lang Publishing, 2003. pp. 54 – 66. http://www. peterlang. com/Index. cfm? vID = 6.

173. Latz, Anna. "The Quest for Freedom in Love, Again." *Doris Lessing Newsletter*. Vol. 18, No. 2 (1997), pp. 3 – 13.

174. Lawrence, D. H.. "Morality and the Novel." in 20th *Century Literary Criticism*. ed. David Lodge. Essex: Longman, 1972. pp. 127 – 131.

175. Leader, Zabary. ed. *On Modern British Fiction*. New York: Oxford UP, 2002. p. 2.

176. Lee, Hermione. "A Conversation with Doris Lessing." *Wasafiri*. Vol. 24, No. 3 (September 2009), pp. 18 – 25. http://www. tandf. co. uk/journa ls. Retrieved Jan. 22, 2010.

177. Lefcowitz, Barbara F.. "Dream and Action in Lessing's *Summer Before the Dark*." *Critique*. Vol. 17, No. 2 (1975), pp. 107 – 120.

178. Lefew, Penelope Anne. "Schopenhauerian Will and Aesthetics in Novels by George Eliot, Olive Schreiner, Virginia Woolf, and Doris Lessing." Unpub. doct. diss. , NorthernIllinois University, 1992. [Abstr. in Dissertation Abstracts International (Ann Arbor, MI) (53) 1993, 2382a.] .

179. Leonard, John. "The Spacing Out of Doris Lessing." *New York Times*. February 7, 1982. http://www. nytimes. com/1982/02/07/books/the - spacing - out - of - doris - lessing. html? sec = &spon = &pagewanted = all.

180. Leonard, John. "The Adventures of Doris Lessing." *The New York Review of Books*, Vol. 53, No. 19. Nov. 30, 2006. http://www. nybooks. com/ articles/664.

181. Lewin, L. . ed. *The Diffusion of Sufi Ideas in the West*: *An Anthology of New Writings by and about Idries* Shah. Boulder: Keysign Press, 1972.

182. Lightfoot, Marjorie J. "Breakthrough in *The Golden Notebook*. " *Studies in the Novel*. Vol. 7, No. 2 (Summer 1975), pp. 277 - 285.

183. Lodge, David. "Keeping up Appearances: Review of *The Summer Before the Dark*. " *New Statesman*. London (4 May 1973) in *Doris Lessing*. ed. Eve Bertelsen. Johannesburg: McGraw - Hill Book Company (South Africa), 1985. pp. 81 - 83.

184. Lodge, David, ed. 20*th Century Literary Criticism*. Essex: Longman, 1972.

185. Lukens, Rebecca J. . "Inevitable Ambivalence: Mother and Daughter in Doris Lessing's *Martha Quest*. " *Doris Lessing Newsletter* 2 (Winter 1978), pp. 13 - 14.

186. Lyotard, Jean - Francois. *The Postmodern Condition*: *A report on knowledge*. Trans. Geoff Bennington and Brian Massumi. Minneapolis: University of Minnesota Press, 1984. http://site. ebrary. com/lib/berkeley/Doc? id = 10151039&ppg = 7.

187. McAlpin, Heller. "Under her skin. " *Los Angeles Times*. Los Angeles, Calif. : Jul. 27, 2008. p. R. 1. http://proquest. umi. com/pqdweb? sid = 1&RQT = 511&TS = 1258510410&clientId = 1566&firstIndex = 120.

188. MacNaughton, Robin. "And Now, Inner Space Fiction. " *Nation*. Vol. 213, Issue 22 (1971), pp. 699 - 700.

189. Maddocks, Melvin. "Ghosts and Portents" . *Time*. 16 June 1975. http://

www. time. com/time/magazine/article/0, 9171, 947537 – 3, 00. html # ixzz0ZY516cyv.

190. Maddocks, Melvin. "Amor Vincit Omnia?" *HP – Time. com.* Monday, May 20, 1974. http://www. time. com/time/magazine/article/0, 9171, 907314 – 2, 00. html#ixzz0ZXzPahOg.

191. Mantel, Hilary. "That Old Black Magic." *New York Book of Review.* Vol. 43, No. 7 (April. 18, 1996). http://www. nybooks. com/articles/664.

192. Marchino, Lois A.. "The Search for Self in the Novels of Doris Lessing." *Studies in the Novel.* Vol. 4, No. 2 (Summer 1972), pp. 252 – 261.

193. Marder, Herbert. "Borderline Fantasies: The Two Worlds of*Briefing for a Descent into Hell.* "Language *& Literature.* Vol. 19, Issue 4 (Fall 1983), pp. 427 – 448.

194. Marder, Herbert. "The Paradox of Form in 'The Golden Notebook'." *Modern Fiction Studies.* Vol. 26, No. 1 (Spring 1980), pp. 49 – 54.

195. Markow, Alice Bradley. "The Pathology of Feminine Failure in the Fiction of Doris Lessing." *le* Critique. Vol. 16, Issue 1 (1974), pp. 88 – 100.

196. Massie, Allen. *The Novel Today: A Critical Guide to the British Novel* 1970 – 1989. London: Longman, 1990.

197. McAlpin, Heller. "Under her skin." *Los Angeles Times.* Los Angeles, Calif. : Jul. 27, 2008. p. R. 1. http://proquest. umi. com/pqdweb? sid = 1&RQT = 511&TS = 1258510410&clientId = 1566&firstIndex = 120.

198. McCormack, Mary Carolyn Gough. "A New Frontier: The Novels of Doris Lessing and the Sciences of Complexity". Ph. D. , University of South Carolina, 1998. UC Berkeley Library Database. Etext. 12 Dec. 2009. http://proquest. umi. com/pqdweb? sid = 1&RQT = 511&TS = 1258510410&client Id = 1566&firstIndex = 120.

199. McGinn, Caroline. "A Community of Shes." *TLS.* January 12, 2007. http://www. arlindo – correia. com/doris _ lessing1. html (accessed Google Feb. 18, 2013).

200. McKeon, Michael. ed. *The Theory of the Novel: A Historical Approach.* London: The John Hopkins UP, 2000.

201. Moore – Bridger, Benedict. "Nobel Prize Winner Doris Lessing Refuses to become a Dame because of Britain's 'Non – existent Empire'." 22 Octorber 2008. Mail online. (accessed Yahoo, Feb. 27, 2012). http://www. dailymail. co. uk/news/article – 1079647/Nobel – Prize – winner – Doris – Lessing – refuses – dame – Britains – non – existent – Empire. html.

202. Morgan, Ellen. "Alienation of the Woman Writer in *The Golden Notebook*." *Contemporary Literature*. Vol. 14 (1973), pp. 471 – 480.

203. Mosier, M. P.. "A Sufi Model for the Teacher/ Disciple Relationship in The Sirian Experiments." *Extrapolation*. Vol. 32, Issue 3 (Fall 1991), pp. 209 – 221.

204. Mulkeen, Anne M.. "Twentieth – Century Realism: The 'Grid' Structure of 'The Golden Notebook'." *Studies in the Novel*. Vol 4, No. 2 (Summer 1972), pp. 262 – 274.

205. Mullarkey, John, *Bergson and Philosophy*. Notre Dame: University of Notre Dame Press, 2000.

206. Mutekwa, Anias. "Gendered beings, Gendered discourses: the Gendering of Race, Colonialism and Anti – Colonial Nationalism in Three Zimbabwean Novels." *Social Identities*. Vol. 15, No. 5 (September 2009), pp. 725 – 740. http://dx. doi. org/10. 1080/13504630903205357.

207. Mutti, G., "Female Roles and the Function of Art in *The Golden Notebook*." *Massachusetts Studies in English*. Vol. 3 (1973), pp. 78 – 83.

208. Myles, Anita. *Doris Lessing: A Novelist with Organic Sensibility*. New Delhi: Associated Publishing House, 1991.

209. Naumer, Mary Ann Singleton, "The City and the Veld: a Study of the Fiction of Doris Lessing", Unpub. doct. diss., Univ. of Oregon, 1973. [Abstr. in Dissertation Abstracts International (Ann Arbor, MI) (34) 5984A – 5A.], 1973.

210. Nelson, Stephanie. *Hesiod: Theogony: Works and Days*. Boston: Boston University, 2009.

211. Oates, Joyce Carol. "A Visit with Doris Lessing." *Southern Review*, October 1973. http://jco. usfca. edu/Cessing. html.

212. O'Faolain, Julia. "Objects of Eros." *Times Literary Supplement*. 4853 (5

Apr. 1996), pp. 27 - 29. Rpt. in *Contemporary Literary Criticism*. ed. Janet Witalec. Vol. 170. Detroit: Gale, 2003. pp. 27 - 29. Literature Resource Center. Gale. UC Berkeley. http://go. galegroup. com/ps/start. do? p = LitRC&u = ucberkeley.

213. Page, Malcom. "Doris Lessing as Theatre Critic, 1958. " *Doris Lessing Newsletter*. Vol. 4, No. 1 (Summer 1980), pp. 4 - 13.

214. Parker, Emily. "Interview with Doris Lessing. " *Wall Street Journal* (Eastern edition). New York. Mar. 15, 2008. p. A. 11. http://proquest. umi. com/pqdweb? sid = 1&RQT = 511&TS = 1258510410&clientId = 1566&firstIndex = 120.

215. Parrinder, Patrick. "Descents into Hell: the Later novels of Doris Lessing. " *Critical* Quarterly. Vol. 22, Issue 4 (Winter 1980), pp. 5 - 25.

216. Peel, Ellen. "The Self Is Always an Other: Going the Long Way Home to Autobiography. " *Twentieth Century Literature*. Vol. 35, Issue 1 (Spring 1989), pp. 1 - 16.

217. Perrakis, Phyllis Sternberg. "The Marriage of Inner and Outer Space in Doris Lessing's " Shikasta. " *Science Fiction Studies*. Vol. 17, No. 2 (Jul. 1990), pp. 221 - 238. http://www. jstor. org/stable/4239993.

218. Perrakis, Phyllis Sternberg. " The Whirlpool and the Fountain: Inner Growth and Love, Again. " *Spiritual Exploration in the Works of Doris Lessing*. ed. Phyllis Sternberg Perrakis Westport: Greenwood Press, 1999. pp. 83 - 108.

219. Perrakis, Phyllis Sternberg. ed. *Spiritual Exploration in the Works of Doris Lessing*. Westport: Greenwood Press, 1999.

220. Phillips, Julie. "Eden Undone. " *Ms*. Vol. 17, No. 3 (Summer 2007), pp. 73 - 75.

221. Pickering, Jean. *Understanding Doris Lessing*. Columbia: University of South Carolina Press, 1990.

222. Pooley, Roger. "Doris Lessing: Mysticism and Sexual Politics. " April 1985. http://www. clsg. org/html/m1. htm. pp. 5 - 6.

223. Porter, Dennis. "Realism and Failure in *The Golden Notebook*. " *Modern Language Quarterly*. Vol. 35, No. 1 (1974), pp. 56 - 65.

224. Powers, Elizabeth. "The Unexamined Life." *Commentary*. Vol. 106, No. 3 (Sept. 1998), pp. 56 – 59. Rpt. in *Contemporary Literary Criticism*. Ed. Janet Witalec. Vol. 170. Detroit: Gale, 2003. pp. 56 – 59. Literature Resource Center. Gale. UC Berkeley. 21 Sept. 2009. http://go. galegroup. com/ps/ start. do? p = LitRC&u = ucberkeley.

225. Pratt, Annis and L. S. Dembo. ed. *Doris Lessing: Critical Studies*. Madison: The University of Wisconsin Press, 1974.

226. Pritchard, William H.. "Review: Looking Back at Lessing." *The Hudson Review*. Vol. 48, No. 2 (Summer 1995), pp. 317 – 324. http://www. jstor. org/ stable/3851830.

227. Pruitt, Virginia. "The Crucial Balance: a Theme in Lessing's Short Fiction." *Studies in Short Fiction*. Vol. 18 (1981), pp. 281 – 285.

228. Pulda, Molly. "War and Genre in Doris Lessing's *Alfred and Emily*." *Doris Lessing Studies*. Vol. 29, No. 2 (Winter 2010/2011), pp. 3 – 8.

229. Pye, Michael. "The Creature Walks Among Us." *New York Times Book Review*. Aug. 6, 2000. http://lib. njue. edu. cn/newhttp://www. nytimes. com/s/ list. php? id = 153.

230. Rapping, Elayne Antler. "Unfree Women: Feminism in Doris Lessing's Novels." *Women's Studies*. Vol. 3 (1975): pp. 29 – 44.

231. Raschke, Debrah, Phyllis Sternberg Perrakis, and Sandra Singer. ed. *Doris Lessing: Interrogating the Times*. Columbus: The Ohio State University Press, 2010.

232. Raskin, Jonah. "Doris Lessing at Stony Brook: An Interview." in *Doris Lessing: A Small Personal Voice*. ed. Paul Schlueter. New York: Vintage Books, 1975. pp. 61 – 76.

233. Raskin, Jonah. "An Interview with Doris Lessing." *Progressive* 63. 6 (June 1999): pp. 36 – 39. Contemporary Literary Criticism. ed. Janet Witalec. Vol. 170. Detroit: Gale, 2003. Uc Berkeley 21 Sept. 2009. http://go. galegroup. com/ps/start. do? p = LitRC&u = ucberkeley.

234. Reese, Christopher L. "Doris Lessing: A Biography." *World Literature Today*. Vol. 75, No. 2 (2001), pp. 340 – 341.

235. Richards, I. A.. "Communication and the Artist." *20th Century Literary*

Criticism. ed. David Lodge. Essex: Longman, 1972. pp. 106 – 111.

236. Rickman, H. P.. ed. *Meaning in History: W. Dilthey's Thoughts on History and Socity*. London: George Allen &Unwin LTD, 1961.

237. Ridout, Alice and Susan Watkins. ed. *Doris Lessing: Border Crossings*. London: Continuum International Publishing Group, 2009.

238. Ridout, Alice. "What Is the Function of a Storyteller? The relationship Why and How Lessing Writes." *Doris Lessing: Interrogating the Times*. ed. Debrah Raschke, Phyllis Sternberg Perrakis, and Sandra Singer. Columbus: The Ohio State University Press, 2010. pp. 77 – 91.

239. Roberts, Edwin A.. *The Anglo – Marxists: A Study in Ideology and Culture*. London: Rowman & Littlefield Publishers, INC., 1997.

240. Roberts, Shelia. "Sites of Paranoia and Taboo: Lessing's 'The Grass Is Singing' and Gordimer's 'July's People'." *Research in African Literatures*. Vol. 24, No. 3 (Autumn 1993), pp. 73 – 85. http: //www. jstor. org/stable/3820114.

241. Robson, David. "Lured into Her Toils." *Independent*. Jan. 28, 2007. http: // www. arlindo – correia. com/doris_ lessing1. html (accessed Google, 2013 – 02 – 19).

242. Rockwell, John. "The Life of the Party." *New. York Times Book Review*. Feb 10, 2002. *New York Times*. pp. 9 – 10. http: //proquest. umi. com/pqdweb? sid = 1&RQT = 511&TS = 1258510410&clientId = 1566&firstIndex = 120.

243. Rogers, Jane. "Dark Times." *The Guardian*. Saturday December 3, 2005. http: //www. arlindo – correia. com/doris_ lessing1. html. (Accessed Google, 2013 – 02 – 22).

244. Rose, Ellen Cronan. "Statelier Mansions: Humanism, Forster & Lessing." *The Massachusetts Review*. Vol. 17, No. 1 (Spring 1976), pp. 200 – 212. http: //www. jstor. org/stable/25088622.

245. Rose, Ellen Cronan. "Review: A Lessing in Disguise." *The Women's Review of Books*. Vol. 2, No. 5 (Feb 1985), pp. 7 – 8. http: //www. js tor. org/stable/4019636.

246. Rose, Ellen Cronan. "Crystals, Fragments and Golden Wholes: Short Stories in *The Golden Notebook*." In *Rereading the Short Story*. ed. Clare Hanson. London: The Macmillan Press, 1989. pp. 126 – 137.

247. Rosenfeld, Aaron S.. "Re – membering the Future: Doris Lessing's 'Experiment in Autobiography'. " *Critical Survey.* Vol. 17, Issue 1 (2005), pp. 40 – 55.

248. Rosner, Victoria. "Home Fires: Doris Lessing, Colonial Architecture, and the Reproduction of Mothering. " *Tulsa Studies in Women's Literature.* Vol. 18, No. 1 (Spring 1999), pp. 59 – 89. http://www. jstor. org/stable/464347.

249. Ross, Deborah. "Doris Lessing: The Voice of Experience. " Monday, 17 June, 2002. http://www. independent. co. uk/news/people/profiles/doris – lessing – the – voice – of – experience – 645609. html.

250. Rountree, Cathleen. "A Thing of Temperament: An Interview with Doris Lessing. " London, May 16, 1998. *Jung Journal: Culture & Psyche.* Vol. 2, No. 1 (2008), pp. 62 – 77.

251. Rowe, Margaret Moan. *Doris Lessing.* New York: St. Martin's Press, 1994.

252. Rowen, Norma. "Frankenstein Revisited: Doris Lessing's *The Fifth Child.* " *Journal of the Fantastic in the Arts.* Vol. 2, No. 3 (1990), pp. 41 – 49.

253. Rubenstein, Roberta. T*he Novelistic Vision of Doris Lessing: Breaking the Forms of Consciousness.* Urbana: University of Illinois Press, 1979.

254. Rubenstein, Roberta. "Briefing on Inner Space: Doris Lessing and R. D. Laing. " *Psychoanalytic Review.* Vol. 63, No. 1 (1976), pp. 83 – 93. http://www. pep – web. org/search. php? volume = 63&journal = psar&PHPSESSID = 1flub1bnopu8ereeabfm3uuo06.

255. Rubenstein, Roberta. "Feminism, Eros and Coming of Age. " *Frontiers.* Vol. 22, No. 2 (June 2001), pp. 1 – 19. Rpt. in *Contemporary Literary Criticism.* Ed. Janet Witalec. Vol. 177. Detroit: Gale, 2004. pp. 1 – 19. Literature Resource Center. Gale. UC Berkeley. http://go. galegroup. com/ps/start. do? p = LitRC&u = ucberkeley.

256. Rubenstein, Roberta. "The Origins of Sex. " *Women's Review of Books* Vol. 25, No. 2 (March/April 2008), pp. 5 – 6.

257. Rubin, Martin. "Review: Reimagined Lives. " *Wall Street Journal* (Eastern edition). New York: Aug. 9, 2008. p. W. 9. http://proquest. umi. com/pqdweb? sid = 1&RQT = 511&TS = 1258510410&clientId = 1566&firstIndex = 120.

258. Ryf, Robert S. "Beyond Ideology: Doris Lessing's Mature Vision." *Modern Fiction Studies*. Vol. 21, No. 2 (Summer 1975), pp. 193 – 201.

259. Sage, Lorna. *Women in the House of Fiction: Post – War Women Novelists*. London: Macmillan, 1992.

260. Sage, Lorna. *Doris Lessing*. London: Methuen, 1983.

261. Sartre, Jean – Paul. "Existentialism Is a Humanism." in *Existentialism from Dostoyevsky to Sartre*. ed. Walter Kaufman. trans. Philip Mairet. Oklahoma: Meridian Publishing Company, 1989. http://www. marxists. org/reference/archive/sartre/works/exist/sartre. htm.

262. Saxton, Ruth O. "Sex after Sixty: *love again* and *The Sweetest Dream*." in *Doris Lessing: Interrogating the Times*. ed. Debrah Raschke, Phyllis Sternberg Perrakis, and Sandra Singer. Columbus: The Ohio State University Press, 2010. pp. 202 – 210.

263. Saxton, Ruth O., and Jean Tobin, ed. *Woolf and Lessing: Breaking the Mold*. Hampshire: Macmillan, 1994.

264. Scanlan, Margaret. "Language and the Politics of Despair in Doris Lessing's *The Good Terrorist*." *Novel: A Forum on Fiction*. Vol. 23, Issue 2 (Winter 1990), pp. 182 – 198.

265. Sceats, Sarah. *Food, Consumption and the Body in Contemporary Women's Fiction*. Cambridge: Cambridge University Press, 2003.

266. Schaeffer, Susan Fromberg. "When Walls Tumble Down." *Chicage Review*. Vol. 27, No. 3 (Winter 1975/1976), pp. 132 – 137.

267. Schemo, Diana Jean. "At the Guggenheim with Doris Lessing: A Portrait Unwinds, As in Life." *New York Times*. November 2, 1994. http://www. nytimes. com/1994/11/02/garden/at – the – guggenheim – with – doris – lessing – a – portrait – unwinds – as – in – life. html.

268. Schinto, Jeanne. "Lessing in London." *The Nation*. Oct 13, 1997. pp. 31 – 33.

269. Schlueter, Paul, ed. *Doris Lessing: A Small Personal Voice*. New York: Vintage Books, 1975.

270. Schlueter, Paul. "Review of *love, again*". *Doris Lessing Newsletter*. Vol. 18, No. 1 (1996), pp. 1 – 6.

271. Schlueter, Paul. *Doris （May） Lessing.* "British Novelists," 1930 – 1959. Ed. Bernard Stanley Oldsey. *Dictionary of Literary Biography.* Vol. 15. Detroit: Gale Research, 1983. Literature Resource Center. Gale. UC Berkeley. 21 Sept. 2009. http://go. galegroup. com/ps/start. do? p = LitRC&u = ucberkeley.

272. Schlueter, Paul. *The Novels of Doris Lessing.* Carbondale and Edwardsville: Southern Illinois University Press, 1973.

273. Schneider, Karen. "A Different War Story: Doris Lessing's Great Escape. " *Journal of Modern Literature.* Vol. 19, Issue 2 （Fall 1995）, pp. 259 – 272.

274. Schweickart, Patrocinio P. "Reading a Wordless Statement: the Structure of Doris Lessing's *The Golden Notebook.* " *Modern Fiction Studies* Vol. 31 （1985）, pp. 263 – 279.

275. Sebestyen, Amanda. "Mixed Lessing. " *The Women's Review of Books.* Vol. 3, No. 5 （Feb. 1986）, pp. 14 – 15. http://www. jstor. org/stable/4019871.

276. Seligman, Dee. "In Pursuit of Doris Lessing. " in *Approaches to Teaching Lessing's The Golden* Notebook. ed. Carey Kaplan & Ellen Cronan Rose. New York: The Modern Language Association of America, 1989. pp. 21 – 29.

277. Shaffer, Brian W.. *Reading the Novel in English 1950 – 2000.* Oxford: Blackwell, 2006.

278. Shah, Idries. *The Way of the Sufi.* New York: E. P. Dutton & Co. , INC. , 1969.

279. Shah, Idries. *The Sufis.* New York: Anchor Books, 1971.

280. Shah, Idries. *Learning How to Learn.* Arkana: Penguin Books, 1993.

281. Shashaani, Ramona. "Borrowed Ideas; Persian Roots of Christian Traditions. " *Culture of Iran.* December, 1999. http://www. iranchamber. com/culture/articles/persian_ roots_ christian_ traditions. php. （accessed Google, 2012 – 04 – 20）

282. Shelley, Mary. *Frankenstein or The Modern Prometheus.* London: Simon & Schuster, Inc. 2004.

283. Shorter, Edward. *A Historical Dictionary of Psychiatry.* Cary: Oxford University Press, 2005. http://site. ebrary. com/lib/berkeley/Doc? id = 10142395&ppg = 1.

284. Simon, Linda. "The Alien. " *World & I.* Vol. 16, No. 2 （Feb. 2001）, pp. 235 – 240. Rpt. in *Contemporary Literary Criticism.* ed. Janet Witalec. Vol. 170.

Detroit: Gale, 2003. pp. 235 – 240. Literature Resource Center. Gale. UC Berkeley. 21 Sept. 2009. http://go. galegroup. com/ps/start. do? p = LitRC& u = ucberkeley.

285. Sims, Susan K. Swan. "Repetition and Evolution: an Examination of Themes and Structures in the Novels of Doris Lessing." Unpub. doct. diss., Univ. of Oregon, 1978. 〔Abstr. in Dissertation Abstracts International (Ann Arbor, MI) (39) 4249A – 50A.〕, 1978.

286. Singleton, Mary Ann. *The City and Veld: The Fiction of Doris Lessing.* Lewisburg: Bucknell University Press, 1977.

287. Singer, Sandra. "London and Kabul: Assessing the Politics of Terrorist Violence." in *Doris Lessing: Interrogating the Times.* ed. Debrah Raschke, Phyllis Sternberg Perrakis, and Sandra Singer. Columbus: The Ohio State University Press, 2010, pp. 92 – 112.

288. Sizemore, Christine Wick. *A Female Vision of the City: London in the Novels of Five British Women.* Knoxville: The University of Tennessee Press, 1989.

289. Smith, Adam. "The Story Dictates the Means of Telling It." Telephone interview with Doris Lessing following the announcement of the 2007 Nobel Prize in Literature, 11 October 2007. http://nobelprize. org/cgi – bin/print? from = /nobel_ prizes/literature/laureates/2007/lessing – interview. html.

290. Snitow, Ann. "The Long Version." *Women's Review of Books.* Vol, 25, No. 6 (November/December 2006), pp. 30 – 31. http://www. wcwonline. org/ WRB – Issues/the – long – version. (accessed Google, Aug. 23, 2013).

291. Solomon, Deborah. "A Literary Light." *The New York Times.* July 27, 2008. http://www. nytimes. com/2008/07/27/magazine/27wwln – Q4 – t. html? _ r = 1&ref = magazine.

292. Spengler, Oswald. *The Decline of the West.* New York: AlfredAKnopf, Inc., 1926.

293. Sperlinger, Tom. "Doris Lessing's Work of Forgiveness." *The Cambridge Quarterly.* Vol. 38, No. 1 (2009), pp. 66 – 72.

294. Spiering, M.. *Englishness: Foreigners and Images of National identity in Postwar Literature.* Amsterdam – Atlanta: Ga, 1992.

295. Spiegel, Rotraut. *The Problem of Alienation and the Form of the Novel.* Frankfurt

am Main: Verlag Peter D. Lang GmbH, 1980.

296. Spilka, Mark. "Lessing and Lawrence: the Battle of the Sexes." *Contemporary Literature*. Vol. 16 (1975), pp. 218 – 240.

297. Sprague, Claire, "Lessing's *The Grass Is Singing*, *Retreat to Innocence*, *The Golden Notebook* and Eliot's *The Waste Land*." *Explicator*. Vol. 50, No. 3 (1992), pp. 177 – 180.

298. Sprague, Claire. "Doubletalk and Doubles Talk in *The Golden Notebook*." *Language & Literature*. Vol. 18, Issue 2 (Spring 1982), pp. 181 – 197.

299. Sprague, Claire. "Naming in Marriages: Another View." *Doris Lessing Newsletter*. Vol. 7, No. 1 (1983), p. 13.

300. Sprague, Claire and Virginia Tiger. ed. *Critical Essays on Doris Lessing*. Boston: G. K. Hall, 1986.

301. Sprague, Claire. *Rereading Doris Lessing: Narrative Patterns of Doubling and Repetition*. Chapel Hill: The University of North Carolina Press, 1987.

302. Sprague, Claire. "Genre Reversals in Doris Lessing: Stories Like Novels and Novels Like Stories." in *Rereading the Short Story*. ed. Clare Hanson. London: The Macmillan Press, 1989. pp. 110 – 125.

303. Stacy, R. H. *Defamiliarization in Language and Literature*. New York: Syracuse University Press, 1977.

304. Stade, George. "Fantastic Lessing." *The New York Times*. November 4, 1979. http://www. nytimes. com/books/97/09/14/reviews/lessing – shikasta. html.

305. Stemerick, Martine. "Virginia Woolf and Julia Stephen: The Distaff Side of History." in *Virginia Woolf: Centennial Essays*. ed. Elaine K. Ginsberg and Laura MossGottlieb. Troy, N. Y. : Winton, 1983, pp. 51 – 80.

306. Stern, Frederick C. . "Doris Lessing: The Politics of Radical Humanism." in *Doris Lessing: The Alchemy of Survival*. ed. Carey Kaplan and Ellen Cronan Rose. Athens: Ohio University Press, 1988. pp. 43 – 57.

307. Stevens, Wallace. The Snow Man. http: //www. english. uiuc. edu/maps/poets/s_ z/stenens/snowman_ htm.

308. Stimpson, Catharine R. . "Lessing's New Novel." *Ms*. Vol. 16, No. 9 (Mar 1988), p. 28.

309. Stitzel, Judith. "Reading Doris Lessing." *College English*. Vol. 40, No. 5 (Jan. 1979), pp. 498 – 504. http: //www. jstor. org/stable/376317.

310. Sukenick, Lynn. "Feeling and Reason in Doris Lessing's Fiction." *Contemporary Literature*. Vol. 14 (1973), pp. 515 – 535.

311. Sullivan, Alvin. "'The Memoirs of a Survivor': Lessing's Notes Toward a Supreme Fiction." *Modern Fiction Studies*. Vol. 26, No. 1 (Spring 1980), pp. 157 – 162.

312. Svoboda, Randall Alan. "Between Private and Public Space: the Problem of Writing Personal History in the Novels of Lessing, Lawrence, Joyce and Fowles", Unpub. doct. diss., Univ. of Iowa, 1995. [Abstr. in Dissertation Abstracts International (Ann Arbor, MI) (56) 1995, 2253a.], 1995.

313. Taylor, Jenny. ed *Notebooks/Memoirs/Archives: Reading and Rereading Doris Lessing*. Boston: Routledge, 1982.

314. Taylor, Jenny. "Introduction: Situating Reading." in *Notebooks/Memoirs/Archives: Reading and Rereading Doris Lessing*. ed. Jenny Taylor. Boston: Routledge, 1982.

315. Tayor, Barry. Review. *Transition*. No. 5 (Jul. 30 – Aug. 29, 1962), p. 25. http: //www. jstor. org/stable/2934184.

316. Thorpe, Michael. *Doris Lessing*. Essex: Longman, 1973.

317. Thorpe, Michael. *Doris Lessing's Africa*. London: Evans Brothers Limited, 1978.

318. Ticker, Lisa. "Mediating Generation: the Mother – Daughter Plot." *Art History*. Vol. 25, No. 1 (February 2002), pp. 23 – 46.

319. Tiger, Virginia. "*love, again* and *The Sweetest Dream*: Fiction and Interleaved Fictions." in *Doris Lessing: Interrogating the Times*. ed. Debrah Raschke, Phyllis Sternberg Perrakis, and Sandra Singer. Columbus: The Ohio State University Press, 2010. pp. 133 – 148.

320. Tiger, Virginia. "'Woman of Many Summers': *The Summer Before the Dark*." *Critical Essays on Doris Lessing*. ed. Claire Sprague and Virginia Tiger. Boston: G. K. Hall, 1986. pp. 86 – 93.

321. Tiger, Virginia. "'Our Chroniclers Tell Us': Lessing's Sequel to *Mara and Dann*." *Doris Lessing* Studies. Vol. 25, No. 2 (Winter 2006), pp. 23 – 25.

322. Tiger, Virginia. "Life Story: Doris, *Alfred and Emily*." *Doris Lessing*

Studies. Vol. 28, No. 1 (Winter – Spring 2009), pp. 22 – 24.

323. Tiger, Virginia. "The Words Had Been Right and Necessary: Doris Lessing's Transformations of Utopian and Dystopian Modalities in *The Marriages between Zones Three, Four, and Five.*" *Style.* Vol. 27, No. 1 (1993), pp. 63 – 80.

324. Tiger, Virginia. "Doris Lessing." *Contemporary Literature.* Vol. 21 (1980), pp. 286 – 290.

325. Tiger, Virginia. "Age of Anxiety: The Diaries of Jane Somers." In *Spiritual Exploration in the Works of Doris Lessing.* ed. Perrakis, Phyllis Sternberg. Westport: Greenwood Press, 1999. pp. 1 – 16.

326. Tiger Virginia. 'Crested, not Cloven': The Cleft." *Doris Lessing Studies.* Vol. 27, No. 1 – 2 (Winter – Spring 2008), pp. 33 – 35.

327. Upchurch, Michael. "Back to Ifrik." *New York Times Book Review.* Jan. 10, 1999. *New York Times.* pp. 10 – 11. http://proquest. umi. com/pqdweb? sid = 1&RQT = 511&TS = 1258510410&clientId = 1566&firstIndex = 120.

328. Verleun, Jan. "The World of Doris Lessing's 'The Summer Before the Dark.'" *Neophilologus.* Vol. 69, No. 4 (Oct. 1985), pp. 620 – 639.

329. Visel, Robin. "'Then Spoke the Thunder': *The Grass is Singing* as a Zimbabwean Novel." *The* Journal *of Commonwealth Literature.* 43. (2008). pp. 157 – 166. http://jcl. sagepub. com.

330. Visel, Robin. "House/Mother: Lessing's Reproduction of Realism in *The Sweetest Dream.*" in *Doris Lessing: Interrogating the Times.* ed. Debrah Raschke, Phyllis Sternberg Perrakis, and Sandra Singer. Columbus: The Ohio State University Press, 2010. pp. 58 – 74.

331. Vlastos, Marion. "Doris Lessing and R. D. Laing: Psychopolitics and Prophecy." *PMLA.* Vol. 91, No. 2 (March 1976), pp. 245 – 258. http://www. jstor. org/stable/461511.

332. Wallace, Diana. "'Woman's Time': Women, Age and Intergenerational Relations in Doris Lessing's *The Diaries of Jane Somers.*" *Studies in the Literary Imagination.* Vol. 39, No. 2 (Fall 2006), pp. 43 – 59.

333. Waterman, David. *Identity in Doris Lessing's Space Fiction.* New York: Cambria Press, 2006.

334. Watkins, Susan. "Remembering Home: Nation and Identity in the Recent Writing of Doris Lessing." *Feminist Review* 85. London: Mar. 2007. pp. 97 – 115.

335. Watkins, Susan. "Writing in Minor Key." *Doris Lessing Studies*. Vol. 25, No. 2 (2006), pp. 6 – 10.

336. Watkins, Susan. *Twentieth - Century Women Novelists: Feminist Theory into Practice*. New York: Palgrave, 2001.

337. Watkins, Susan. "The 'Jane Somers' Hoax: Aging, Gender and the Literary Marketplace." In Doris *Lessing: Border Crossings*. ed. Alice Ridout and Susan Watkins. London: Continuum International Publishing Group, 2009. pp. 75 – 91.

338. Watson, G. J. *Drama: An Introduction*. London: The Macmillan Press LTD, 1983.

339. Waugh, Patricia. *Feminine Fictions: Revisiting the Postmodern*. London: Routledge, 1989.

340. Whittaker, Ruth. *Modern Novelists: Doris Lessing*. New York: St. Martin's Press, 1988.

341. Widdowson, Peter and Peter Brooker. *A Reader's Guide to Contemporary Literary Theory*. Hertfordshire: Prentice Hall/Harvester Wheatsheaf, 1997.

342. Widmann, R. L.. "Review: Lessing's 'The Summer Before the Dark'". *Contemporary Literature*. Vol. 14, No. 4. Special Number on Doris Lessing (Autumn 1973), pp. 582 – 585. http://www.jstor.org/stable/1207474.

343. Williams, Pat. "An Interview with Idries Shah." In *The Diffusion of Sufi Ideas in the West: An Anthology of New Writings by and about Idries Shah*. ed. L. Lewin. Boulder: Keysign Press, 1972. pp. 17 – 43.

344. Wilson, Elizabeth. "Yesterday's Heroine: On Reading Lessing and de Beauvoir." in *Notebooks/Memoirs/Archives: Reading and Rereading Doris Lessing*. ed. Jenny Taylor. Boston: Routledge, 1982. pp. 57 – 74.

345. Woolf, Virginia. *To the Lighthouse*. New York: Harcourt Brace & Company, 1927.

346. Woolf, Virginia. "A Room of One's Own" and "Professions for Women." in *The Norton Anthology of English Literature*. ed. M. H. Abrams. Ne

w York： Norton， 1979. pp. 2037 – 2049.

347. Wright， Tony. *Socialisms Old and New.* Florence： Routledge， 1996.

348. Yelin， Louise. *From the Margins of Empire： Christina Stead， Doris Lessing， Nadine Gordimer.* Ithaca： Cornell University Press， 1998.

349. Zak， Michele Wender. "*The Grass is Singing*： a Little Novel about Emotions." *Contemporary Literature*， Vol. 14， No. 4. Special Number on Doris Lessing （Autumn 1973）， pp. 481 – 490. http：//www. jstor. org/stable/1207468.

三　《多丽丝·莱辛谈话集》（Earl G. Ingersoll. ed. *Doris Lessing： Conversations.* New York： Ontario Review Press， 1994.）

1. Aldiss， Brian. "Living in Catastrophe." in *Doris Lessing： Conversations.* ed. Earl G. Ingersoll. New York： Ontario Review Press， 1994. pp. 169 – 172.

2. Bertelsen， Eve. "Acknowledging a New Frontier." in *Doris Lessing： Conversations.* ed. Earl G. Ingersoll. New York： Ontario Review Press， 1994. pp. 120 – 145.

3. Bigsby， Christopher. The Need to Tell Stories. in *Doris Lessing： Conversations.* ed. Earl G. Ingersoll. New York： Ontario Review Press， 1994， pp. 70 – 85.

4. Bikman， Minda. "Creating Your Own Demand." in *Doris Lessing： Conversations.* ed. Earl G. Ingersoll. New York： Ontario Review Press， 1994， pp. 57 – 63.

5. Cray， Stephen. "Breaking Down These Forms." in *Doris Lessing： Conversations.* ed. Earl G. Ingersoll. New York： Ontario Review Press， 1994. pp. 109 – 119.

6. Dean， Michael. "Writing as Time Runs Out." in *Doris Lessing： Conversations.* ed. Earl G. Ingersoll. New York： Ontario Review Press， 1994. pp. 86 – 93.

7. Ean， Tan Gim and others. "The Older I get， the Less I Believe." in *Doris Lessing： Conversations.* ed. Earl G. Ingersoll. New York： Ontario Review Press， 1994. pp. 200 – 203.

8. Forde， Nigel. "Reporting from the Terrain of the Mind." in *Doris Lessing： Conversations.* ed. Earl G. Ingersoll. New York： Ontario Review Press， 1994. pp. 214 – 218.

9. Frick, Thomas. "Caged by the Experts." in *Doris Lessing*: *Conversations*. ed. Earl G. Ingersoll. New York: Ontario Review Press, 1994. pp. 155 – 168.

10. G. Ingersoll, Earl. "Describing This Beautiful and Nasty Planet." in *Doris Lessing*: *Conversations*. ed. Earl G. Ingersoll. New York: Ontario Review Press, 1994. pp. 228 – 240.

11. Hendin, Josephine. "The Capacity to Look at a Situation Cooly." in *Doris Lessing*: *Conversations*. ed. Earl G. Ingersoll. New York: Ontario Review Press, 1994, pp. 41 – 56.

12. Kurzweil, Edith. "Unexamined Mental Attitudes Left Behind by Communism." in *Doris Lessing*: *Conversations*. ed. Earl G. Ingersoll. New York: Ontario Review Press, 1994. pp. 204 – 213.

13. Montremy, Jean – Maurice de. "A Writer is not a Professor." in *Doris Lessing*: *Conversations*. ed. Earl G. Ingersoll. New York: Ontario Review Press, 1994. pp. 193 – 199.

14. Newquist, Roy. "Talking as a Person." in *Doris Lessing*: *Conversations*. ed. Earl G. Ingersoll. New York: Ontario Review Press, 1994. pp. 3 – 12.

15. Oates, Joyce Carol. "One Keeps Going." in *Doris Lessing*: *Conversations*. ed. Earl G. Ingersoll. New York: Ontario Review Press, 1994. pp. 33 – 40.

16. Raskin, Jonah. "The Inadequacy of the Imagination." in *Doris Lessing*: *Conversations*. ed. Earl G. Ingersoll. New York: Ontario Review Press, 1994. pp. 13 – 18.

17. Rousseau, Francois – Olivier. "The Habit of Observing." in *Doris Lessing*: *Conversations*. ed. Earl G. Ingersoll. New York: Ontario Review Press, 1994. pp. 146 – 154.

18. Schwarzkopf, Margarete von. "Placing Their Fingers on the Wounds of Our Times." in *Doris Lessing*: *Conversations*. ed. Earl G. Ingersoll. New York: Ontario Review Press, 1994. pp. 102 – 108.

19. Terkel, Studs. "Learning to Put the Questions Differently." in *Doris Lessing*: *Conversations*. ed. Earl G. Ingersoll. New York: Ontario Review Press, 1994. pp. 19 – 32.

20. Thorpe, Michael. "Running Through Stories in My Mind." in *Doris Lessing*: *Conversations*. ed. Earl G. Ingersoll. New York: Ontario Review

Press，1994. pp. 94 – 101.

21. Tomalin，Claire. "Watching the Angry and Destructive Hordes Go By." in *Doris Lessing：Conversations*. ed. Earl G. Ingersoll. New York：Ontario Review Press，1994. pp. 173 – 177.

22. Thomsom，Sedge. "Drawn to a Type of Landscape." in *Doris Lessing：Conversations*. ed. Earl G. Ingersoll. New York：Ontario Review Press，1994. pp. 178 – 192.

23. Torrents，Nissa. Testimony to Mysticism. in *Doris Lessing：Conversations*. ed. Earl G. Ingersoll. New York：Ontario Review Press，1994. pp. 64 – 69.

24. Upchurch，Michael. "Voice ofEngland，Voice of Africa." in *Doris Lessing：Conversations*. ed. Earl G. Ingersoll. New York：Ontario Review Press，1994. pp. 219 – 227.

四　其他访谈等文献

1. Doris Lessing online chat about *Mara and Dann* at Barnes and Noble. Com，Wednesday，January 20，1999 – 7pm. http：//www. dorislessing. org/interviews. html.

2. Doris Lessing. Interview. Bill Moyers talks with Doris Lessing on Now on PBS，Jan. 24，2003. http：//www. pbs. org/now/transcript/transcript_ lessing. html（accessed Yahoo，March 11，2011）.

3. Interview. "More is Lessing." *The Daily Telegraph*. September 25，2004. http：//www. thestandard. com. hk/stdn/std/Weekend/FI25Dk08. html.

4. Jan Hanford 的网站。http：//www. dorislessing. org/herbooksby. html。

5. 多丽丝·莱辛 2000 年 8 月 23 日在线谈《本，在世界上》at BarnesAndNoble. Com。http：//www. dorislessing. org/chat – ben. html。

6. 2007 年 11 月 29 日邓中良、华菁在《中华读书报》上翻译莱辛接受采访的文章。http：//www. zgyspp. com/Article/y3/y22/200711/9495. htm。

7. 《波士顿书评》（*Boston Book Review*）上登一篇哈维·布鲁姆（Harvey Blwme）1998 年 2 月采访莱辛的文章。http：//www. dorislessing. org/boston. html。

8. 维基百科 Wikipedia："Birmingham pub bombings." http：//en. wikipedia. org/wiki/Birmingham_ pub_ bombings："Canopus" http：//en. wikipedia.

org/wiki/Canopus：" Deadpan. " http：//en. wikipedia. org/wiki/Deadpan
（Yahoo，2013 - 03 - 28）：" Guildford pub bombings. " http：//en. wikipedia.
org/wiki/Guildford _ pub_ bombings：" Milgram Experiment. " http：//
en. wikipedia. org/wiki/Milgram _ experiment. " Montessori " http：//
en. wikipedia. org/wiki/Maria _ Montessori； http：//en. wikipedia. org/wiki/
Montessori_ education.

9. 百度百科：宇宙大爆炸。http：//baike. baidu. com/view/14565. htm。

五　中文参考文献

1. 〔美〕安乐哲：《和而不同：中西哲学的会通》，温海明等译，北京大学
出版社，2009。

2. 〔美〕J. 巴尔达契诺：《白璧德与意识形态问题》，林国荣、达巍译。
《人文主义——全盘反思》，美国《人文》杂志、生活·读书·新知三联
书店编辑部编，多人译，生活·读书·新知三联书店，2006。

3. 〔美〕欧文·白璧德：《什么是人文主义?》，王琛译，《人文主义——全
盘反思》，美国《人文》杂志、生活·读书·新知三联书店编辑部编，
多人译，生活·读书·新知三联书店，2006。

4. 〔英〕克里斯·鲍尔迪克：《现代运动》第 10 卷 1910 - 1940，外语教学
与研究出版社，2007。

5. 〔英〕A. S. 拜厄特：《记忆与小说的构成》，《记忆：剑桥年度主题讲
座》，法拉、帕特森编，卢晓辉译，剑桥大学出版社、华夏出版
社，2006。

6. 〔美〕斯蒂芬·贝斯特、道格拉斯·科尔纳：《后现代转向》，陈刚等译，
南京大学出版社，2002。

7. 〔英〕菲利普·戴维斯：《维多利亚人》第 8 卷，外语教学与研究出版
社，2007。

8. 〔法〕西蒙娜·德·波伏娃：《第二性》，陶铁拄译，中国书籍出版
社，2002。

9. 〔英〕A. 丁尼生：《尤利西斯》，何功杰、飞白译。http：//
zhan. renren. com/iceworldforever? gid = 3602888498036512698&checked =
true. （accessde Yohoo，2013 - 03 - 05）

10. 陈本益等：《西方现代文论与哲学》，重庆大学出版社，1999。

11. 陈光兴：《霍尔访谈录》，《文化研究：霍尔访谈录》，2009 - 05 - 12。http：//www. zijin. net/news/evisiting/2009 - 5 - 12/n0951258FEB00H6B824C5HE. shtml Google June. 6，2010。

12. 陈璟霞：《多丽丝·莱辛的殖民模糊性：对莱辛作品中的殖民比喻研究》（*Doris Lessing's Colonial Ambiguities：A Study of Colonial Tropes in Her Novels*），中国人民大学出版社，2007。

13. 邓琳娜：《生命的体验，自我的超越——多丽丝·莱辛小说的苏菲思想研究》，上海外国语大学博士学位论文，2012。

14. 邓晓芒：《思辨的张力——黑格尔辩证法新探》，商务印书馆，2008。

15. 〔德〕威廉·狄尔泰：《历史中的意义》，艾彦、逸飞译，中国城市出版社，2002。

16. 〔德〕威廉·狄尔泰：《精神科学引论》，童奇志、王海鸥译，中国城市出版社，2002。

17. 〔法〕杜夫海纳：《审美经验现象学》，韩树站译，文化艺术出版社，1992。

18. 〔法〕福柯：《疯癫与文明》，刘北成、杨远婴译，生活·读书·新知三联书店，2007。

19. 〔英〕E. M. 福斯特：《小说面面观》，《福斯特读本》，冯涛等译，人民文学出版社，2011。

20. 〔德〕盖格尔：《艺术的意味》，艾彦译，华夏出版社，1998。

21. 〔美〕理查德·M. 甘博：《国际主义的"致命缺陷"：白璧德论人道主义》，达巍、林国荣译。《人文主义——全盘反思》，美国《人文》杂志、生活·读书·新知三联书店编辑部编，多人译，生活·读书·新知三联书店，2006。

22. 甘绍平：《新人文主义及其启示》，《哲学研究》2011 年第 6 期。http：//phi. ruc. edu. cn/pol/html/64/n - 11364. html（Yahoo，2012 - 04 - 16）。

23. 格格编译《并非虚幻的历险记——多丽丝·莱辛网上谈新作〈玛拉和丹恩〉》，《外国文学动态》1999 年第 2 期。

24. 谷彦君：《〈四门城〉中的异化主题》，《黑龙江教育学院学报》2002 年第 21 卷第 1 期。

25. 〔德〕于尔根·哈贝马斯：《交往行动理论》（2），洪佩郁、蔺菁译，重庆出版社，1996。

26. 〔法〕莫里斯·哈布瓦赫:《论集体记忆》,毕然、郭金华译,上海世纪出版集团,2002。

27. 〔澳〕理查德·哈兰德:《从柏拉图到巴特的文学理论》,外语教学与研究出版社,2005。

28. 韩庆祥:《马克思人学的总体图像》。http://web5. pku. edu. cn/csh/article/hqx2. pdf(Yahoo,2012 - 05 - 21)。

29. 〔德〕黑格尔:《逻辑学》上下卷,杨一之译,商务印书馆,2011。

30. 胡经之:《文艺美学》,北京大学出版社,1999。

31. 〔德〕胡塞尔:《纯粹现象学通论》,李幼蒸译,中国人民大学出版社,2004。

32. 黄梅:《女人的危机和小说的危机》,《读书》1988 年第 1 期。

33. 黄门澄:《当代英国有哪些比较著名的小说家》,《现代外语》1979 年第 2 期。

34. 黄应全:《西方马克思主义艺术观研究》,北京大学出版社,2009。

35. 黄玉顺:《实践主义:马克思主义哲学论》,《学术界》2000 年第 4 期。http://www. confucius2000. com/poetry/hyshmarx. htm (Google,2012 - 04 - 02)。

36. 胡勤:《多丽丝·莱辛在中国的译介和研究》,《贵州大学学报》2007 年第 5 期。

37. 胡勤:《多丽丝·莱辛与伊德里斯·沙赫的苏菲主义哲学——与苏忧商榷》,《外国语文》2009 年第 1 期。

38. 胡勤:《审视分裂的文明:多丽丝·莱辛小说艺术研究》,广西师范大学出版社,2012。

39. 华建辉:《论多丽丝·莱辛在《金色笔记》中对二战后社会的诊断和医治》,南京大学博士学位论文,2008。

40. 〔英〕凯瑟琳·霍尔:《视而不见:帝国的记忆》,《记忆:剑桥年度主题讲座》,法拉、帕特森编,卢晓辉译,剑桥大学出版社、华夏出版社,2006。

41. 惠辉:《多丽丝·莱辛》,《世界文学》1986 年第 3 期。

42. 冀爱莲:《多丽丝·莱辛在中国的接受研究》,《太原师范学院学报》(社会科学版)2010 年第 1 期。

43. 蒋花:《多丽丝·莱辛研究在中国》,《比较文学》2008 年第 3 期。

44. 蒋花：《压抑的自我——异化的人生》，上海外国语大学博士学位论文，2007。

45. 姜红：《有意味的形式——莱辛的〈金色笔记〉中的认识主题与形式分析》，《外国文学》2003 年第 4 期。

46. 姜红：《〈什卡斯塔〉：在宇宙时空中反思认知》，《外国文学》2010 年第 3 期。

47. 〔英〕比尔·考克瑟等：《当代英国政治》（第 4 版），孔新峰等译，北京大学出版社，2009。

48. 〔英〕多丽丝·莱辛：《金色笔记》，陈才宇、刘新民译，译林出版社，2000。

49. 〔英〕多丽丝·莱辛：《玛拉和丹恩历险记》，苗争芝、陈颖译，译林出版社，2007。

50. 雷体沛：《存在与超越——生命美学导论》，广东人民出版社，2001。

51. 李福祥：《多丽丝·莱辛笔下的政治与妇女主题》，《外国文学评论》1993 年第 4 期。

52. 李福祥：《试论多丽丝·莱辛的"太空小说"》，《成都师专学报》1998 年第 2 期。

53. 李福祥、钟清兰：《八九十年代多丽丝·莱辛的文学创作》，《四川外语学院学报》2000 年第 1 期。

54. 李珩柱：《西方美学经典文本导读》，北京大学出版社，2006。

55. 黎会华：《解构菲勒斯中心：构建新型女性主义主体——〈金色笔记〉的女性主义阅读》，《浙江师范大学学报》（社会科学版）2004 年第 3 期。

56. 李维屏：《英国短篇小说史》，上海外语教育出版社，2011。

57. 廖文：《文学：呼唤文化建设性》，《光明日报》2013 年 6 月 18 日文学评论（14）。

58. 梁永安：《重建总体性：与杰姆逊对话》，四川人民出版社，2003。

59. 林树明：《自由的限度——莱辛、张洁、王安忆比较》，《外国文学评论》1994 年第 4 期。

60. 刘放桐等：《新编现代西方哲学》，人民出版社，2000。

61. 刘惠：《当代伊朗社会与文化》，上海外语教育出版社，2007。

62. 刘雪岚：《分裂与整合——试论〈金色的笔记〉的主题与结构》，《当代外国文学》1998 年第 2 期。

63. 刘颖：《建构女性的主体性话语——评多丽丝·莱辛的〈金色笔记〉》，《邵阳学院学报》（社会科学版）2004 年第 1 期。

64. 〔匈〕卢卡奇：《历史与阶级意识》，杜章智等译，商务印书馆，2004。

65. 卢婧：《20 世纪 80 年代以来国内多丽丝·莱辛研究述评》，《当代外国文学》2008 年第 4 期。

66. 〔英〕罗素：《西方哲学史》下卷，马元德译，商务印书馆，2005。

67. 〔美〕马斯洛：《马斯洛人本哲学》，成明编译，九州出版社，2003。

68. 〔美〕托尼·莫里森：《宠儿》，外语教学与研究出版社，2000。

69. 庞世伟：《论"完整的人"——马克思人学生成论研究》，中央编译出版社，2009。

70. 潘知常：《生命美学论稿》，郑州大学出版社，2002。

71. 朋羽主编《外国神话故事》，哈尔滨船舶工程学院出版社，1994。

72. 瞿世镜：《当代英国小说》，外语教学与研究出版社，1998。

73. 瞿世镜：《又来了，爱情》，《中华读书报》1999 年 2 月 10 日。

74. 全增嘏：《西方哲学史》上册，上海人民出版社，1983。

75. 全增嘏：《西方哲学史》下册，上海人民出版社，1985。

76. 却咏梅：《莫言：阅读带我走上文学之路》，《中国教育报》2013 年 5 月 6 日读书周刊第 9 版。

77. 任生名：《西方现代悲剧论稿》，上海外语教育出版社，1998。

78. 〔美〕乔治·萨顿：《科学史和新人文主义》，陈恒六、刘兵、仲维光译，上海交通大学出版社，2007。

79. 〔德〕施瓦布：《希腊神话故事》，刘超之、艾英译，宗教文化出版社，1996。

80. 沈坚：《法国记忆史视野下的集体记忆》，《中国社会科学报》2010 年 3 月 2 日。http://www.cass.net.cn/file/20100302259255.html。

81. 舒伟：《从《〈西方科幻小说史〉看多丽丝·莱辛的科幻小说创作》，《当代外国文学》2008 年第 3 期。

82. 司空草：《莱辛小说中的苏非主义》，《外国文学评论》2000 年第 1 期。

83. 〔美〕斯塔夫里阿诺斯：《全球通史：从史前史到 21 世纪》第 7 版修订版（上下册），吴象婴等译，北京大学出版社，2006。

84. 宋荣：《论〈到十九号房间〉的叙事角和叙事者》，《黔东南民族师范高等专科学校学报》2004 年第 4 期。

85. 苏忱：《多丽丝·莱辛与当代伊德里斯·沙赫的苏菲主义哲学》，《四川外语学院学报》2007 年第 4 期。

86. 孙正聿：《辩证法研究》（上、下）。吉林人民出版社，2007。

87. 孙宗白：《真诚的女作家多丽丝·莱辛》，《外国文学研究》1981 年第 3 期。

88. 陶淑琴：《多丽丝·莱辛的种族歧视思想——〈野草在歌唱〉的叙事裂缝解析》，《重庆工商大学学报》（社会科学版）2011 年第 5 期。

89. 陶淑琴：《后殖民时代的殖民主义书写：多丽丝·莱辛"太空小说"研究》，北京师范大学博士学位论文，2012。

90. 田若飞：《论罗杰斯的"反射"理论在〈简·萨默斯的日记〉中的体现》，《沈阳教育学院学报》2005 年第 1 期。

91. 汪民安：《福柯的界线》，中国社会科学出版社，2002。

92. 王丽丽：《也谈莱辛的"不具有可读性"——兼论其审美对象的建构策略》，《理论与创作》2010 年第 3 期。

93. 王丽丽：《寓言与符号：莱辛对人类后现代状况的诠释》，《当代外国文学》2008 年第 1 期。

94. 王丽丽：《后现代碎片中的"话语"重构——〈金色笔记〉的再思考》，《当代外国文学》2006 年第 4 期。

95. 王丽丽：《记忆的裂缝：被遗忘的历史》，《山东外语教学》2011 年第 6 期。

96. 王丽丽：《追求传统母亲的记忆》，《外国文学》2008 年第 1 期。

97. 王丽丽：《时间的追问：重读〈到灯塔去〉》，《外国文学研究》2003 年第 4 期。

98. 王丽丽：《后"房子里的安琪儿"时代：从房子意象看莱辛作品的跨文化意义》，《当代外国文学》2010 年第 1 期。

99. 王丽丽：《从〈简·萨默斯的日记〉看多丽丝·莱辛的生命哲学观》，《当代外国文学》2005 年第 3 期。

100. 王丽丽、伊迎：《权力下的生存——解读〈青草在歌唱〉》，《山东大学学报》（社会科学版）2005 年第 2 期。

101. 王丽丽：《多丽丝·莱辛的艺术和哲学思想研究》，社会科学文献出版社，2007。

102. 王林聪：《略论全球历史观》，《史学理论研究》2002 年第 3 期。http：//file. lw23. com/C/cb/cbc/cbc104d9 - 0b10 - 47de - 8680 - 32 ab6fa10d4f. pdf. （accessed Google，2012 - 10 - 19）。

103. 吴士余：《中国小说美学论稿》，复旦大学出版社，2006。

104. 伍蠡甫等：《现代西方文论选》，上海译文出版社，1983。

105. 〔英〕弗吉尼亚·伍尔夫：《论小说与小说家》，瞿世镜译，上海译文出版社出版，2000。

106. 〔美〕爱德华·希尔斯：《论传统》，傅铿等译，上海人民出版社，2009。

107. 夏琼：《论〈金色笔记本〉的女性主义》，《浙江教育学院学报》2003 年第 1 期。

108. 夏琼：《评多丽丝·莱辛新作〈最甜的梦〉》，《浙江教育学院学报》2004 年第 3 期。

109. 肖锦龙：《〈拷问人性〉——再论〈金色笔记〉的主题》，《外国文学研究》2012 年第 2 期。

110. 肖锦龙：《从"黑色笔记"的文学话语看多丽丝·莱辛的种族身份》，《国外文学》2010 年第 3 期。

111. 肖庆华：《都市空间与文学空间：多丽丝·莱辛研究》，四川辞书出版社，2008。

112. 徐建刚：《多丽丝·莱辛作品在中国的研究综述》，《名作欣赏》2012 年第 21 期。

113. 徐燕：《从"间离效果"看莱辛的〈金色笔记本〉》，《浙江大学学报》1999 年第 6 期。

114. 徐燕：《走出迷宫——读多丽丝·莱辛的〈金色笔记本〉》，浙江大学硕士论文，1999。

115. 徐燕：《〈金色笔记本〉的超小说艺术》，《宁波大学学报》2003 年第 3 期。

116. 严志军：《〈玛拉和丹恩〉的解构之旅》，《外国文学研究》2002 年第 2 期。

117. 杨耕等主编《马克思主义哲学概论》，高等教育出版社，2004。

118. 杨星映：《中西小说文体比较》，中国社会科学出版社，2008。

119. 〔英〕叶芝：《第二次来临》，裘小龙译，《丽达与天鹅》，漓江出版社，1987。

120. 岳峰：《二十世纪英国小说中的非洲形象研究——以康拉德、莱辛、奈保尔为中心》，苏州大学博士学位论文，2012。

121. 岳国法：《"形式"的修辞性：〈金色笔记〉的文学修辞批评》，《社会科学论坛》2009 年第 7 期（下）。

122. 赵敦华：《西方人本主义的传统与马克思的"以人为本"思想》，《北京大学学报》（哲学社会科学版）2004 年第 6 期。

123. 赵晶辉：《多丽丝·莱辛小说的空间研究》，南京大学博士学位论文，2009。

124. 赵志玲：《多丽丝·莱辛和她的〈又来了，爱情〉》，《社科纵横》2004 年第 2 期。

125. 郑乐平：《超越现代主义和后现代主义》，上海教育出版社，2003。

126. 张鄂民：《多丽丝·莱辛的创作倾向》，《暨南学报》1998 年第 4 期。

127. 张法：《二十世纪西方美学史》，四川人民出版社，2003。

128. 张康之：《总体性与乌托邦：人本主义马克思主义的总体范畴》，吉林出版集团有限公司，2007。

129. 张世英：《论黑格尔的逻辑学》第 3 版，中国人民大学出版社，2010。

130. 张永清：《现象学审美对象论》，中国文联出版社，2006。

131. 张中载：《西方古典文论选读》，外语教学与研究出版社，2000。

132. 张中载：《二十世纪英国文学——小说研究》河南大学出版社，2001。

133. 张中载：《多丽丝·莱辛与〈第五个孩子〉》，《外国文学》1993 年第 6 期。

134. 钟清兰、李福祥：《从动情写实到理性陈述——论 D. 莱辛文学创作的发展阶段及其基本特征》，《成都师专学报》（文科版）1994 年第 1 期。

135. 周桂君：《现代性语境下跨文化作家的创伤书写》，东北师范大学博士学位论文，2010。

136. 周思源：《浩然大钧，冰雪涅槃：多丽丝·莱辛〈八号行星的产生〉的科幻认知》，《世界文学评论》2009 年第 2 期。

137. 朱海棠：《解构的世界——多丽丝·莱辛小说研究》，中国人民大学博士学位论文，2010。

138. 朱立元：《当代西方文艺理论》第 2 版，华东师范大学出版

　　社，2005。

139. 朱立元编《西方美学范畴史》第 1 卷，山西教育出版社，2006。

140. 朱虹编译《英国短篇小说选》，人民文学出版社，1980。

141. 朱振武、张秀丽：《多丽丝·莱辛：否定中前行》，《当代外国文学》
　　　2008 年第 2 期。

附录 I
莱辛生平大事记

1919 年   10 月 22 日，多丽丝·莱辛（原名多丽丝·梅·泰勒）出生在波斯（今伊朗）。

1925 年   全家移居到英国殖民地南罗德西亚（今津巴布韦）。

1928 年   莱辛被送到天主教女子教会学校。

1932 年   由于眼疾辍学。

1934 年   离开家去做保姆。

1937 年   搬到索尔兹伯里（今津巴布韦首都哈拉雷）当了一年电话接线员。

1938 年   同弗兰克·查尔斯·威兹德姆结婚，生育一儿一女，4 年后离婚。

1942 年   加入左派图书俱乐部。

1943 年   同戈特弗莱德·安顿·尼古拉斯·莱辛结婚，生育一子——皮特，1949 年离婚。

1949 年   带着小儿子皮特到伦敦定居。

1950 年   发表第一部小说《青草在歌唱》，开始写作生涯。

1951 年   在伦敦加入英国共产党，开始写作《暴力的孩子们》系列小说（1952～1969）。

1954 年   短篇小说集《五》获得毛姆作家协会奖。

1956 年   退党。被南罗德西亚和南非当局宣布为"禁止入境的人"。

1957 年   发表纪实散文《回家》。

1962 年	发表《金色笔记》。
1971 年	发表《简述地狱之行》，获当年布克奖提名。
1974 年	发表《幸存者回忆录》。
1976 年	《金色笔记》获得法国梅迪奇最佳外国小说奖。
1977 年	拒绝"大英帝国勋章"。
1979 年	开始创作科幻五部曲《南船座中的老人星档案》（1979～1983）。
1981 年	《天狼星实验》发表，当年获得布克奖提名。
1982 年	获得奥地利欧洲文学国家奖和德国联邦共和莎士比亚奖。《天狼星实验》获得澳大利亚科幻小说成就奖（也称蒂特马斯奖）。
1983 年	《一个好邻居的日记》发表。
1984 年	《如果老人能够……》发表。
1985 年	《好恐怖分子》发表，并获得英国 W. H. 史密斯奖、意大利蒙德罗奖，以及当年布克奖提名。莱辛获聘东英吉利亚大学（University of East Anglia）文学杰出人士。
1987 年	获得意大利帕默罗奖和国际蒙德罗奖。
1988 年	《第五个孩子》发表，并获得意大利格林扎纳·卡佛文学奖和洛杉矶时报图书奖提名。
1989 年	获得普林斯顿大学荣誉博士学位。
1992 年	拒绝"大英帝国女爵士"称号。
1995 年	自传《我的皮肤下》发表，并获得优秀自传类詹姆斯·泰特·布莱克奖和洛杉矶时报图书奖。同年，获得哈佛大学荣誉博士学位。也是在该年，莱辛被禁止入境，40 年后作为知名作家重返南非。
1996 年	《又来了，爱情》发表，并获得英国作家协会奖和诺贝尔文学奖提名。哈珀·柯林斯出版社出版《玩虎和其他剧》，包括莱辛的三个剧本《玩虎》《唱门》和《每个人都是自己的荒野》。
1997 年	她和菲利普·格拉斯合作，将小说《第三、四、五区间的联姻》改编成歌剧，并于当年 5 月在德国海德堡上演。10 月第二部自传《在阴影下行走》发表，获得全国书评协会

奖提名。

1999 年　　《玛拉和丹恩历险记》发表。

2000 年　　获得"对国家做出突出贡献"的"荣誉爵士"勋章。同年，国家人物画像馆莱昂纳多·麦克库布斯为多丽丝·莱辛作的画像揭幕。《第五个孩子》续集《本，在人间》发表。《玛拉和丹恩历险记》获得国际 IMPAC 都柏林文学奖提名。

2001 年　　获得西班牙阿斯图里亚斯王子奖和大卫·科恩英国文学奖。

2002 年　　《最甜的梦》发表。

2003 年　　短篇小说集《祖母们》发表。

2005 年　　《丹恩将军和玛拉的女儿，格里奥以及雪狗的故事》发表，并获得首届曼·布克国际大奖提名。

2007 年　　《裂缝》发表。获得诺贝尔文学奖以及曼·布克国际大奖提名。

2008 年　　《阿尔弗雷德和爱米莉》发表。

2013 年　　11 月 17 日去世。

（以上资料依据 Jan Hanford 的网站 http://www.dorislessing.org/herbooksby.html，略有改动）

附录 II
莱辛作品英汉一览表

1950 年　《青草在歌唱》（*The Grass is Singing*）

1951 年　《这是老酋长的国度》（*This Was the Old Chief's Country*）

1952 年　《玛莎·奎斯特》《暴力的孩子们》系列小说（*Martha Quest*）*Children of Violence* Series

1953 年　《五》（*Five*）

1954 年　《一个合适的婚姻》《暴力的孩子们》系列小说（*A Proper Marriage*）*Children of Violence* Series

1956 年　《回到天真》（*Retreat to Innocence*）

1957 年　《回家》（*Going Home*）；《爱的习惯》（*The Habit of Loving*）

1958 年　《暴风雨掀起的涟漪》《暴力的孩子们》系列小说（*A Ripple from the Storm*）*Children of Violence* Series

1959 年　《十四首诗》（*Fourteen Poems*）；《每一个都是自己的荒野》（*Each His Own Wilderness*）

1960 年　《追寻英国性》（*In Pursuit of the English*）

1962 年　《金色笔记》（*The Golden Notebook*）；《玩虎》（*Play with a Tiger*）

1963 年　《一个男人和两个女人》（*A Man and Two Women*）

1964 年　《非洲故事》（*African Stories*）

1965 年　《围地》《暴力的孩子们》系列小说（*Landlocked*）*Children of Violence* Series

1966 年	《黑色圣母像》（*The Black Madonna*）;《七月的冬天》（*Winter in July*）
1967 年	《特别的猫》（*Particularly Cats*）
1969 年	《四门城》《暴力的孩子们》系列小说（*The Four - Gated City*）*Children of Violence* Series
1971 年	《简述地狱之行》（*Briefing for a Descent into Hell*）
1972 年	《一个不结婚男人的故事》（*The Story of a Non - Marrying Man*）;美国版名《杰克·奥克尼的诱惑和其他故事》（*The Temptation of Jack Orkney & Other Stories*）
1973 年	《黑暗前的夏天》（*The Summer Before the Dark*）;《这是老酋长的故事:非洲故事第一卷》（*This Was the Old Chief's Country:Collected African Stories - Volume One*）;《他们脚之间的太阳:非洲故事第二卷》（*The Sun Between Their Feet:Collected African Stories - Volume Two*）
1974 年	《幸存者回忆录》（*The Memoirs of A Survivor*）;《一个微小的个人声音》（*A Small Personal Voice - Essays，Reviews，Interviews*）
1978 年	《短篇小说》（*Stories*）;《十九号房:短篇故事第一卷》（*To Room Nineteen:Collected Stories Volume One*）;《杰克·奥克尼的诱惑:短篇故事第二卷》（*The Temptation of Jack Orkney:Collected Stories Volume Two*）
1979 年	《什卡斯塔，再到行星 5 号殖民地》《南船座中的老人星档案》系列小说（*Shikasta Re:Colonised Planet 5*）*Canopus in Argos:Archives* Series
1980 年	《第三、四、五区间的联姻》《南船座中的老人星档案》系列小说（*The Marriages Between Zones Three，Four，and Five*）*Canopus in Argos:Archives* Series;《天狼星实验》《南船座中的老人星档案》系列小说（*The Sirian Experiments*）*Canopus in Argos:Archives* Series
1982 年	《第八号行星代表的产生》《南船座中的老人星档案》系列小说（*The Making of the Representative for Planet 8*）*Canopus In Argos:Archives* Series

1983 年　《沃伦帝国的情感代表》《南船座中的老人星档案》系列小
　　　　说（*The Sentimental Agents in the Volyen Empire*）*Canopus in
　　　　Argos：Archives* Series；《一个好邻居的日记》（*The Diary of
　　　　a Good Neighbour* by Jane Somers）

1984 年　《如果老人能够……》（*If the Old Could…*）；《简·萨默斯
　　　　的日记》（*Diaries of Jane Somers*）

1985 年　《好恐怖分子》（*The Good Terrorist*）

1987 年　《我们选择居住的监牢》（*Prisons We Choose to Live Inside*）；
　　　　《风吹走了我们的话语》（*The Wind Blows Away Our Words*）

1988 年　《第五个孩子》（*The Fifth Child*）

1989 年　《特别的猫和更多的猫》（*Particularly Cats and More Cats*）

1990 年　《穿越隧道》（*Through The Tunnel*）

1992 年　《伦敦观察》（*London Observed*）；美国版《真相》（*The Real
　　　　Thing*）；《非洲笑声：四次访问津巴布韦》（*African
　　　　Laughter：Four visits to Zimbabwe*）

1993 年　《特别的猫和幸存者鲁菲斯》（*Particularly Cats and Rufus the
　　　　Survivor*）

1994 年　《岩洞墙上的阴影》（*Shadows on the Wall of the Cave*）；Earl
　　　　G. Ingersoll 编辑的《多丽丝·莱辛谈话集》（*Doris Lessing：
　　　　Conversations*）问世；《我的皮肤下》（*Under My Skin Volume
　　　　One of My Autobiography，to 1949*）

1995 年　《我认识的间谍和其他故事》（*Spies I Have Known and other
　　　　Stories*）；插图小说《玩游戏》（*Playing the Game*），由
　　　　Charlie Adlard 画插图

1996 年　《又来了，爱情》（*love，again*）；《坑》（*The Pit*）；《玩虎
　　　　和其他剧》（*Play with a Tiger and Other Plays*）

1997 年　《在阴影下行走》（*Walking in the Shade Volume Two of My
　　　　Autobiography，1949~1962*）

1999 年　《玛拉和丹恩历险记》（*Mara and Dann：An Adventure*）

2000 年　《本，在人间》（*Ben，in the World*）；《大帅猫的晚年》
　　　　（*The Old Age of El Magnifico*）

2001 年　《最甜的梦》（*The Sweetest Dream*）

2002 年　　《论猫》（*On Cats*）

2003 年　　《祖母们》（*The Grandmothers*）

2004 年　　《时间辣味》（*Time Bites*）

2005 年　　《丹恩将军和玛拉的女儿，格里奥以及雪狗的故事》（*The Story of General Dann and Mara's Daughter*，*Griot and the Snow Dog*）

2007 年　　《裂缝》（*The Cleft*）

2008 年　　《阿尔弗雷德和爱米莉》（*Alfred and Emily*）

（以上资料依据 Jan Hanford 的网站 http：//www. dorislessing. org/herbooksby. html，略有改动）

后　记

　　对莱辛这样一个文化背景和理论思想复杂、创作时间跨越两个世纪、产量丰沛的作家，无论进行哪一方面的研究都非易事，更何况她的理论思想既没有专门的著作自述，迄今为止也没有评论专著。除此之外，莱辛的长篇小说达 27 部之多，包括两个五部曲、三个姊妹篇，中译本目前还不到一半。全部读完都需要很长的时间，更何况还需要进行分析。因此，笔者在这里所做的只是一种尝试和抛砖引玉之举。其中，由于时间和篇幅原因，莱辛的科幻五部曲只在章节中列出最重要的第一部《什卡斯塔》，其余四部和另一部小说《回到天真》（这部小说是莱辛认为最不成熟、最不愿意谈及，且唯一没有再版的小说）只是在讨论中有涉及，但没有专列章节进行详细分析。实际上，莱辛除了长篇小说之外，在短篇小说、自传以及非虚构作品方面都取得了不菲的成就，但是因为篇幅关系，详细的分析只能留待以后了。

　　这部著作的完成前后历时五年，期间不仅得到了国家社会科学基金的资助，也在福建师范大学和外国语学院的大力支持下，得到了去美国加州大学伯克利分校英语系交流的机会，得以在该校图书馆获得许多宝贵的第一手资料。一部分《多丽丝·莱辛研究》刊物复印于美国加州奥克兰米尔斯大学（Mills College）图书馆。此外，还有一些资料得益于此前笔者在英国剑桥大学、美国威斯康星麦迪逊大学和香港大学访学期间所查的电子书籍或复印、购买的资料。因此，特对加州大学伯克利分校图书馆、剑桥大学图书馆、威斯康星麦迪逊大学图书馆、香港大学图书馆和上述学校的英语系图书馆，以及美国加州奥克兰米尔斯大学图书馆及其图书馆员迈克尔·贝勒先生（Mr. Michael Beller）表示诚挚的感谢。对曾经资助过笔者访学的福建师范大学、山东大学等表示感谢。对福建师范大学外国语学院和外国语言文化中心的支持表示感谢。在这部著作的写作期间，笔者的研究生曾艺珊帮助收集了国内莱辛的研究资料，并进行了初步数据统计；笔者的博士生罗晨在排版、校对等方面也做了许多工作，在此，对她们的帮助也表示衷心的感谢。此外，要特别感谢社会科学文献出版社的大力支持，感谢为本书的出版付出巨大辛劳的编辑等工作人员。特别是胡鹏光副社长的远见卓识、周琼女士的聪明智慧和倾情付出，以及责任编辑孙燕生先生的仔细校改，大力推进了本书的圆满出版，特此表示深深的谢意。本书作为第一次全面研究莱辛思想和小说的尝试，由于资料有限和时间仓促，再加上自己水平的限制，还存在许多观点不成熟和资料遗漏的地方，恳请广大读者批评指正。

在本书即将付梓之际，传来莱辛去世的消息。谨以此书表示对这位伟大作家的怀念，愿这位世纪老人把金色的文字带到天堂……

王丽丽于福州金山

2013 年 11 月 18 日

图书在版编目（CIP）数据

多丽丝·莱辛研究 / 王丽丽著 . —北京：社会科学文献出版社
2014.7
ISBN 978 - 7 - 5097 - 6020 - 8

Ⅰ. ①多…　Ⅱ. ①王…　Ⅲ. ①莱辛，D. （1919～2013） - 文学
研究 Ⅳ. ①I561. 065

中国版本图书馆 CIP 数据核字 （2014） 第 099225 号

多丽丝·莱辛研究

著　　者 / 王丽丽

出 版 人 / 谢寿光
出 版 者 / 社会科学文献出版社
地　　址 / 北京市西城区北三环中路甲 29 号院 3 号楼华龙大厦
邮政编码 / 100029

责任部门 / 社会政法分社 （010） 59367156　　　责任编辑 / 孙燕生
电子信箱 / shekebu@ ssap. cn　　　　　　　　　责任校对 / 程雷高
项目统筹 / 周　琼　　　　　　　　　　　　　　责任印制 / 岳　阳
经　　销 / 社会科学文献出版社市场营销中心 （010） 59367081　59367089
读者服务 / 读者服务中心 （010） 59367028

印　　装 / 三河市尚艺印装有限公司
开　　本 / 787mm×1092mm　1/16　　　　　印　　张 / 31.75
版　　次 / 2014 年 7 月第 1 版　　　　　　　字　　数 / 535 千字
印　　次 / 2014 年 7 月第 1 次印刷
书　　号 / ISBN 978 - 7 - 5097 - 6020 - 8
定　　价 / 108.00 元